國家圖書館藏清人詩文集稿本叢書

第六輯

三

陳紅彦　主編

北京大學出版社
PEKING UNIVERSITY PRESS

蒙拾堂詩

梁文燦撰。清光緒間朱絲欄稿本。六册。

撰者生平見《可談集》。

此書書衣題「蒙拾堂詩稿底」「蒙拾堂詩草」，又題云「此底稿也」，可見此爲梁氏詩集稿本。卷端有「蒙拾堂詩稿」「蒙拾堂詩草偶存」「蒙拾堂詩草偶録」「蒙拾堂詩草存目」等不同題名，知其尚未定名。署「平壽炙笙氏著」。凡包括：一《濯纓集》，又塗改爲「鵲華集」，收癸巳年（一八九三）詩四十六首；二《金台前集》，收自甲午迄丙申年（一八九四—一八九六）詩四十四首；三《采蘭集》，收自丙申迄丁酉年（一八九六—一八九七）詩二十二首；四《金台後集》（上），收自丁酉迄戊戌年（一八九七—一八九八）詩三十九首；五《金台後集》（下），收自己亥至庚子年（一八九九—一九〇〇）詩二十九首；六《劫餘集》，收庚子迄辛丑年（一九〇〇—一九〇一）詩二十七首；七《劫餘續集》，收庚子年（一九〇〇）詩二十六首；八《柏台集》，收自壬寅迄癸卯年（一九〇二—一九〇三）詩二十首補一首；又附有《紅豆館閑情集》一卷。各集大都爲居官、旅途中之見聞、感懷之作，其中修改、塗抹極多，有初稿、謄清稿之不同，可見其前後修改痕跡。國圖尚藏有其所著《蒙拾堂詩學稿》一册，與此爲同一時期稿本。

此書以成興齋朱絲欄稿紙鈔寫，半葉十行，行字不一。鈐有「蒙拾堂印」「炙笙清課」等印。

（樊長遠）

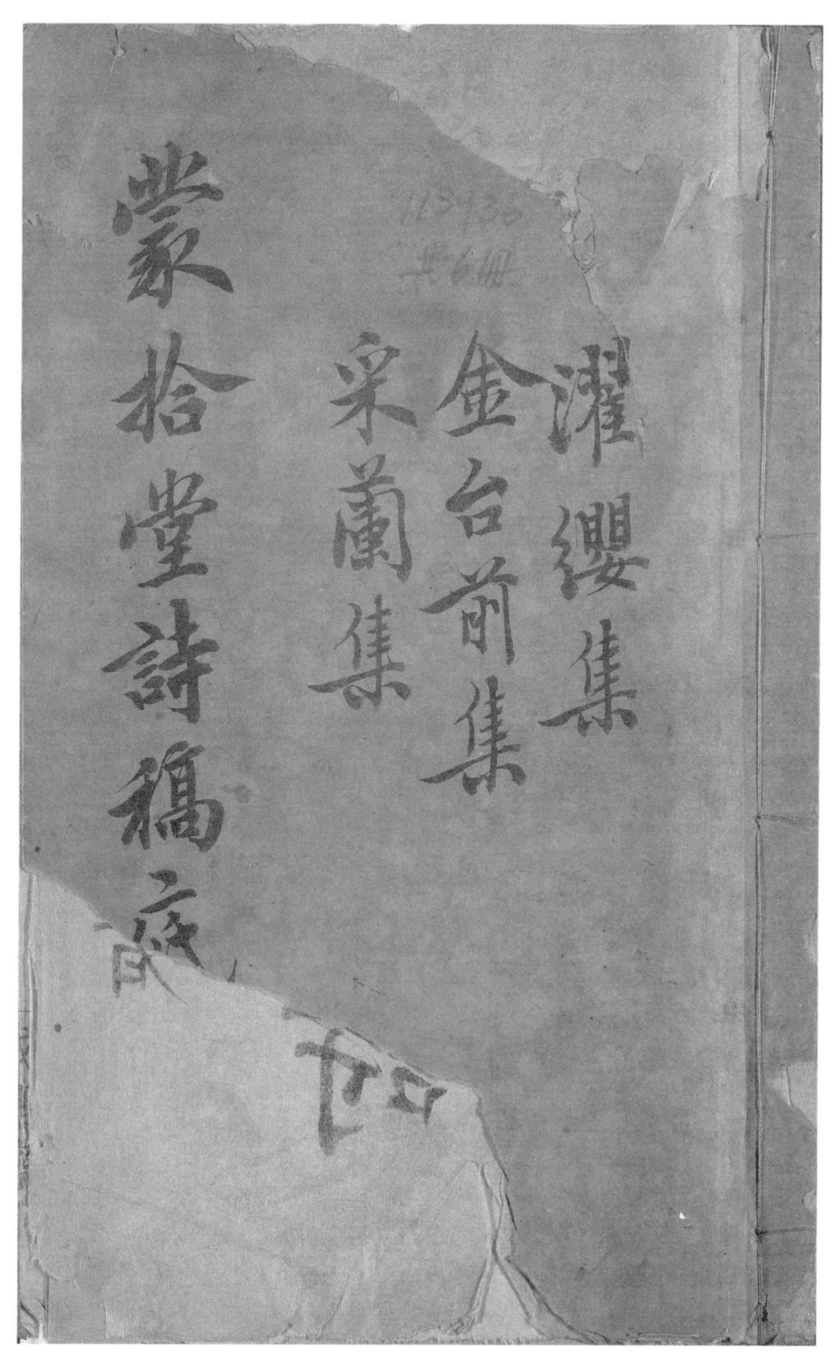
蒙拾堂詩稿
濯纓集
金台前集
采蘭集

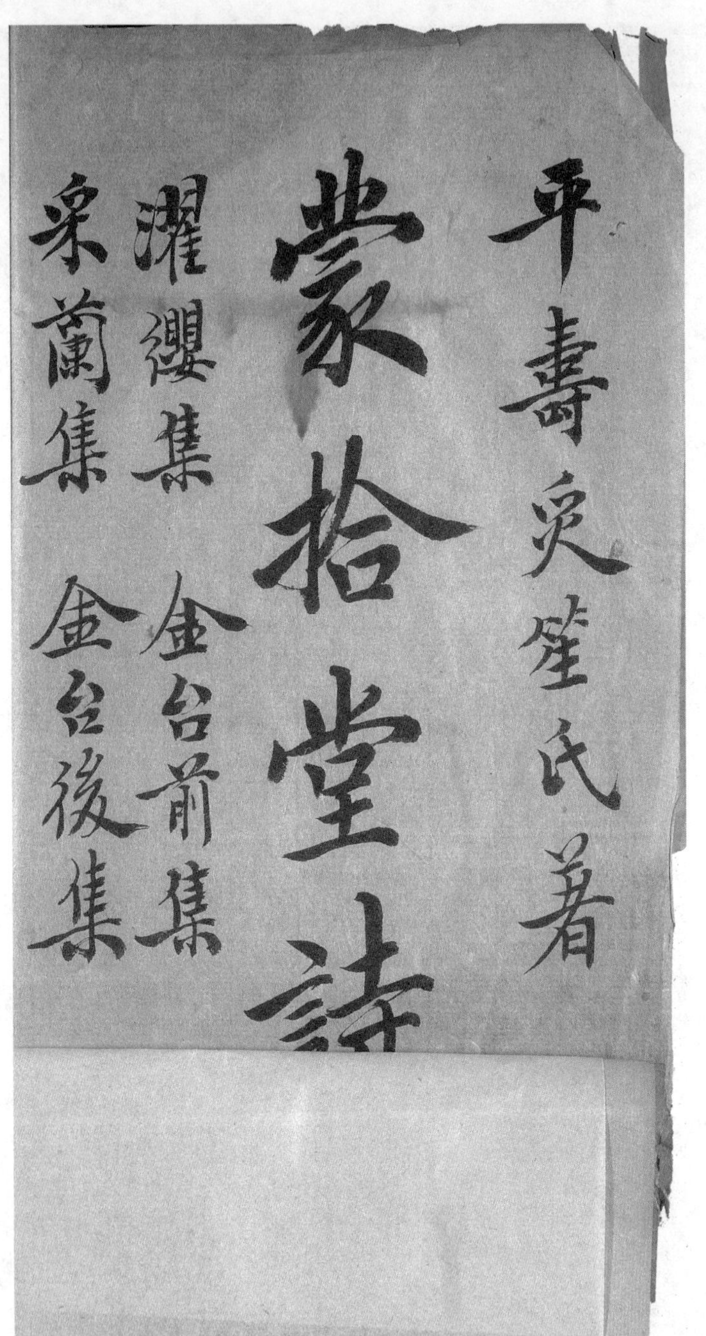

平壽炅笙氏著

蒙拾堂詩

濯纓集　金台前集

采蘭集　金台後集

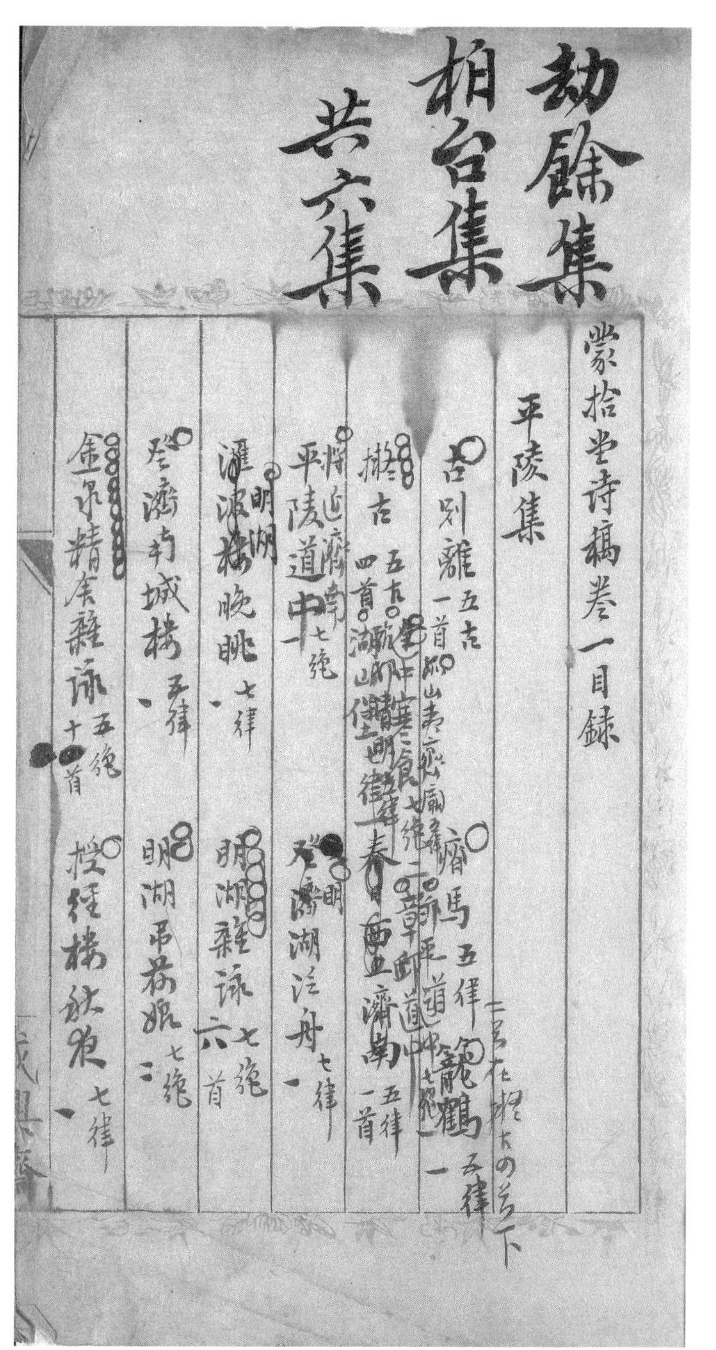

劫餘集
柏台集
共六集

蒙拾堂詩稿卷一目錄

平陵集

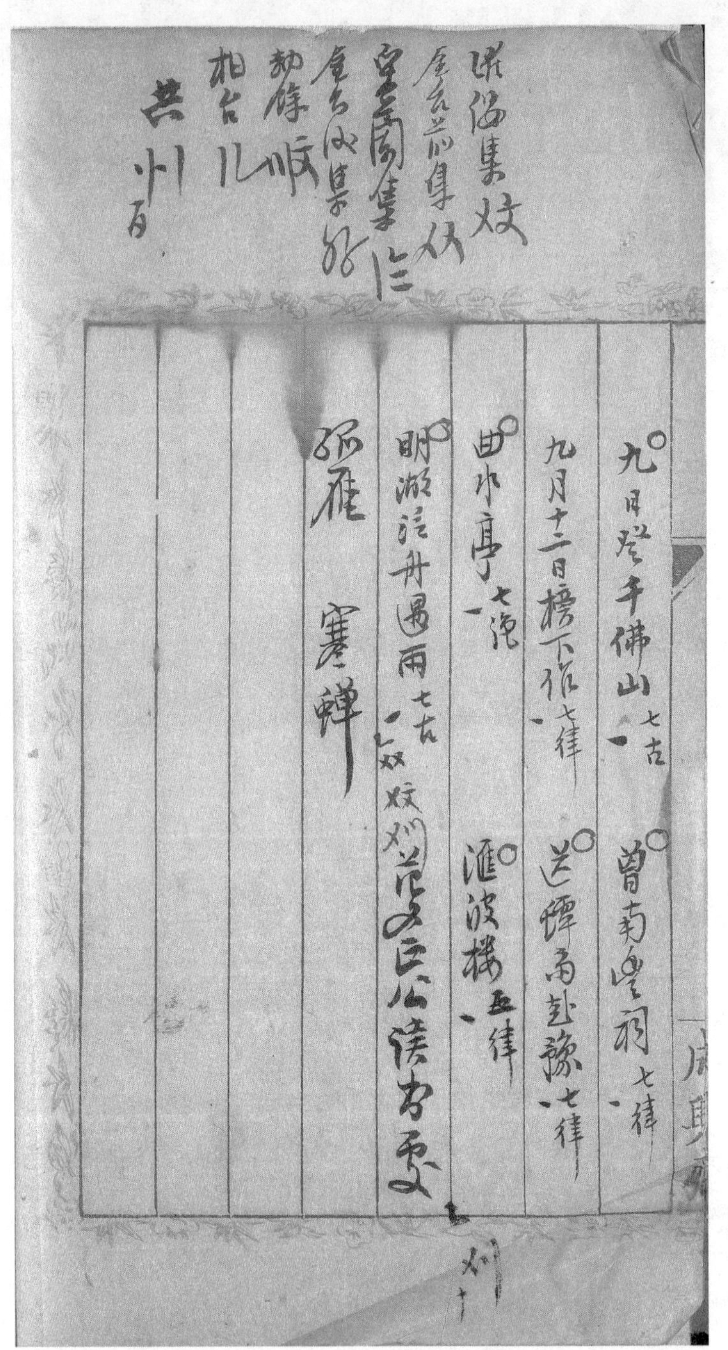

九日登平佛山 七古
曾菊坐羽 七律
九月十二日榜下作 七律
送譚向赴豫 七律
曲水亭 七絶
滙波樓 五律
明湖泛舟遇雨 七古
孤雁
寒蟬

人安云 [illegible] 何處聲
〇生目不識丁字
錄辛苦自名
要知過廁
派混魚池生 草相
白髮空只 [illegible] 知〇
[illegible] 錯鑄 [illegible]
以模差一著
誤擬海防兵
關門如揖盜

采蘭集

九日出都 一 七律　　津門感懷 一 五律

晚泊河西塢 一 五律　　過楊柳青驛 一 七絕

泊桑園 一 五律　　舟中曉望 一 五律

晚行遇雨 一 五律　　泊平原 觀畫贊 一 五古　　張公祠 五絕三首

野宿 一 五律　　趵突泉外品泉 七律　　望琅琊山 一 七律　　雪中宿寒亭

伏生故里 一 五律　　車中望華不注 一 七古

曹州道中 五律

黃河春漲 一 五律　　東阿孝女祠 一 七絕

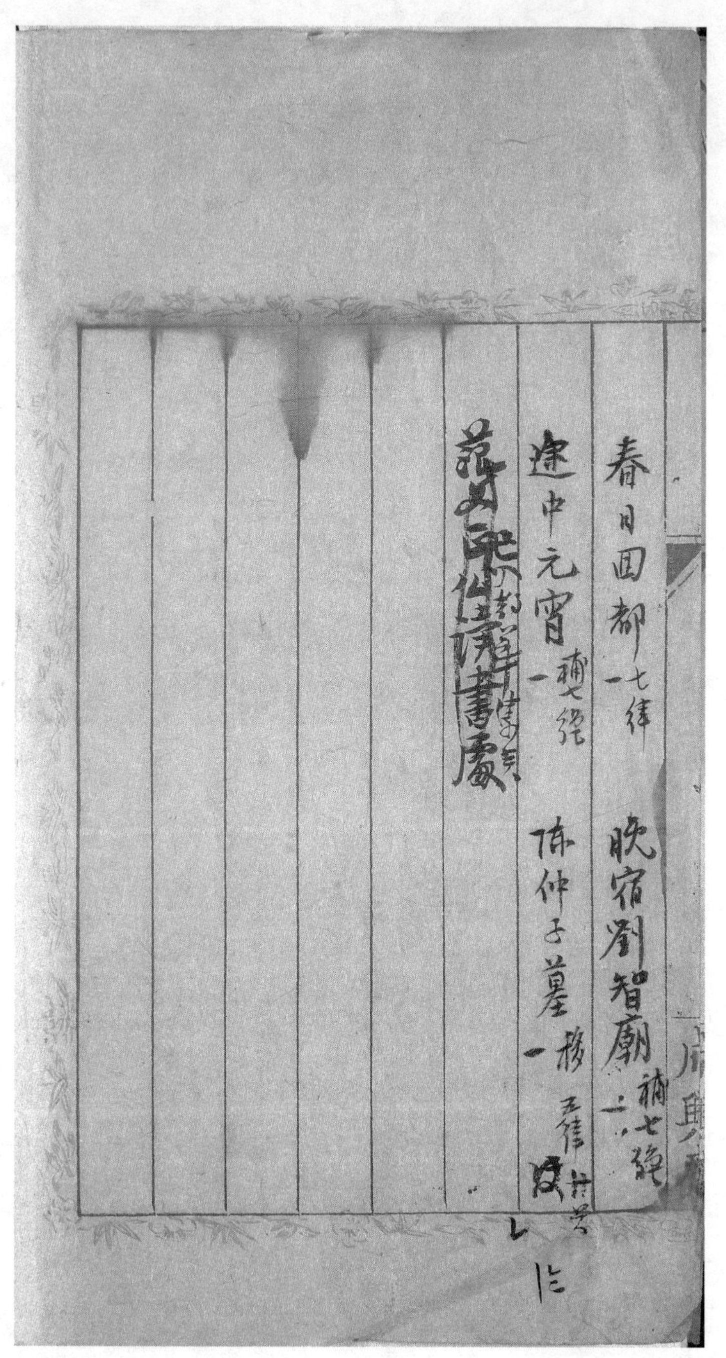

春日回都 一 七律　晚宿劉智廟 二 補七絕

途中元宵 一 補七絕　陳仲子墓 一 移五律

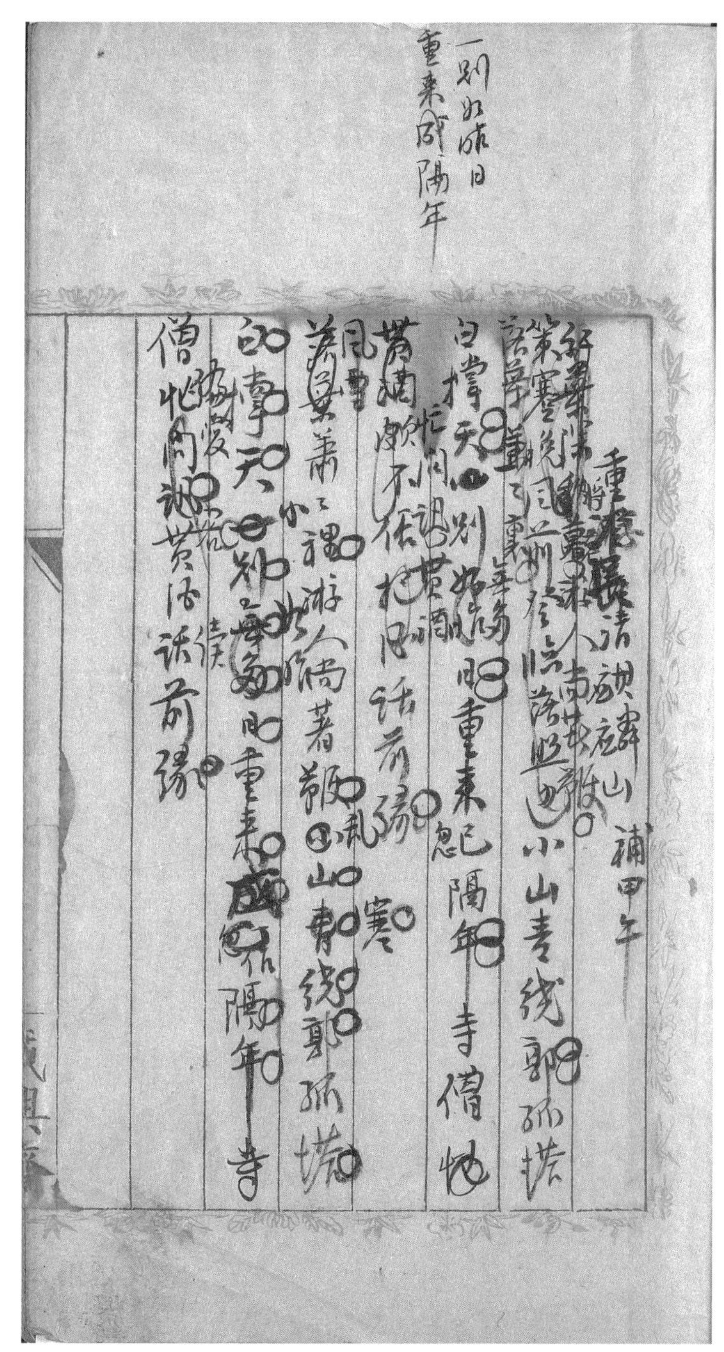

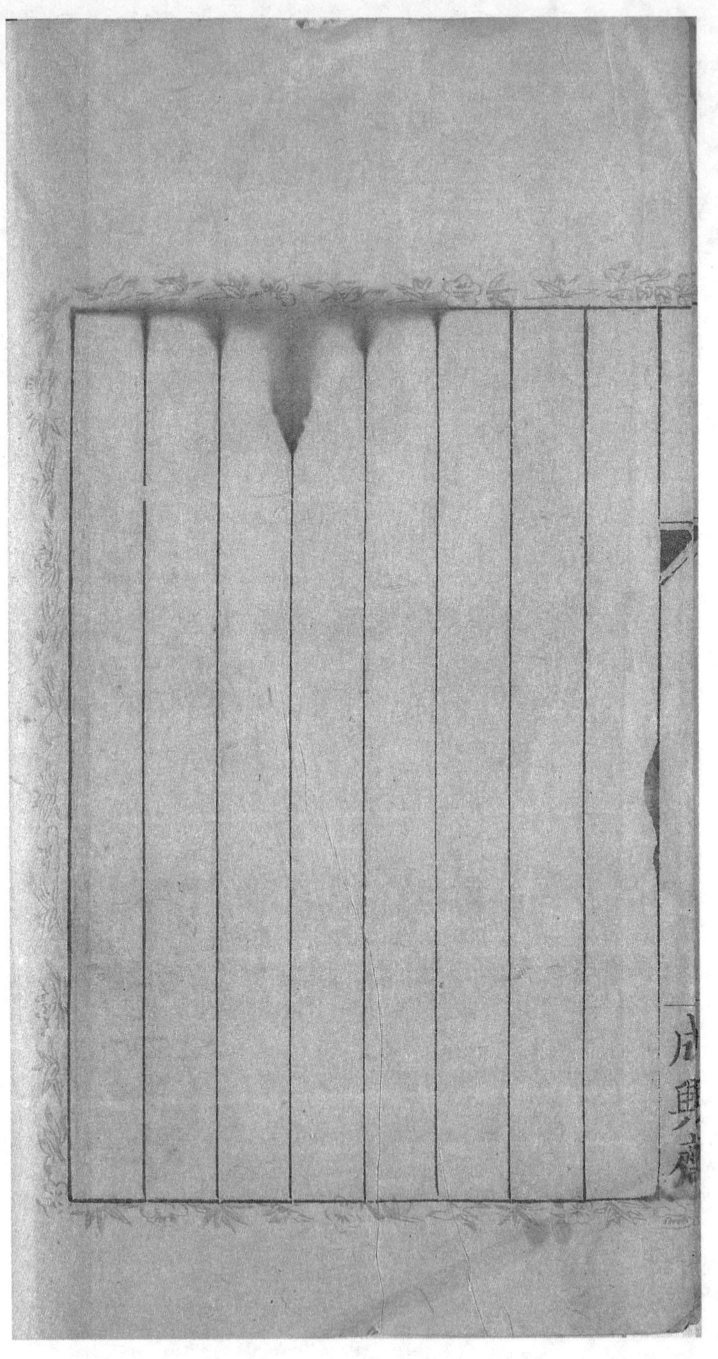

蒙拾堂詩草偶存卷一

自癸巳迄丁酉共古近體詩五十六首

古别離

聞君遠行役送君歧路隅贈君雙金環顧君立斯須去去千餘里音問日以疎歲月寖浸遠焉知心不渝丈夫重意(義)氣安用妾區〻莫以他鄉樂不念故園蕪莫以新知好而忘故人姝嚴霜沾懷袖北風吹羅襦君行旣不顧妾淚如連珠歸來當戶坐

、籠鶴

孤負沖霄志
年來羈絏[illegible]
此身[illegible]
頭存毛羽[illegible]
細[illegible]性情[illegible]
天地鈞中小
天童頂上新
石鳴饑惜力
鳴亦不驚人

織素五丈餘五丈亦為短情長空煩紆

、瘦馬　芙蓉史相[illegible]　青雲不[illegible]　白露[illegible]

生困鹽車下
瘠馬仍千里道無棧豆情汗揮餘血色骨㬋作
立志何辭苦酬恩不生世多虔相士伏
銅聲負重在鞭恐勞業愛名人間無伯樂何
槽櫪雜平生一作本事鳴
處謗平生[illegible]伯樂[illegible]人間[illegible]何時[illegible]北[illegible]

、擬古四首

迢迢銀漢水耿耿秋星光毋為牛与女寧為參
与商參商不相見牛女遥相望不見情可已相

留

守身仍白玉

俯首紅塵

郎愛夜合花

妾愛冬青樹

夜

望心多傷

郎愛桃李（迎春）花妾愛松柏（冬青）樹桃李（迎春）紅幾時松柏（冬青）青

如故人生非神仙朱顏豈長駐團扇悲秋風零

落在中路

彈殺樹上烏烏啼夜易曉揉碎匣中鏡對鏡使

人老人生百年中愁多歡時少三五明月圓行

樂苦不早

妾如水中石郎如機上絲素絲亦易染白石終

不移不怨生離别但苦新相知相知新知雖云
樂不如早旋歸

春日西上濟南道上

負笈平陵道春風游子忙愁因初别重情爲少
年長落日一廻首白雲空斷腸林鴉聲不住已
遡古朝陽古朝陽今章邱縣

登濟南城樓

落日上城樓蒼煙九點收提封曾泰嶽分野

尚齊州天地不改色古今同一邱迩當秋葉暮
吹笛動鄉愁請纓何路徃西望薊門秋

明湖弔荷娘 并叙

癸巳秋余僑居歷下金泉精舍閑後同人設壇請乩荷娘降壇自叙云余臨清人十四歲時年飢為母所賣遂隸倡籍後為鴇母所逼陪貴公子游大明湖投水而死迄今已五百有五年矣哀哉有自述七

古一章及雜感诗若干首

一姿貞魂五百年朗湖秋水碧於煙句留唯有波心月夜夜清光照畫船荷娘詩云句留因在明湖上月照波心到畫船家居蘆葦室依稀荷娘詩云遥指蘆中是妾家又云好借多士尋遺室靈降騷壇是也非欲採蘋花薦清潔平沙如鏡白鷗飛

改一首在二卷

九日登千佛山 二十四歲

秋聲昨夜霜風嚴禿林峭露南山尖我輩（我欲）

仝人

突兀動游與緣遂車馬黃埃添余點登高作
重九真味与世殊酸鹹岑參生平每好興訪
奇能使中心怏聞昔此山風雨夜破空欲裂
青峗嵬迅電奔雷怒叱咤火光迸射崑岡炎
霹靂一聲萬竅動劃然中闢雙靈巖彈指内
現诸佛像疑有神鬼窮雕劖巨靈咋舌五丁
走至今談者猶掀髯奈我尋蹤但耳食捫胸
疑信横相攙鈍碧頑青一覽盡毋爲平地用

機械乃亦古圖讖半迹因後人附會愚則兼

不然我欲西上望泰岱石閭神迹又欲

東臨觀滄海蓬壺路

矣宇内名山七十二

流盡可供游巡車轍没榛莽唯有詩人迹

留淹不見太白山不見東坡

洞題金籤

頑我不揣忘謭陋新詞也欲摩厓嵌苦吟迫窘

前有太白後子瞻

倏見

已倦與瘦履不覺蒼苔粘手拳青峭未忍別高

峰夕照衡杉楊紅葉滿林噪鳥鵲衰草別路歸

麏麚余亦大笑下石壁金飈瑟瑟吹輕袂

鄒平道中

東風吹柳碧於絲春水如油漲滿陂欲折柔條禁

不得夕陽飛下白鸕鷀

陳仲子墓

灌園辭聘

矯矯於陵子荒原宿草中萬鍾非昔日一塚尚

大采南集

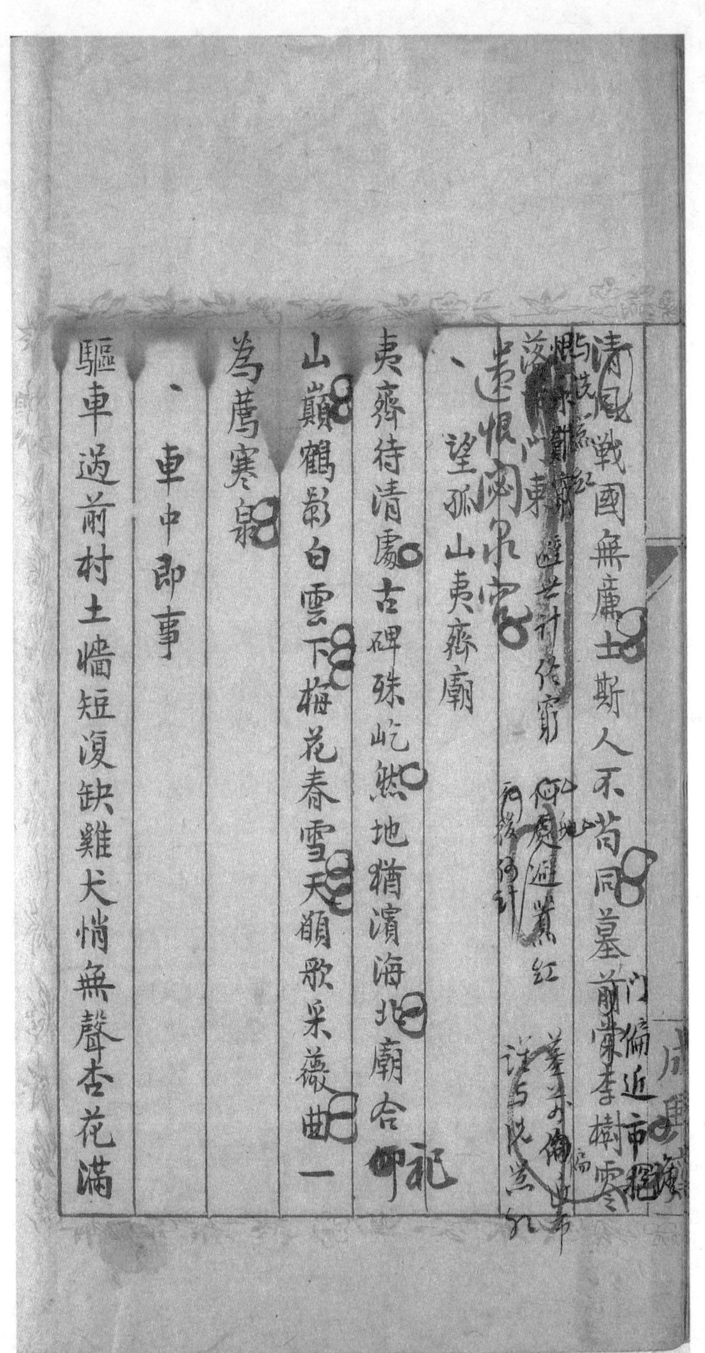

清風戰國無廉士，斯人不苟同。墓前常李樹，零落門東。遺恨向東家。

望孤山夷齊廟

夷齊待清處，古碑殊屹然。地猶濱海北，廟合祀山巔。鶴影白雲下，梅花春雪天。韻歌采薇曲，一為薦寒泉。

車中即事

驅車過前村，土牆短復缺。雞犬悄無聲，杏花滿

院雪

、上盛伯希祭酒太夫子

不知王子貴，何屑戀浮名。公肅邸近派，將世襲公爵，交還，由科甲出身，自翰林仕至祭酒，年未五十，即辭官家居。藹藹春風暖，高高秋月明。五經漢祭酒，六藝魯諸生。戊子公典試山左。余亦舊桃李，徒深私淑情。

、庶常館雜詩

槐陰窣地日遲遲，雨後輕飈入座時。一縷篆香簾不捲，涼蟬聲裡寫烏絲。

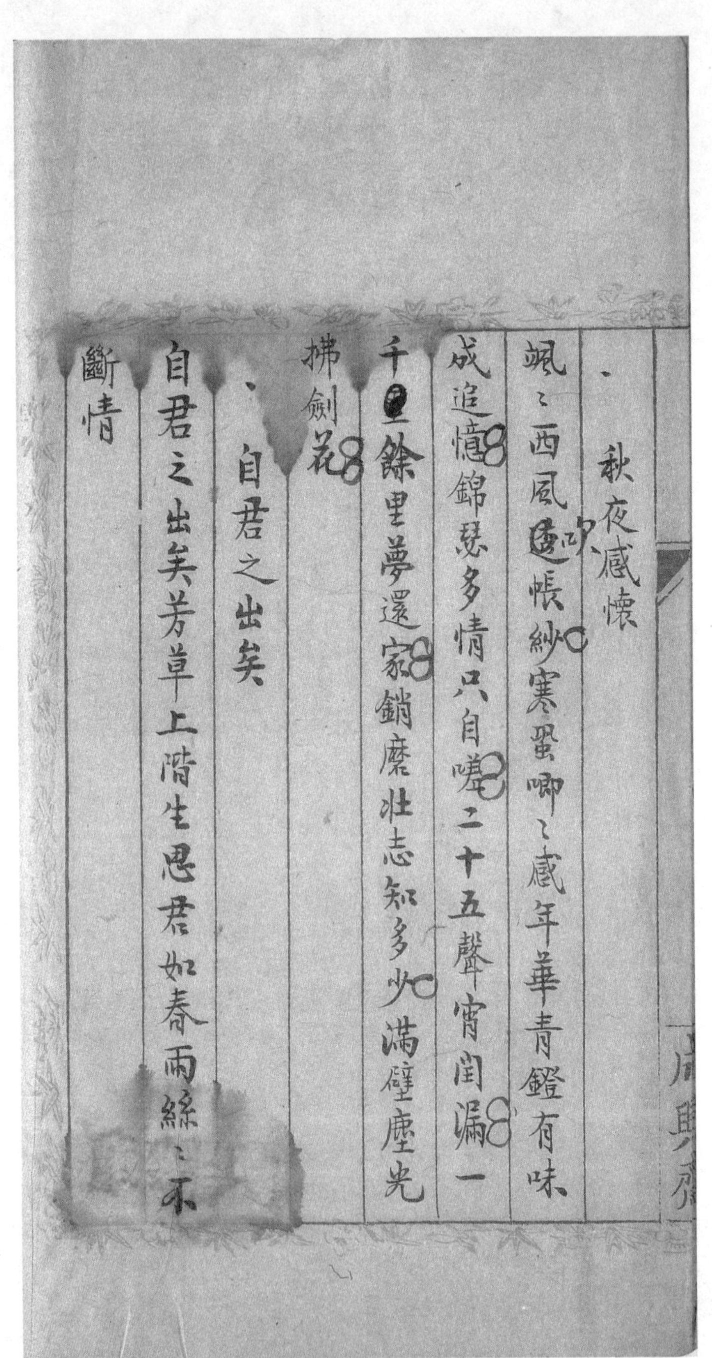

秋夜感懷

颯颯西風透（吹）帳紗，寒蛩唧唧感年華。青鐙有味成追憶，錦瑟多情只自嗟。二十五聲宵漏一，千[illegible]餘里夢還家。銷磨壯志知多少，滿壁塵光拂劍花。

自君之出矣

自君之出矣，芳草上階生。思君如春雨，絲絲不斷情。

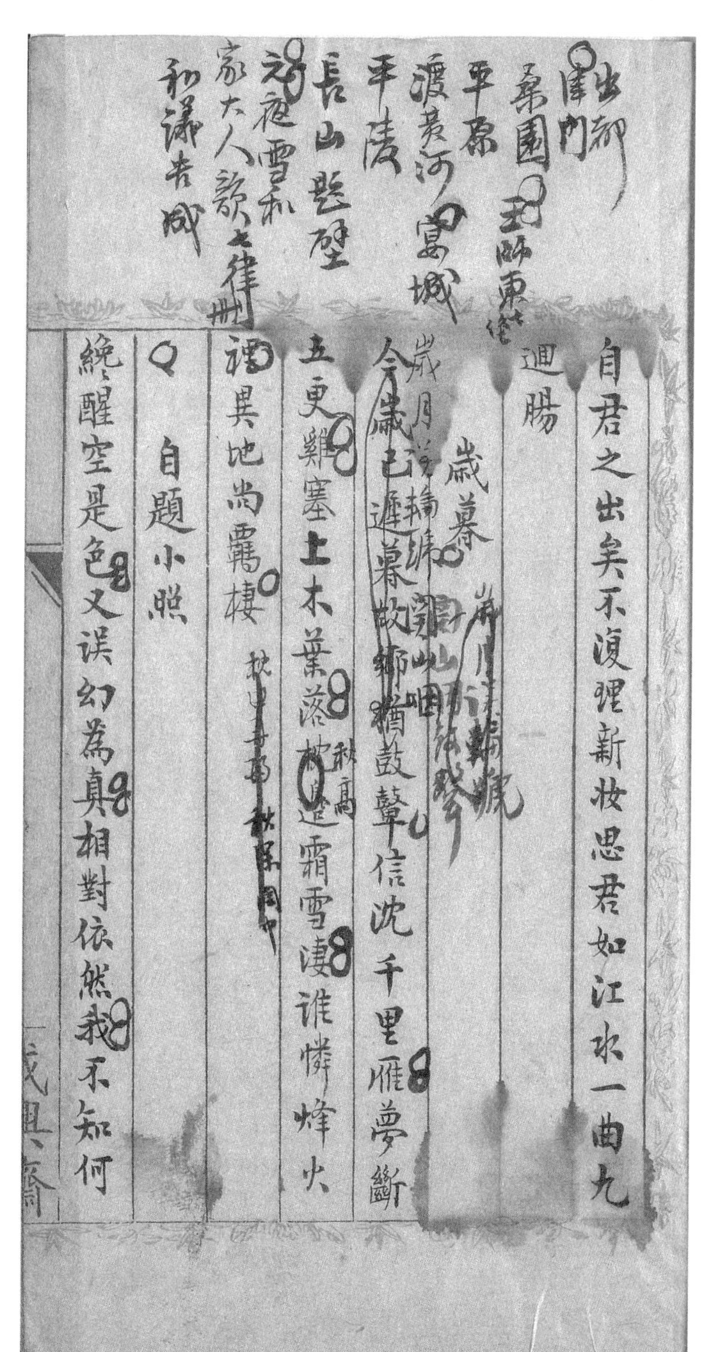

自君之出矣不復理新妝思君如江水一曲九
迴腸
歲暮
今歲已遲暮故鄉猶鼓鼙信沈千里雁夢斷
五更雞塞上木葉落秋邊霜雪淒誰憐烽火
裡異地尚羈棲
自題小照
繞醒空是色又誤幻爲真相對依然我不知何

空庭天無雨
蕭條正如时
楓山新如差
陽春柳郎詩詞
首 性色[illegible]
春花香上頭讀
般卯日風來
三都荒於息

许人浮雲驚過眼明月借前身常使心如鏡應

教不染塵

、○送鐔齋赴河南幕

送君大梁去余亦返長安今夕一尊酒明朝行

路難玉溪仍记室太白始徵官何日金台駿聯

鑣入上闌

○金台懷古

碣石北望歸高台燕昭曾此求賢和千金買

函谷不出同[illegible]師 譬連師

臨淄御撑同室旅

不问虎狼貪

鷸蚌拳

蕭并 未變

合從不抗虎狼師 貪

同盟御作鷸蚌拳

羽翼不為虎狼貪

唇齒御作鷸蚌拳

馬馬能至黄金待士士不來在昔暴秦民望雨

得一人爲可湯武留侯何非六國士反從閭巷

求真主戰國好士類虛名燕昭有志不師古郭

塊貪餌巧要君劇辛鄒衍[illegible]樂生頗稱天

下才亦重功名輕出處函谷[illegible][illegible]師[illegible]淄

御薄[illegible]旅[illegible]二城全下齊爲人驅除究何

補無怪君臣以此終豈有上下相貸取習氣徒

堪害子孫荆卿揮霍金如土咸陽一入國隨亡

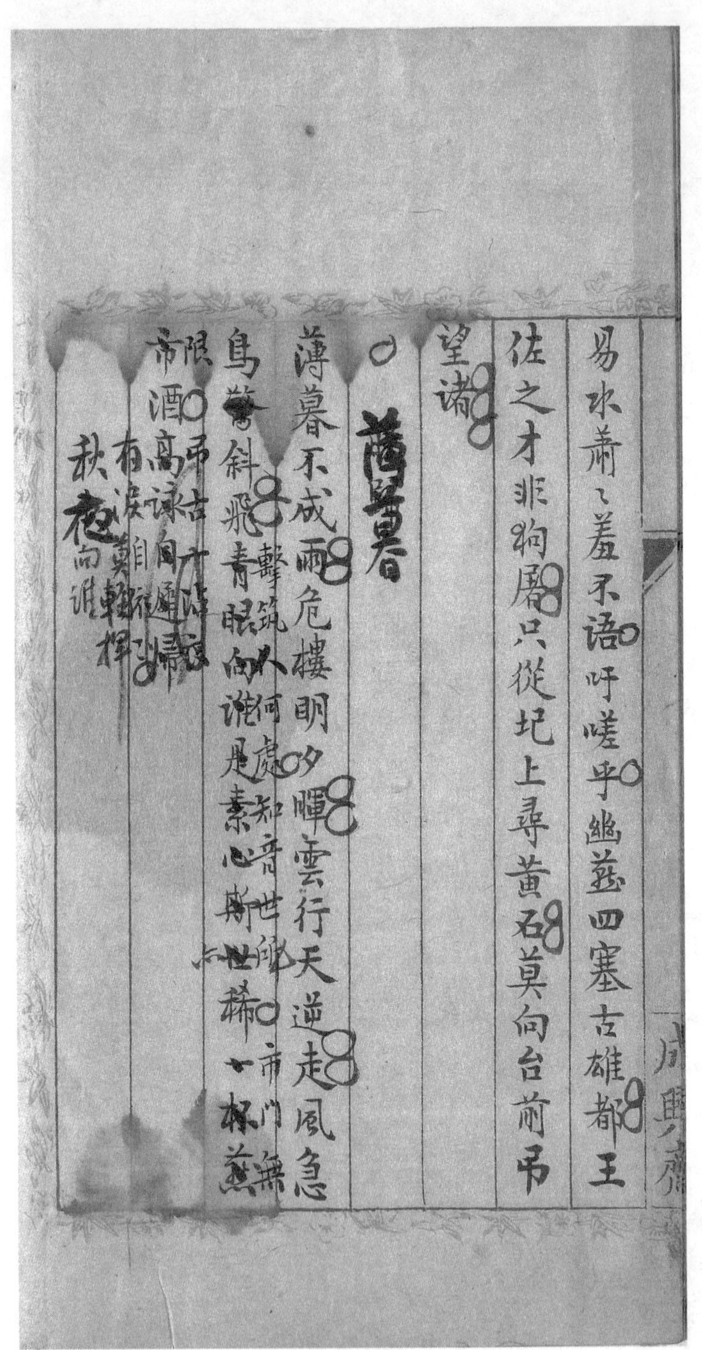

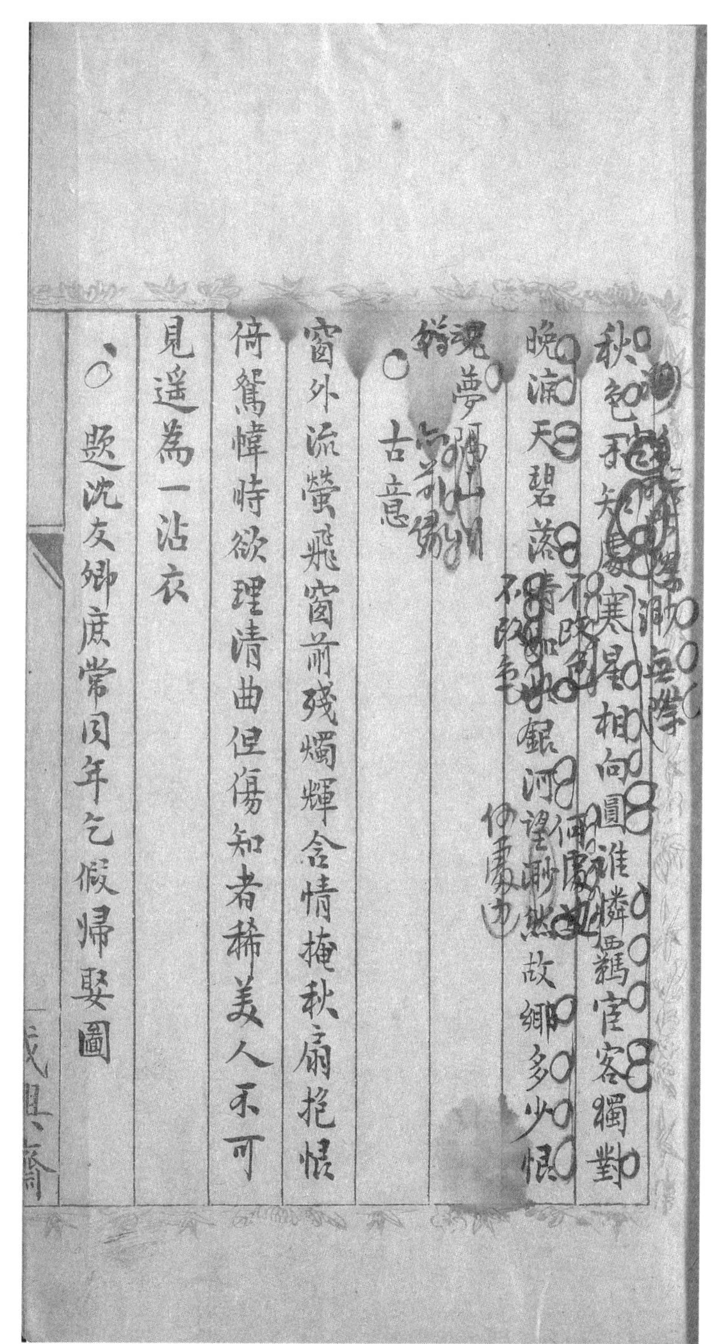

秋色和知處寒星相向圓誰憐羇宦客獨對晚涼天碧落清如水銀河望渺然故鄉多少恨魂夢隔山川

古意

窗外流螢飛窗前殘燭輝含情掩秋扇抱恨倚鴛幃時欲理清曲但傷知者稀美人不可見遙爲一沾衣

題沈友卿庶常同年乞假歸娶圖

壓帽宮花兩朵鮮江南秋好促歸鞭吳歌新製
迎郎曲簫鼓聲中駐畫船
螺黛浮煙兩道開金焦山色曉妝絕蘭臺歸
去脩眉史珍重東陽妙筆來
〇小飲 薄暮醉歸
小飲長安市乘風已半醺夕陽猶戀樹歸鳥故
盤雲塔影排空出鐘聲隔寺聞且尋僧共話松
子落紛紛 賁

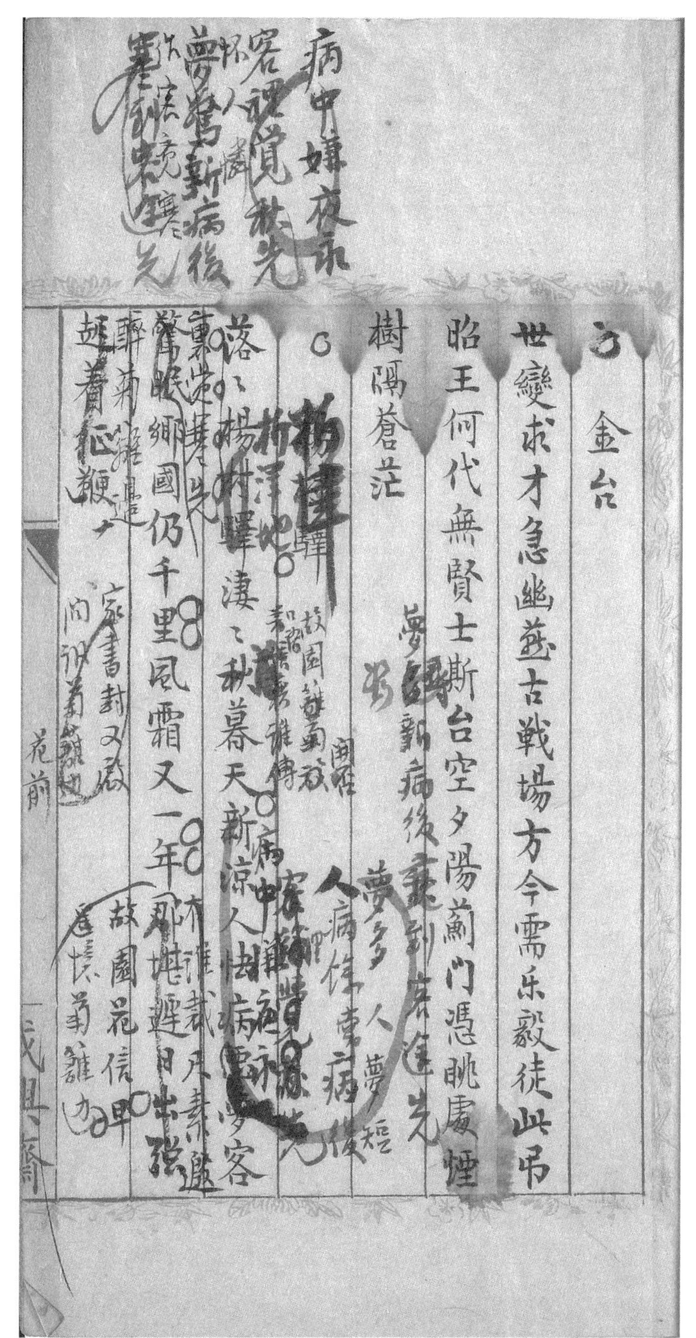

○讀劉君蕉仙俠客吟有感率呈七古一章

我生本俠士重義輕黃金但願逢知己用識平生心茫〻知己屬誰何中宵彈劍起高歌燕台黃金燕市酒古來烈士存幾多荆卿漸離長已矣蕭〻易水寒不波讀君詩飲君酒新詩一篇酒一斗人生壽無金石堅須臾浮雲變蒼狗青衫潦倒貌衰敝与君同是牛馬走蜉蝣朝暮蟪春秋將何於中期不朽拔劍斫地地無門搔首

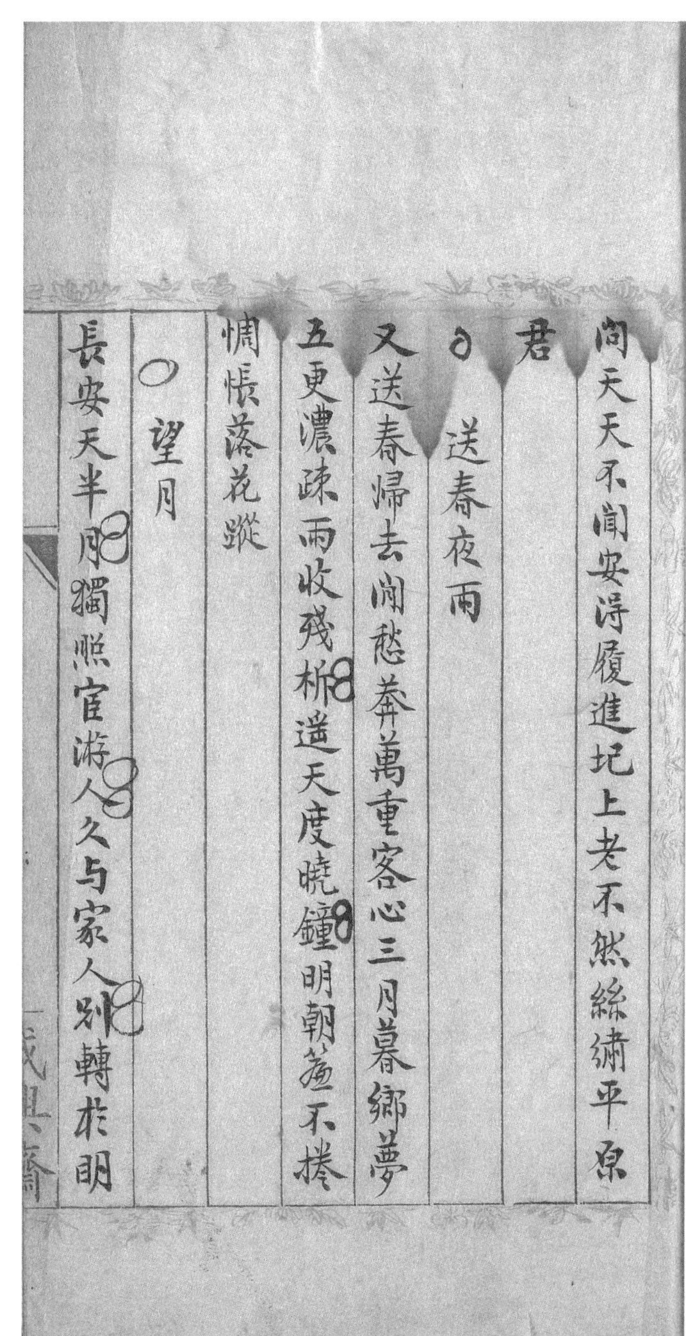

問天天不聞安得履進圯上老不然絲綉平原

君

○送春夜雨

又送春歸去問愁莽萬重客心三月暮鄉夢

五更濃疎雨收殘柝遥天度曉鐘明朝蓋不捲

惆悵落花蹤

○望月

長安天半月獨照宦游人久与家人别轉於明

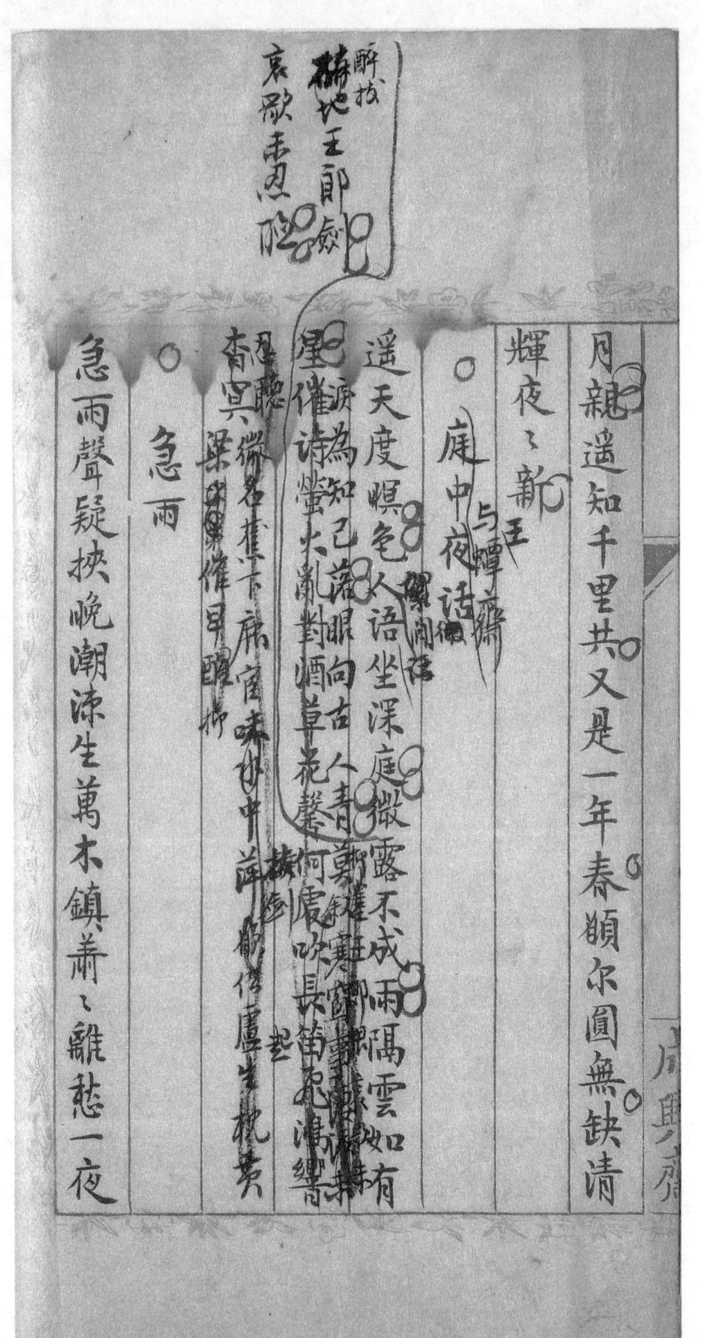

月穎遥知千里共，又是一年春。顒尔圓無缺，清輝夜夜新。

庭中夜話

遥天度暝色，人語坐深庭。微露不成雨，隔雲如有星。催詩螢火亂，對酒草花馨。何處吹長笛，飛鴻響

急雨

急雨聲疑挾，晚潮涼生萬木鎮蕭蕭。離愁一夜

風吹去知落燕南第幾橋

○晚涼

宦味淡於水悠然坐晚涼门稀車馬迹庭滿草花香身弱驚秋早心閒覺日長　聖朝諷諫少無事賦長楊

○調王楚珍大令同年

名士風流仙吏才長安日日看花開何當走馬携春去移向河陽縣裡栽

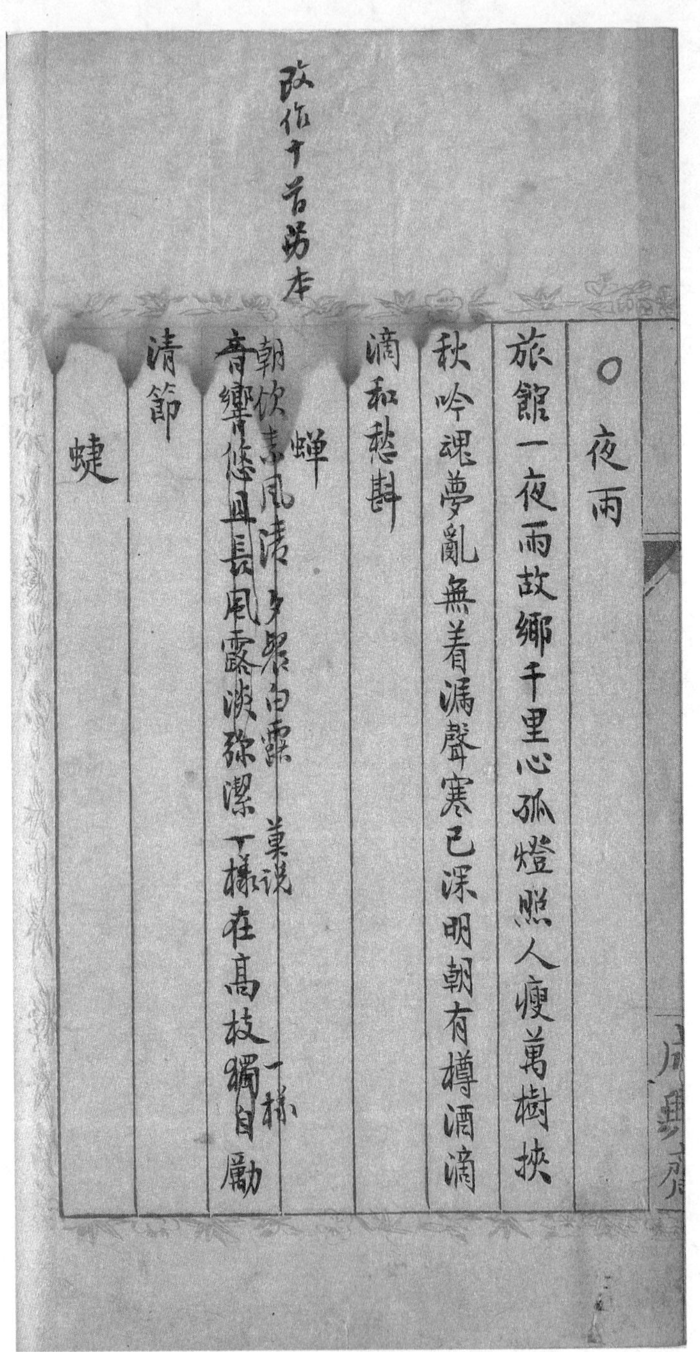

改作十首另本

○夜雨

旅館一夜雨故鄉千里心孤燈照人瘦萬樹挾秋吟魂夢亂無着漏聲寒已深明朝有樽酒滴滴和愁斟

蟬

朝飲素風清夕餐白露　葉說　一樣

音響悠且長風露浹肌潔下樣在高枝獨自勵

清節

蜨

蝸

陰雨天清涼
游行殊健眠
不避烈日中
枯已粘壁上

螢

羞向暗中去
既殺明本性
自不藉餘光

四時迭來林百花自
榮悴天無心開落花自若笑尔繁華中底甚態

輕薄

夜雨初晴即事

脩竹當窗月影過夢迴酒醒夜如何嫩涼天氣雨
初歌滿院蛩聲秋意多

晚泊河西鴎 以下采蘭集

庚午九月出都

津門感旧

暝色動林薄征帆一葉停
風靜鯉波瀲停船忽已暝僕人煨酒熟舟子膾魚
醒月出中流白天垂兩岸青明朝挂帆早鄉夢落
篷

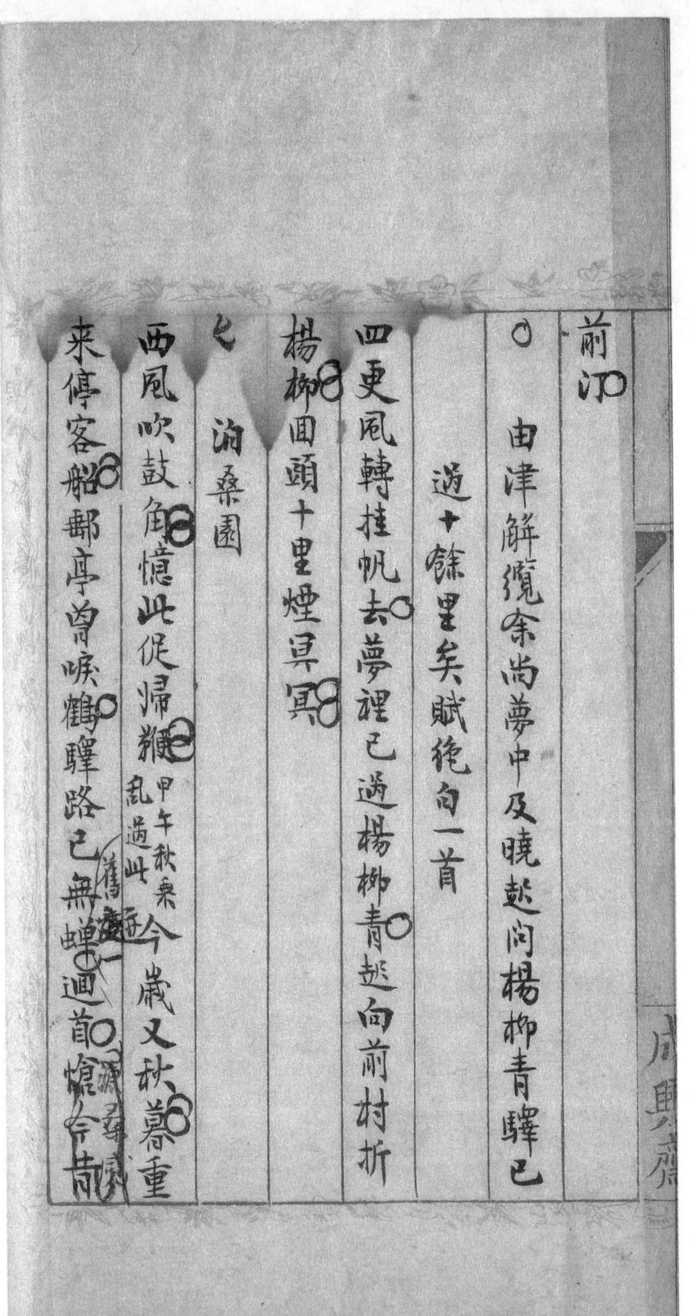

前汈

○由津解纜余尚夢中及曉起問楊柳青驛已過十餘里矣賦絶句一首

四更風轉挂帆去夢裡已過楊柳青起向前村折楊柳回頭十里煙冥冥

又　泊桑園

西風吹鼓角憶此促歸鞭甲午秋乘亂過此今歲又秋暮重来停客船郵亭曾喚鶴驛路已無蟬迴首憶今昔

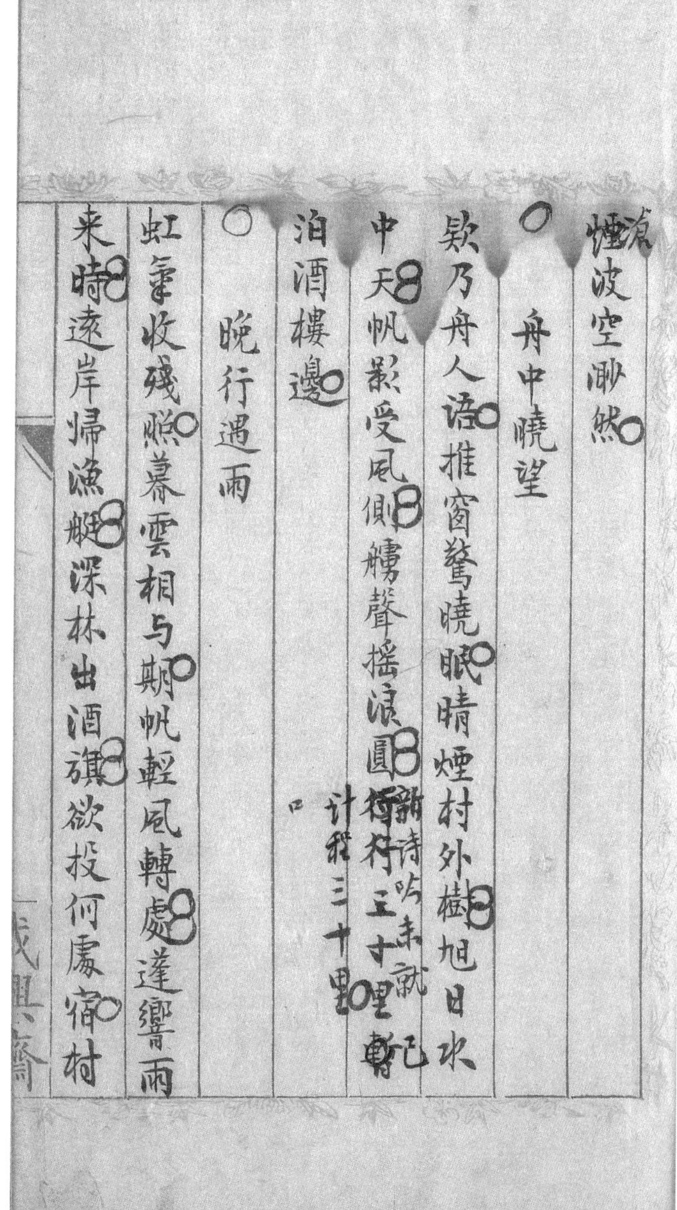

滄煙波空渺然

○舟中曉望

欸乃舟人語推窗驚曉眠晴煙村外樹旭日水
中天帆影受風側艣聲搖浪圓新詩吟未就已行行五十里轉
泊酒樓邊計程三十里

○晚行遇雨

虹氣收殘照暮雲相與期帆輕風轉處蓬響雨
來時遠岸歸漁艇深林出酒旗欲投何處宿村

落望中疑

平原觀顏魯公書東方朔畫像贊 偶過平原

余生好金石隨在攷文獻乘驂過平原乃見畫
像贊剜苔剔土花流沫誦萬遍古人亦可作疑信
忽參半弄筆賦子虛歲星游戲慣魯公伊何人為
書滑稽傳斯理誰能明俛首三感歎平詞華嶼
傾危節義見守土懷忠貞立朝託諷諫世異事亦
殊易地則皆驗我生際艱虞軍書日告变

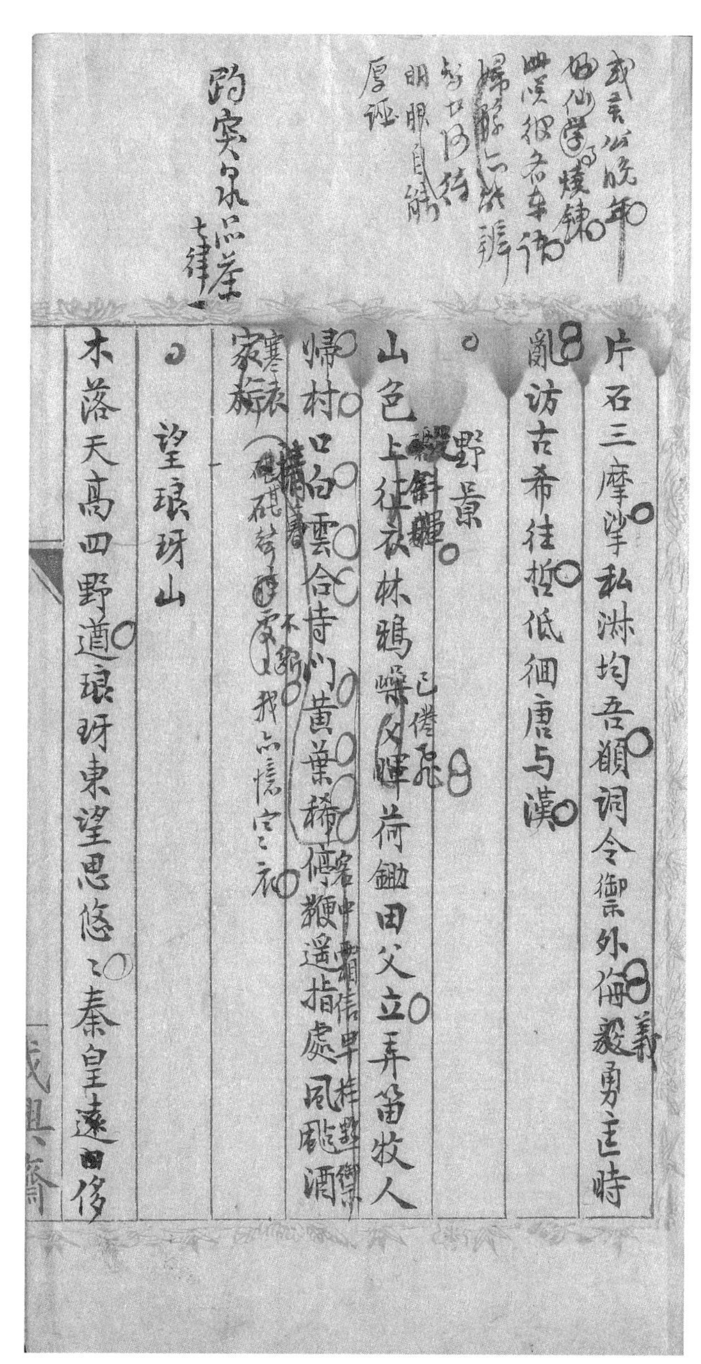

片石三摩挲私淋均吾顔詞令禦外侮毅勇主時

亂訪古希往哲低徊唐与漢

野景

山色上征衣林鵶噪夕暉荷鋤田父立弄笛牧人歸村口白雲合寺門黃葉稀停鞭遥指處風颭酒家旗

望琅玡山

木落天高四野遒琅玡東望思悠悠秦皇遠遁傍

綵ミ於陸子
盤虎俗中徵
辭世聘義復
化齋風戰國嘉
廉士斯人不禰同
蒼崖門倚近市
遣恨閑永寶

志登台頌齊景雄風遵海遊日照三山仙迹渺
梓未可知
煙浮九點霸畫休苓参生好探奇靖歲暮嚴寒
石榴傳經宅地
○伏生故里
二十九篇出斯文猶在茲世為秦博士者作漢經
常書　大後博士與
濟南國尚書與平陵畫像祠
濟南金泉精舍有伏鄭祠內懸名人所繪伏生小像
世家如可溯我亦感興衰
吾濰城東南有伏家莊傳為伏生裔陳鶴儕孝廉嘗輯
歷代伏氏名字見於史傳志乘及諸名家集中者次其行第
彙為伏氏世譜淵博精核不愧伏氏功臣因念余先世焦祖

沛鱣在孔門七十二賢內歷代封梁伯晉千乘侯唐宋以來譜系秩然及明季遭亂長房播遷譜没於水遂至今門閥無考余既羨鸛儕攷古之勤而不禁有芒澤湮没之感云

○車中望華不注山

昔聞華州西嶽之三峰半天削出青芙蓉毋乃其一飛到此風雨離合成奇蹤東西相距數千里豈有夸娥施天工齊魯嚴鎮首泰岱羣山羅列如朝宗伊古聖神七十二每談符瑞來東封云亭梁父邱陵耳焉近壇坫同尊崇茲山壁立一千仞巡幸

轍迹無由通依草附木類如此始知孤立難爲功
余生哭兀不諧世萍梗薄宦奔西東今歲正月出
故里頻逢勝境紓離悰一路看山不動目到此頓
覺開心胸石骨森森偃離鵠雲根矯矯盤虯龍拔
地獨出空所傍參天秀絶非爲容東迎送三十
里猶嫌别我何匆匆明朝税駕古歷下城内無處
堪模節鵲華橋過一回首蓮花縹緲晴煙中三周
戰績不可見一角山色空復濃安得高吟太白

晚宿劉宿廟

結語匠壯莊新

卯吾將此地巢雲松 相皆 並出自蜀李太白 我亦此地巢雲松

○黃河春漲連二日不得渡

黃河春漲泛況挾斷冰流一曲公無渡兩涯相對
愁枯槎臥沙嘴危岸壓城樓迴軑郵亭宿濤聲
夢裏秋

○過景州孝女祠

某州守女為思亡母登塔望之墮墮地跌
坐無恙弆至署看無疾而逝州人為立孝女祠

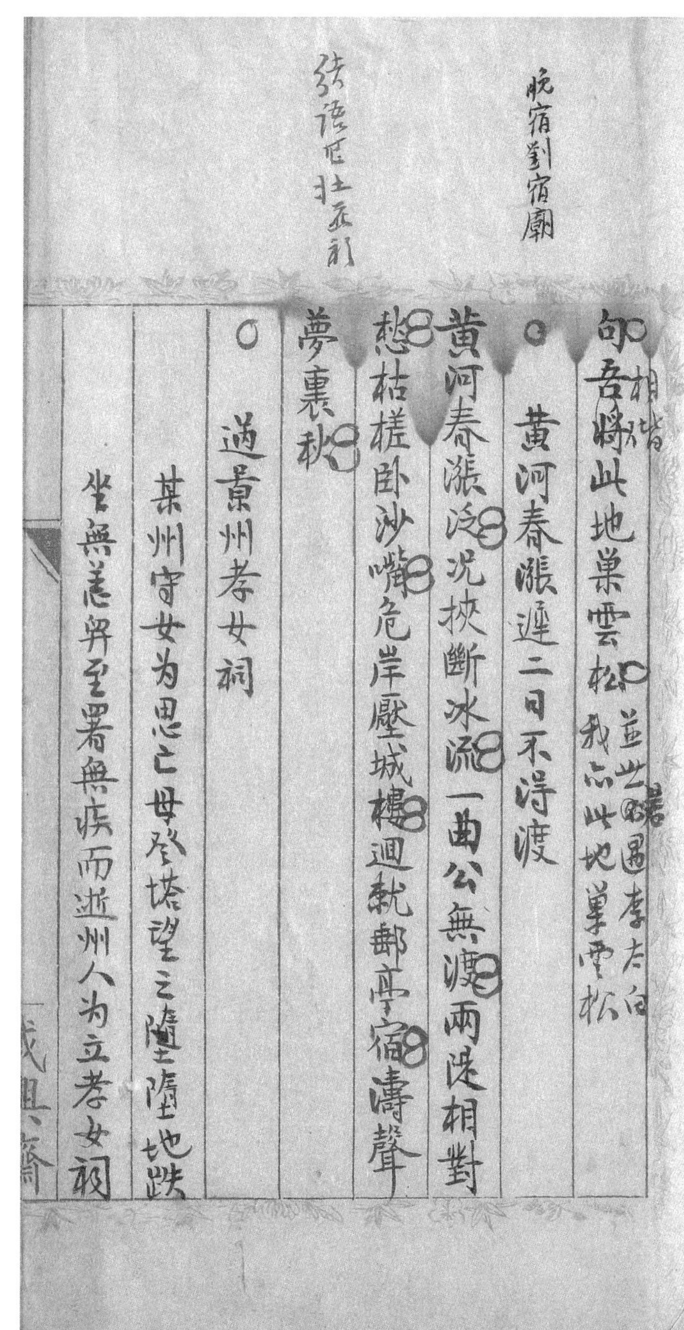

曾經塔下墮明珠，孝女奇蹤話客途。祠樹如煙天乍曉，聲聲猶聽哺慈烏。

○春日回都

秋風霜葉雁南歸，春日北來花滿枝。念我一身仍薄宦，從今千里益相思。舊題詩壁蝸添篆，新啟書窗蛛網絲。庭草青青無限意，王孫有恨復誰知。

以上初集五十六首

蒙拾堂詩草偶存卷一補

平陵道中 以下癸巳

征郵亭

長堤夾道曉嗁鶯（短長亭兩岸鶯嗁）風日微暄霽色澂十里垂楊遮不住看山一路到平陵

明湖漣波樓晚眺

湖心

登高極望暮天空懷古無端向晚風兩漢經師開伏女三齋志士數終童環山城郭疑仙界枕水樓台在鏡中海右名流半銷歇（罨滿畫題）吟詩

惆悵浣花翁

又　明湖泛舟

著意尋春緩緩行，興來又上畫橈輕。兩隄柳色碧於水，十里山光青入城。白雪樓空營燕疊，滄浪社寂同鷗盟。棹歌一曲斜陽晚，浩渺煙波無限情。

故鄉寒食　丁未

寒食天無雨，春游正及時。野花軒女廟，墓隄草

十里河堤路
三年別後思
向酒旗
想到遠懷倚閣人

柳郎祠溪淺波行穩山高月落遲故鄉好風更說
景三韓若相思 想到如仰倚閣
授經樓秋夜 閑後作
霓裳一曲幾時聽倚枕高樓夢未成素志也知
輕浔失 聖朝那敢薄功名寒星當户夜無際
落葉打窗秋有聲捧擻古人緣底事白雲鄉
思不勝情 想到
授經樓秋暮夜雨

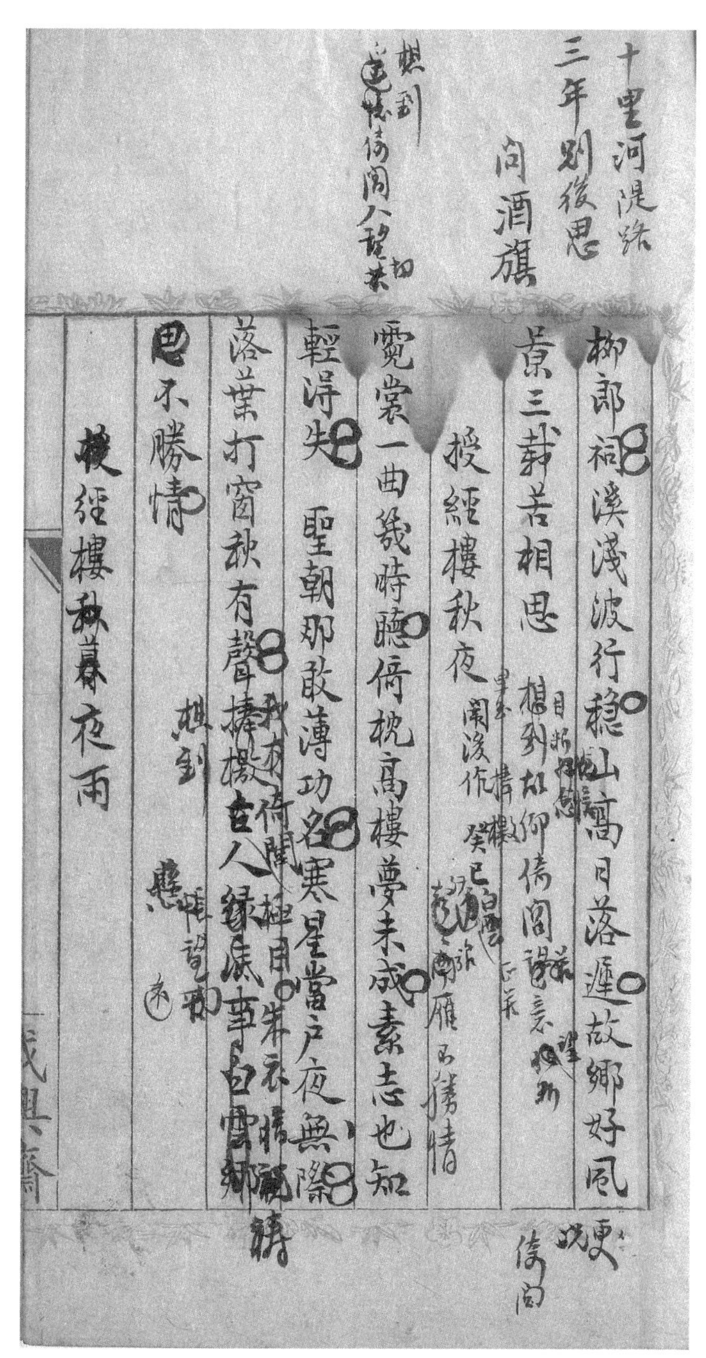

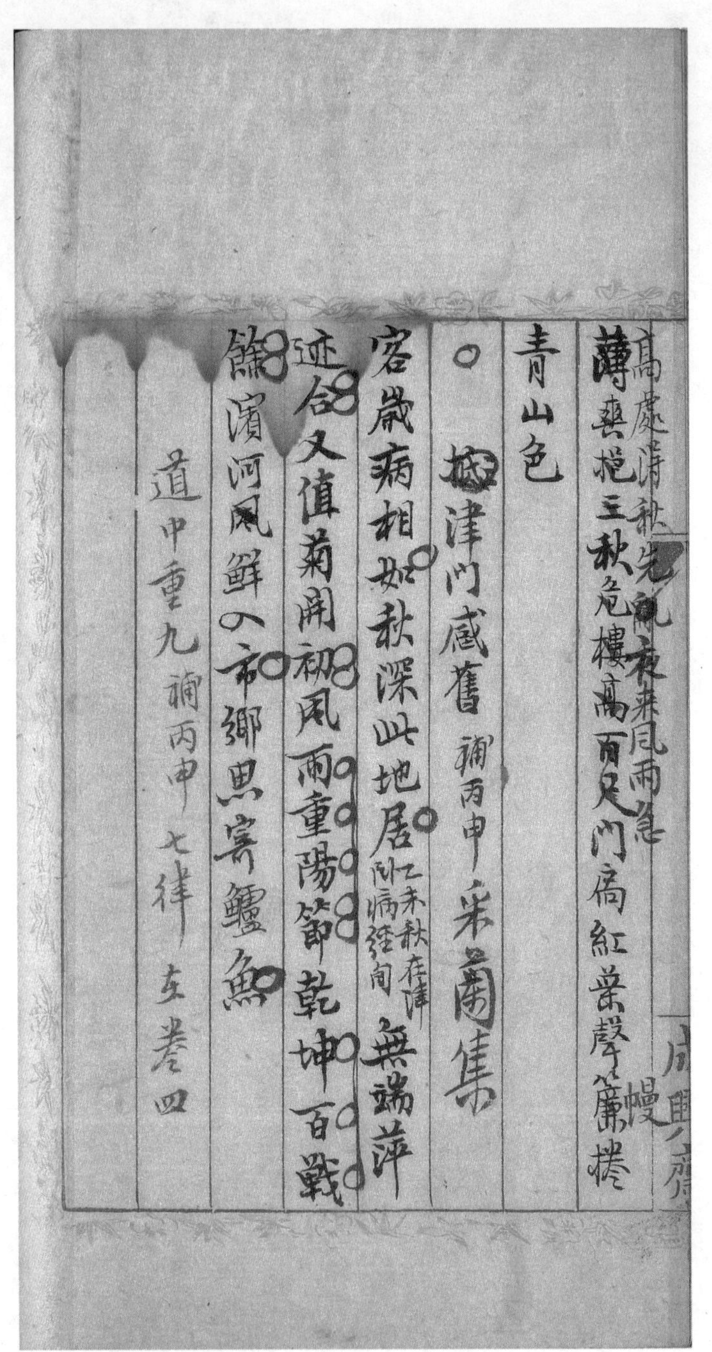

薄暮憑三秋危樓高百尺門扃紅葉聲簾捲（旁注：高處清秋先氣夜來風雨急 幔）
青山色

○津門感舊 補丙申 采蘭集

客歲病相如秋深此地居乙未秋在津卧病經旬無端萍
迹合又值菊開初風雨重陽節乾坤百戰
餘濱河風鮮〇前鄉思寄鱸魚

道中重九 補丙申 七律 在卷四

蒙拾堂詩草偶存 卷二

自丁酉迄己亥共詩　首

聽瞿子意林彈琴

為我撫琴彈一曲，由來古調賞音難。垂簾不捲日亭午，坐聽松風生晝寒。

夏日書懷四首

窮巷無車馬，閑门常不開。草堂巢燕雀，土壁長莓苔。壯志無今昔，孤懷獨往來。那能携酒去

曾果佳客[妒]
韋布故人多[絕]
到門豪客少
開逕故人多
豪華佳客
書來知己少
詩憶故園多
貧賤人
交游因病少
詩卷為窮多
書投當路少
詩憶故園多
知己布衣多
全

一酧古金台

交以淡能久志當窮益堅知人曾幾輩羈宦

已三年春盡長安地風薰初夏天欲調琴一曲

古調有誰憐

淩晨徵有兩風日弄晴和坐看浮雲散閒聽

倦鳥過禮疎交自寡身慵病常多幾輩居朝

身因窮病懶詩為窮愁多

書投當路少詩憶故園多

市甚於官隐何

芳草當門長盎然生意新此身差免俗何地不

飛塵把劍得（思）奇士，刪編（詩文）逢古人。世間多少事，蕉（從來無世故，使御樂天真）
鹿夢中因（非真）。對（回）鳶魚機活潑，隨在樂天真

初夏

迎夏夏仍至，送春春又歸。一蟬餐露適，衆鳥入
雲飛。有志從天定，無才與世違。葵心終不轉跳（花向滿堂達）
延惡（向）朝暉

端陽夜雨

忽忽天中節，鄉心欲遣難。賓朋謀一醉，兒女憶

長安千里家書滯孤燈夜雨寒綵絲縷續命
愁思渺無端

喜陳少廷同硯至都

倒屣匆匆出良朋已到門相逢疑是夢久闊轉
無言歲月懷中刺塵沙衣上痕久懸徐孺榻今
夜下陳蕃

我既鮮兄弟君今仍一身死生同學淚（少廷昆仲三人均與余同學其兩弟俱因攻苦太過相繼病殂）肝膽十年親知己在文字論

交見性真别来閒官味所得是清貧

冷眼遍天下真材能幾多幽燕仍舊蹟烈士不

聞歌日落金台夕風寒易水波如君還論命使

我欲云何

余生不諧俗壯念未曾銷有志酬知己無才答

聖朝歌聲秋裂石劍氣夜干霄樓々紅塵

裡閉門廿寂寥

七月七日送蟫齋回沛秋試

佳節長安七月秋送君千里下齊州燕南十二
虹橋路寒雨潇潇易水流

送蕉仙隨任桂林

桂林七千里輕騎出長安風雨古離別關山行
路難愁多詩思亂話久酒杯寒同是宦游子浮
雲一例看

送鐔齋赴幕桂林御用送蕉仙原韻

顧化帆風去才名如子安秋深傷別易路遠寄

書難燕市無知己邊城況早寒桂林山水好
不共故人看

送劉子秀同年下第東歸

燕市一杯酒楊花白雪飛那堪三月閏又是送
君歸時命由天定文章與世違金台無路上分
手見斜暉

落落陽春曲洋洋下里歌劉蕡仍落第我輩早
登科芳草綠不盡晚花香更多欲雲天半趁何

處望嵯峩時予秉執館泰安

秋日懷蕉仙鐔齋楚南

別魂亦已矣秋氣復悲哉宋玉多情累江淹作賦才瀟湘木葉下之子鴻雁來天末涼風起君懷鬱不開

再贈蕉仙鐔齋楚南道中　二首

少年飄泊走天涯一路塵光拂劍花非是窮途休痛哭過江不弔賈長沙

紅蘭白芷楚江濱，日暮風帆送遠人。竊喜
聖朝無闕事，不知何處哭靈均。

鱣齋寄書以登黃鶴樓令余作此以答

黃鶴古時樓，樓前江水流。樓中誰吊古，江上一停
舟。君既暢高詠，我今權卧聊卧游。西風知此意，
吹夢到荆州。

皎皎天上月

皎皎天上月，皚皚地下雪。寒色照窗牖，清光逼

毛髮鬖鬖鵲僵不鳴庭柯抱湏缺翹翹嶺頭梅了
了林間鶴爾獨不畏寒挺立在巖穴長夏鳥聲
碎陽春雜花發爝火不時明水滿亦易洩極盛衰
所伏生殺每相折歲寒物見珍无衰士顯節嗟
彼繁華中趨炎方未歇

孟春　時享　午門迎送　聖駕恭紀

鵷鷺進行入五雲金鐘聲裡歇　宮門香煙遥
帶晨星色仙仗高擎曉露痕及早逢春原

帝澤浮常近 日赤 君恩待臣幸与 朝儀盛

產絲絲迴黍谷溫

自捧丹心向 至尊

寀處

寀處揚雲久終朝徑懶開庭閒馴鳥雀砌古上
苺苔芳草自春色美人昧未來一官成吏隱何
必在蒿萊

恭祝崇文山上公太夫子七旬壽

桃李新陰接舊陰春風吹暖畫堂深嶺將松柏

淩霄意欲作羣芳向日心

喜雨早晴

夜雨送春去趂朝侵曉行出雲新殘月淡在樹一
星明天意惜衆綠人心欣早晴　上林膏澤渥小
草亦敷榮

海棠 与下楊花一首均比擬時粵東某正聲勢赫奕也

闘得新妝別樣紅爭妍日日向東風無香能乞春
憐護寂寂幽蘭空谷中

楊花

楊柳千條着意青楊花如雪撲前汀隨風吹上
雲霄裡一落中流即化萍

浔蕉仙饆齋桂林書

故人遠過瀟湘去萍迹無從寄雁魚鎮日計程
到何處曉來已得（忽接）桂林書

暮雨懷子秀同年泰安

薄暮天將雨臨風正憶君柬來膚寸合或是

我與齋

泰山雲

晚自庶常館歸

蒼煙圍暝色棲鳥不聞聲星斗明懸樹樓台暗近城 聖朝隆待士我輩早知名迴首培英地油然忠愛生（庶常館有御筆題培英館匾額）

閩粵西冠蓋御憶蕉仙蟬齋

五六月中蟬亞嘶七千里外雁飛遲情從極處翻無夢思到窮時始有詩況是東南頻不靖傳

傳聞烽火盡堪疑長安鎮日心無薄瘴雨蠻煙

知未知

春日憶譚齋桂林　此首在詩桂林書下

粵西山水好夙昔夢中尋羨子因立坪迹今生

到桂林遥知游客興定觸故人心余亦欲從往

湘江深復深

秋夜鄉思

寒星向衣尾

秋氣清如此蕭森忽已暝金飈吹敗葉白露

涼風起高樹

蓬天

林間
撩亂盤飛葉
樓陰鳴歇蟬
屋角立寒星

下空庭浮失蕉邊鹿浮沈水上萍晌宵鄉思苦

夢過鶴山青　結句舟行家是似剪雁過歸思深未流

秋氣清如此澄懷聊自娛虫聲當戶急螢火入

林無宦況徵雲澹鄉心片月孤季鷹風味好我

亦憶明湖尋鱸

貞女吟

汪也時粵東同年某竊弄政權門庭如市

屢屢過訪兼以南台余謝絕之因作此以自況

秋雲麗録漢初日照神山疇不愛景色可望不可攀綺彼窈窕女生長齊魯間七歲習姆教禮儀頗足觀十歲作時妝畫眉已能彎十二學刺繡十三織冰紈十四裁嫁衣剪刀徹夜闌十五偷對鏡顧影每長歎常惧吉士誘敢恨蹇脩艱摽梅既不賦白茅何由干南國輕薄子當户下雕鞍贈我錦繡段求我舉琅玕設想毋乃左去〻勿盤桓君如花上露迎陽逝易乾妾如匣中玉抱璞美始完女子重

義

意氣男兒希容顏容顏雖自愛守身良獨難泠

泠古井水籊々黄竹竿黄竹生多節古井無波

瀾寄语少年子顧義慎自安

喜陳少庭同硯至都

去歲冬少庭因中副車在都盤桓兹句而

别今歲又盡冬矣撫今追昔悵感離羣而

少庭適以妹喪又至一見悲喜交集因口

占一律情真語摯工拙都忘也

前日訛傳良友至今朝真見故人来（九月初旬有言少廷至都者來拂信）下車先乞新詩冊入座重尋舊酒杯宦況蕭條憐我拙名塲潦倒惜君才幽芳只許同心識十月寒梅嶺上開

大雪

朔風吹大雪積素一庭寬復此映月色悄然生暮宦情孤鶴守鄉思早梅看莫笑衣安懶因人熱只難

感懷

翔風摵天地萬木發哀吟落葉亦已盡枯枝
挼不禁陽春二三月芳郊花柳陰暖意拂香
陌淋桑催鳴禽繁華總幾日倏然變蕭森憶
昔爭相媚今乃苦相侵榮華本物理炎涼殊
天心松柏識此意大塊聽銷沈

己亥元旦

霄漢澂晴色人聲夜已闌雪銷都向暖風動

不知寒萬物皆生氣三春此見端乘時方布凱近日是長安（正月朔日下詔蠲緩截輸被災地方租賦）

晝眠初覺遥聞琴聲

茶半香初午夢殘滿身花影倚闌干瑶琴一曲不知處隨意松風清晝寒

晚晴

晚來天欲暝雨霽廣庭間衆鳥争投宿林雲獨往還明河落簷際新月出林間誰解幽

人意蕭然自閉關

擬〻古詩二首

蜉蝣歲朝暮靈龜息春秋物理有定數脩短
常不侔壽夭況在人彭顏皆純脩唯恃能立
命同一丘首邱如何漢武帝求仙方未休一
旦悔輪台詔鼎不可留神山阻海外安能逍遙
遊人生有真樂知足乃無憂

散步高原上纍纍邱與墳古碑埋荊棘苔蘚

以德桂神武病以
衛鎮吾三年石鏡附
四歲同附及方說

蝕其文借問墓誰氏匆葬不可詢生前既寂寂死後疇云云余聞三歎息閱世如浮雲君子疾沒世後生懼無聞三閭惜往日漆園悲陳人立身苦不早榮名壽千春

題郭爵軍門子美思親釋甲圖

銘羅燕然碣天高南雁飛猶餘慈母綫已換老萊衣十載淒煙畫三春愛日暉平襄無血性柱用乞當歸蜀志姜維封平襄侯

襄鄂新移鎮汾陽舊戰功精忠賢母訓達孝聖人衷桑梓君無憾瞻依我亦同白雲起天半歸思薊門東

易水懷古

軹里刺韓信［相[illegible]］○屠面血模糊○博浪錐秦政○大索姓［姓名總子虛］名無○神龍不見尾○壯［志］士不［無］連株○嗟彼燕丹家○未識荊卿愚○輕逼於期死○遲待舞陽俱○轟和易水歌○炫售替亢首○生劫既不得○自［請戕］供更無餘○只

恨智囊淺何識劍術疎誰鑄九州錯只爭一著輸泣覽龍門傳流觀燕市區亂世有死士高材才無酒徒大言少成事躁進多趑趄堂〻萬乘國烈〻千金軀勗哉後世人憑弔空欷歔

重陽前一日

木葉蕭〻裡烏啼（驚早）夜霜人心憐晚節天意遍（故人當將人比黃菊）

重陽有月星多晴無風夜自涼且對桑落酒

明日是重陽共泛菊花觴

相思雁北塞

一載旅興齋

故人笑不答有風
徵罍缸銜杯誦
新詩讀書處清
腔

夢蕉仙三十韻

秋夜涼不寐兀坐挑銀釭所思在桂嶺望阻山崆峣
恨無黃鵠翼高飛踰淮雙谾中情煩以惋斷梗浮奔瀧
倦極一伏枕劍佩淩風瑽哭見故人至我心翻增悽路
遠風濤隔秋汛時淙淙況當夜昏黑魚龍何紛降故
人笑不答索酒傾罍缸新詩共欣賞珠璣費吟腔我
亦驚定喜絮語紛娓娓憶昔在燕市酒樓初相撞數
載仰山斗君如襄陽龐一見吐肝胆我比汲黯戇古

在道朋照人

交道猶在人薄俗千鈞拉從此訂知己文字交矛鏦醉鬚
玉唾壺游騁油碧幢古亭題詩壁陶然亭方池觀魚缸金魚池
聚首未半載匆匆纜解橋贈我錦繡段報以瓊玖遺
我貽襜褕投以明珠還海潮時奮迅好穩篷與楫江
水易哀怨莫采蘭與芷隔歲南雁來知君抵粵邦迢
迢七千里望斷洞庭艘何意今夕內得聞足音跫宴樂
正未艾一覺旭上窗魂歸向何處遠聽無吠尨速起裁
尺素遙為通誠悃問君今夜夢曾否過湘江

鄉人風雪起新愁

渝関懷古

渝水東來天地浮　羣山環拱古渝州　雄関大勢盤龍虎　嬴政痴心作馬牛　數代烽煙仍舊蹟　鼓角動新愁　班生白髮休辭老　聖主恩深萬里侯

渝関謁宋祀三宮保

終古渝關地　中興大將營　人間時雨降　天上壽星明（戊戌公八十　蒙賜壽）　海外知名氏　朝廷眷老成　秦皇無

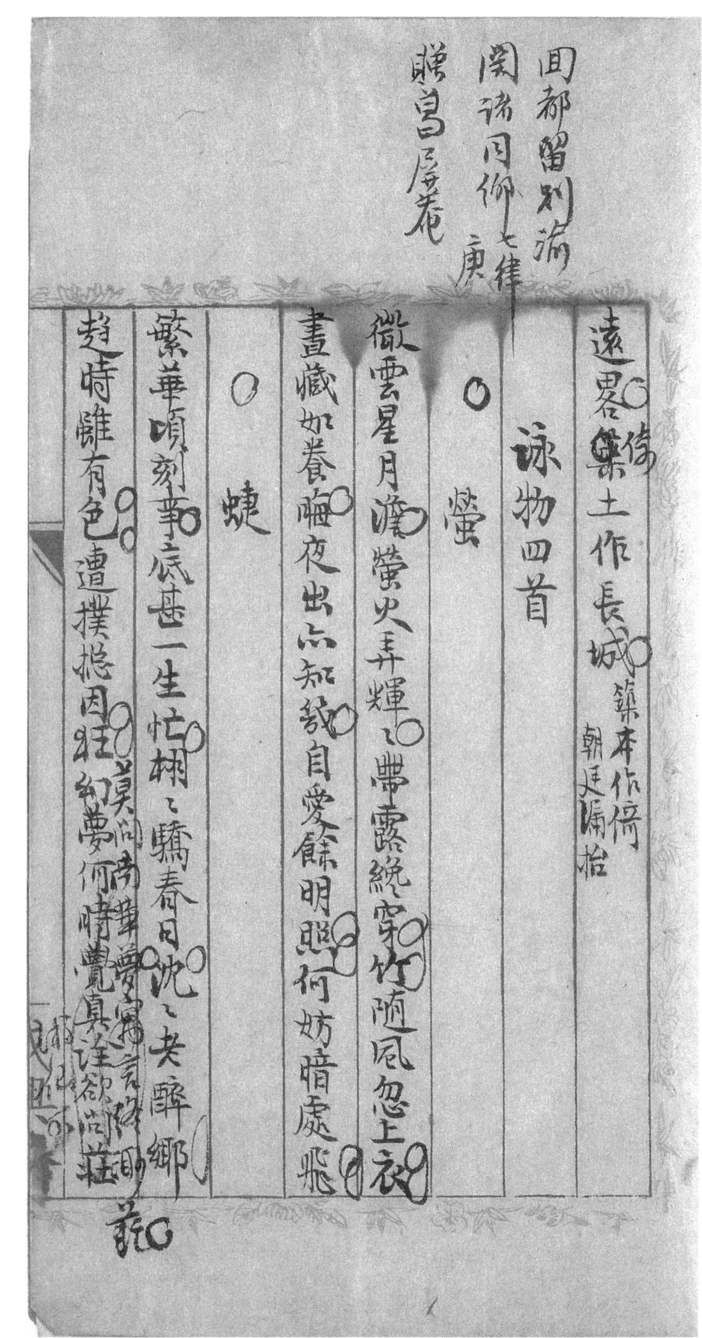

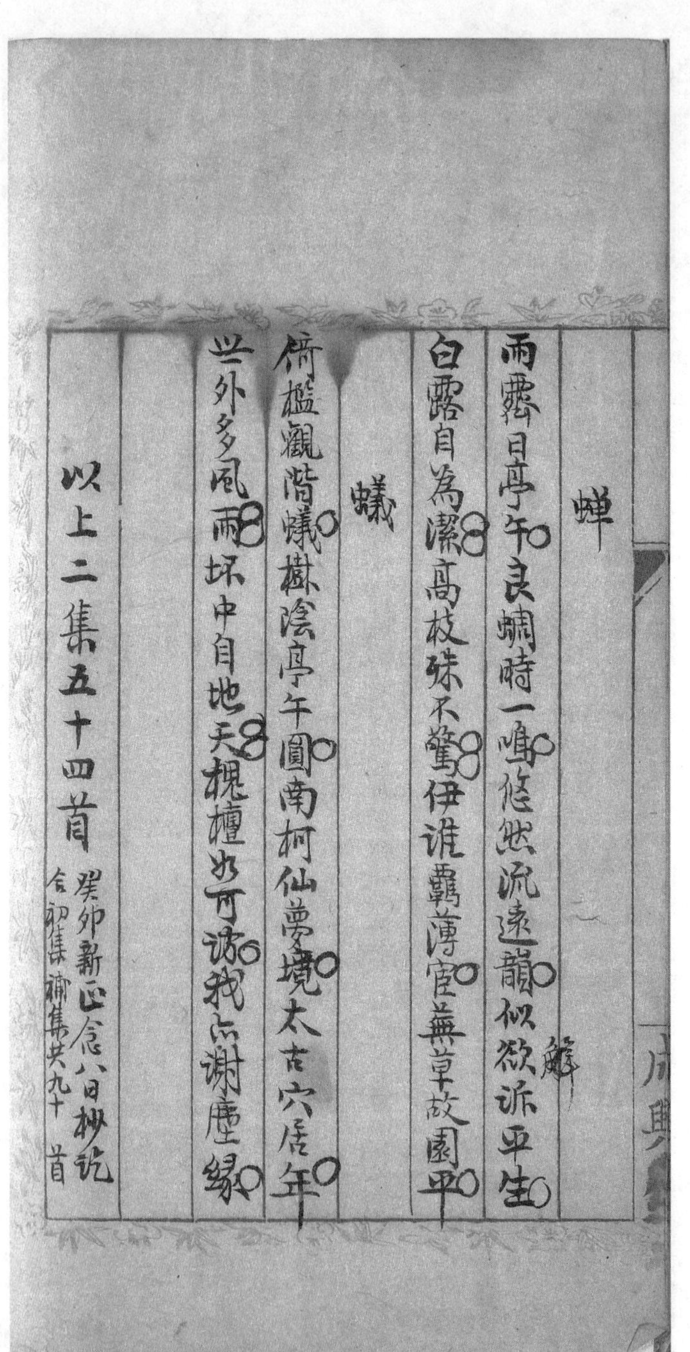

蟬

雨霽日亭午，良蜩時一鳴。悠然流遠韻，似欲訴平生。白露自爲潔，高枝殊不驚。伊誰覊薄宦，無草故園平。

蟻

倚檻觀階蟻，槐陰亭午圓。南柯仙夢境，太古穴居年。世外多風雨，坏中自地天。槐檀如可識，我亦謝塵緣。

以上二集五十四首

癸卯新正念八日抄訖

合初集補集共九十首

東征

直漢武帝一生功業墮

書生自古不知兵

王師東

莫從紙上快談兵

平了諸自笑班生謀國從來仗老成

誰知

除卻由年

法孝直亮無人可制东征

莫從紙上快談兵

一生功業談東征

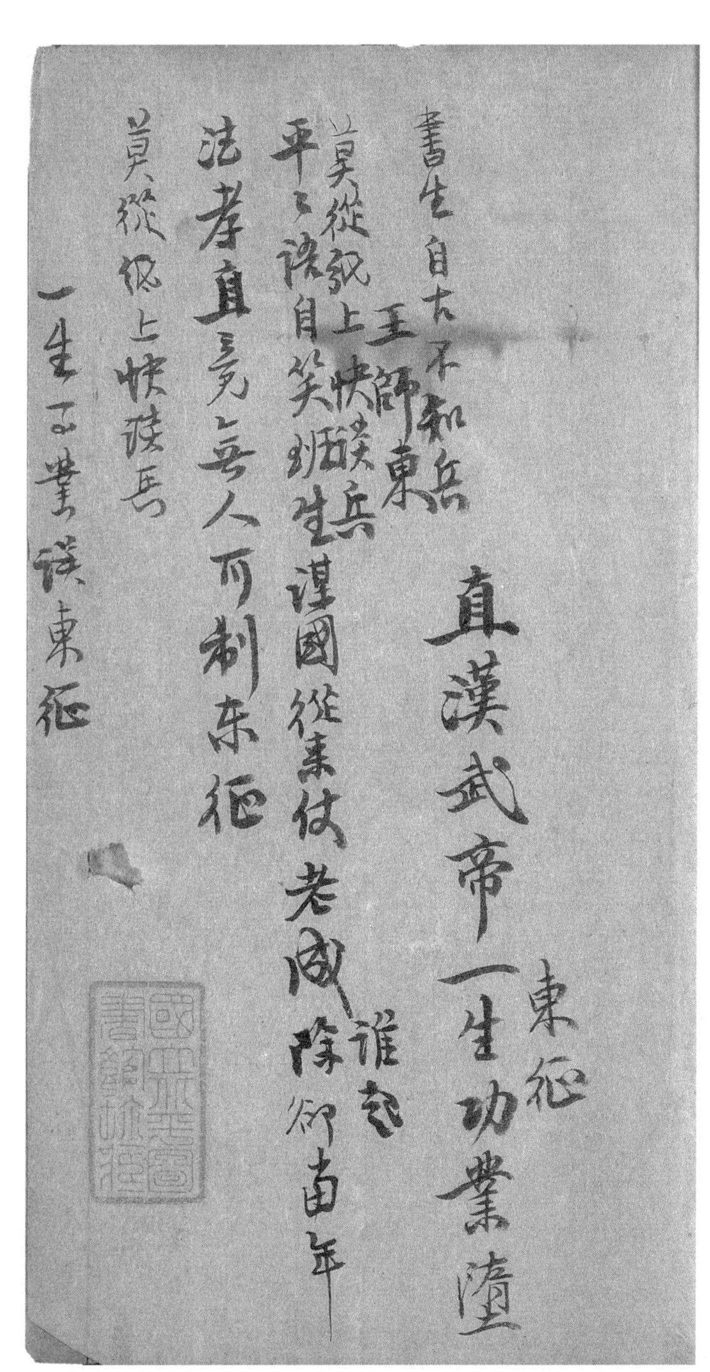

清濯纓集　一作明湖集

金台前集

采蘭集

蒙拾堂詩草錄存

癸卯冬月

邵盛自署

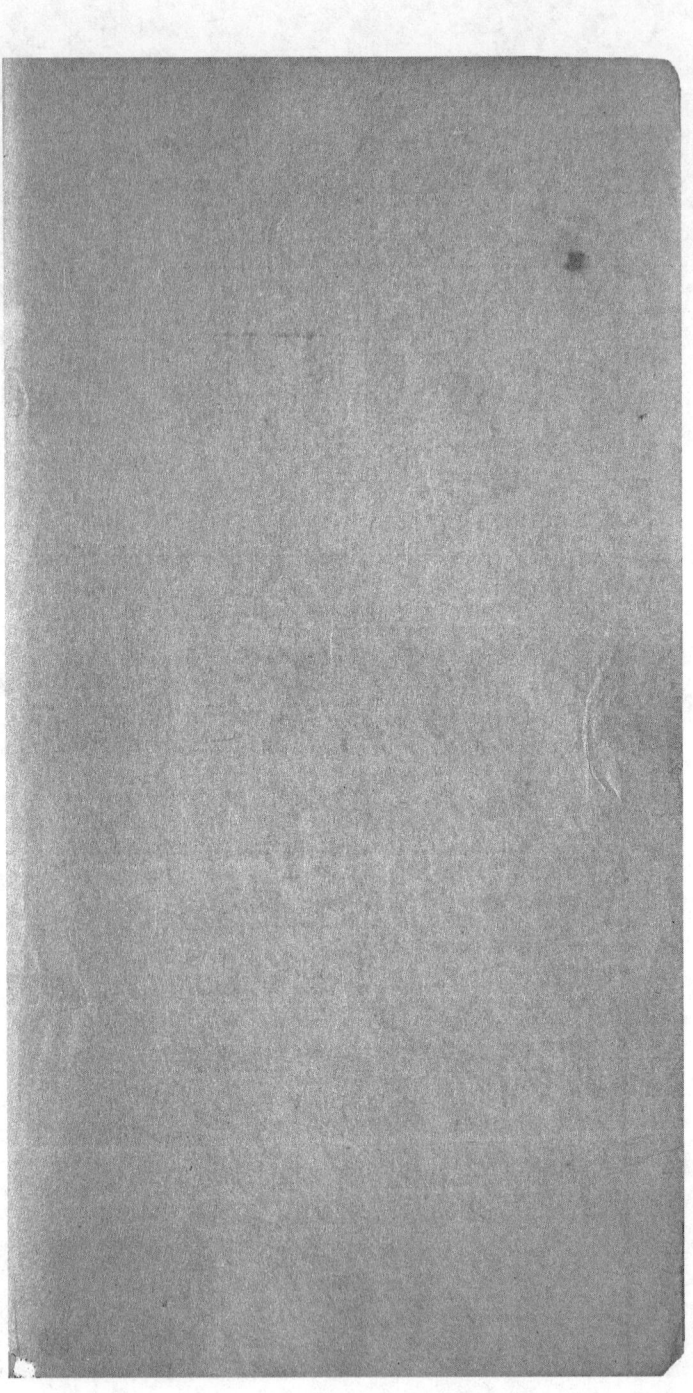

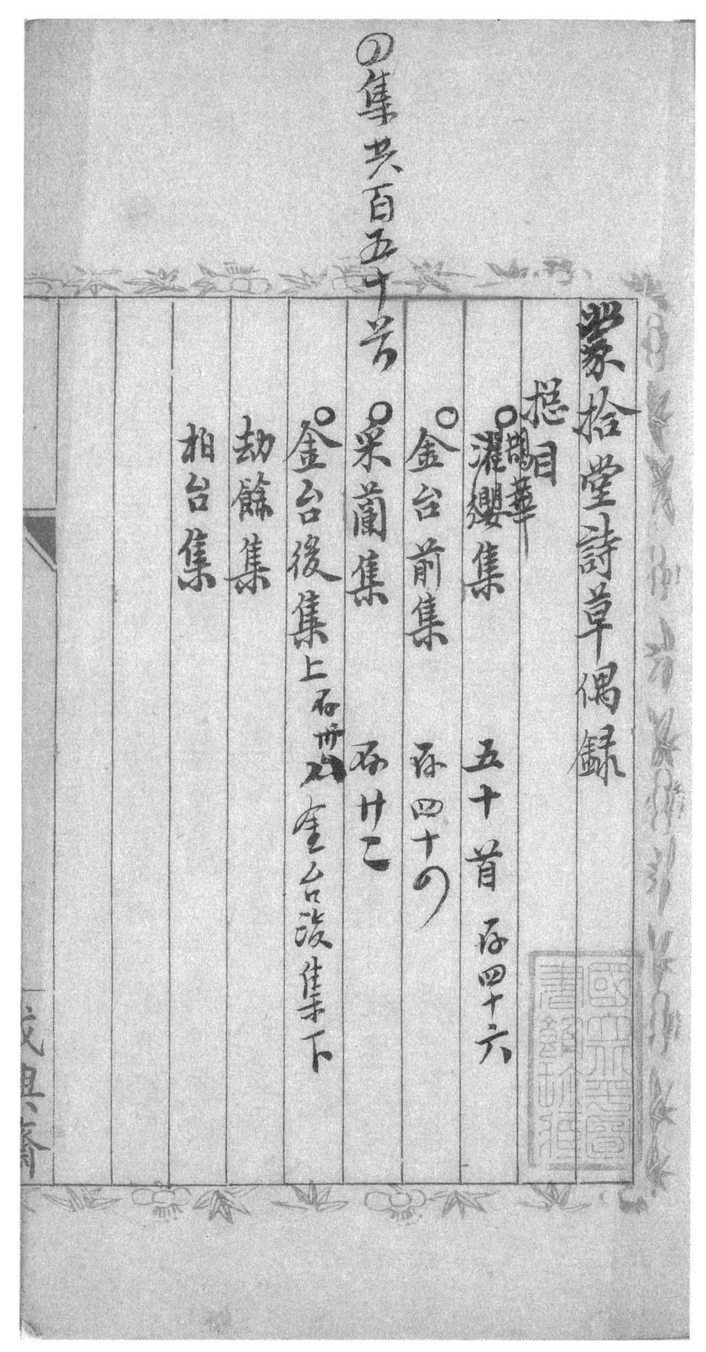
蒙拾堂詩草偶録

總目

○集共百五十首

○瀟湘集　五十首　存四十六

○金台前集　存四十の

○采蘭集　存廿乙

○金台後集上　存卅八　金台後集下

劫餘集

相台集

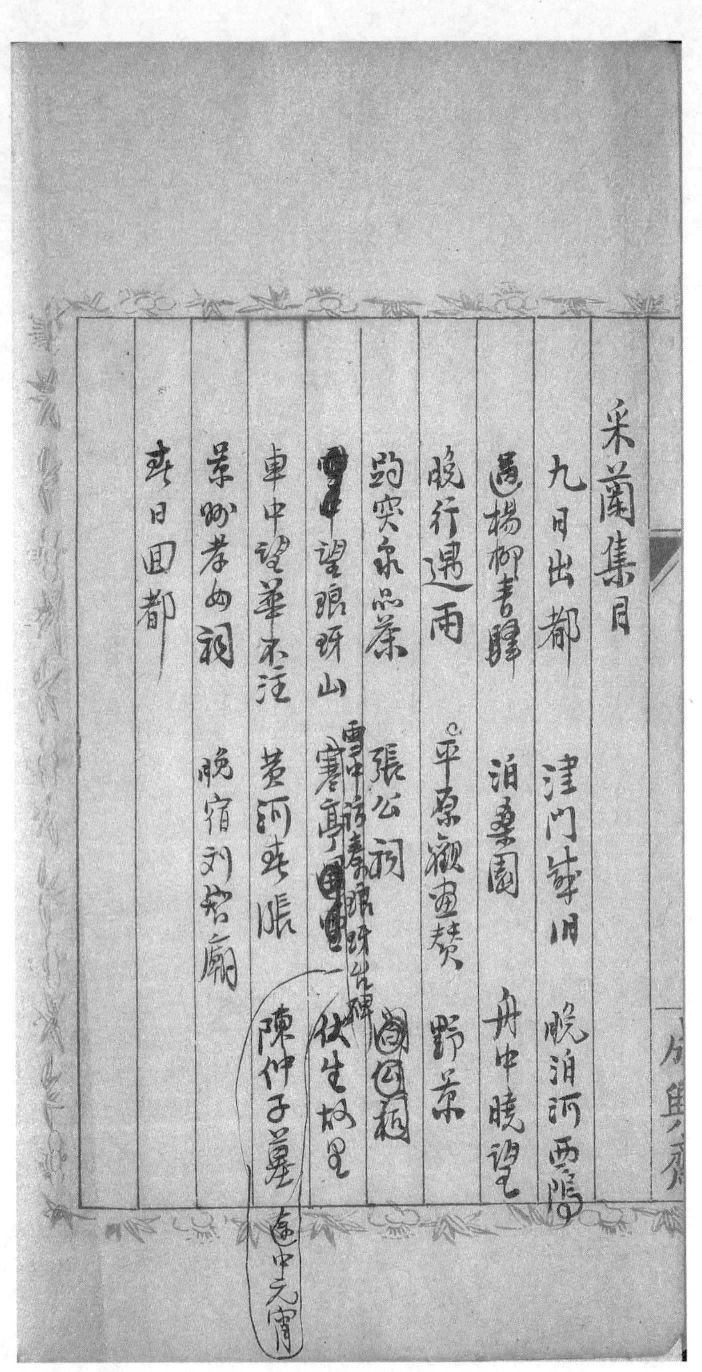

采蘭集目

九日出都　津門話舊　晚泊河西務

過楊柳青驛　泊桑園　舟中曉望

晚行遇雨　平原觀畫贊　野景

趵突泉品茶　張公祠　閔公祠

雪中望琅琊山　寒亭雪中　雪中訪秦琅琊台碑　伏生故里

車中望華不注　黃河春漲　陳仲子墓　途中元宵

景州孝女祠　晚宿劉智廟

春日回都

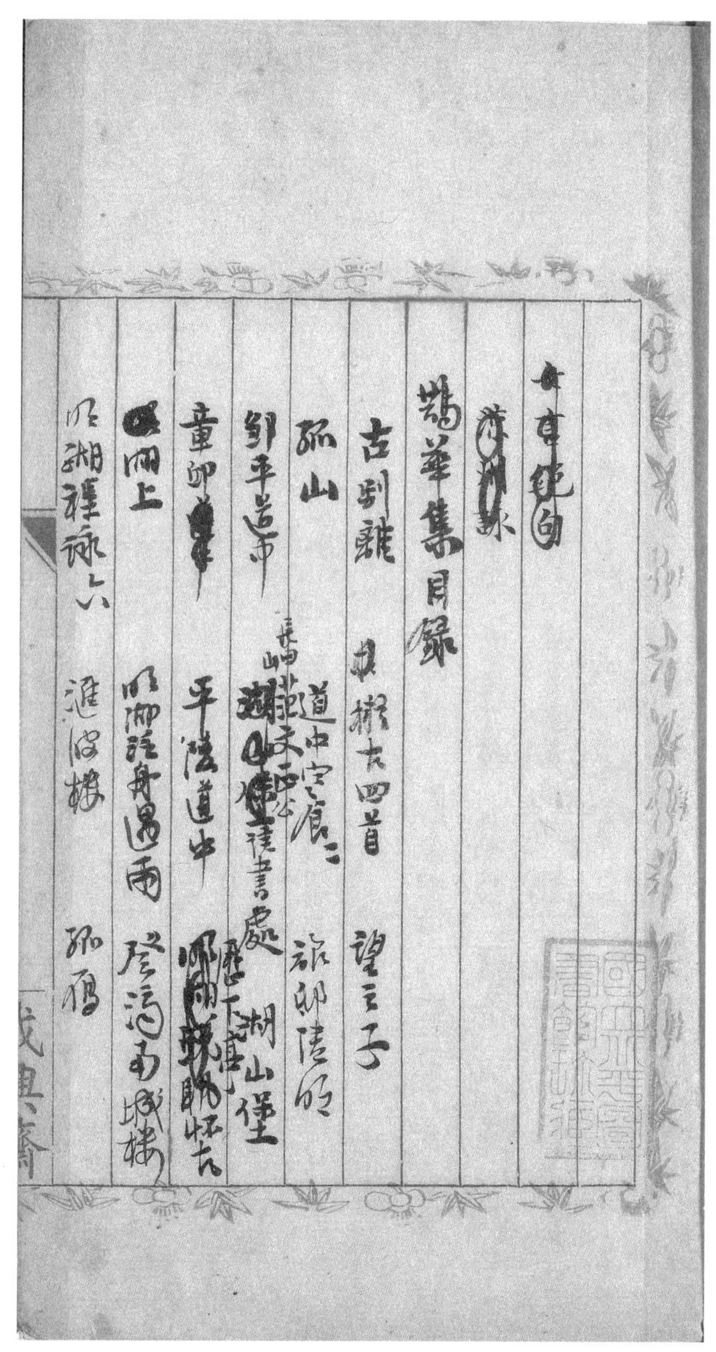

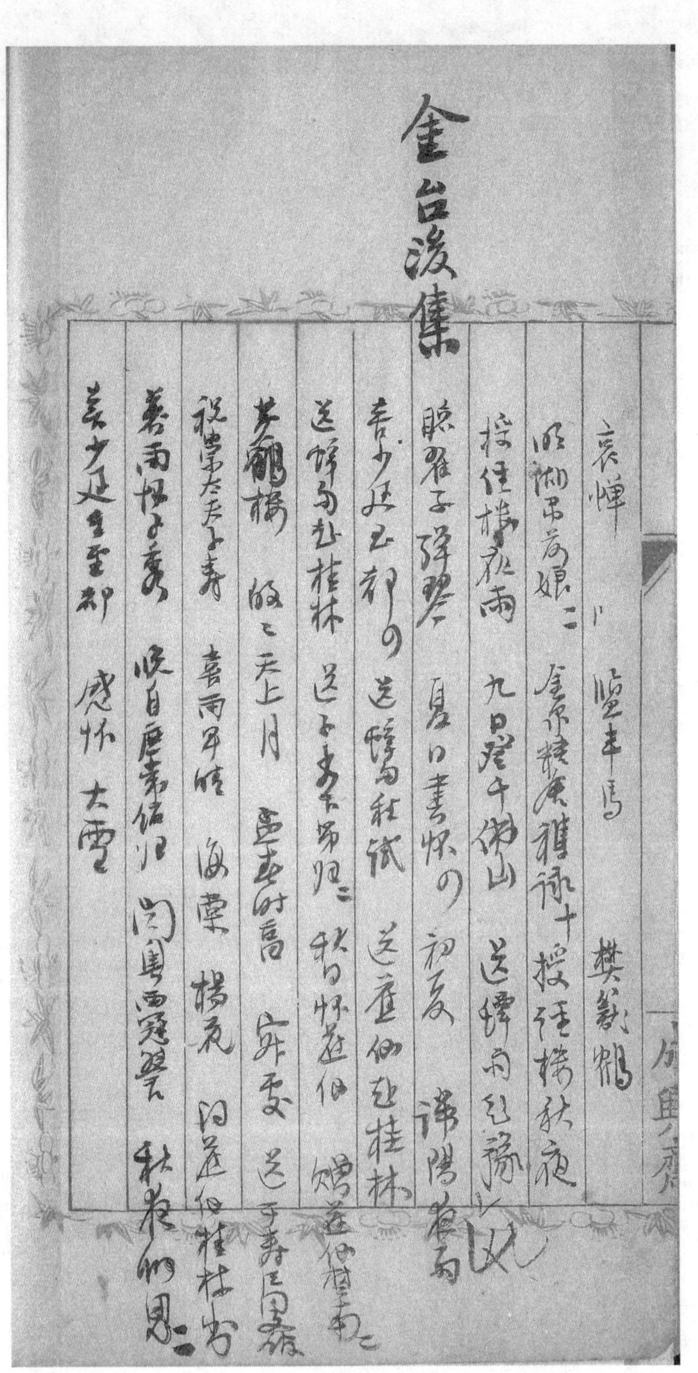

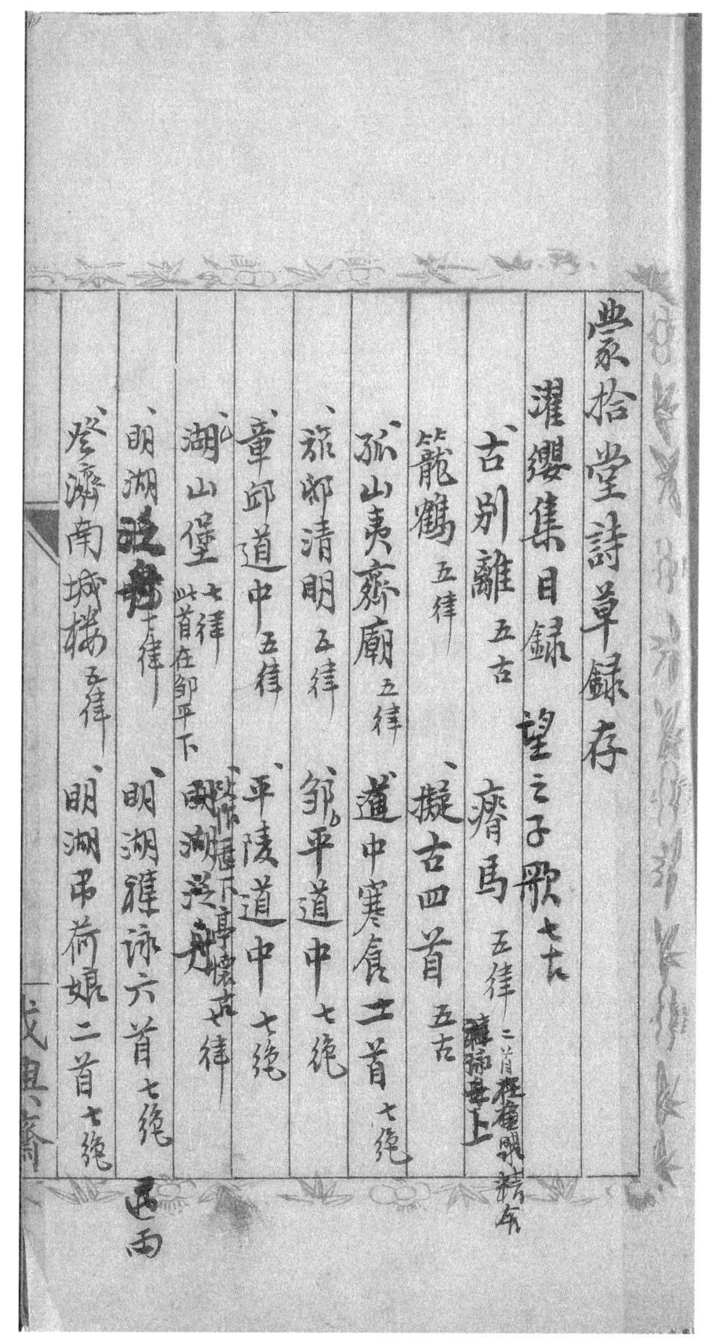

蒙拾堂詩草録存

濯纓集目録　望之子歌 七古

古別離 五古　瘠馬 五律 二首

籠鶴 五律　擬古四首 五古

孤山夷齋廟 五律　道中寒食二首 七絶

旅鄉清明 五律　鄒平道中 七絶

章邱道中 五律　平陵道中 七絶

湖山堡 七律 此首在鄒平下　明湖泛舟 七律

明湖泛舟 七律　明湖雜詠六首 七絶

登濟南城樓 五律　明湖弔荷娘二首 七絶

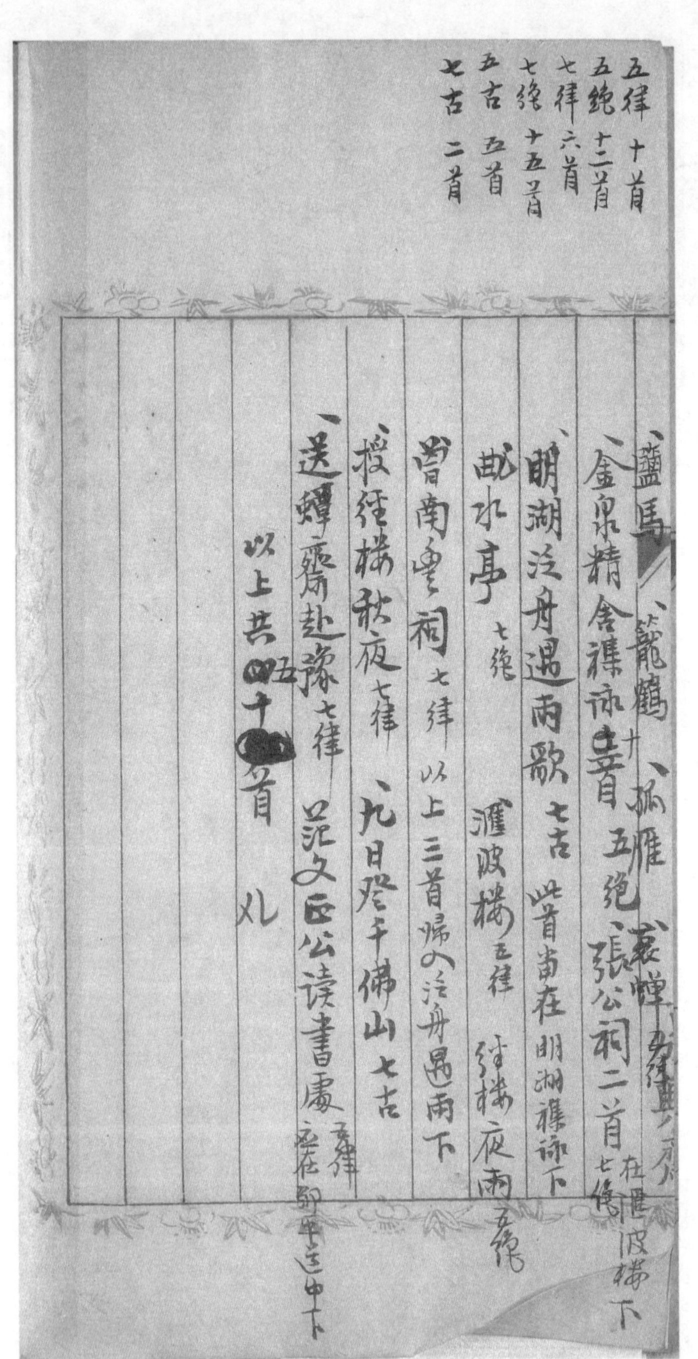

五律 十首
五絶 十二首
七律 六首
七絶 十五首
五古 五首
七古 二首

、鹽馬 、籠鶴 、孤雁 、哀蟬 五律
、金泉精舍禊詠十首 五絶 張公祠二首 七絶 在匯波樓下
、明湖泛舟遇雨歌 七古 此首當在明湖禊詠下
北水亭 七絶 匯波樓 五律 匯樓夜雨 五絶
曾南豐祠 七律 以上三首歸入泛舟遇雨下
授經樓秋夜 七律 、九日登千佛山 七古
、送繹齋赴豫 七律 范文正公讀書處 五律 在鄒平縣中十下
以上共五十首

有圜者歸初集
無者歸續集

蒙拾堂詩草偶存卷一

濯纓集　癸巳年　古今體詩五十首

○、古别離

聞君遠行役送君歧路隅贈君雙金環願君立
斯須去去千餘里音問日以疎歲月寖復遠馬
知心不渝丈夫重義氣安用妾區區莫以他鄉
樂不念故園蕪莫以新知好而忘故人姝嚴霜
沾懷袖北風吹羅襦君行既不顧妾淚如連珠
歸來當戶坐織素五丈餘五丈亦爲短情長空
煩紆

○、擬古四首

迢迢銀漢水耿耿秋星光毋為牛與女寧為參
與商參商不相見牛女遙相望不見情可已相
望心多傷
郎愛迎春花妾愛冬青樹春花能幾時冬青
青如故人生非神仙朱顏豈長駐團扇悲秋
風零落在中路
彈殺樹上烏烏啼夜易曉揉碎匣中鏡對鏡使
人老人生百年中愁多歡時少三五明月圓行
樂苦不早

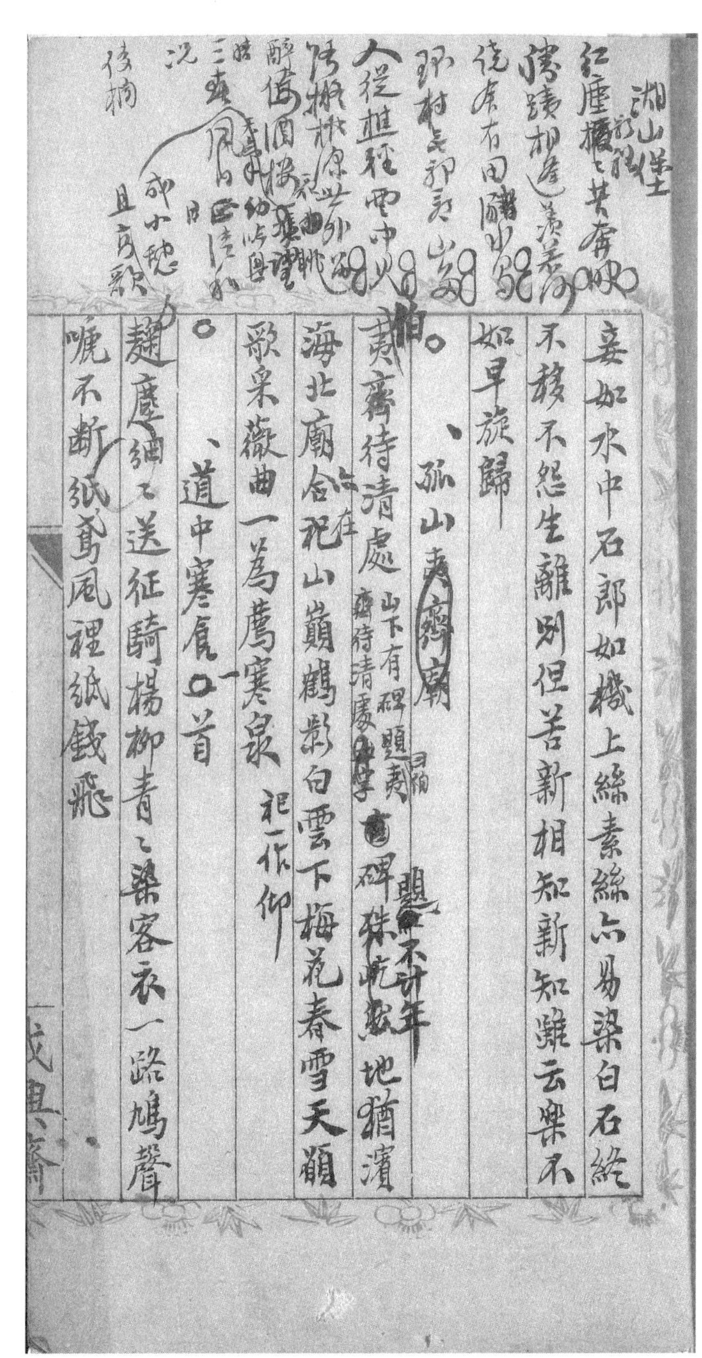

妾如水中石，郎如機上絲。素絲亦易染，白石終不移。不怨生離別，但苦新相知。新知難云樂，不如早旋歸。

、孤山夷齊廟

夷齊待清處（山下有碑題夷齊待清處四字），碑殊屹然地猶濱。海北廟今祀山巔，鶴影白雲下，梅花春雪天。巔歌采薇曲，一為薦寒泉。（祀一作仰）

、道中寒食二首

麴塵細細送征騎，楊柳青青染客衣。一路鳩聲喚不斷，紙鳶風裡紙錢飛。

門掩黃昏雨。春風枕上吹。撩人寒食節。作客少年時。破壁題詩短。荒村貰酒遲。故鄉舊遊處。夢遶柳郎祠。

張朱鳳鎮氏尤書滿樓殘桂

家家院内抹井索處處村前貰酒旗記得客途

寒食節杏花天等雨如絲

○、旅邸清明

枕上歌撩人

窗前有所思游春寒食節作客

門掩黃昏雨

少年時破壁題詩短荒村貰酒遲春東風吹夢故鄉舊遊

處夢遶柳郎祠故鄉春夢好夢遶柳郎祠舊遊處

醒窗外雨如絲

、以大唐集鄭平道中 此首下補大覺之ㄈ讀書處一首

東風吹柳碧於絲春水如油漲滿陂欲折柔條禁不得

贈離別雙飛鷺下白鸕鷀

○、湖山堡 以一首附後

明湖嘗繞江南似
此地清幽接若何
江南
人家真在桃源住
鷄犬雖從世外過
問人家
迷津直據桃源入
東興酒忘歸迹遠
竟日留連仍不足
明朝名利悔浮浪

屏南千仞碧木螺十里湖平瀲灧波繞舍有
田瀦水易環村無郭見山多漁人家在仙源
去棹擺江桃世外過寄語南來遊宦客江鄉
風景此悔如何
人家真在仙源住

、、章邱道中

負笈濟南道春風游子忙愁因初別重情為
少年長落日一回首白雲空斷腸林鴉聲軋軋
路出古朝陽縣　垂楊
、平陵道中　宿新雨初收
長隄夾岸曉嵲鶯風日微暄色濃十里垂楊

遮不住看山一路到平陵

平○ 明湖晚眺 改作歷下亭懷古

湖心極望暮天空懷古無端向晚風兩漢經師

開伏女三齊志士盡終童環山城郭疑仙界枕

水樓台在鏡中海右名流㝡零落畫題詩悵憶

浣花翁 用口休與

○ 明湖上送春

湖上尋春緩緩行輿來扶上畫橈輕兩隄柳色

碧於水十里山光青入城白雪樓空營燕壘

滄浪社冷問鷗盟棹歌一曲斜陽晚浩渺煙 煙波渺不盡臨

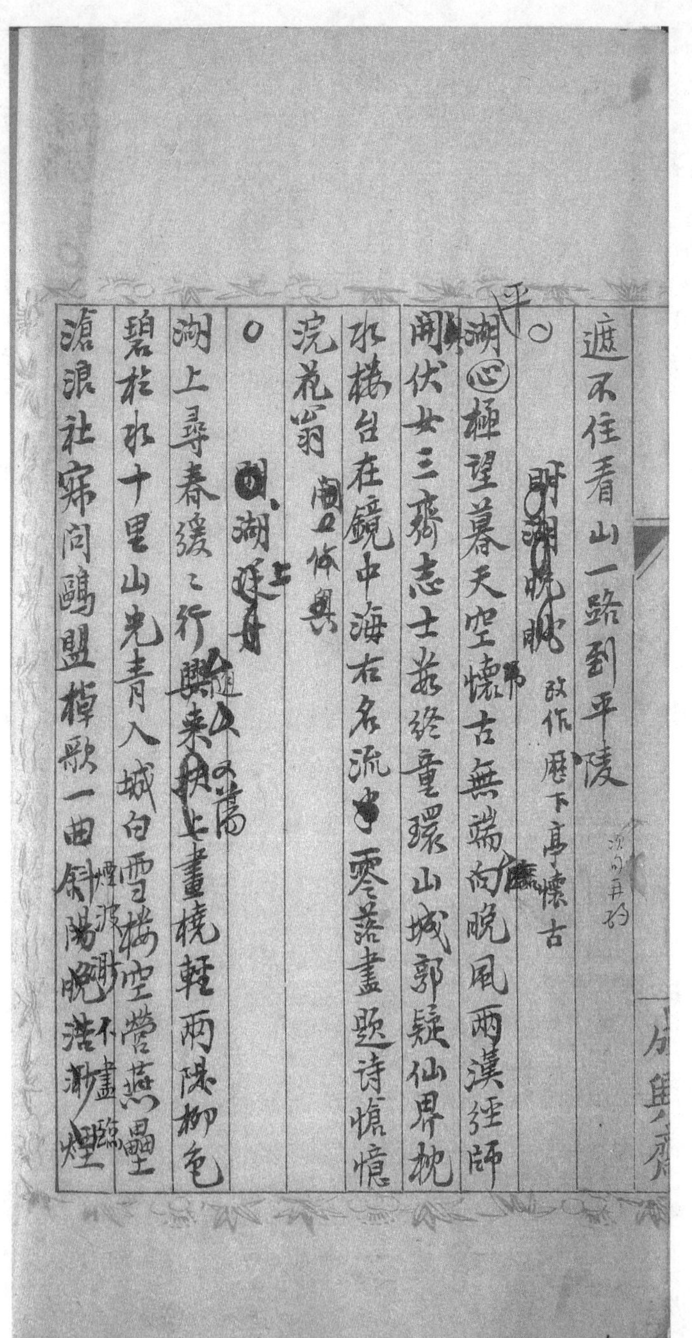

波無限情

○明湖泛舟遇雨歌

嵐光如滴新開屏○潮痕畫泛魚龍腥○游人買舟順流下○我亦蕩槳湖心亭○亭上先至皆豪貴○笙歌嘈雜難爲聽○撲面俗塵十萬斛○安得一洗心松惺疾雷[illegible]聲送雨至○簷溜暴瀉翻銀瓶○清光大來渣滓去○忽若昨夢今朝醒○涼飇[illegible]如我意○入座時有蓮花馨○[illegible]滾[illegible]題詩[illegible]蔚然秀拏浮中泠○濟南名士[illegible]靈○七子翩翩畫大雅○首推華泉

慨自[illegible]此亭[illegible]建[illegible]海右[illegible]濟南名士[illegible]鐘靈[illegible]

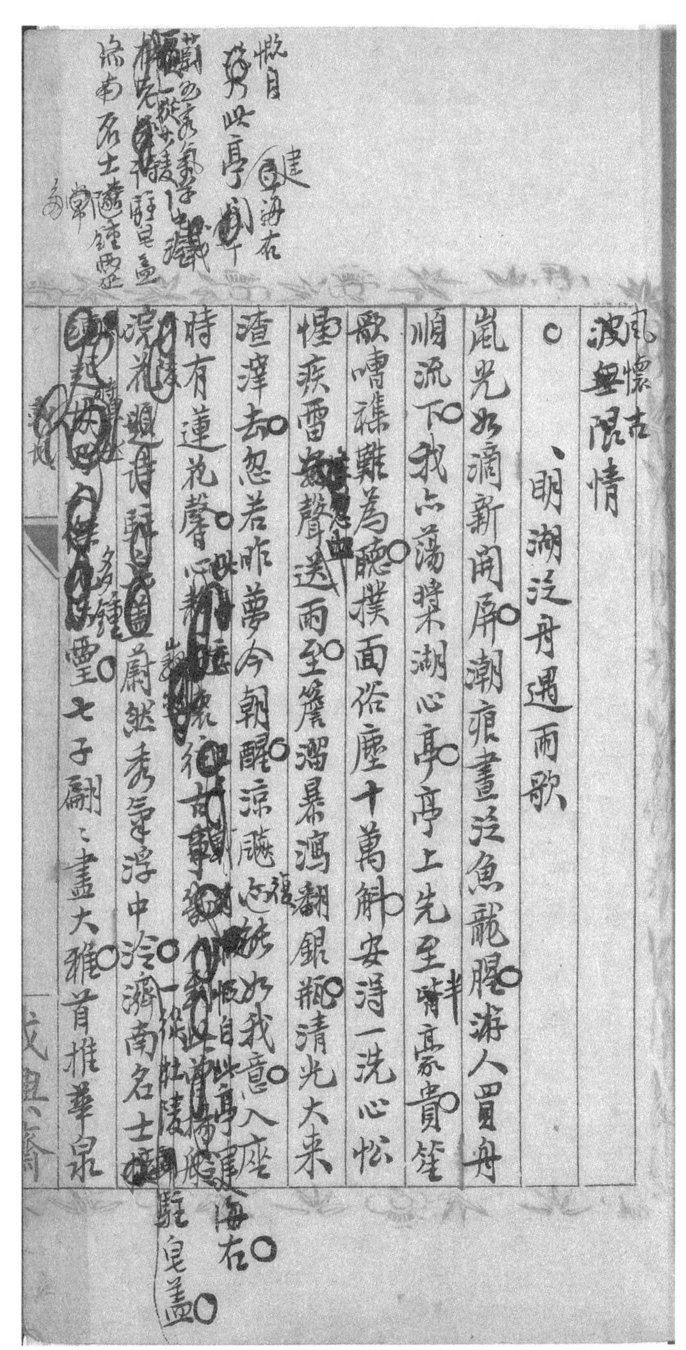

水光上與天爲青
水光倒映雲天青
舟人遥指夕照落
催我返棹過前汀
欸乃一聲碧無際
回頭但見煙冥冥

与滬瀆新城昆玉嶙　昭代以來湖上鴻泥停秋柳
倡和遍海内初寫只讓黃庭經迹來二百有餘載
詩人落落同晨星我近桑梓生苦晚當年勝會都
飄零感慨未終雨已止游人倏散如浮萍靈色留人
且小住雲天四面鋪丹青湖山笑余不解事恨無一
斗傾仙醴暮色蒼然夕照落
書摩画
欸乃一聲碧無際回頭但見煙冥冥
登濟南城樓
返照入城樓蒼煙九點收提封曾泰嶽分野尚屬名山尊
齊州天地不改色古今同一邱來時春柳綠搖

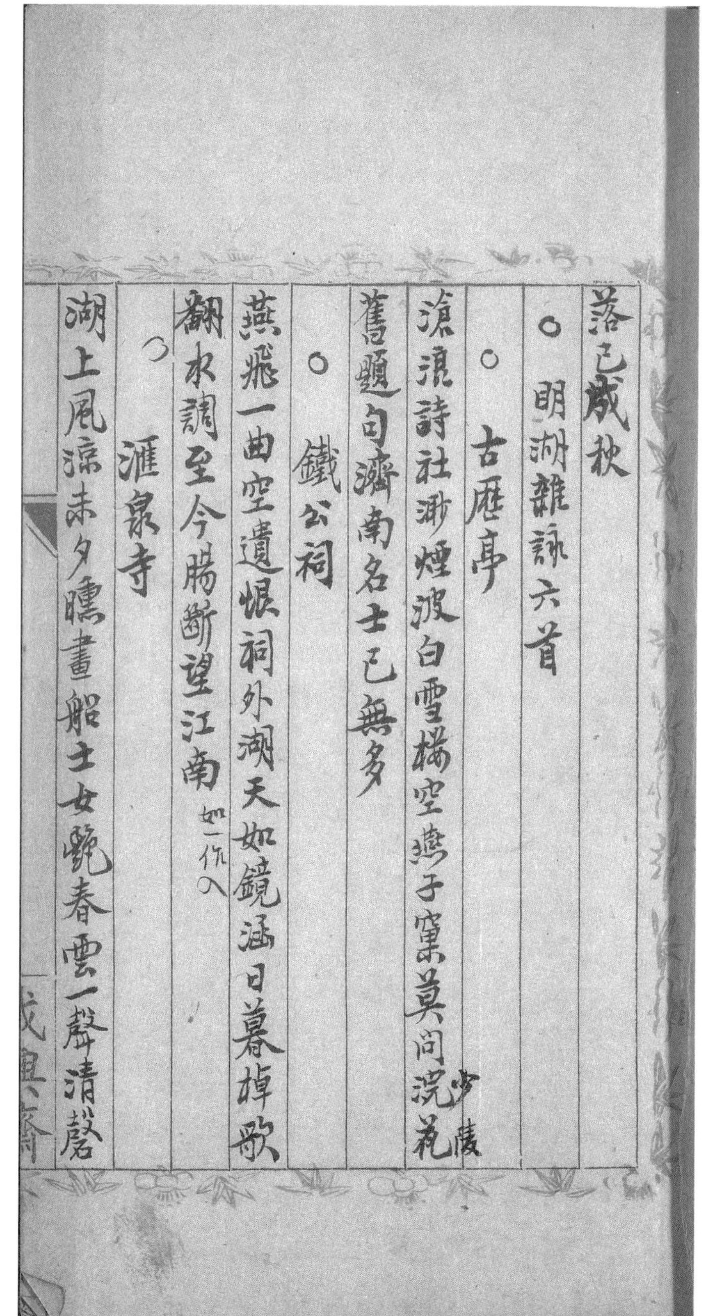

落己歲秋

○明湖雜詠六首

○古歷亭

滄浪詩社渺煙波白雪樓空燕子窠莫問浣花少陵

舊題句濟南名士已無多

○鐵公祠

燕飛一曲空遺恨祠外湖天如鏡涵日暮棹歌

翻水調至今腸斷望江南如一作入

○滙泉寺

湖上風涼赤夕曛畫船士女艷春雲一聲清磬

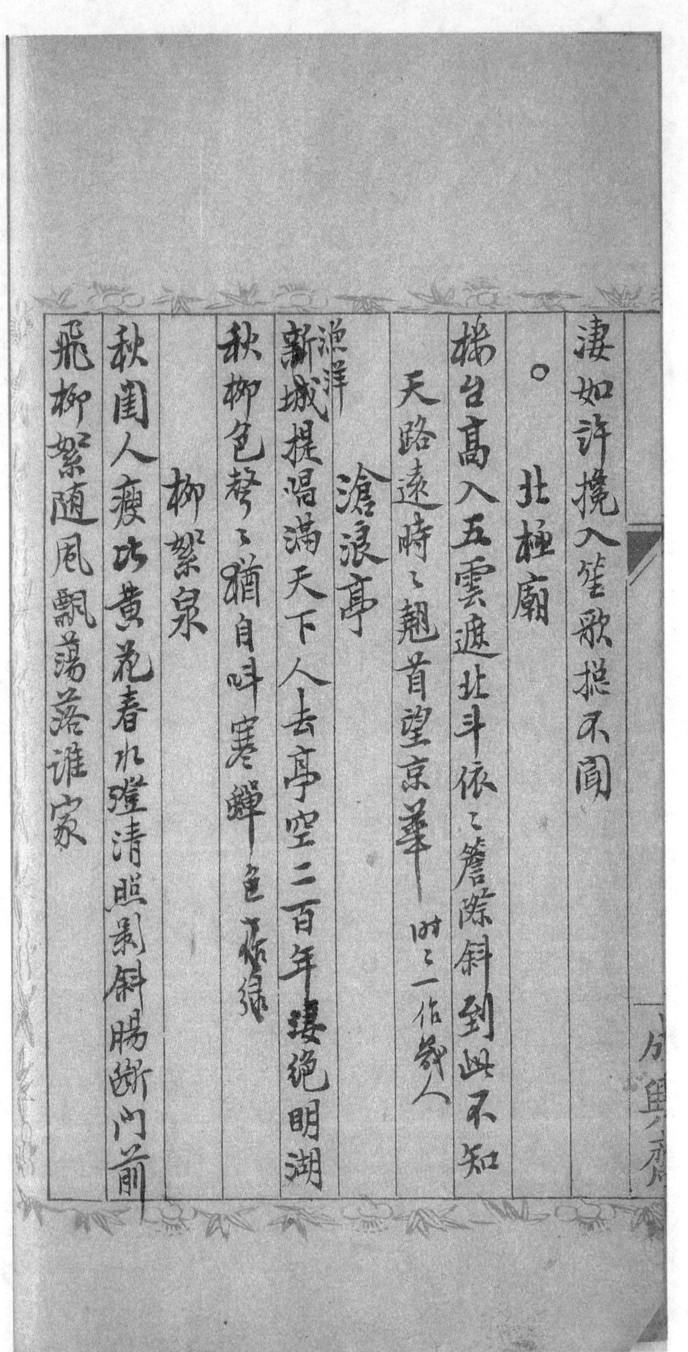

淒如許攪入笙歌捻不聞

。北極廟

樓台高入五雲遮北斗依依簷際斜到此不知天路遠時時翹首望京華 時時一作幾人

滄浪亭

漁洋新城提倡滿天下人去亭空二百年淒絕明湖秋柳色聲聲猶自咽寒蟬 色疑綠

柳絮泉

秋閨人瘦比黃花春水澄清照影斜腸斷門前飛柳絮隨風飄蕩落誰家

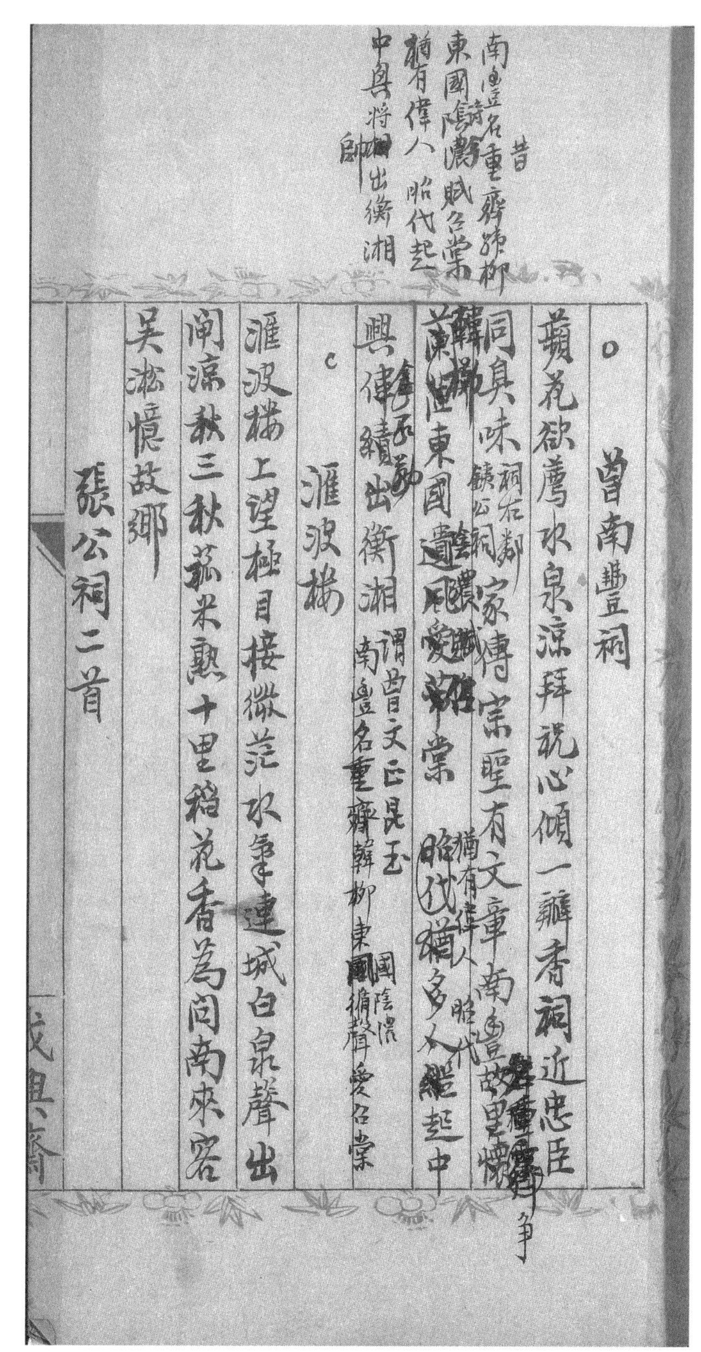

昔
南豐名重齊韓柳
東國陰濃賦名棠
猶有偉人昭代起
中興將相出衡湘

○曾南豐祠

蘋花欲薦水泉涼，拜祝心傾一瓣香。祠近忠臣同臭味（祠右鄰鍾公祠），家傳宗聖有文章。南豐故里韓柳蘭陰東國遺風愛甘棠。昭代猶多人繼起，中興偉績出衡湘（謂曾文正昆玉）。

南豐名重齊韓柳，東國陰濃猶愛名棠

○雁波樓

雁波樓上望，極目接微茫。水遙連城白，泉聲出閩源。秋三秋菰米熟，十里稻花香。為問南來客，吳淞憶故鄉。

張公祠二首

人言目不識丁字公自鐫印章文曰目不識丁公亦謙居絳灌名何事文章知遇感至今涙灑魯諸生

一生寫照詩成讖刻石猶存湖上亭今日名臣共千古果然祠宇峙丹青戊子公在明湖滄浪亭與裕壽田学使趙菁衫觀察諸人聯句公云名臣祠宇丹青古謂曾鐵二公祠也次年公竟騎箕詔於明湖立祠與曾鐵二公左右相望迴憶公名臣祠宇之句不啻自為寫照吟詩成讖豈偶然耶

○孤雁

孤雁不成字飛鳴劇可憐北鄉[illegible][illegible]隊歲暮南度落秋先飲啄皆前定炎涼自漠然為儀知有用毛羽惜年年

哀蟬

哀蟬秋一曲愴憶漢宮詞豈有高枝上而無落葉時奮飛終不遠音響抑何悲伴我苦吟者清風堪療飢

鹽車馬

久困鹽車下曾無棧豆情汗揮餘血色骨夌作銅聲立志何辭苦酬恩不愛生幾時逢伯樂藁市一長鳴

樊籠鶴

孤負沖霄志年來羈此身猶存毛羽潔難使

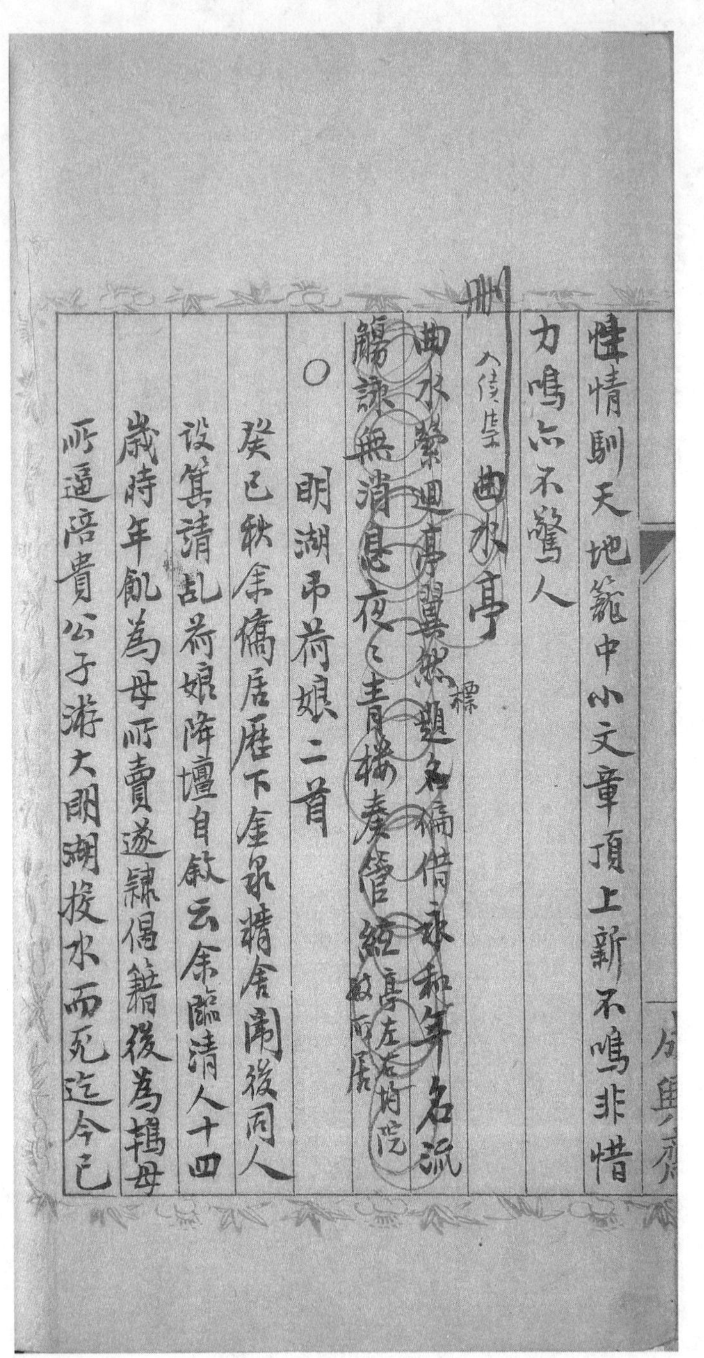

性情馴天地籠中小文章頂上新不鳴非惜

力鳴亦不驚人

删 入侯集 曲水亭 標

曲水縈迴亭翼然題名偏借永和年名流

觴詠無消息夜夜青樓奏管絃（亭左右均院妓所居）

○

明湖弔荷娘二首

癸巳秋余僑居歷下金泉精舍閑後同人

設箕請乩荷娘降壇自敘云余臨清人十四

歲時年飢為母所賣遂隸倡籍後為鴇母

所逼陪貴公子游大明湖投水而死迄今已

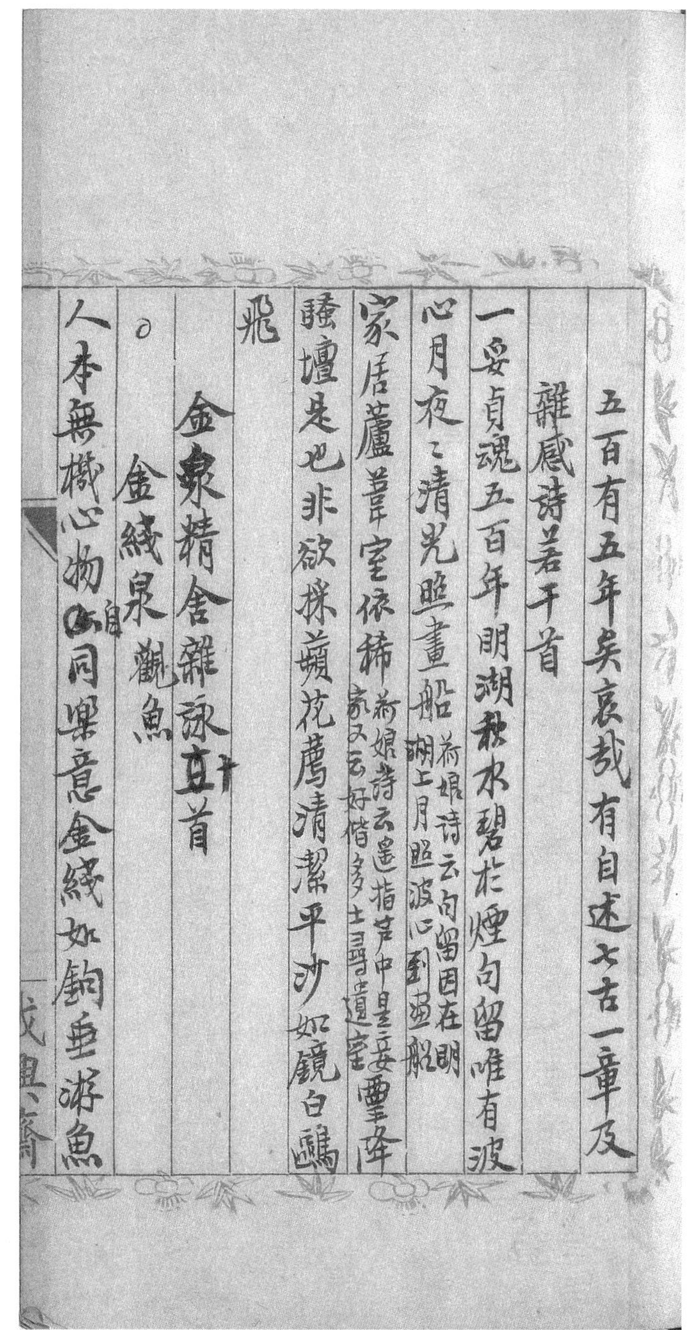

五百有五年矣哀哉有自述七古一章及

雜感詩若干首

一妾貞魂五百年明湖秋水碧於煙句留唯有波

心月夜夜清光照畫船荷娘詩云句留因在明湖上月照波心到畫船

家居蘆葦室依稀荷娘詩云遙指芦中是妾家又云好借多士尋遺室靈降

騷壇是也非欲採蘋花薦清潔平沙如鏡白鷗

飛

金泉精舍雜詠五十首

○金綫泉觀魚

人本無機心物自同樂意金綫如鉤垂游魚

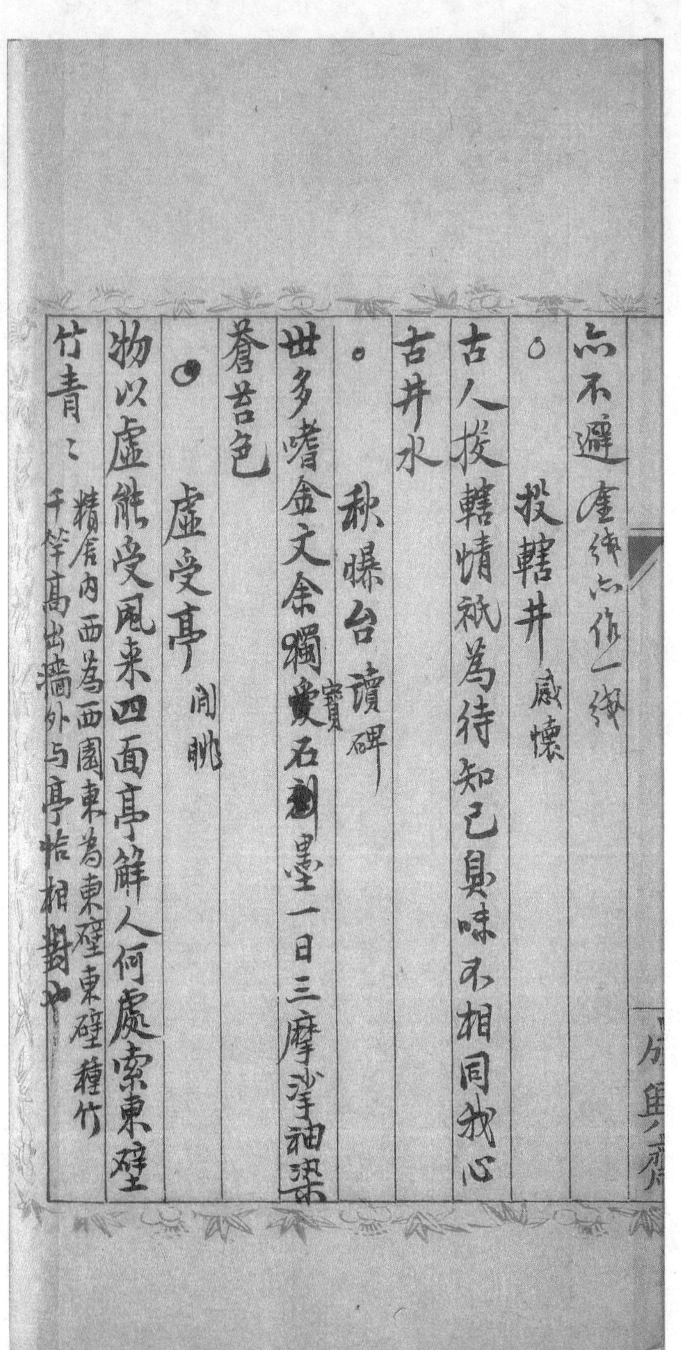

亦不避塵緣亦作一緣

○投轄井感懷

古人投轄情祇為待知己真味不相同我心古井水

○秋曝台讀碑

世多嗜金文余獨寶石刻墨一日三摩挲袖染蒼苔色

○虛受亭閒眺

物以虛能受風來四面亭解人何處索東壁竹青青　精舍內西為西園東為東壁東壁種竹千竿高出牆外與亭恰相對也

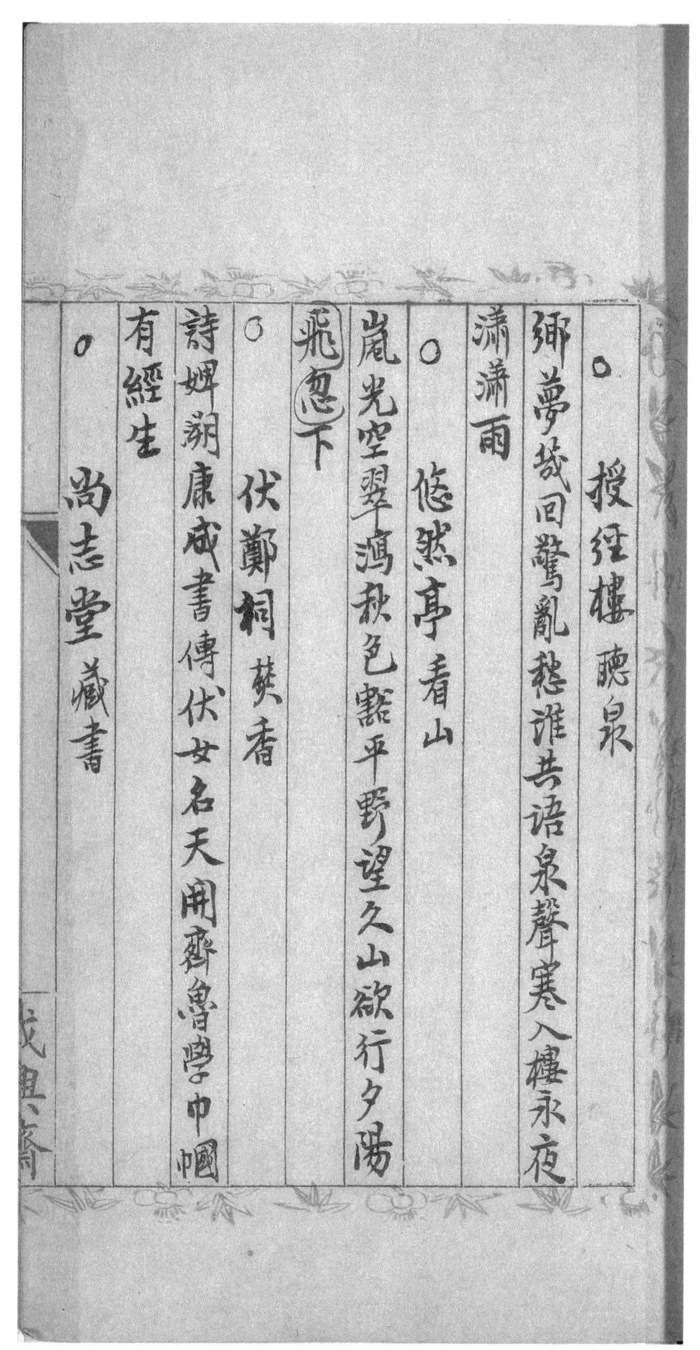

○授经樓　聽泉

鄉夢幾回驚亂愁誰共語泉聲寒入樓永夜
潇潇雨

○悠然亭　看山

嵐光空翠鴻秋色豁平野望久山欲行夕陽
飛忽下

○伏鄭祠　焚香

詩婢溯康成書傳伏女名天開齊魯學巾幗
有經生

○尚志堂　藏書

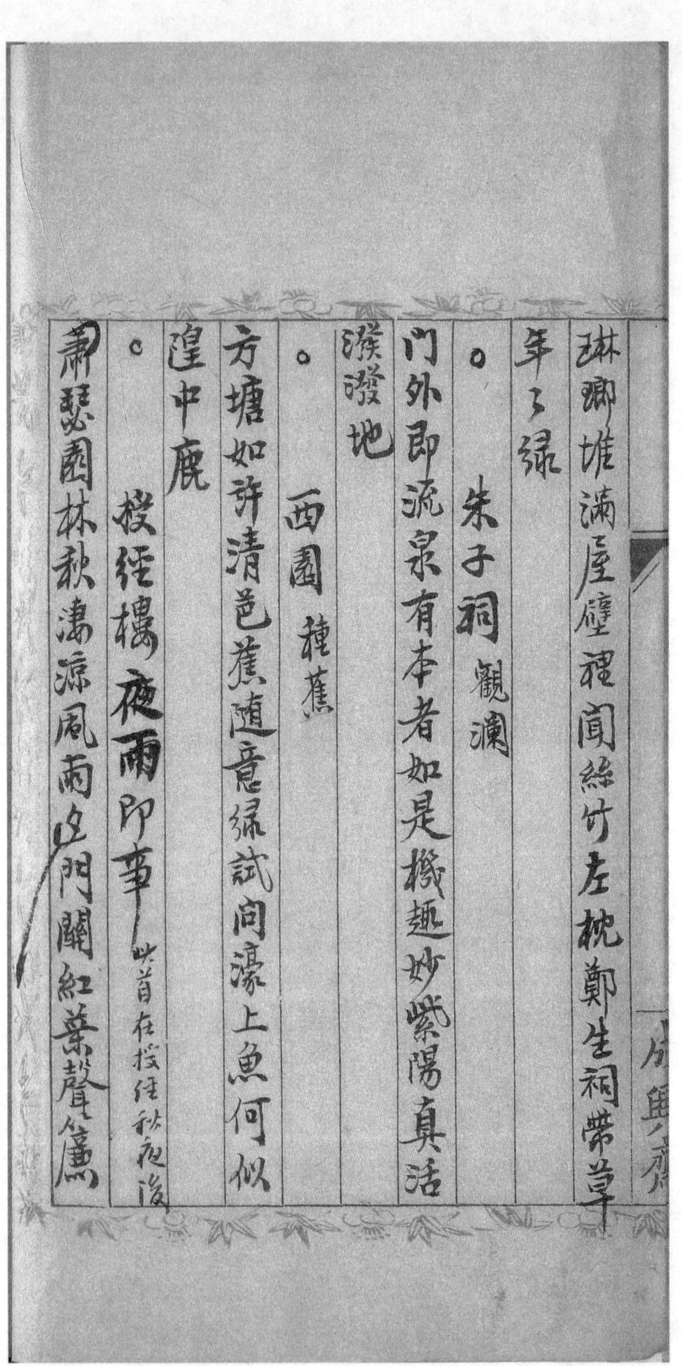
琳瑯堆滿屋壁裡聞絲竹左枕鄭生祠帶草年年綠

○朱子祠 觀瀾

門外即流泉有本者如是機趣妙紫陽真活潑潑地

○西園 種蕉

方塘如許清芭蕉隨意綠試向濠上魚何似湟中鹿

○桜径樓 夜雨即事 此首在桜径秋夜後

肅瑟園林秋瀟涼風雨夜門闌紅葉聲簾

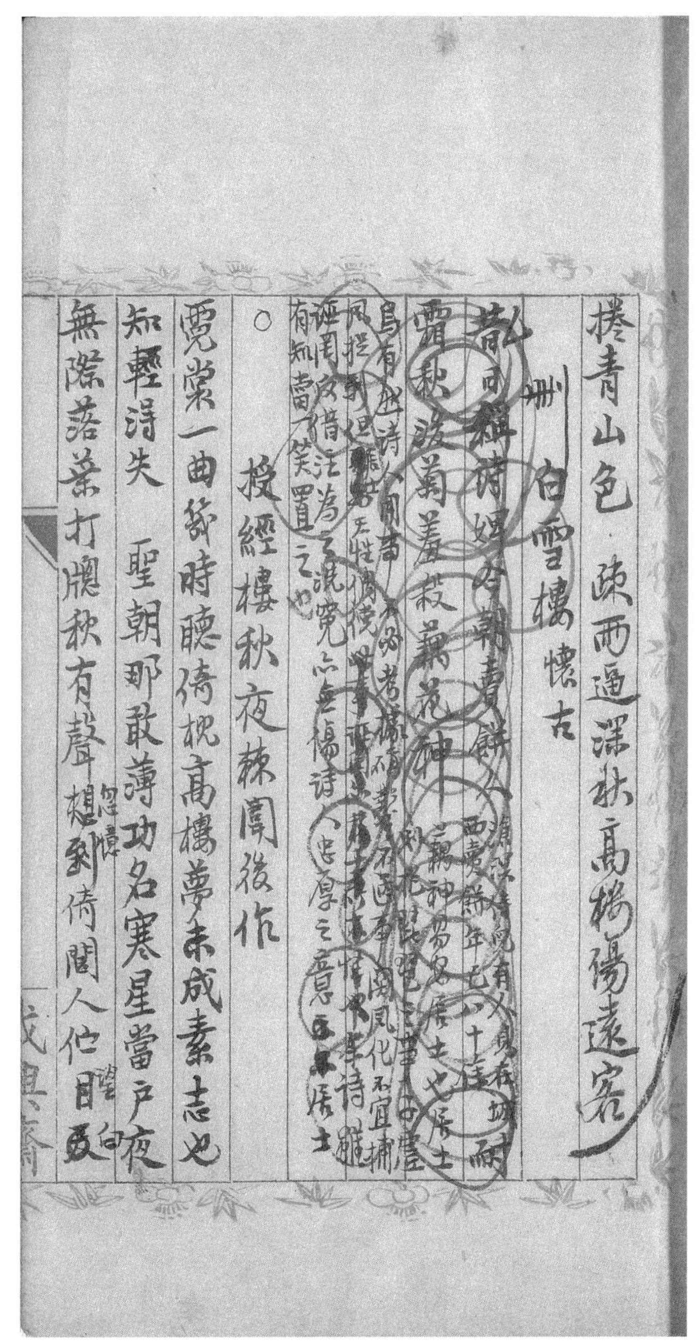
捲青山色，疏雨遥深秋。高樓傷遠客
○授經樓秋夜稼園後作
覔棠一曲發時聽，倚枕高樓夢未成。素志也知輕得失，聖朝那敢薄功名。寒星當戶夜無際，落葉打窗秋有聲。想到倚閭人伫望

雲歸雁不勝情

○九日登千佛山

秋聲昨夜霜風嚴秃林峭露南山尖我欲登
高作重九臭味与世殊酸鹹岑參生平每好異
訪奇欲使中心快聞昔此山風雨夜破空天語驚
塵凡迅電奔雷怒叱咤鞭石欲裂青嶂々霹靂一
聲萬竅動劃然中闢建靈巖彈指內現諸佛像
如有神鬼窮雕劖巨靈咋舌五丁走至今談者
猶掀髯奈我險語但耳食捫胸疑信攙
鈍碧頑青一覽盡今人何處尋機械古來符瑞

率數此秦皇漢武愚則萬巡章車轍没榛莽唯有詩人迹留淹君不見匡山李太白又不見龍洞蘇子瞻拳石自此逕重歷下大名終古摩厓嵌巖我不揣忘謭陋新詩也欲鴻泥添苦吟不知時已暮仰看夕照準峰銜紅葉滿林噪烏鵲白草緣路歸麏麚余亦大笑下石壁金飈颯颯吹征衫

〇送鐔齋赴豫

客中送客倍纏綿秋色撩人敢例延屈尔偏依王儉幕愧余先著祖生鞭（去科譯局因有服未入場）慈淹白雪樓頭樹夢繞黃河渡口船來歲鄭重看盡豫

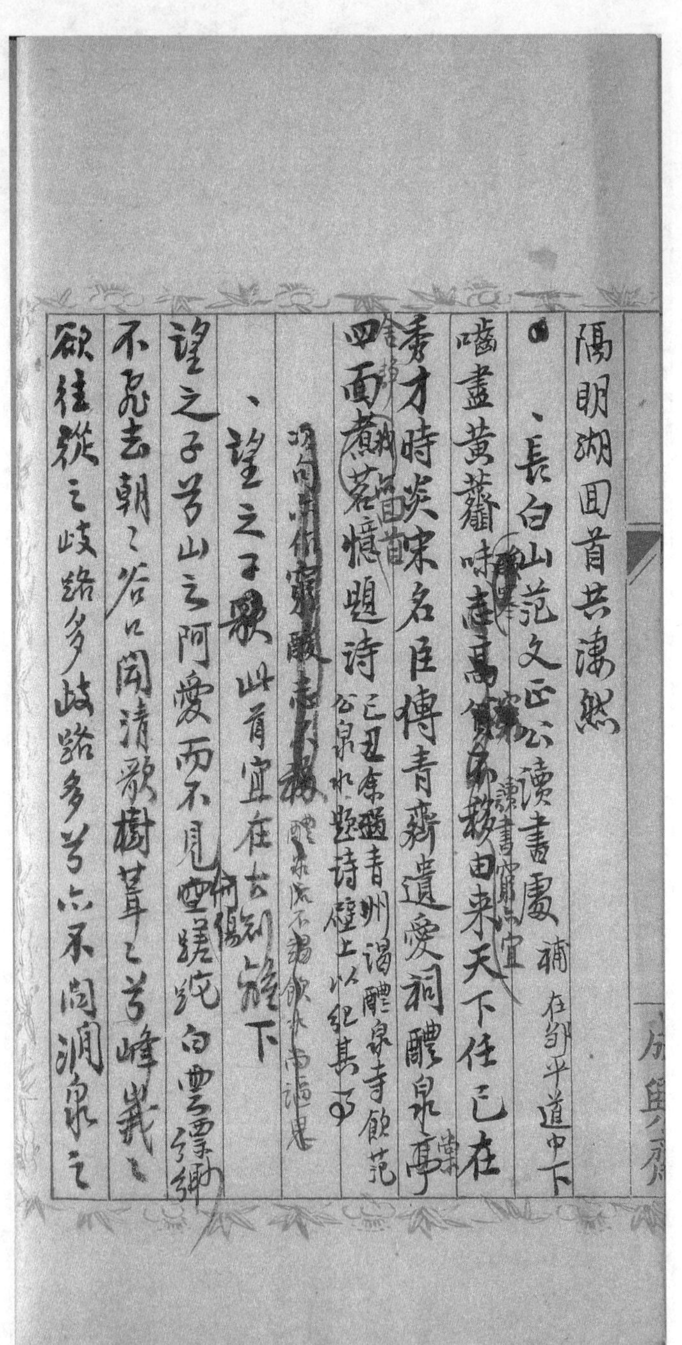

陽明湖回首共凄然

〇、長白山范文正公讀書處 補 在鄒平道中 下

嚙盡黃虀味轉高務由來天下任已在

秀才時炎宋名臣傳青齋遺愛祠醴泉亭

四面蒼翠茗憶題詩 己丑秦䆫青州謁醴泉寺飲范公泉水題詩壁上以紀其事

醴泉流不竭飲水而思

、望之子 此首宜在去旋下

望之子兮山之阿愛而不見空綣綣白雲繚繞

不見去朝朝谷口聞清歌樹草草兮峰巖巖

欲往從之歧路多歧路多兮亦不聞澗泉之

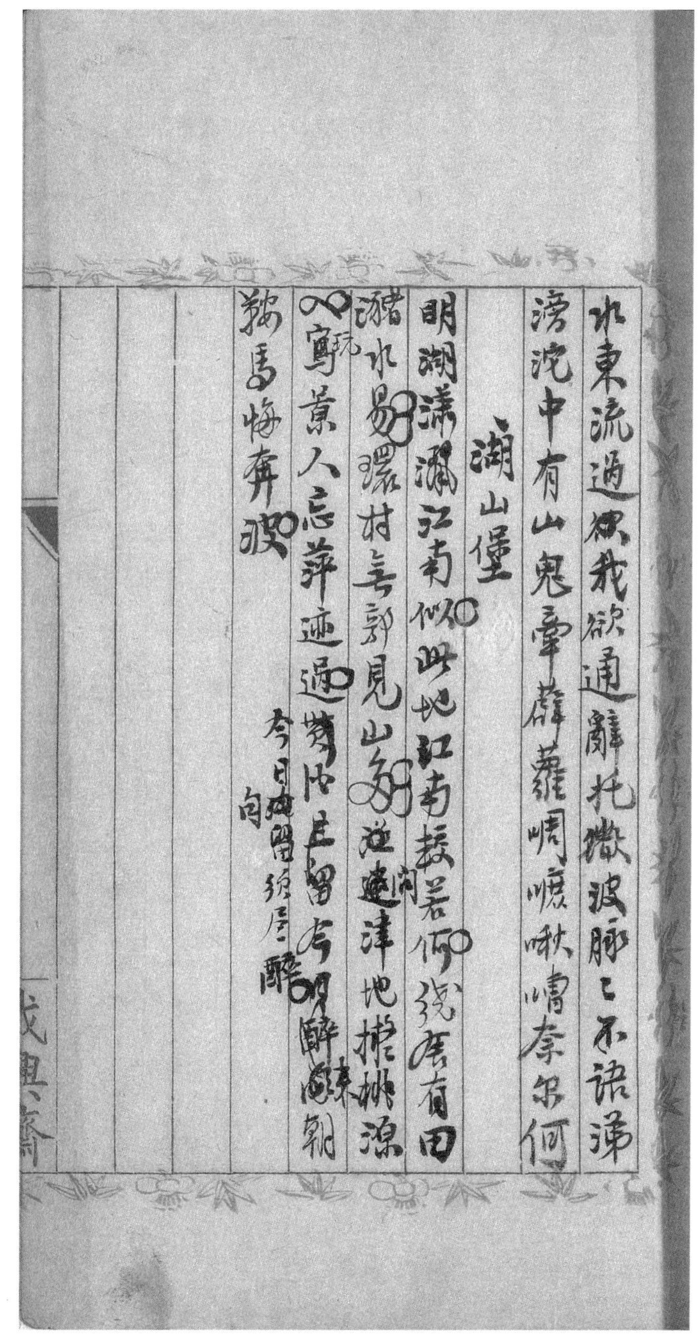

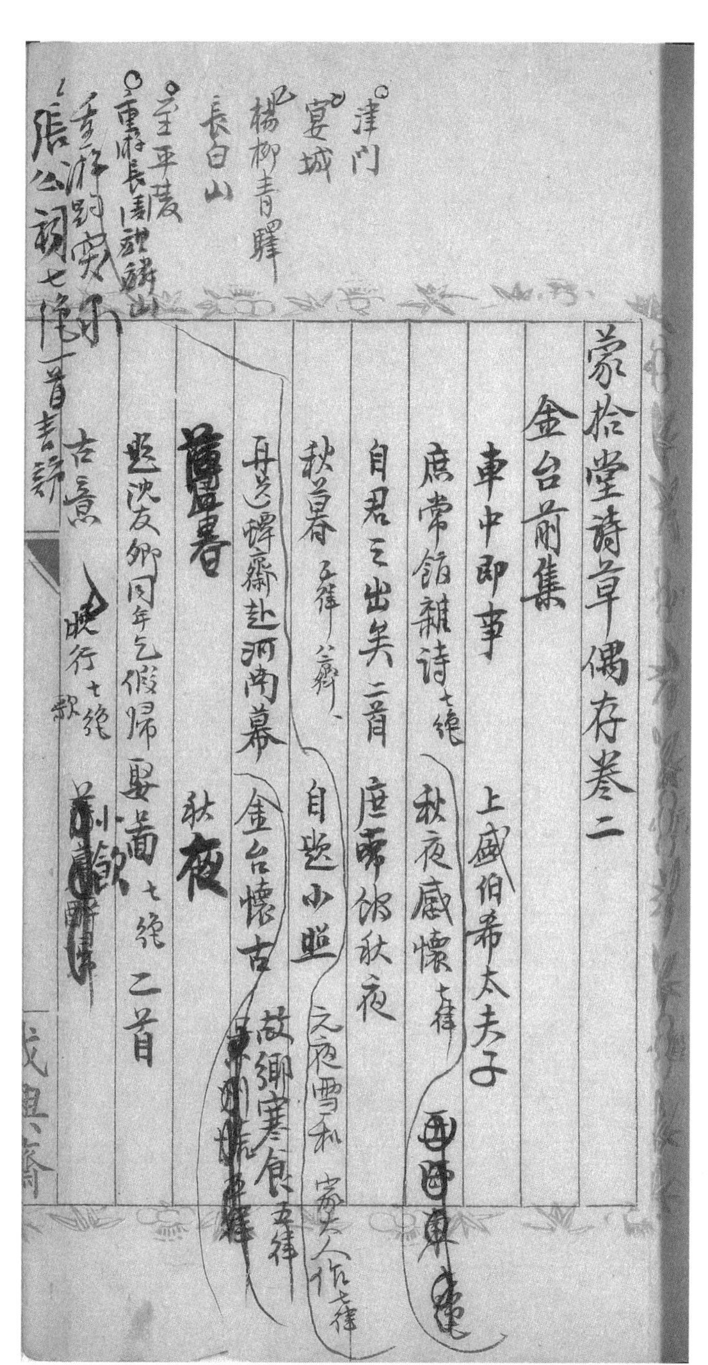

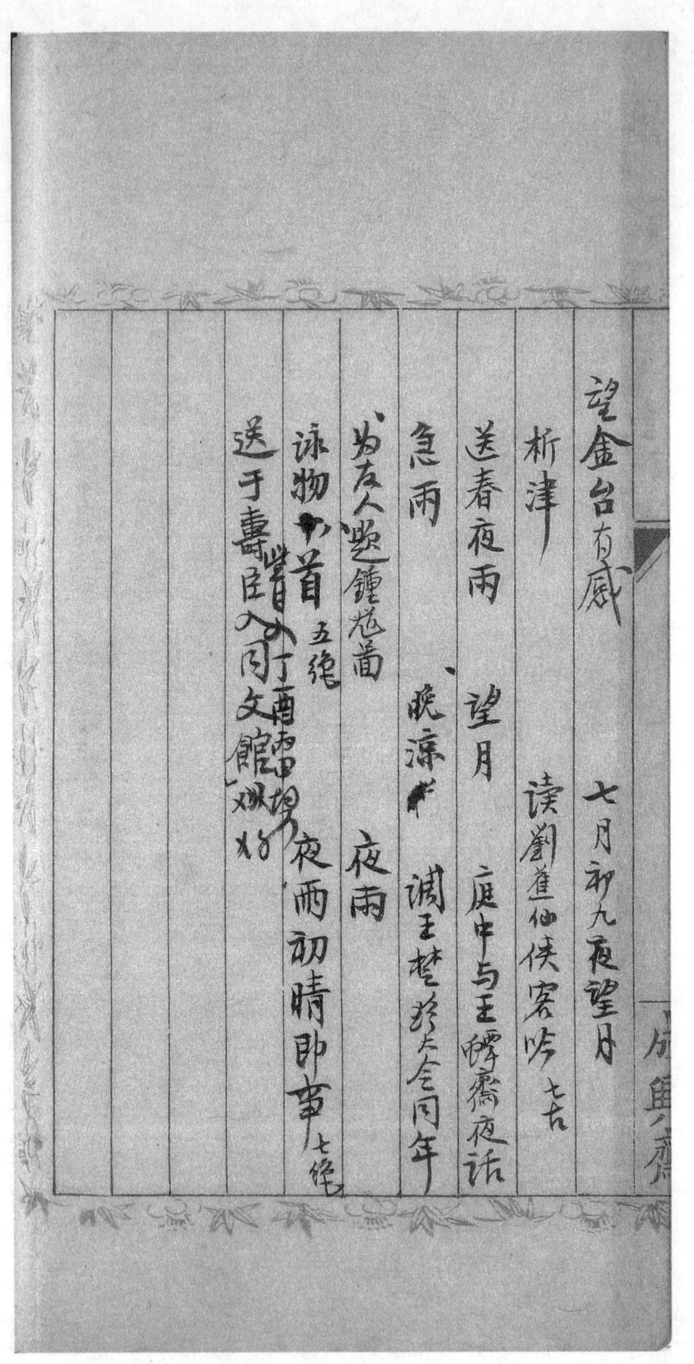

望金台有感　七月初九夜望月

析津　讀劉進仙侠客吟 七古

送春夜雨　望月　庭中与王鐸齋夜話

急雨　晚涼　調王楚珩太令同年

為友人題鍾馗畫　夜雨

詠物六首 五絶　丁酉七夕夜雨初晴即事 七絶

送于壽臣入內文館

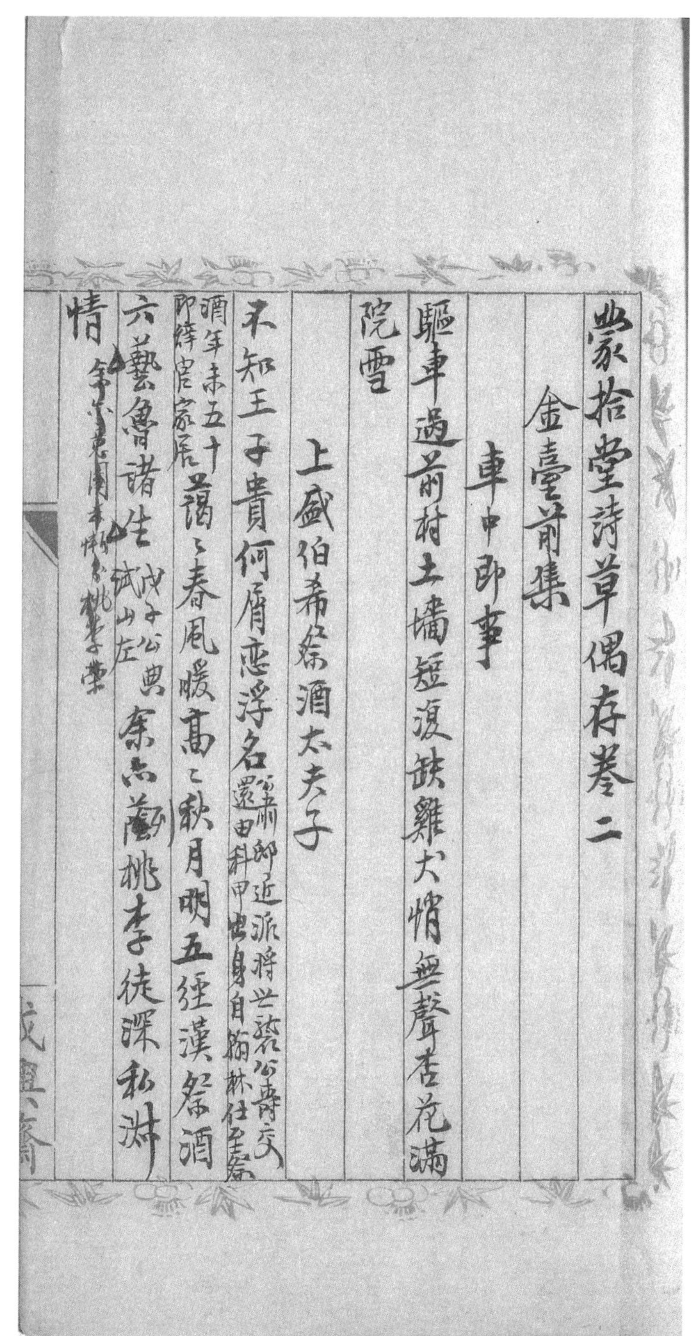

蒙拾堂詩草偶存卷二

金臺前集

車中即事

驅車過前村，土墻短復缺。雞犬悄無聲，杏花滿院雪。

上盛伯希祭酒太夫子

不知王子貴，何屑戀浮名。（公荊郎近派將世蔡公壽交還田科甲出身自翰林任至祭酒年未五十即辭官家居）藹藹春風暖，高高秋月明。五經漢祭酒，六藝魯諸生。（戊子公典試山左）案亦蔭桃李，徒深私淑情。（余未克附門得列桃李之榮）

庶常館雜詩

槐陰窣地日遲遲，雨後輕颸四座時。一縷篆香簾不捲，涼蟬聲裡寫烏絲。

秋夜感懷

颯颯西風吹帳紗，寒蛩唧唧感年華。青燈有味成追憶，錦瑟多情只自嗟。二十五聲宵閨漏，一千餘里夢還家。銷磨壯志知多少，滿壁塵光拂劍花。以下入秋夜杳無涯

自君之出矣

自君之出矣，芳草上階生。思君如春雨，綿綿

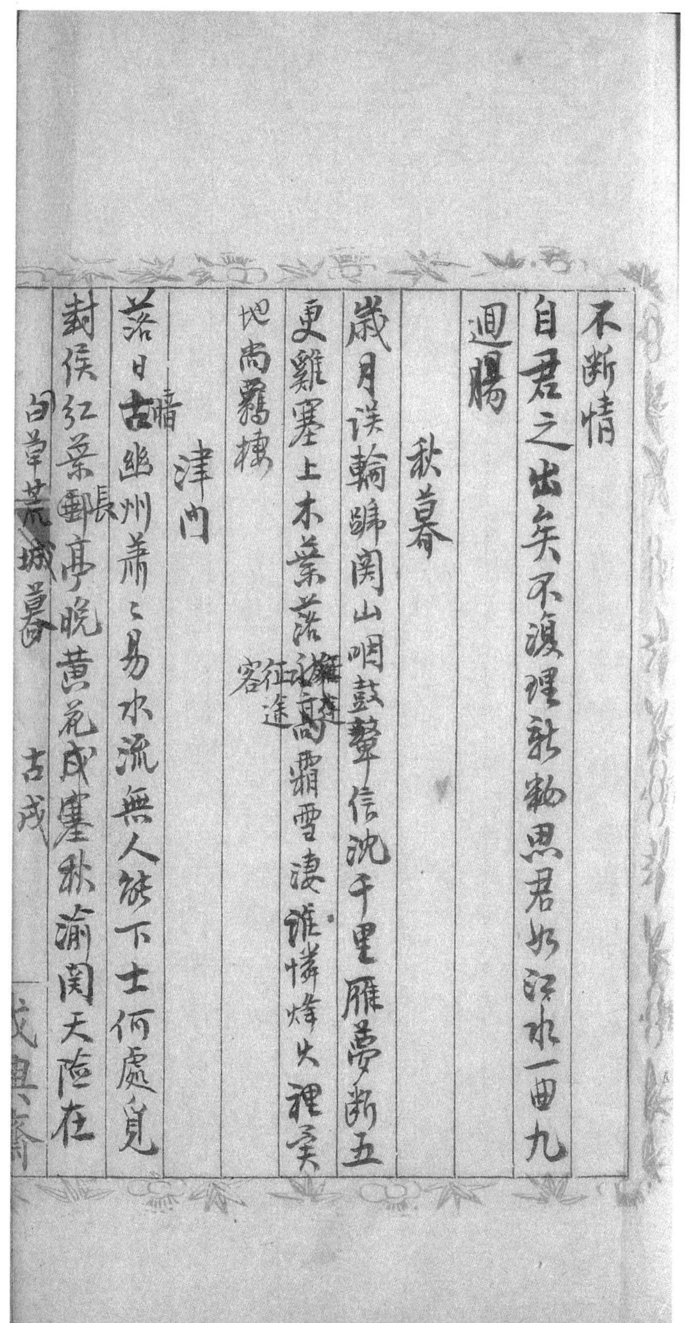

不斷情

自君之出矣，不復理殘機。思君如流水，一曲九迴腸。

秋暮

歲月讁輸歸，關山咽鼓鞞。信沈千里雁，夢斷五更雞。塞上木葉落[illegible]（客征途）霜雪凄。誰憐烽火裡矣地尚羇棲。

津門

落日古（牆）幽州，蕭蕭易水流。無人訪下士，何處覓封侯。紅葉郵（長）亭晚，黃花戍塞秋。渝關天險在，白草荒城暮（古戍）

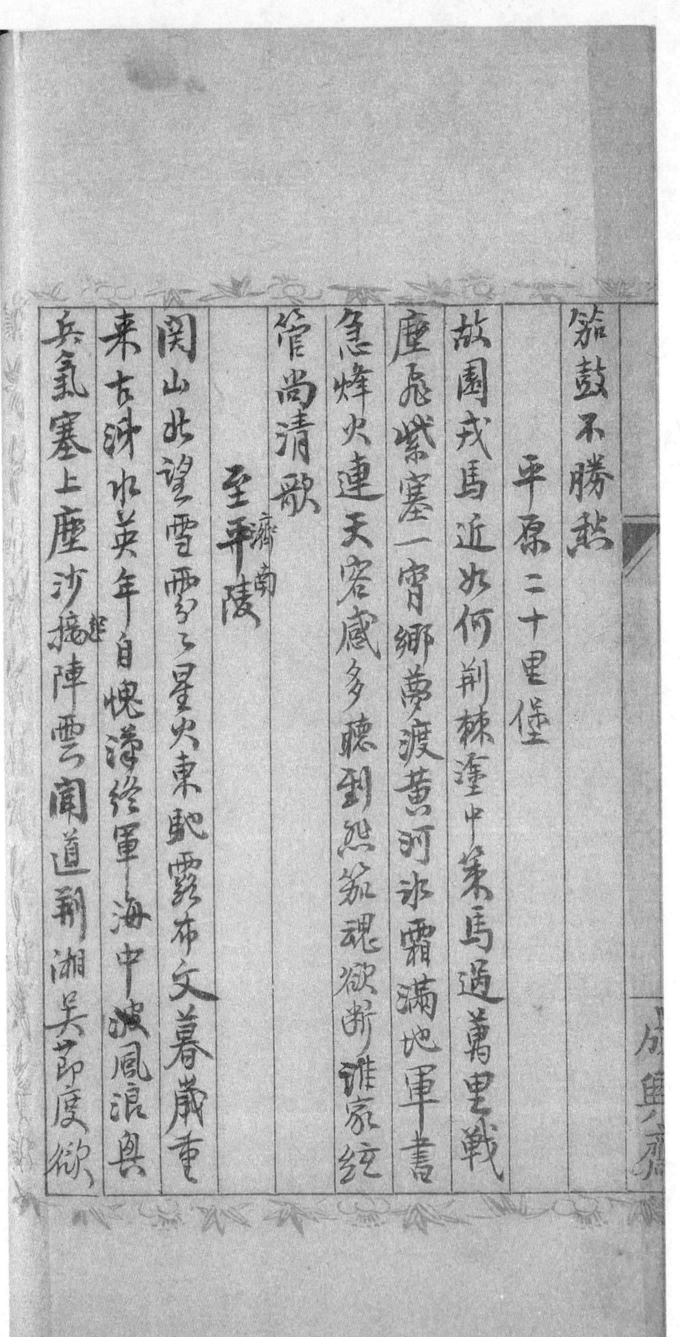
笳鼓不勝愁

平原二十里堡

故園戎馬近如何荊棘塗中策馬過萬里戰塵飛紫塞一宵鄉夢渡黃河冰霜滿地軍書急烽火連天客感多聽到怨笳魂欲斷誰家絃管尚清歌

至平陵濟南

關山北望雪霏霏星火東馳露布文暮歲重來古汴水英年自愧薄從軍海中波風浪與兵氣塞上塵沙揚起陣雲聞道荊湘吳節度欲

重游長清靈巖山

重游趵突泉

從鐘鼎勒殊勳 湘撫吳清卿素癖金石藏鐘鼎甚富領軍勤王其誓師之文招降之書均
宗[illegible]三代鐘鼎文字詞甚古雅

以下〇壬德

元夜雪和 家大人作

三邊笳鼓朔風寒萬里乾坤戰血殷空望雲
天能入暮不聞元夜鬧收関將星暗落灘前地
（時左寶貴統戎陣亡）殺氣平連海上山遮莫今宵無月色
陰雲也自鎖愁顔

自題山照

纔醒空恐色又誤幻爲真相對依然我不知何
許人浮雲驚過眼明月悟前身認取光明象（常使心如鏡）

應教不染塵

重游長清麒麟山　此首應在至濟南七律下

風雪蕭蕭裡游人尚著鞭亂山寒遶郭礀搓白撑
天小別才昨日重來成隔年寺僧偏愛客貰酒話
續前緣

再送韓齋赴河南幕

送君大梁去余亦返長安今夕一尊酒明朝
行路難玉溪仍記室太白始微官何日金台
駿聯聽之上闌

故鄉寒食

故鄉三載別
此會夢中歸

寒食天無雨去游正及時柏山軒女墓隅水
柳郎祠草色侵詩袖花香上酒旗故鄉好風
一三載別何心思夢中歸
下密州有黃帝葬三女處土山猶存
連一夜斷隅一夜枕

金台懷古

碣石北望嵩高台燕昭曾此求賢才黃金買
馬馬竟至黃金待士士不來在昔暴秦民望
雨得一人焉可湯武留侯何非六國士反從閭巷
求真主戰國好士類虛名燕昭有志不師古郭
隗負餌巧要君劇辛鄒衍皆奴僕赤生頗称天
下才亦重功名輕出處閭右……情錯……

潘御勳私讎若不問虎狼眞相作鷸蚌
羊耽合二城全下爾爲人驅陣究何補無怪
君臣以此終豈有上下相貸取習氣徒堪害子
孫荊卿揮霍於土咸陽一〇國爲墟爲之萧
義不諱吁嗟乎世無四塞古雄都王佐之才非
狗屠只從圯上尋黃石莫向台前弔望諸

薄暮

薄暮不成雨危樓明夕暈雲行天逆走風急
鳥斜飛人何處知音世門無限
酒有淚莫輕揮

半銷燕趙悲歌氣，以为賣音籌之人今人

薄暮荒風雨危樓，明夕暉雲雲行天逆走風
急馬斜飛市駿台，仍在昔招賢館已非悲歌
慷慨今人在否只是賣音籌

秋夜

夜意

此首改作秋色接空宗

秋色杳無際，寒星相向圓。誰憐羈宦客，
獨對晚涼天。碧落不改色，銀河何處邊。故
鄉多少恨，魂入夢隔山川前緣。

款枕未成眠

古意

窗外流螢飛，窗前殘燭輝。居情掩秋扇，抱
恨倚鴛幃。時欲理清曲，但傷知者稀。美

不可見定為一沾衣　不可見一作隔天末

題沈友卿庶常同年乞假歸娶圖

壓帽宮花兩朵鮮江南秋好促歸鞭吴歌新製迎郎曲簫鼓聲中駐畫船

螺黛浮煙兩道開奎佳山色曉教總總蘭台歸去修眉史珍重東陽妙筆來

小飲

小飲長安市乘風已半醺夕陽猶戀樹歸鳥故盤雲墟影排空出鐘聲隔寺聞且尋僧共弈松子落紛紛

望金台懷[illegible]有感

世變求才急幽燕古戰場方今需乐毅徒此
弔昭王何代無賢士斯台空夕陽薊門惆
悵處煙樹隔蒼茫

七月初九日望月

聞説牛与女秋来一度逢如何當昨夜仍
是隔長河離恨成終古恩情付逝波不
知今夕内何處月明多

析津

落々析津地遙々秋暮天病中嫌夜永

客路覺寒先鄉國仍千里風霜又一年
故園花信早夢繞菊籬邊　罗浩白作裡

讀刘君崖仙俠客吟有感率和章

我生本俠士重義輕黃金但願逢知己用識平
生心茫茫知己屬誰何中宵彈劍起高歌燕台
黃金燕市酒古來烈士存幾多荊卿漸離長
已矣蕭蕭易水寒不波讀君詩飲君酒新
詩一篇酒一斗人生壽無金石堅須臾浮雲
變蒼狗青衫潦倒貂裘敝与君同是牛馬走
蜉蝣朝暮蟪春秋將何於中期不朽拔劍斫

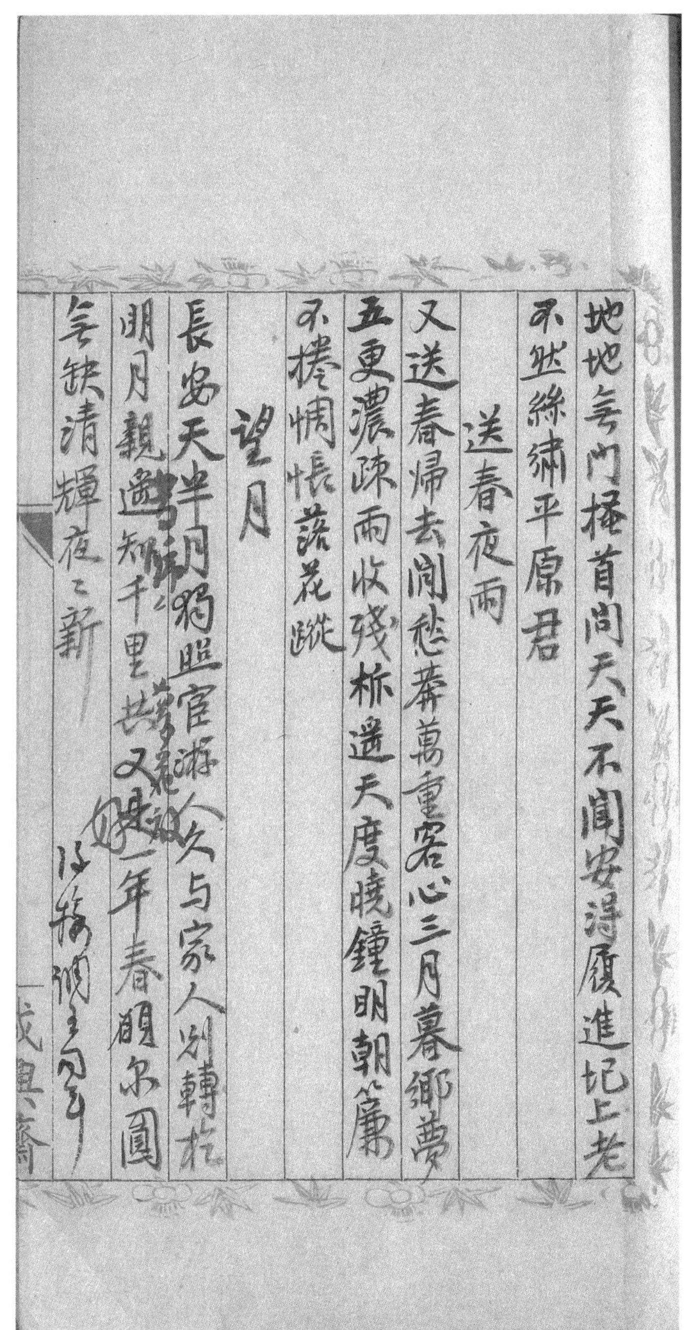
地地無門搔首問天天不聞安得履進圯上老
不然絲綈平原君

送春夜雨

又送春歸去閒愁萬萬重客心三月暮鄉夢
五更濃疎雨收殘柝遶天度曉鐘明朝簾
不捲惆悵落花蹤

望月

長安天半月猶照宦游人与家人別轉於
明月親遙知千里共又一年春願尔圓
無缺清輝夜夜新

庭中与王蟬齋夜話

遥天度暝色人語坐深庭微露不成雨隔雲如有星淚為知己落眼向古人青醉拔王郎劍哀歌未忍聽

急雨

急雨聲稜挾晚潮涼生芙木鎮蕭蕭離愁一夜風吹去知落藍南第幾橋

偶王楚珍大令同年 此首宜在望月五律下

名士風流仙吏才長安月月看花開何當走馬攜春去移向河陽縣裏栽

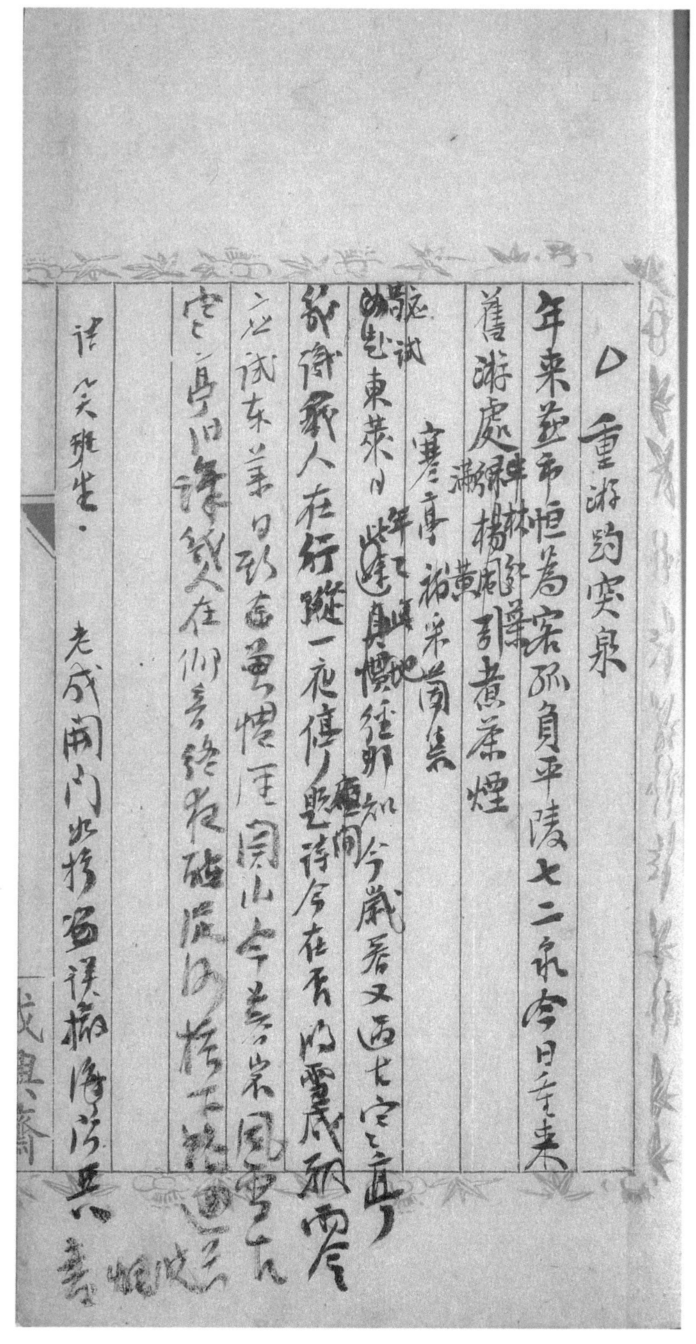

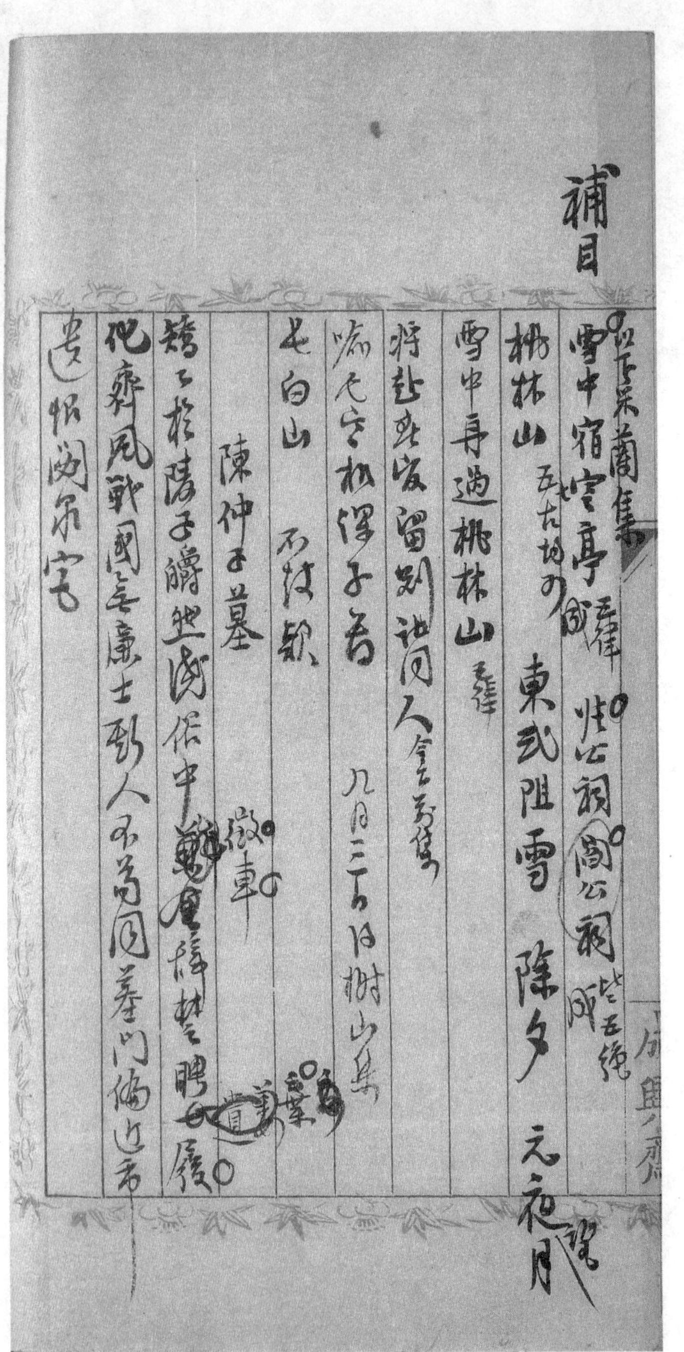

此三字罣相竊取

公餘風流 佳賓從

未似湖山重

確語刻石上鐫

佳篇

張公祠 宋潛集

人言不識丁罝与絳灌伍如何主文事佳士輒

心許諸生知遇恩重今遍齊魯学向辛天成

儒儒何足数猶悵湖上亭新詩成讖語今日拜

名臣祠字丹青古

人言不識丁[illegible]

[illegible]

[illegible]

[illegible]

[illegible]

雪中訪秦瑯琊臺碑

昔曾先秦讀，常嘆訪古難。人稱碑上瑯山好雪

中郡村酒不成醉，敝裘時復寒。梅花開也未

煙鬟古樣垣已靄　史臣秉筆書李斯

執筆書

班馬橋搨家李斯　中書欲

圖濟淮　縱橫

李斯篆摹　拓搨

史臣欲題張

篆火焚鳴陳涉起，斬鹿鮑神呼赤帝子，隆準帝王驅馳王與人都銷亡相尋

成秋洗破鄒魯儒，笑擬伯聲莫同一例，神門弄筆，神寺説汪天授可人知　中郡唐書欲搨

古來封禪七二家，倚淮群符瑞難盡是，暴古莫受大人欺，好留乾留主白日照

秦皇雖不工為志，德高三稱説，聞看元春三年行法入心歸　休息安

自古仁義名無闡，伐暴救萬語德者，三章約法天下定，一統我衣四海寶

君不見赤烏流烏魚躍丹，秦燕鹵女存不收

炎漢代秦周代商，炎漢功業拜，周代暴救殘自後正

華改

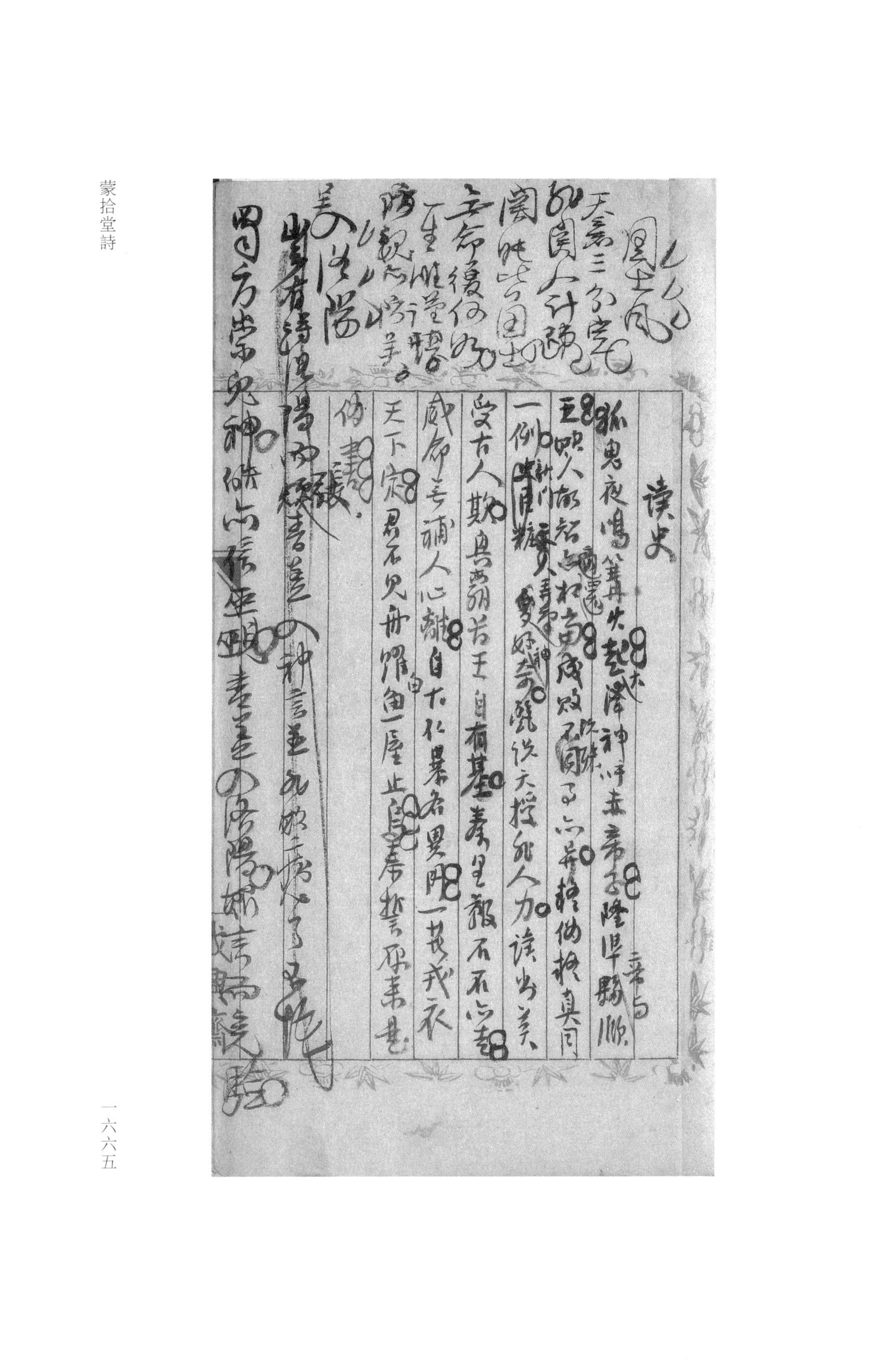

讀史

淺以北海
魏　七步詩
魏　望西陵
蜀、乞東歸
蜀、讐國論
蜀、二士爭
蜀、安樂公
蜀、失荊州

讀史小樂府　因乞假歸者、

宦游數年,今在家度歲、承歡庭闈,極人生樂事,

因藉暑聞戲作,得三國志小樂府,康莫東

曹之綱鄴之台,大文豪,姓仲尼,莫不及

七步躍成章,多才更遭忌,豈有逼兄實而能愛有庫。

遺命分香履,朝朝銅雀臺,疑塚七十二,何處望西陵。

立志扶炎漢,平裏未可紀,王陵有賢母,未肯乞東歸。

只取天意危,不求人事安,兩作降王書,一作讐國論。

二士入西川,相爭兩俱敗,不享取蜀功,乃僕滅漢罪。

莫笑安樂公,無情思蜀地,再傳問蛙鳴,忘不了家鄉。

三分指掌收,如何先著失,忘卻援荊州。

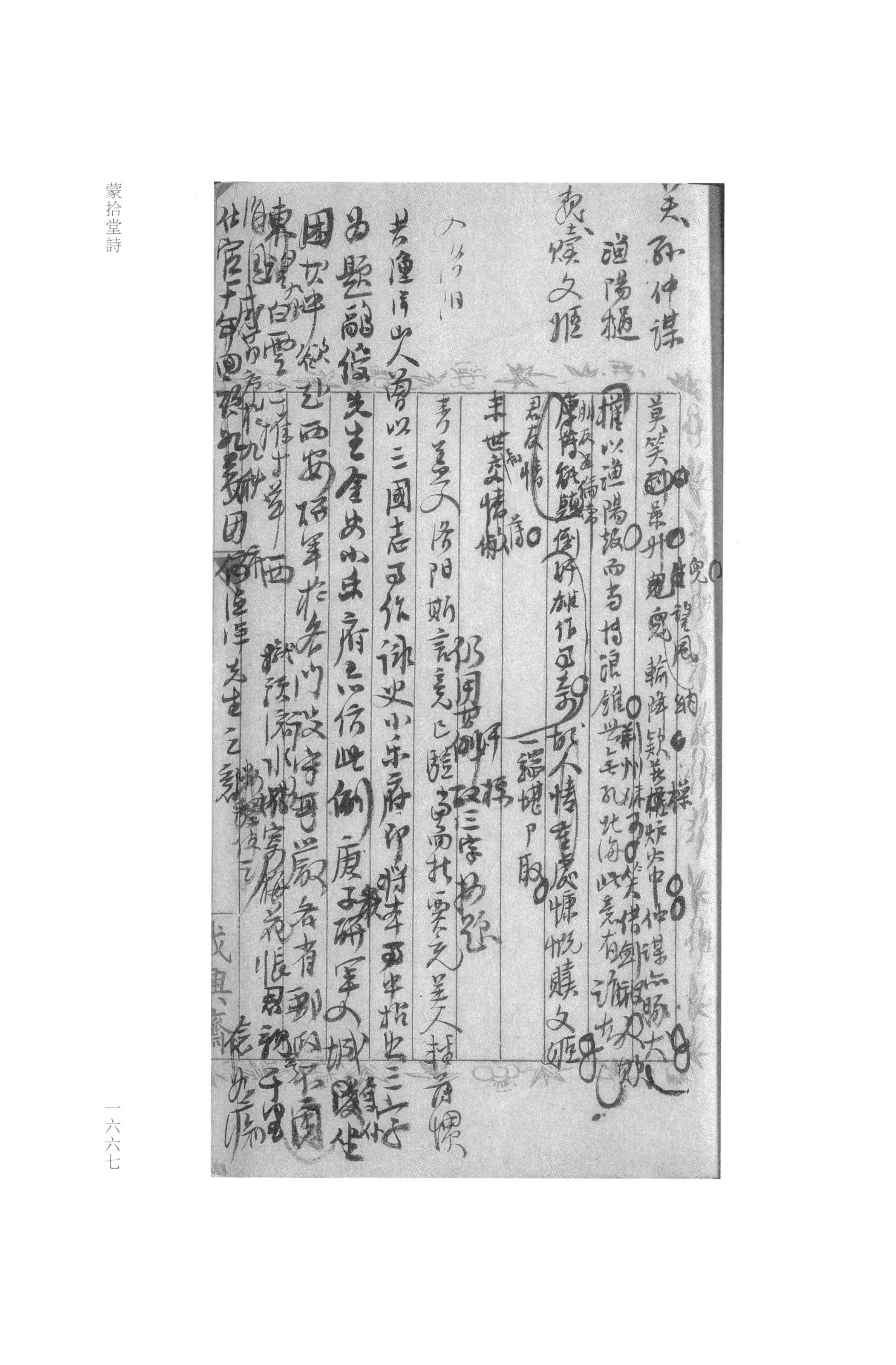

余生寔无不諧苦覺禍迫上春宮客[illegible]山月出城見

游遍勝境挤熟悰一隊卿聲不悅[illegible]香山[illegible]手膺

國觀平陵東有水浩的秀色全為[illegible]

有水海上樓仙[illegible]見[illegible]

天[illegible]石刻大佛像參掌高坐蓮花生

車頭迎送三十里[illegible]並世已二十七年太白

何處在此望西松山吳煙塵我為相許[illegible]

瞥眼計三周方[illegible]沒殺眼九點一名煙空[illegible]奇振衣

[illegible]攸上一說[illegible]回

因仿其例作三間志沙史[illegible]府四五十首振筆直書不計工拙

了後因於[illegible]出之大雅[illegible]為之不足以存[illegible]擇其累雜

以若干以銀[illegible]附之其云爾

車山望華不渡

昔聞華嶽西岳之三峰生天劃出青芙蓉毋乃[illegible]
一飛到此風雨離合成奇蹤東西相距幾千里生有[illegible]
嫦娥天工[illegible]巖鎖首泰[illegible]華山羅列如兒宗云亭畢
文郊陵耳為近壇坫[illegible]帝業崇華山屹立一千仞巡幸輒
過之兩過依華附木數以此[illegible]孤立難為功有生只
[illegible]不諧[illegible]屏恒福日[illegible]吾百家[illegible]者命[illegible]綏北上看山一
[illegible]年庸[illegible]造化不[illegible]秀色[illegible]結年陵東[illegible]
神化好游戲[illegible]雲忽見金銀宮不然古佛現法像居
掌跡望蓮花峰岂頭過眼三十里山靈餉我非不

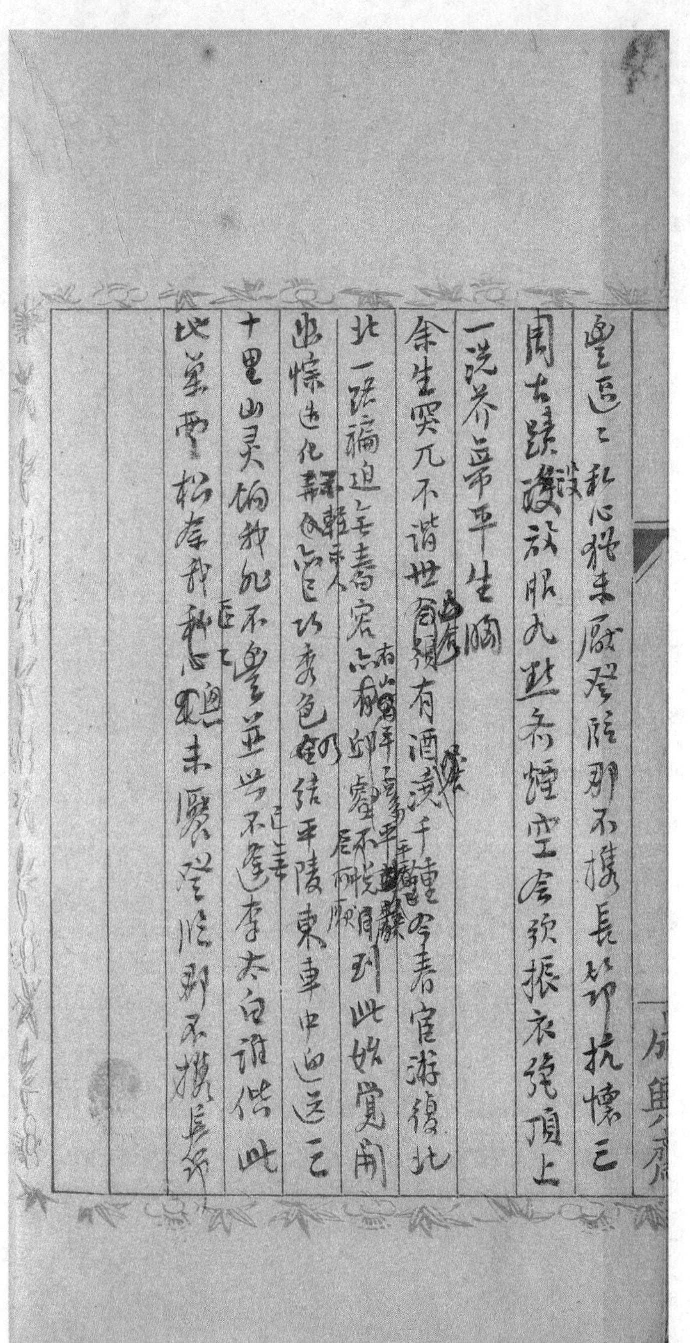

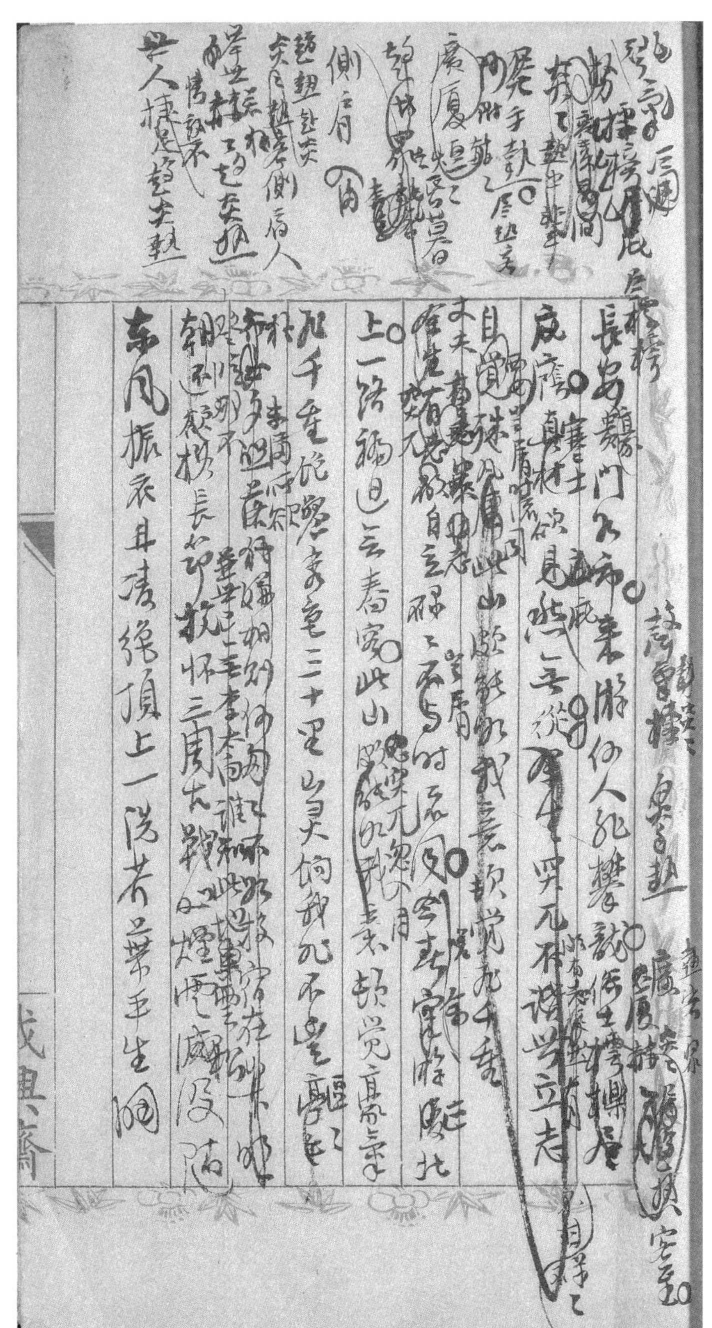

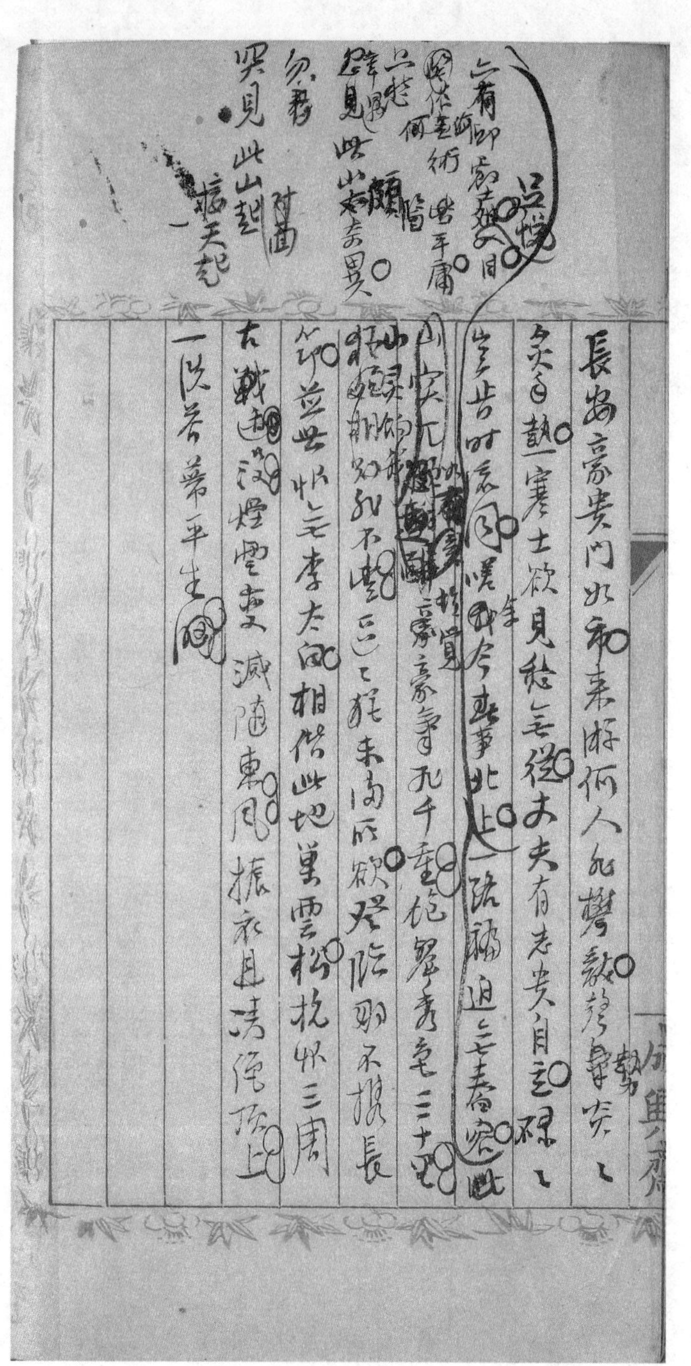

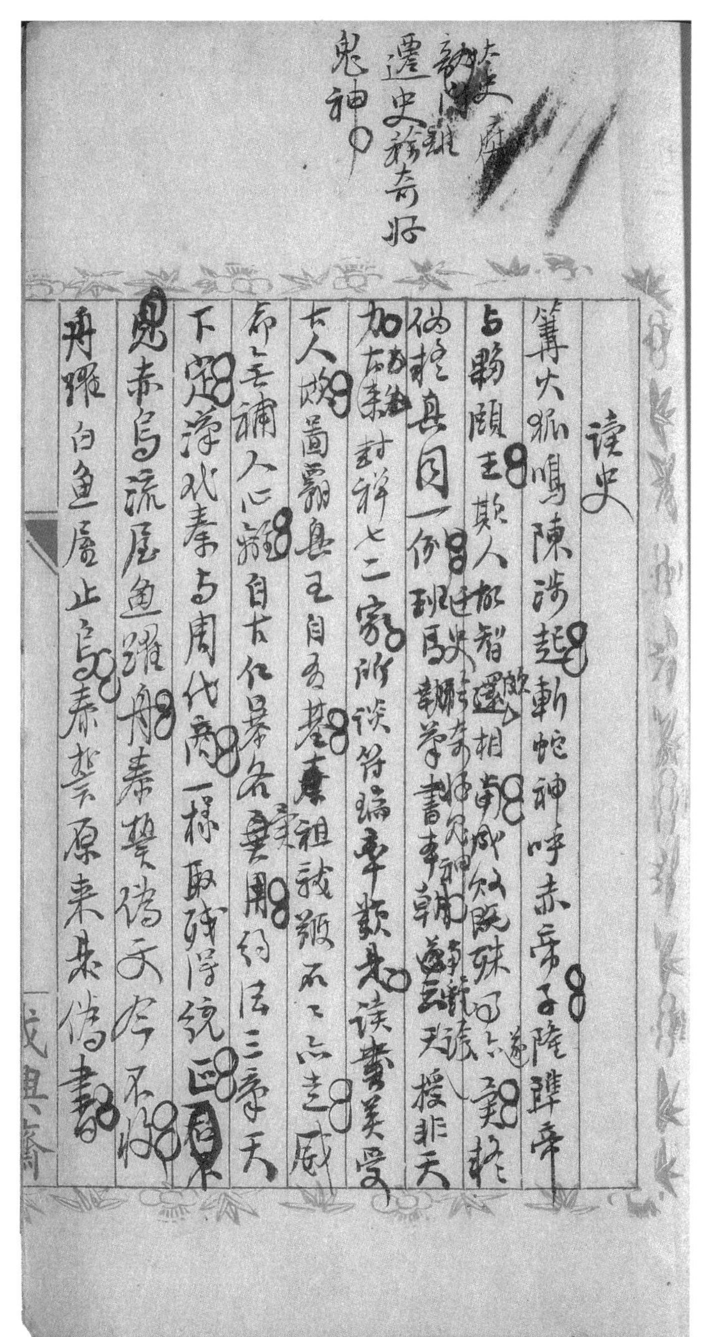

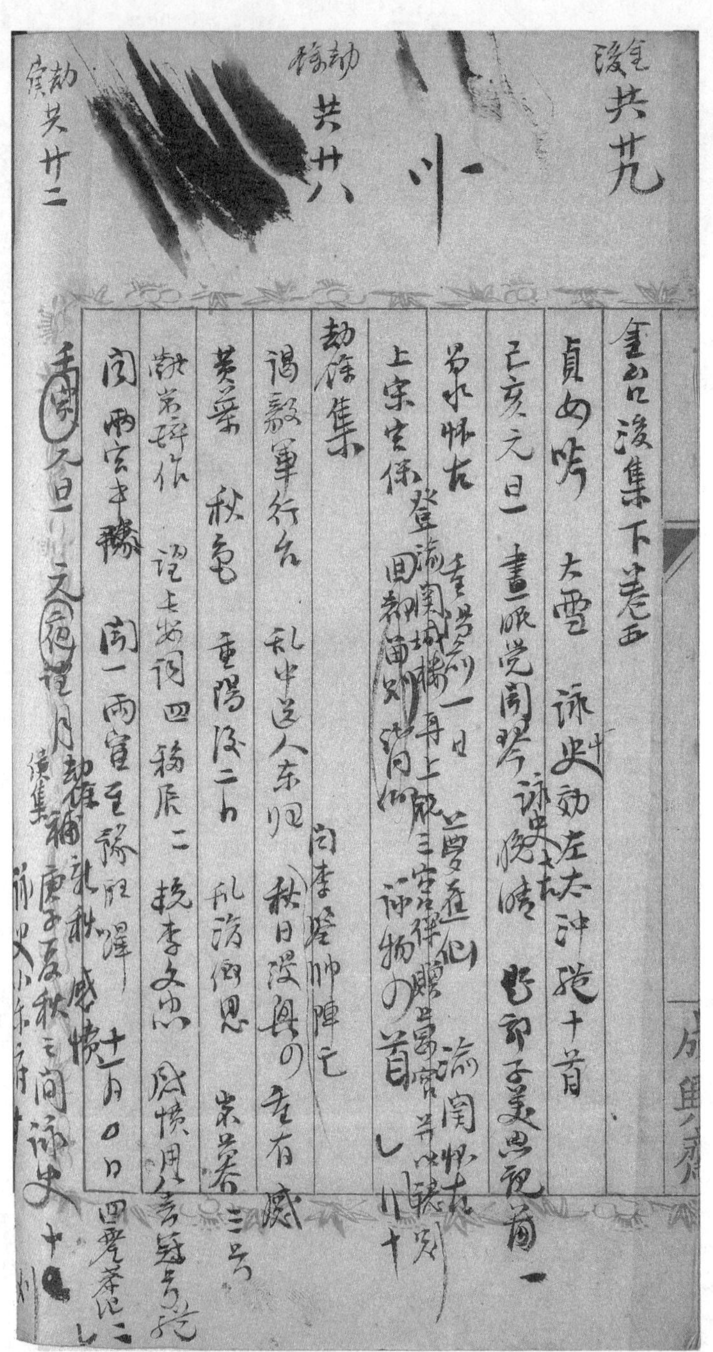

柏台
共廿二

柏台集　壬寅元旦　元夜望月

讀史　七古　送舅氏察自諦　袁蝶苟玉卿　送孫大令赴閩

偶題庵壁　八月望夜作　中秋雨直日

中秋得日歌和徐侍御　寒懷同人　謁嵩秋閣

九月初三日重度二　九日登陶然亭不果　十二　以下聚卿　暮春

三月三日金魚池　悼亡　殿試題試卷紀　買順和園

早入內閣試以補官陪署　有感順和園　讀史　高祖本紀

送楊星侯赴皋二　補　鄭生不來詩　項羽本紀

共作

金台後集

劫餘集

柏台集

望之子歌一首補在內

後又附重訂平陵詩[illegible]

蒙拾堂詩稿〻底 卷三 四

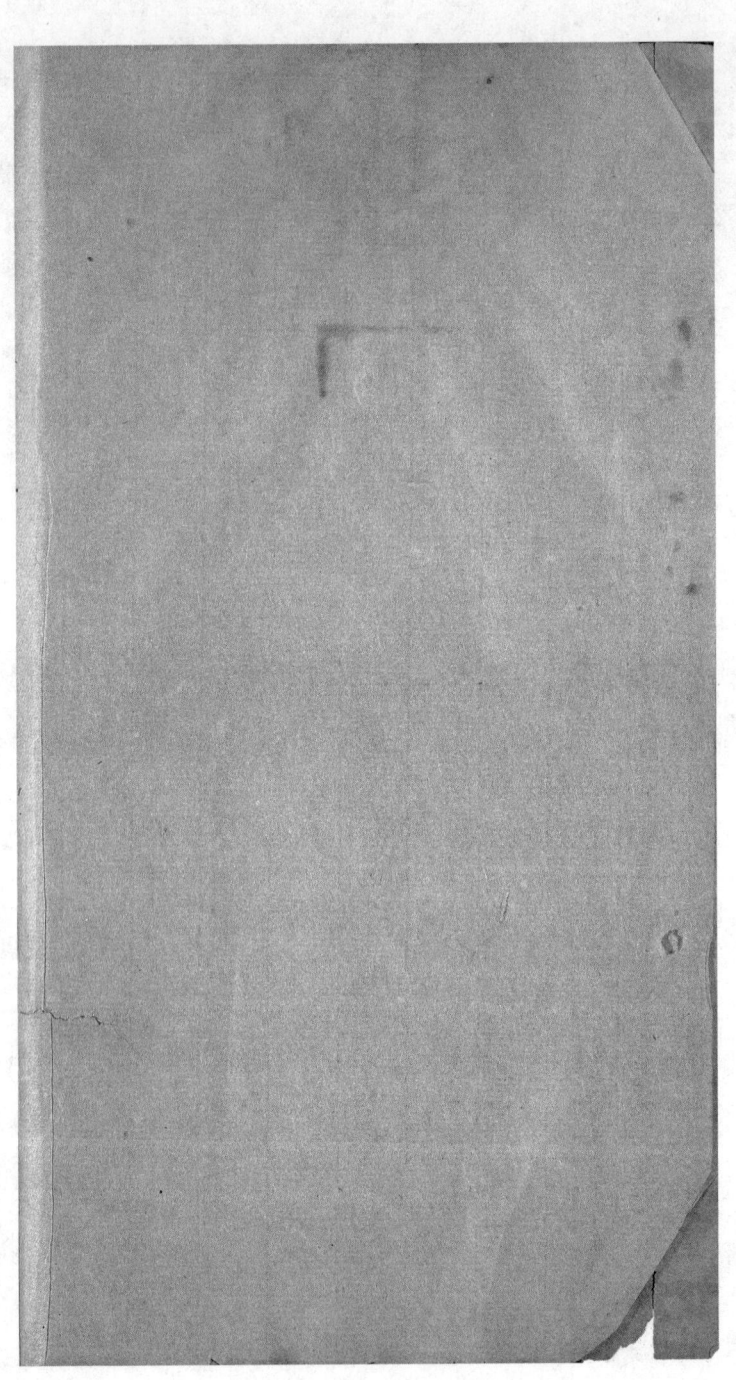

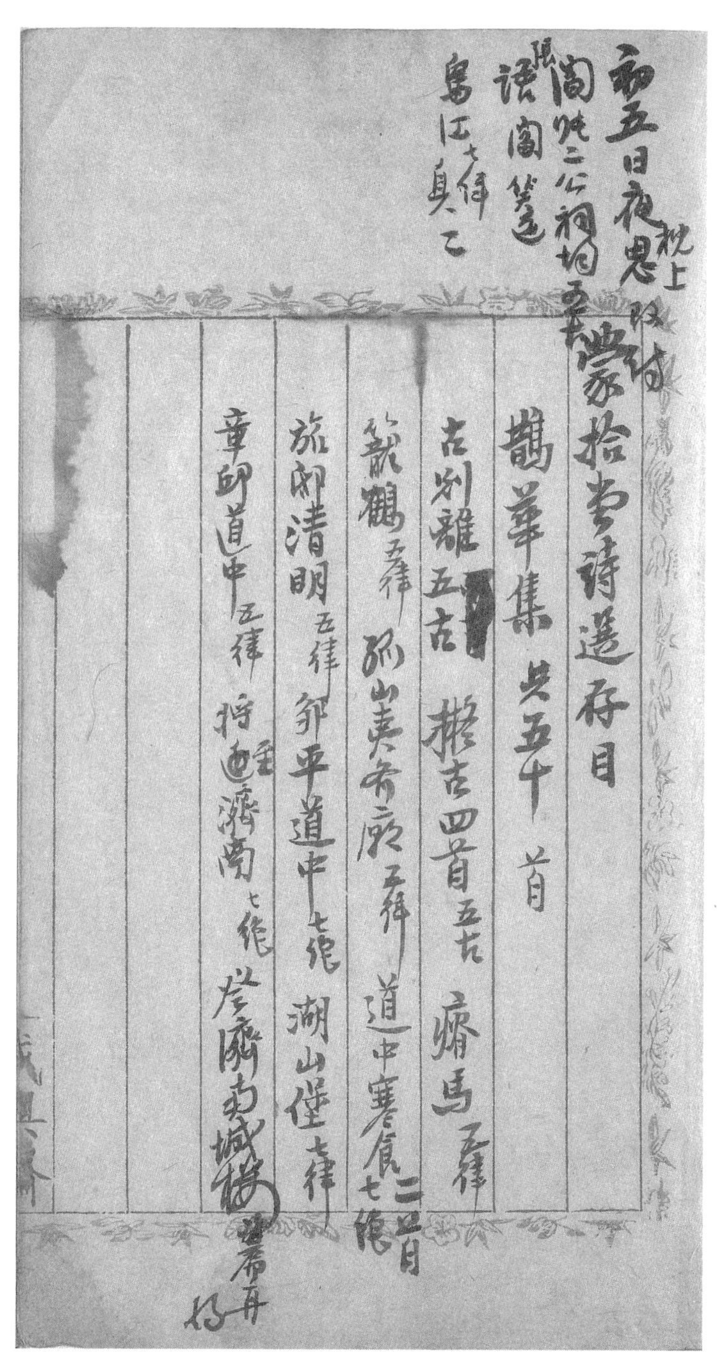

初五日夜思 枕上[illegible]
張[illegible]二公祠堂 五古
讀[illegible]
烏江 七律 其二

蒙拾堂詩選存目

鵲華集 共五十 首

古別離 五古 擬古四首 五古 瘦馬 五律

[illegible]鶴 五律 孤山夷齊廟 五律 道中寒食 七絕 二首

旅邸清明 五律 鄒平道中 七絕 湖山[illegible] 七律

章邱道中 五律 將[illegible]濟南 七絕 登濟南城樓 [illegible]

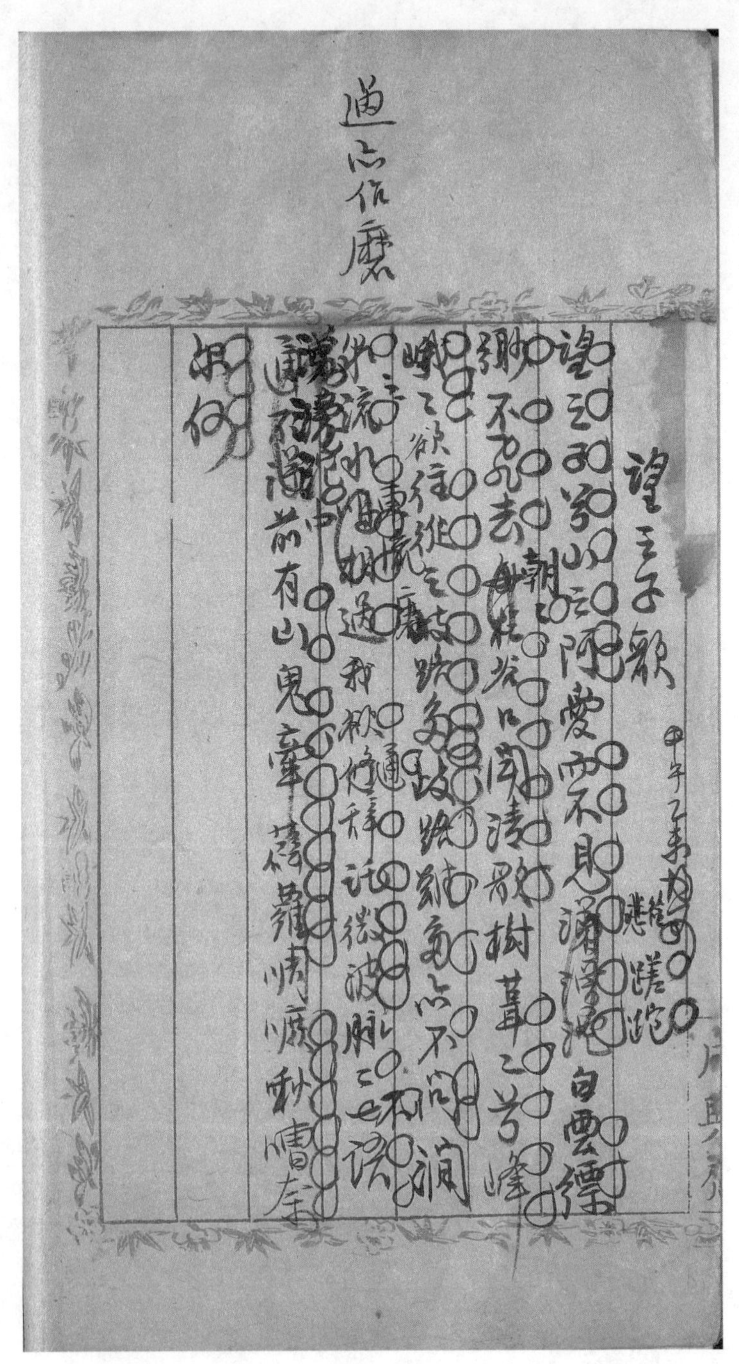

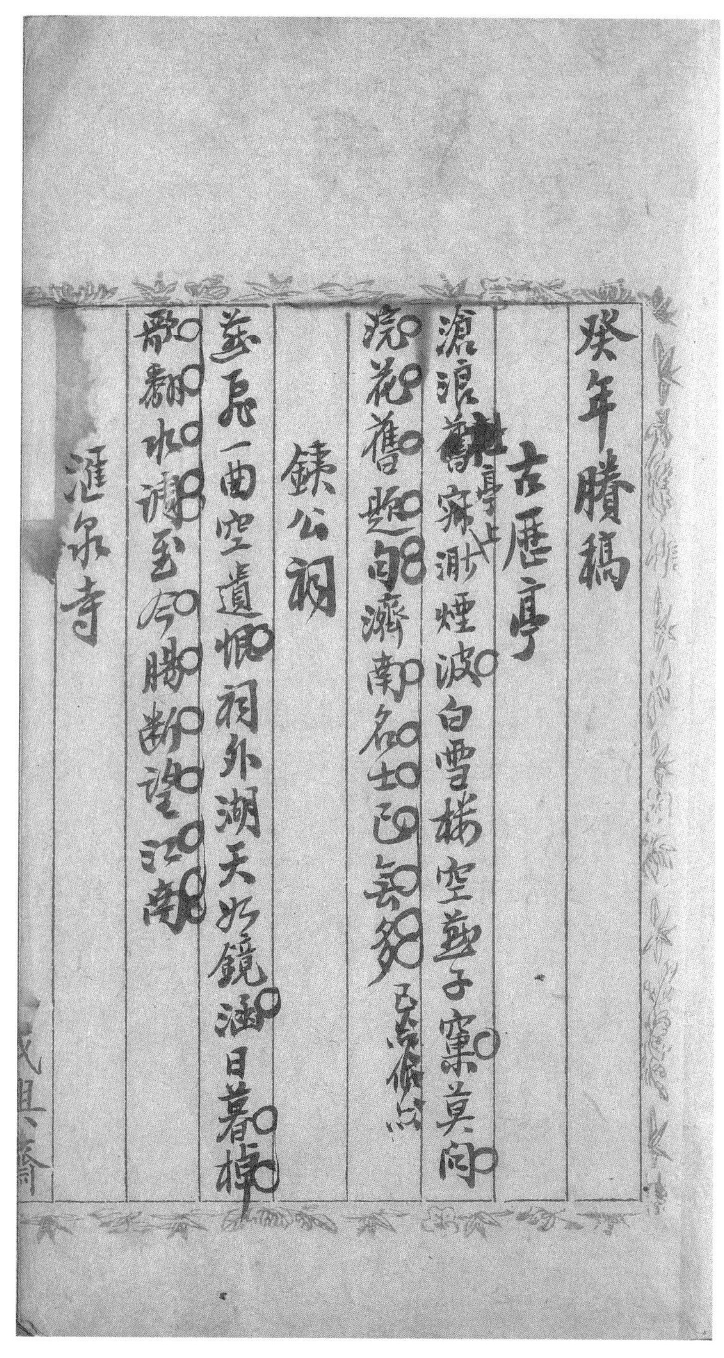

癸年賸稿

古歷亭 亭在湖上

滄浪舊舜渺煙波，白雪横空燕子窠。莫向浣花舊趾句，濟南名士已無多。己亥假此

銕公祠

蒹葭一曲空遺恨，祠外湖天水鏡涵。日暮棹歌翻水調，至今腸斷望江南。

滙泉寺

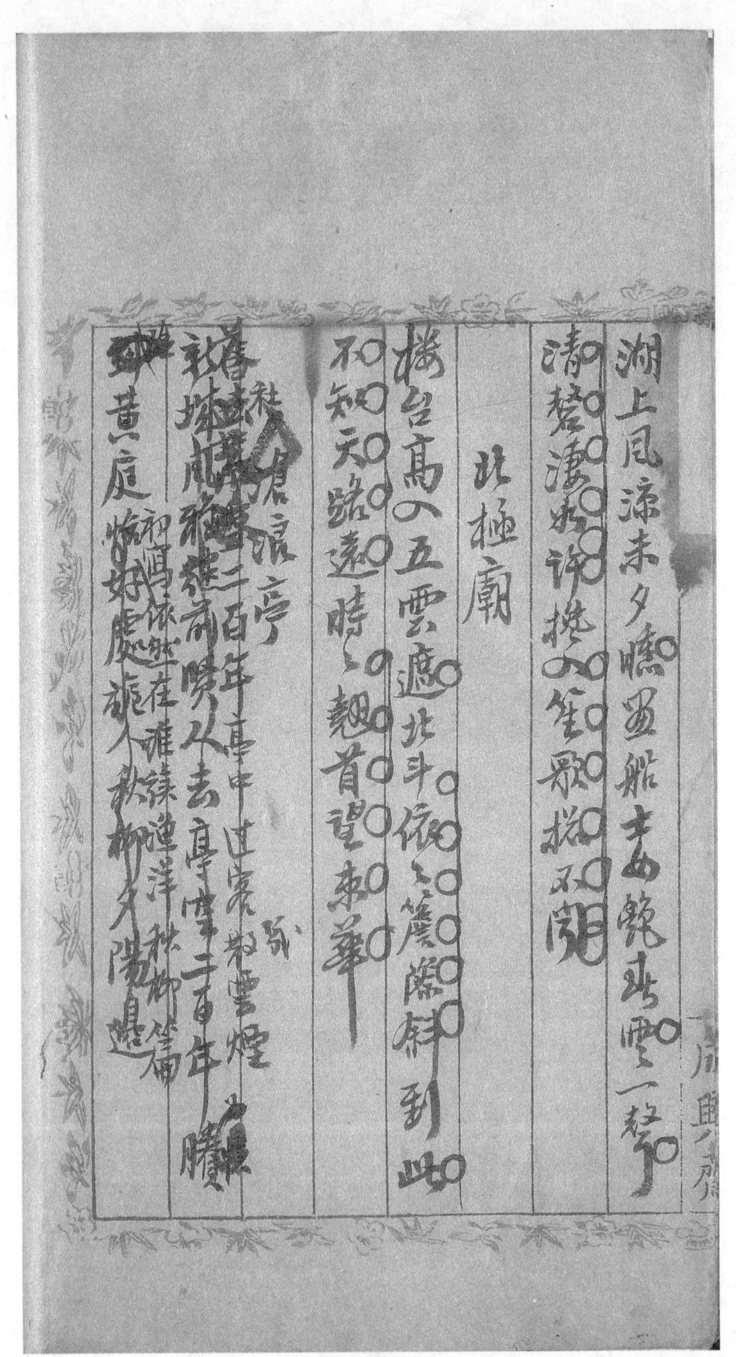

北極廟

樓台高入五雲遮北斗依依簾際斜到此
不知天路遠時時翹首望京華

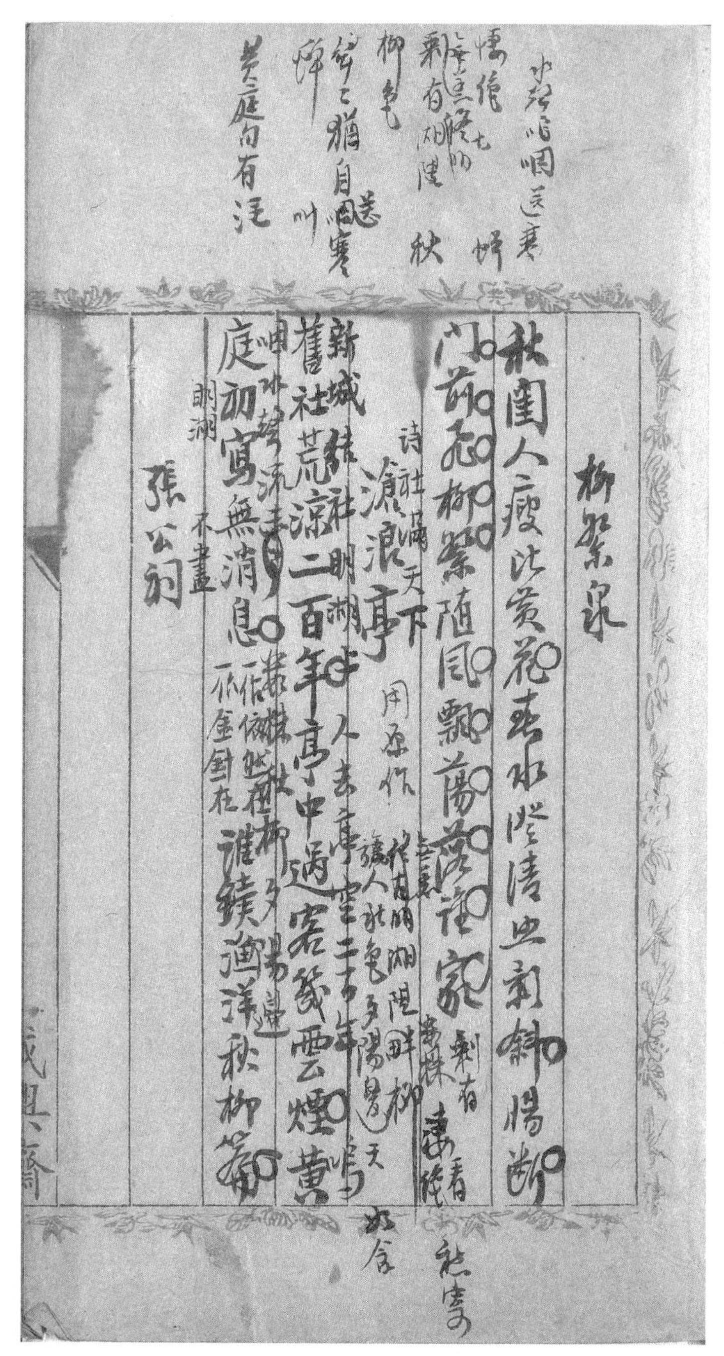

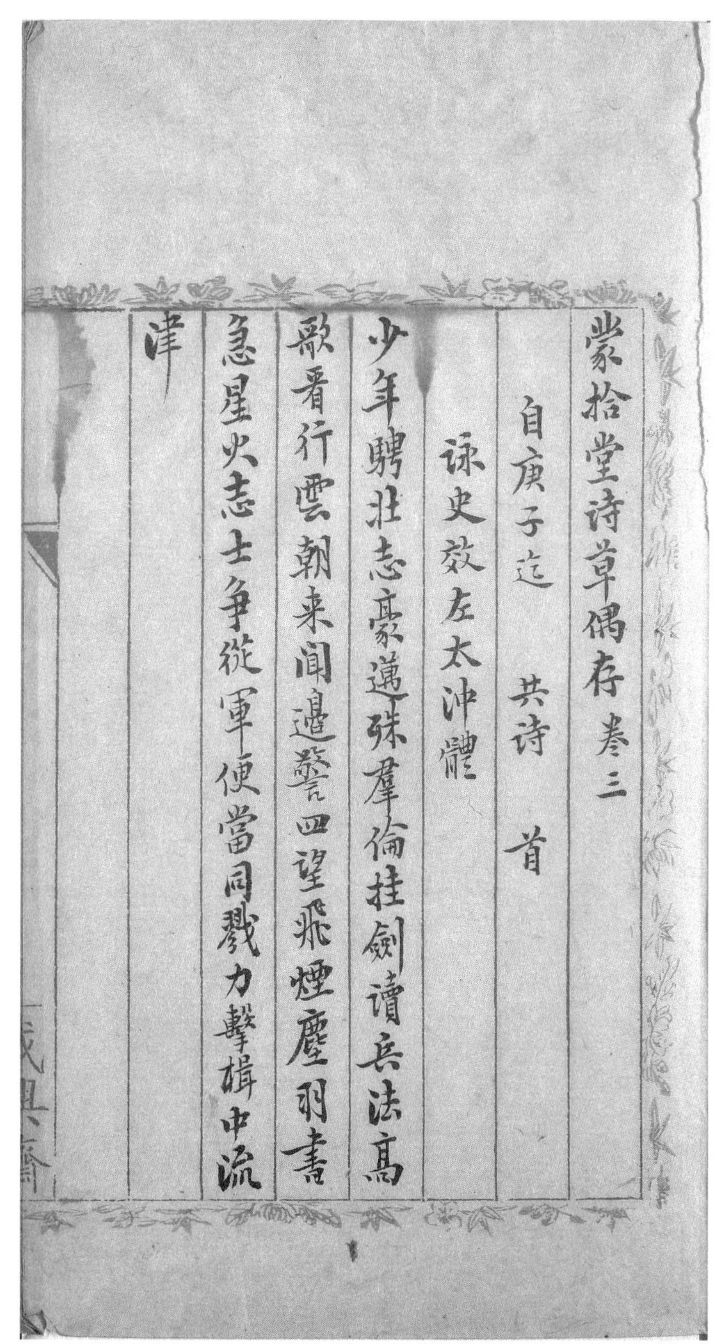
蒙拾堂詩草偶存 卷三

自庚子迄　共詩　首

詠史效左太沖體

少年騁壯志，豪邁殊羣倫。挂劍讀兵法，高歌看行雲。朝來聞邉警，四望飛煙塵。羽書急星火，志士爭從軍。使當同戮力，擊楫中流津。

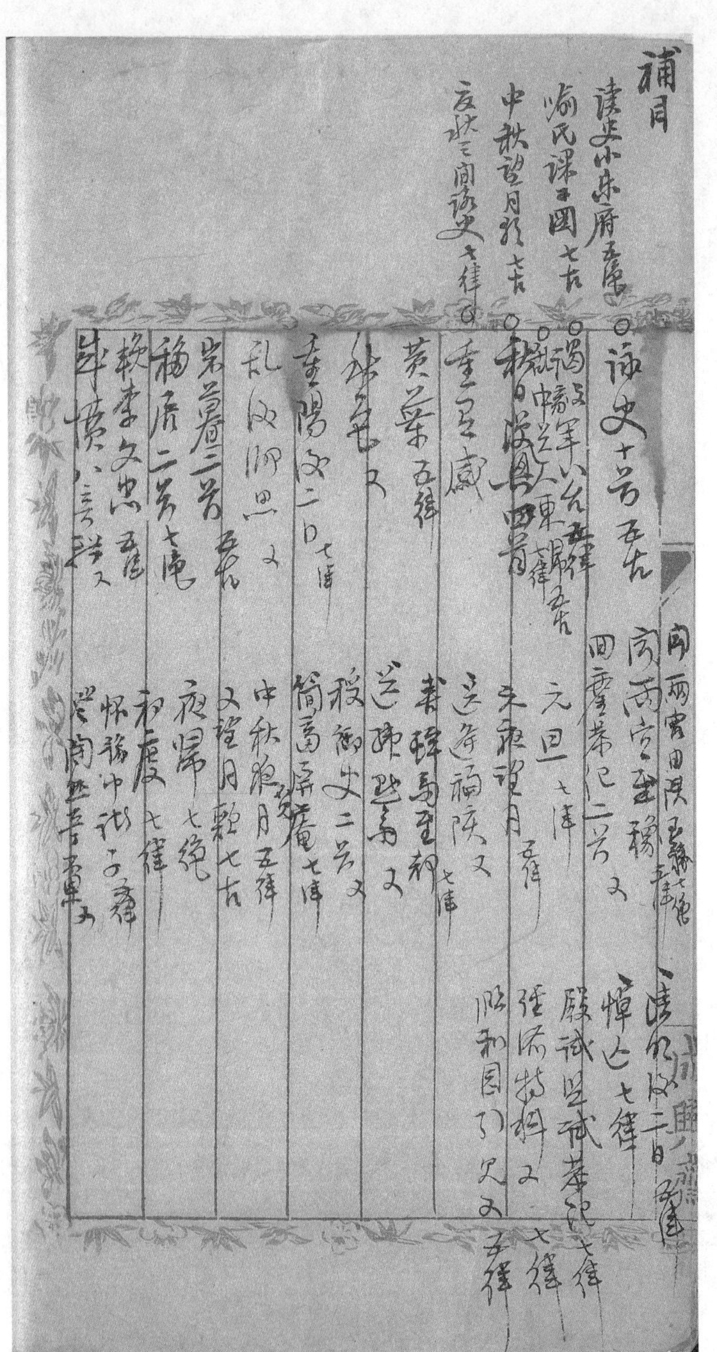

補目

讀史小樂府 五言

喻氏課子圖 七古

中秋望月歌 七古

[illegible]三[illegible]詠史 七律

○詠史十首 五古

○獨酌 五律

○亂中送人東歸 七律 五古

○秋日[illegible]四首

○重五感

黃葉 五律

[illegible] 又

重陽後二日 七律

亂後[illegible]思 又

[illegible]二首 五古

[illegible]二首 七絕

校李文忠 五律

[illegible]三首 又

同雨窗田[illegible] 五律 七絕

同雨亭至穆

回[illegible]二首 又

元旦 七律

朱夜望月 五律

送[illegible]福陝 又

書[illegible]馬至邦 七律

送陳[illegible]高 又

[illegible]史二首 又

簡[illegible]庵 七律

中秋[illegible]月 五律

又望月[illegible] 七古

夜歸 七絕

初度 七律

懷[illegible]中[illegible]十首 五律

[illegible]文

清明後二日 [illegible]

悼亡 七律

殿試[illegible]試華[illegible] 七律

[illegible] 又 七律

頤和園[illegible] 又 五律

蒙拾堂詩草偶存卷三

自庚子迄　共詩　首

詠史十首效左太冲體

少年騁壯志，豪邁殊羣倫。挂劍讀兵法，高歌看行雲。翱來聞邊警，壯四望飛煙塵。羽書急星火，烈壯士爭從軍。便當同戮力，擊楫中流。津左顧陶士行，右招溫太真。自遂澄清志，不慕鐘鼎動。放浪歸田里，濯足東海濱。

朝采湘中芷夕搴江上蘭萎絶亦何傷幽香
自可覽陶潛羞折腰張翰思挂冠豈必慕高
蹈願求心所安世胄據要路時流趨朝端蓴鱸
起秋風浩然歸故閭長揖謝巢許抗志希孔顏
（如何莫當效）嗟彼熱中輩捷徑終南山
著述聊自娛
鉛筑入咸陽白衣渡易水義烈激一時孤身
殉萬里至人不輕生傑士常惜死名与泰山
爭諫豈溝瀆比不見漢張良任俠空自喜一

遇黄石公遂佐赤帝子忍辱乃有功盛氣多
為累堂〻千金軀珍重郭知己
堂〻王景略抓掌旁無人落〻汲長孺長揖大將
軍仰觀藐千古俛視畀羣倫豈以人爵貴而忘
天爵尊曠懷宇宙内豪右何足陳首陽節不朽
千駟名無聞人生貴立志驥尾附青雲
披褐談世務挾策上京都纍〻垂青紫赫〻王
侯居駑馬戀棧豆所嗟無遠圖良驥志千里

伯樂今則無人生貴知己慷慨效馳驅感恩既
無門長嘯歸田廬
棲鳥巢千仞狂風摧其枝居高不知險奄忽
遭危機名將狡兔恨權相黃犬悲功成惡爵
賞招禍復奚疑辟谷留侯隱蹈海魯連歸鴻
飛自冥冥弋者何所施
薄暮登碣石北望黃金台夕照下煙樹秋風
颯悲哀昔在戰國時好賢築崔巍一旦得其

龍下齊功偉哉如何反間至長城甘自摧良（物）材（腐）

蠹不（始）生深（人）交（疑）隙不（乃）開昌國非智士燕昭（主）非雄才

籬菊傲晚節嶺松耐歲寒英雄重末路烈士堅

暮年畫足蛇豈貴續尾貂不完夕照能幾時倦

鳥飛雲端譬彼流泉水清濁忽改觀吁嗟漢四

皓垂老出商山

李廣未封侯霸陵醉尉呵韓信未拜將淮陰胯

下過李子歸洛陽親戚不相和翟公罷廷尉门

外張雀羅天生磊落才爲能久蹉跎當其不
得志受侮何其多榮枯尋常事炎涼偏殊科
何代無賢士往往困巖阿拔劍一斫地酒酣聞
哀歌

飛絮干雲霄落水化爲萍蒼蠅趨炎熱逢
冬蟄其形升沈頃刻事冷暖迭相乘人生六
泡幻達觀唯莊生失馬福或至得鹿夢非靈
低昂聽造物胡爲怨冥冥

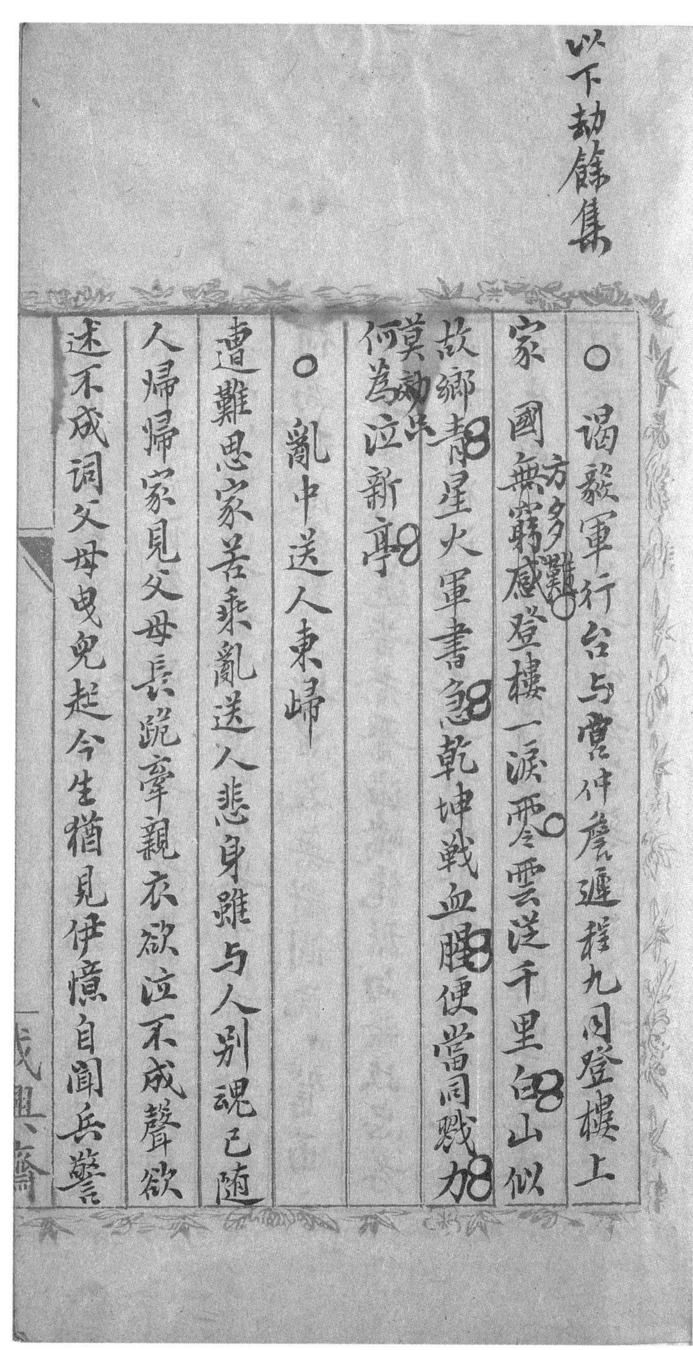

以下劫餘集

○謁毅軍行台与雲仲詹運程九月登樓上

家國無窮感登樓一淚零雲迷千里白山似

故鄉青星火軍書急乾坤戰血腥便當同戮力

何爲泣新亭

○亂中送人東歸

遭難思家苦乘亂送人悲身雖与人别䰟已隨

人歸歸家見父母長跪牽親衣欲泣不成聲欲

述不成詞父母曳兒起今生猶見伊憶自聞兵警

傳信復傳疑道路梗烽火隔絶鴻雁飛存亡且
未卜安危詎誰知此會真天幸如獲再生期但
子受 國恩啚報原有時同樂不同憂致身亦
何為疾風識勁草竹帛名無虧聞説 駕西、
幸去去勿稽遲昔者晋温嶠絶裾向路歧忠孝
難兩盡頓汝勉為之再拜聆嚴訓中心如亂絲
兒生鮮兄弟仔肩付阿誰一旦塡溝壑父母將
胡依父母與兒言純孝當無違子亦毋我顧我

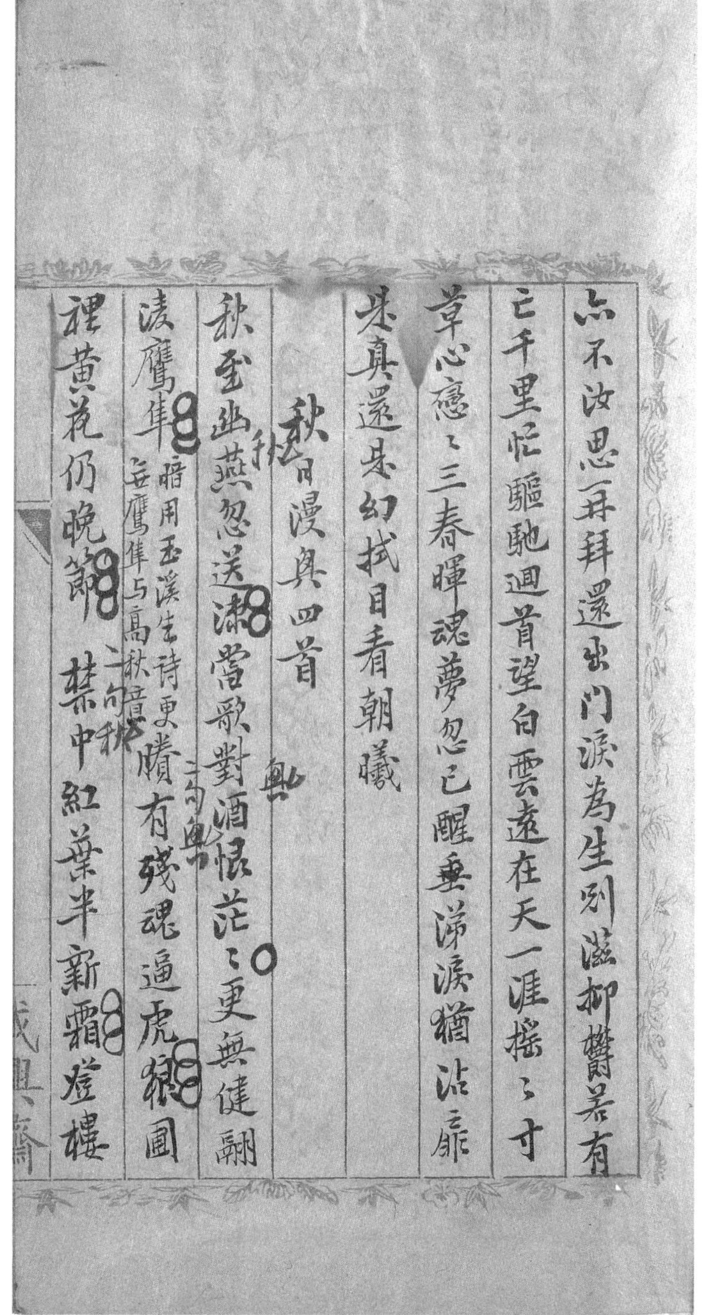

亦不汝思一再拜還出門淚為生別滋柳鬱若有三千里悵驅馳迴首望白雲遠在天一涯搖搖寸草心戀戀三春暉魂夢忽已醒垂涕淚猶沾扉是真還是幻拭目看朝曦

秋日漫興四首

秋至幽燕忽送凉當歌對酒恨茫茫更無健翮淩鷹隼（暗用玉溪生詩更無鷹隼與高秋意）賸有殘魂逼虎貔圖（二句興）裡黃花仍晚節（二句秋）禁中紅葉半新霜登樓

趣宏
莊舄思鄉作越音　夜有心
薊齋作賦　哀音
筆疑
作賤蘭秋兼越音
思御越宏寄隨心
即兵劫後人多病
阿南差中秋多作
海上白雲迴首淚
關頭流水斷腸聲
哀聲祈地犯關河
內顧君臣

從秋信動　與
西望晴煙色何處雲山是晉陽　時　駕幸太原
從　與字韻
太行高聳薊门西迴首齊煙九點低千里
二句　橘宦與
君親方寸亂十年仕宦夢中迷霜寒霄迴雁
二句寫秋
南建月暗城高烏夜號欲讀離騷寄幽怨殘
又秋
鐙照影不勝淒
秋
蒿目烽煙月秋陸沈日日坐神州悲歌久不
二句與
聞燕市對泣徒堪學楚囚倉粟飄零飢雀
二句秋
噪　用庚子山小園賦聚空倉而雀噪　時京倉均為聯軍所據　宮槐搖落暮蟬

雜詠 第三感事詩

一

荆棘銅駝

鱸魚蓴菜思

東西

片語遥傳

愁都將家國無窮恨付与滹沱水壯流

夢迴莊舄夜沈吟刀兵劫後

人多病風雨聲中秋易深慷慨君恩留一劍

遙遙鄉信抵千金

爐濁酒斟駝淚滿襟

重有感

秋風棖觸旅人思況是驚魂未定時四境唯聞

秦律令而官不見漢威儀 宮槐罷諮銅駝

天末涼生畫角音
尊節清息已沈
刀兵劫後人多病
風雨聲中秋易催
海國白雲迴首淚
[illegible]
[illegible]
[illegible]
[illegible]

淚 陵樹荒寒石馬悲 聞道晉陽重 蹕駕

長安西望在天涯 聞兩宮於閏八月八日自太原西幸長安

黃葉

黃葉下庭柯天高一雁過亂中離別苦愁裡

夢魂多溫嶠絕裾淚王尊叱馭歌白雲天半

起東望悵（秦愁）（殘跎）何

秋色

秋色送西至登樓悲感多瑤池何處是青鳥

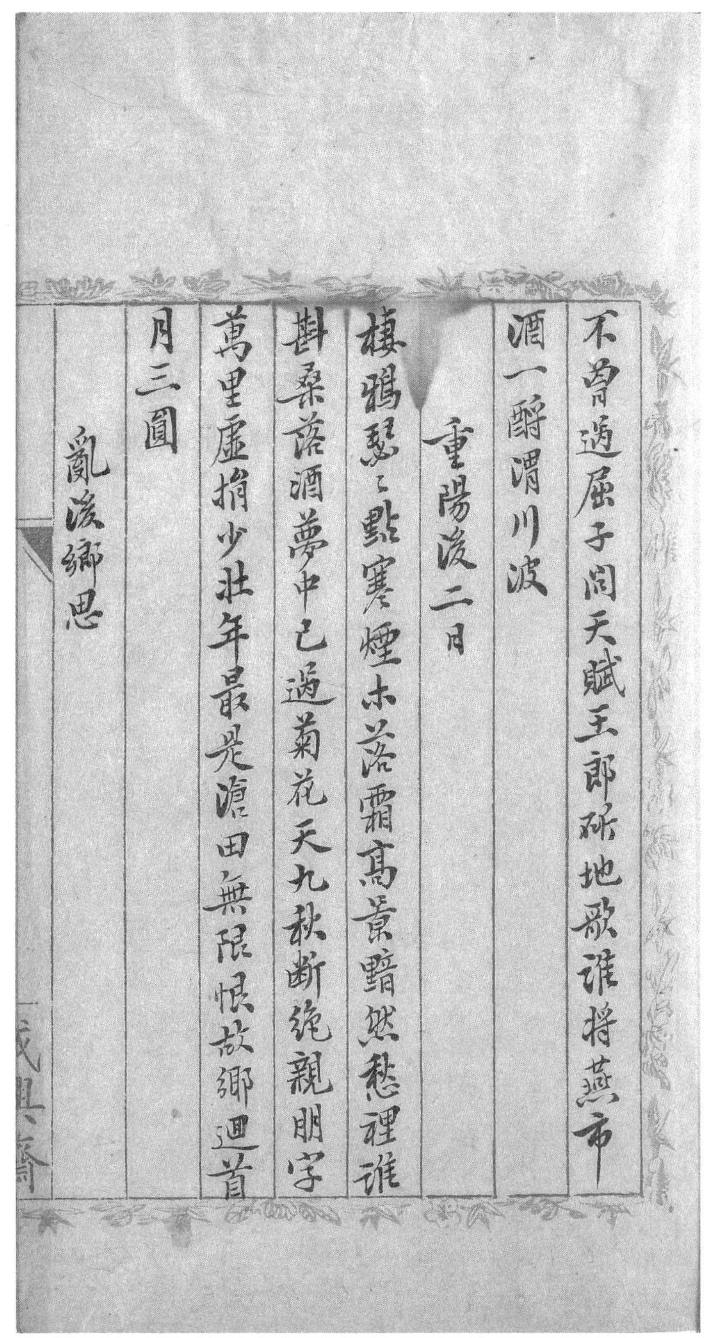

不曾過屈子問天賦王郎斫地歌誰將燕市酒一酹渭川波

重陽後二日

樓鴉聒聒點寒煙木落霜高景黯然愁裡誰斟桑落酒夢中已過菊花天九秋斷絕親朋字萬里虛捐少壯年最是滄田無限恨故鄉迴首月三圓

亂後鄉思

鄉思渺渺白雲間，烽火猶餘夕照殷。骨肉一家悲死别（今歲二月接先姊訃，九月又遭亞妹之喪），夢魂千里望生還。空中旅雁聞愁語，鏡裏黄花識瘦顔。十二橋邊嗚咽水，東流不盡淚痕斑。

歲暮二首

凛凛歲云暮，烈烈翔風悲。出門眺遠道，雪落何霏霏。美人隔天末，晨夕望容輝。相思不可見，垂涕沾裳衣。鴻雁東南來，翩翩然西北飛。

鴻雁有時到嗟余將安歸
我思在何處乃在秦隴頭水聲何嗚咽道路悵
悠悠昨夜寒梅樹綴英亦已稠恨不逢驛使寄
君為塞脩明月光皎皎寒蛩鳴啾啾念彼隴頭
歌俛仰心煩憂

望春詞

元冥未失權青帝未返旆大地皆苦寒百卉
日萎敗問花花不語問柳柳無賴春來抑何
遲毋乃時未屆安得青鳥使髙飛訴上界閽

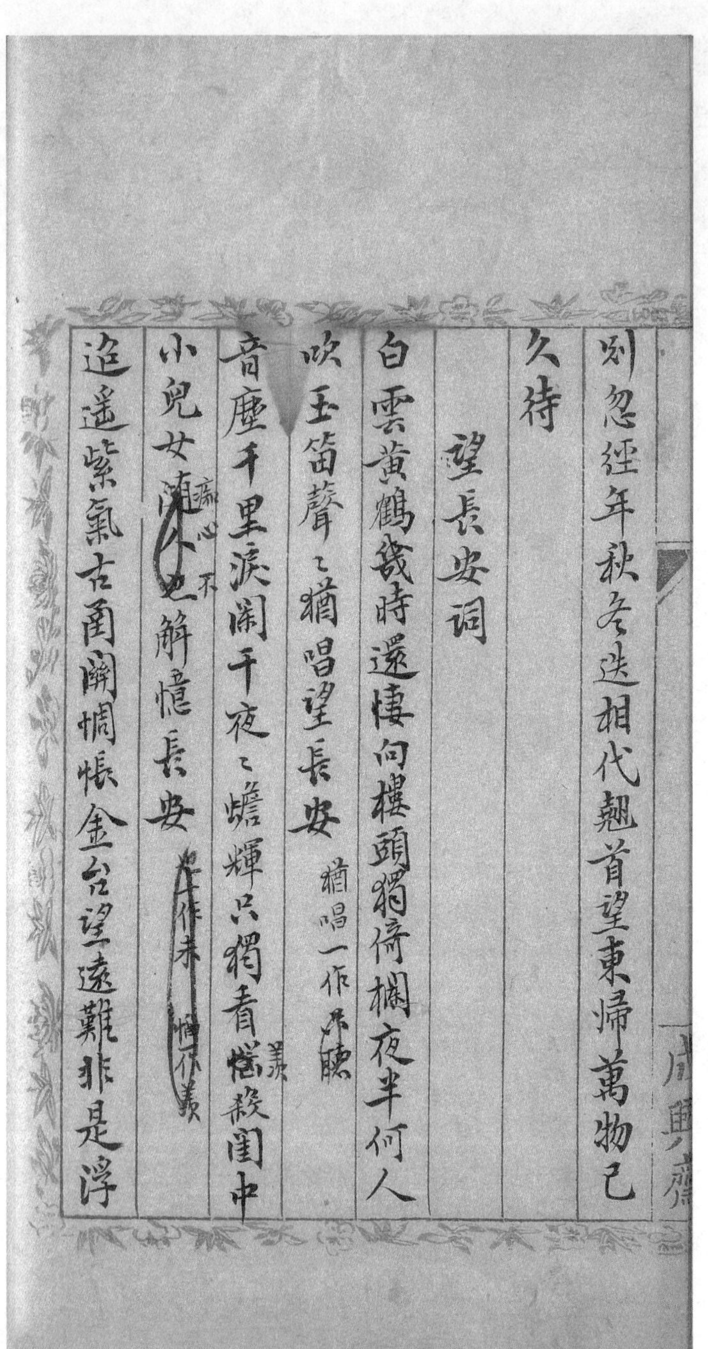

別忽經年秋冬迭相代翹首望東歸萬物已久待

望長安詞

白雲黃鶴餞時還悽向樓頭獨倚欄夜半何人吹玉笛聲聲猶唱望長安（猶唱一作不聽）音塵千里淚闌干夜夜蟾輝只獨看（羨）惱殺閨中小兒女猶未（痴心不）解憶長安（未一作未　惱作羨）迢遙紫氣古函關惆悵金台望遠難非是浮

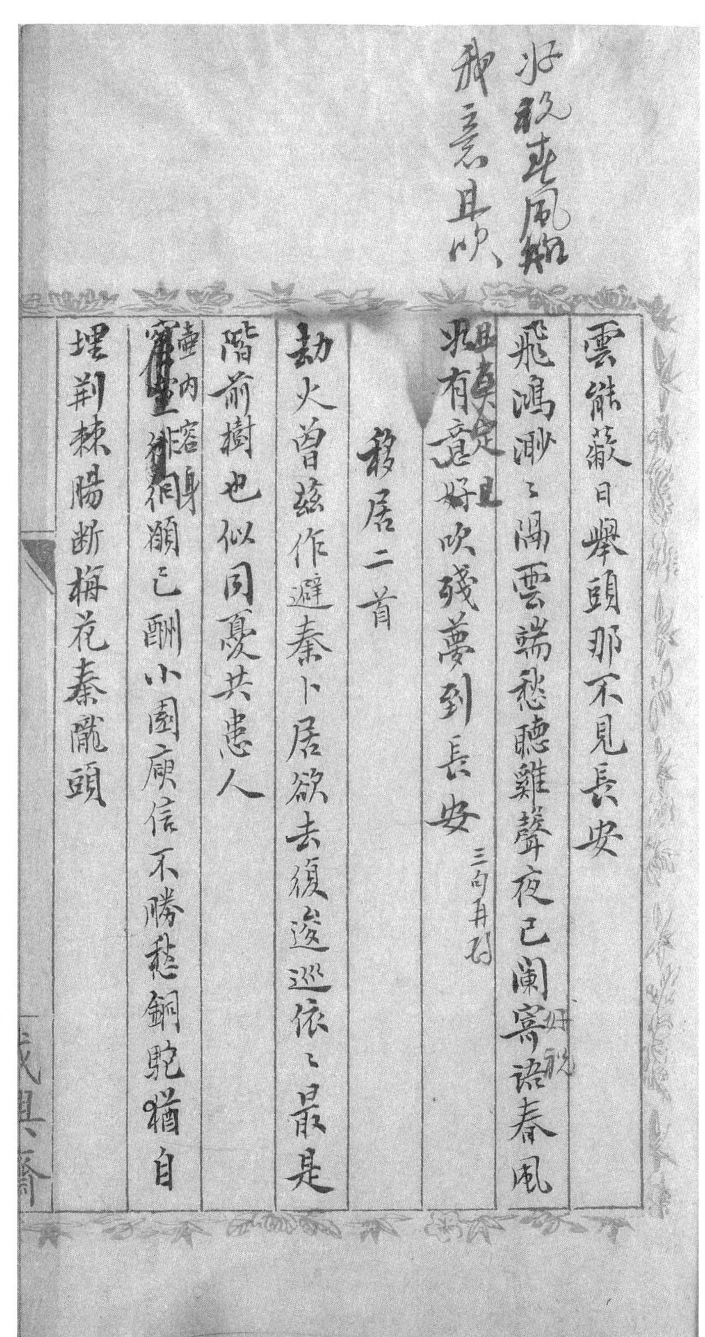
好教東風知
我意且吹

雲能蔽日舉頭那不見長安

飛鴻渺渺隔雲端愁聽雞聲夜已闌寄語春風

如有意好吹殘夢到長安

三句再酌

移居二首

劫火曾兹作避秦卜居欲去復逡巡依依最是

階前樹也似同憂共患人

寄內容身徘徊頻已酬小園庾信不勝愁銅駝猶自

埋荊棘腸斷梅花秦隴頭

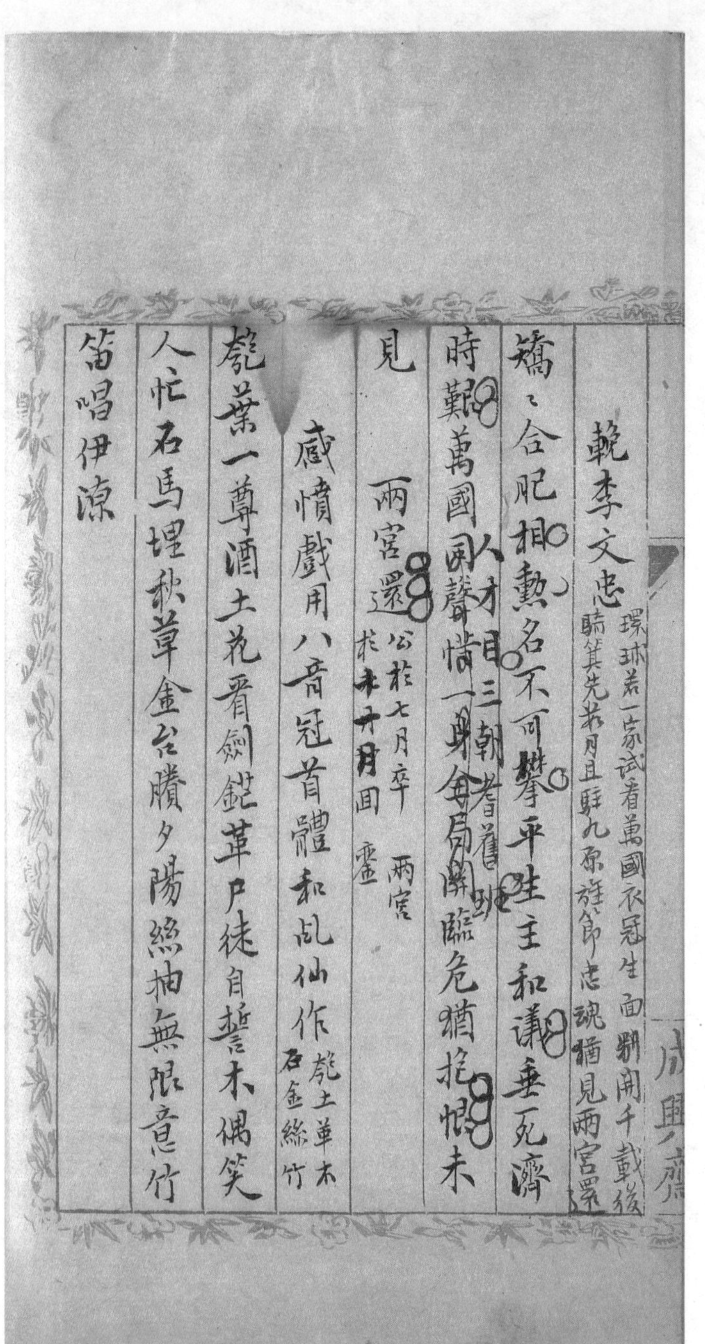

輓李文忠　環球若一家試看萬國衣冠生面别開千載後　騎箕先若月旦縣九原旌節忠魂猶見兩宮還

矯矯合肥相，勳名不可攀。平生主和議，垂死濟時艱。萬國風聲惜，一身每局開。臨危猶抱恨，未見兩宮還。公於七月卒　兩宮於本十月回鑾

感情戲用八音冠首體和乩仙作　匏土革木石金絲竹

匏葉一尊酒，土花看劍鋩。革尸徒自誓，木偶笑人忙。石馬埋秋草，金台賸夕陽。絲抽無限意，竹笛唱伊涼。

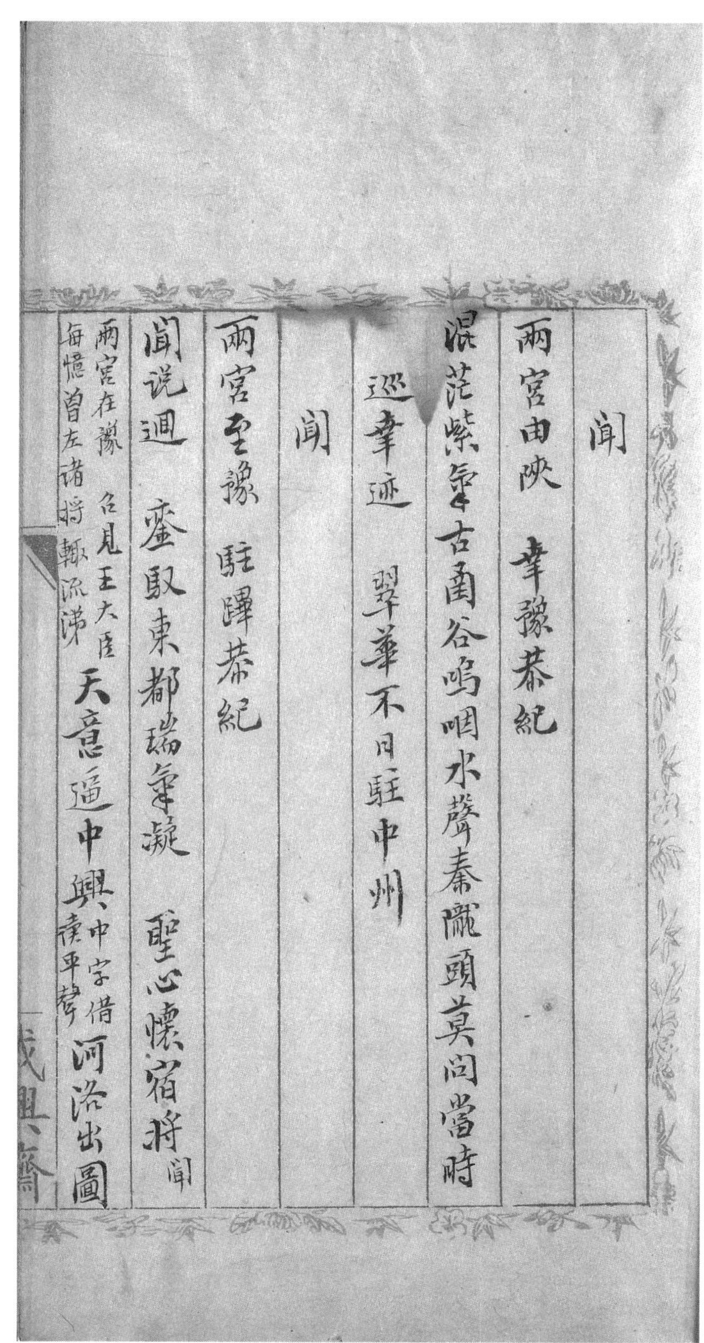

闻

兩宫由陝 幸豫恭紀

混茫紫氣古函谷嗚咽水聲秦隴頭莫問當時

巡幸迹 翠華不日駐中州

闻

兩宫至豫 駐蹕恭紀

闻説迴 鑾馭東都瑞氣凝 聖心懷宿將（闻兩宫在豫召見王大臣每憶曾左諸將輙流涕） 天意遥中興（中字借讀平聲） 河洛出圖

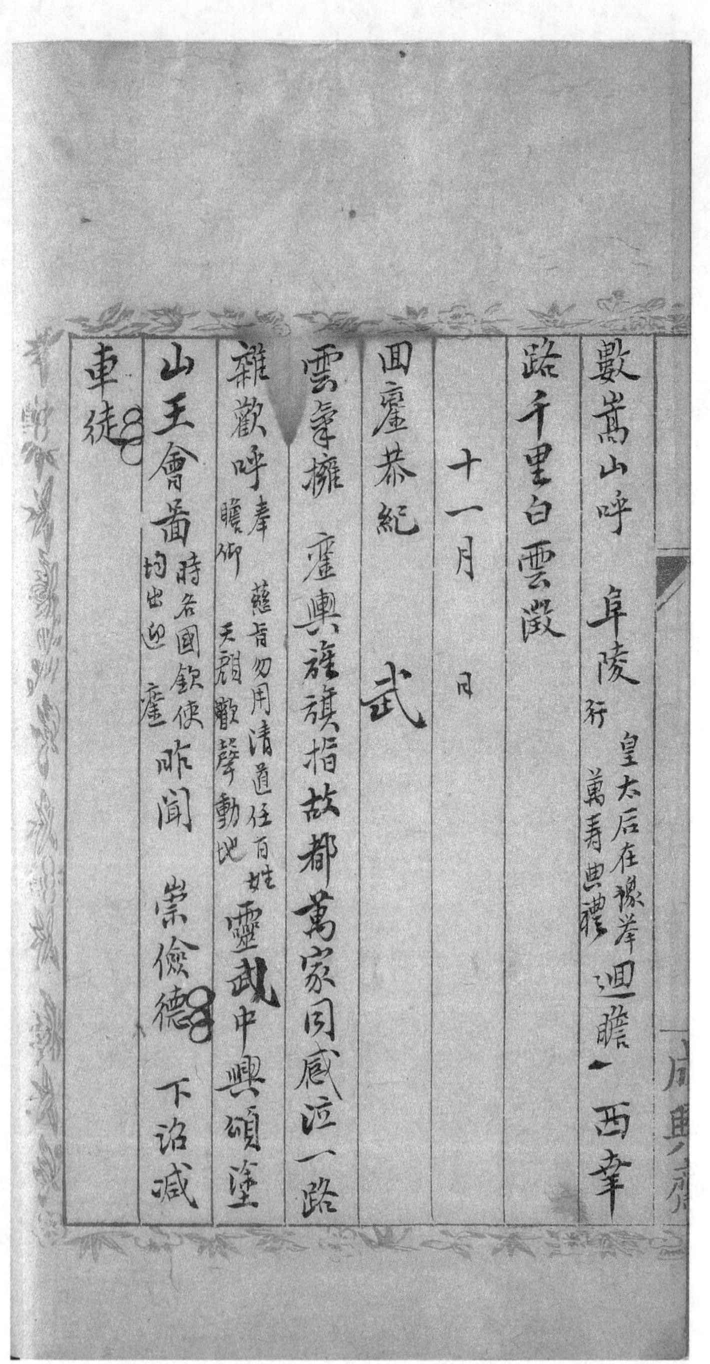
數萬山呼　阜陵　行　皇太后在豫峯　萬壽典禮　迴瞻一西華路千里白雲澂

十一月　日

回鑾恭紀　武

雲拿擁　鑾輿旌旗指故都萬家同感泣一路雜歡呼　奉　瞻御　懿旨勿用清道任百姓　天顔歡聲動地　靈武中興頌塗山玉會圖　時各國欽使均出迎　鑾　昨聞　崇儉德　下詔減車徒

乱秋離別恨〇
久旱偏逢雨〇
新秋猶未覺涼〇
愁[illegible]入夢〇
[illegible]倍思鄉〇
[illegible]地在隔雁〇
[illegible]生過房粮〇
文臣疏敵憶〇
日[illegible]受恩長〇

朔氣迴春暖徽風起瑞氣 是日天氣和暖 駕出永宗門陸[illegible]風起泰西柏照竟不

繕闕 副車樞密使前導羽林軍天上重瞻日人間

久望雲澤鴻已安堵猶自繫宸扆 入宮後召見留守王大臣先

問民生復業否

壬寅元旦

聲沈金鼓偃旌旗天意中興在此時鳳歷欽頒

周正朔鸞班欣覩漢官儀液池雪盡龍蛇動

上苑春歸草木知同樂昇平新氣象秦川

回首隔天涯

元夜望月

去年今夕月見月憶長安　巡輦已陳迹團圓
仍屬寒雲閑　金闕迥星落玉河憲迴首　行
宮地凄風吹夜闌

送逢觀察福陔赴沛郡用送蓮仙原韻

濁世佳公子風流壓建安如君才望少使我別
離難燕市一尊酒明湖五月寒荷花香十里

柳外泛舟看

喜蟫齋至都

草長鶯飛初夏天，與君把酒話前緣。曾游桂嶺七千里，一別金台五六年。百戰乾坤仍未改，半生書劍有誰憐。如何兩到燕都地，同日停蹤豈偶然。蟫齋於丙申年四月廿一日抵都，今次重來下車又在初夏下澣，可喜哉。

送韓默齋大令赴任福建

少年結客遍齊魯，十載燕都羈宦游。豈敢輕

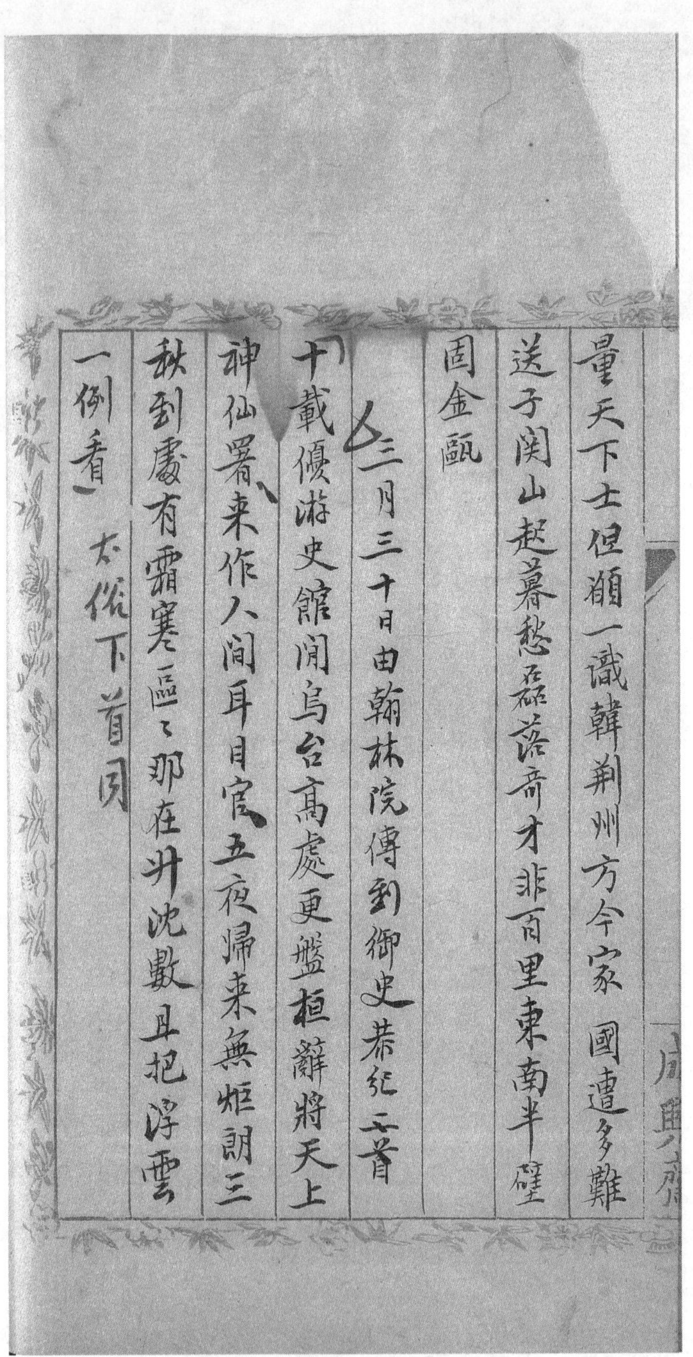

量天下士但猶一識韓荊州方今家國遭多難送子関山起暮愁磊落奇才非百里東南半壁固金甌

三月三十日由翰林院傳到御史恭紀二首

十載優游史館閒烏台高處更盤桓辭將天上神仙署來作人間耳目官五夜歸來無炬詔三秋到處有霜寒區區那在升沈數且把浮雲一例看　太俗下首同

傳到御史留上翰苑諸前輩

敢說仙人謫降才，回頭猶只望蓬萊。休誇驄馬高金馬，且喜蘭台換柏台。自是聖朝無闕事，於今言路已宏開。諸君珍重相如筆，莫學長楊諷諫來。以上二首宜在送逢觀察赴汴五律下　二首近油腔滑調再當易之

簡葛屏庵廣文

渝関夜雪酒盈卮，燕市春風柳折枝。四海內逢知己少，三年前悔識君遲。神州未雪新亭虜

故里同懷舊雨悲君在宋忠勤公幕中多年欲請長纓向何處戍山東望塚纍纍宋忠勤今正歿於通州軍次歸葬蓬萊原籍

八月初七日夜醉歸

木葉涼生秋色淒銀河高壓女牆低滿天風露月西墮乘醉歸來烏夜啼

中秋雲遮月

千里逢佳節十年羈宦遊人間幾浩劫天上又中秋烽火餘殘壘笙歌尚畫樓微雲能蔽

浮明月亦多愁

寄懷同人豫省秋闈

空庭涼月色風露坐深宵對此一輪滿思君千里遙棲鴉仍瑟瑟落葉故蕭蕭為問洛陽客何緣慰寂寥

九日同人邀登陶然亭不果

勝蹟飄零盡斯亭獨巍然重陽空有約一過竟無緣劫火春明地新霜秋暮天諸君憑眺處切

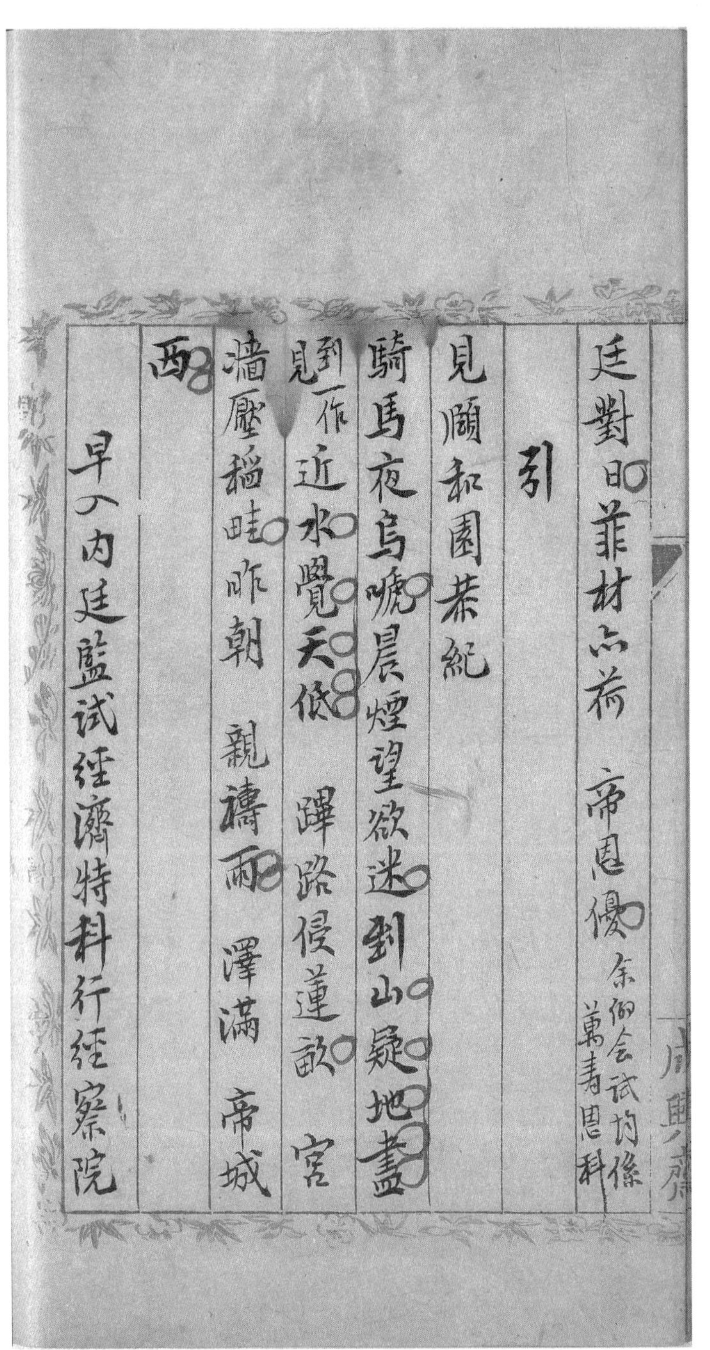

廷對曰菲材忝荷　帝恩優 余鄉會試均係萬壽恩科

引

見頤和園恭紀

騎馬夜烏啼，晨煙望欲迷。到山疑地盡，到一作見近水覺天低。蹕路侵蓮畝，宮牆壓稻畦。昨朝　親禱雨，澤滿　帝城西。

早入內廷監試經濟特科行經察院

署前即事

雞聲唱罷夜熹微。喜趁新涼入禁闈。署內多閒公牘少。朝中無事諫書稀。輕風不動青驄馬。曉露猶沾綉豸衣。差幸帝心常簡在。昨朝方自內廷歸。五月二十三日蒙欽派監視殿試讀卷至二十八日赴恩榮宴畢兆方竣事閏五月十六日御試經濟特科又派入內監試

有事澱私園

晚出西直門。夜色淨於沐。暗中辨遠山。緊

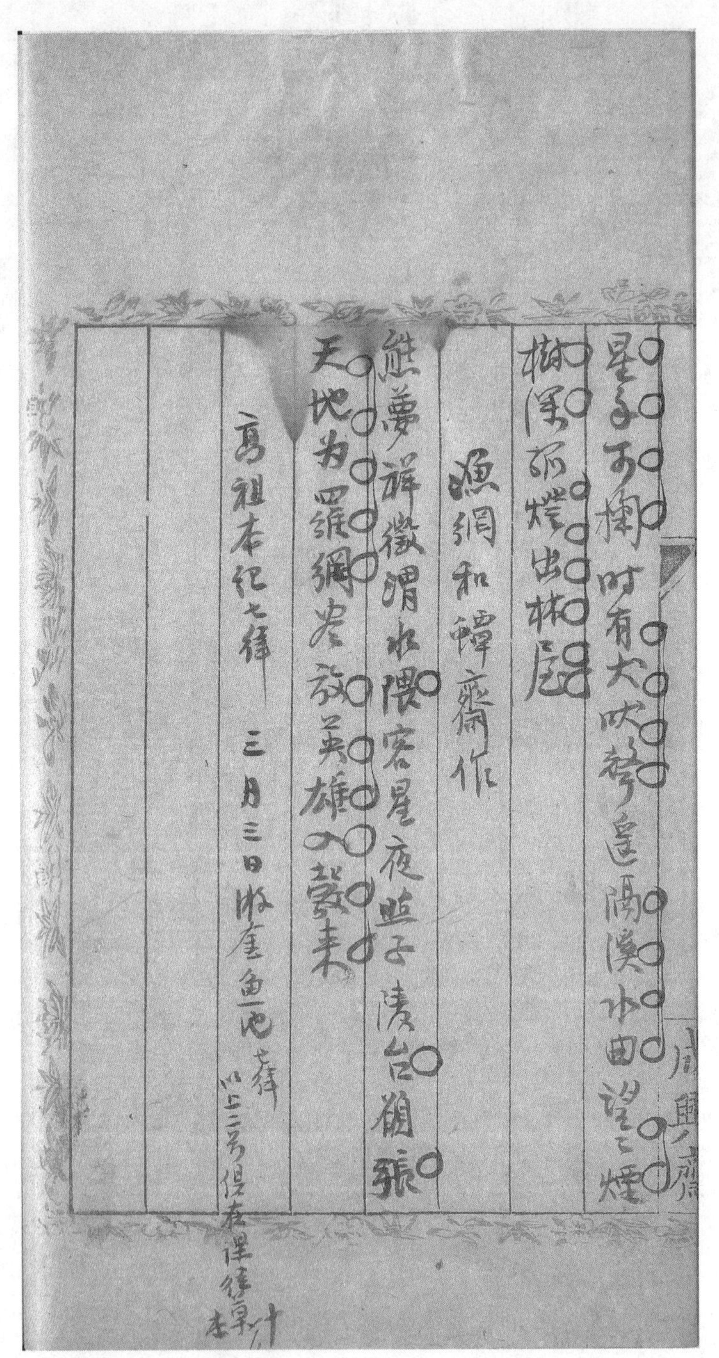

星子可掬時有大吹簫臺滿溪水曲望煙樹深所燈出林居

漁網和鐔齋作

熊夢祥徵渭水濱客星夜照子陵台舖張天地為羅網眾放英雄入彀來

高祖本紀七律　三月三日收產魚池七律

以上二首俱在課律草本

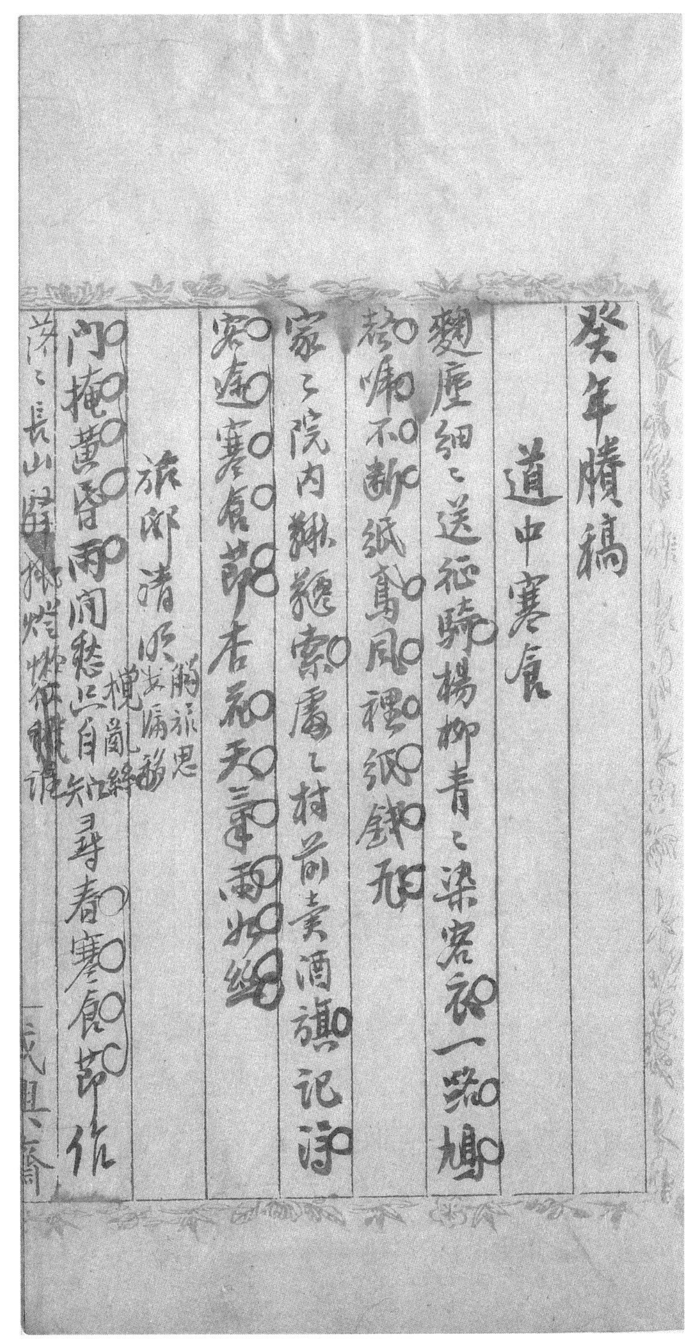

癸年賸稿

道中寒食

麴塵細細送征騎，楊柳青青染客衣。一路鳩聲啼不斷，紙鳶風裡紙錢飛。

家家院內鞦韆索，處處村前賣酒旗。記得客邊寒食節，杏花天氣雨如絲。

旅邸清明 觸旅思 安偏務

門掩黃昏雨，閒愁只自知。攪亂緒 江 尋春寒食節作

落落長山驛，挑燈[illegible]

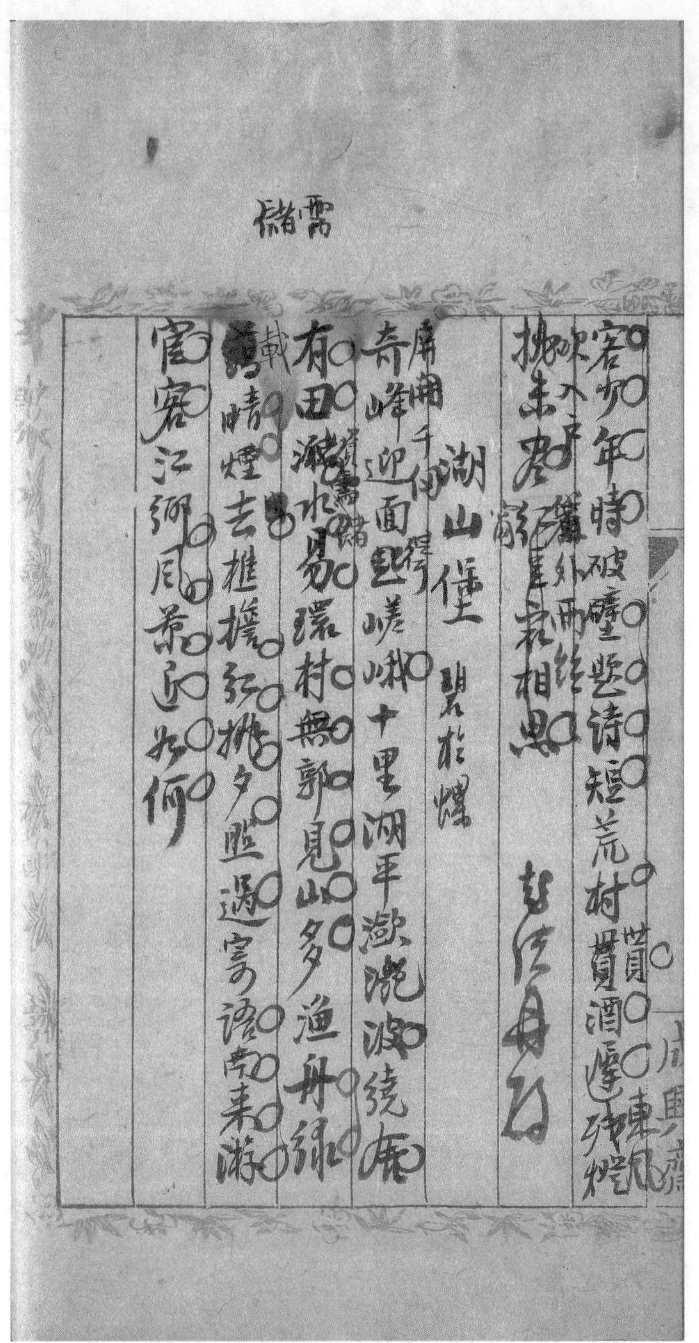

需儲

客況年時破壁題詩短荒村貰酒遲

挑未盡紅燈相思

湖山僅碧於螺

奇峰迎面巴嵯峨十里湖平瀲灩波繞廊

有田灘水易環村無郭見山多漁舟綠

載晴煙去樵擔紅桃夕照邊客語帶來游

宦客江鄉風景好如何

寒蛩聲
裡夜鐙花

蒙拾堂詩草偶存補

道中重九日出都 補丙申采蘭集

重陽風雨起離愁○千里關山悵阻脩○歸思
急如天上雁○宦情淡似海中鷗○故鄉蒓菜
碧於水○客路菊花黃到秋○迴首薊門煙樹
隔○五雲高處是皇州○

金泉精舍雜詠 補癸巳

○金綫泉 觀魚

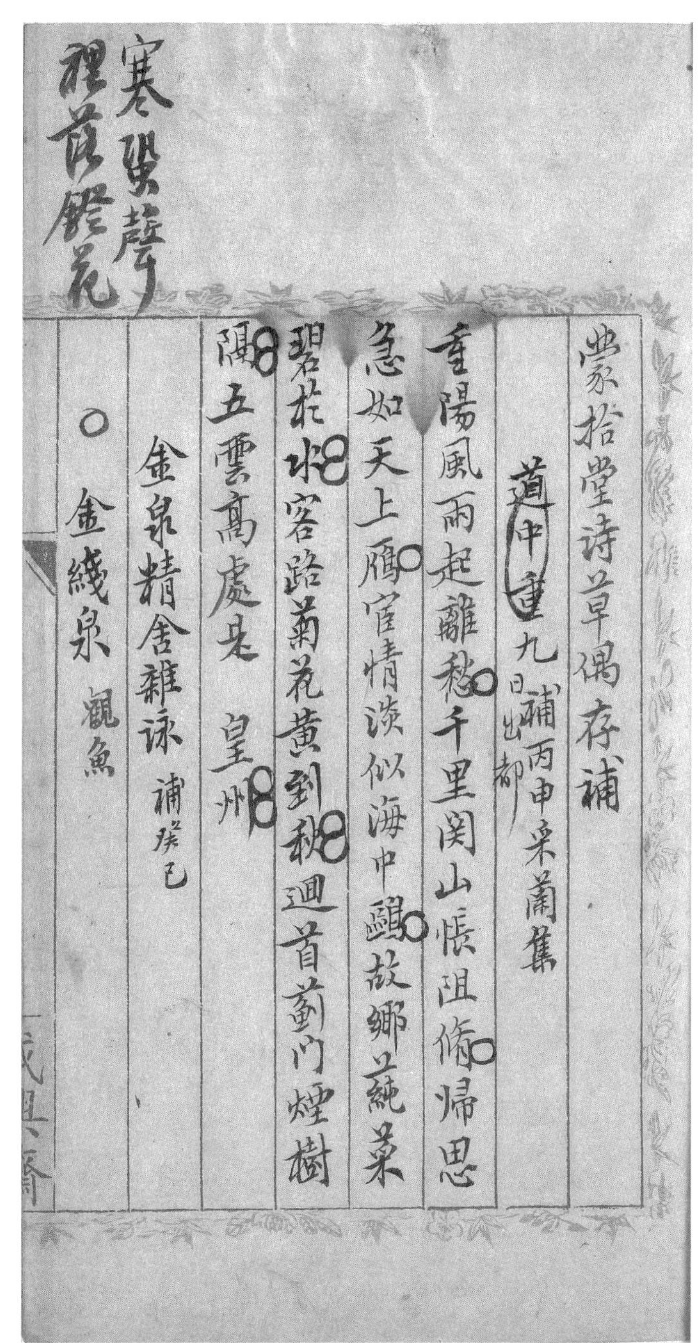

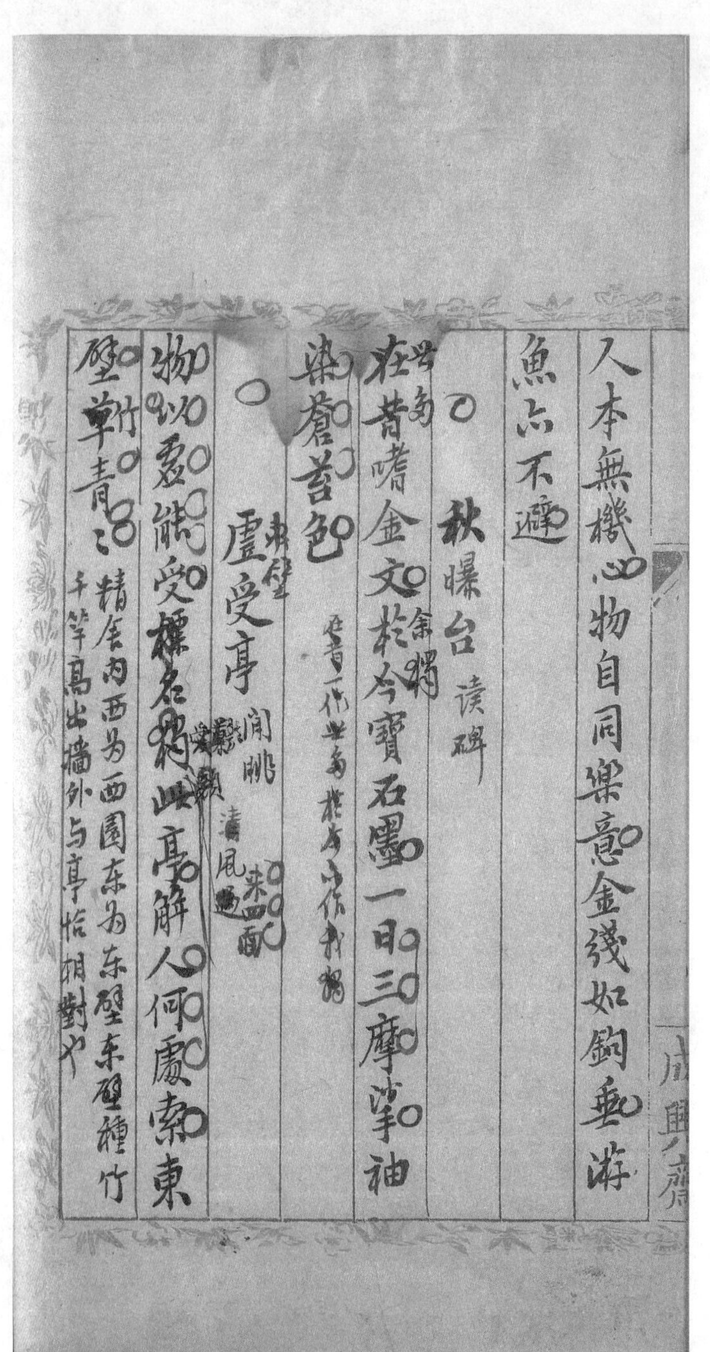

人本無機心物自同樂意金錢如鈎垂游魚亦不避

秋曝台讀碑

在昔嗜金文於今寶石墨一日三摩挲袖染蒼苔色

東壁盧受亭

物以無能受標名得此亭解人何處索東壁草青青

授經樓 聽泉

鄉夢幾回驚，亂愁誰共語。泉聲寒入樓，來夜滿江雨。

鄭娛与伏女授書幕説詩 天開齊魯學巾幗有經師

悠然亭 看山

嵐光晴欲濕，秋色豁平野。望久山欲行，夕陽忽飛下。一作丸忽下

伏鄭祠 㑹古莂姆与伏女

書伏生授詩鄭娛四詩書出性笑

小婢解毛詩，尚書授女兒。天開齊魯學，巾幗

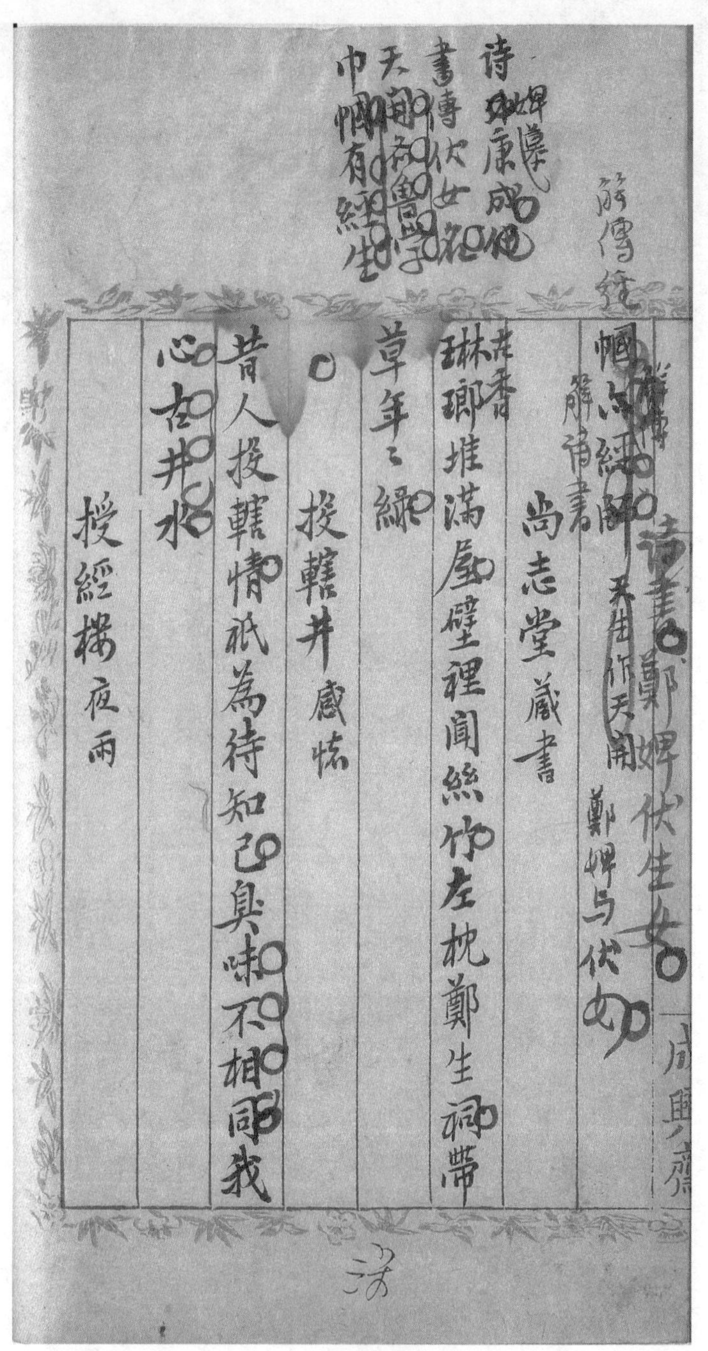

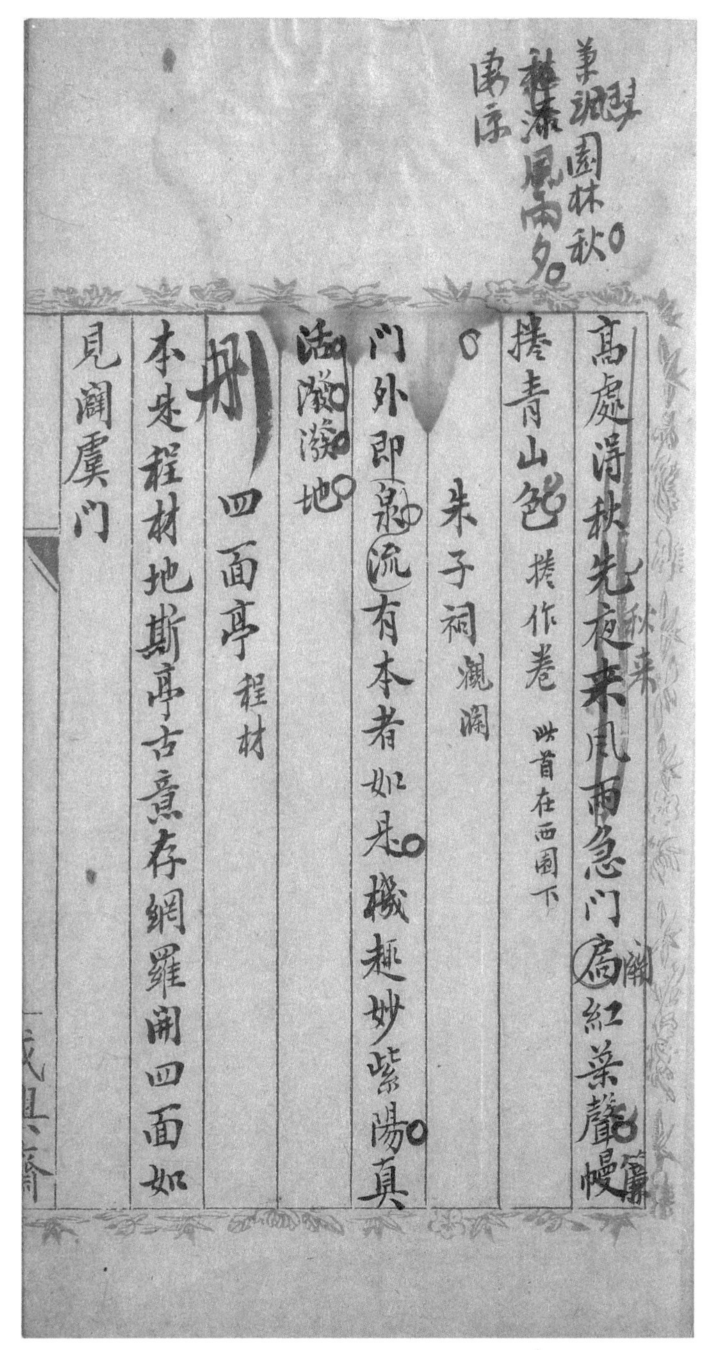

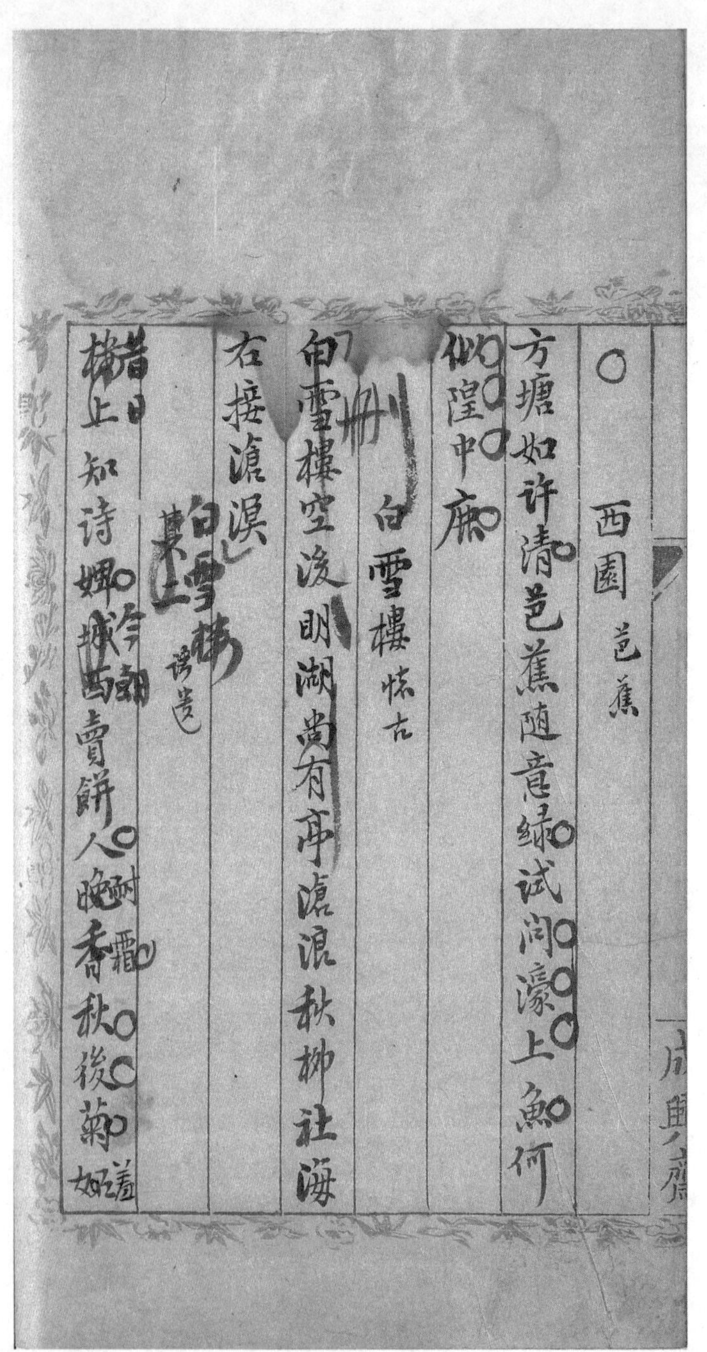

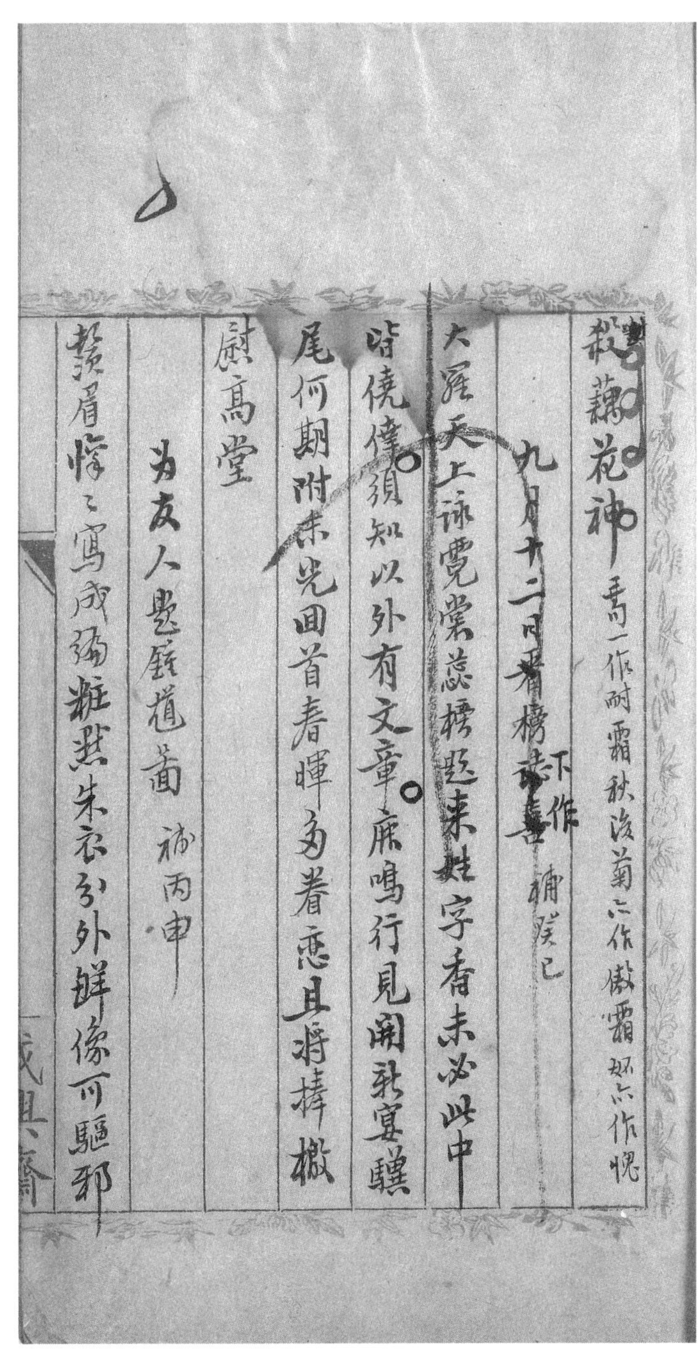

秋藕花神　秀一作耐霜　秋後菊亦作傲霜　欺亦作愧

九月十二日看榜志喜　下作補　癸巳

大羅天上詠霓裳，蕊榜題來姓字香。未必此中皆傀偉，須知以外有文章。鹿鳴行見開筵宴，驥尾何期附末光。回首春暉多眷戀，且將棒檄慰高堂。

為友人題鍾馗畫　補丙申

鬚眉惇惇寫成彌，難甚朱衣引外鮮。像可驅邪

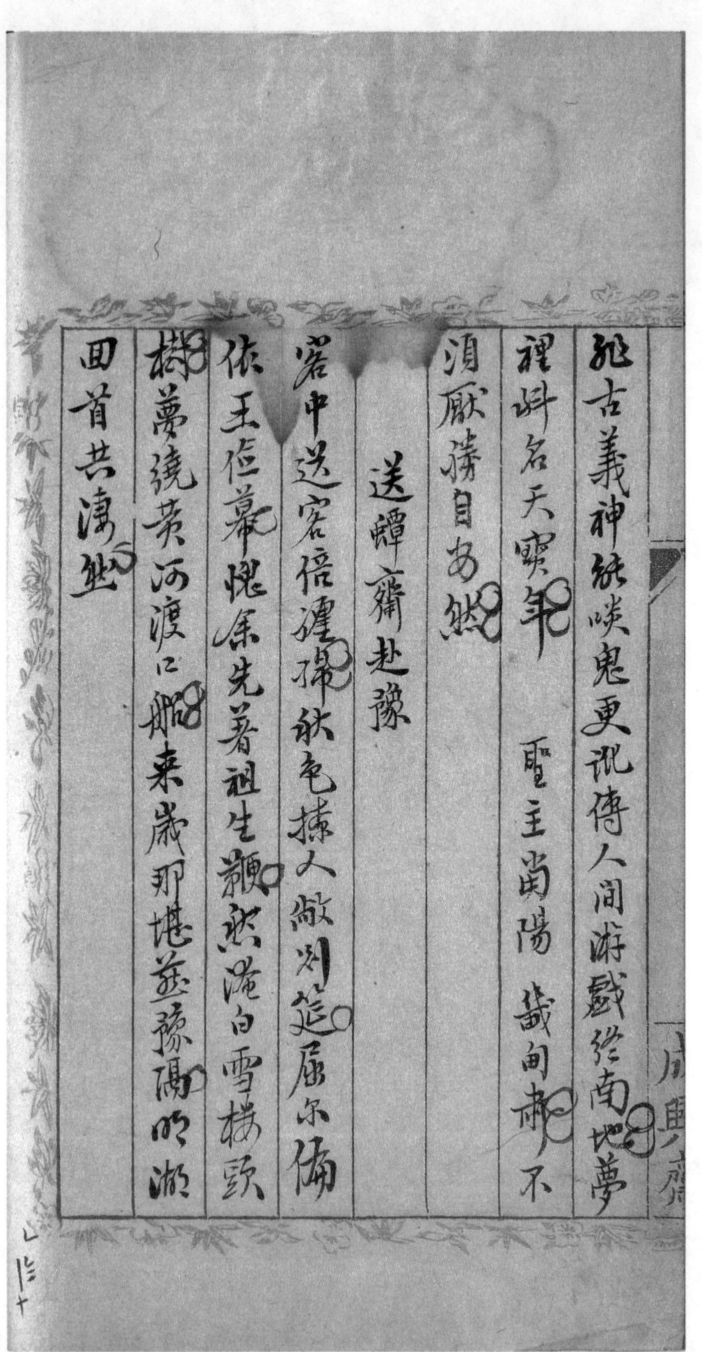

縱古義神祇咲鬼更訛傳人間游戲從南地夢裡料名天寶年　聖主尚陽　歲甸春不須厭勝自安然

送蟫齋赴豫

客中送客倍纏綿狀色撩人敞別筵屈尔偏依王佐幕愧余先著祖生鞭照滿白雪樓頭樹夢繞黃河渡口船來歲那堪遊豫陽明湖回首共凄然

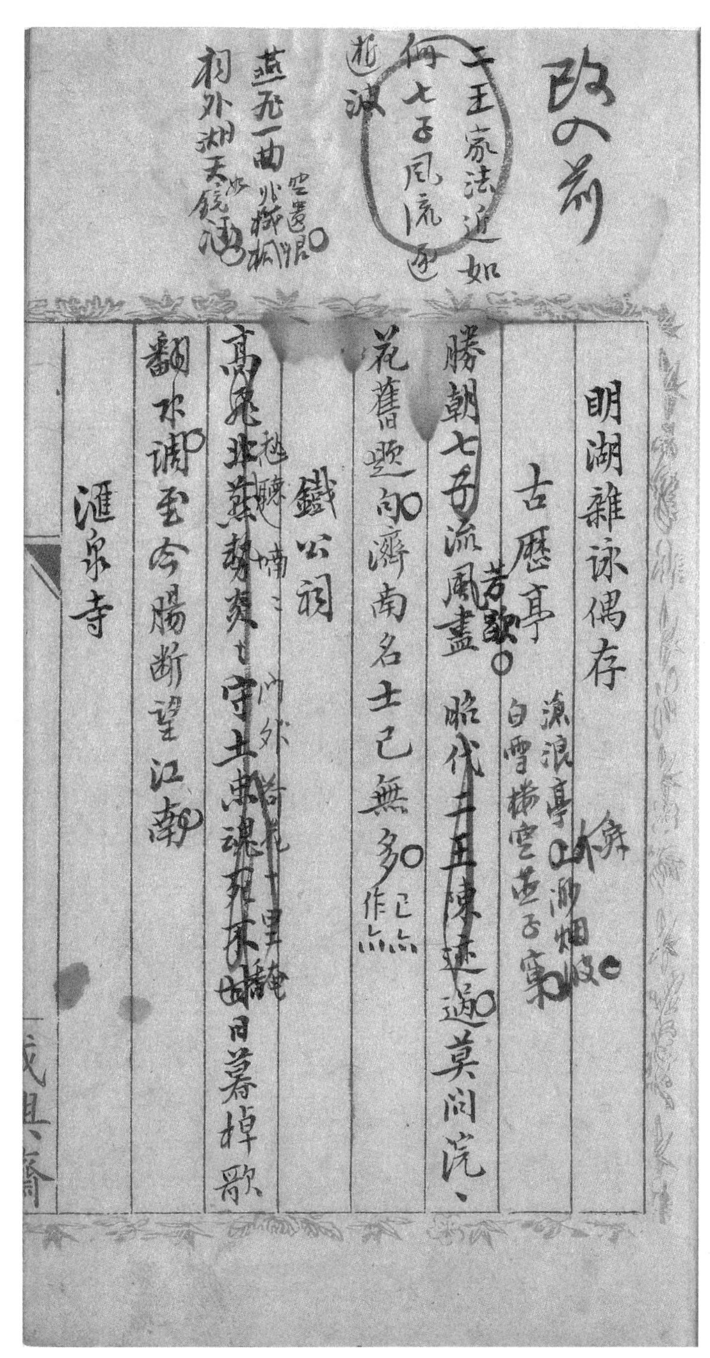

明湖雜詠偶存

古歷亭

勝朝七子流風盡 昭代二王陳迹逝 莫問滄、

花舊題向濟南名士已無多

鐵公祠

高飛北燕勢 守土忠魂死不 日暮棹歌

翻水調至今腸斷望江潮

匯泉寺

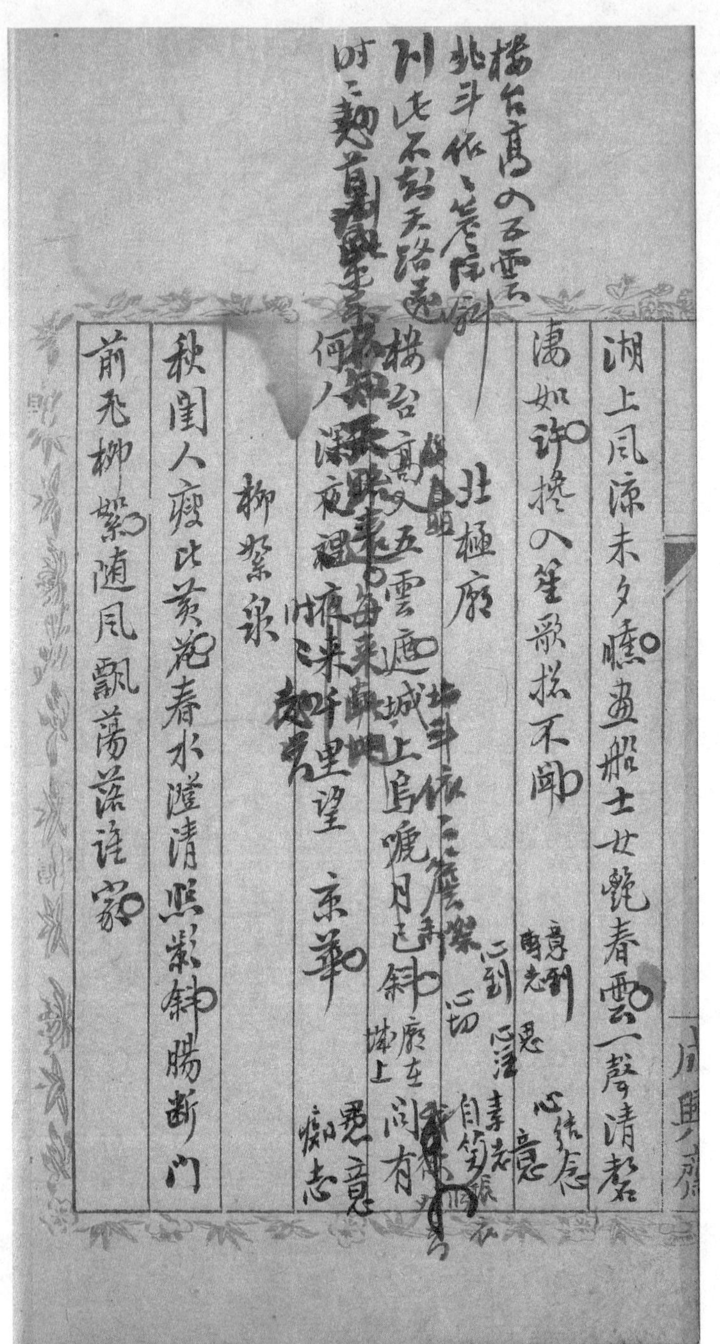

陽春白雪只此寸言

談新城用此人原刻

人去亭空二百年

舩梢絲柳夕陽邊

黃庭初寫無消息

誰續漁洋秋柳篇

落々漁洋秋柳篇

一時倡和太紛紜

黃庭初寫無消息

舊社荒涼二百年

無成衣鉢

銷盡

雲烟

鵲華橋

空中蒼翠（漲）浮嵐鏡裡雲天水蔚藍（看到）鎖盡湖山（屏開曉）

瀟漂趣（處）六橋煙雨憶江南

滄浪亭

二王風雅繼（新城）前賢人去亭空二百年賸有此堤

荒林柳旋人秋色夕陽邊

（刪）

張公祠

人言目不識丁字公亦道居降灌名何事文章

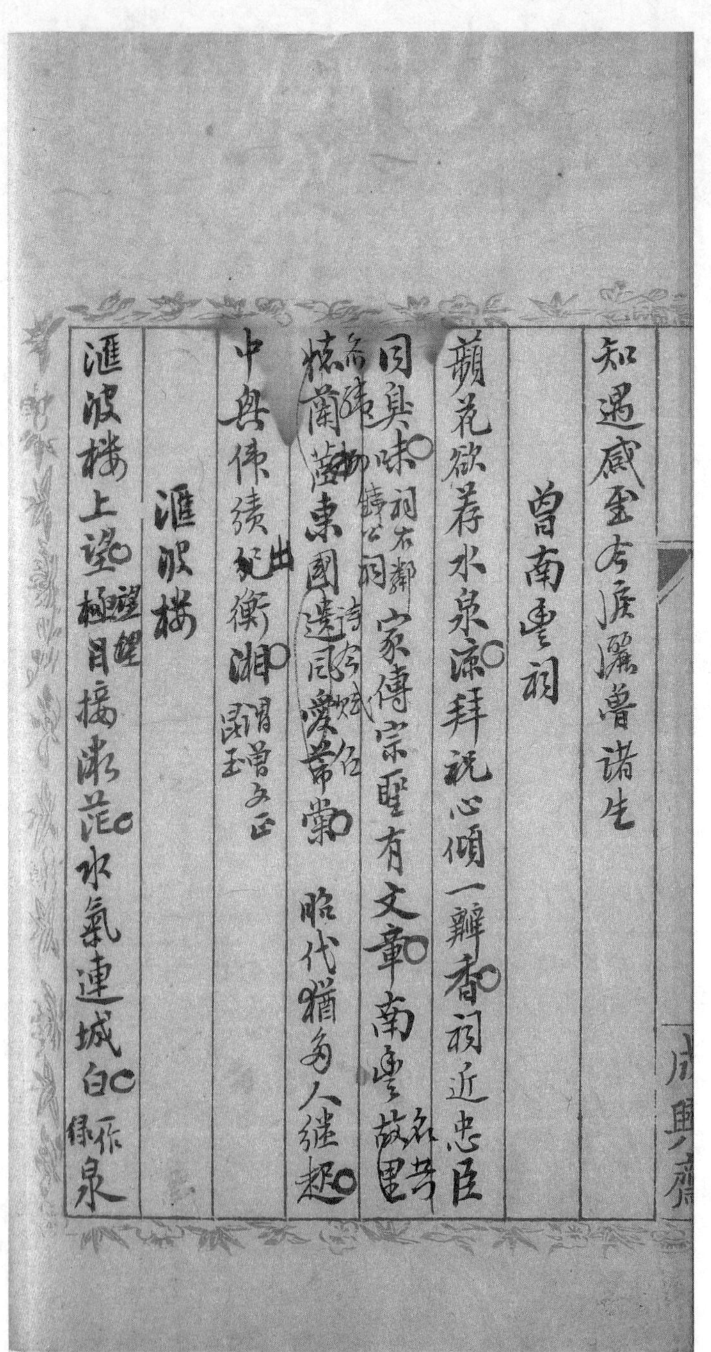

知遇感至考虞灑魯諸生

曾南豐祠

蘋花欲薦水泉流，拜祝心傾一瓣香。祠近忠臣同臭味（祠右鄰鑄公祠），家傳宗聖有文章。南豐故里（名花）懷蘭藹，東國遺風愛常棠。昭代猶多人繼起，中興偉績出衡湘（謂曾文正國玉）。

滙波樓

滙波樓上望極目，擒渺茫。水氣連城白（作綠泉）

改作五古
下首

聲出闌添秋高蓮子熟（採來）風靜稻花香為問

菊來客吴淞（憶）夢故鄉

○張公祠（詩）亦佳識刻石猶存湖上亭

一生吟成（寫畔自成）佳識肖生平湖上題（出）詩論性靈今日名

臣共千古（甚矣）果然祠宇（視）（寫）時丹青

公在明湖源泉亭与秋壽田學使趙菁衫觀察孫佩南京卿等研唉公司云名臣祠宇丹青長謂曾鐃二公祠畔次年公竟請銘般廷贊悼依於明湖立祠與曾鐵二公左右相望說無謂名臣祠宇不帝公自寫四佳識已成大名遂以不朽

刪 曲水亭

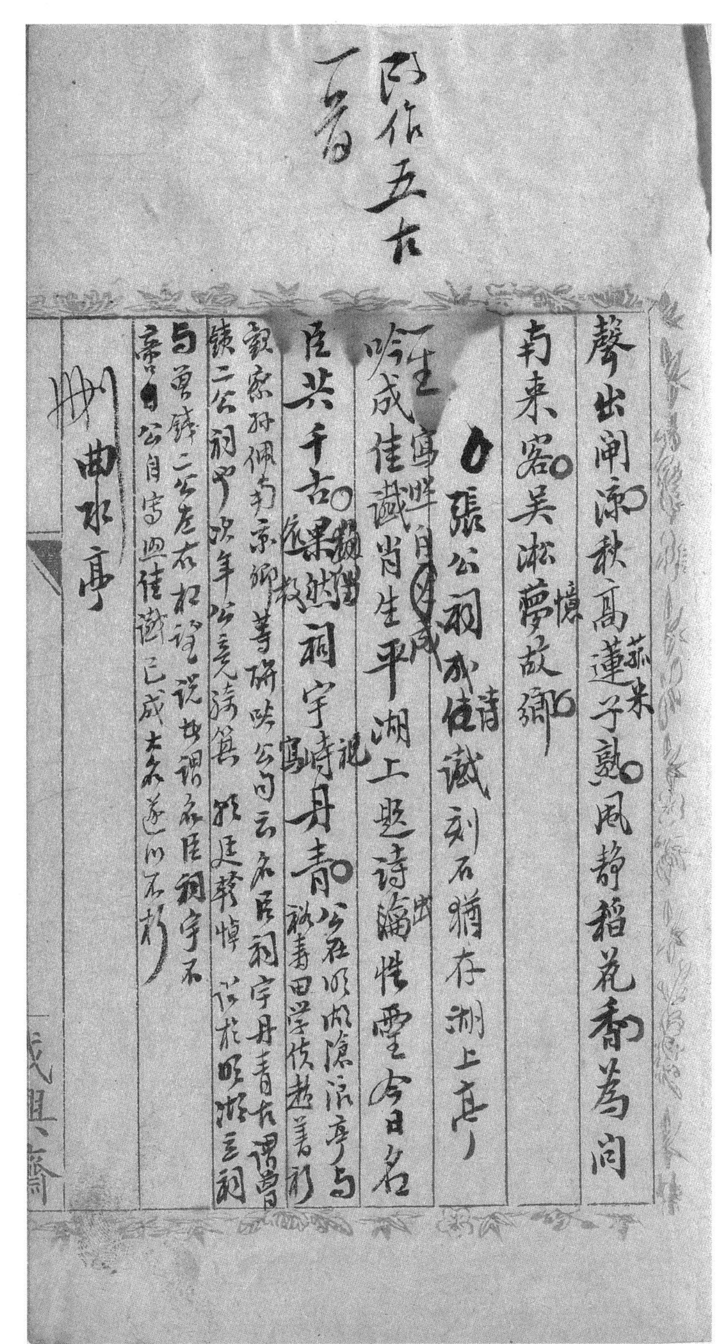

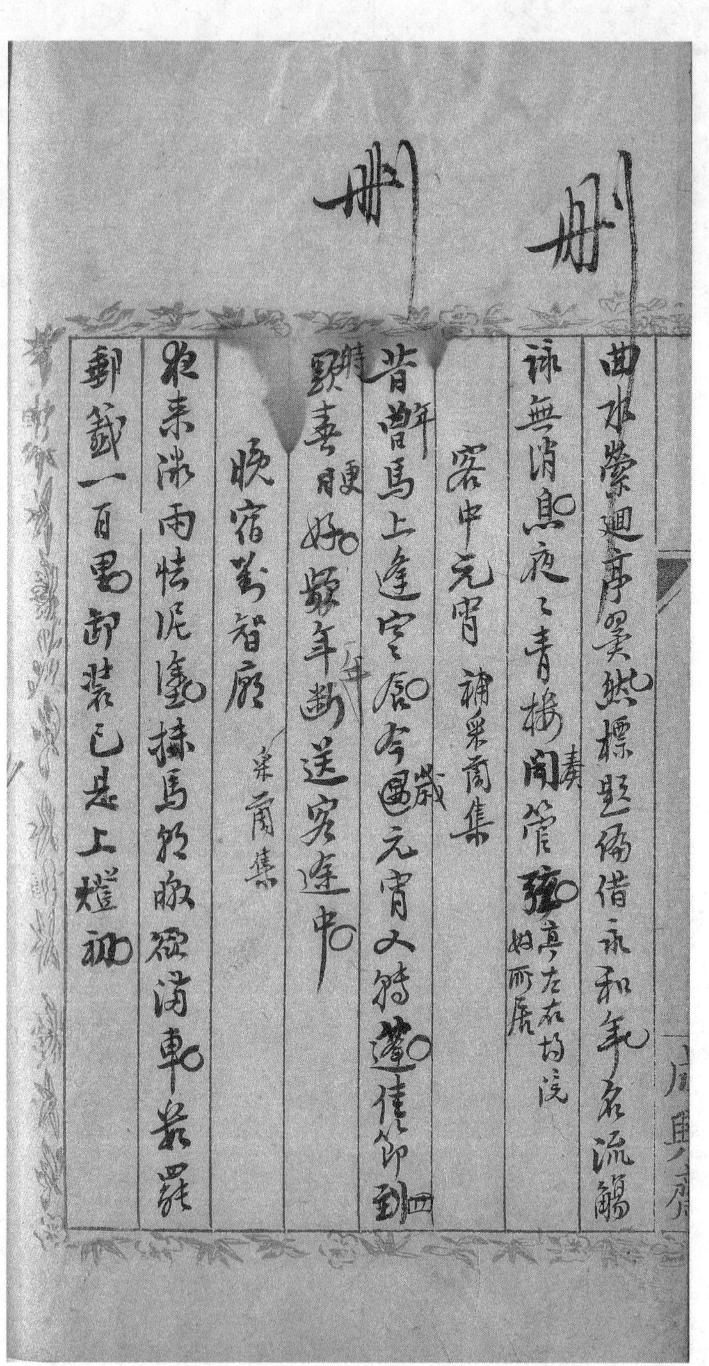

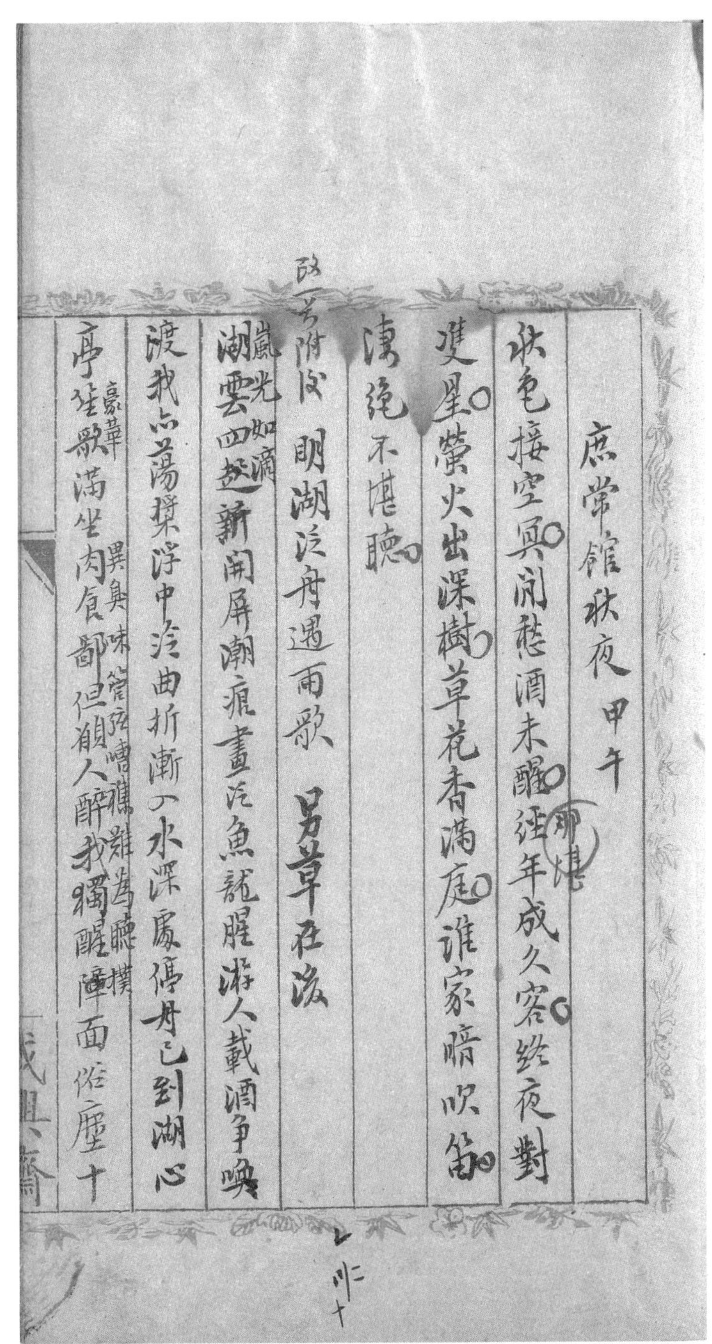

庶常館秋夜 甲午

秋色接空冥，閒愁酒未醒。經年成久客，終夜對寒星。螢火出深樹，草花香滿庭。誰家暗吹笛，凄絕不堪聽。

改一字附後

明湖泛舟遇雨歌 另草在後

嵐光如滴湖雲四起新開屏，潮痕畫泛魚龍腥。游人載酒爭喚渡，我亦蕩槳浮中泛。曲折漸入水深處，停舟已到湖心亭。豪華笙歌滿坐肉食鄙，異臭味管弦嘈雜為聽撲但願人醉我獨醒。障面從塵十

醉人醉色何時醒安得層欄西江海波濤心忪惕

萬斛安得一洗心忪惺雷聲忽送暴急雨至簷溜瀉

翻銀瓶清光大来渣滓去風過時塵慮有蓮花馨静坐忽動

懷古意幾人到此曾揚舲浣花題詩鼪皂盖紛教人傑

地亦靈濟南名士不寂寞後起華泉与滄溟新城昆

玉出　䏌代亦来湖上鴻泥停秋柳唱和遍海内初、

寫只讓黄庭經迎来二百有餘載詩人落ゝ尚晨星

我近桑梓生苦晚當年勝會都飄零感慨未終雨

已霽游文真上客散如浮萍湖山留人且小住雲天有意

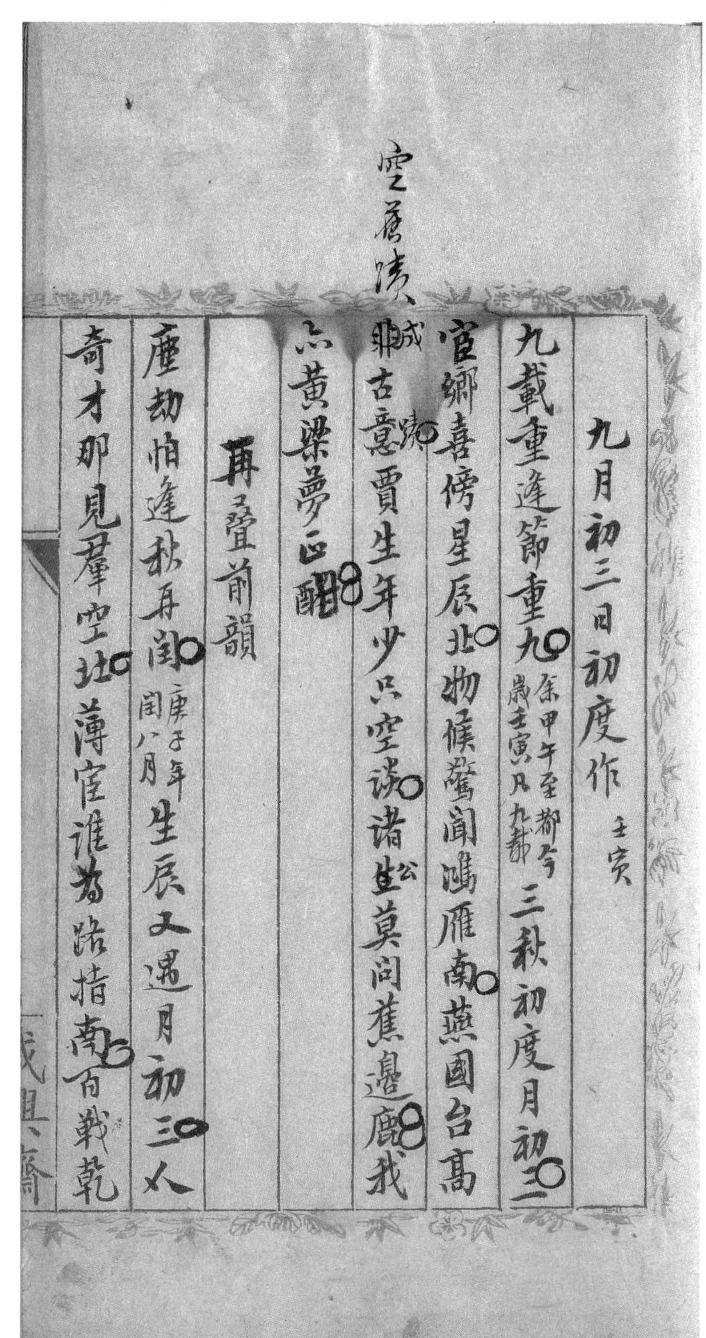

九月初三日初度作 壬寅

九載重逢節重九。（余甲午至都今歲壬寅凡九載）三秋初度月初三。宦鄉喜傍星辰北。物候驚聞鴻雁南。燕國台高非古意。賈生年少只空談。諸公莫問蕉邊鹿。我亦黃粱夢正酣。

再疊前韻

歷劫怕逢秋再閏。（庚子年閏八月）生辰又遇月初三。人奇才那見羣空北。薄宦誰為路指南。百戰乾

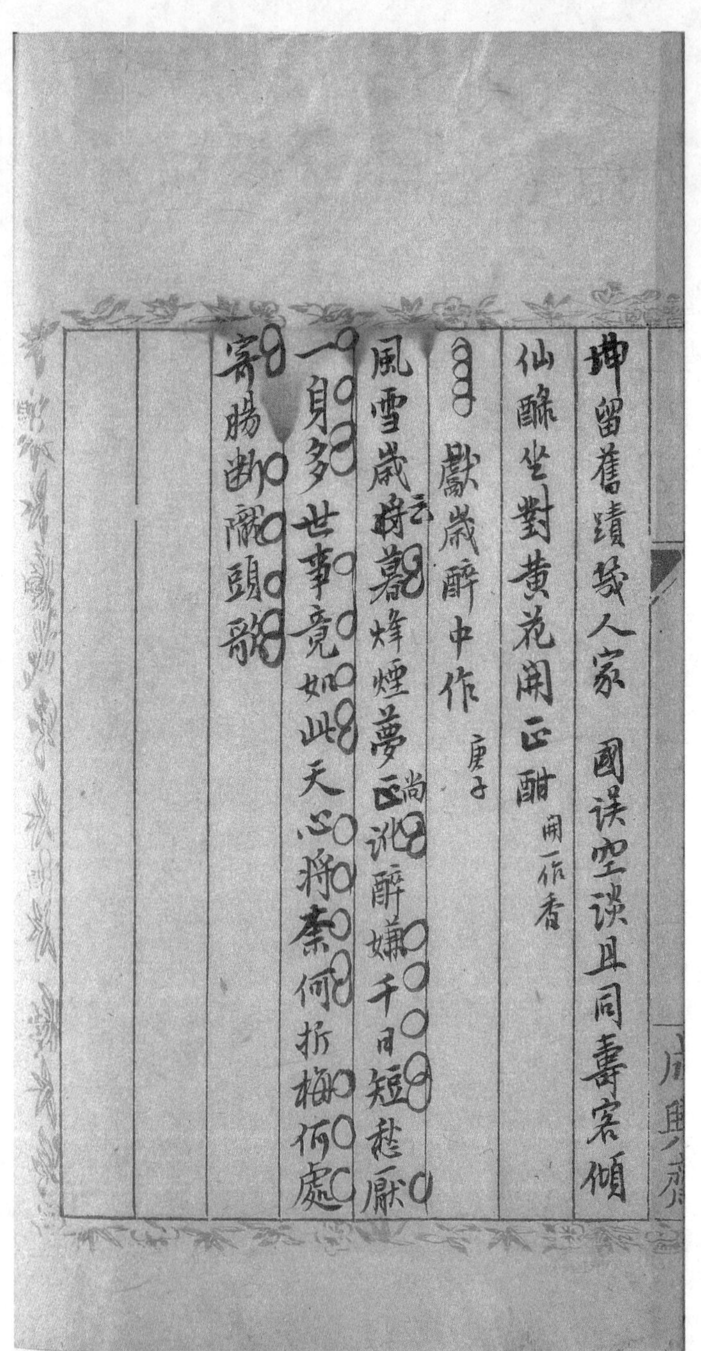

猶留舊蹟幾人家　國誤空談且同壽客傾

仙酥坐對黃花開正酣　開一作香

獻歲醉中作　庚子

風雪歲將云暮烽煙夢正尚迷醉嫌千日短愁厭

一身多世事竟如此天心將奈何折梅何處

寄腸斷隴頭歌

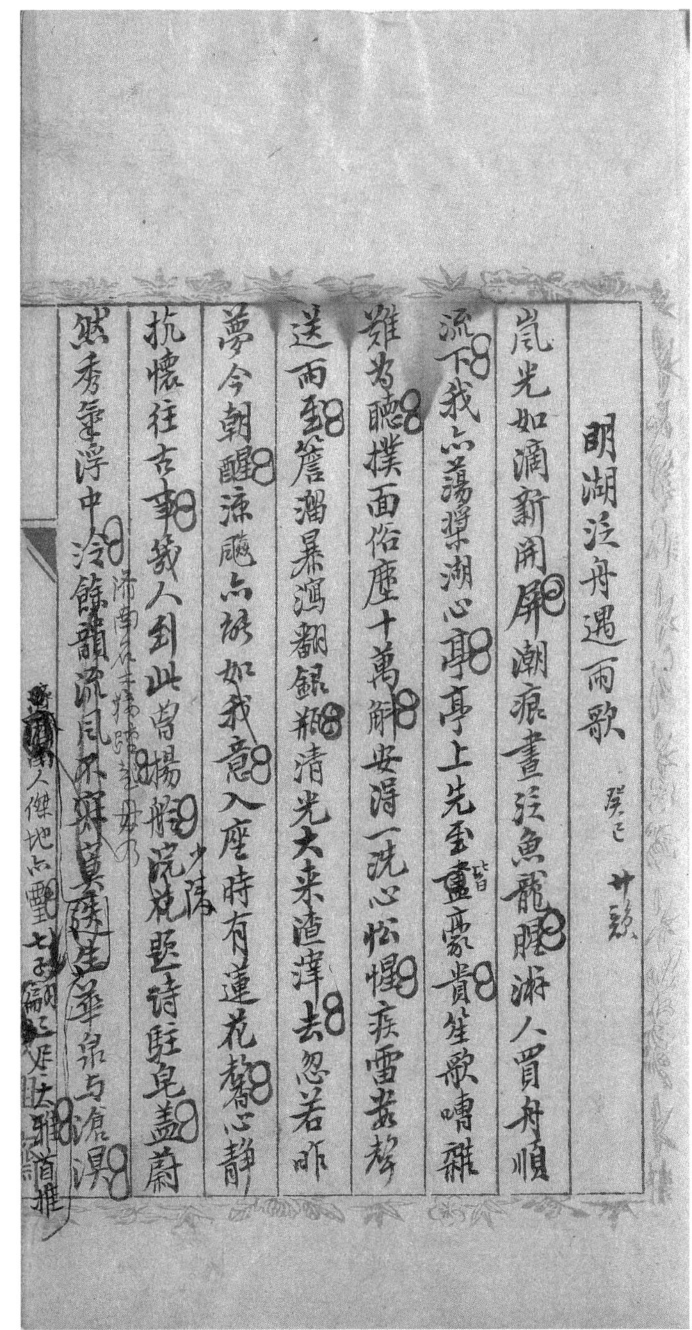

明湖泛舟遇雨歌　癸巳　廿歲

嵐光如滴新開屏，潮痕晝泛魚龍腥。游人買舟順流下，我亦蕩槳湖心亭。亭上先至盡豪貴，笙歌嘈雜雜為聽。撲面俗塵十萬斛，安得一洗心惺惺。疾雷若聲送雨到，簷溜暴瀉翻銀瓶。清光大來渣滓去，忽若昨夢今朝醒。涼颸亦解如我意，入座時有蓮花馨。心靜抗懷往古事，幾人到此曾揚舲。浣花題詩駐皂蓋，蔚然秀氣浮中泠。餘韻流風不……生筆泉与滄溟

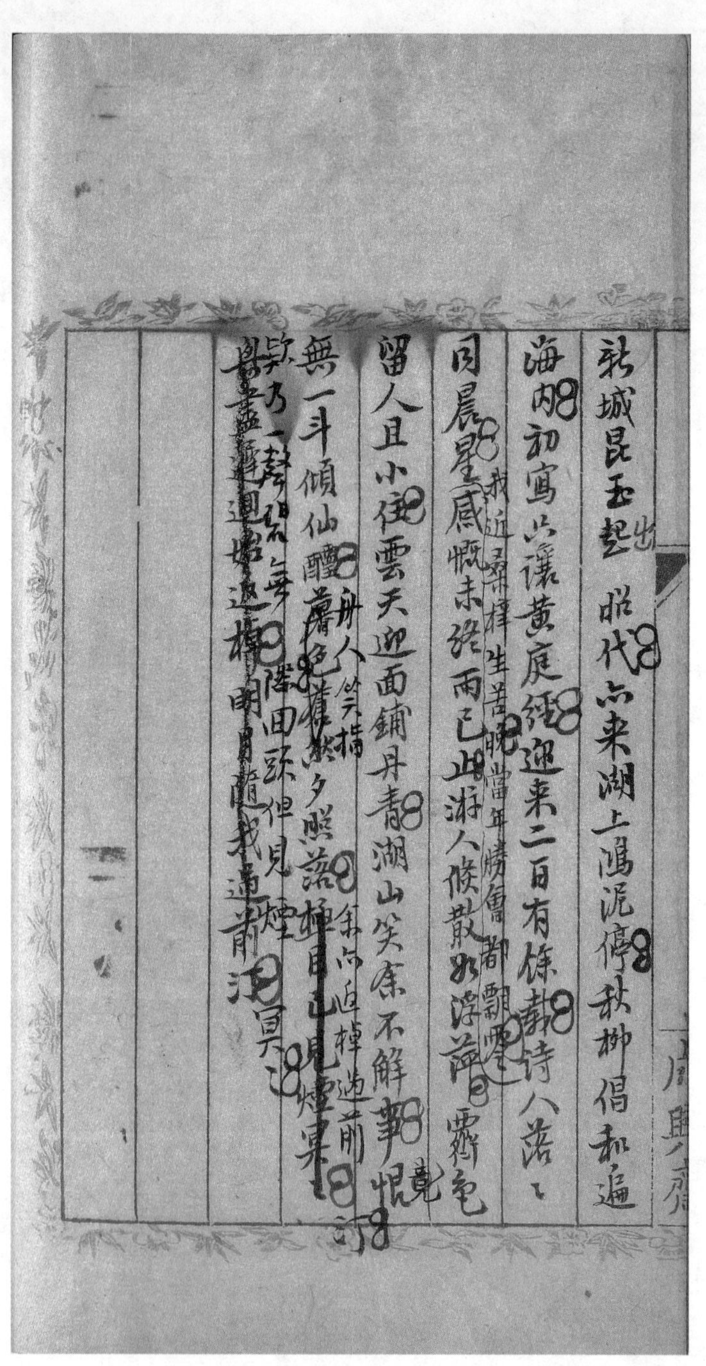

新城昆玉起昭代六来湖上鴻泥停秋柳倡和遍
海内初寫六譲黄庭經迎来二百有餘載詩人落ヽ
同晨星感慨未終雨已止游人倏散如浮萍
留人且小住雲天迎面鋪丹青湖山笑余不解事

猶保毛羽潔
難使性情馴

籠鶴 癸巳 在瘠馬下

孤負淩雲志年来羈此身華傷毛羽潔何惜性
此身仍白玉困日出
潔仍留 獻
情馴天地籠中小文章頂上新不鳴非愛力
紅塵 惜 一作非自閑
鳴亦不驚人
質仍留白玉
網竟墜紅塵

景州堞 甲午

深林行盡處堞影忽飛来奇蹟傳聞久征途望
眼開地分燕趙去河從并幽迴欲紀曹娥碣慚無
幼婦才 某州守女為母病墜堞死

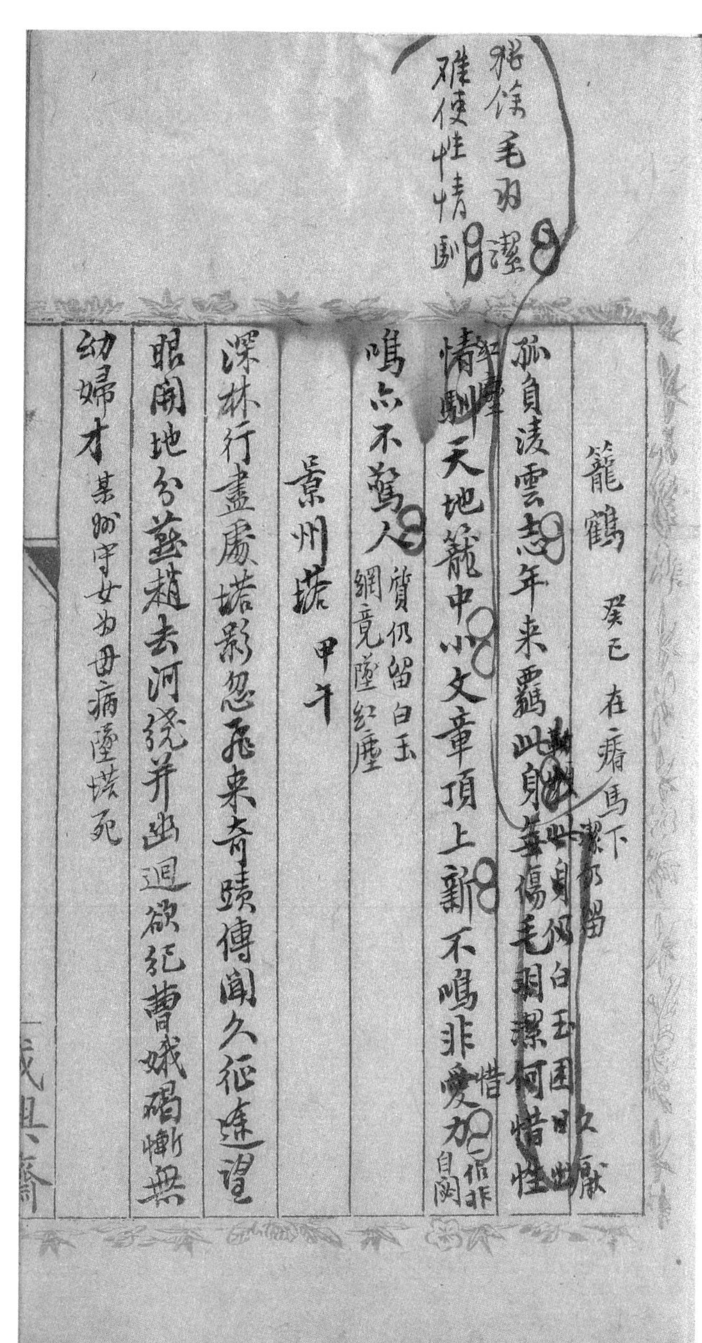

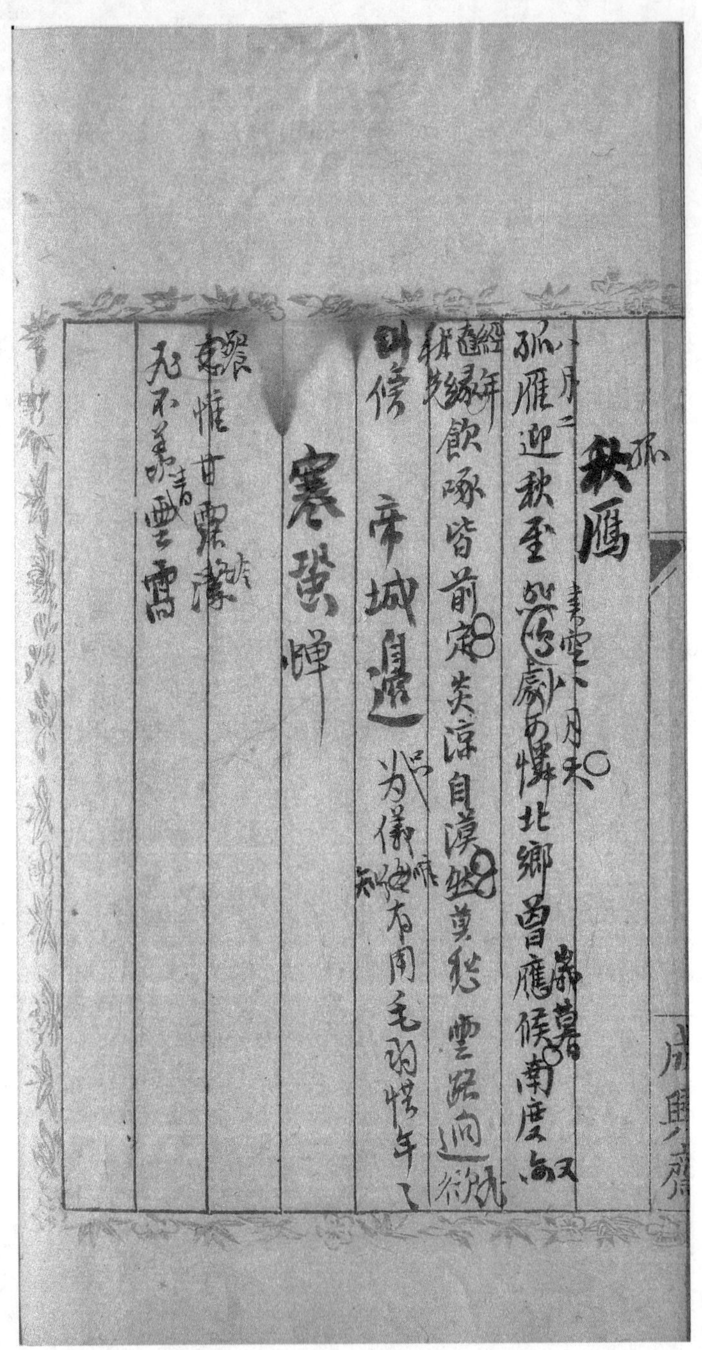

詠物十八首

蟬

朝飲金凮清夕餐露潔莫說在高枝風勵清節

螢

休嗤小草成羞在暗中行不藉餘光照全憑本性明

蝸

隱見貴知時孤廬慎莫忘貪行烈日中已枯粘壁上

蠅

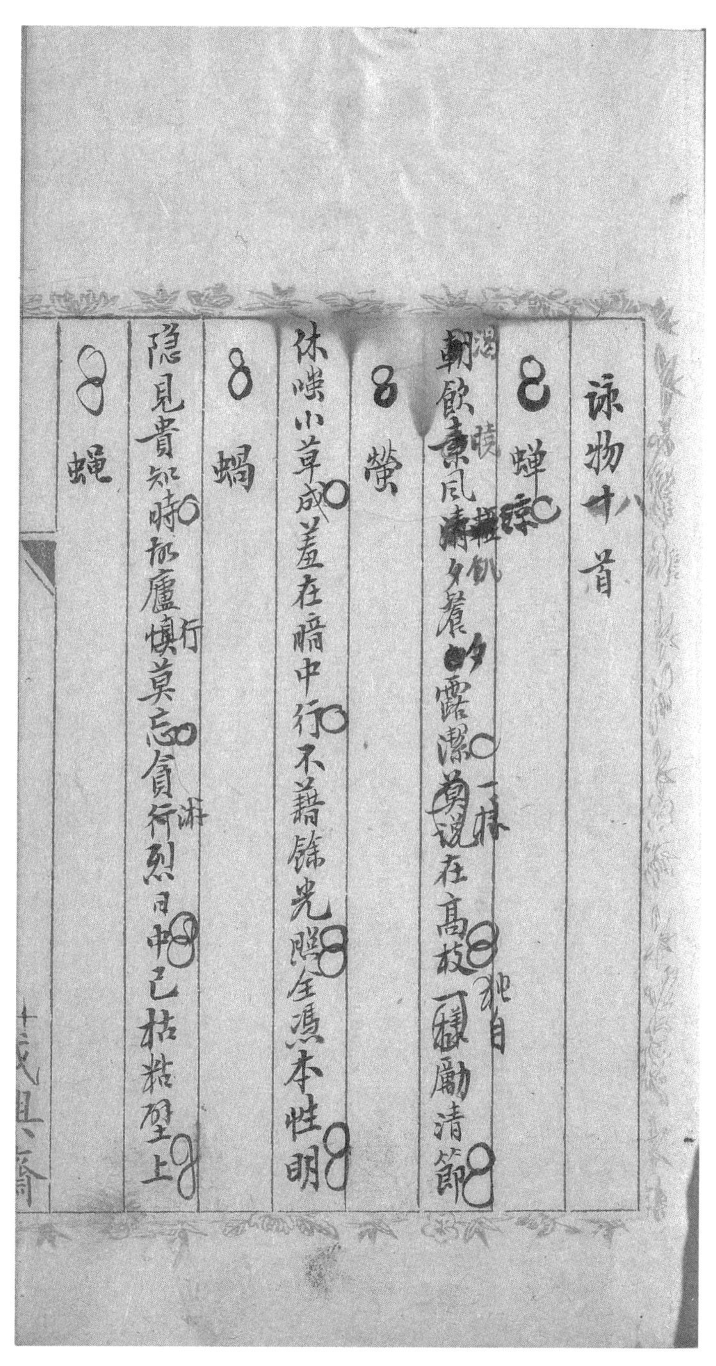

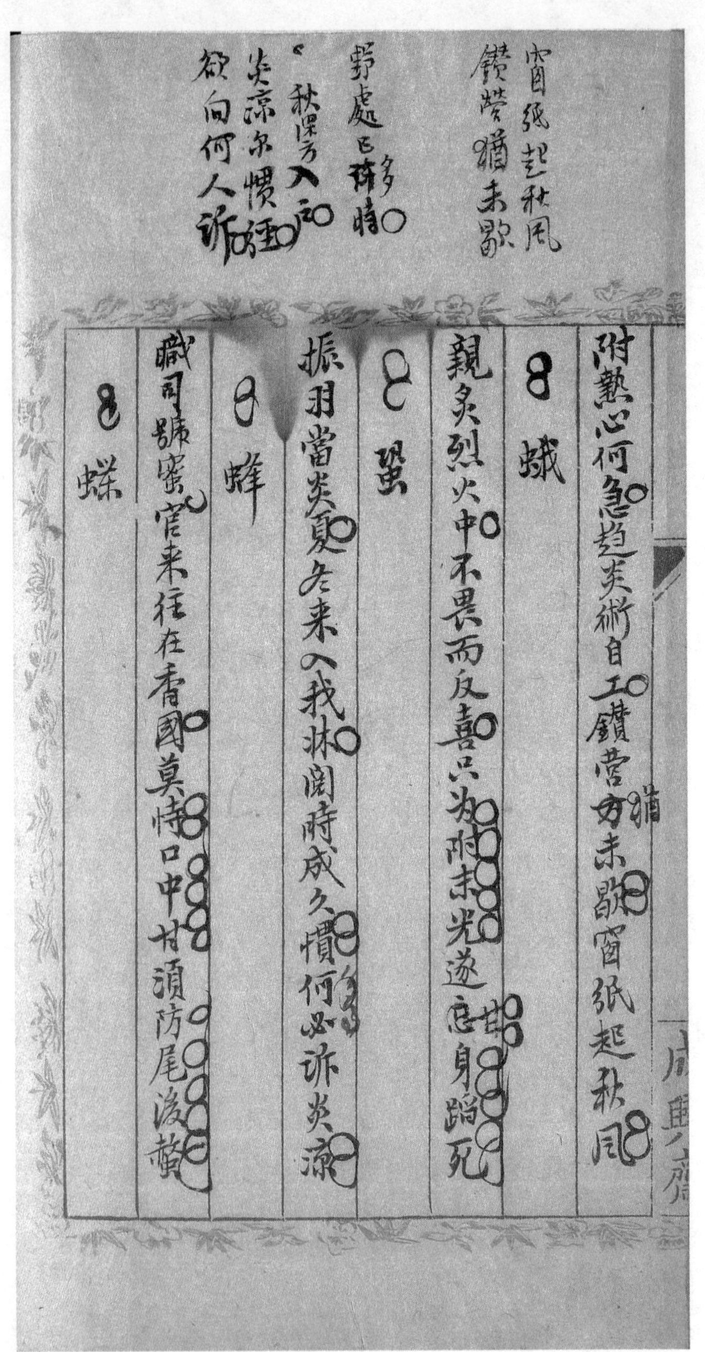

窗紙起秋風
鑽營猶未歇
舒處已移時
秋深方入社
炎涼亦慣經
欲向何人訴

附熱心何急，趨炎術自工。鑽營猶未歇，窗紙起秋風。

蛾

親炙烈火中，不畏而反喜。只為附末光，遂忘身蹈死。

蛩

振羽當炎夏，冬來入我牀。鬧時成久慣，何必訴炎涼。

蜂

職司釀蜜官，來往在香國。莫恃口中甘，須防尾後螫。

蝶

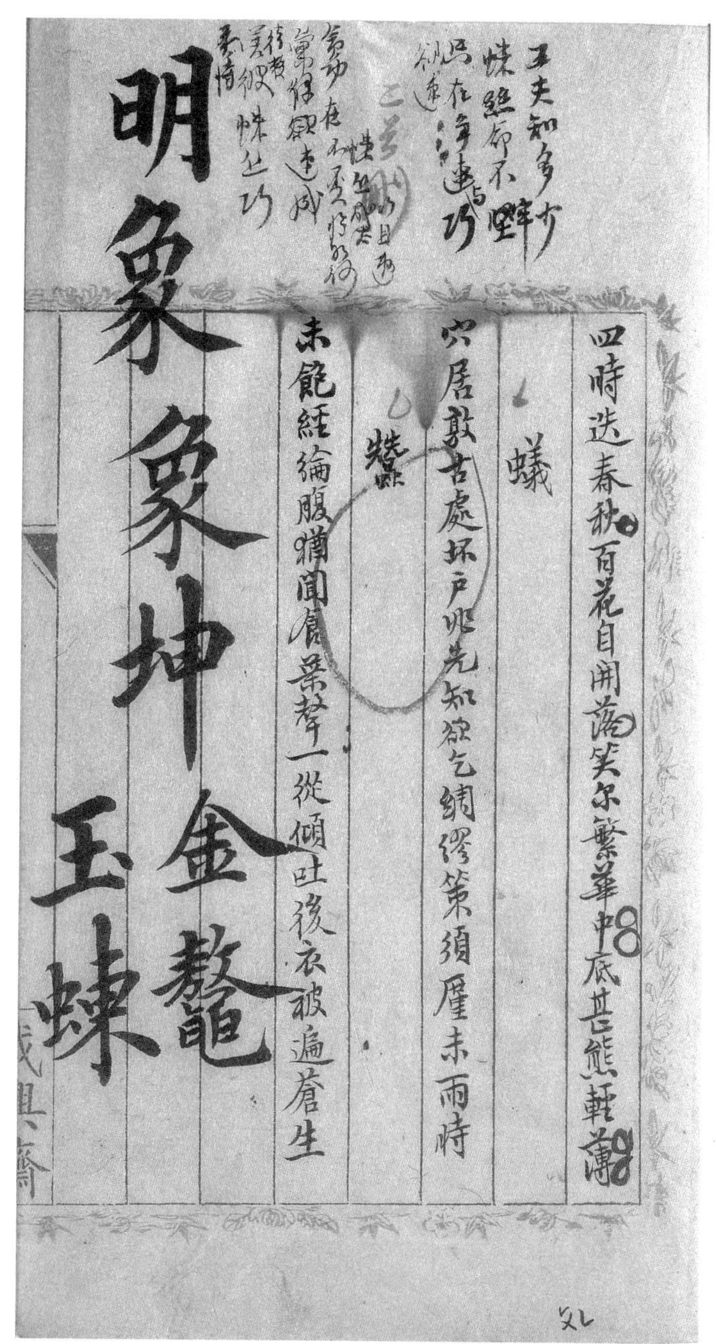

四時迭春秋百花自開落笑尔繁華中底甚態輕薄

蟻

穴居敦古處坏户兆先知欲乞繝繆策須屋未雨時

蠶

未能經綸腹猶聞食葉聲一從傾吐後衣被遍蒼生

明象 象坤 金鼇 玉蝀

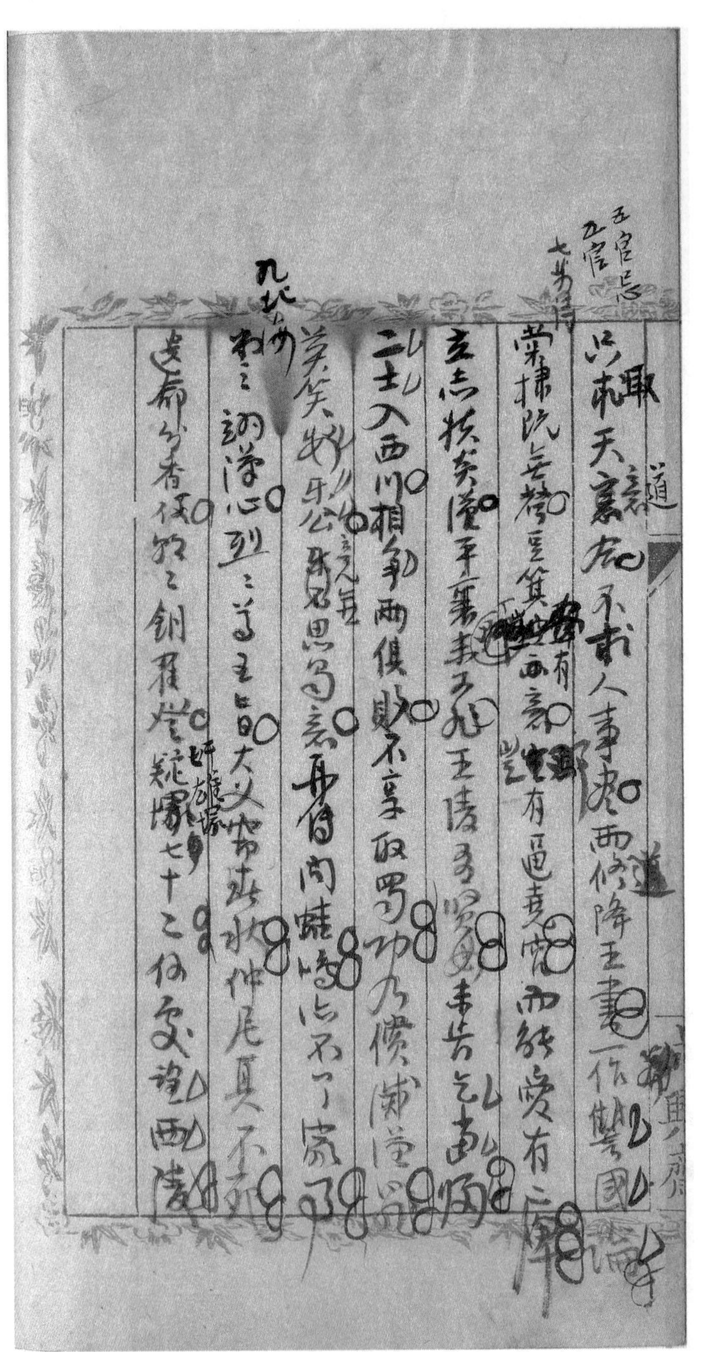

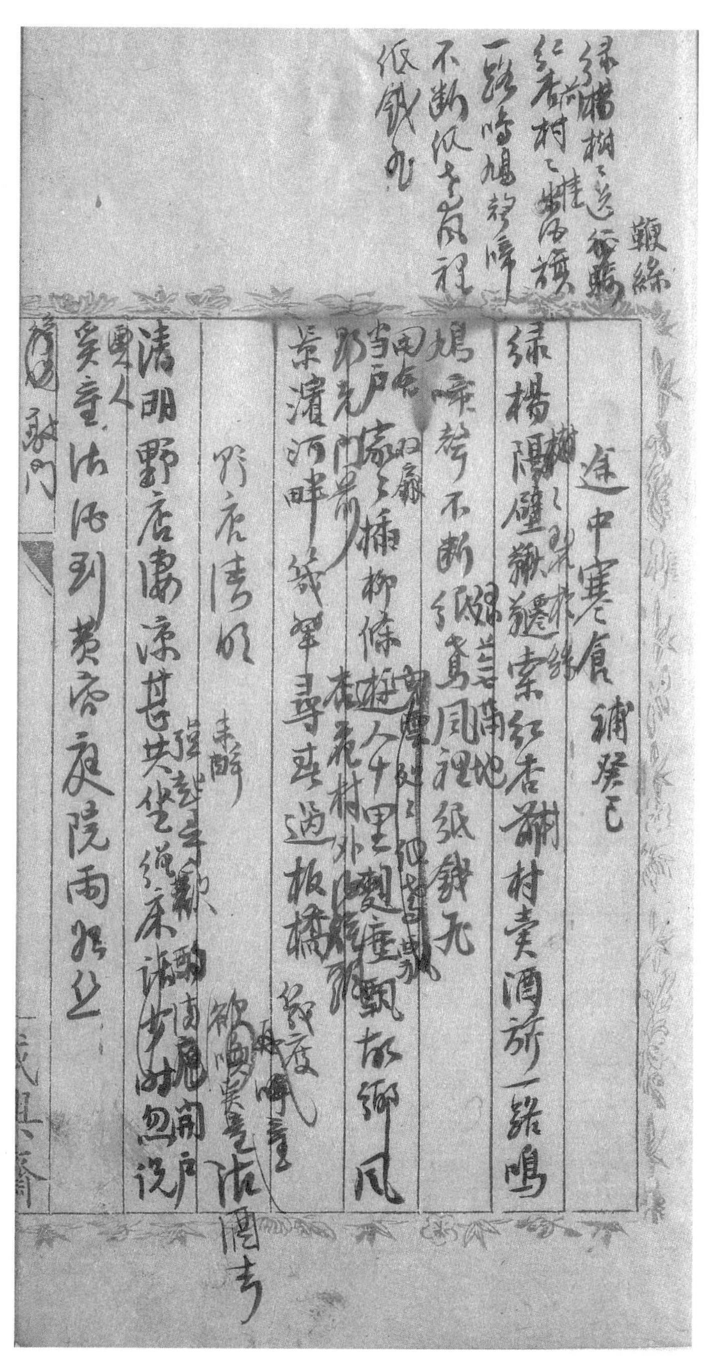

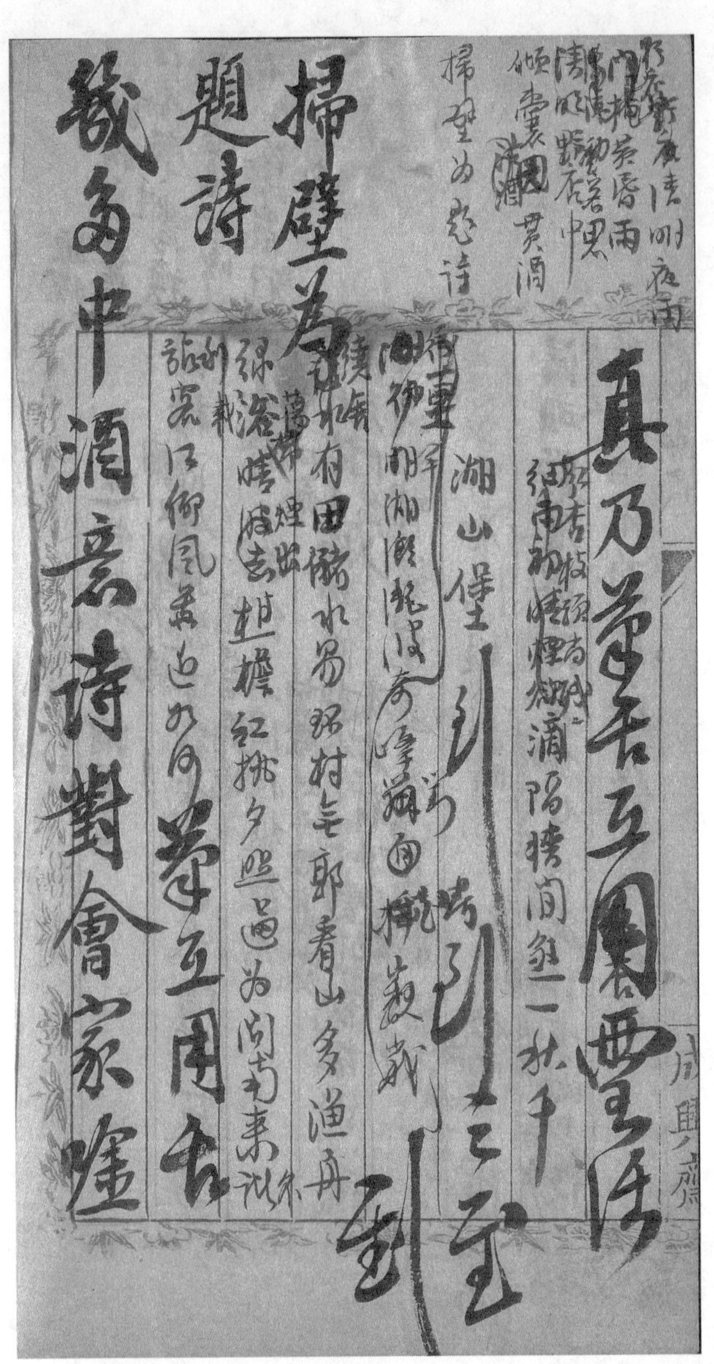

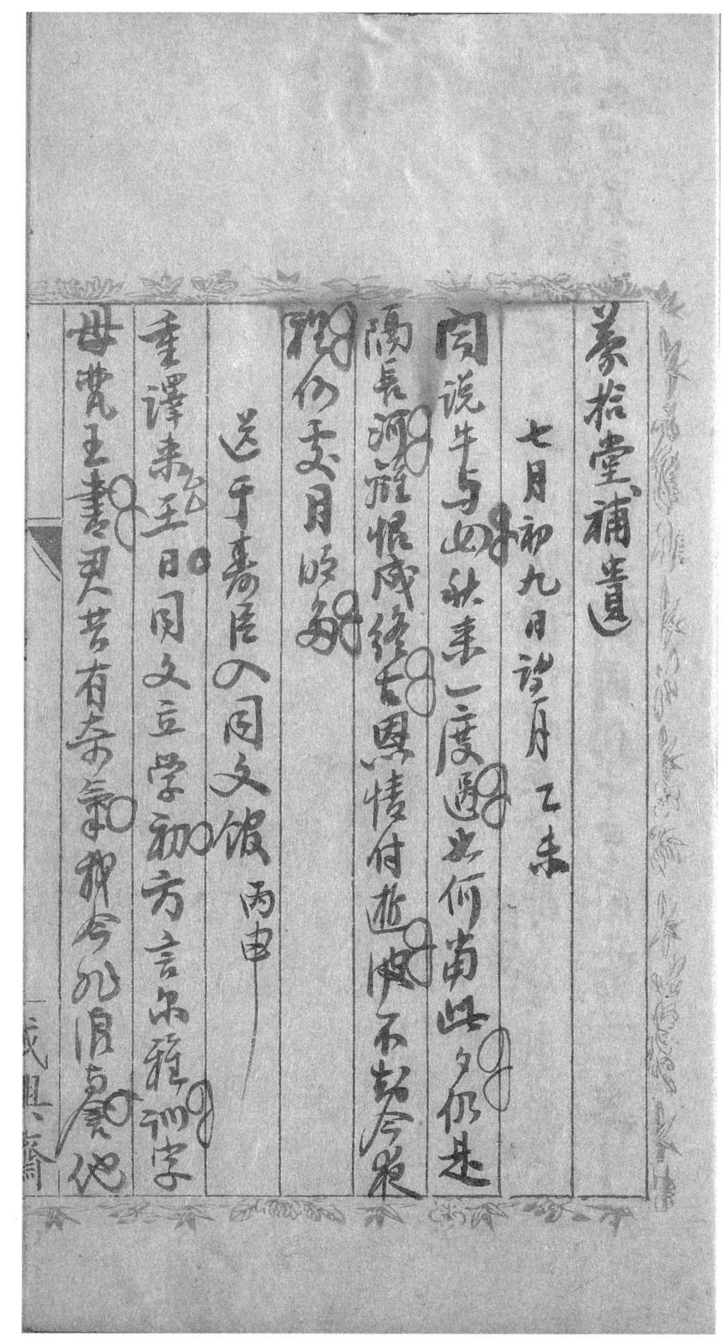

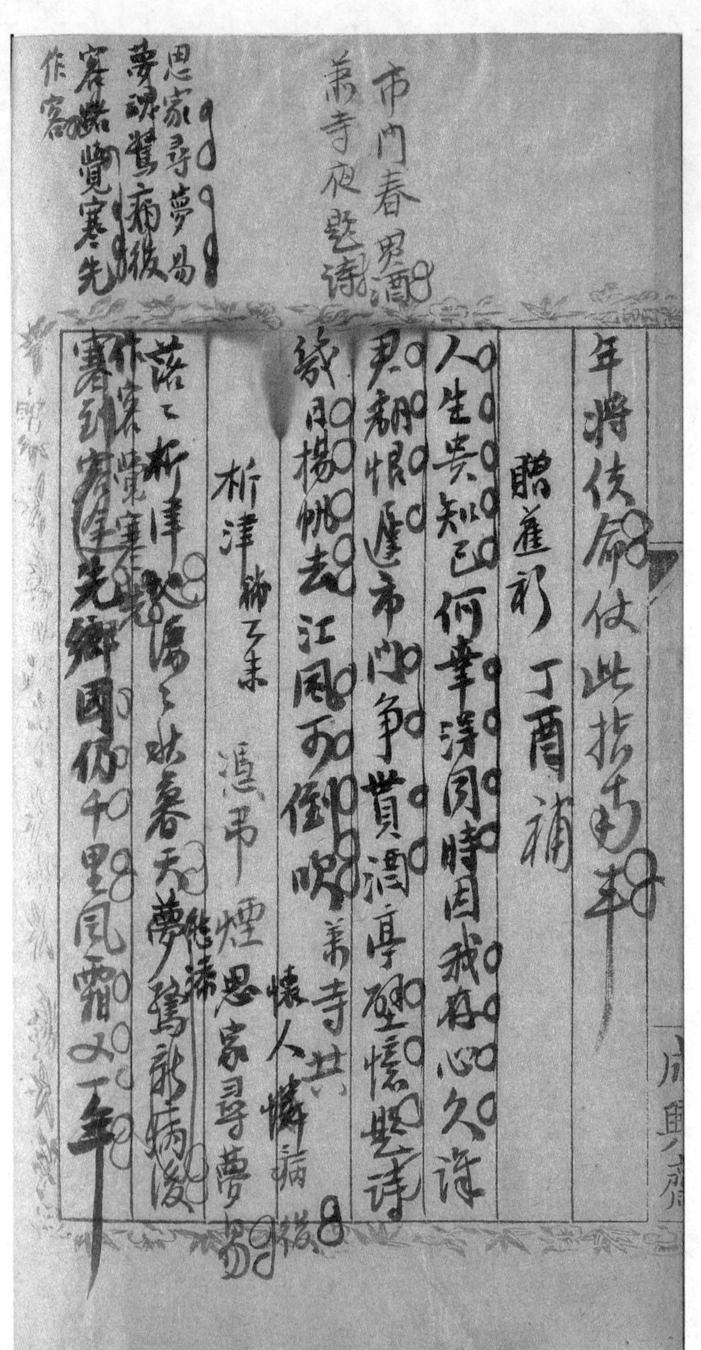

寺僧課茗和酒
向庵客詩成紛
擲仙 子差鮮
儂愧垂虹名第
一 帝京玉液譽

析津補乙未

病中媛夜訊宮珉

落落析津地，淒淒歲暮天。傍人憐病後，

足覺寒先。鄉園仍千里，風霜又一年。錢

橋侵曉文選九點帰夢繞荷煙。故園花信早

有續史一首 詠唐 東市 夢繞 錯在大李

重游灼實泉品茶 見蒙閑集

長安冷宦已三年，負平陵七二泉。今日重來

總萍水，晚風度茶煙。定中僧留

客壁上詩成人擬仙記向帝京流更潔

西山灼實玉液

一夜且齋

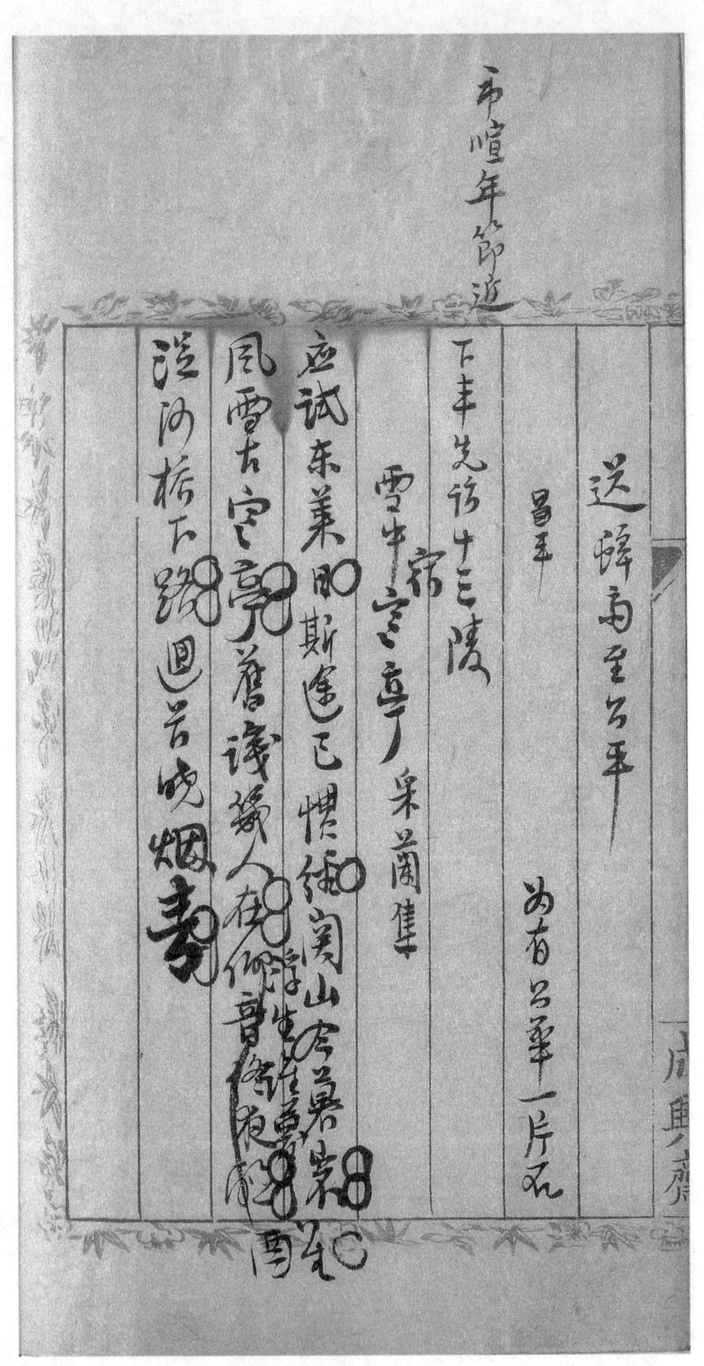

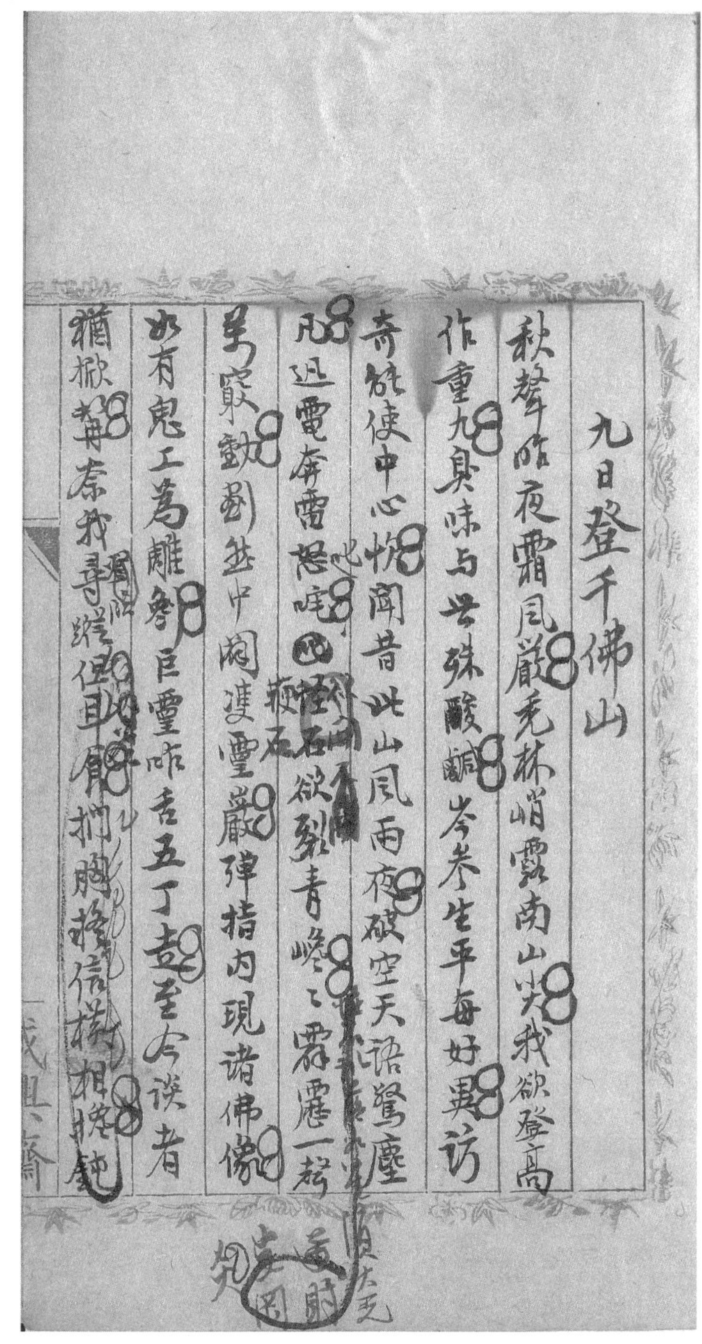

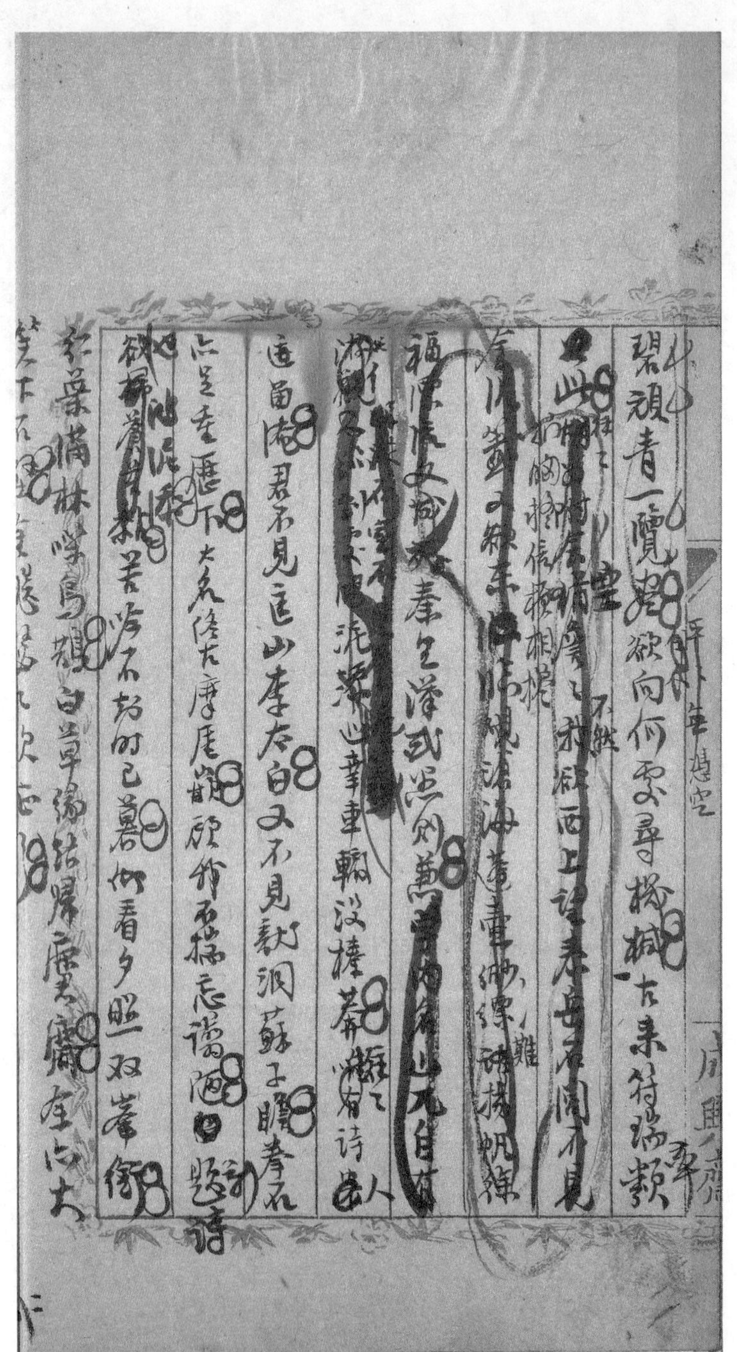

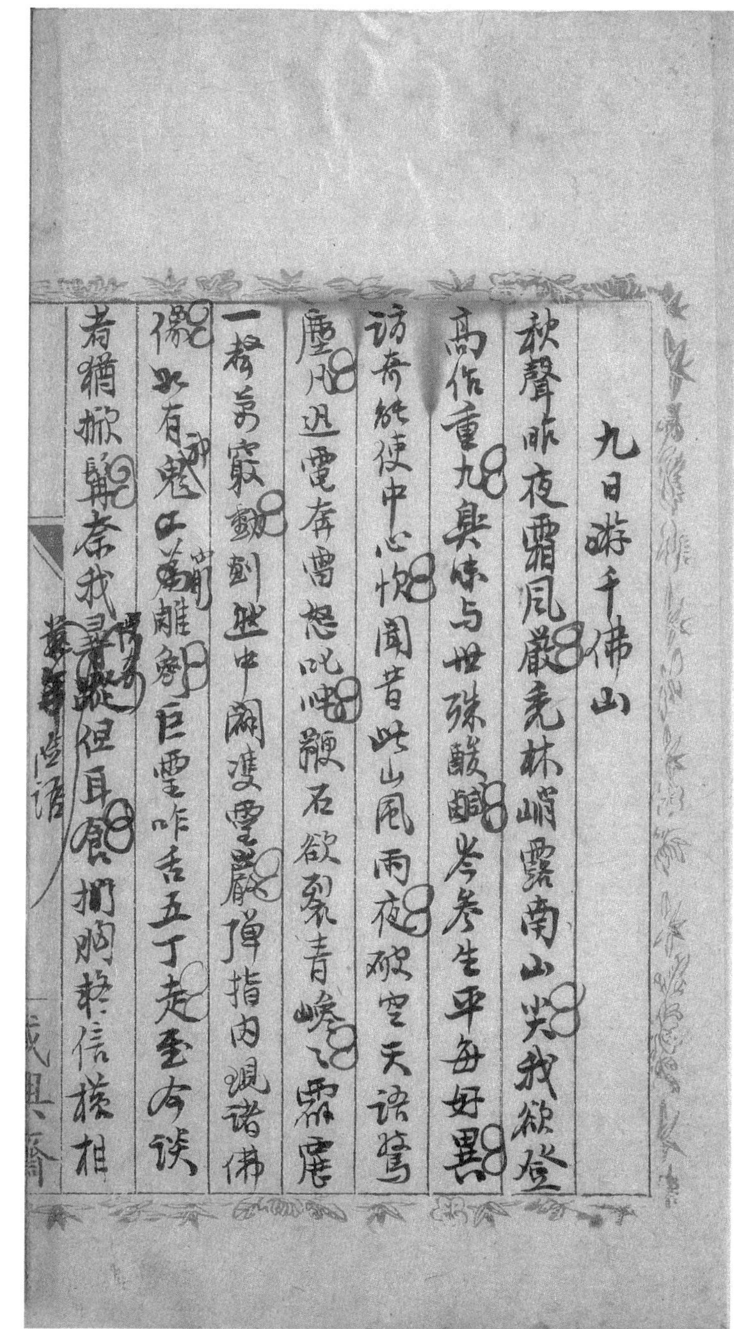

九日游千佛山

秋聲昨夜霜風嚴，禿林峭露南山尖。我欲登高作重九，興味與世殊酸鹹。參參生平每好異，訪奇頗使中心恢。聞昔此山風雨夜，破空天語驚塵凡。迅雷奔雷怒叱咤，鞭石欲裂青巉巖。霹靂一聲鼻竅劃，然中開渡雲巖。彈指內現諸佛像，如有魍魎江蘺[illegible]離。劍巨靈咋舌五丁走，至今談者猶掀髯。奈我尋蹤但耳食，捫胸轉信據相

[illegible]評語

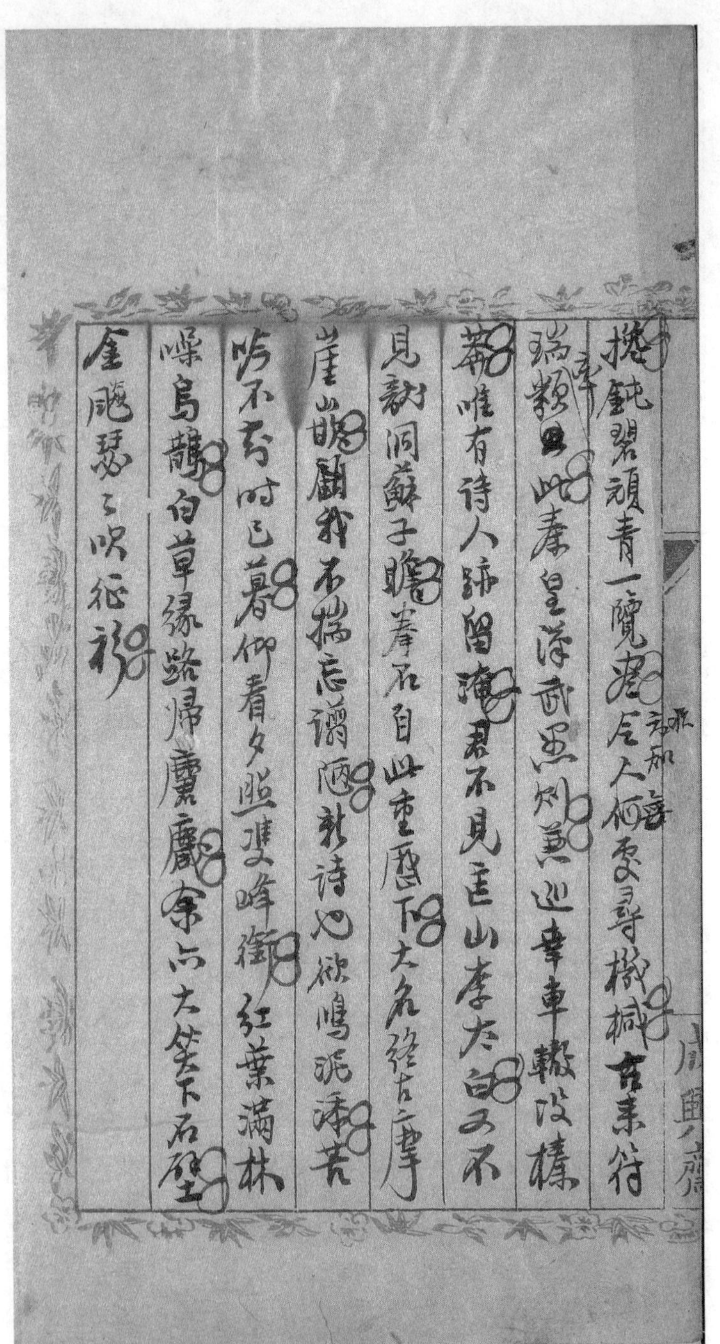

攙鈍碧頑青一覽君今人何處寻樹樹竟來符瑞類此奉皇澤武巫知無迎輦車轍没榛蕪唯有詩人跡留滄君不見匡山李太白又不見歙洞蘇子瞻峯石自此重歷下大名終古傳崖巔翻我不揣忘謏陋新詩也欲鳴泥滓吟不覺日已暮仰看夕照凌峰衛紅葉滿林噪烏鵲白草緣路歸麋鹿余亦大笑下石壁金飈瑟瑟吹征衫

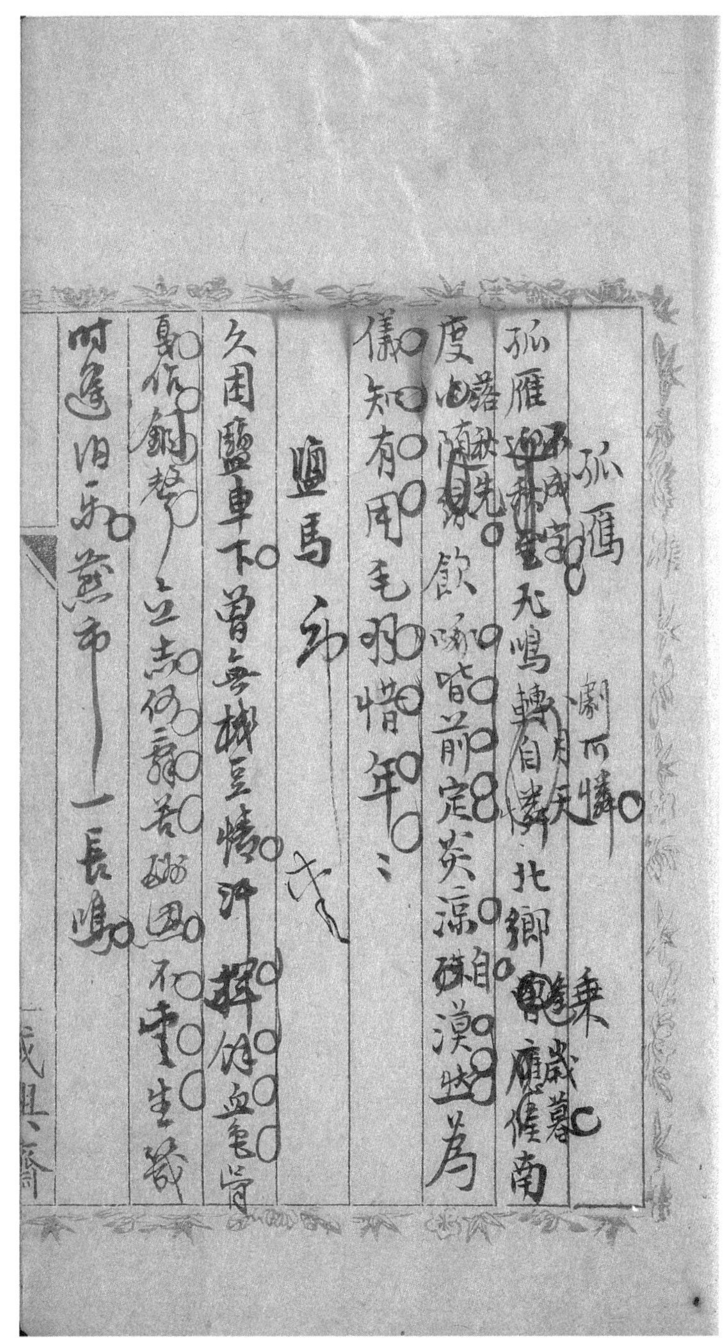

孤雁

孤雁[illegible]成字，天鳴轉自憐。北鄉[illegible]歲暮，[illegible]南

度[illegible]落秋先，飲啄[illegible]前。定炎涼自漠，[illegible]為

儀知有用，毛羽惜年年。

鹽馬 行

久困鹽車下，曾無櫪豆情。汗揮[illegible]血[illegible]

[illegible]作鋼[illegible]，立志何龍若[illegible]圖，不[illegible]生[illegible]

時逢伯樂[illegible]一長鳴。

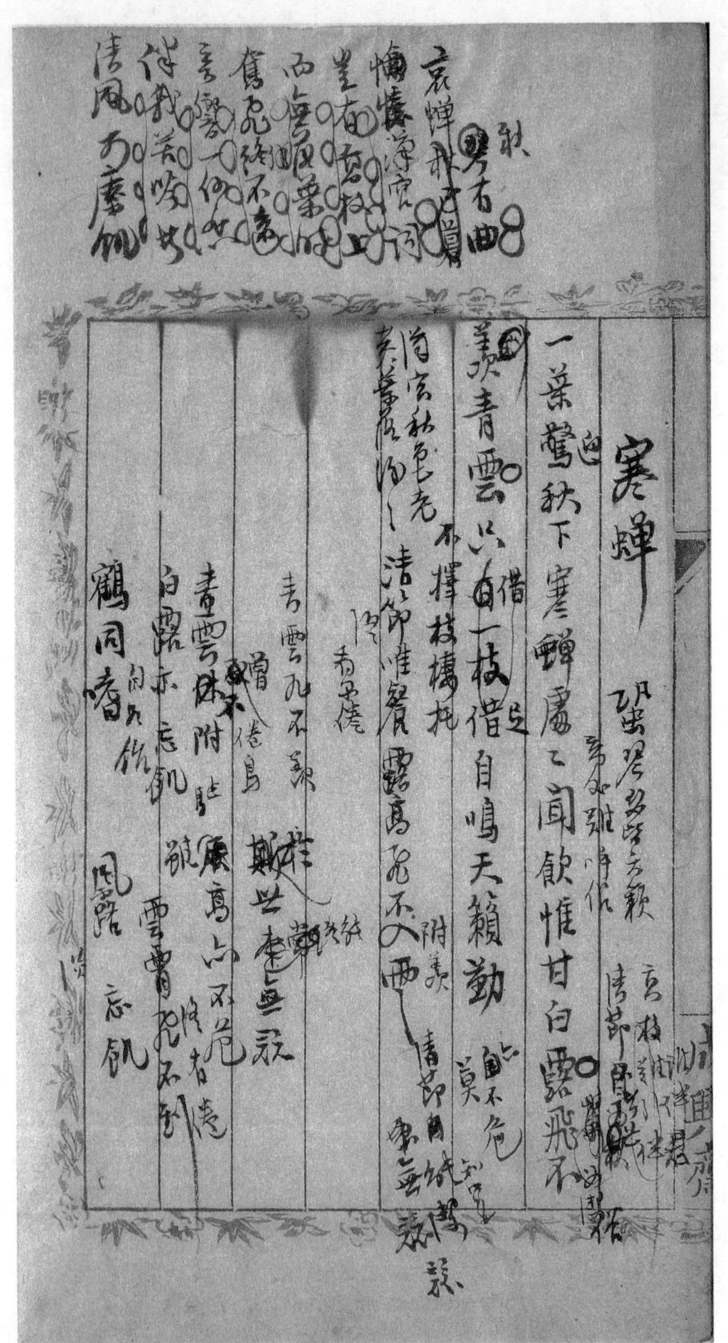

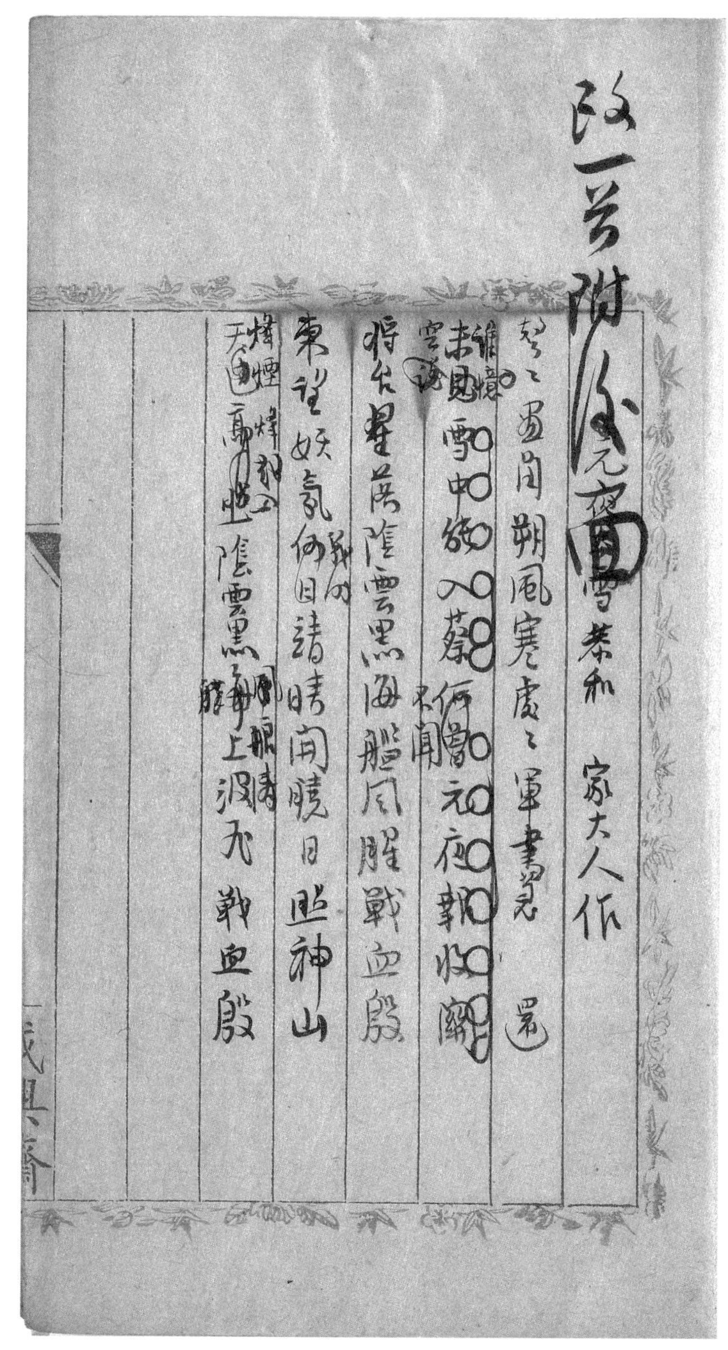

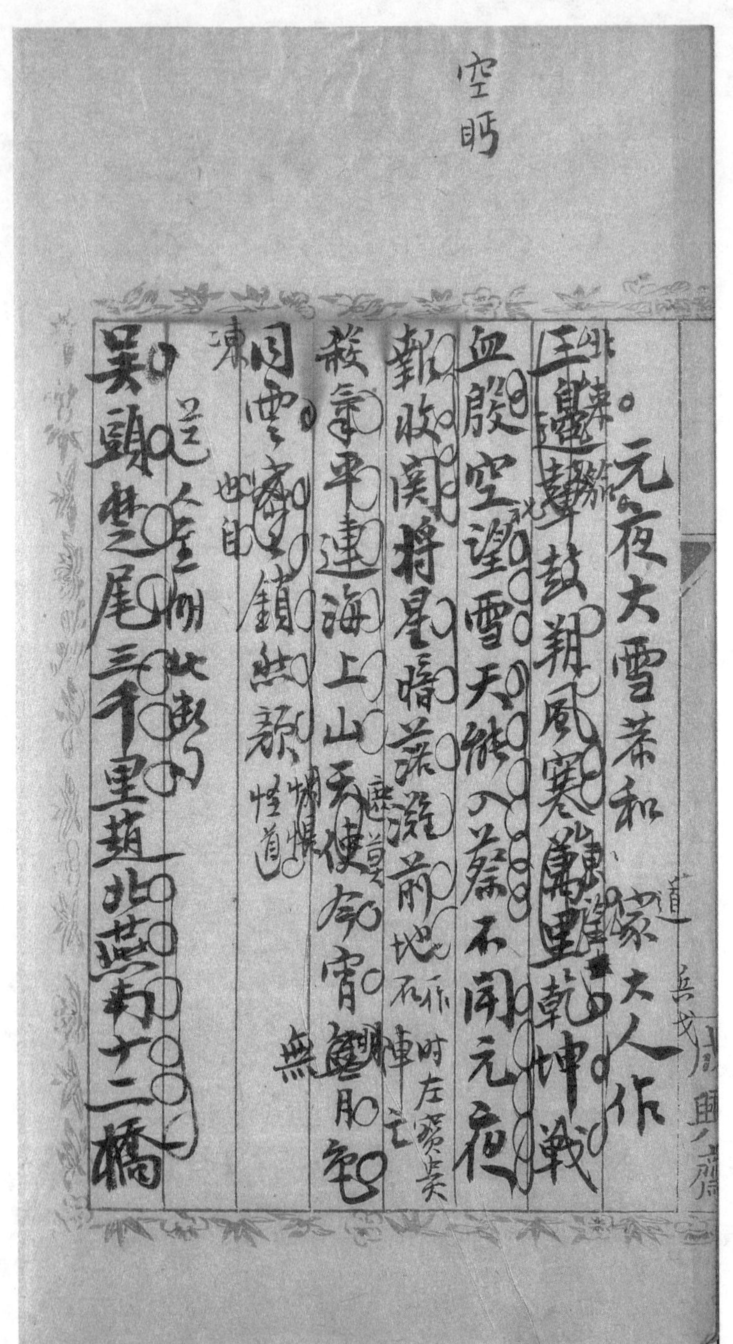

空眄

元夜大雪恭和家大人作

鼙鼓朔風寒萬里乾坤戰

血殷空望雪天䌫入蔡不聞元夜

殺氣平連海上山

吳頭楚尾三千里趙北燕南十二橋

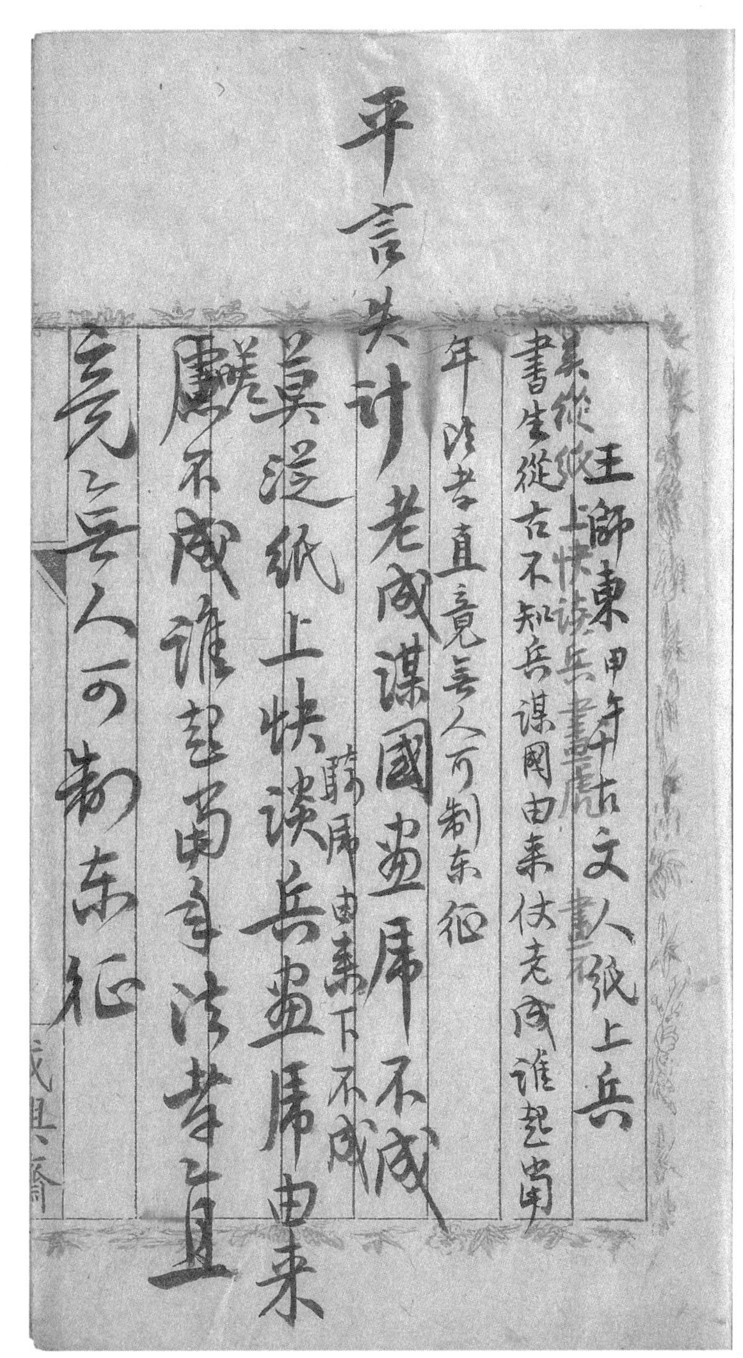

王師東甲午年古文人紙上兵

莫從紙上快談兵書虎

書生從古不知兵謀國由來仗老成誰起由

年法者直竟無人可制东征

平言失計老成謀國盡屏不成

莫從紙上快談兵盡屏由來

驕屏由來下不成

曉屏不成誰起禍由年法者直

竟無人可制东征

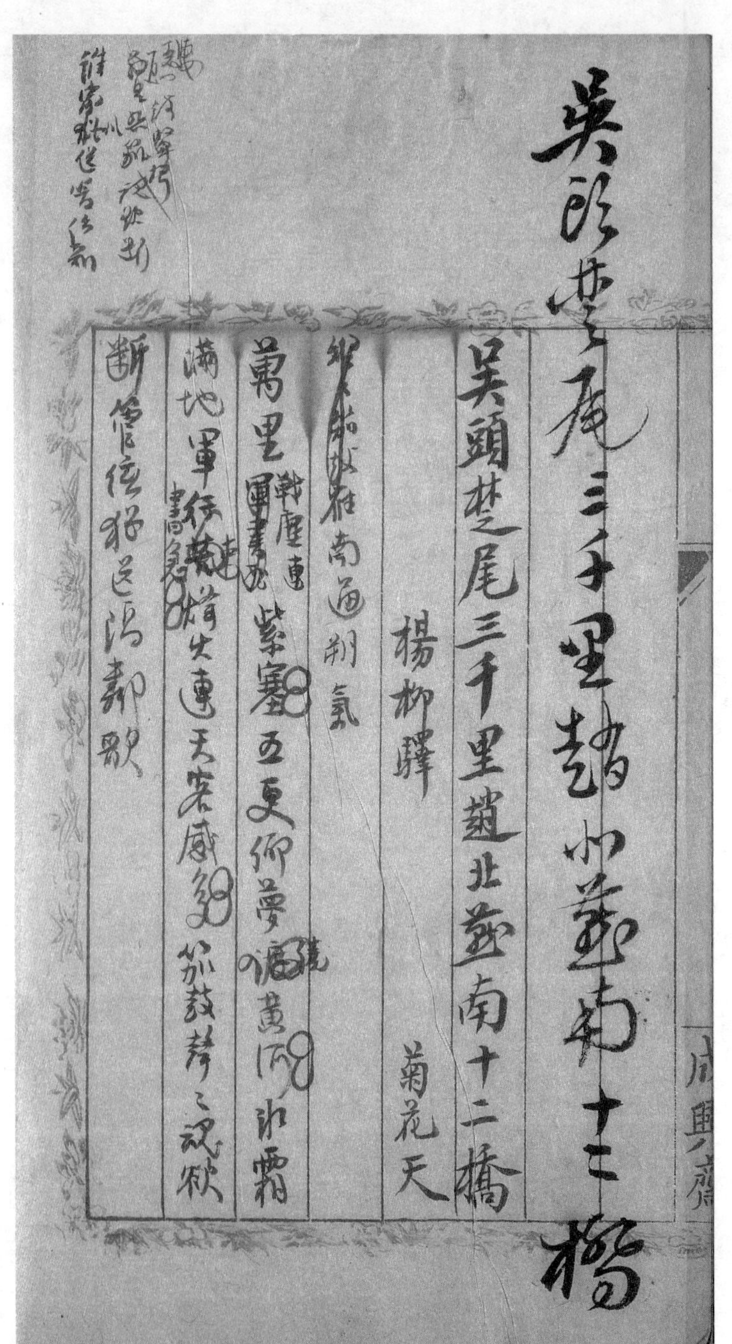

吳頭楚尾三千里趙北燕南十二橋

吳頭楚尾三千里趙北燕南十二橋

楊柳驛　菊花天

[illegible]南道朔氣

萬里戰塵連紫塞五更鄉夢[illegible]黃河[illegible]霜

滿地軍[illegible]失連天寒感[illegible]笳鼓聲聲說秋

斷[illegible]

讀史 以下存[illegible]首

澤夜狐鳴夜火然，澤中神呼赤帝子，隆準帝

與騶關王奴人故，胥必相當，[illegible]成敗異[illegible]

教真傳[illegible]例陳涉，[illegible]王[illegible]

仍人力讓岁不授古人奴，王業當王自有基[illegible]

較不不忘走鬼神動命為驅馳，只因又老草

芳法王威一震人心離，關三[illegible]兩[illegible]

有五載閬洪基，大事無此成功速，史冊[illegible]

一成一敗以異勢

豈真[illegible]皆也

事例安臣移怖

[illegible]

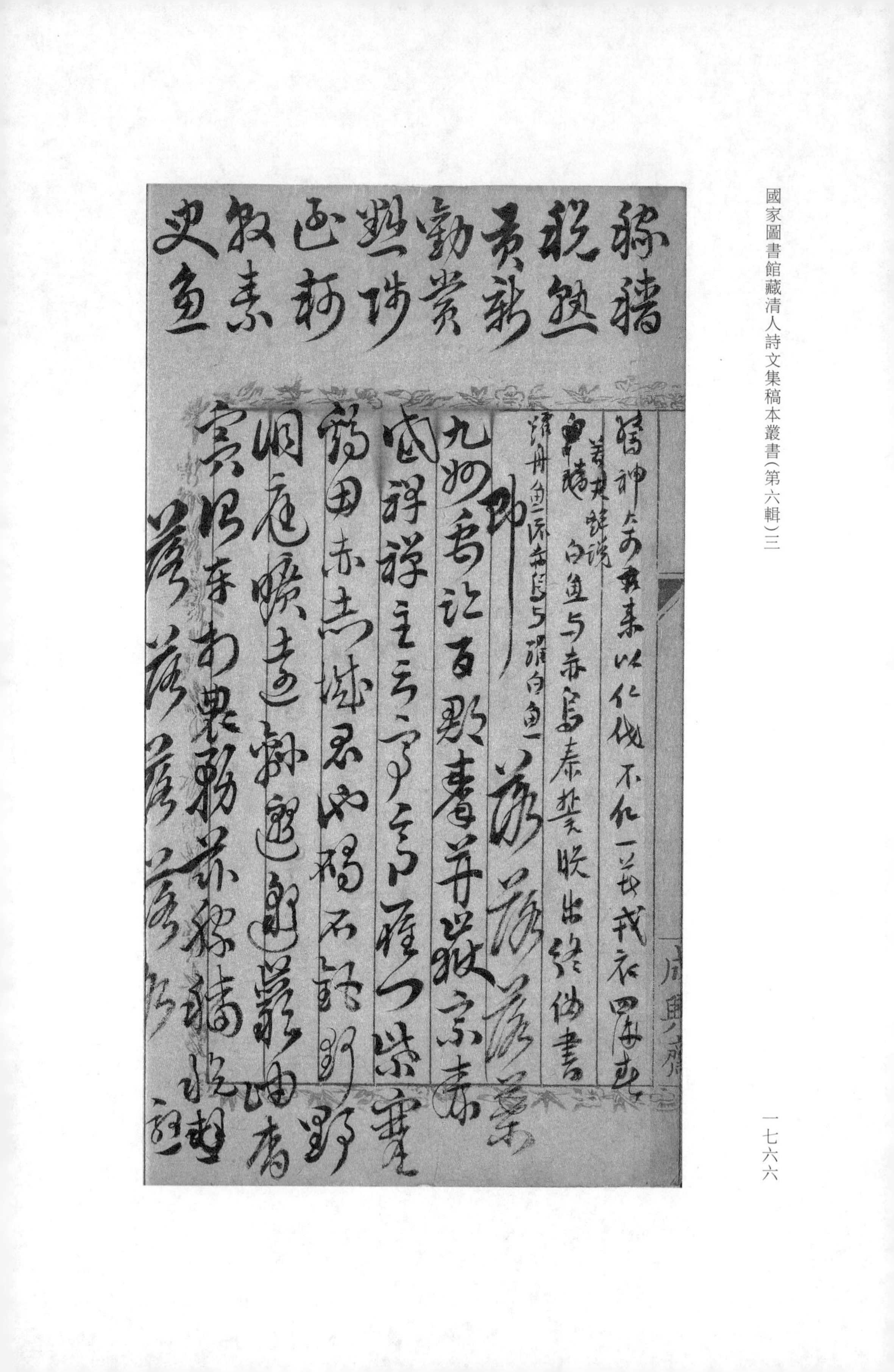

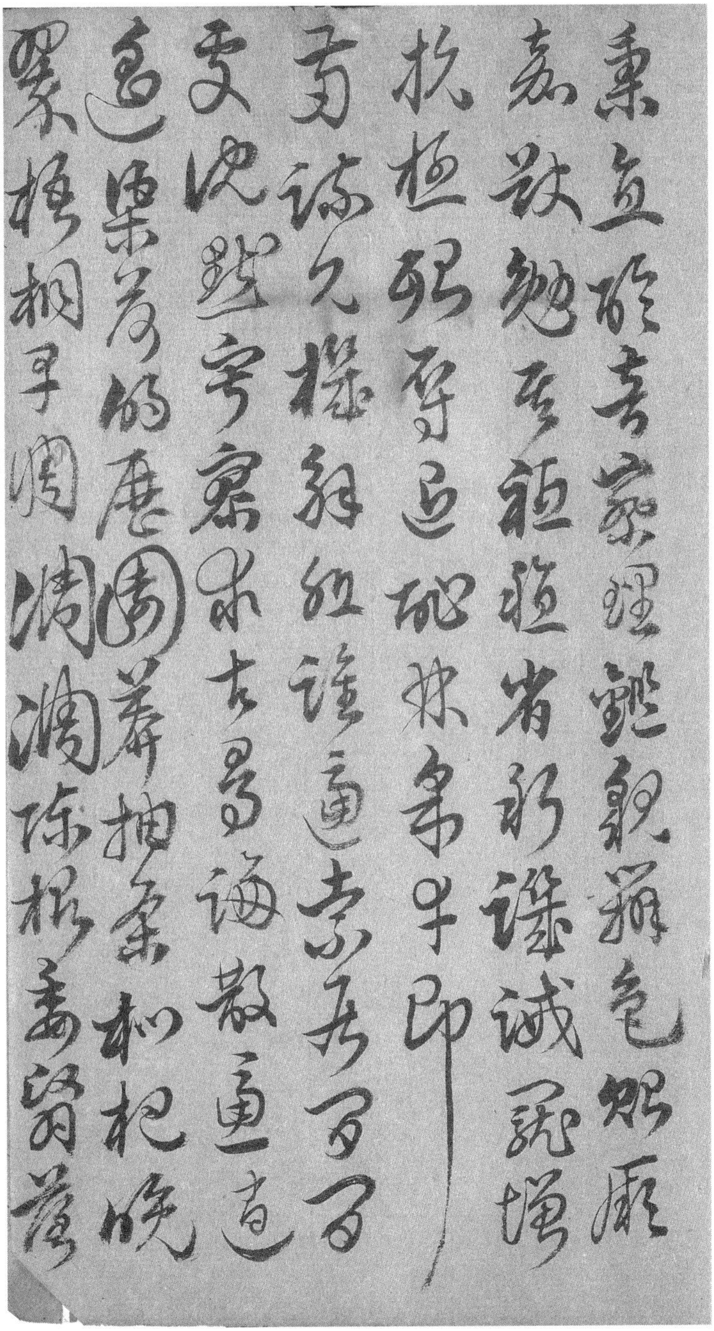

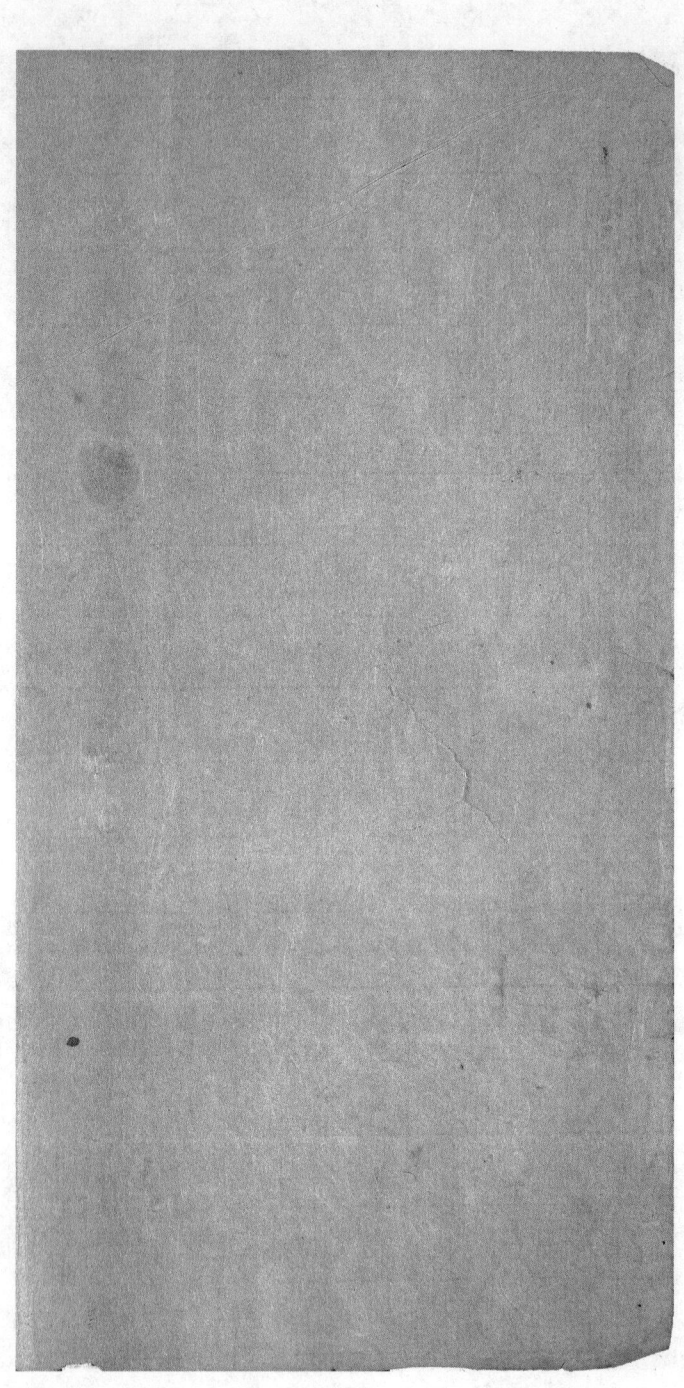

蒙拾堂詩草錄存目　甲辰年鈔

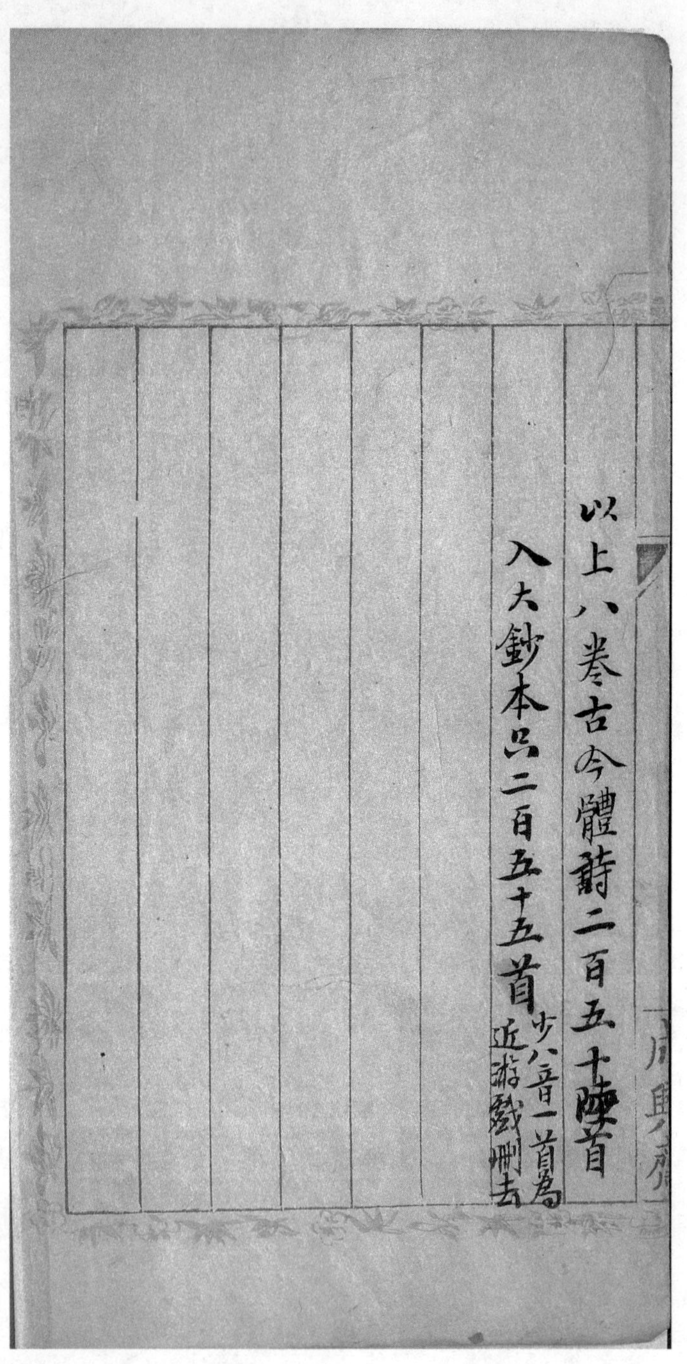

以上八卷古今體詩二百五十陸首

入大鈔本只二百五十五首　步八音一首爲近游戲刪去

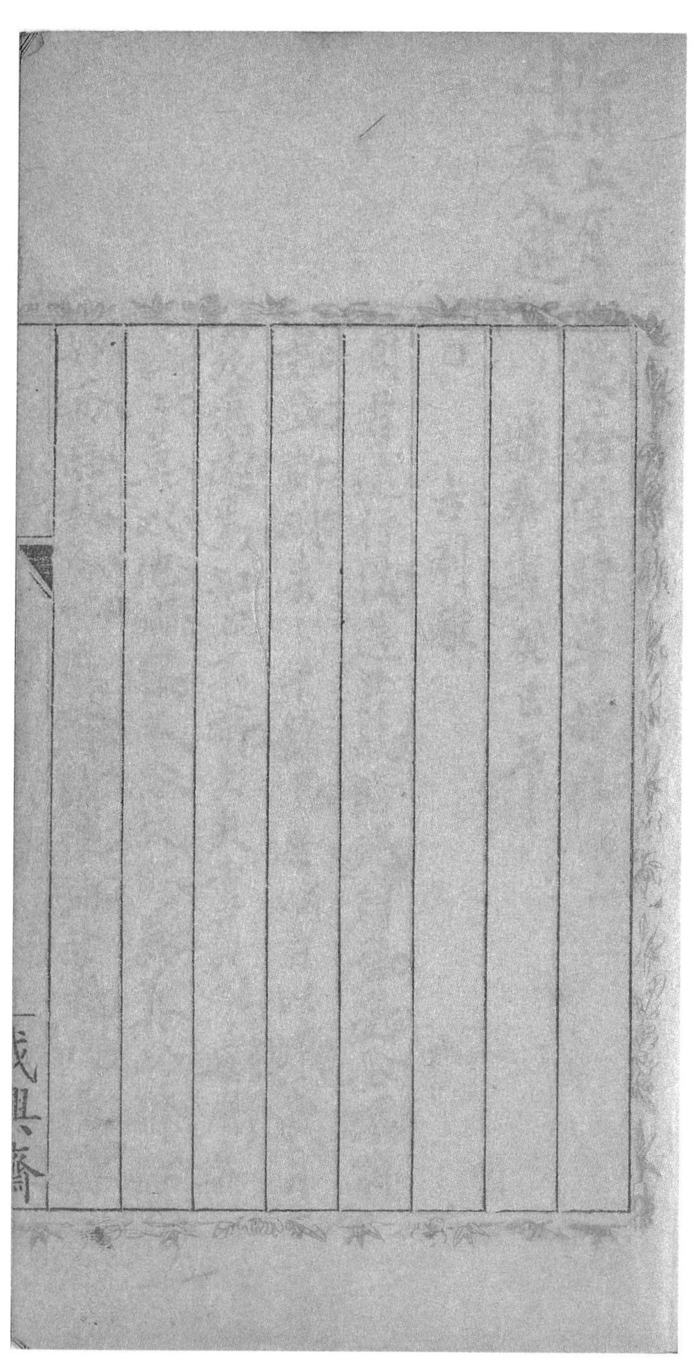

凡頂上有圈者入選

蒙拾堂詩草録存 卷一

鵲華集 癸巳年

古別離

聞君遠行役送君岐路隅贈君雙金環頫君立踟躕去去千餘里音問日以疏歲月寖復遠焉知心不渝丈夫重義氣安用妾區區莫以他鄉樂不念故園蕪莫以新知好而忘故人妹嚴霜沾懷袖北風吹羅襦

君行疏不顧妾淚如連珠歸來當戶坐織
素五丈餘五丈尚爲短情長空煩紆

擬古四首

迢迢銀漢水耿耿秋星光毋爲牛與女寧
爲參與商參商不相見牛女遙相望不見
情可已相望心多傷
郎愛迎春花妾愛冬青樹春花能幾時冬
青青如故人生非神仙朱顏豈長駐團扇

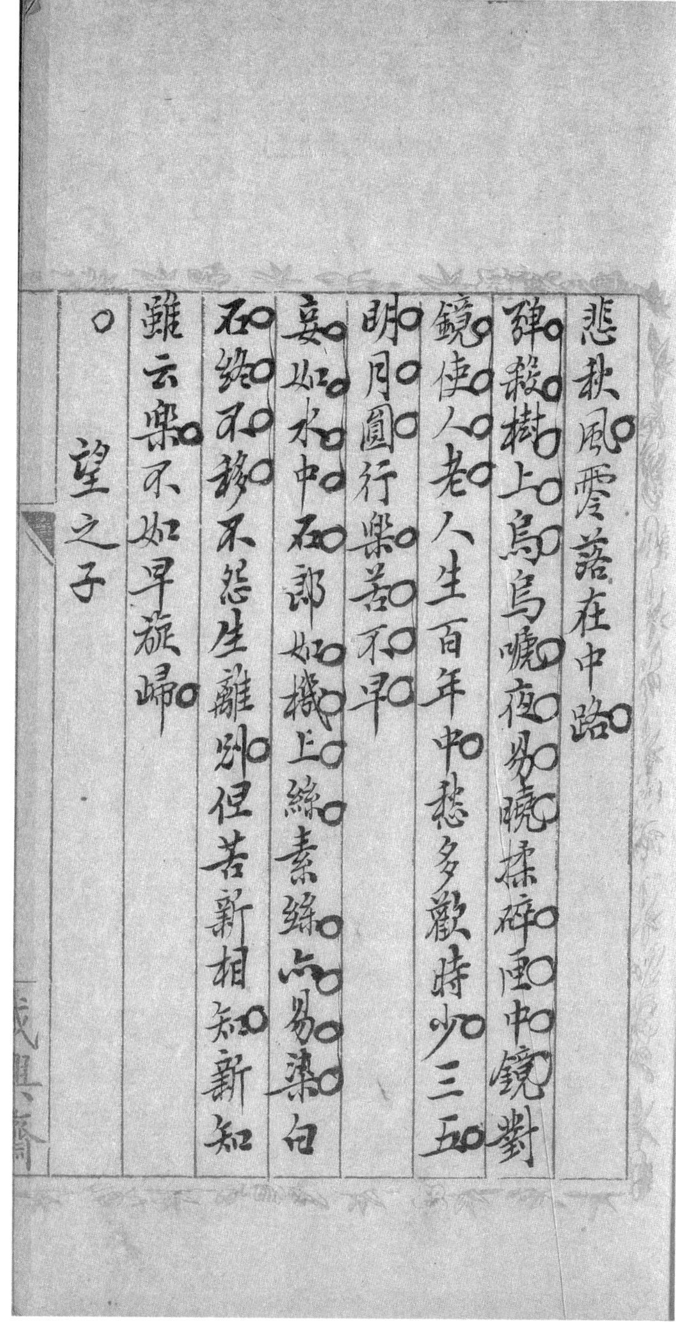

悲秋風零落在中路
碑殺樹上烏烏啼夜易曉摧碎匣中鏡對
鏡使人老人生百年中愁多歡時少三五
明月圓行樂苦不早
妾如水中石郎如機上絲素絲易染白
石終不移不怨生離別但若新相知新知
雖云樂不如早旋歸
○望之子

晚照草虫絶
空山人杳然
斷碣[illegible]殘石
古廟自千年
鶴影白雲外
梅花春雪天
何當攀峭壁
我欲歷空天
古廟荒
晚照山幽絶 孤
碑石悄然待清
曾此地崇祀
迄何年

望之子兮山之阿 愛而不見傷蹉跎 白雲
縹緲不飛去 朝朝谷口聞清歌 樹葦葦兮
峰峩峩 我欲往從之 歧路多歧路多兮忘不
問 澗泉之水東流過 我欲通辭托微波 脉
脉無語湍潺湲 中有山鬼聲薜蘿 啁啾啾
嘈奈何

山
孤山東麓 短
山色何絶 停車指墓煙 殘
伯夷待清處 碑題不計年
山下有碑題曰伯夷待清處
地

碑題銘尋道左
廟貌仰峨巍
山色何清絶
碑尚道邊
待清曾此地
崇祀記何年
[illegible]絶
碑殊峭然

碑迎道左古
獨瀆海牲廟在山巔○鶴影○白○雲○下○梅花○
春○雪○天○韻歌采薇曲○下鳶鷹寒泉○

道中寒食
紙鳶風裡紙錢飛○賣酒樓頭挂酒旗○記得
客途寒食節○杏花天氣雨如絲○

旅邸清明
門掩黃昏雨○春風枕上吹○撩人寒食節○作
客少年時○破壁題詩短○荒村貰酒遲○故鄉

舊游處夢繞柳郎祠

鄒平道中

東風吹柳碧於絲春水如油漲滿陂欲折柔條禁不得雙雙飛下白鸕鷀

長白山范文正公讀書處

嚙盡黃虀味讀書窮處宜由來天下任已在秀才時炎宋名臣傳青齊遺愛祠醴泉棠舍靜回首憶趙詩己丑秋奉有事青州謁范文正祠題詩醴泉亭上

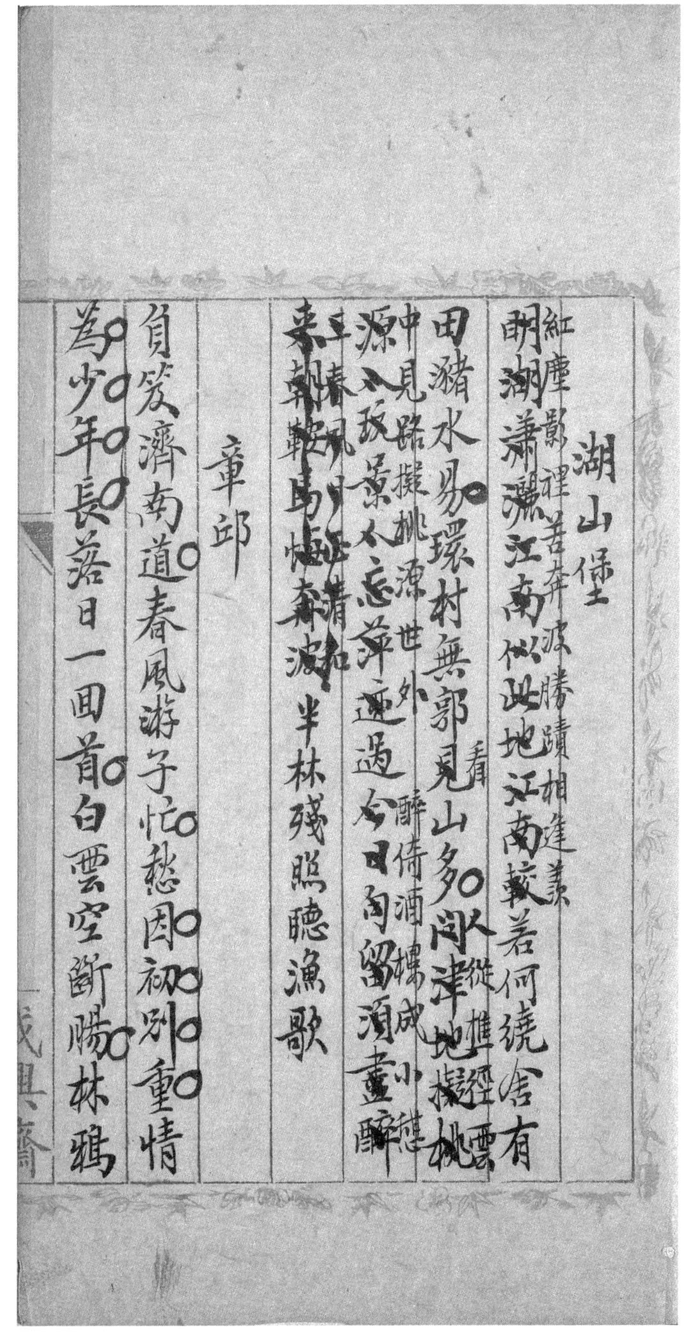

湖山堡

紅塵影裡若奔波勝蹟相逢羨

明湖瀟灑江南似此地江南較若何繞舍有

看 從 推 經 雲

田瀦水易環村無郭見山多問津地擬桃

中見路擬桃源世外 醉倚酒樓成小憩

源入玻萊人忘萍逝過今日向留須盡醉

平春風日正清和

來朝鞍馬趁奔波半林殘照聽漁歌

章邱

負笈濟南道春風游子悰愁因初別重情

為少年長落日一回首白雲空斷腸林鴉

聲軋軋今夜宿朝陽

平陵道中

長隄夾道曉嗁鶯宿雨初收薄靄凝十里垂楊遮不住看山一路到平陵

歷下亭懷古

平湖極望暮雲空懷古無端向晚風兩漢經師開伏女三齊志士歎終童環山城郭疑仙界桃水樓台在鏡中海右名流半

天外

銷歌題詩愴憶浣花翁。七句末三字一作零落盡

湖上

湖上尋春緩緩行。興來又蕩畫橈輕。兩隄柳色碧扵水。十里山光青入城。白雪樓空鶯燕壘。滄浪社寂鬪鷗盟。棹歌一曲煙波渺。不盡臨風懷古情。

明湖泛舟遇雨

嵐光如滴新開屏潮痕晝泛魚龍腥游人

買舟下（順流）我亦蕩棠湖心亭亭上先至半（盡）豪
貴笙歌嘈襍難為聽撲面俗塵十萬斛安
淂一洗心忪惺疾雷聲中送雨至簷溜暴
瀉翻銀瓶清光大來渣滓去忽若昨夢今
朝醒涼飈凝（颯颯有秋）䏻如我意入座（池蓮時復聞清）時有蓮花馨
慨自此亭建海右蔚然秀氣浮中泠一從
杜陵駐皂蓋濟南名（名）士多鍾靈七子（四傑七子）翩翩
（接踵趾前有）盡大雅首推華泉與（後）滄溟新（更有二王出）城𡌢起

華泉而後還仍

昭代以来湖上鴻泥停秋柳倡和遍〔满〕海内初
寫此讓黄庭經（漁洋詩話云秋柳詩乃初寫黄庭恰到好處和者皆不及）迩来
二百有餘載詩人落落同晨星我近桑梓生
苦晚當年勝會都飄零感慨未終雨已止游
人倏散如浮萍霽景留人且小住水光倒入
雲天青湖山笑余不解事悵〔鏡〕無一斗傾仙醴
舟人遥指夕照落催我返棹過前汀欸乃一
聲碧無際迴頭只見煙冥冥

登濟南城樓

返照入城樓蒼煙九點收名山尊泰嶽分
野屬齊州天地不改色古今同一邱來時
春柳緑搖落已成秋

明湖雜詠六首

古歷亭

滄浪詩社渺煙波白雪樓空燕子窠莫問
少陵舊題句濟南名士已無多

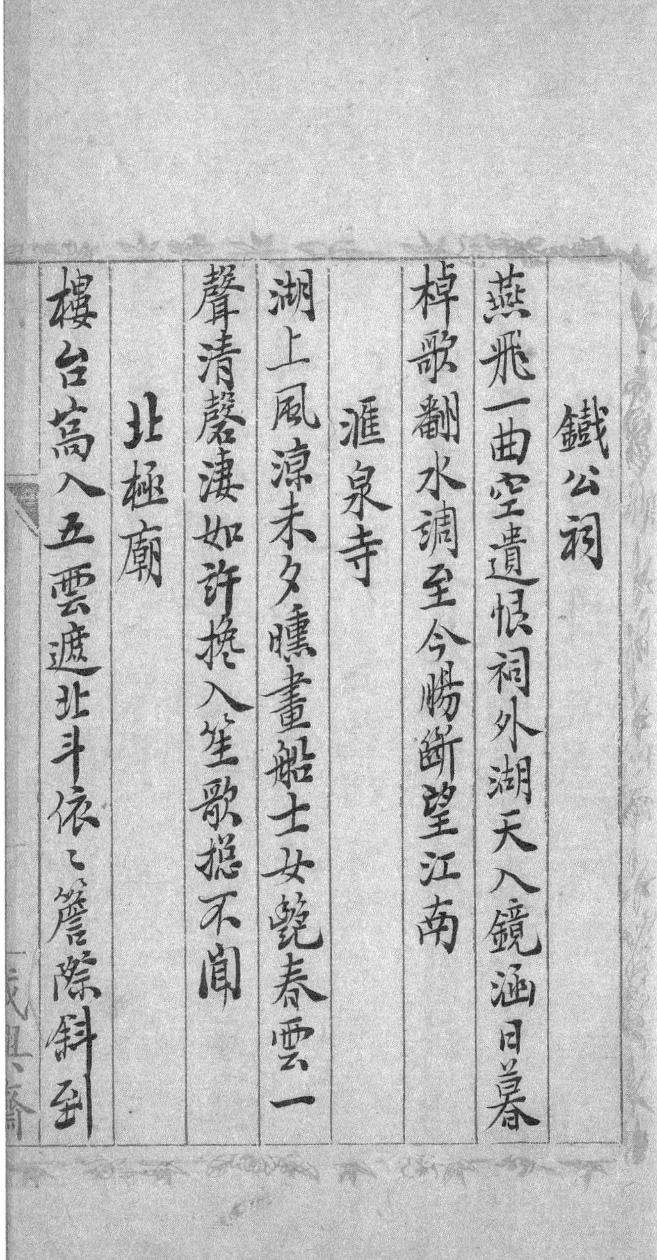

鐵公祠

燕飛一曲空遺恨，祠外湖天入鏡涵。日暮棹歌翻水調，至今腸斷望江南。

滙泉寺

湖上風凉未夕曛，畫船士女艷春雲。一聲清磬凄如許，換入笙歌揔不聞。

北極廟

樓台高入五雲遮，北斗依依簷際斜。到

此不知　天路遠時有人翹首望京華

滄浪亭

漁洋提倡滿天下人去亭空二百年淒
絕明湖秋柳色聲聲猶自咽寒蟬

柳絮泉

秋閨人瘦比黃花春水澄清照影斜腸
斷門前飛柳絮隨風飄蕩落誰家

曾南豐祠

蘋花欲薦水泉凉拜祝心傾一瓣香祠近
忠臣同臭味（祠右隣錢公祠）家傳宗聖有文章南
豐名萫齊韓柳東國詩今賦呂棠猶有
偉人　昭代起中興将帥出衡湘（謂曾文正昆玉）

滙波樓二

滙波樓上望極目接微茫水争連城白
泉聲出閘涼三（萬家楊柳緑八月）秋菰米熟十里稻花香
為問南来客吴淞憶故鄉

孤雁

孤雁不成字飛鳴劇可憐北鄉征來歲暮
南度落秋先飲啄[illegible]前定炎涼[illegible]漠然
為儀知有用毛羽惜年年

三句鄉字借讀平聲

哀蟬

哀蟬秋一曲愴憶漢宮詞豈有高枝上
而無落葉時能飛偏不遠流響抑何悲
伴我苦吟者清風聊樂飢

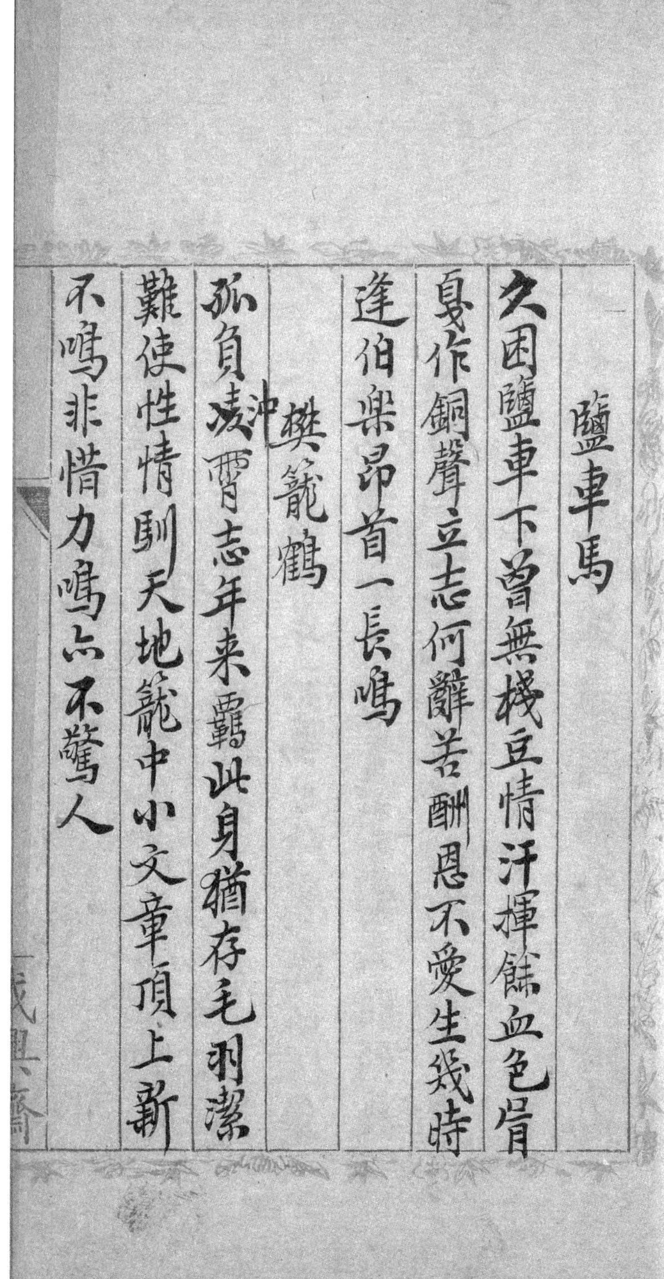

鹽車馬

久困鹽車下，曾無棧豆情。汗揮餘血色，骨作銅聲。立志何辭苦，酬恩不愛生。幾時逢伯樂，昂首一長鳴。

樊籠鶴

孤負凌霄志，年來羈此身。猶存毛羽潔，難使性情馴。天地籠中小，文章頂上新。不鳴非惜力，鳴亦不驚人。

明湖弔荷娘二首

癸巳秋余僑居歷下金泉精舍閙後同人設箕請乩荷娘降壇自叙云余臨清人十四歲時年飢爲母所賣遂隷倡籍後爲鴇母所逼陪貴公子游大明湖投水而死迄今已五百有五年矣哀哉有自述七古一章及雜感詩若干首

一妾貞䰟五百年明湖秋水碧於煙句

留唯有波心月夜夜清光照畫船荷娘詩云句留因在明湖上月照波心到畫船

家居蘆葦室依稀荷娘詩云遥指芦中是妾家又云好借多士尋遺室靈降騷壇是也非欲採蘋花薦清潔平沙如鏡白鷗飛

金泉精舍雜詠十首

金綫泉

人本無機心物自同樂意金綫如鉤垂游

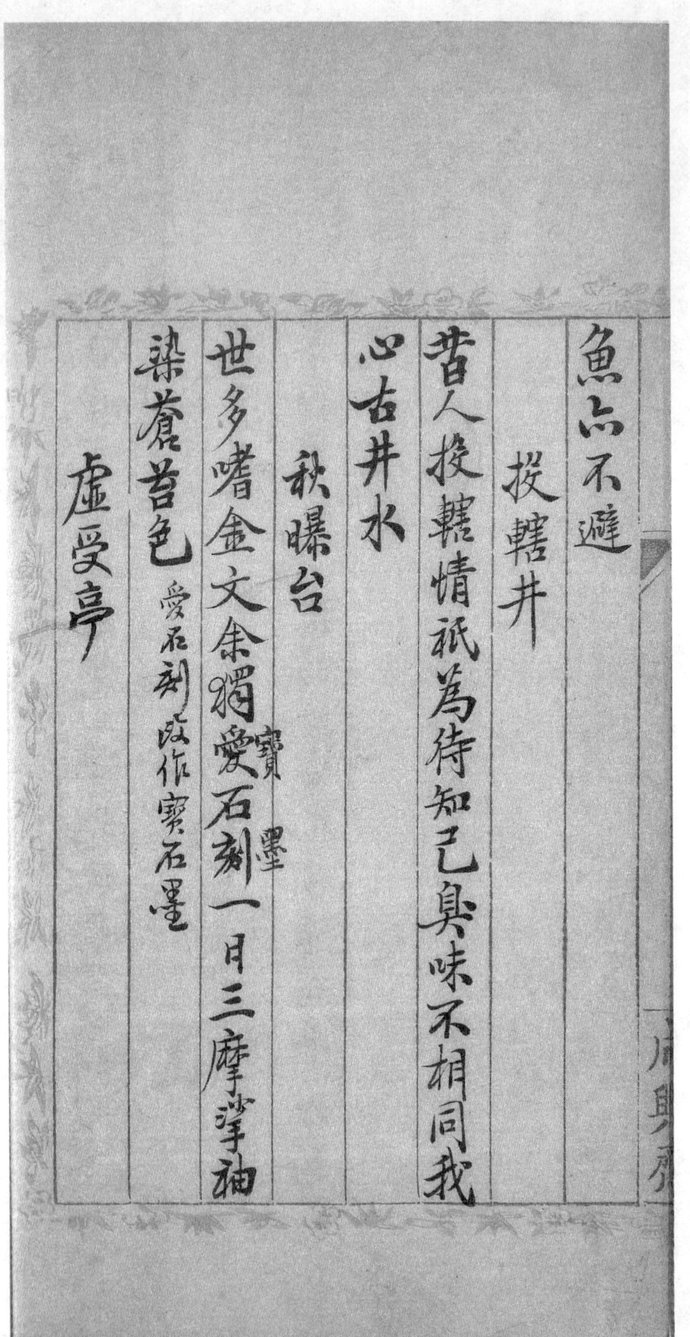

魚点不避

投轄井

昔人投轄情祇爲待知己真味不相同我心古井水

秋曝台

世多嗜金文余獨愛[寶]石刻[墨]一月三摩挲袖染蒼苔色（愛石刻改作寶石墨）

虛受亭

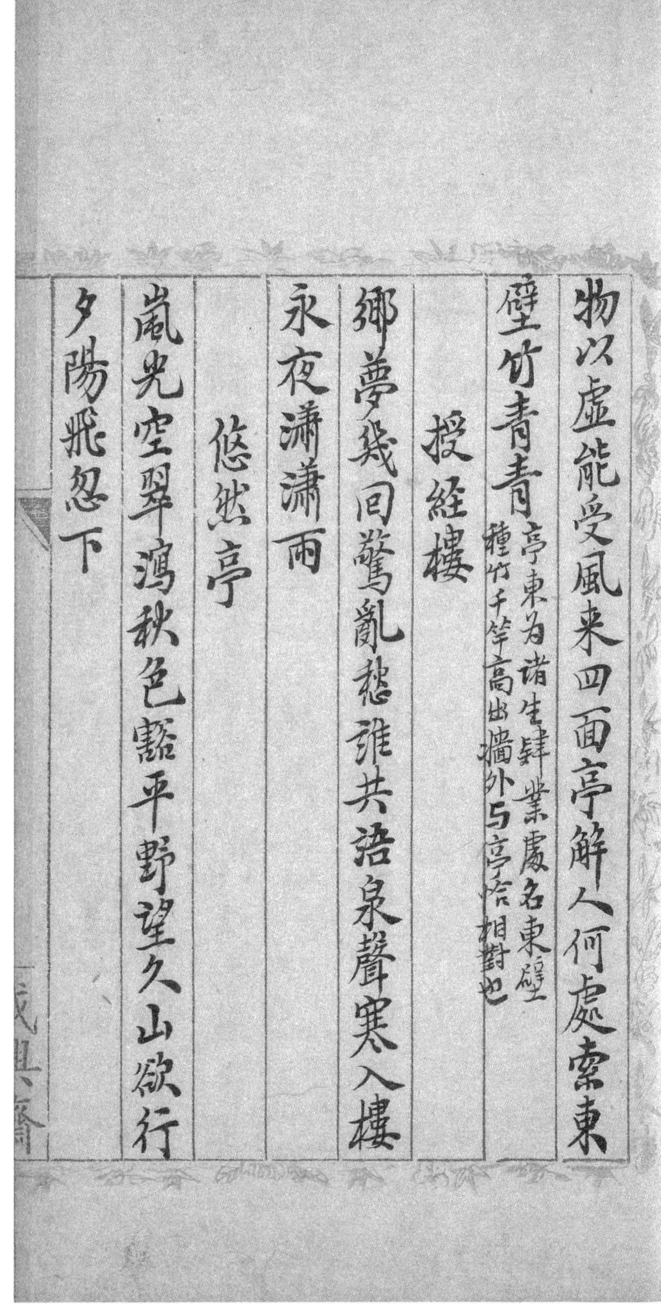
物以虛能受風来四面亭解人何處索東壁竹青青亭東爲諸生肄業處名東壁種竹千竿高出墻外与亭恰相對也

授經樓

鄉夢幾回驚亂愁誰共語泉聲寒入樓永夜瀟瀟雨

悠然亭

嵐光空翠濕秋色豁平野望久山欲行夕陽飛忽下

伏鄭祠

詩婢溯康成書傳伏女名天開齊魯學
巾幗有經生

尚志堂

琳瑯堆滿屋壁裡聞絲竹左枕鄭生祠
帶草年〻綠

朱子祠

门外即流泉有本者如是機趣妙紫陽

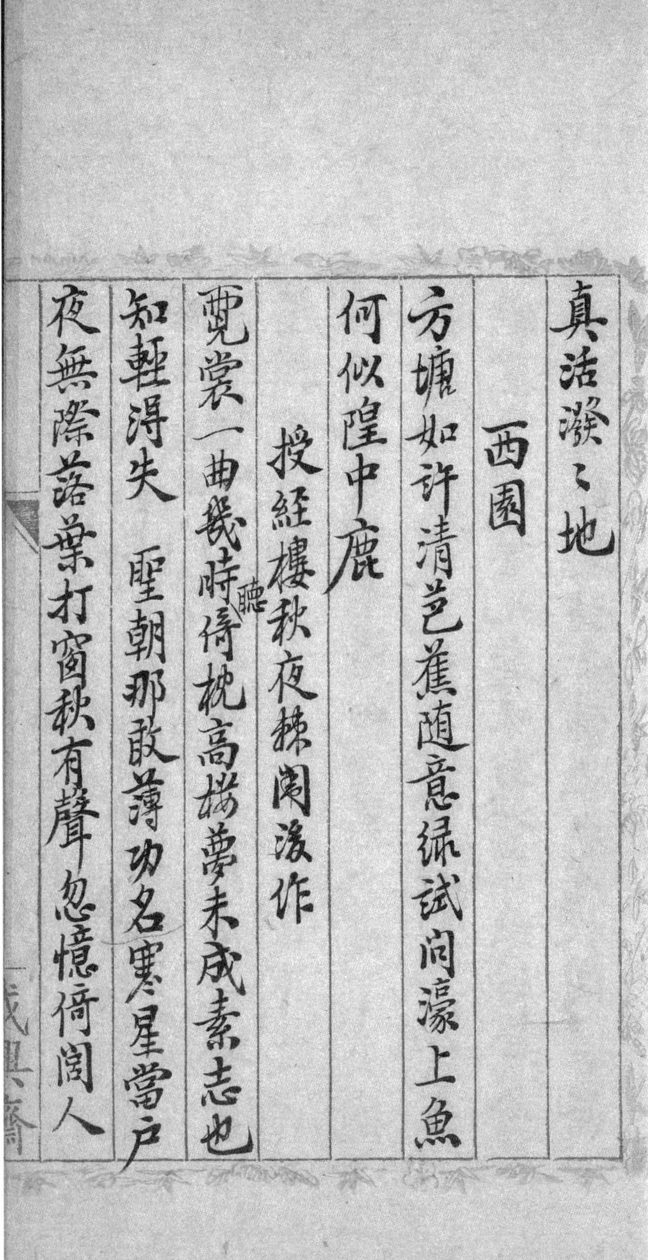

真活潑〻地

西園

方塘如許清芭蕉隨意綠試問濠上魚何似隍中鹿

授經樓秋夜赫閣後作

霓裳一曲幾時聽倚枕高樓夢未成素志也知輕得失　聖朝那敢薄功名寒星當戶夜無際落葉打窗秋有聲忽憶倚閣人

佇望白雲歸雁不勝情

授經樓夜雨（曉翠室）授經樓內室對窗南山晴翠萬狀也余顏之曰曉翠

瀟雨逼深秋（樓上易秋深）高樓傷遠客（况當風雨夕）門扃紅葉聲

簾捲青山色

九日登千佛山

秋聲昨夜霜風嚴秃林峭露南山尖我

欲登高作重九興味与世殊酸鹹岑參

生平每好異訪奇能使中心快聞昔此

山風雨夜破空天語驚塵凡迅雷奔雷怒
叱咤鞭石欲裂青峨〻霹靂一聲萬竅動
劃然中闢变靈巖礴指內現諸佛像疑
有神鬼窮爲雕劖巨靈咋舌五丁走至
今談者猶掀髯奈我瘖語但耳食捫胸
疑信橫相攙鈍碧頑青一覽盡令人何處
尋機緘古來符瑞卑顡山秦皇漢武愚則
兼巡幸車轍沒榛莽唯有詩人客名迹留淹屐

取道太白莊山李太白來見龍洞蘇子

瞻拳石自足重歷下太名終古磨崖嵌廟

我不揣忘謭陋新詩也欲鴻泥添吾吟不

知時已暮仰看夕照進叉峰銜紅葉滿林噪

烏鵲白草緣路歸麏麚余亦大笑下石

壁金飈瑟瑟吹征衫

送蟫齋赴豫

客中送客倍纏綿秋色撩人敞別筵屈

尔初依王儉幕愧余先着祖生鞭愁淹
白雪樓頭樹夢繞黄河渡口船明歲那
堪燕豫隔明湖〔鵲華〕迴首共淒然

白雪樓懷古

白雪樓空住白雲詩壇冷落燕泥新名
流去後青娥老淒絶城西賣餅人

東壁

諸生談經地種竹亦佳士秋宵月滿窗學

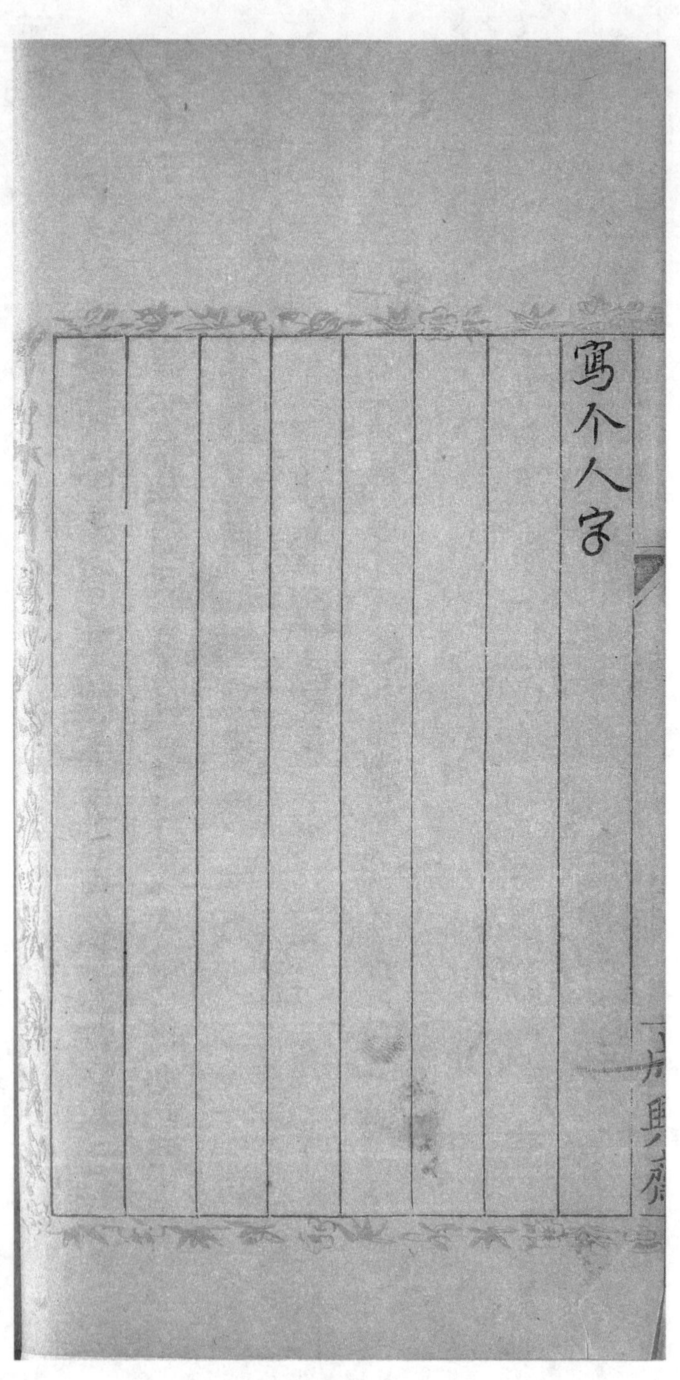
寫个人字

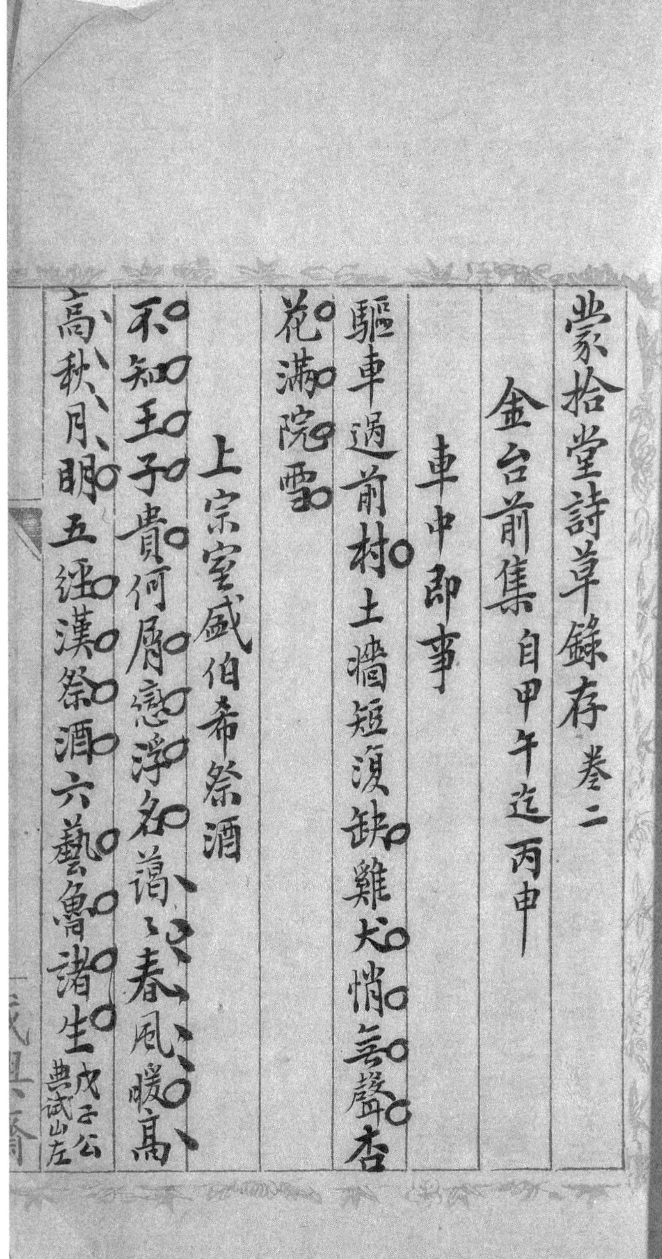

蒙拾堂詩草錄存 卷二

金台前集 自甲午迄丙申

車中即事

驅車過前村，土牆短復缺。雞犬悄無聲，杏花滿院雪。

上宗室盛伯希祭酒

不知王子貴，何屑戀浮名。藹以春風暖，高高秋月明。五經漢祭酒，六藝魯諸生。戊子公典試山左

余向意園去~~懶看桃李榮~~歸來鄭香平

庶常館雜詩

槐陰穿地日遲遲，雨後輕颸入座時。一縷篆香簾不捲，涼蟬聲裏寫烏絲。

秋夜感懷

~~颯颯~~蕭颯西風吹帳紗，寒蛩唧唧感年華。青燈有味成追憶，錦瑟多情只自嗟。二十五聲宵閏漏，一千餘里夢還家。消磨壯志

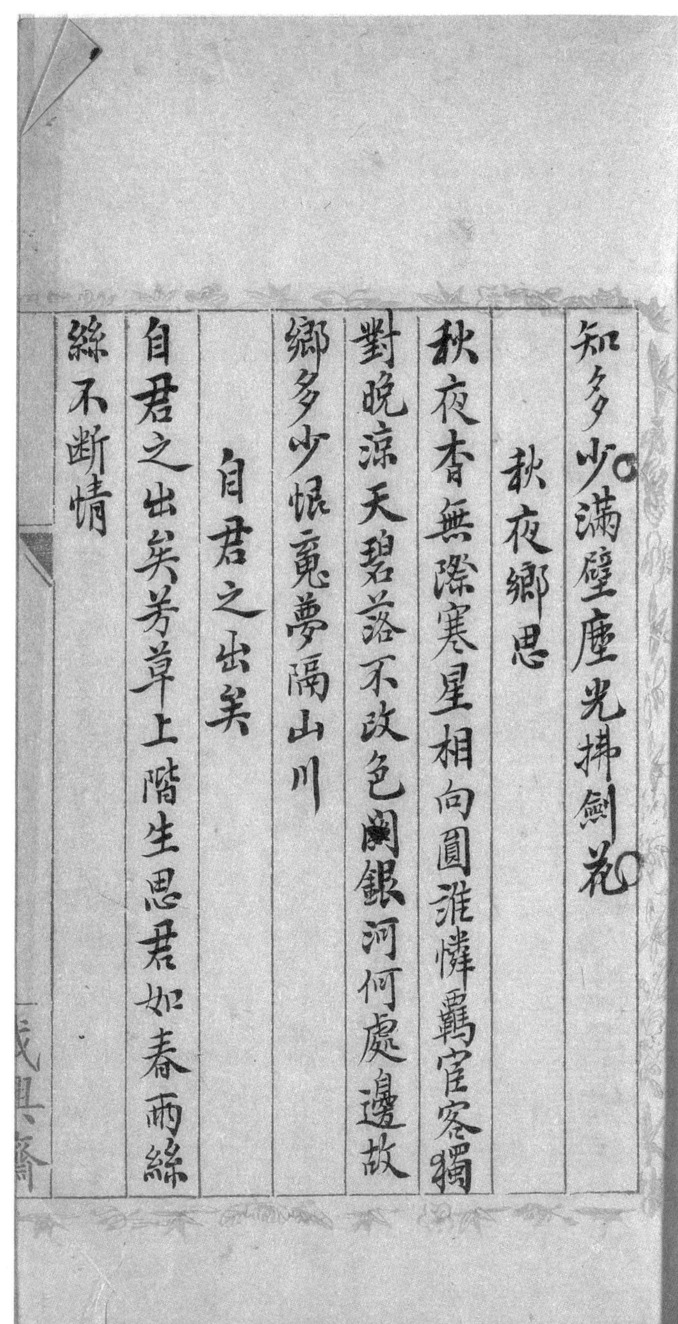

知多少。滿壁塵光拂劍花。

秋夜鄉思

秋夜杳無際寒星相向圓誰憐羈宦客獨對晚涼天碧落不改色[illegible]銀河何處邊故鄉多少恨魂夢隔山川

自君之出矣

自君之出矣芳草上階生思君如春雨絲絲不斷情

自君之出矣不復理新妝思君如江水一曲九迴腸

秋暮

歲月逐輪蹏幽山咽鼓鼙信沈千里鴈夢斷五更雞塞上木葉落客途霜雪淒誰憐烽火裡異地尚羈棲

津门

落日古幽州蕭蕭易水流無人能下士何

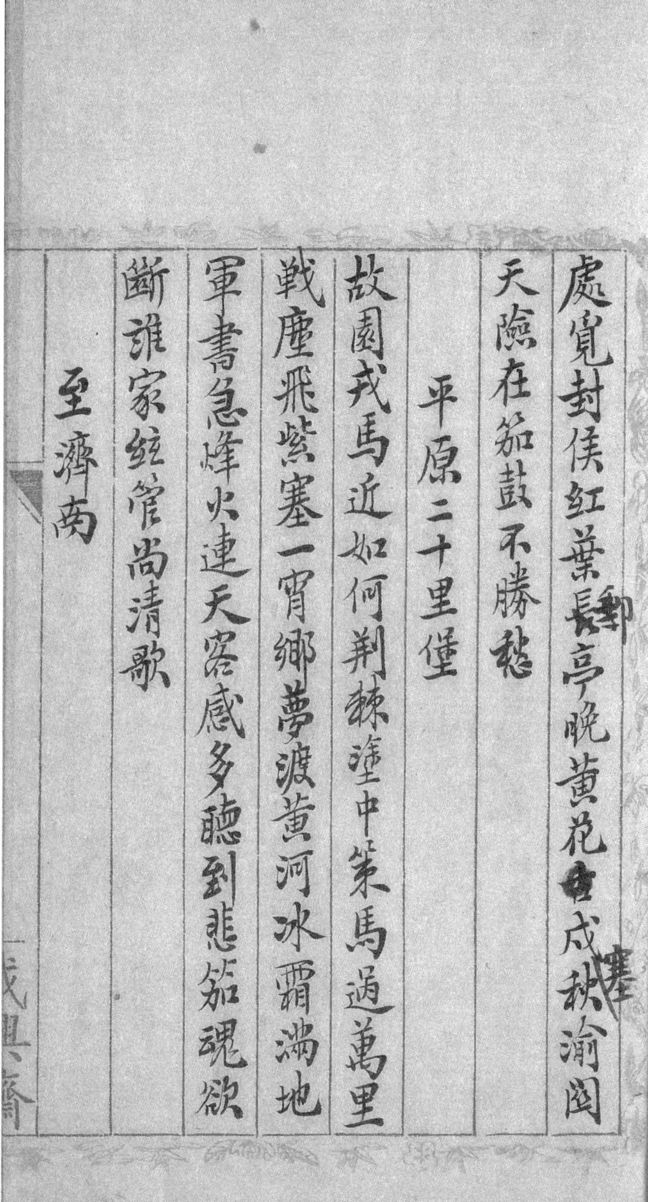

處覓封侯紅葉長亭晚黃花古戍秋渝關
天險在笳鼓不勝愁

平原二十里堡

故園戎馬近如何荊棘塗中策馬過萬里
戰塵飛紫塞一宵鄉夢渡黃河冰霜滿地
軍書急烽火連天客感多聽到悲笳魂欲
斷誰家絃管尚清歌

至濟南

閩山北望雪霏霏星火東馳露布文暮歲重來古泲水英年自愧漢終軍海中風浪連兵氣塞上塵沙起陣雲間道荊湘吳節度欲從鐘鼎勒殊勳湘指吳清卿素嗜金石藏鐘鼎甚富鎮軍勤王誓師之文招降之書均典窮三代鐘鼎文字詞甚古雅

重游長清麒麟山

風雪蕭蕭裡游人尚著鞭亂山寒繞郭孤塔白撐天小別如昨日重來成隔年寺僧望雲

登絕頂多恐是烽煙

偏愛客香貰酒話前緣

元夜雪和　家大人作

三邊笳鼓朔風寒萬里乾坤戟血殷空望雪天能入蔡不聞元夜報收闗將星暗落灘前地（時左寶貴元戎陣亡）殺氣平連海上山遮莫今宵無月色陰雲也自鎖愁顏

自題小照

纔醒空是色又誤幻為真相對依然我不知

何許人浮雲驚過眼明月悟前身常使心
如鏡應教不染塵

再送蟳齋赴河南幕

送君大梁去余亦返長安今夕一樽酒明朝
行路難玉溪仍記室太白始徵官何日金台
駿聯驄入上闌

故鄉寒食

寒食天無雨春游正及時亘山軒女墓隔

水柳郎祠草色侵詩袖花香上酒旗故鄉三載別此會夢中疑

金台懷古

碣石北望巋高台燕昭曾此求賢才千金買馬馬骸至黃金待士士不來在昔暴秦民望雨得一人爲可湯武留侯何非六國士反從閭巷求真主戰國好士類虛名燕昭有志不師古郭隗貪餌巧要君劇辛鄒衍皆

奴僕樂生頗稱天下才亦重功名輕出處函
谷不問虎狼貪臨淄御〔相持〕作鷸蚌舉〔苦〕就令二城
全下齊為人驅除究何補柯無怪君臣以幽
終豈有上下相貿取習氣徒堪害子孫荊卿
揮霍金如土咸陽一入國為墟易水蕭蕭羞
不語吁嗟乎幽燕四塞古雄都王佐之才非
狗屠只從圯上尋黃石莫向台前弔望諸

薄暮

薄暮不成雨危樓明夕暉雲行天逆起風急鳥橫飛市駿台仍在招賢館已非悲歌今我輩只是賞音稀

秋色

秋色茫無際閒愁酒未醒經年成久客終夜對淒星螢火出深樹草花香滿庭誰家暗吹笛淒絶不堪聽

古意

窗外流螢飛窗前殘燭輝含情掩秋扇挹恨倚鴛幃時欲理清曲但傷知者稀美人隔天末遙爲一沾衣

題沈友卿庶常同年乞假帰娶圖

壓帽宮花兩朵鮮江南秋好促帰鞭吳歌新製迎郎曲簫鼓聲中駐畫船

螺黛浮煙兩道開金焦山色曉妝催蘭台帰去倩眉史珍重東陽妙筆来

小飲

小飲長安市乘風已半醺夕陽猶戀樹歸鳥故盤雲塔影排空出鐘聲隔寺聞且尋僧共奕松子落紛紛

望金台有感

世變求才急幽燕古戰場方今需樂毅徒此弔昭王何代無賢士斯台空夕陽薊門憑眺處煙樹隔蒼茫

七月九日望月

聞說牛与女，秋來一度過。如何當昨夜，仍是隔長河。離恨成終古，恩情付逝波。不知今夕内，何處月明多。

析津

落落析津地，淒淒秋暮天。病中慵夜永，客路覺寒先。鄉國仍千里，風霜又一年。故園花信早，夢繞菊籬邊。

讀劉君蕉仙俠客吟有感率成和章

我生本俠士重義輕黄金但願逢知己用識
平生心茫茫知己屬誰何中宵弾劍起高歌
燕台黄金燕市酒古来烈士存幾多荆卿漸
離長已矣蕭蕭易水寒不波讀君詩飲君酒
新詩一篇酒一斗人生壽無金石堅須臾浮
雲变蒼狗青衫潦倒貂裘敝与君同是牛馬
走蜉蝣朝暮蟪春秋將何於中期不朽拔劍

斫地地無多門搔首問天天不聞安得履進圯上老不然絲繡平原君

送春夜雨

又送春歸去閒愁添萬重客心三月暮鄉夢五更濃疏雨收殘柝遥天度曉鐘明朝簾不捲惆悵落花蹤

望月

長安天半月獨照宦游人久与家人别轉於

明月親遥知千里共又是一年春顧尔圓無缺清輝夜〻新

調王楚珍大令同年

名士風流仙吏才長安日日看花開何當走馬攜春去移向河陽縣裡栽

庭中与王蟫齋夜話

遥天度暝色人語坐深庭微露不成雨隔雲如有星淚爲知己落眼向古人青醉拔王郎

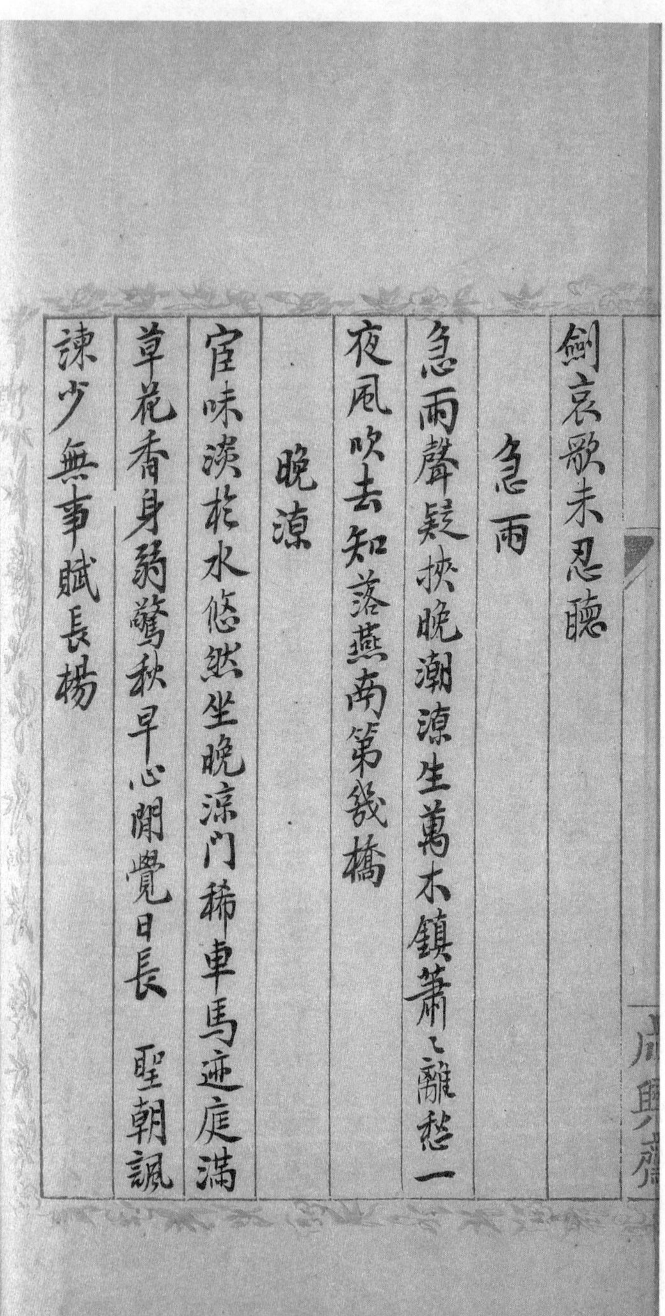

劍哀歌未忍聽

急雨

急雨聲疑挾晚潮涼生萬木鎮蕭蕭離愁一夜風吹去知落燕南第幾橋

晚涼

宦味淡於水悠然坐晚涼門稀車馬迹庭滿草花香身弱驚秋早心閒覺日長　聖朝諷諫少無事賦長楊

為友人題鍾馗圖

鬚眉懍、寫成編粧點朱衣分外鮮像可驅邪非古義神能啖鬼更訛傳人間游戲終南地夢裡科名天寶年聖主當陽畿甸肅不須厭勝自安然

夜雨

旅館一夜雨故鄉千里心孤燈照人瘦萬樹挾秋吟魂夢亂無著漏聲寒已深明朝有

樽酒滴滴和愁斟

詠物八首

蟬

渴飲曉風涼飢餐夕露潔一樣在高枝獨自
勵清節

螢

休嗤小草成羞在暗中行不藉餘光照全
憑本性明

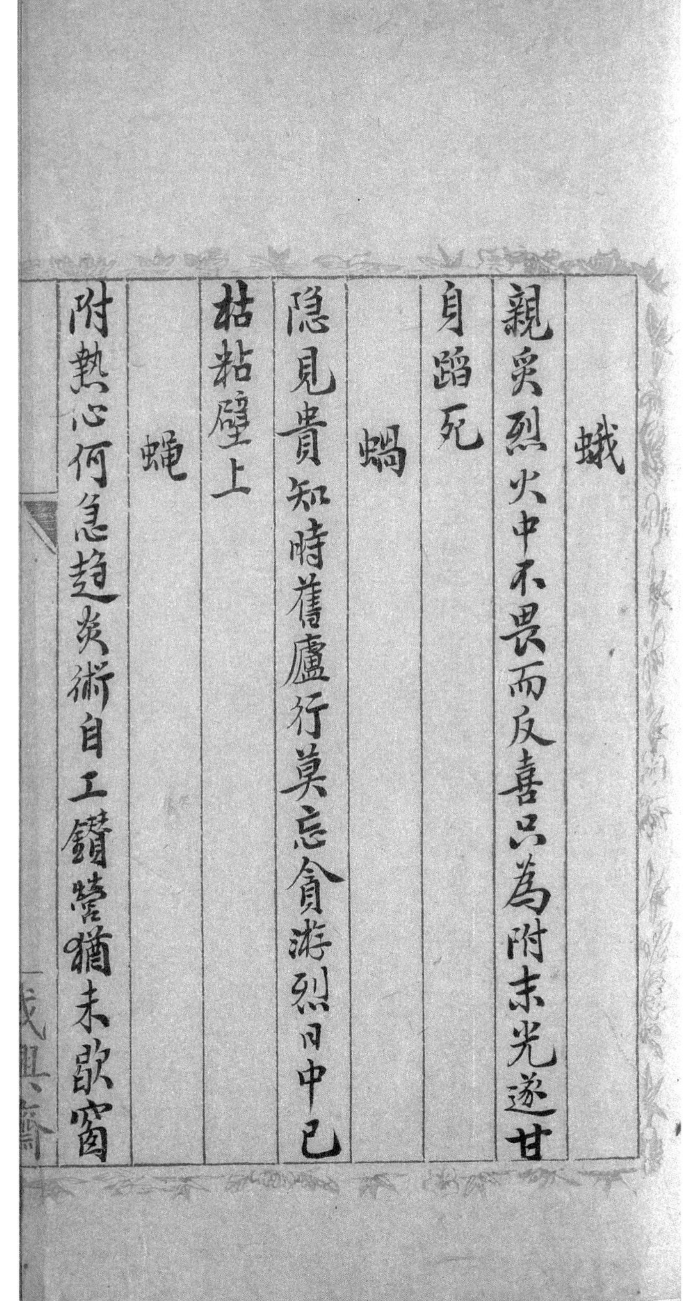

蛾

親炙烈火中不畏而反喜只爲附末光遂甘
自蹈死

蝸

隱見貴知時舊廬行莫忘貪游烈日中已
枯粘壁上

蠅

附熱心何急趨炎術自工鑽營猶未歇窗

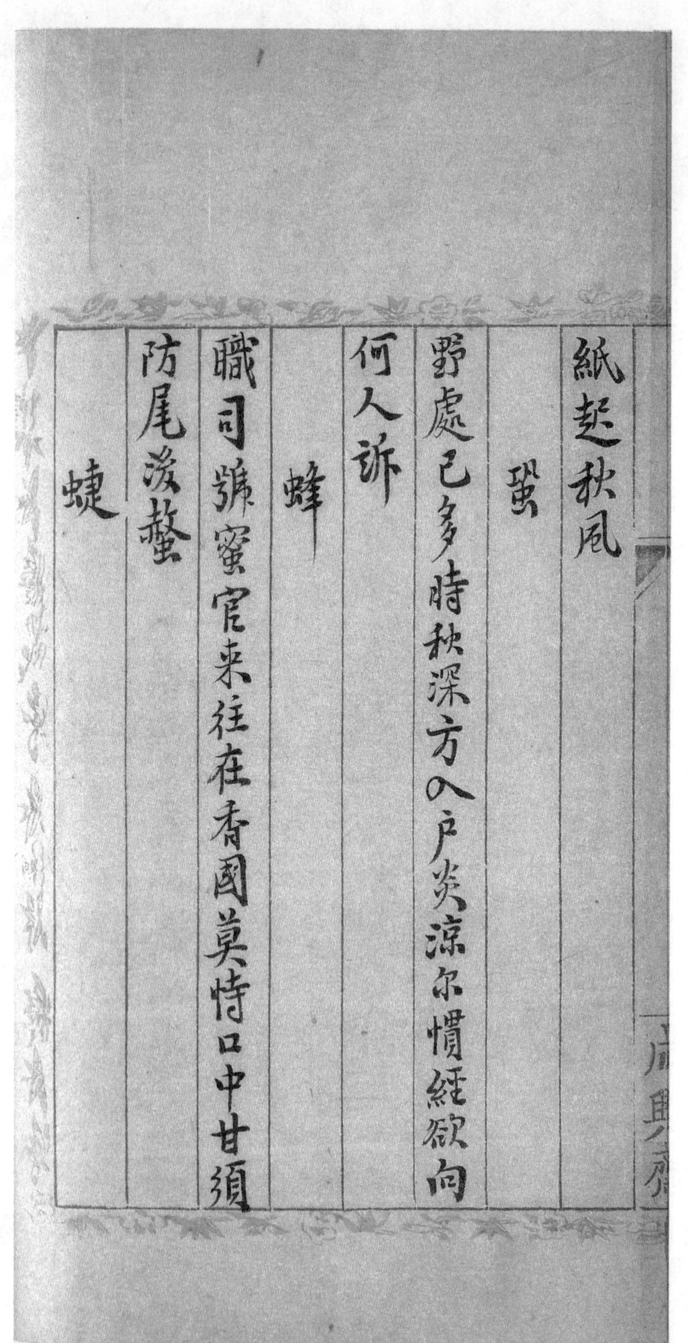

紙起秋風

螢

野處已多時秋深方入戶炎涼尔慣經欲向

何人訴

蜂

職司蜂蜜官来往在香國莫恃口中甘須

防尾後螫

蜨

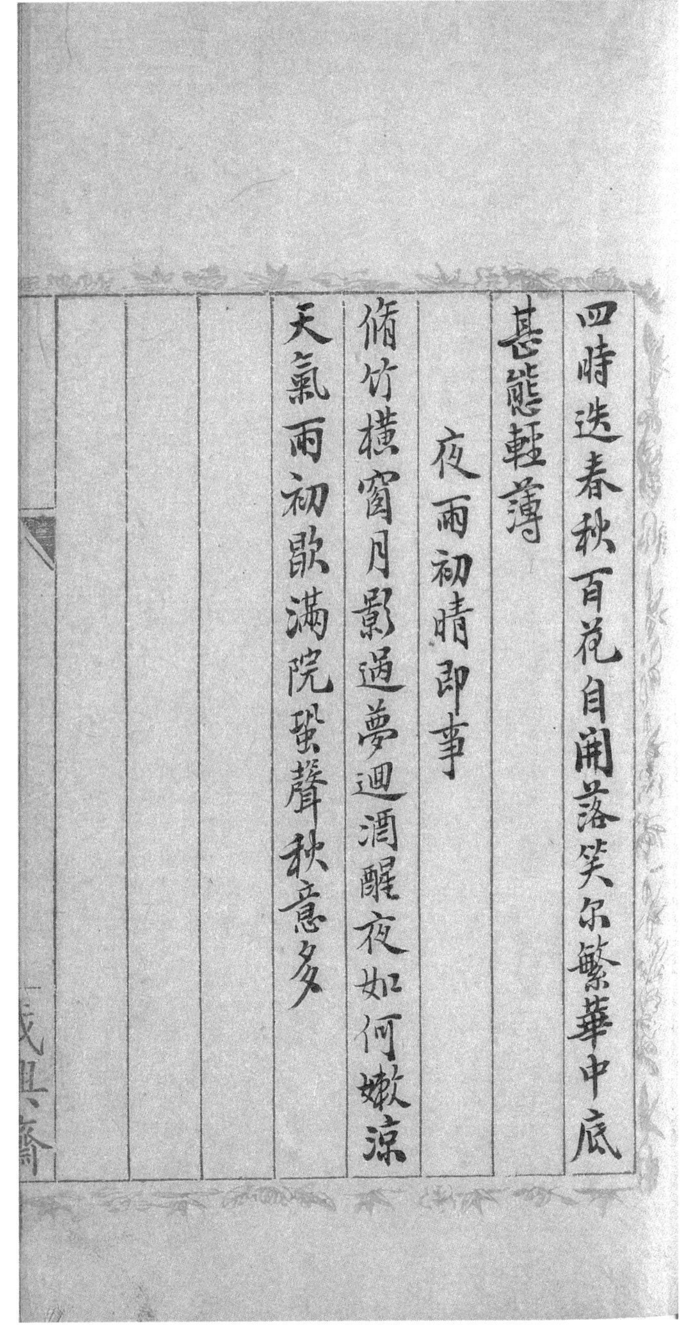

四時迭春秋百花自開落笑尔繁華中底

甚態輕薄

夜雨初晴即事

脩竹横窗月影過夢迴酒醒夜如何嫩涼

天氣雨初歇滿院蛩聲秋意多

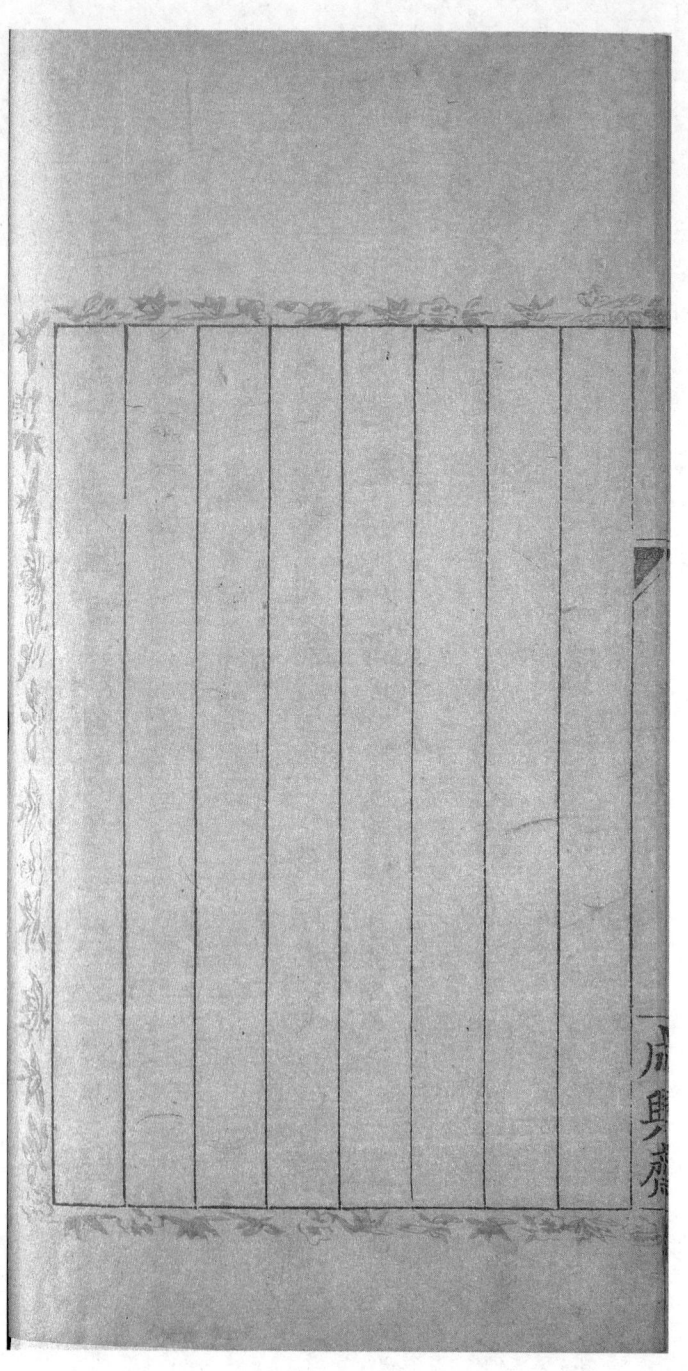

蒙拾堂詩草録存卷三

采蘭集 自丙申迄丁酉

九日出都

重陽風雨趁離愁，千里鄉山悵阻脩。歸思急如天上雁，宦情淡似海中鷗。故鄉蒓菜碧於水，客路菊花黄到秋。迴首薊門煙樹隔，五雲高處是皇州。

津門感舊

容歲病相如秋深此地居乙未秋余在津卧病絕句無端萍迹合又值菊開初風雨重陽節乾坤百戰餘濱河鮮入市鄉思寄鱸魚

晚泊河西塢

暝色動林薄征帆一葉停僕人煨酒熟舟子膾魚腥月出中流白天垂兩岸青明朝挂蓬早鄉夢落前汀

由津解纜余尚夢中及曉起問楊

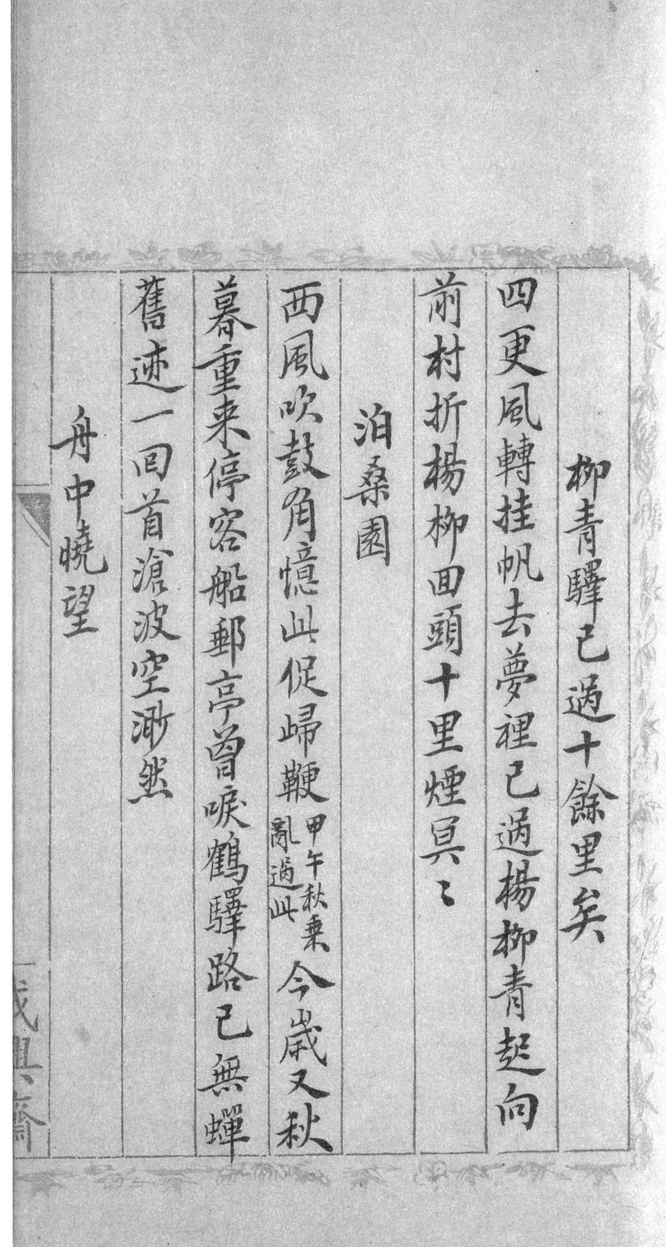

柳青驛已過十餘里矣

四更風轉挂帆去夢裡已過楊柳青起向前村折楊柳回頭十里煙冥冥

泊桑園

西風吹鼓角憶此促歸鞭甲午秋棗亂過此今歲又秋暮重來停客船郵亭曾唳鶴驛路已無蟬舊迹一回首滄波空渺然

舟中曉望

欸乃舟人語推窗驚曉眠晴煙村隄外樹旭日
水中天帆影受風側艣聲搖浪圓計程前村三十不知
遠指點里已泊酒樓邊　忽看村市近指點酒樓邊

晚行遇雨

虹氣收殘照暮雲相与期帆輕風轉處蓬
響雨來時遠岸歸魚艇深林出酒旗欲
投何處宿村落望中疑

平原觀顔魯公書東方朔畫像贊

余生好金石隨地攷文獻停車古平原乃見
畫像贊窮苔剔土花流沫誦萬遍古歲月
去已遥疑信忽參半弄筆賦子虛歲星游
戲慣魯公伊何人爲書滑稽傳斯理誰能
明挽首三感歎或言公晚年學仙事燒煉
嗟彼齊東語厚誣豈待辨承平詞華鳴
傾危節義見守土懷忠貞立朝托諷諫世
罪事點殊易地則皆驗我生際艱虞時事

日告窆片石三摩挲私淑均吾韻詞令禦外侮義勇匡時亂訪古希往哲低徊唐与漢

野景

山色沒斜暉林鴉已倦飛荷鋤田父立弄笛牧人歸村口白雲合寺门黄葉稀暮磬聲不斷我亦憶寒衣

趵突泉品茶

長安冷宦幾經年孤負平陵七二泉今日

重來認萍水晚風微裊煮茶煙定中課畢百年歷劫

仍奇蹟片刻偷閑亦風緣回首

僧留客座上詩成人擬仙忽憶垂虹名第

一帝京玉液風味更澤無邊

張勤果公祠

人言不識丁置与絳灌伍公乃篆印章

此意相竊取公起家軍務荐至中丞或讥以目不識丁公乃以四字自刻小印如

何主文壇佳士輒心許諸生知遇恩斷斷

滿齋魯學問本天成呫嗶安足數心血以斗量簿書任旁午暇日集群賢觴詠迭賓主刻石湖上亭新詩成讖語天遣作名臣祠宇丹青古戊子夏公在明湖滄浪亭与裕壽田學使趙菁衫觀察諸公聯句公云名臣祠宇丹青古謂曾銕二公祠也逾年公竟騎箕詔於明湖立祠与曾銕二公左右相望迴憶公名臣祠宇之句不啻自為寫照吟詩成讖良非偶然

望琅琊山

木落天高四野遒琅琊東望思悠悠秦皇

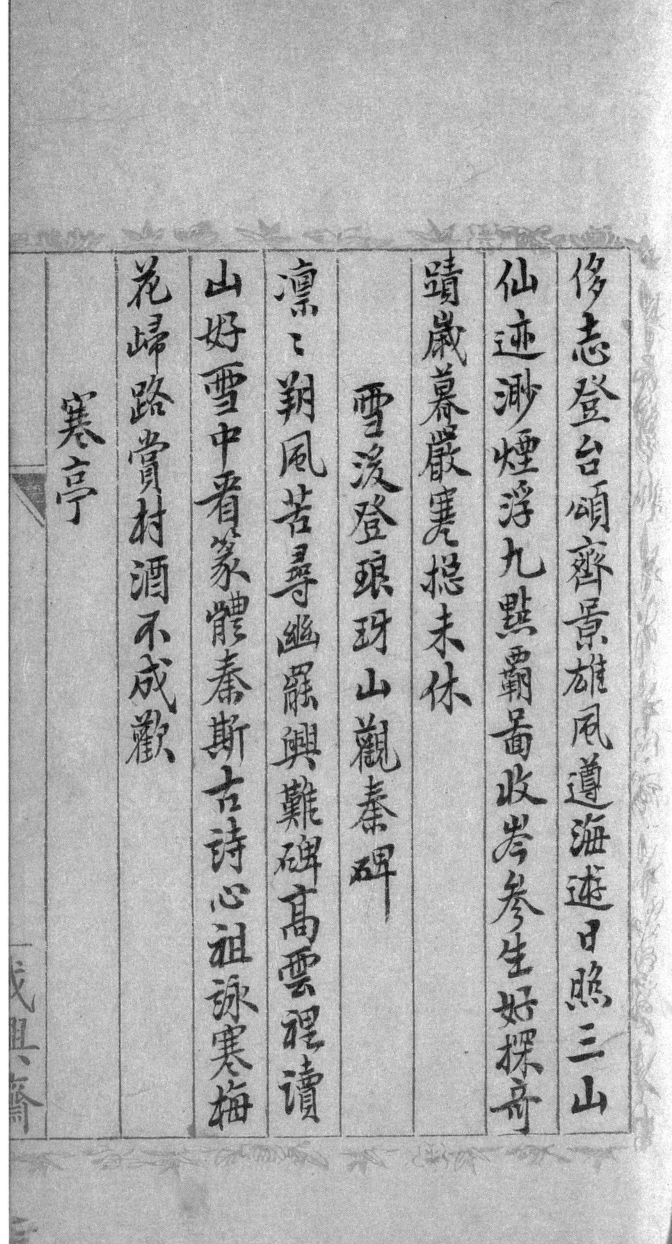

修志登台頌齊景雄風遵海遊日照三山
仙迹渺煙浮九點霸圖收卷参生好探奇
蹟歲暮嚴寒猶未休

雪後登瑯玡山觀秦碑

凜凜朔風苦尋幽躡輿難碑高雲裡讀
山好雪中看篆體秦斯古詩心祖詠寒梅
花歸路賞村酒不成歡

寒亭

赴試東萊日年年此地經閱山今暮歲
風雪古寒亭舊識幾人在浮生誰夢醒
泥河橋下路迴首曉煙青

陳仲子墓

矯矯於陵子嶙然澆俗中徵車辭楚聘委
履化齊風戰國無廉士斯人不苟同墓門
偏近市遺恨闕泉宮

伏生故里

二十九篇出，斯文猶在茲。尚書秦火後，
博士漢興時。石碣傳經里，金泉畫像祠。

老作　經師　泮水新祠像　長山故里

歷下金泉精舍有伏鄭祠，內懸名人所繪伏生小像。

世家如可溯，我亦感興衰。

吾鄉城東南有村名伏家莊，傳為伏生後裔。同邑陳鶴儕觀察嘗纂輯歷代伏氏名字見於史傳志乘及諸名家詩文集中，世次其行事，彙為伏氏世譜，淵博精核，補闕闡幽，可謂勤矣。因念余先世亦魚祖，譜牒在孔門七十二賢內，歷代封贈伯晉千乘侯，唐宋以來譜系秩然。及明季遭亂，長房播遷，譜牒於兵燹時又無副本，遂使開國以無考。余既羡次門闕(?)鶴儕考古之勤，而不禁有世譜湮沒之感云。

懷弓箕

弓箕一作課詒

車中望華不注。

昔聞華州西嶽之三峰半天削出青芙蓉毋
乃其一飛到此風雨離合成奇蹤東西相距幾
千里豈有夸娥施天工齊魯嚴鎮首泰岱無
羣山羅列如朝宗伊古聖神七十二每談符瑞
来東封云亭梁父邱陵耳為近壇坫同褒
崇茲山壁立一千仞巡幸轍迹無由通依草
附木類如此始知孤立難為功長安豪貴
门如市来游何人非攀龍聲勢烜赫炙手熱

寒士欲見愁無從丈夫有志貴自立祿々豈
與時流同嗟余今春事壯上一路褊迫無春
容只有卯蹙足悅目只愁無術醫平庸哭
見此山接天起頓覺豪氣飛千重飽餐秀
色三十里山靈餉我非不豐區々猶未饜所
欲登臨那不携長笻並無世恨無李太白相偕
此地巢雲松抗懷三周古蹟沒煙雲變滅隨
東風振衣且凌絕頂上一洗芥蔕平生胸

黄河春漲遲二月不得渡

黄河春漲泛泥挾斷冰流一曲公無渡兩陡相對愁枯槎卧沙嘴危岸壓城樓迴就郵亭宿濤聲夢裡秋

過景州孝女祠

某州守女為思亡母登堞望之墮地跌坐毋恙舁至署無疾而逝州人為立孝女祠

曾經堞下墮明珠孝女奇蹤話客途祠樹如

煙天乍曉聲〻猶聽叫唬[總]烏

晚宿劉智廟

夜来微雨恬泥塗抹馬朝暾欲滿車蒸羅
鄚鐵一百里卸裝已是上燈初

春日回都

秋風霜葉雁南歸春日北来花滿枝念我
一身仍薄宦從今千里益相思舊題詩壁
蝸添篆新啟書窗蛛網絲庭草青〻無限

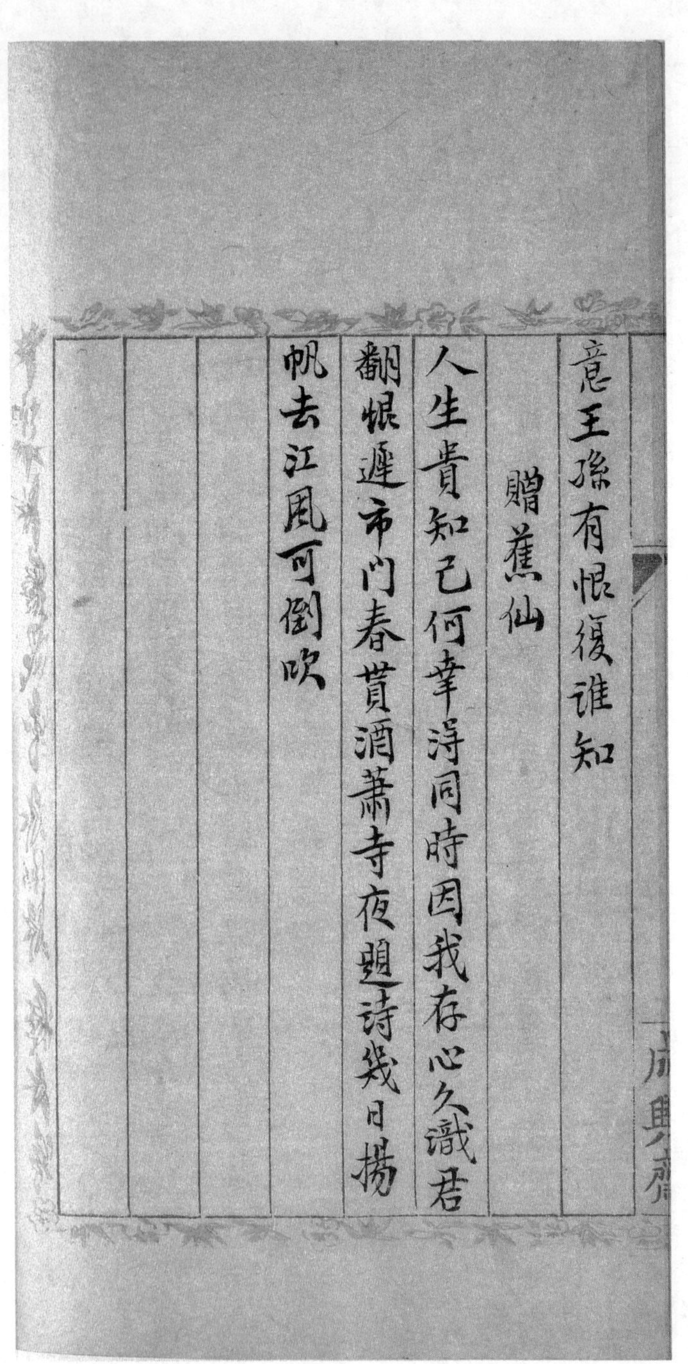

意王孫有恨復誰知

贈蕉仙

人生貴知己何幸得同時因我存心久識君
翻恨遲市門春貰酒蕭寺夜題詩幾日揚
帆去江風可倒吹

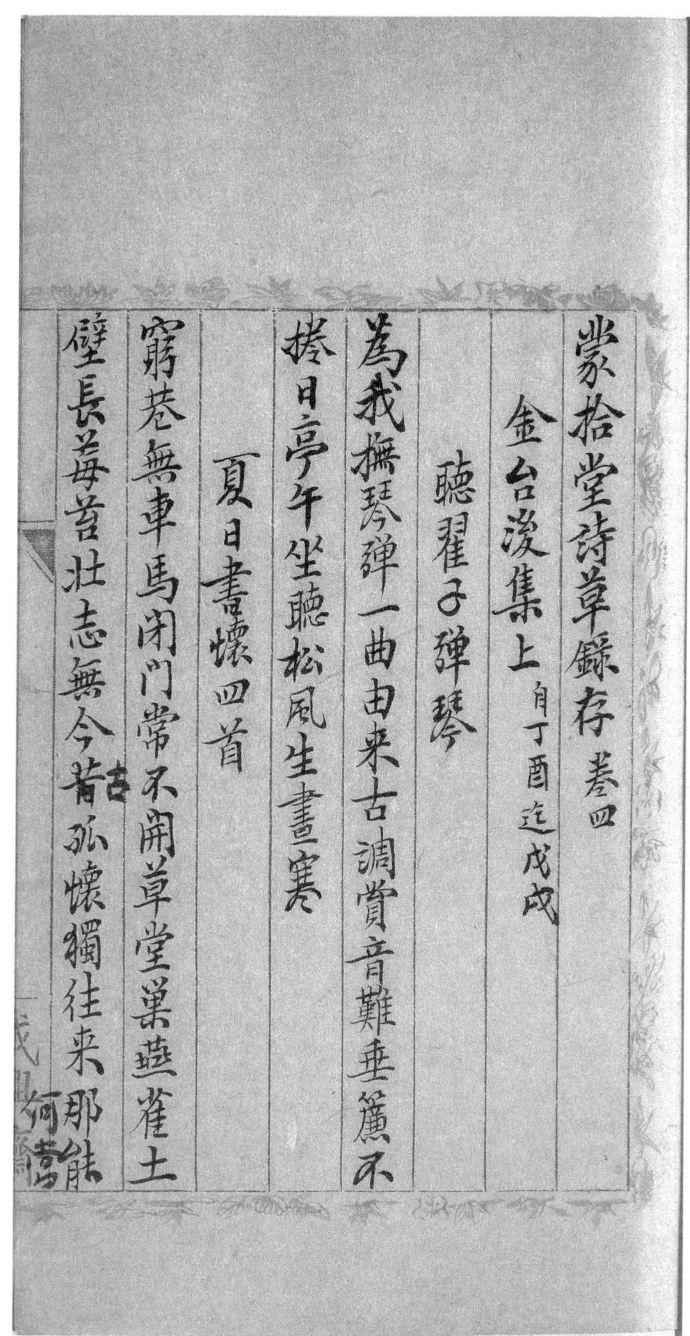

蒙拾堂詩草錄存　卷四

金台後集上　自丁酉迄戊戌

聽翟子彈琴

爲我撫琴彈一曲，由來古調賞音難。垂簾不捲日亭午，坐聽松風生晝寒。

夏日書懷四首

窮巷無車馬，閉門常不開。草堂巢燕雀，土壁長莓苔。壯志無今古，孤懷獨往來。那能

攜酒去昂首上古金台

交以淡能久志當窮益堅知人曾幾輩覊

宦已三年春盡長安地風薰初夏天欲調琴

一曲古調有誰憐

淩晨微有雨風月弄晴和坐看浮雲散閒聽

倦鳥過書投當路少詩憶故園多幾輩居朝

市甚如宦隱何

芳草當門長盎然生意新此身差免俗何地

不飛塵把劍得奇士閑編逢古人鳶魚機活潑隨在樂天真

初夏

迎夏夏仍至送春春又歸一蟬餐露適衆鳥入雲飛有志從天定無才与世違葵花開滿院辛苦向朝暉

端陽夜雨

忽忽天中節鄉心欲遣難賓朋謀一醉兒女

憶長安千里家書滯孤燈夜雨寒絲絲續命愁思渺無端

喜陳少廷同硯至都

倒屣匆匆出良朋已到門相逢疑是夢久闊轉無言歲月懷中刺塵沙衣上痕久懸頓徐孺榻今夜下陳蕃

我既鮮兄弟君今仍一身死生同學淚少廷昆仲三人均與余同學甚兩弟因攻苦太過相繼殂謝肝胆十年親知己在文字論

交見性真別来閒宦味所淂是清貧

冷眼滿天下真材能幾多幽燕仍舊蹟烈士不聞歌日落金台夕風寒易水波如君還論命使我欲云何

余生不諧俗壯念未曾銷有志酬知己無才答　聖朝歌聲秋裂石劍氣夜干霄摽々紅塵裡閉门甘寂寥

七月七日送鐔齋同沵秋試

佳節長安七月秋送君千里下齊州燕南十二虹橋路寒雨瀟瀟易水流

送蕉仙隨任桂林

桂林七千里輕騎出長安風雨古離別關山行路難愁多詩思亂話久酒杯寒同是宦游子浮雲一例看

送蟫齋游幕桂林仍用送蕉仙原韻

化帆風去才名政子安秋深傷別易路遠

寄書難燕市無知己邊城况早寒桂林山水好不共故人看

送劉子秀同年下第東歸

燕市一杯酒楊花白雪飛那堪三月閏又是送君歸時命由天定文章与世違金台無路上分手見斜暉

落〻陽春曲洋〻下里歌劉蕡仍落第我輩早登科芳草緑不盡晚花香更多低雲天

半趾何處望嵯峨 時予秉軷假泰安

送于壽臣之同文館

重譯来王（寳）日同文立學初方言尔雅訓字母梵王書君昔有奇氣我今非浪譽他年將使命仗此指南車

秋日懷蓮仙嬋齋楚南

別魂亦已矣秋氣復悲哉宋玉多情累（自蕭瑟）江淹（空）作賦才瀟湘木葉下之子鴻雁来天末涼（如姐懷）

餐食讀書懷一
風趣君懷簡不開　相憶如餐飯置書懷袖不開

再贈蕉仙蟫齋楚南道中二首

少年飄泊走天涯一路塵光拂劍花非是
窮途休痛哭過江不弔賈長沙
紅蘭白芷楚江濱日暮風帆送遠人竊喜
聖朝無闕事不知何處哭靈均

蟫齋寄書以登黃鶴樓詩索作此以答

黃鶴古時樓樓前江水流樓中誰弔古江上

贈我渡魚字輸君千里吹夢

一停舟君既暢高詠我今聊卧遊西風知此

去早晚

意吹夢到荊州

贈我渡魚字輸君十日遊西風吹夢

去早晚到荊州

感懷

皎皎天上月皚皚地下雪寒色照窗牖清光

逼毛髮蒼鵰僵不鳴庭柯抱復缺翹翹嶺頭

梅孑孑林間鶴爾獨不畏寒挺立在巖穴長

夏鳥聲碎陽春雜花發爝火不時明水滿亦易

泄極盛衰所伏生殺每相折歲寒物見珍世

哀士顒節嗟彼繁華中趍炎方未歇

孟春　時享　午门迎送　聖駕恭紀

鵷鷺逶行入五雲金鐘聲裡散　宫門香煙遥帶晨星色仙仗高擎曉露痕及早逢春原　帝澤詩常近　日点君恩莫誇鄭子[illegible]明真能吹律　鑾路能迴黍谷温　君恩漏拾

恭祝壽處崇文山上公太夫子七旬壽

桃李新陰接舊陰春風吹暖畫堂深嶺將

松柏淩霄意敢作羣芳向日心

穼處

穼處揚雲久絶朝徑懶開庭閒馴鳥雀砌古上莓苔芳草自春色美人殊未来一官成吏隱何必在蒿萊

喜雨早晴

夜雨送春去趁朝侵曉行出雲殘月淡在樹一星明天意惜衆綠人心欣早晴　上林膏

灨涯小草卷點 [?]

浮蕉仙蟫齋桂林書

故人遠適瀟湘去，萍迹無從寄雁魚。鎮日計程到何處，曉來忽接桂林書。

暮雨懷子秀同年泰安

薄暮天將雨，臨風正憶君。東來膚寸合，或是泰山雲。

海棠與下楊花一首，均係比體，注見五卷貞女吟

鬪得新粧別樣紅爭妍日日向東風無香能乞春陰護寂寂幽蘭空谷中

楊花

楊柳千條着意青楊花如雪糝前汀隨風吹上雲霄裡一落中流即化萍

晚自庶常館歸

蒼烟團暝色樓鳥不聞聲星斗明懸樹樓台暗近城　聖朝~~隆待士~~無廢棄我輩~~早知~~尚科名迴首

培英地油然忠愛生庶常館有御筆題芸館培英齋額

聞粵西冠警御憶蕉仙鐔齋

五六月中蟬正嘶七千里外雁飛遲情從極處翻無夢思到窮時始有詩況是東南頻不靖傳聞烽火盡堪疑長安鎮日心無薄韡雨窗煙知未知

秋夜雜詩

墻陰堆敗葉屋

秋氣清如此遙天忽已暝颯寒星過老屋白

流星過遶屋落

露下空庭得失蕉邊鹿浮沈水上萍詩憐羈

簾可深庭　寒星　夢中　數年

宦苦南鴈不堪聽 三句一作花間團白露

秋夜清如此澄懷聊自娛蟲聲當戶急螢

火入林無宦況黴雲淡鄉心片月孤季鷹風

味好我亦憶蒓鱸

喜陳少廷同硯重至都中

客冬少廷因中副車在都盤桓數旬而別今歲又孟冬矣撫今追昔愴感難羣而少廷適以姊喪又至

前日訛傳良友至 九月初旬有言少廷至都者 今朝真見故

人来下車先乞誦新詩冊向座重尋舊酒杯
宦況蕭條憐我拙名場潦倒惜君才幽芳
只許同心識十月寒梅嶺上開

讀史

東市誅鼂錯驂乘族霍光西漢襲秦弊
羅網亦高張入關除苛法与民約三章如
何功臣輩鳥盡嗟弓藏三傑遺俎醢宮
闈謀不臧大風思猛士暮年悔方長劄

胎鳳（麟）不至藪巢鳳不翔

古詩二首

蜉蝣歲朝暮靈龜息春秋物理有定数
脩短本不侔壽夭况在人彭顏皆純修唯
恃能立命同一丘首邱如何漢武帝求仙方
未休一旦悔輪台龍髯不可留神山阻海外
安能逍遥遊人生有真樂知足乃無憂
散步高原上纍纍邱与墳古碑埋荊棘苔

蘚蝕其文借問墓誰氏芻蕘不可詢生前既寂寂死後疇云云余聞三歎息閲世真浮雲君子疾沒世後生惧無聞三閭惜往日涕園悲陳人立身苦不早榮名壽千春

暮雨

暮雨有秋意涼飔殊快哉卧虹吞日去歸鳥曳雲來階草偃仍活庭花落更開晚看西霽色明月照瀛台 時 皇上駐蹕瀛台

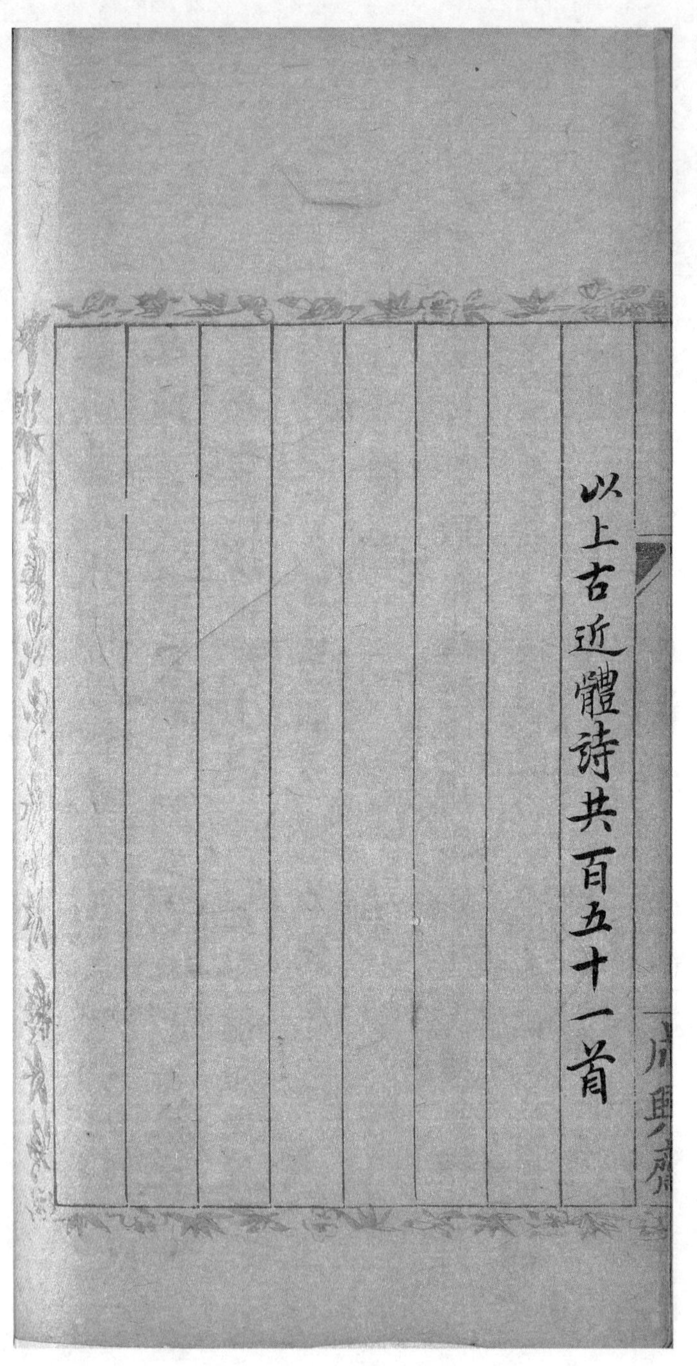

以上古近體詩共百五十一首

後附紅豆館閑情集底稿

斷緯零錦亦附後

後附磯芳選目鈔照此目

蒙拾堂詩草

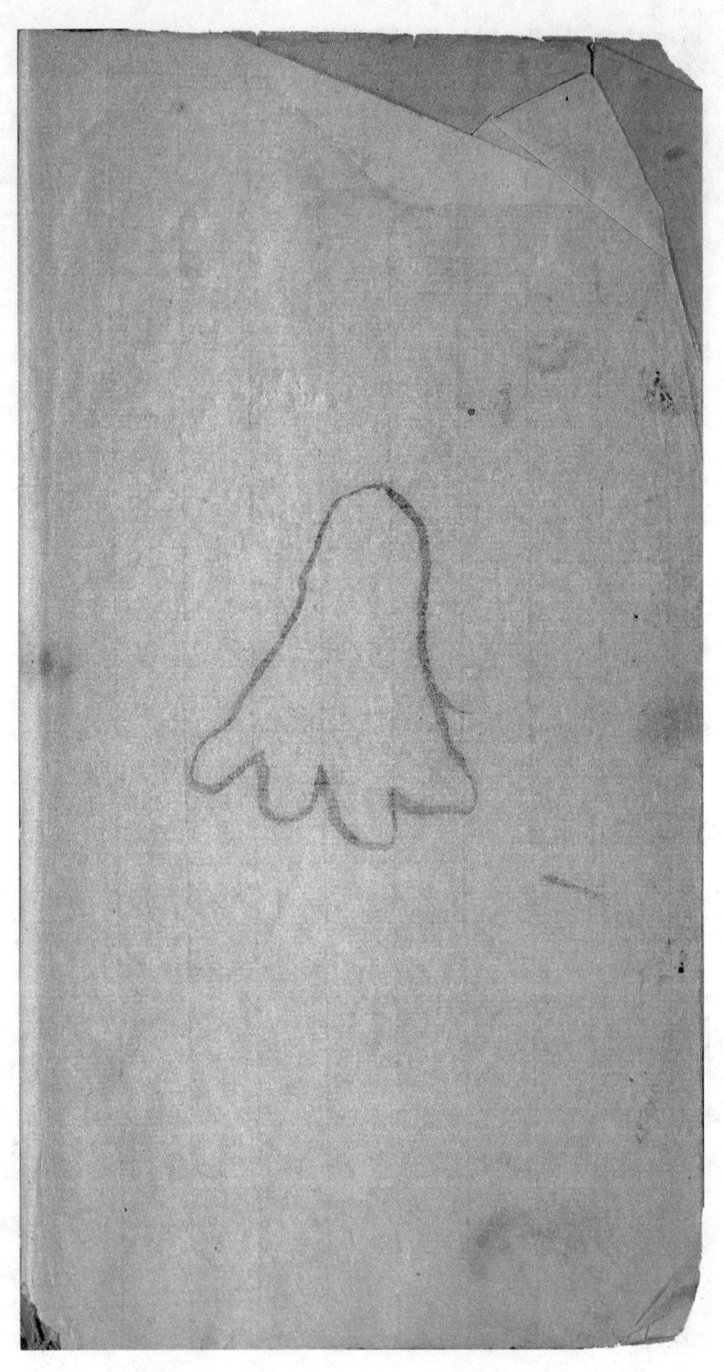

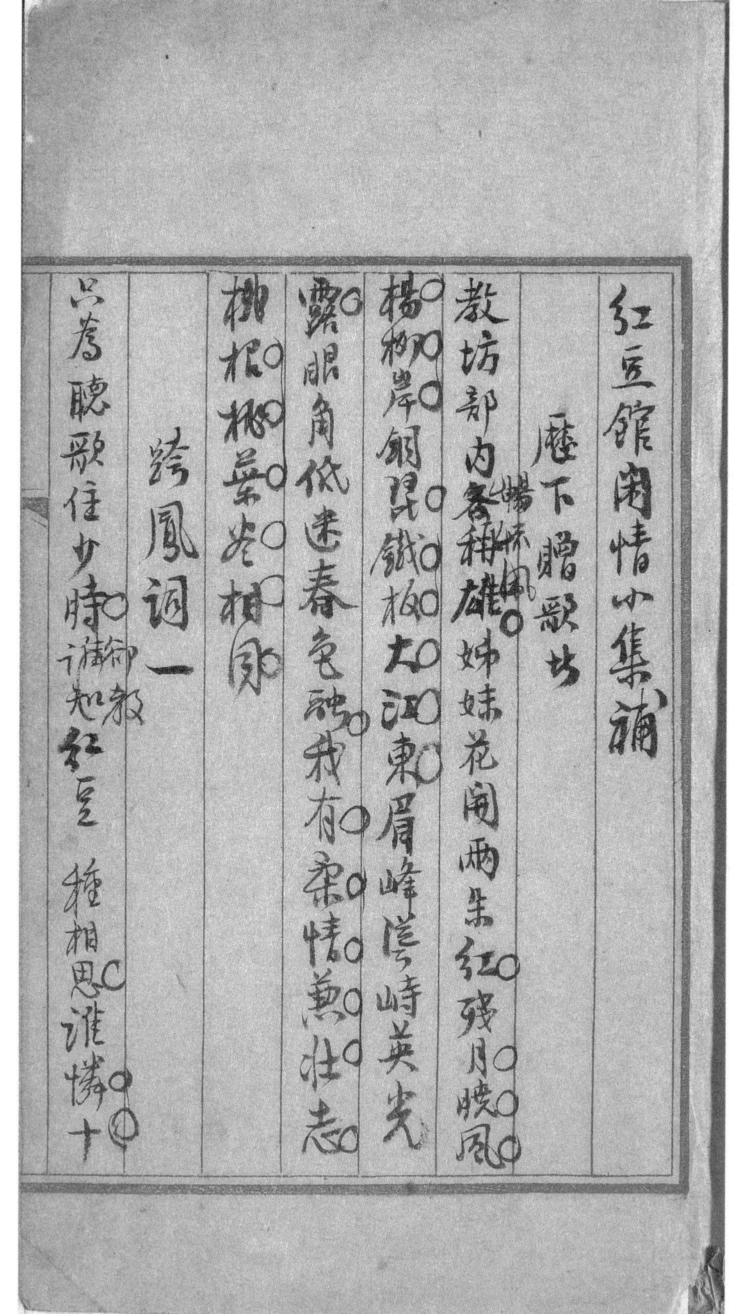

紅豆館閑情小集補

歷下贈歌姑

教坊部内號稱雄（嫵媚風），姊妹花開兩朵紅。殘月曉風

楊柳岸，銅琵鐵板大江東。眉峰隱約英光

露，眼角依迷春色融。我有柔情兼壯志

櫻桃桃葉卷相同。

跨鳳詞一

只爲聽歌住少時，（御教）誰知紅豆種相思。誰憐十

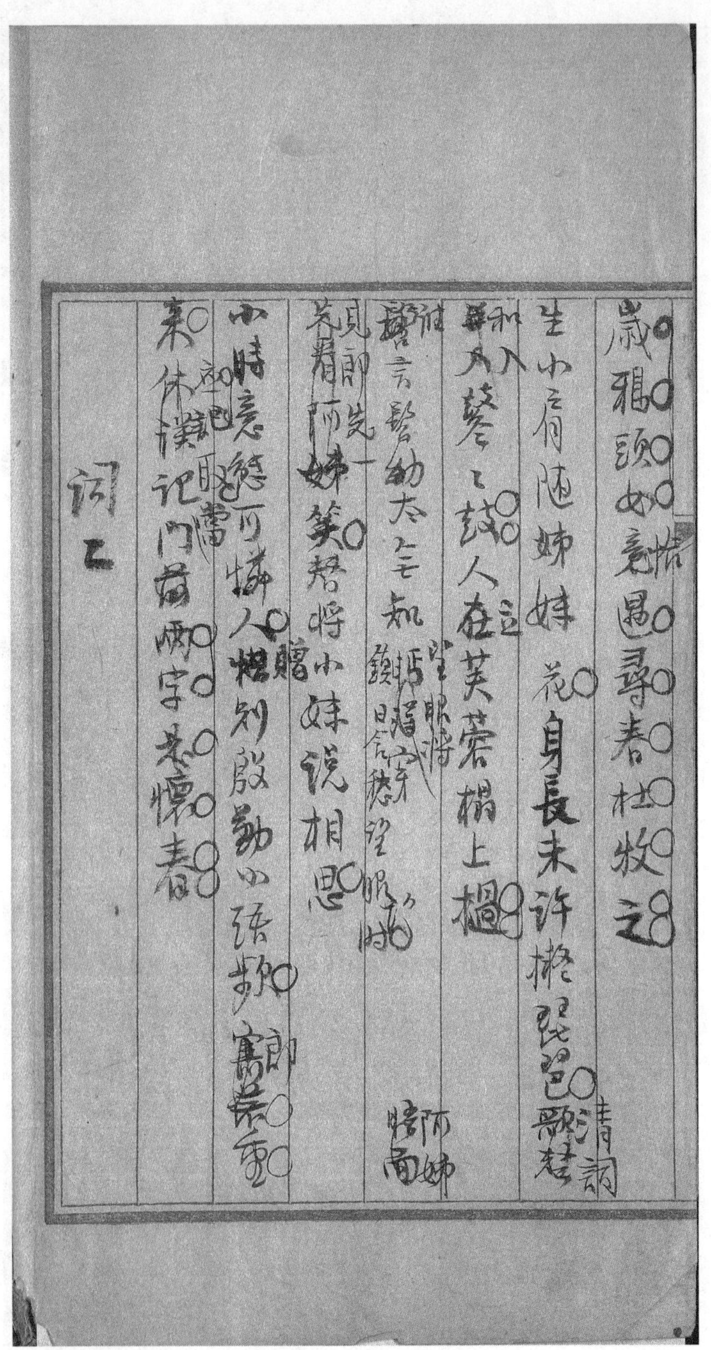

宜春貼寫懷春字雛鳳聲高翠鳳名與

日故交零落悲知音知己寄鄉

百情圓月逢三度消受春風只一回

若年劉酒若燭已成灰

會真詞

舊積香歲秋月二桃笑懷春二一

粉淚涙肉美容筆香香葉莉

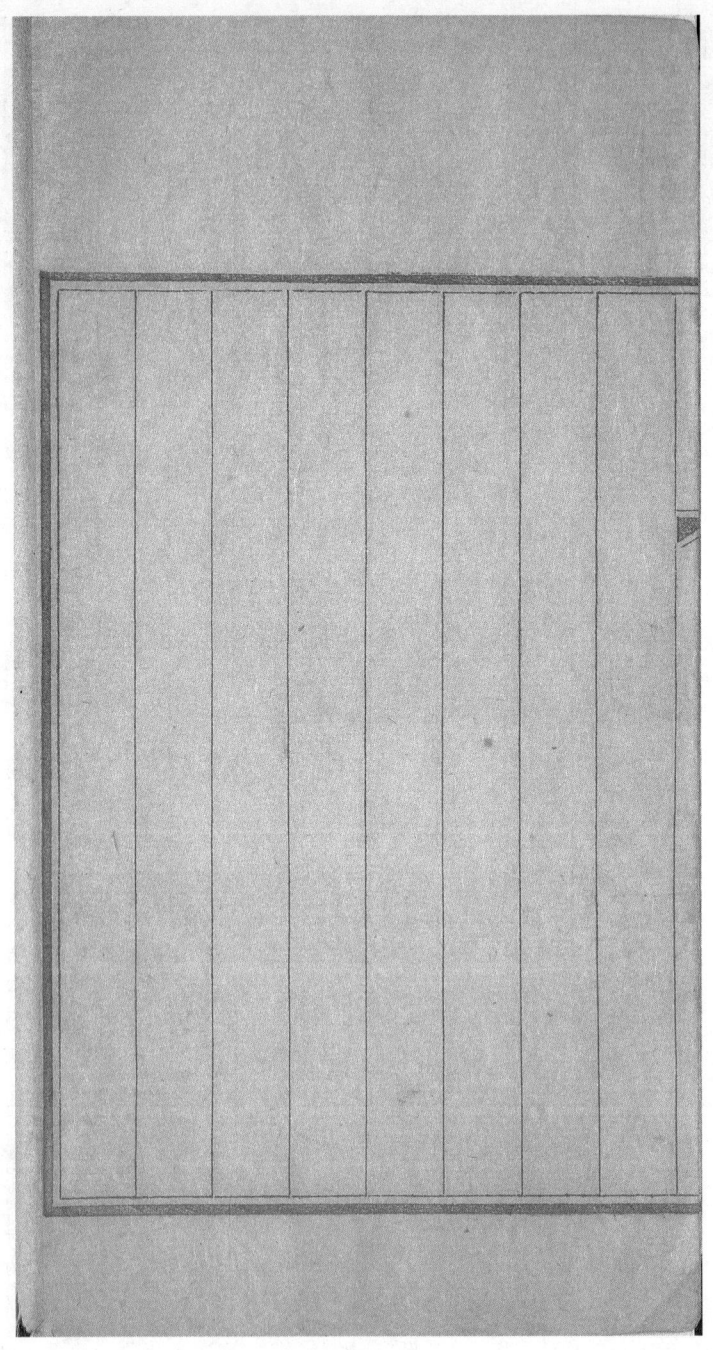

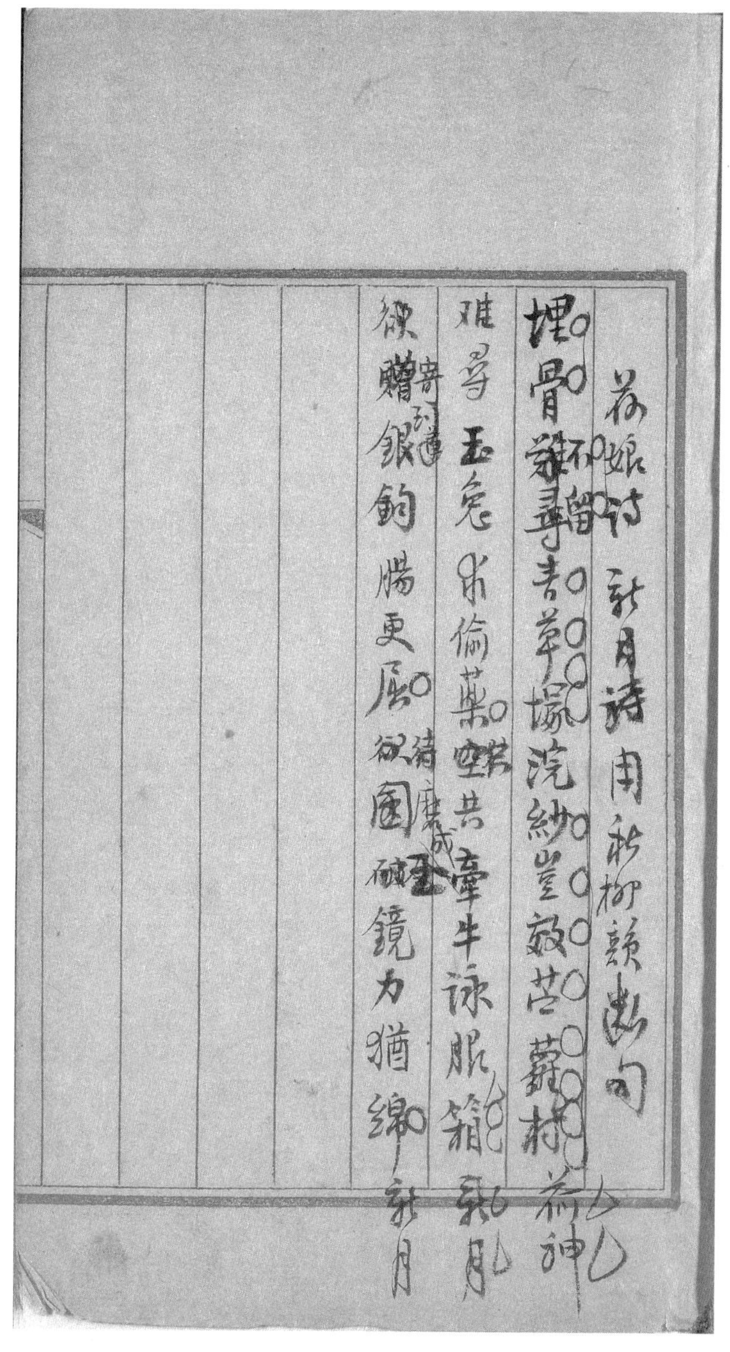
荷娘詩　新月詩用新柳韻斷句

埋骨難尋青草塚　浣紗豈效苧蘿村　荷神

難尋玉兔求偷藥　空共牽牛詠服箱　新月

欲贈銀鉤腸更屈　欲圓破鏡力猶綿　新月

圈點均依
宋晉三夫子
原定

蒙拾堂詩草録存

鵲華草一呈

政

古別離 以下癸巳年

聞君遠行從送君歧路濵贈君雙金環顔
君立斯須去去千餘里音問日以疏歲月寖（休）
復遠焉知心不渝丈夫重義氣安用妾區區（莫負）
莫以他鄉樂不念故園蕪莫以新知好而忘
故人姝嚴霜沾懷袖北風吹羅襦君行既不

願妾淚如連珠歸來當戶坐織素五丈餘五
丈亦爲短情長空煩紆

擬古樂府四首

迢迢銀漢水耿耿秋星光毋爲牛與女寧爲
參與商參商不相見牛女遥相望不見情可
已相望心多傷
郎愛迎春花妾愛冬青樹春花能幾時冬青
青如故人生非神仙朱顔豈長駐團扇悲秋

風。零落在中路。
彈殺樹上烏。烏唬夜易曉。揉碎匣中鏡。對鏡
使人老。人生百年中。愁多歡時少。三五明月
圓。行樂苦不早。
妾如水中石。郎如機上絲。素絲亦易染。白石
終不移。不怨生離別。但苦新相知。新知雖云
樂。不如早旋歸。 山鬼行 望之子

謹之子兮山之阿愛而不見空蹉跎白雲縹緲
不飛去朝朝谷口聞清歌樹茸茸兮峰峩峩
我欲從之歧路多歧路多兮亦不問澗泉之
水東流過我欲通辭托微波脈脈無語㶑㶑
沱中有山鬼韋薜蘿嘯嚬啾嘈奈尔何

△ 孤山夷齊廟

晚照景出絕塵山人杳然斷碑猶存而古
伯夷待清處碑題不計年地猶瀕海北廟亦
自千年
存兮巔鶴影白雲下梅花春雪天顛歌采薇
何言綿埔

曲一蔦鷹寒泉 孤山晚照為邑十景之一

道中寒食

紙鳶風裏紙錢飛賣酒樓頭出酒旗記得客途寒食節杏花天氣雨如絲

旅邸清明

門掩黄昏雨春風枕上吹撩人寒食節作客少年時破壁題詩短荒村貰酒遲故鄉舊游處夢遶柳郎祠

○鄒平道中

東風吹柳碧於絲○春水如油漲滿陂○欲折柔條禁不得○雙雙飛下白鸕鷀○

長白山范文正公讀書處

嚙盡黃虀味讀書窮亦宜由來天下任已在秀才時炎宋名臣傳青齊遺愛祠醴泉棠舍靜回首憶題詩己丑秋余有事青州謁范文正祠題詩醴泉亭上

湖山堡

紅塵影裏若奔波勝蹟相逢羡若何繞
舍有田潴水易環村無郭看山多人從
樵徑雲中見路擬桃源世外過醉倚酒樓
成小憩半林殘照聽漁歌

。章邱

貟笈濟南道。鞭絲指綠楊。春風游子忙愁因。初別。重。
山色亭亭雨。鳥聲喧夕陽。白
情為少年長。落日一回首白雲空斷腸林
雲迴望處。晚景接微茫。
鴉聲軋軋今夜宿朝陽

平陵道中

長隄夾道曉嘑鶯宿雨初收薄霧凝十里垂楊遮不住看山一路到平陵

歷下亭懷古

平湖極望暮天空懷古無端向晚風兩漢經師開伏女三齊志士數終童環山城郭疑仙界。枕水樓臺在鏡中。海右名流半消歇題詩愴憶浣花翁

湖上

湖上尋春緩緩行，興來又蕩畫橈輕。兩隄柳色碧於水，十里山光青入城。白雪樓空管燕壘。滄浪社寂閒鷗盟。棹歌一曲煙波渺。不盡臨風懷古情。

明湖泛舟遇雨

嵐光如滴新開屏。潮痕晝泛魚龍腥。濺入（欲向）
（扁舟滌煩溽。看花御上）
買舟順流下，我亦蕩槳湖心亭。亭上先至

盡豪貴笙歌嘈雜難爲聽撲面俗塵十萬
斛安得一洗心忪惺疾雷聲（倏忽）中送雨至。簷溜
瀑瀉翻銀瓶。清光大來渣滓却。忽若昨夢今
朝醒。涼飈颯颯有秋意。池蓮（時復聞清）塵心與馨。[illegible]
自此亭建海右蔚然秀氣浮中泠一從杜陵
駐皂蓋濟南名士多鍾靈四傑七子。接踵起
華泉而後仍滄溟更有土主出[illegible]（新城昆玉畫風雅偶開詩）
（社來中泠。）湖上鴻泥停秋柳倡和滿海內。初寫只讓

黄庭經。（漁洋詩話云秋柳原唱）遍来二百有餘載。詩人落落同晨星。（當年勝會都飄零。寥落名士剩幾筆詩）我近桑梓生苦晚，當年勝會都飄零。（人落落如晨星。）感慨未終兩已止，游人倏散如浮萍。（兩條）齋景留人且小住，（亦不惡。）水光倒入雲天青。湖山笑余不解事，竟無一斗傾仙醴。（與畫舟人）遥指夕照落催我。返棹遥前汀，（已上詩首着。）欸乃一聲碧無際，回頭已（欸乃）不見煙冥冥。

○登濟南城樓

落日遥照故城樓蒼煙九點收名山尊泰嶽宗　上浮雲眼底萬壑遠嶂擘拱九

野點遥齊州天地不改色古今同一邱來時春　思明天亦仙何

綠住東望海門柳綠樓落已成秋

○明湖雜詠六首

古歷亭

滄浪詩社渺煙波白雪樓空燕子窠莫向

少陵舊題句濟南名士已無多

鐵公祠

燕飛一曲空遺恨。祠外湖天入鏡涵。日暮棹歌翻水調。至今腸斷望江南。

滙泉寺

湖上風涼趁夕曛。畫船士女艷春雲。一聲清磬淒如許。攪入笙歌揔不聞。

北極廟

樓台高入五雲遮。北斗依依簷際斜。到此不知天路遠。時時有人翹首望京華。

滄浪亭

新城詩名

漁洋捷唱滿天下。人去亭空二百年。淒絕明湖秋柳色。聲聲猶自咽寒蟬。

柳絮泉

秋閨人瘦比黃花。春水澂清照影斜。腸斷門前飛柳絮。隨風飄蕩落誰家。

白雪樓懷古

白雪樓空住白雲詩壇冷落燕泥新名流

去後青娥老遠繞城西賣餅人。滇濱舊婢年八十餘賣餅西市

曾南豐祠

蘋花欲薦水泉涼，拜祝心傾一瓣香。祠近忠臣同臭味，祠右鄰鐵公祠家傳宗聖有文章。南豐名昔齊韓柳，東國詩今賦名棠。猶有偉人昭代起，中興將帥出衡湘。謂曾文正諸昆仲

感懷四首

孤雁

四時
美里六陋屋

孤雁不成字。飛鳴劇可憐。北征關歲暮。南
度□秋先。飲啄皆前定。炎涼自漠然。為儀
知有風。毛羽惜年年。

哀蟬

哀蟬秋一曲。愴憶漢宮詞。豈有高枝上。而
無落葉時。能飛偏不遠。流響抑何悲。伴我
苦吟者。清風聊果飢。

鹽車馬

久困鹽車下，曾無棧皂憐。汗揮餘血色，骨戛作銅聲。立志何辭苦，酬恩不愛生。幾時逢伯樂，昂首一長鳴。

樊籠鶴

孤負沖霄志，年來羈此身。猶存毛羽潔，難使性情馴。天地籠中小，文章頂上新。不鳴非惜力，鳴亦不驚人。

明湖弔烈女荷娘二首

荷娘元末臨清人年十四歲年飢為母所
賣遂隸倡籍後為鴇母所逼陪賈客
游大明湖投水而死癸巳在金泉精舍
降乩有自述七古一章雜感詩若干首
一妾貞魂五百年明湖秋水碧於煙句留
唯有波心月夜夜清光到照畫船到十作照荷娘詩云句
留因在明湖上月照波心到畫船
家居蘆葦室依稀荷娘詩云遥指蘆中是舊家又云好借多士尋遺室

霊降騷壇是也非欲採蘋花薦清潔平沙

如鏡白鷗飛

金泉精舍雜詠十首

金綫泉

人本無機心物自同樂意金綫如鈎垂游

魚亦不避

拨轄井

昔人拨轄情祇爲待知己臭味不相同我

心古井水。

秋曝台

世多嗜金文。余獨寶石墨。一月三摩挲。袖梁蒼苔色。

虛受亭

物以虛能受，風來四面亭。解人何處索，東壁竹青青（亭東爲謝生肄業所，額之曰東壁，種竹千竿，高出牆外，與亭恰相望也）

援經樓

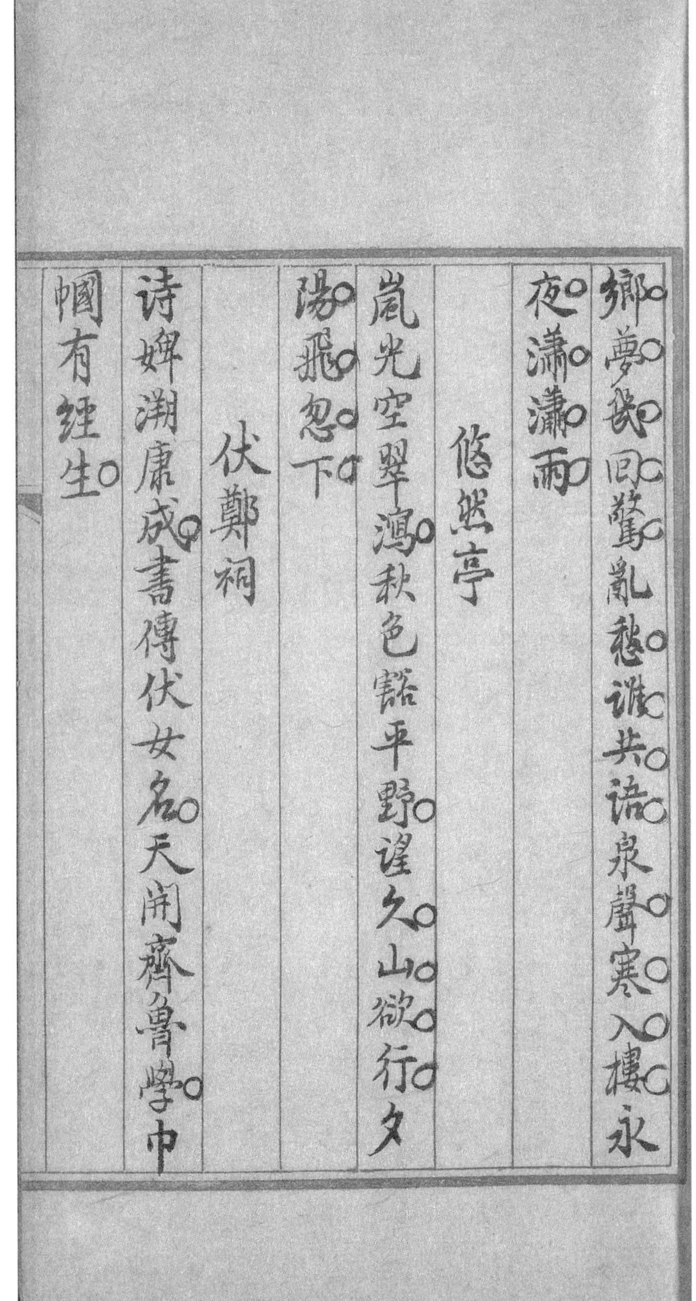

鄉夢悞回驚亂愁誰共語泉聲寒入樓永夜蕭蕭雨

悠然亭

嵐光空翠濕秋色豁平野望久山欲行夕陽飛忽下

伏鄭祠

詩婢溯康成書傳伏女名天開齊魯學巾幗有經生

尚志堂

琳瑯堆滿屋壁裡聞絲竹左枕鄭生祠帶
草年年綠

朱子祠

門外即流泉。有本者如是。機趣妙紫陽真
活潑潑地。

曉翠室 即樓經樓內室開窗恰与東南諸山相對余因題曰曉翠室

樓上易秋深。況當風雨夕。門扃紅葉聲。蘆

夜雨驅秋深
樓中人遲寐

捲青山色 客中多寐 雨中破岑寐

補作二首

東壁 汪見虛受亭

諸生談經地種竹亦佳士秋宵月滿窗學寫个人字

西園 与東壁相對內種蕉数百本

方塘如許清芭蕉隨意綠試問濠上魚何似湟中鹿

我

新霜授經樓秋夜棟闌後作（樓上第條）

蘭苑天寒霜滿經簾影寒雲驚○洋失
雲叢一曲幾時聽倚遍高樓夢未成素志
何曾榮壯志○文章聊在聲書匠
也知輕得失聖朝那敢薄功名○寒星當戶
夜無際○落葉打窗秋有聲○忽憶倚闌人佇
一頃青衫無限
恨美人遲暮
望白雲歸雁不勝情○

○九日登千佛山

秋聲高木落酣夜霜風嚴○秃林峭露南山尖○我欲六
登高作重九○臭味與世殊酸鹹○岑參生平

每好異○訪奇能使中心快○聞昔此山風雨
夜破穹天語驚麈迅電奔雷怒叱咤○顛
石欲裂青巉巉○霹靂一聲萬竅動○劃然中[illegible]
闢渡靈巖○彈指內現諸佛像○[illegible]有神鬼護
[illegible]巨人妄言之我妄聽○若論耳食君則兼
靈咋舌五丁走至今談者猶披髯
古來封禪七十二○[illegible]往往金題[illegible]文人
奈我淪語但耳食捫胸疑信橫相攪鈍碧
[illegible]奇一峯翻此山○何怪卿曲談撫掌○我欲尋碑
頑青一覽盡於人何處尋[illegible]古來符瑞
[illegible]翟[illegible]字[illegible]碧青一覽
峯顛此秦皇漢武愚則兼巡幸車轍殺榛

晝夕陽欲落難停驂山鳥聲聲喚歸去金
奔唯有詩客名留淹連山碣勒李太白龍
颷駛華催征旆
洞額題蘇子瞻摹石自足重歷下姓氏終
古磨厓嵌頑我不揣忘謭陋新詩也欲鴻
泥涤苦吟不知時已暮仰看夕照淩峰銜
紅葉滿林噪烏鵲白草緣路歸麏麚余亦
大笑下石壁金飈瑟瑟吹征衫

送蟫齋赴豫

客中送客倍纏綿秋色撩人黯別筵屈宋

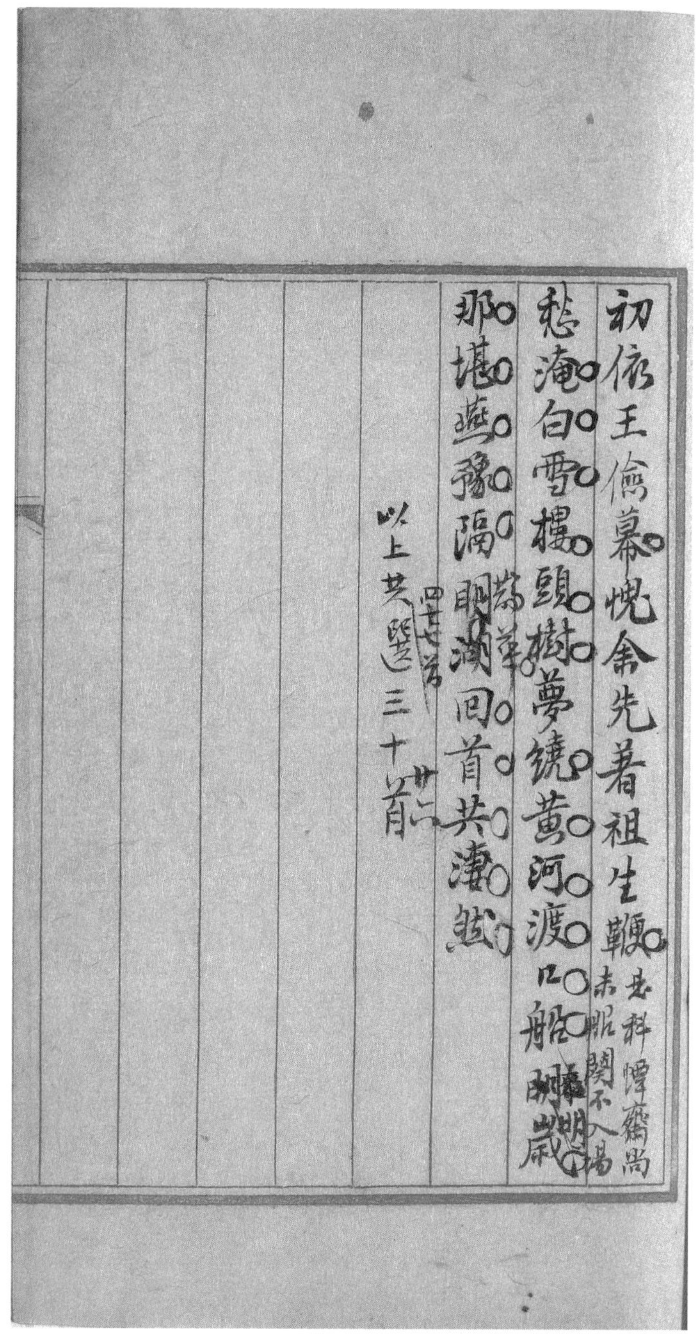

初依王倫幕，愧余先着祖生鞭。去科憚薦尚未赴闈不入場
愁淹白雪樓頭樹，夢繞黃河渡口船。[illegible]明歲
那堪燕豫隔，燕華眼潮回首共凄然。
以上共選三十首 四十七首 廿二

蒙拾堂詩草錄存　金台前集二呈

政

車中即事

驅車過前村，土墻短復缺。雞犬悄無聲，杏花滿院雪。

上宗室盛伯希祭酒

不知王子貴，何屑慮浮名。藹藹春風暖，高高秋月明。五經漢祭酒，六藝魯諸生。丙子公典試山左

余向意園去（公所名名意園）歸来鄙吝平

庶常館雜詩

槐陰穿地日遲〻雨後輕飔入座時一縷篆
香簾不捲涼蟬聲裡寫烏絲

秋夜感懷

颯〻西風吹帳紗寒蛩唧〻感年華青鐙（蕭颯 十有）
有味成追憶錦瑟多情只自嗟鐙（?）擊一宵無（上 二十五聲 宵）
長物萍浮到處即為家消磨壯志知多少（闔閭 一千餘里夢 四還歸家）

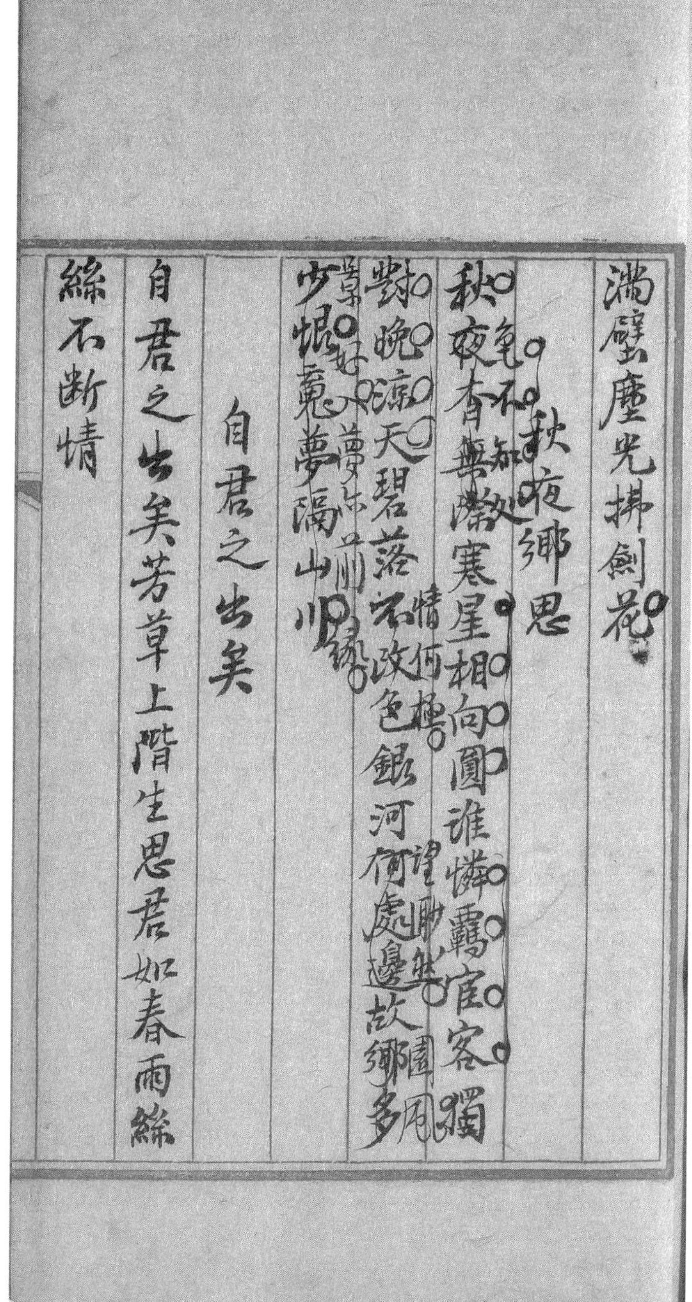

滿壁塵光拂劍花

秋夜鄉思

秋夜杳無際，寒星相向圓。誰憐羈宦客，獨對晚涼天。碧落不改色，銀河何處邊。故鄉多少恨，魂夢隔山川。

自君之出矣

自君之出矣，芳草上階生。思君如春雨，絲絲不斷情。

自君之出矣不復理新粧思君如江水一曲

九迴腸

秋暮

歲月逐輪蹏關山咽鼓鼙信沈千里雁夢

斷五更雞塞上木葉落客途霜雪淒誰憐

烽火裡異地尚羈棲

津門

落日暗幽州蕭蕭易水流無人能下士何

處覓封侯紅葉長亭晚黃花古戍秋渝闊
天涯在笳鼓不勝愁

平原題壁

故園戎馬近如何荆棘塗中策蹇過萬里
戰塵飛紫塞一宵鄉夢渡黃河冰霜滿地
軍書急烽火連天客感多聽到悲笳魂欲
斷誰家絃管尚清歌

至濟南

㶏山北望雲〻星火東馳露布文暮歲重
來古沛水英年自愧漢終軍海中風浪興兵
氣塞外塵沙起陣雲聞道荊湘吳節度欲
從鍾鼎勒殊勳湘撫吳清卿素嗜金石收藏甚富領軍勤王誓師之文指降之書
均典竄三代鐘鼎文字詞甚古雅

重游長清麒麟山

風雪蕭〻裡游人尚著鞭亂山寒青繞郭孤
塔白撐天小別如昨日重來成隔年望雲

登絶頂多恐是烽煙

元夜大雪恭和　家大人作

三邊笳鼓朔風寒萬里乾坤戰血殷空望雪天能入蔡不聞元夜報收關將星暗落灘前地（時左寶貴元戎陣亡）殺氣平連海上山（日軍已薄蓬萊城下）遮莫今宵無月色愁陰雲也自鎖愁顔

自題小照

纔醒空是色又誤幻爲真相對依然我不知

何許人。浮雲驚過眼。明月悟前身。常使心如鏡。應教不染塵。

再送蟬齋赴河南幕

送君大梁去。余亦返長安。今夕一尊酒。明朝行路難。玉溪仍記室。太白始徵官。何日金台駿。駬驪入上蘭。

故鄉寒食

寒食天無雨。春游正及時。亘山軒女墓。見廣集子山枯樹賦倪注隔水柳郎祠。草色侵詩袖。花香上酒旗。故鄉三載別。此會夢中疑。

金台懷古

碣石北望歸高台燕昭曾此求賢才千金買馬馬骸至。黃金待士士不來。在昔暴秦民望雨渴一人焉可湯武留侯何非六國士反從閭巷求真主戰國好士類虛名燕昭有志不師古郭隗貪餌巧要君劇辛鄒衍皆奴

僕樂生朗稱天下才亦重功名輕出處函
谷不問虎狼貪。臨淄相持鷸蚌苦。就令二城
全下齊。為人驅除究何補。無怪君臣以凶終
豈有上下相貸取習氣徒堪害子孫荊卿揮
霍金如土咸陽一入國隨亡易水蕭蕭羞不
語吁嗟乎幽燕四塞古雄都。王佐之才非狗
屠。亦從圯上尋黃石。莫向台前弔望諸

薄暮

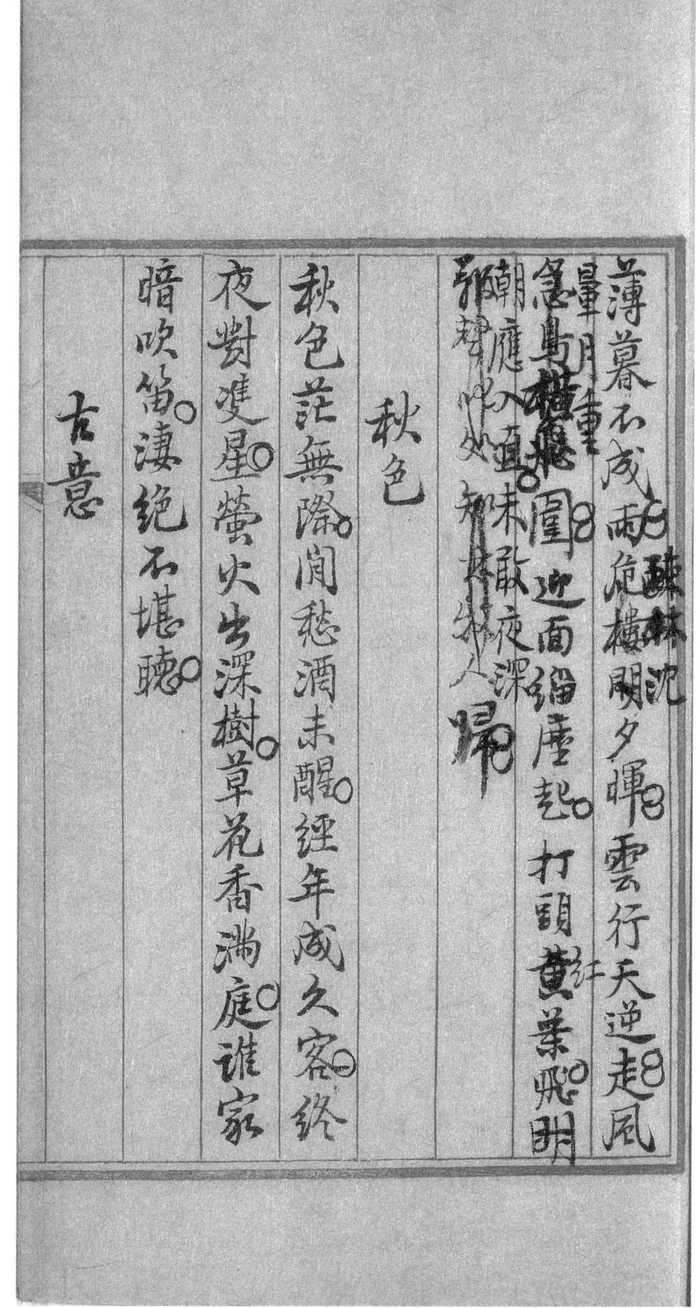
薄暮不成雨危樓閲夕暉雲行天逆走風
急鳥[illegible]圍迎面緗塵起打頭黄葉飛
朝應入直未敢夜深歸

秋色

秋色茫無際閒愁酒未醒經年成久客終
夜對疎星螢火出深樹草花香滿庭誰家
暗吹笛淒絶不堪聽

古意

窗外流螢飛窗前殘燭輝含情掩秋扇抱

恨倚鴛幃時欲理清曲但傷知者稀　美人

不可見香草自芳菲

隔天末遥為一沾衣

題沈友卿庶常同年乞假歸娶圖

壓帽宮花兩朵鮮江南秋好整歸鞭吳

歌新製迎郎曲簫鼓聲中駐畫船

螺黛浮煙兩道開金焦山色曉妝催蘭台

歸去傭眉史珍重東陽妙筆來　妙一作瘦

小飲

小飲長安市。乘風已半醺。夕陽猶戀樹。歸鳥故盤雲。塔影排空出。鐘聲隔寺聞。且尋僧共話。弈松子落紛紛。

金台

世變求才急。幽燕古戰場。方今需樂毅。徒此弔昭王。何代無賢士。斯台空夕陽。薊門憑眺處。煙樹隔蒼茫。

七月九日望月

聞說牛与女秋來一度過如何當昨夜仍是
隔長河離恨終古恩情付逝波不知今
夕内何處月明多

楊村 朳津

落〻稱津地淒〻秋暮天病中嬉夜詠客
楊村驛
路覺寒先鄉國仍千里風霜又一年故園
花信早夢繞菊籬邊

讀劉君蔗衫俠客吟感呈

我生本俠士。重義輕黃金。但期逢知己。用識平生心。茫茫知己屬誰何。中宵彈劍起高歌。燕台黃金燕市酒。古來烈士存幾多。荊卿漸離長已矣。蕭蕭易水寒不波。讀君詩。飲君酒。新詩一篇酒一斗。人生壽無金石堅。須臾浮雲變蒼狗。青衫潦倒貌衰微。與君同是牛馬走。碌碌朝暮蟪春秋。將何於中期。

世人結交須黃金。管鮑雷陳骨已朽。我筆

生柿還古人不平心事常八九
擊柱拔劍斫地地無門搔首問天天不聞安淵顧進圯上老不然还繡平原君

送春夜雨

又送春歸去聞愁萬萬重客心三月暮鄉夢五更濃疎雨收殘柝遙天度曉鐘明朝簾不捲惆悵落花蹤

望月

長安天半月獨照宦游人久與家人别轉

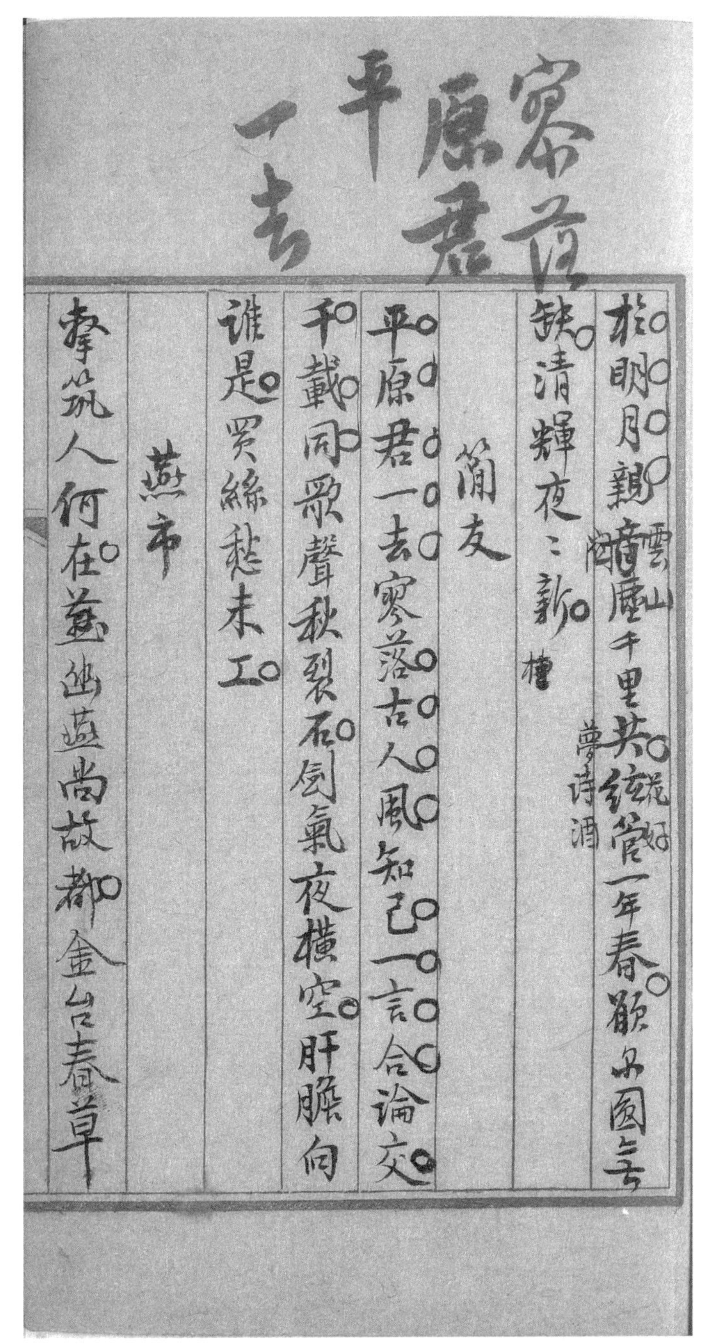

寥落平原君一去

於明月觀音歷千里共絃管一年春顧朵園云缺清輝夜夜新

（旁注：雲山　花好　夢詩酒　淘　樓）

簡友

平原君一去，寥落古人風。知己一言合，論交千載同。歌聲秋裂石，劍氣夜橫空。肝膽向誰是，買絲悲未工。

燕市

擊筑人何在，燕幽遊尚故都。金台春草

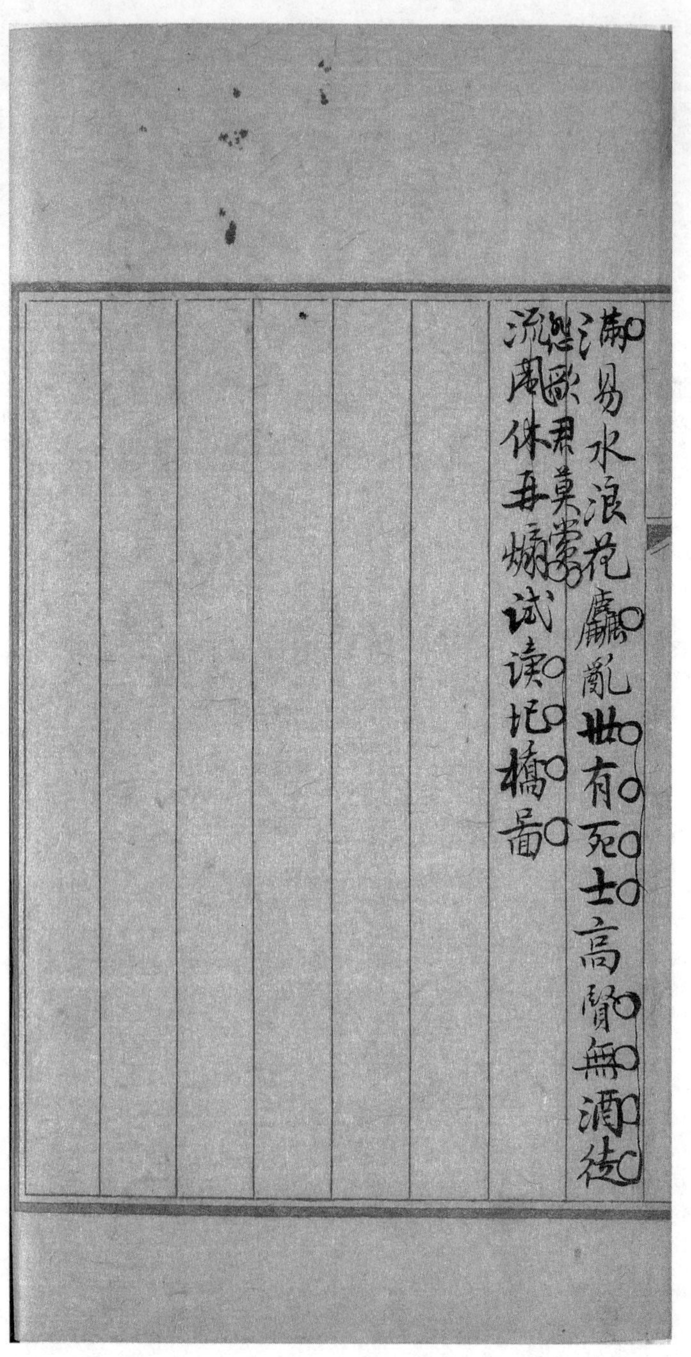

滿易水浪花飄亂世有死士高陽無酒徒
江怨歌君莫當
流風休再嫌試讀圯橋篇

城郭微來路
樓台畫送岑
待刪

和荷神九日登千佛山詩原韵

勝蹟昔入夢，名山今振臨。既聞千佛古，更佳
蒼峰深薜荔，島雀喧。攀躋[illegible]石樓台畫送岑，峰煙
花度氣，我[illegible]，便可尋。送 城郭微來路，樓台畫送岑 識
千佛仙巖好，重陽寒與臨。新頭紅葉落，懷
腰白雲深，道照池[illegible]，蹤碧勤岑菊 閑
花發蹊陽路，醉中尋
問此山何異，先多土快登臨。荒林日將暮，危居林已深
評原 蒼翠埋殘碣，雲白陵送岑，鐘理日出，討游蹤不可尋

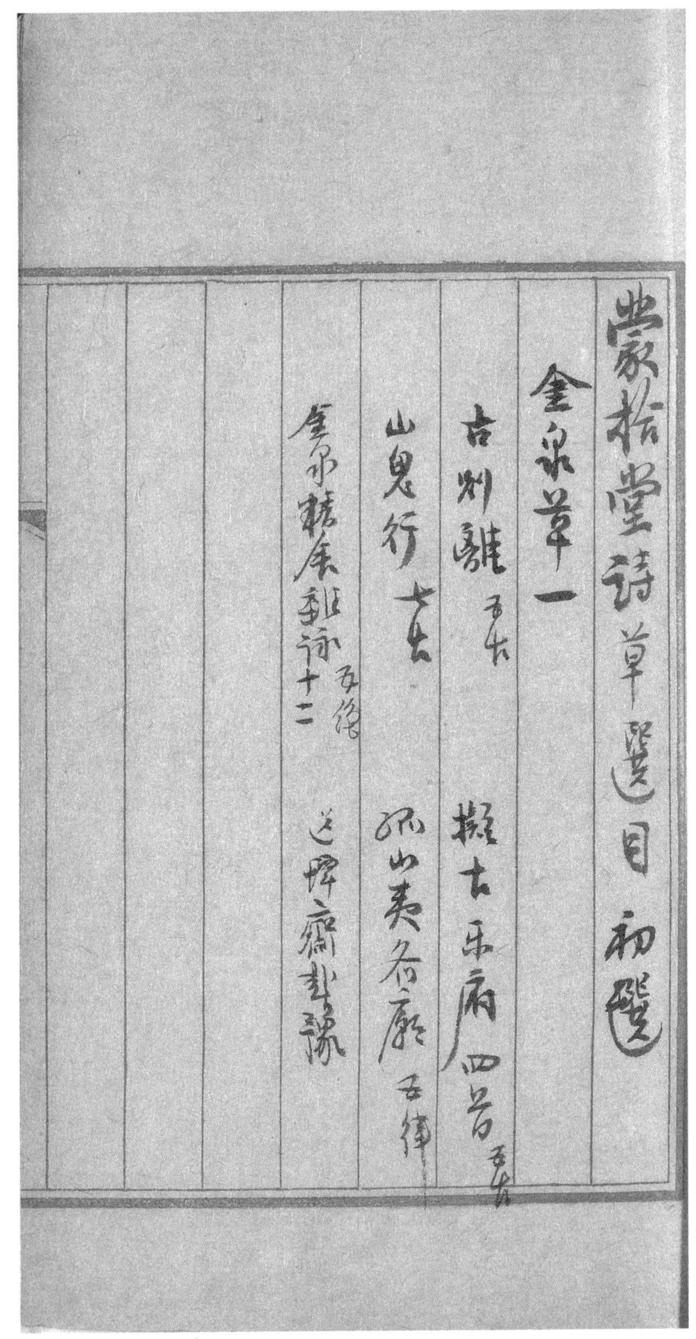

蒙拾堂詩草選目　初選

金泉草一

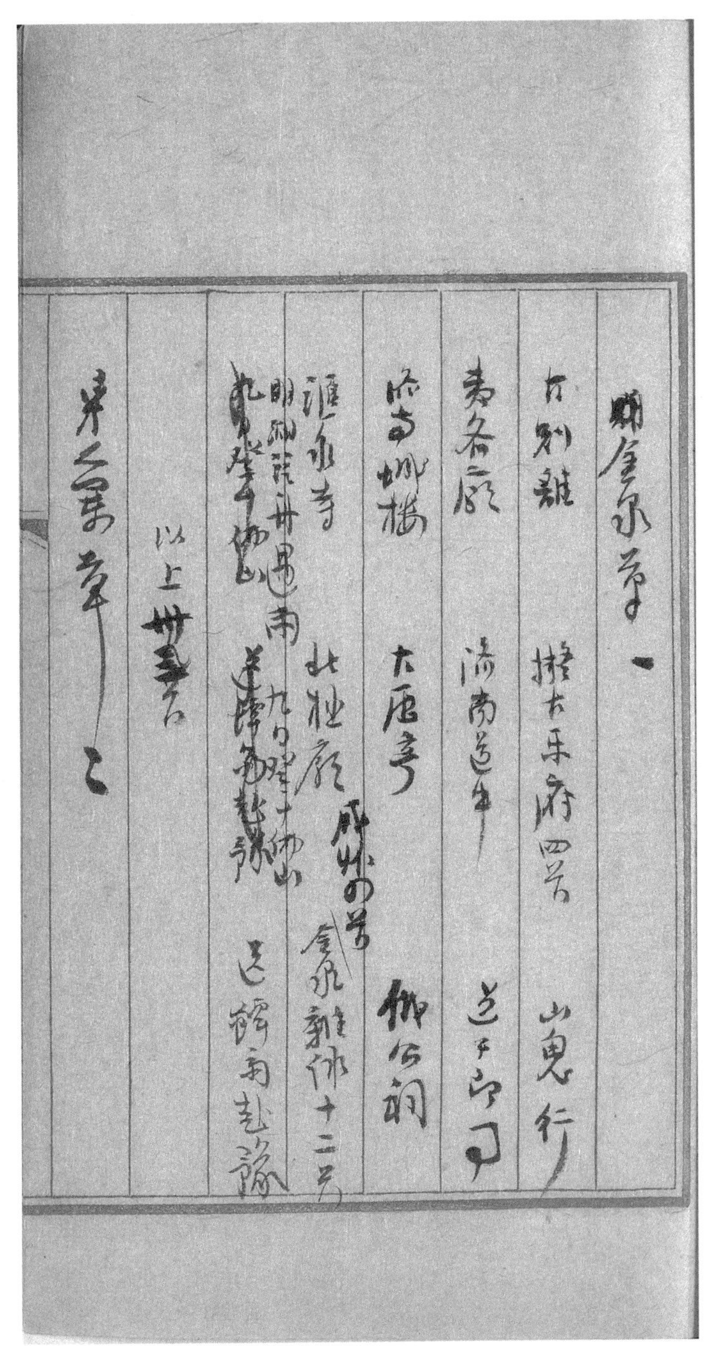

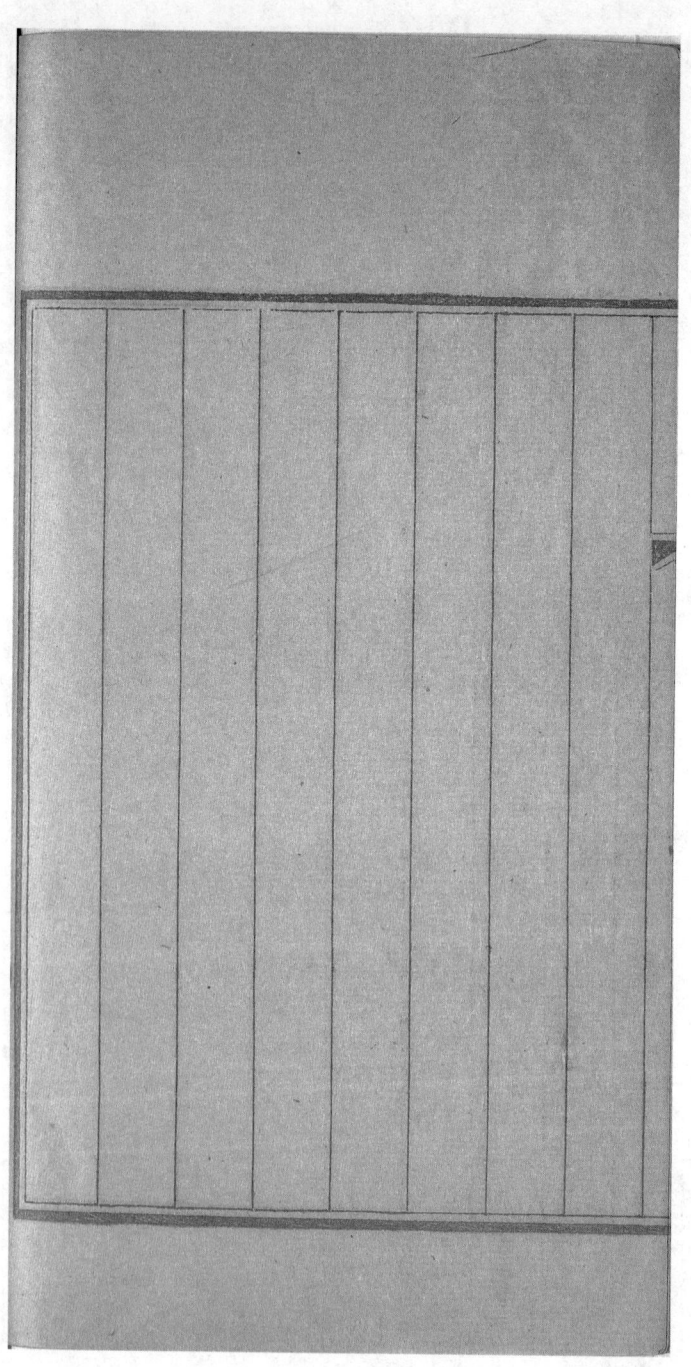

李逢
去歲爛前一曲歌。重看上轉秋波。
旋向……
姓名一問……記
……

菱鏡歌

桃花門中昔人面。菱花鏡裏重相見。狡獪檀
郎巧計生。翻將花𦶠換真名。老母昏花似霧魚。
誤。簡偎倭眼識荊。好笑指去
年歌舞處。茜莫李朝塵難於定。怕郎情忘傷成性
教收顏計每縱狂。杜牧偷名終薄倖。親卿愛卿
卿笑嗔。戲言相試尚爲真。青樓隨在有知己
紅拂由來能識人。君不見一姝鏡中嬌顏色而

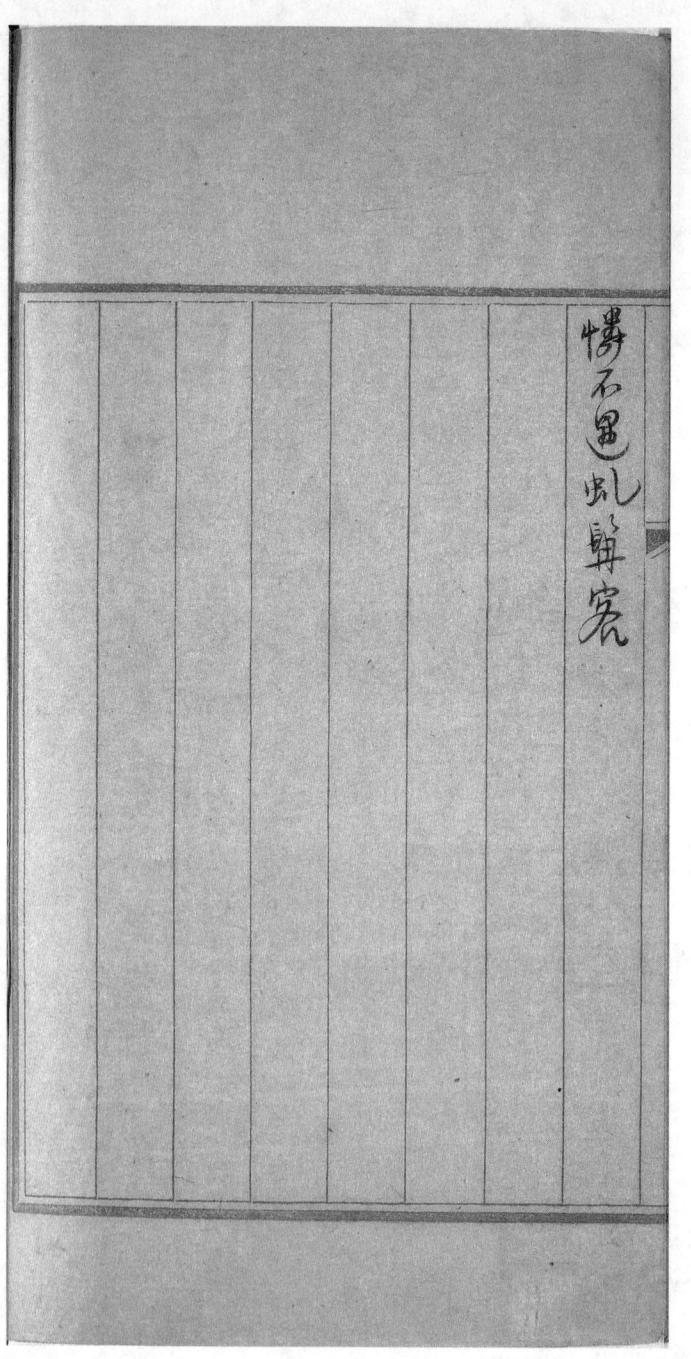

送別詞

姊妹花開兩朵鮮，桃根桃葉鎮堪憐別離。

恨寄黃河水顛倒，情深碧玉年月裡素娥呼。

小字河間姹女憶前緣，王郎。

空寫洛神賦，迎接難渡口船。桃花桃葉

疑妹夢裡半懷容華，春信已晚何日車。

夢杜鵑

帳中汜曲紅豆上題詩

金菊芙蓉休再，春風人面桃花

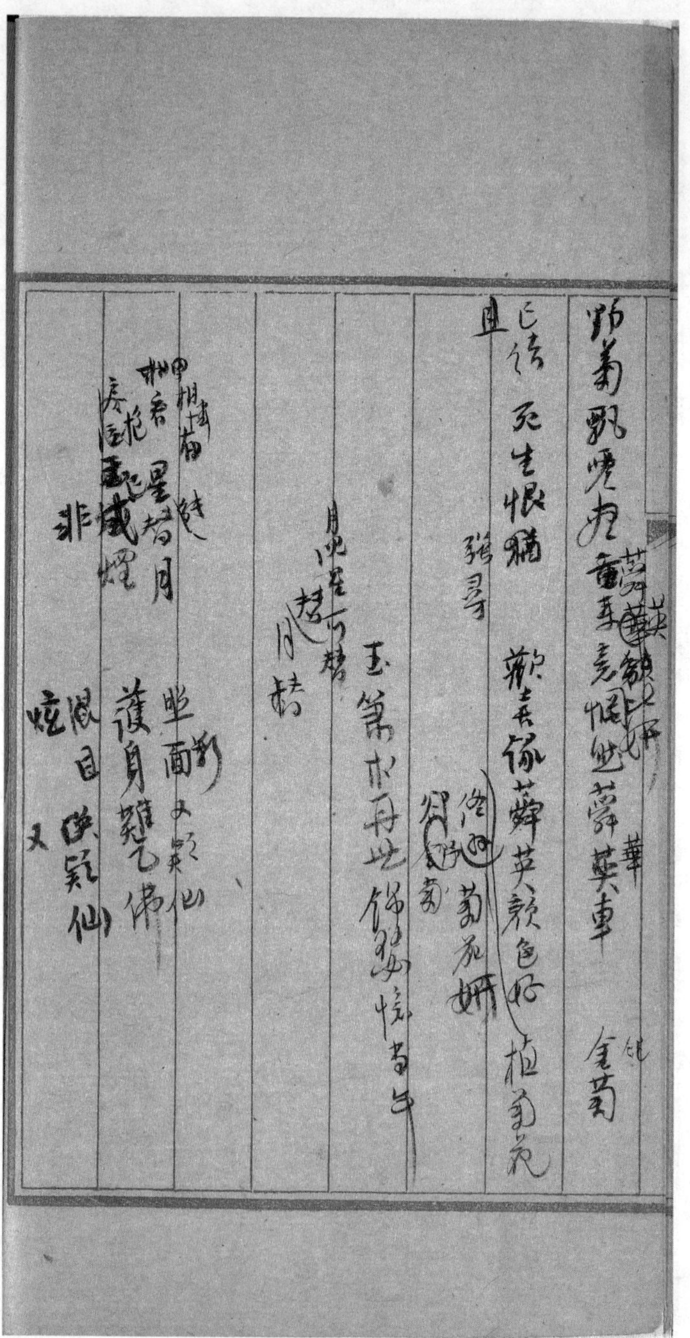

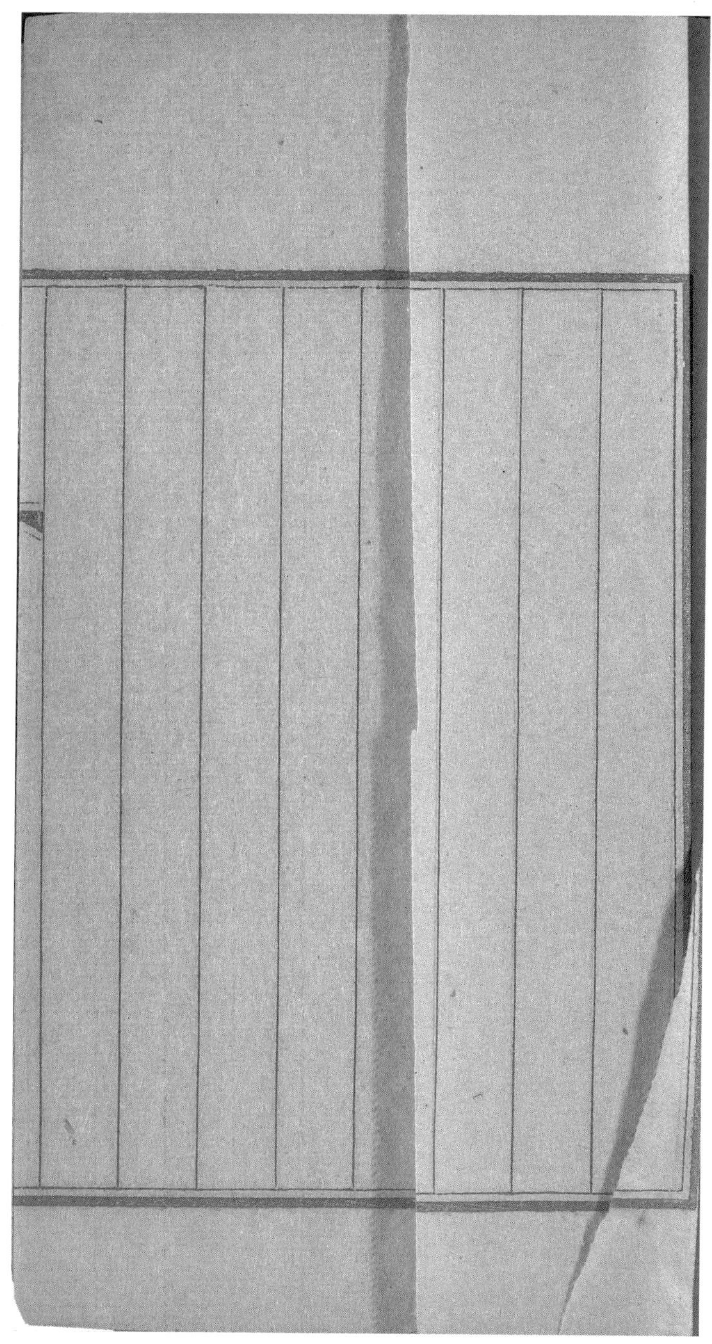

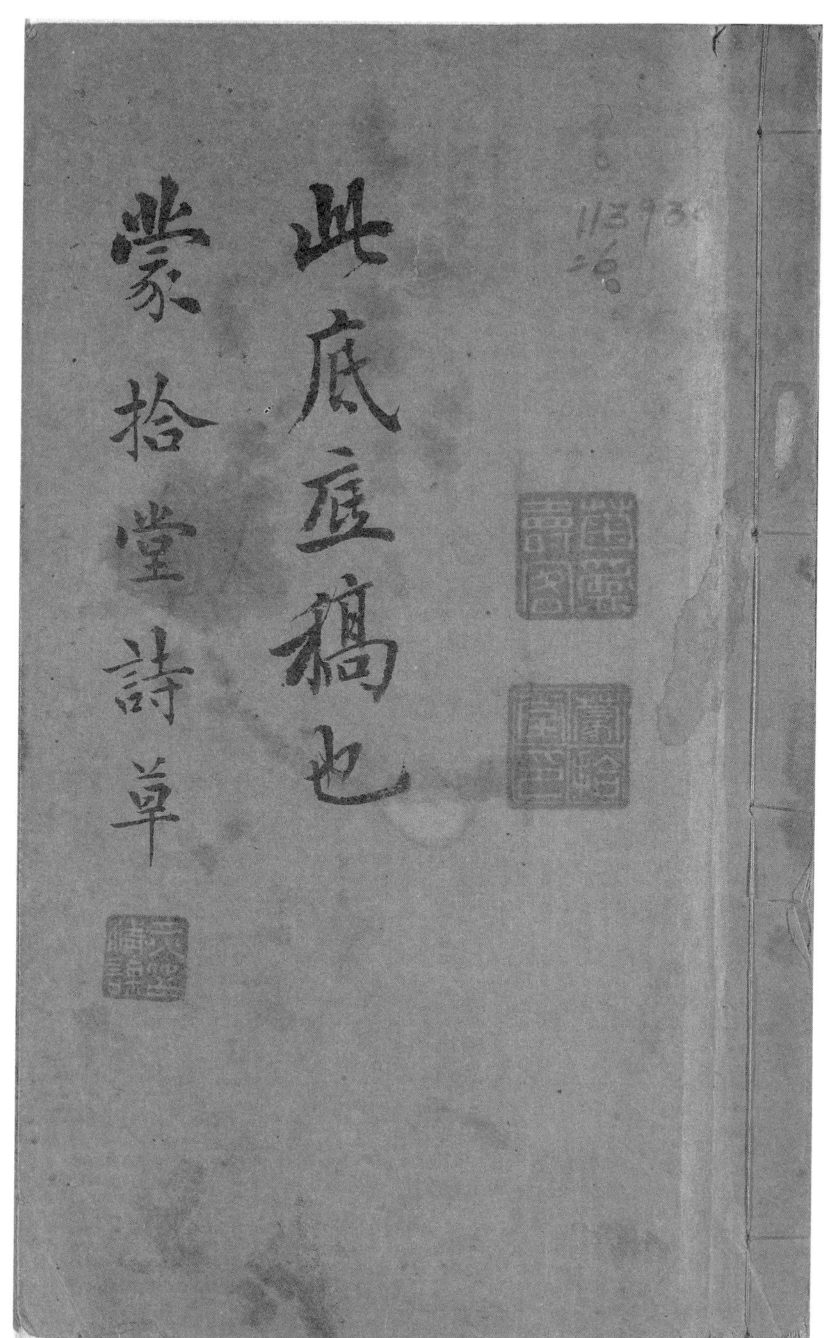
蒙拾堂詩草
此底底稿也

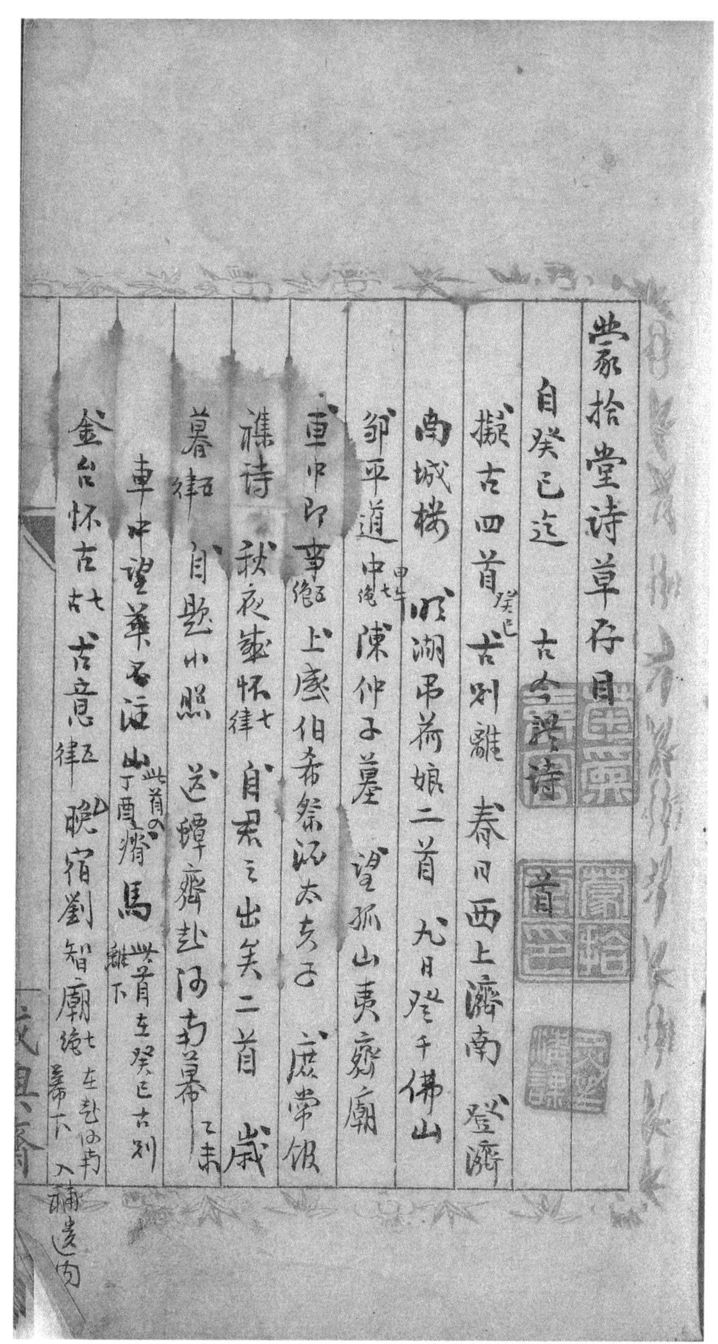
蒙拾堂詩草存目
自癸巳迄　古今體詩
擬古四首癸巳　古別離　春日西上濟南　登濟
南城樓　明湖弔荷娘二首　九日登千佛山
鄒平道中絕七甲午　陳仲子墓　望孤山夷齊廟
車中即事絕五　上感伯希祭酒太夫子　庶常館
襍詩　秋夜書懷律七　自君之出矣二首　歲
暮律五　自題小照　送譚齋赴河南幕乙未
車中望華不注山此首丁酉　瘠馬此首在癸巳古別離下
釜台懷古古七　古意律五　晚宿劉智廟絕七　左題河南幕下　入補遺內

𬘡華集
五古五
七古一
五律五
七律一
七絕六
五絕八
金山西集上
五絕九
五律十二
七律三
七絕六
栥蘭
五律十一首

成集

秋色五律先　秋螢五律蓋　晚歸五律微　晚晴五律文　楊村驛

、晚行七絕　、題沈友卿同年乞假歸娶黃二首

金台懷古七律　楊村驛　讀劉子莊豹俠客噓有筆

望七古一章　丙申　送春夜雨五律冬　望月五律

庭中夜坐　五月初一日夜　急雨七絕　晚涼五律陽　調王楚珍大令

同年　蟬　蝶五絕二首　夜雨五律侵　夜雨初晴即

事七絕　晚泊河西塢　丙申以下栥蘭集　丁酉　由津私儀

夜尚夢中及曉起閱楊柳青驛已過十餘里矣

賦七絕句一首　泊桑園有筆　舟中曉望

晚行遇雨、平原觀顏魯公書畫像贊　野景五律　望瑯

七秋

七古一首
七律三
五古一
七絶七

全台中
五律十二
七律三
五古三
七古一
七絶三
五絶一

全台下
五古九
五律九
七律二
七古一

琊山　伏生故里　車中望華不注山　黄河[illegible]

悵違二日不得渡　過景州孝女祠　春日回都　（宋南集止此）

夏日書懷四首　初夏（五律　徵）　端陽夜雨　喜

陳步廷同硯至都四首　送觶齋田沛秋試

送蕉仙隨任廣西　其二疊前韻　送劉子黍

同年下第東歸二首　附恭親王哀辭（查係何年入稿　再定次第）

皎皎天上月　孟春　時享　午門迎送　聖駕

恭紀（戊戌）寐處（評題少海堂補蒐）　恭祝崇文山太夫子壽七旬壽

喜雨早晴（五律　庚）　秋日懷觶翁楚南（以下補　丁酉）　再贈

觶翁蕉形楚南道中二首　觶翁寄書以登黄

勍集
七律六
五古二
五律五
七絶一
劫餘集
七律十二
五絶十二
五律一
柏台
七律八
七古一
五律七
五古一

鶴樓秀索作此以答 補丁亥此此 得鐔甫產移桂林
書 七絶 春日懷鐔甫桂林 五律侵 暮雨懷子秀同年
泰安 晚自鹿寨渡歸 遣懷 五律 聽羅子意
林彈琴 聞粵西冤警即懷蓮仙鐔甫 詠庭
中海棠 柳花 以上二首在在麻雲下 秋夜卿思 五律二首 貞女吟 大雪 五律 寒
書庭至 春寒 都並序 七律一首 貞女吟 在秋夜卿思下 詠史
勍左太沖詩八首 己亥 以下 元旦 此作己亥第一首 書賑
和覺遙聞琴聲 晚晴 五律 删諸 擬古詩二首
月 題郭子美爵提思親釋甲圖 五律二首
讀史小樂府 勍王貽城詩 入補遺 易水懷古 五古 夢

感懷 五古 侵
叶 不叶一百行

五古廿一首
七古五首
五律六十四首
七律三十六首
五絶三十首
七絶十八首

補辛丑目錄

五古廿五首
七古四首
五律七十首
七律廿七首
五絶十首
七絶卌四首
共百六十首

望長安詞四首七絶　移居二首七絶　輓李文忠五律
聞兩宮由陝幸豫十絶　聞兩宮至豫五律
即塵茶紀二首五律　歲暮三首五古
五古廿五　七古四首　七絶卌四首　五絶十首
七律廿七　共八十五　五律七十

補遺目錄　寒夜得子　七月十五夜望月五律　散
劍泉精舍雜詠　偕志垂藏書　劍泉觀魚　從然亭眉山　投經樓懸眺　秋暝台讀碑　伐鄭祠聽泉
秋日金泉精舍　投經樓秋夜照巴　秋懷　讀史小樂府
恭忠親王哀辭　和省廟　挽李鑒帥　弔王康生　移花
清明微雪　七夕　送王秀民赴日文彼

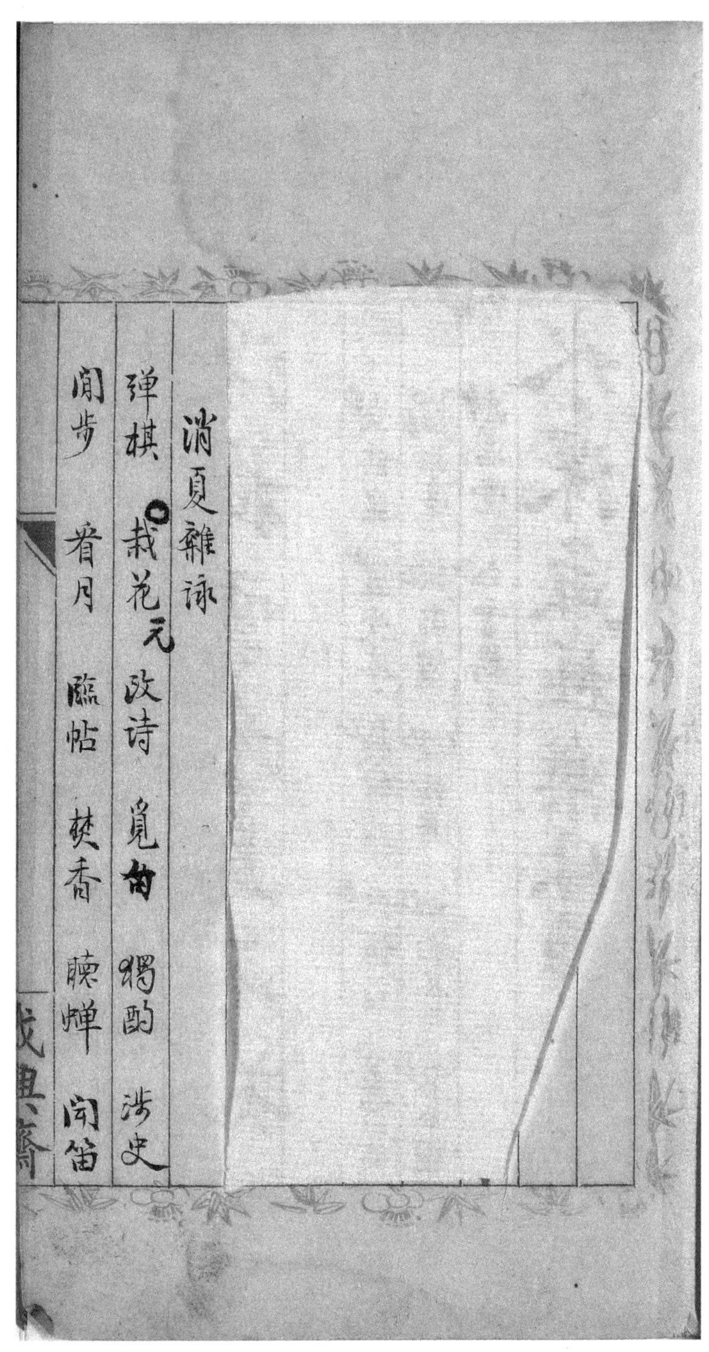

消夏雜詠

弾棋　栽花元　改詩　覓句　獨酌　涉史

閒步　看月　臨帖　焚香　聽蟬　聞笛

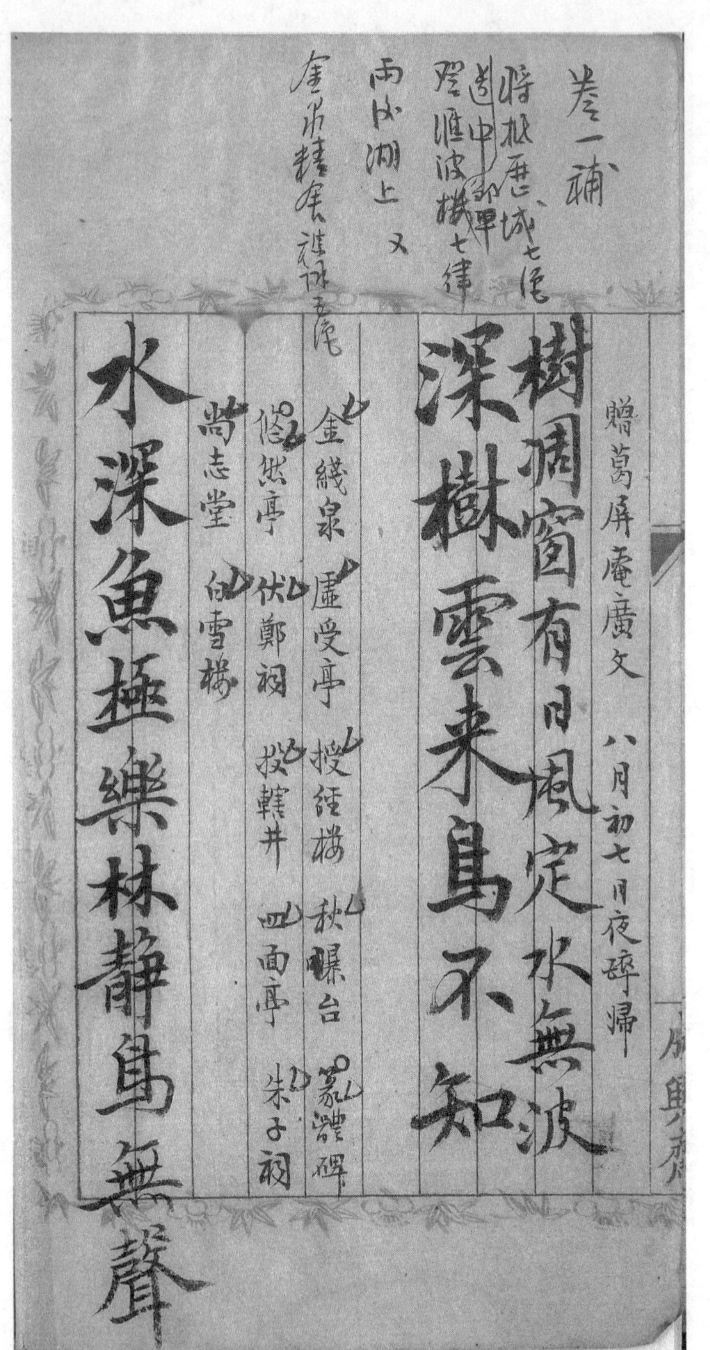

癸卯年又改易纂次

蒙拾堂詩草偶存　夕佳清課

五古體詩　自癸巳迄辛丑後附壬寅若首

擬古四首　凡有點者刪鈔訖

迢迢銀漢如，耿耿秋星光。毋為牛與女，寧為參與商。參商不相見，牛女遙相望。不見情可已，相望心多傷。

迎春

郎愛桃李花，妾愛松柏樹[冬青]。桃李[春華誤]紅幾時，松柏[冬青]青如故。人生非神仙，朱顏豈長駐。團扇悲秋風，零落在中路。

彈殺樹上鳥，鳥啼夜易曉。操碎匣中鏡，對鏡使人

妾

老人生百年中愁多歡時少三五明月圓行樂苦
不早

妾如水中石郎如機上絲素絲亦易染白石終不
移不怨生離别但恐新相知新知雖云樂不如早
旋歸

古别離 此作第一首

聞君遠行役送君岐路側贈君雙金環繫君立
斯須去去千餘里音問日以疎歲月寖復遠爲
知心不渝丈夫重意氣安用妾區區莫以他鄉
樂不念故園蕪莫以新知好而忘故人好嚴霜

清纓何處是
壯志幾時酬

沾懷袖北風吹羅襦君行既不顧妾淚如連珠

歸來當戶織素五丈餘五丈尚爲短情長空

煩紆

春日西上濟南 癸巳

負笈平陵道

陵草油油綠春風游子忙愁困初燈重情意少

年長落日一回首白雲空斷腸林鴉聲[illegible][illegible] 乾乾

夜宿朝陽 首句改作驅馬濟南道

登濟南城樓

落日出城樓蒼煙九點收提封當泰嶽分野當名山尊

齊州天地不改色古今同一邱忍看雲樹洸當秋暮暮[illegible]

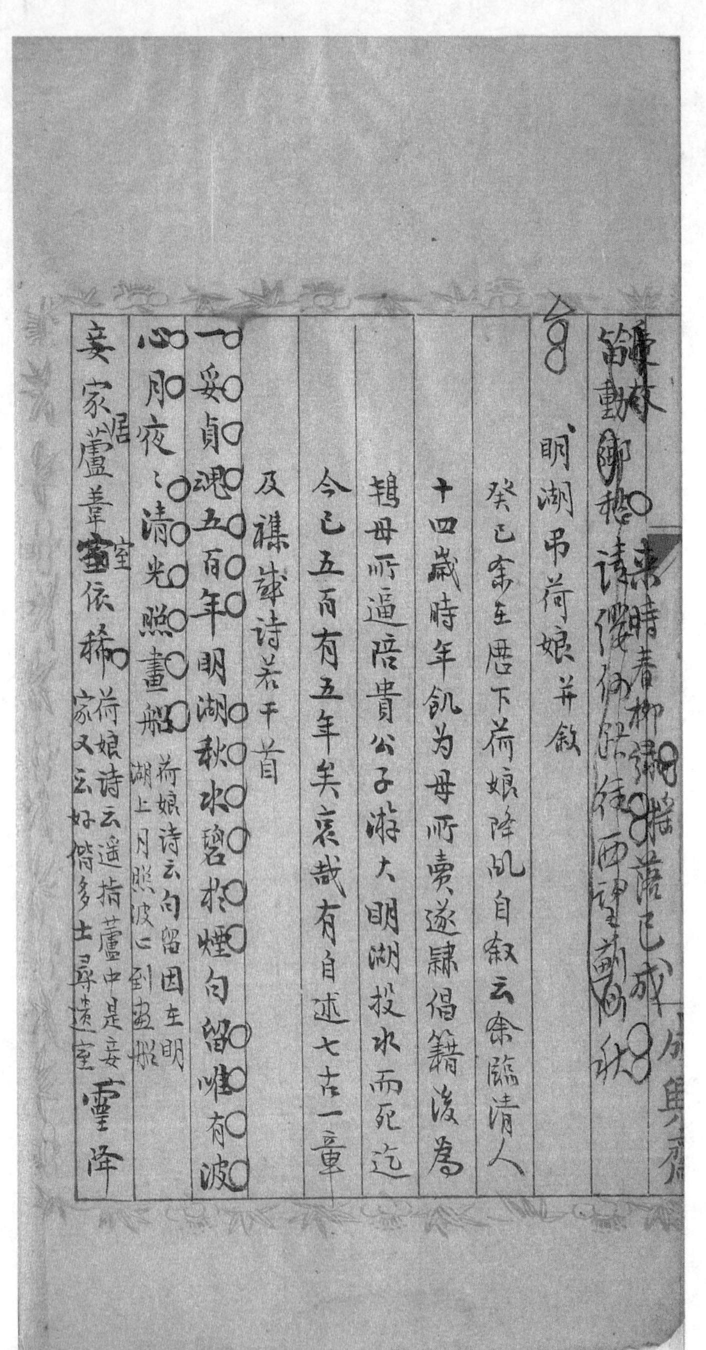

[illegible]

合⑧

明湖弔荷娘并叙

癸巳余在歷下荷娘降乩自叙云余臨清人十四歲時年飢為母所賣遂隸倡籍後為鴇母所逼陪貴公子游大明湖投水而死迄今已五百有五年矣哀哉有自述七古一章及襍律詩若干首

一死貞魂五百年明湖秋水碧於煙句留唯有波心月夜夜清光照畫船荷娘詩云句留因在明湖上月照波波到畫船

妾家居蘆葦室依稀荷娘詩云遥指蘆中是妾家又云好借多士尋遠室靈降

騷壇是也非欲採蘋花薦清潔平沙如鏡白鷗飛

九日登千佛山廿四韻

秋聲昨夜霜風嚴禿林峭露南山尖草窠石蟠海真衡逢車馬黃埃添余亦登高作重九真味與世殊酸鹹岑參生平每好異訪奇能使中心快聞昔此山風雨夜斵空欲裂青巉巉迅雷奔電怒叱咤火光迸射崑岡炎霹靂一聲萬竅動劃然中開變靈巖彈指內現諸佛像疑有神鬼窮雕鎸巨靈咋舌五丁走至今談者猶掀髯奈我尋蹤但耳食捫胸捺信橫相攙鈍碧頑青一覽空毋乃

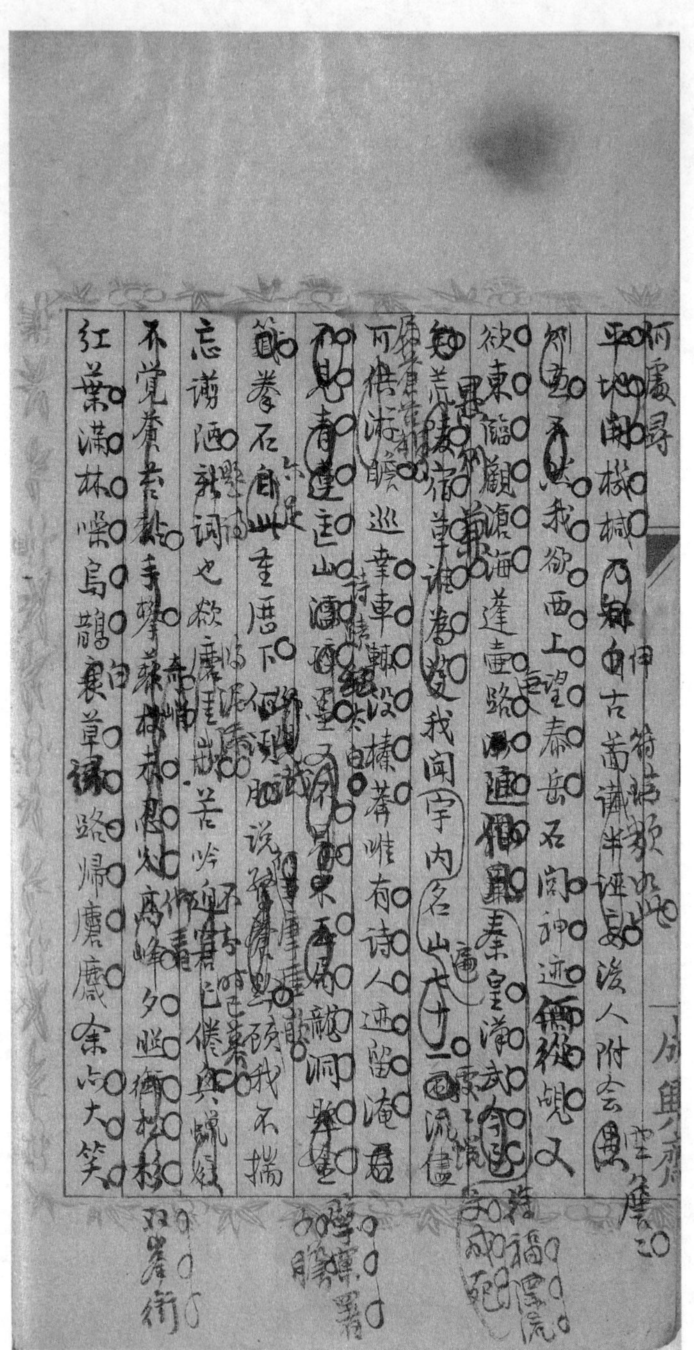

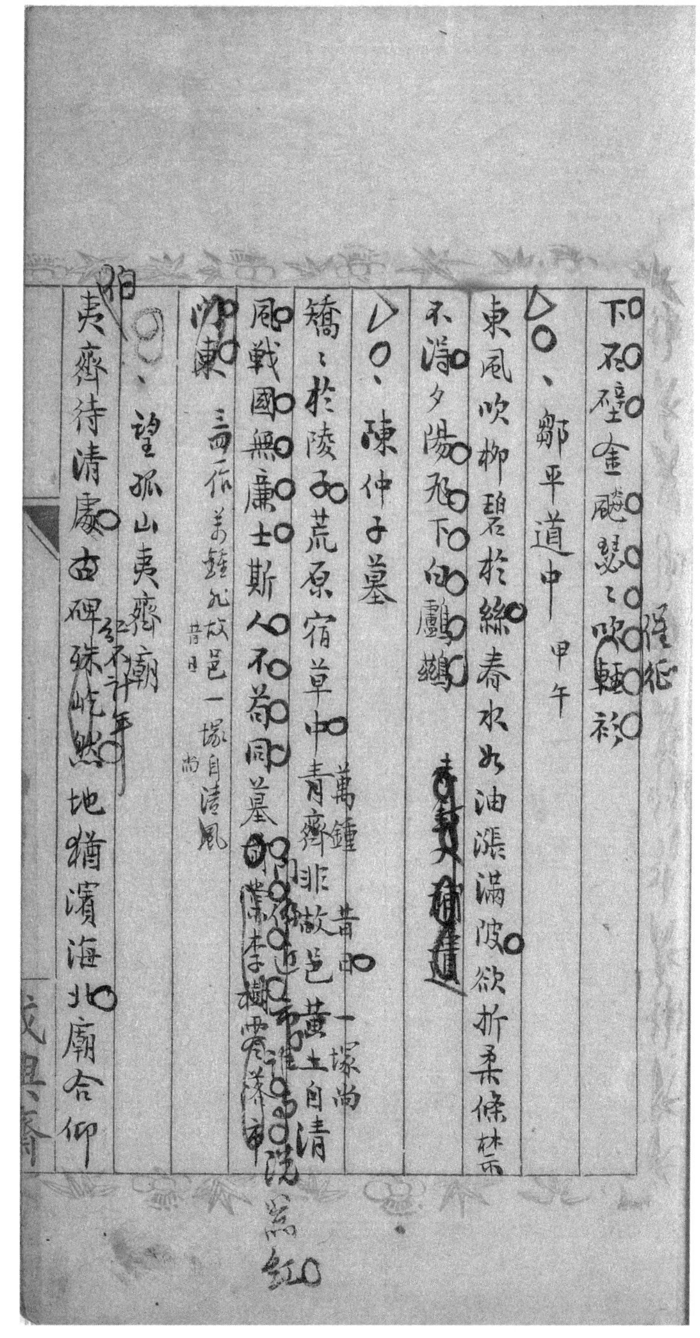

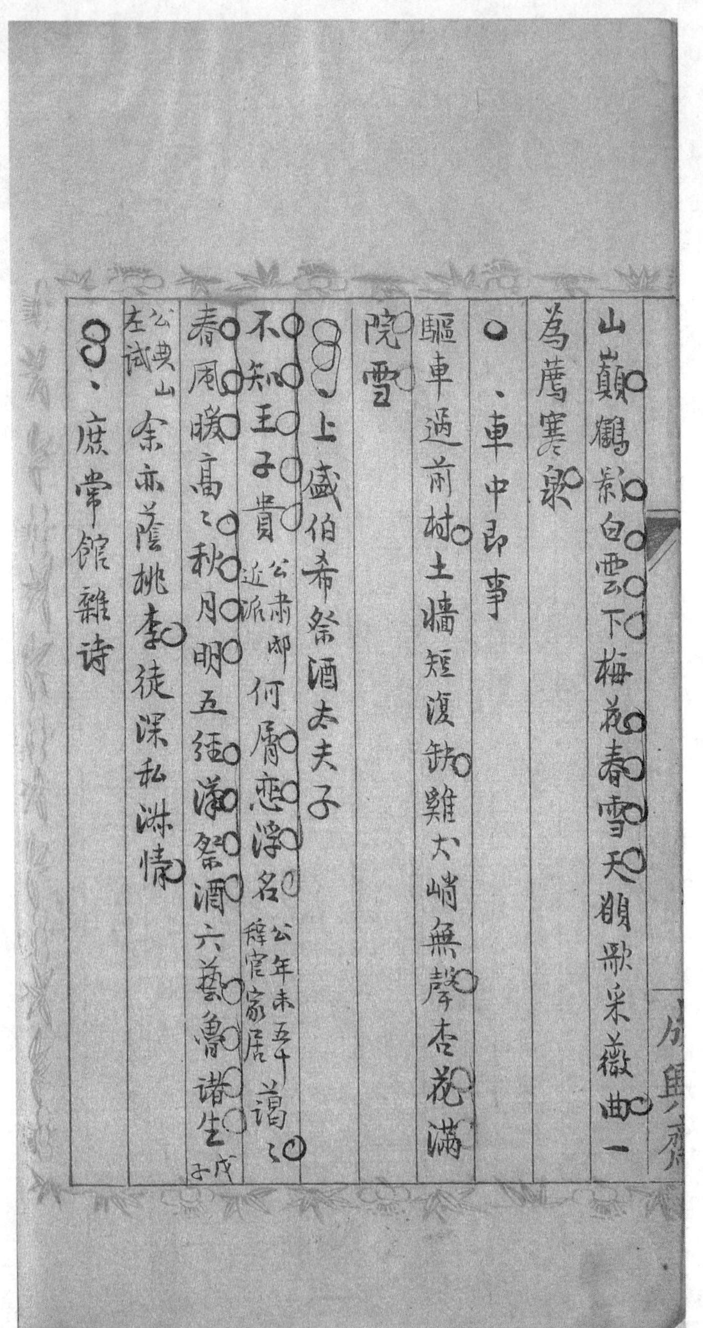

山巔鸛鶴白雲下梅花春雪天韻歌采薇曲一
為薦寒泉

〇、車中即事

驅車過前村土牆短復缺雞犬悄無聲杏花滿
院雪

〇〇上盛伯希祭酒太夫子

不知王子貴公肅邸近派何屑戀浮名公年未五十辭官家居藹〃
春風暖高〃秋月明五經漢祭酒六藝魯諸生戊子
公典山左試余亦蔭桃李徒深私淑情

〇、庶常館雜詩

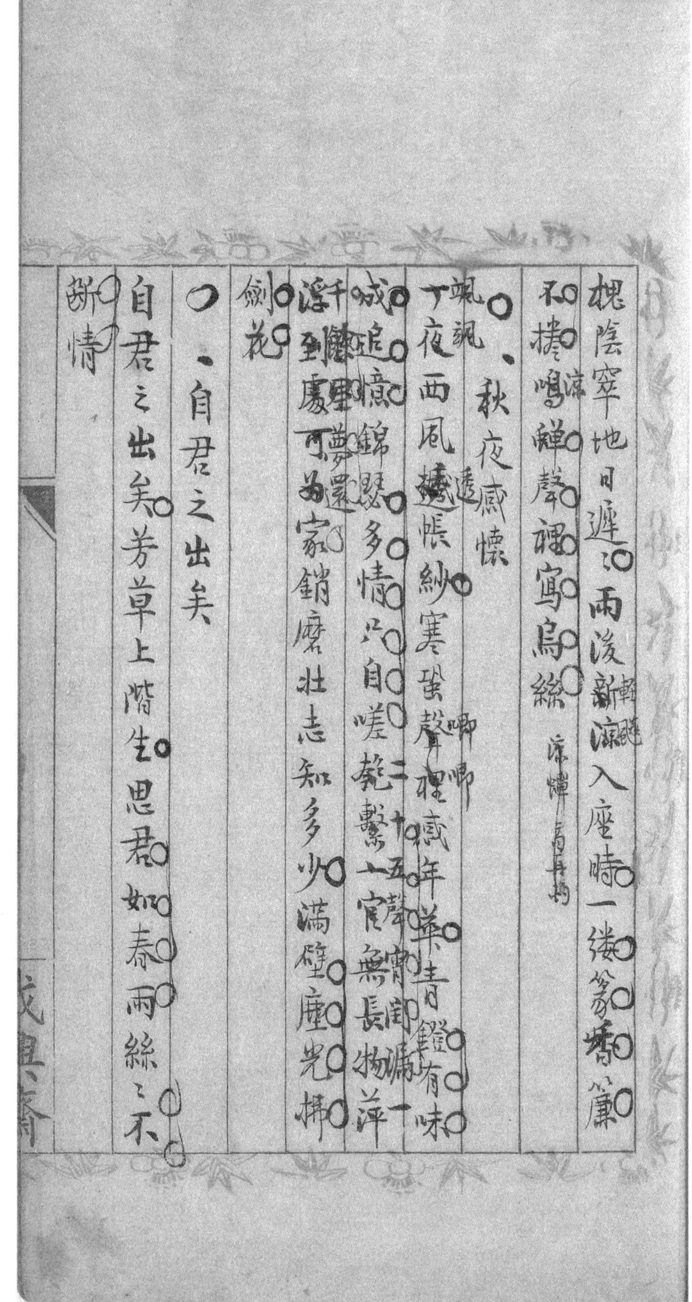

槐陰窣地日遲遲，雨後新涼入座時。一縷篆香簾
不捲，鳴蟬聲裡寫烏絲。

、秋夜感懷

丁夜西風透帳紗，寒蛩聲裡感年華。青鐙有味一
成追憶，錦瑟多情只自嗟。[illegible]鬢一官無長物，萍
浮到處可為家。銷磨壯志知多少，滿壁塵光拂
劍花。

、自君之出矣

自君之出矣，芳草上階生。思君如春雨，絲絲不
斷情。

八 歎鶴

孤負凌雲志，年來露此身。誰憐毛羽潔，轉（只愛）學性情馴。天地籠中小，文章頂上新。不鳴非惜力，亦不諂人。

自君之出矣，不復理殘妝。思君如流水，一曲九迴腸。

九、歲暮

今歲已遲暮，故鄉猶鼓鼙。沈沈（信遲）千里雁，嚶嚶（夢斷）五更雞。塞上木葉落，枕邊（秋宵）霜雪淒。誰憐烽火裡，異地尚羈棲。

秋巴耳評

瘦馬　此首在癸巳古別離五古下

瘦馬仍千里，曾無棧豆情。汗揮餘血色，骨見戟作銅聲。自重在能忍，服勞非愛名。人間無伯樂，何處托平生。

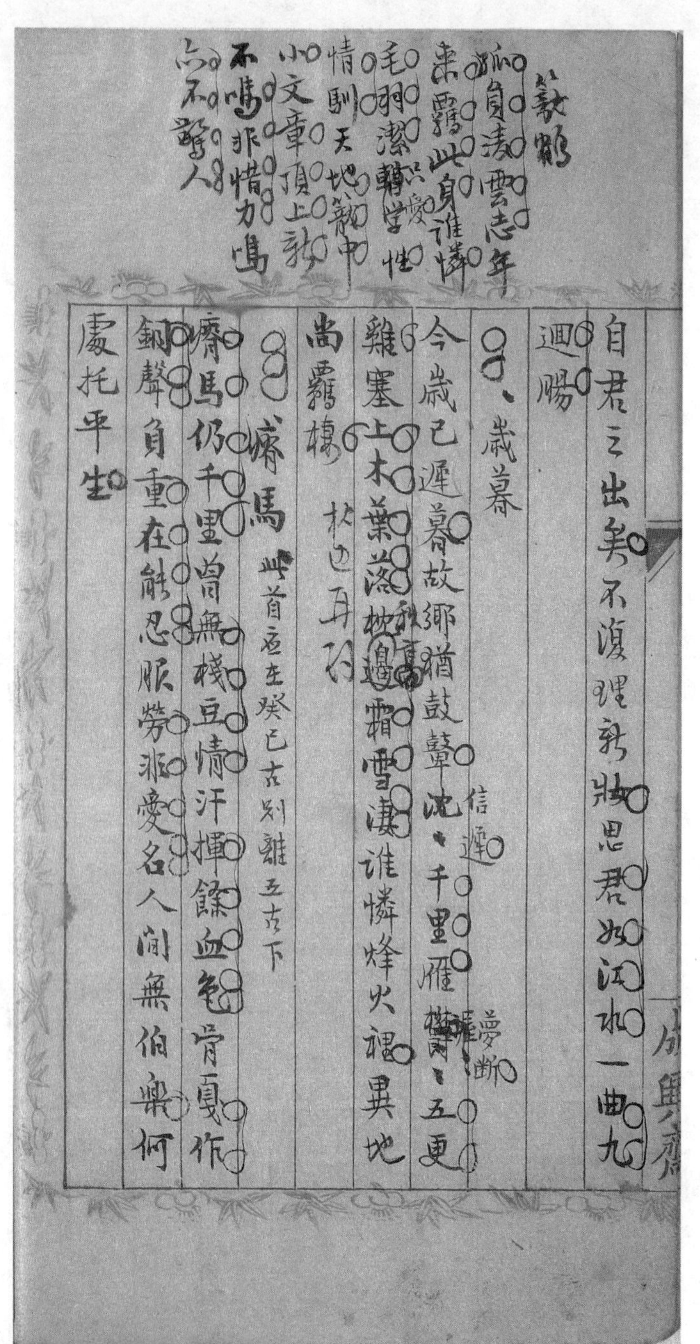

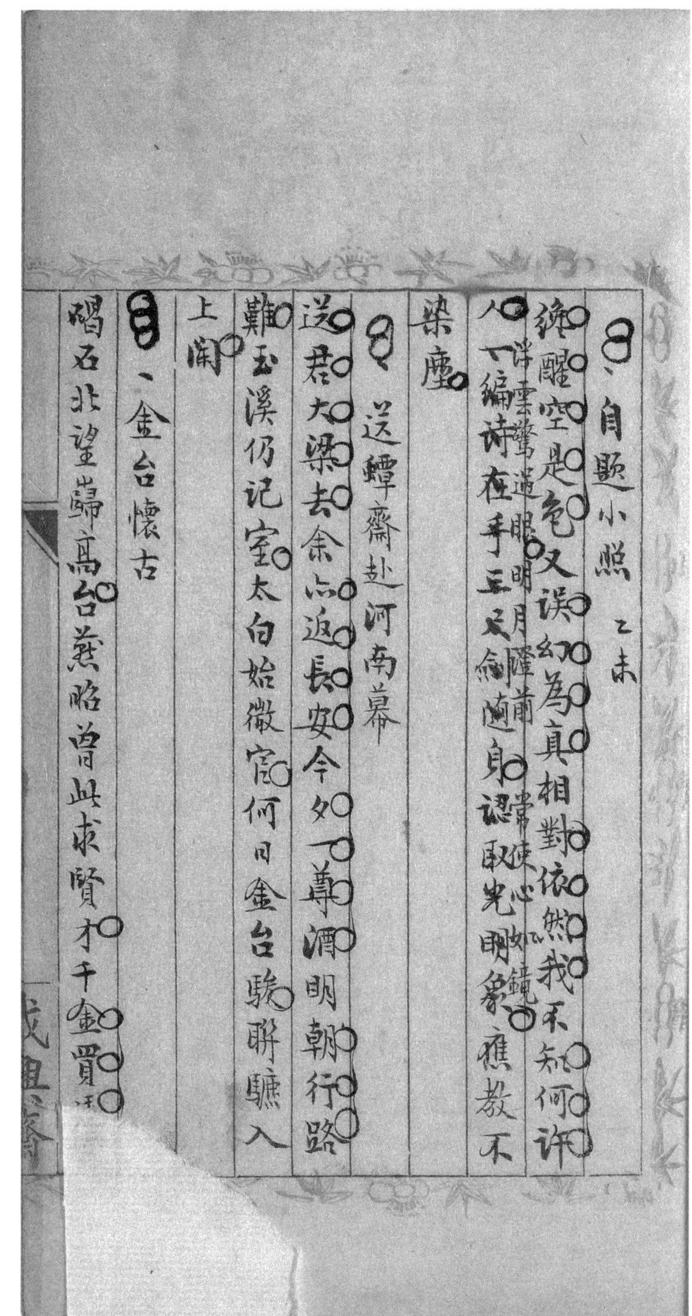

自題小照 乙未

幾醒空是色，又誤幻為真。相對依然我，不知何許人。下編詩在手，三尺劍隨身。認取光明象，誰教不染塵。

（旁注：浮雲驚過眼，明月墜前常使心如鏡）

送鐔齋赴河南幕

送君大梁去，余亦返長安。今夕一尊酒，明朝行路難。玉溪仍記室，太白始徵官。何日金台駿，聯驄入上闕。

金台懷古

碣石北望歸，高台燕昭曾與求賢才，千金買

能豈黃金待士來，在昔暴秦民望雨，得一人

可湯武。留侯何非六國士，反從閭巷求真主。戰國

士類虛名，燕昭有志不師古，郭隗貪餌巧要君，劇

辛鄒衍空[illegible]。樂先生頗稱天下才，重功名輕出

處。函谷不與同袍歸，臨淄卻□□□旅執金

城全下齊為人驅，偷究何補，無怪君臣以亡終。豈

有上下相貨取，習氣徒堪害子孫。荊卿揮霍金如

土，易咸陽一入國隨亡。易水蕭蕭羞不語，吁嗟乎！

幽燕四塞古雄都，王佐之才非狗屠。只從圯上尋

黃石，莫向台前弔望諸。

猶塵不冋輝
聲絕人何處
擬知音事已非
市門無限酒
弔古醉沾衣

晚歸

薄暮初收雨危樓眺夕暉雲行天逆起風急鳥
斜飛青眼向誰是素心斯世稀長安市上下杯蕉市酒
一曲醉扶興人猶復從待我傑戲詩
高詠自遲歸 衣崔徽市
且醉秋色人
秋色不知處寒星相向圓誰憐羈宦客獨對晚
涼天碧落情如此銀河望渺然故鄉多少恨魂夢
隔山川 故鄉今夕夢內 女牛 鵲橋如可渡我亦知之仙孫

、古意

牕外流螢飛窗前殘燭輝含情掩秋扇抱恨倚

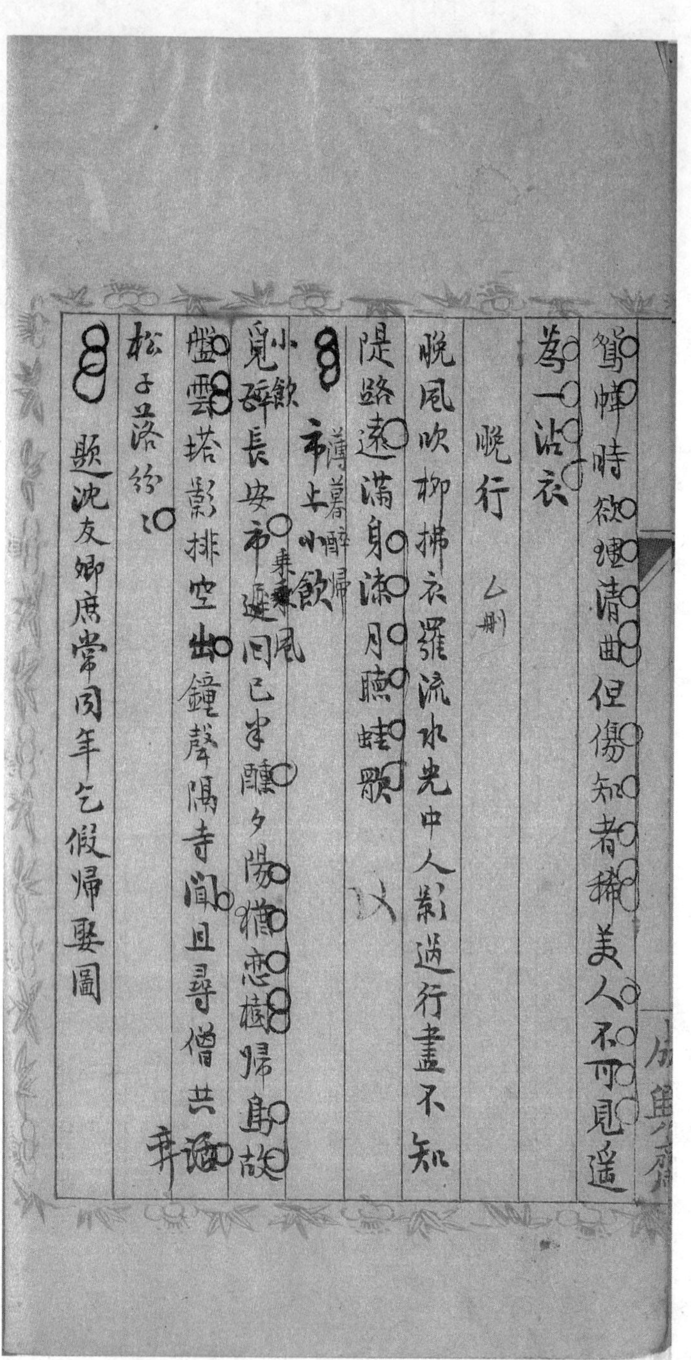

鳴蟬時欲墮清曲但傷知者稀美人不可見遥
爲一沾衣

晚行　厶删

晚風吹柳拂衣羅流水光中人影過行盡不知
隄路遠滿身添月聽蛙歌　以

市上小飲　薄暮醉歸　小飲

覓醉長安市　乘[illegible]風　逢同已半醺夕陽猶戀樹歸鳥故
盤雲塔影排空出鐘聲隔寺聞且尋僧共話　弃
松子落紛紛

題沈友卿庶常同年乞假歸娶圖

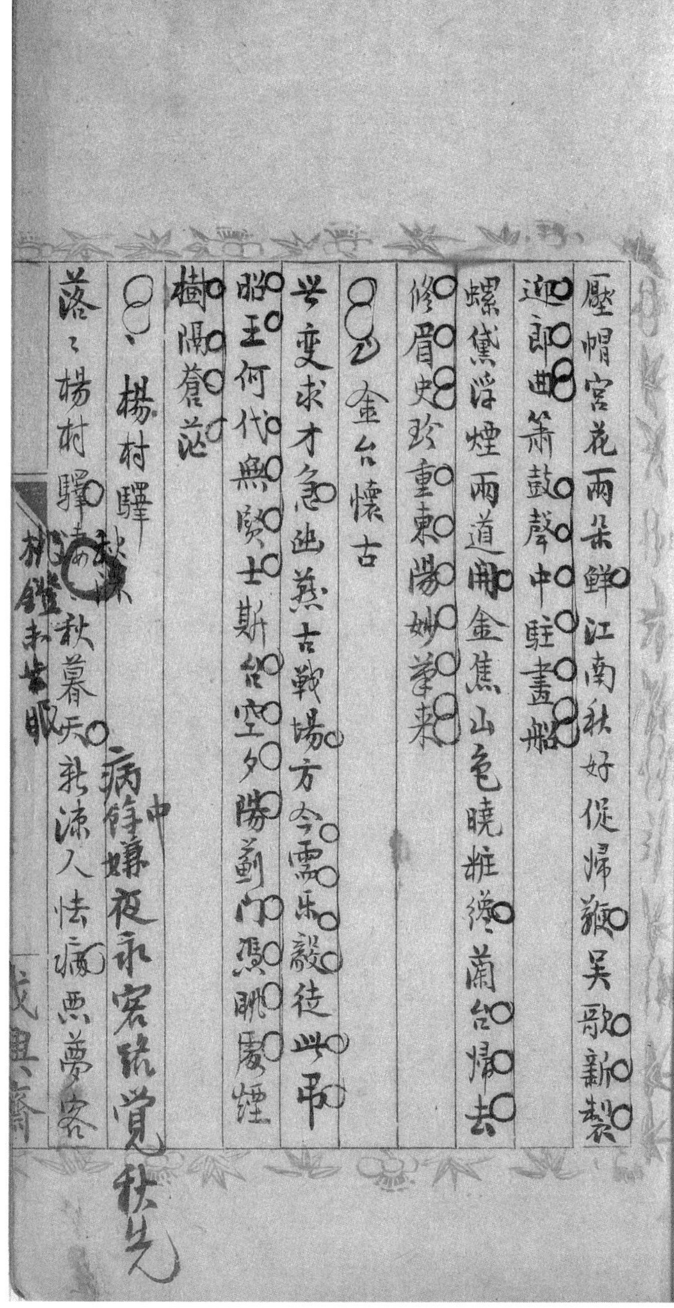

柿津此有信　若玉

帖

羈眼鄉國仍千里，風霜又一年。那堪遲日出，誰將桑落酒

遊蒲花天　若着征鞭　黄花　故人何處　憐我　傷愛　春殘　信　是　遥　秀琼　菊　亂　香

讀劉蕉仙俠客吟有感即呈七古一章

我生本俠士，重義輕黃金。但願逢知己，用識平生心。茫茫知己屬誰何，中宵彈劍起高歌。燕台黃金燕市酒，古來烈士存幾多。荊卿漸離長已矣，蕭蕭易水寒不波。讀君詩，飲君酒，和詩一篇酒一斗。人生壽無金石堅，須臾浮雲變蒼狗。青衫潦倒貂裘敝，與君同是牛馬走。蜉蝣朝暮蟪春秋，將何於中期不朽。拔劍斫地斫地無門，搔首問天天

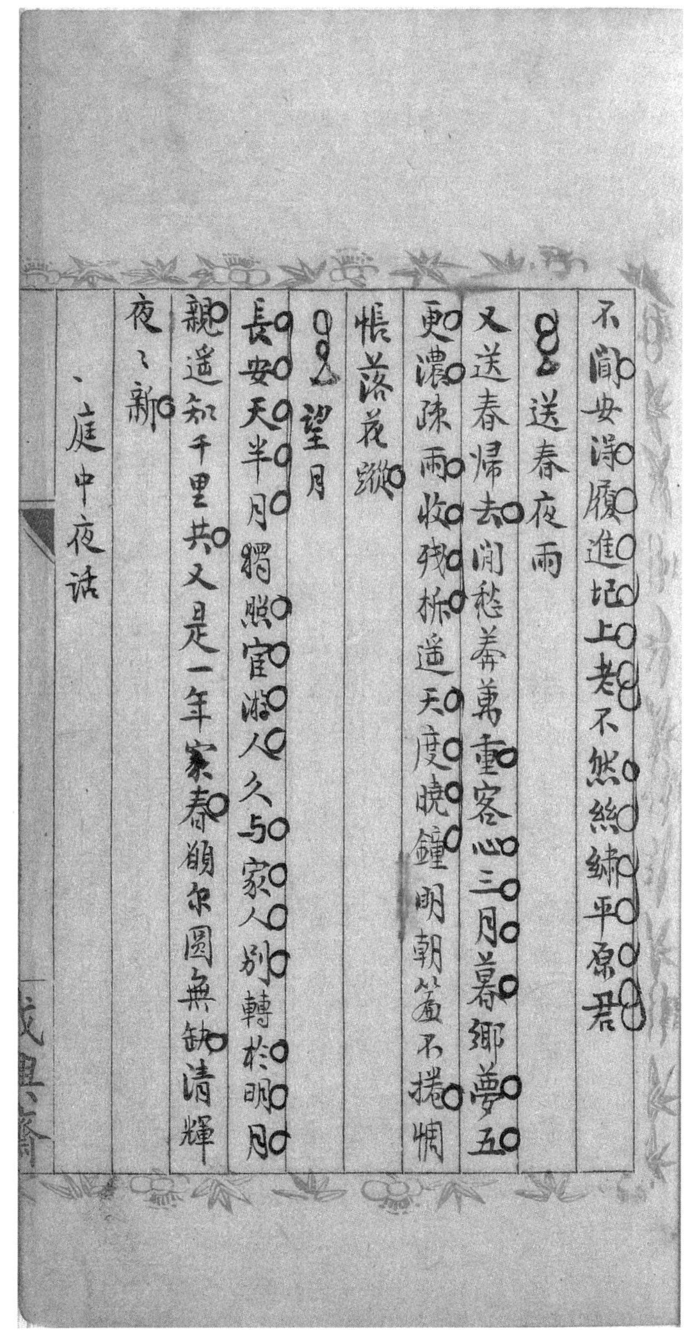

不聞安得履進圯上老不然絲繡平原君

送春夜雨

又送春歸去閒愁萬萬重客心三月暮鄉夢五更濃疎雨收殘柝遙天度曉鐘明朝簾不捲惆悵落花蹤

望月

長安天半月猶照宦游人久與家人別轉於明月親遙知千里共又是一年春顧爾圓無缺清輝夜夜新

庭中夜話

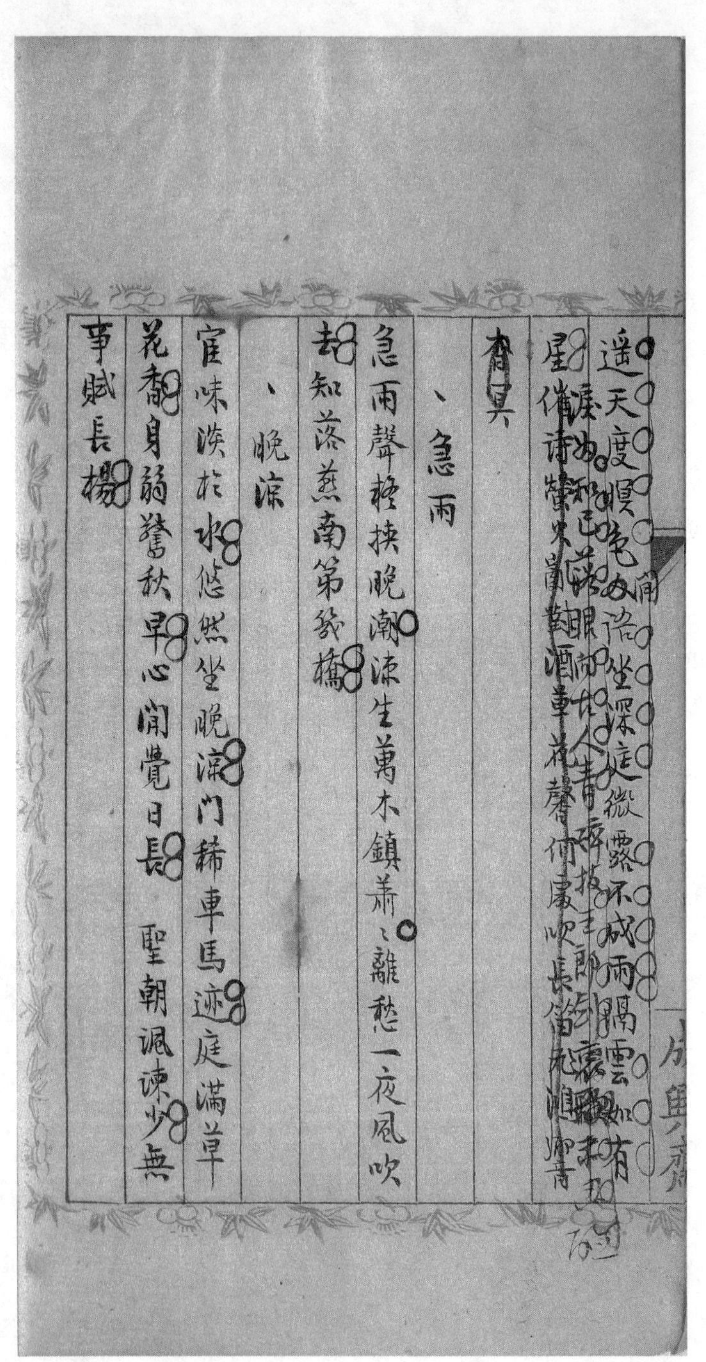
遥天度暝色，閒倚坐深庭。微露不成雨，隔雲如有
星。淒為知己路，眼前人青悴拔主郎[illegible]
備詩螢火當勸酒，車前聲何處吹長笛九迴響青
其

、急雨

急雨聲輕挾晚潮，涼生萬木鎮蕭蕭。離愁一夜風吹
起，知落燕南第幾橋。

、晚涼

宦味淡於水，悠然坐晚涼。門稀車馬迹，庭滿草
花香。身弱驚秋早，心閒覺日長。聖朝淵諫少，無
事賦長楊。

改作詠物十首另存

、調王埜玲大令同年

名士風流仙吏才，長安日日看花開。何當走馬揖春去，移向河陽縣裡栽。

、夜雨

旅館一夜雨，故鄉千里心。孤燈照人瘦，萬樹挾秋吟。魂夢亂無著，漏聲寒已深。明朝有樽酒，滴滴和愁斟。

、蟬

朝飲飲素風露，夕餐白露。羨說一棲。音響清悠且長，風露浸滌潔。一樣在高枝，獨自勵清節。

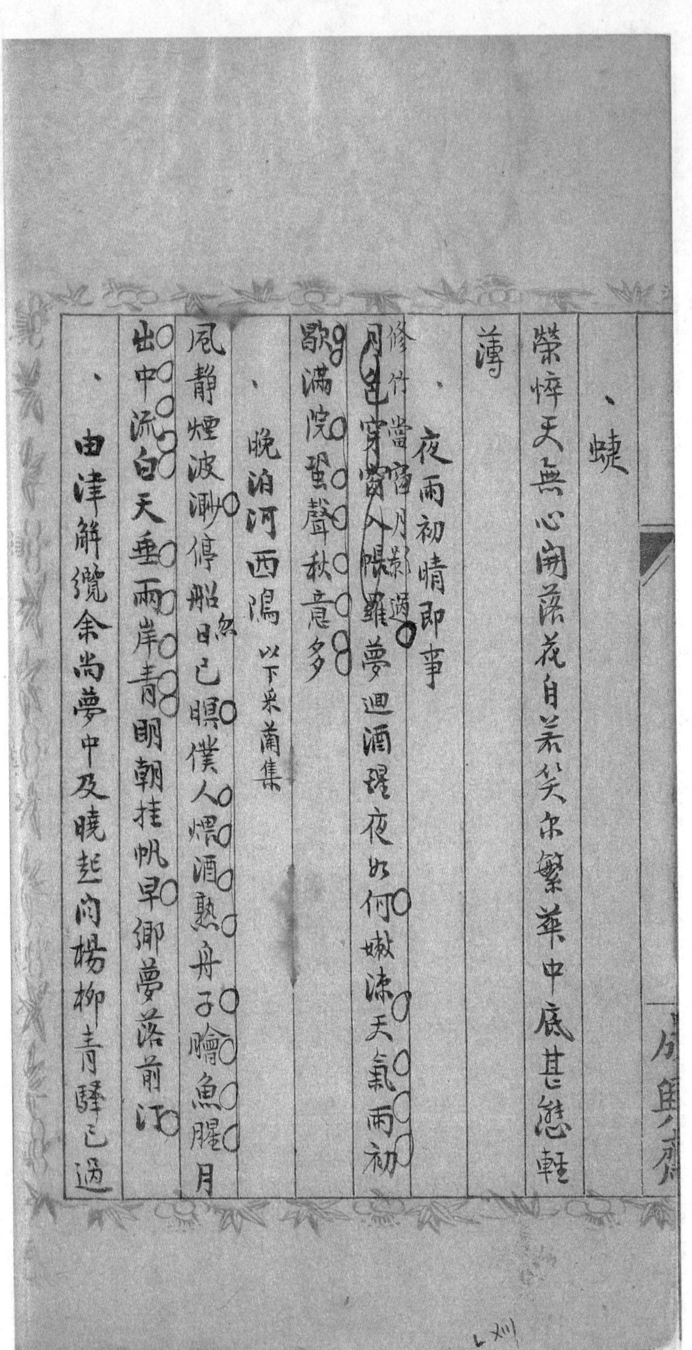

、蝶

榮悴天無心開落花自若笑尔繁華中底甚戀輕薄

、夜雨初晴即事

月色穿窗入帳羅（修竹當窗月影過）夢迴酒醒夜如何嫩涼天氣雨初歇滿院蛩聲秋意多

、晚泊河西鴻　以下采蘭集

風靜煙波渺停船日已暝（忽）僕人煨酒熟舟子噲魚腥月出中流白天垂兩岸青明朝挂帆早御夢落前汀

、由津解纜余尚夢中及曉起向楊柳青驛已過

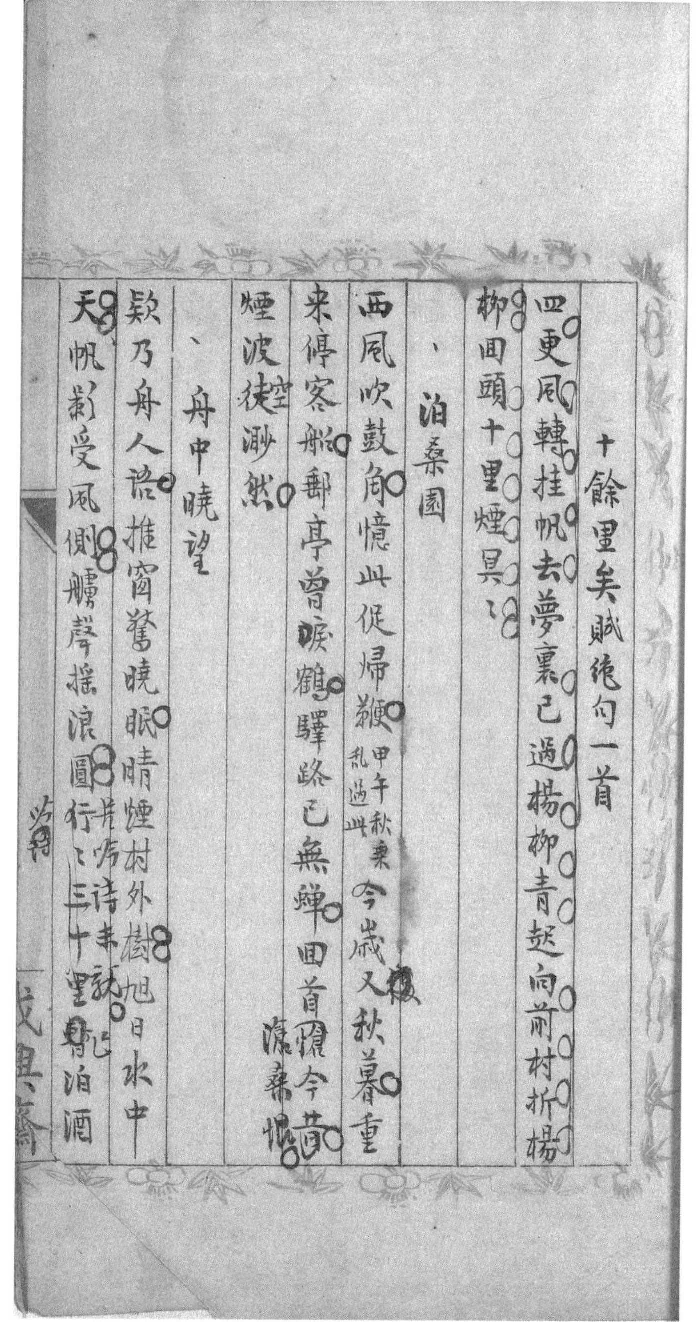

十餘里矣賦絶句一首

四更風轉挂帆去，夢裏已過楊柳青。趂向前村折楊柳，回頭十里煙冥冥。

泊桑園

西風吹鼓角，憶此促歸鞭。甲午秋東乱過此 今歲又秋暮，重來停客船。郵亭曾唳鶴，驛路已無蟬。回首懷今昔，煙波空徒渺然。滄桑慨

舟中曉望

欸乃舟人語，推窗驚曉眠。晴煙村外樹，旭日水中天。帆影受風側，艣聲搖浪圓。行行三十里，暫泊酒 并序詩未就

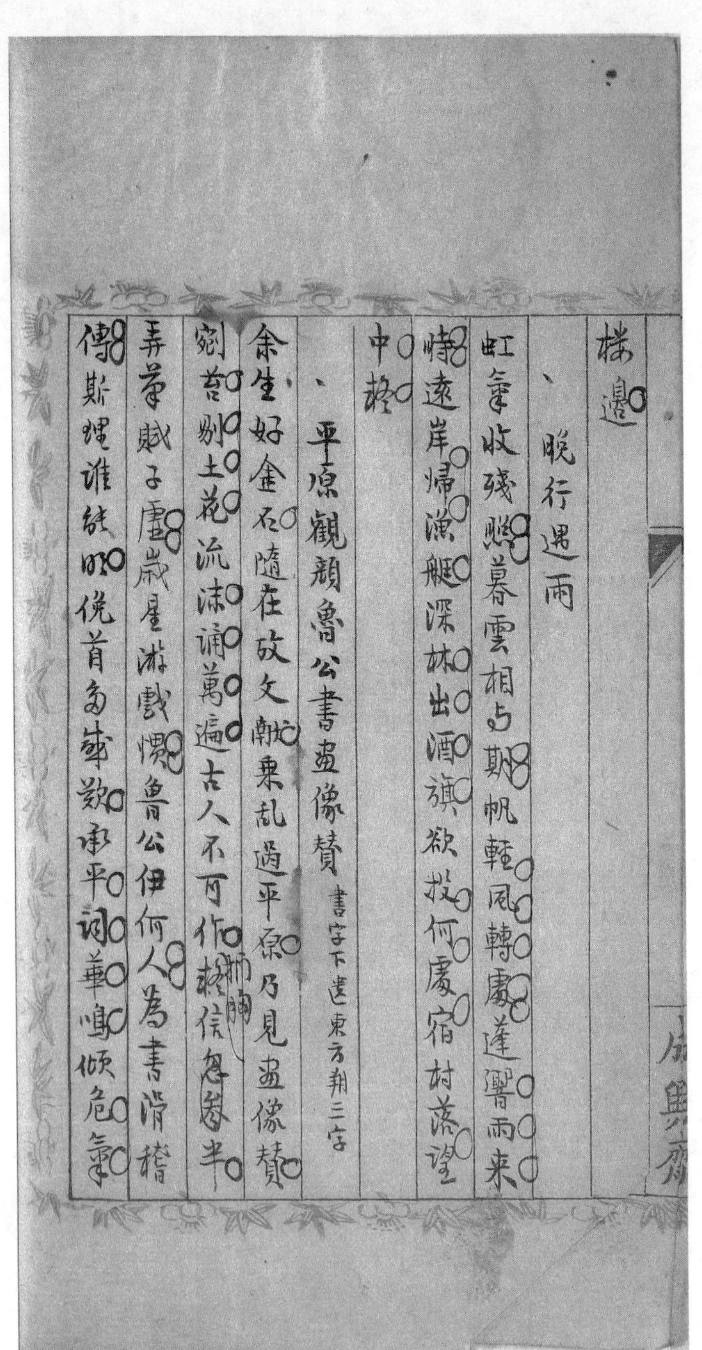
樓邉

、晚行遇雨

虹筆收殘照暮雲相与期帆輕風轉處逢驟雨来

情遠岸歸漁艇深林出酒旗欲投何處宿村落望

中橋

、平原觀顔魯公書畫像贊 書字下逺東方朔三字

余生好金石隨在𢭏文献秉乱過平原乃見畫像贊

劍苔別土花流沫誦萬遍古人不可作摸信忽春半 捫胸

弄筆賊子虐歲星游戲慣魯公伊何人為書滑稽

傳斯狸誰能昭俛首多年歟承平詞華鳴傾危氣

節鬼守土懷忠貞立朝托諷諫世異事尙殊易地則皆驗我生際鄒虞軍書日告變（時中東戰事正急）片石三摩挲私淋拘吾韻詞念禦外侮義勇主時乱訪古希往哲低徊唐与漢

、野景（殘）

山色午（淡）征（鈡）長（曛）林鴉噪（已倦飛）（夕）（陽）荷鋤田父並弄笛牧人歸

村口白雲合寺門黃葉稀停鞭遵擁慶風酒自薪

征途霜信早於洪禦寒衣寶

、望琅玡山

木落天高四野遒琅玡東望思悠悠秦皇侈志登台頌斧景雄風遵海遊日照三山仙迹渺煙浮九

點竄茵休岑參生好探奇蹟風雪（歲暮）嚴寒不可留

伏生故里 以下丁丑

二十九篇出斯文猶在茲少為秦博士老作漢經師齋國尚書學平陵畫像祠 濟南金泉精舍有伏鄭祠內懸名人所摹伏生像

世家此可溯我亦感興衰 吾邑東南有伏家莊傳為伏生後裔陳鶴儕孝廉嘗裒輯歷代伏氏名字見於史傳志乘及諸名家集中者次其行事彙為伏氏世譜淵博精核不愧伏氏功臣因念余先世排魚祖諱鐘在孔門七十二賢中歷代封梁伯晉千乘侯唐宋以來譜系秩然及明季遭亂長房播遷譜沒於水當時並無副本遂至本門闕無考余既羨鶴儕考古之勤而不禁有世澤湮沒之嘆云

車中望華不注山

昔聞華州西嶽之三峰半天削出青芙蓉毋乃其一

飛到此風雨離合成奇蹤東西相距幾千里豈有李
娥施天工齊魯巖連首泰岱衆羣山羅列如朝宗
伊古聖神七十二每談符瑞來東封云亭梁父邱陵
耳為近壇坫同尊崇茲山聳立一千仞巡幸輙迹無
由通依草附木類如此始知孤立難為功余生突兀
不諧世年年棒檄奔西東今歲正月出故里願逢勝
境抒離悰一路看山不厭興到此頓覺開心胸石骨
險峻偃蹇鶴雲根矯矯盤虬龍拔地獨出空所傍參天
表絶非為客車中迎送三十里猶嫌匆我何勿勿明
朝税駕古歷下城内無處堪携笻鵲華橋畔一回首

望景州塔
深林行處雙塔
初照兄來奇蹟
傳聞久佁遙望
非關地勿趣
知何陵并出
迴欲樹書姊
碣慚無助歸木

蓮花憬徹晴煙中三周戰績不可見一角山色空復濃安得高吟太白句吾將此地巢雲松

黄河春漲遲二日不得渡

黄河春漲浸况挾凘冰流一曲公無渡兩隄相對愁枯槎卧沙嘴危岸壓城樓迴紘郵亭宿濤聲夢裏秋

過景州孝女祠

某州守女為思亡母登塔望之墮地跌斃無恙舁至署無疾而逝州人立孝女祠

曾經塔下墮明珠孝女奇蹤話客途祠樹如煙天

再過[illegible]泉[illegible]序[illegible]詩
五古一首另存

[illegible]句宜改

似曉聲聲猶聽叫慈烏

、春日回都 采蘭集止此

秋風霜葉雁南歸，春日北來花滿枝。念我一身仍薄宦，從今千里益相思。舊題詩壁蝸涎篆，新啟書窗蛛網絲。庭草青青無限意，王孫有恨復誰知。

夏日書懷四首

冷宦如匏繫，[illegible]快哉。蛙鳴空曲沼，蟬集[illegible]高槐。窮巷無車馬，閑門常不開。空堂[illegible]，古木長莓苔。壯志無今昔，孤懷獨往來。那能携酒去，一醉古金台。

交以淡能久，志當窮益堅。知人曾敘輩，羈宦已

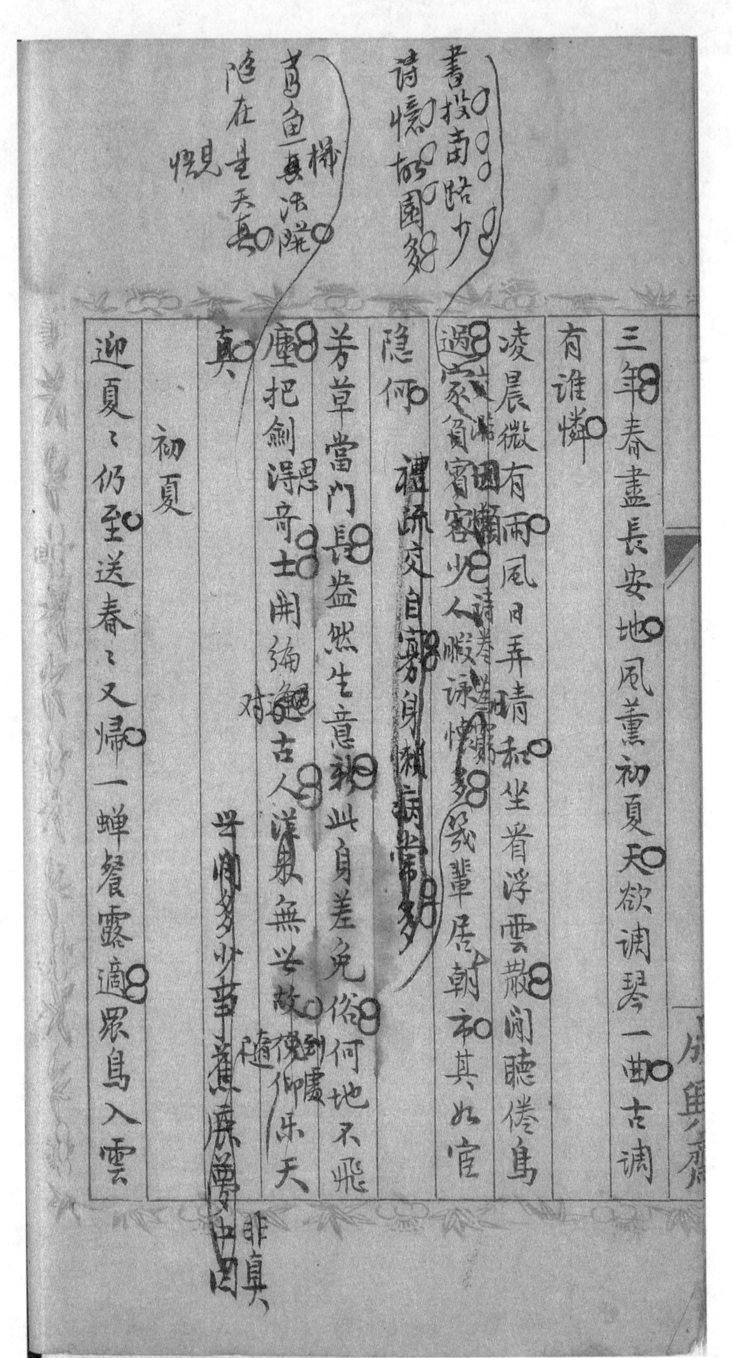

三年春盡長安地，風薰初夏天。欲調琴一曲，古調
有誰憐。
凌晨微有雨，風日弄晴和。坐看浮雲散，閒聽倦鳥
過。家貧賓客少，人懶詠懷多。我輩居朝市，其如官
隱何。
芳草當門長，盎然生意新。此身差免俗，何地不飛
塵。把劍得奇士，開編對古人。漢家無學故，御樂天
真。

初夏

迎夏夏仍至，送春春又歸。一蟬餐露適，眾鳥入雲

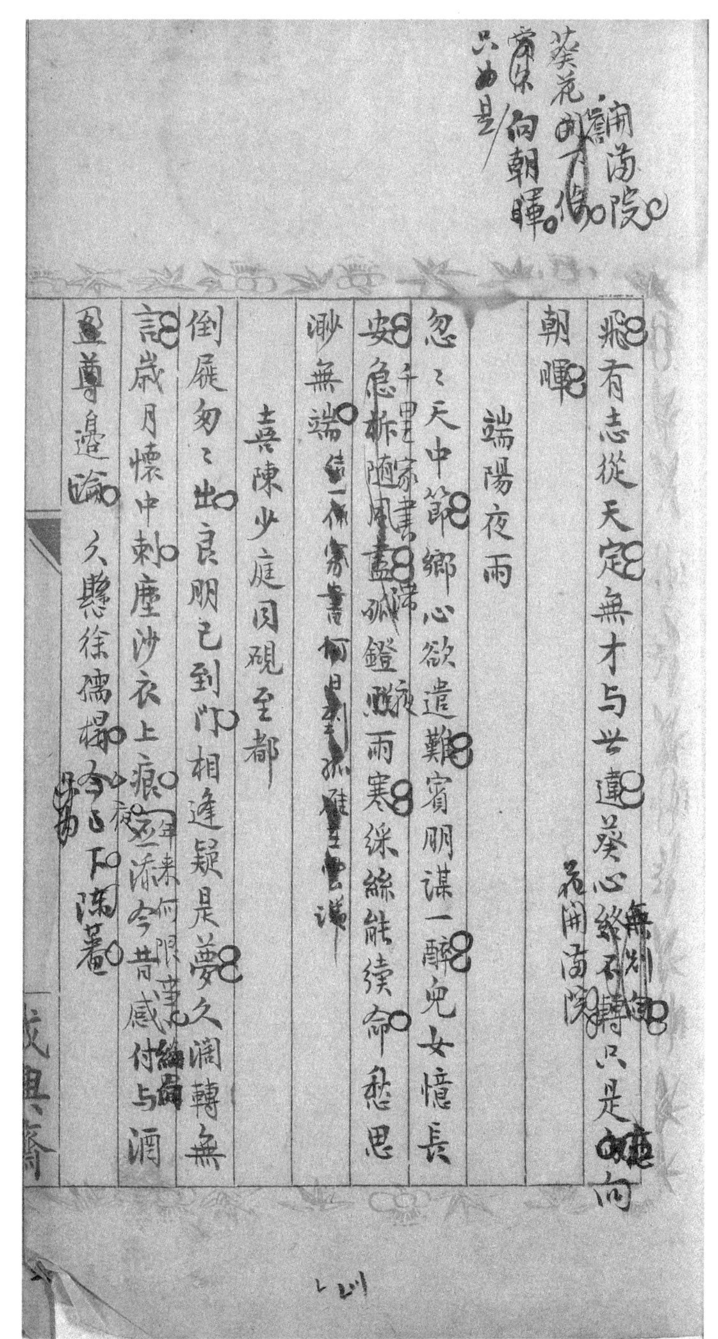

開滿院
葵花開了作
賞朱向朝暉
只如是

飛有志從天定，無才与世違。葵心終不轉，只是向朝暉。

端陽夜雨

忽忽天中節，鄉心欲遣難。賓朋謀一醉，兒女憶長安。急柝隨風盡，孤鐙隔雨寒。絲絲能續命，愁思渺無端。

喜陳少庭因硯至都

倒屣匆匆出，良朋已到門。相逢疑是夢，久闊轉無言。歲月懷中刺，塵沙衣上痕。添今昔感，付与酒盈尊。邊論久懸徐孺榻，今日下陳蕃。

我既鮮兄弟，君今仍一身。一死生同学淚（少庭昆玉三人，而弟均因攻苦太過，相继而歿），肝胆十年親。知己在文字，論交見性真（見一作唯）。烱来閲宦味，所得是清貧。幽丨（仍舊）

冷眼遍天下，真材能幾多。幽燕猶有烈士，不聞歌。月落金台夕，風寒易水波。如君还論命，使我欲云何。幽

余生不諧俗，壯念未曾銷。有志酬知己，無才答聖朝。歌聲秋裂石，劍氣夜干霄。長夏多炎熱，閑門甘寂寥。（攘攘紅塵裡）

送蟫齋田沛秋試

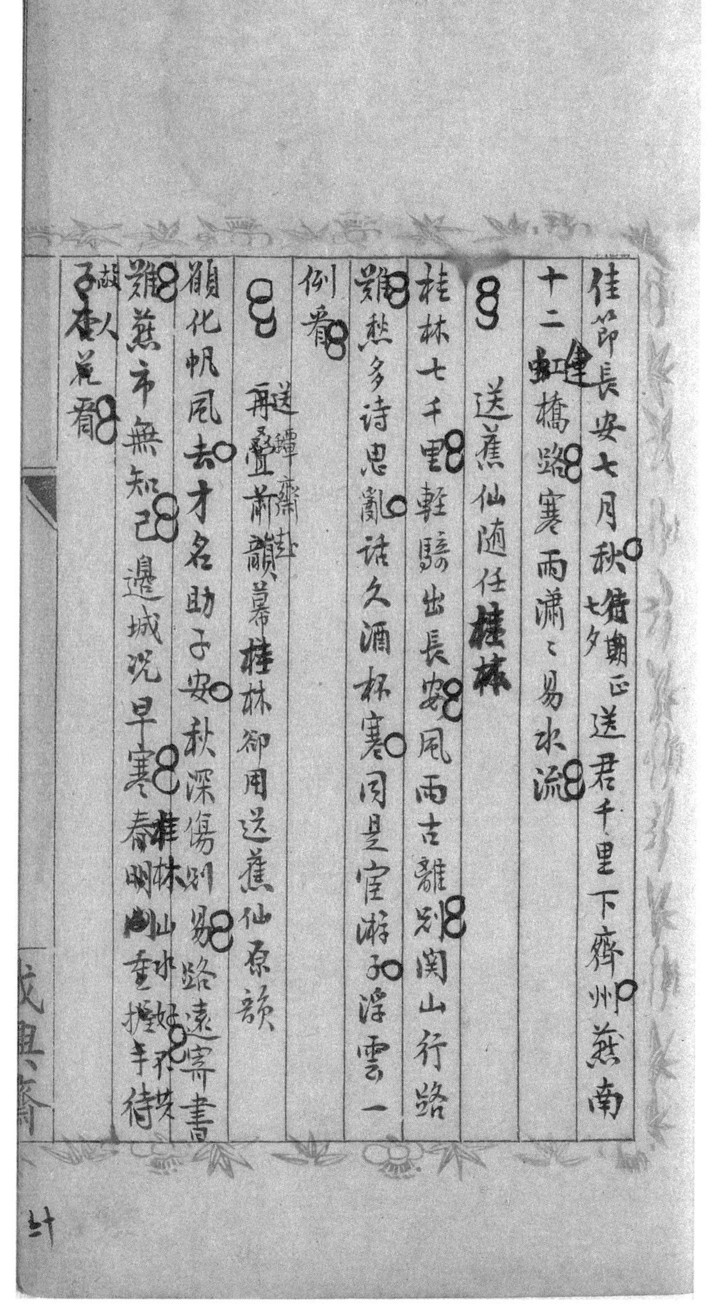

送劉子秀同年下第東歸

燕市一杯酒楊花白雪飛那堪三月闌又是送
君歸時命由天定文章与世違金台無路上分手
見斜暉

落落陽春曲洋洋下里歌劉蕡仍落第我輩早登
科芳草綠不盡晚花香更多岱雲天半起何處
望嵯峨 時子秀初假泰安

秋日懷嶧齋蕉仙楚南

別魂亦已矣秋氣復悲哉宋玉多情累江淹作賦
才瀟湘木葉下之子鴻雁來天末涼風起君懷開

不開

再贈憚齋蕉仙楚南道中二首

少年飄泊走天涯，一路塵光拂劍花。非是窮途休痛哭，過江不弔賈長沙。

紅蘭白芷楚江濱，日暮風帆送遠人。竊喜　聖朝無闕事，不知何處哭靈均。

蟫齋寄書以登黄鶴樓夸余作此以答

黄鶴古時樓，樓前江水流。樓中誰弔古，江上一停舟。君既暢高詠，我今權卧游。東風知與意，吹夢到荊州。

皎〻天上月

皎〻天上月，皚〻地下雪。寒色照窗牖，清光逼毛髮。簷鵲僵不鳴，庭柯抱復缺。翹〻嶺梅頭，梅子〻林间鶴。尔獨不畏寒，挺立在巖穴。長夏鳥聲碎，陽春雜花發。爚火不時明，水滿亦易洩。極盛衰所伏，生殺每相折。歲寒物見珍，世衰士顯節。嗟彼繁華中，道炎方未歇。

孟春　時享　午门迎送　聖駕恭紀　戊戌

鵷鷺雙行入五雲，金鐘聲裡散　宮门。香煙遥帶晨星色，仙仗高擎曉露痕。及早逢春原

莫謗何須鄧子說
吹律
結能回來否
渴○
聖孝恩
彦聲 過

帝澤渾常近日斗 君恩
捧進 鑾輿觀 至尊

寀處

寀處揚雲久終朝徑懶開庭閒馴鳥雀砌古上
莓苔芳草自春色美人殊未來一官成吏隱何
必在蓬萊

鄒衍吹律終淋戲
彦聲 結回來否

恭祝崇文山太夫子七旬壽

桃李新陰擁舊陰春風吹暖畫堂深願將松栢
凌霜意嚴作羣芳向日心

喜雨早晴

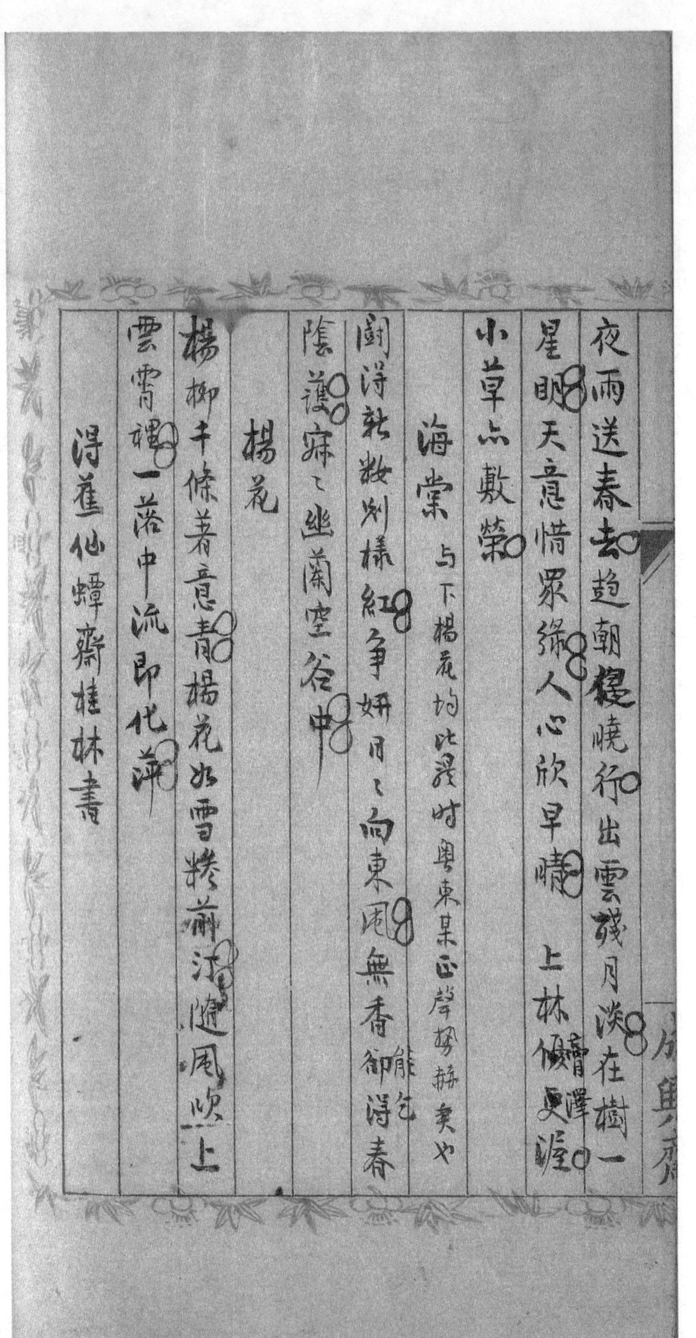

夜雨送春去趁朝禔曉行出雲殘月淡在樹一
星明天意惜衆孫人心欣早晴　上林傾更渥（膏澤）
小草亦敷榮

海棠　与下楊花均此段時粵東某正學埒赫奕也
鬪得新妝別樣紅爭妍日日向東風無香能乞卻得春
陰護寐寐幽蘭空谷中

楊花
楊柳千條着意青楊花如雪撲簾汀避風吹上
雲霄裡一落中流即化萍

得蕉仙蟫齋桂林書

補 癸巳平陵集

平陵道上

長隄夾岸曉啼鶯，風日淋暄霽色澄。十里垂楊遮不住，看山一路到平陵。

登灕波樓

登臨極望暮天空，懷古無端向晚風。風雨滿經
歸閑伏如三齋

故人遠適瀟湘去，萍迹無從寄雁魚。鎮日計程到何處，曉來忽得桂林書。

春日憶蟫齋桂林

粵西山水好，夙昔夢中尋。羨子因萍迹，今生到桂林。遙知遊客興，定觸故人心。案亦欲從征，湘江深復深。

暮雨懷子秀同年春安

薄暮天將雨，臨風正憶君。東來膚寸合，或是泰山雲。

晚自庶常館歸

志士無終棄
環山城郭繞
仙界近水樓
台在鏡中海
右名流半消詩高詠
歇湖亭西畔浣惆悵
花翁

游大明湖眺泛舟

着意尋春後
緩行眞來又
上畫橈輕雨
隄柳色碧於
水十里山光

蒼煙斷暝色棲鳥不聞聲星斗明懸樹樓臺暗
近城　聖朝隆待士我輩早知名迴首培英地
油然忠愛生　庶常館有御筆書培英館匾額

聽翟子意林彈琴　入丁酉集中

爲我撫琴彈一曲由來古調賞音難垂簾不捲
雨亭中坐聽松風生晝寒

感懷　暫删

不盡伊人感臨風憶君只溯洄夜深螢火出春
盡草花開何地有知己　聖朝無棄材浮雲天半
起極目望金台

青之城白雪
橫空叠叠壘
滄浪社舞閒
鴻盟樟歌一
曲斜陽晚洗
歸鐘波空復情 無限

補壬寅中秋

千里逢佳節
十年羈宦游
人間幾浩劫
天上又中秋
烽火篝燈壘

○聞粤西寇警卻憶蕉仙鐔齋

五六月中蟬正嘶，七千里外雁兀遲。情從極處翻無夢，思到窮時始有詩。況是東南猶不靖，傳聞烽火盡堪疑。長安鎮日心無薄，瘴雨蠻煙知未知。

○秋夜鄉思二首

秋氣清如此，蕭齋忽已暝。昏鴉入高樹，白露下空庭。浮失蕉邊雁，浮沈水上萍。何當南雁過，歸思繞東瀛。[illegible]

三句一作涼蟬咽高樹，十作金飈催落葉

秋氣清如此，澄懷聊自娛。蟲聲當户亂，螢火入林無。官況微雲濃，鄉心片月孤。季鷹風味好，我亦

笙歌尚畫樓
凍雲新霽滑
明月亦多愁

村卿寒食

寒食天無雨
春潮正及時
野花輕如墨
隄樹柳郎祠
溪淺波行穩
山高日落遲
故鄉好風景
三載繫相思

憶萬湖廬

貞女吟 并序

北也粵東同年葉晴籌政權門庭如市廣

廣過訪兼以甬名案謝絕之因作此以自況

秋雲麗銀漢初日照神山疇不愛景色可望不可
攀綺彼窈窕女生長齊魯間七歲習姆教禮儀頗
足觀十歲作時妝畫眉已能彎十二學刺綉十三
識冰紈十四裁嫁衣夢力徹夜闌十五偷對鏡顧
影每長歎常恨吉士議敢怨蹇修艱標梅既不
怨白茅何由干南國輕薄子當戶下雕鞍贈我錦

金泉精舍雜詠

授經樓

爽氣逼樹三秋危
樓高百尺門
扃紅葉寒
幔卷青山色

秋爽台

世人嗜愛金文
余獨愛石刻
一日三摩挲
袖恐無蒼苔色

悠然亭

絺綌求我，翠琅玕設想。毋乃左去去，勿盤桓。君如花上露，迎陽迹易乾。妾如匣中玉，抱璞美始完。女子重意氣，男兒希容顏。容顏難自愛，守身良獨難。泠泠古井水，籊籊黃竹竿。黃竹生多節，古井無波瀾。寄語少年子，願義慎自安。

喜陳少庭同硯至都 並序

去歲冬少庭因中副車在都盤桓數旬而別，今歲又孟冬矣，余方撫今追昔，愴感離羣，而少庭適以妹喪又至，一見悲喜交集，因口占一律，慎真語摯，工拙都忘也

木葉落　曠野
望久山欲行
夕陽忽飛下

前日訛傳良友到（九月初旬有言少庭至都者余未信也）今朝真見故人來下車先獻新詩冊入座重尋舊酒杯宦況蕭條憐我拙名場潦倒惜君相幽芳只許同心識十月寒梅嶺上開

大雪

朔風吹大雪積雪素一庭寬復此映凡色悄然生暮寒宦情孤鶴守鄉思早梅看莫笑袁安懶因人熱亦難

感懷

朔風撼天地萬木發哀嗟落葉亦已老枯枝採不

[illegible]樓[illegible]

此一首佳

知己真堪[illegible] 增點

聖朝不[illegible]

[illegible]

[illegible]

[illegible]

此一首[illegible]

二首[illegible]存

紫陽春二三月芳郊花柳深暖意掃香陌游蕉催鳴禽繁華幾幾日倏然変蕭森憶昔爭相媚今乃苦相侵榮華本物理炎涼殊天心松柏識此意大壑聽鍇沈

詠史效左太沖體八首 己亥

鉛筑入咸陽白衣渡易水義烈激一時孤月徇萬里至人不輕生傑士常惜死名与泰山爭詠豈溝渎比不見漢張良任俠空自喜一遇黄石公遂佐赤帝子忍辱乃有功盛氣多為累堂〻千金軀珍重報知己

少年騁壯志豪邁殊羣倫挂劍讀兵法高歌看行

授經圖

秋[illegible]

授經梯秋夜闌[illegible]

霓裳一曲歌時

聽倚枕高梯夢

未成素志也知

輕浮先[illegible]聖朝

敢薄功名寒

星當戶夜無[illegible]

落葉打窗秋有

聲[illegible]

雲羽書急星火挾戈爭從軍便當同戮加擊揖中

流津左顧陶士行右指溫太真新亭灑淚神州無

煙塵自遂澄清志焉知鐘鼎勳放浪歸田里濯足

東海濱

堂堂王業略抵掌旁無人落落汲長孺長揖大將

軍仰觀藐千古俯視卑群倫

爵尊嗟彼燕雀輩輕言步後塵畫虎既不類貽笑

徒紛紛人生貴立志驥尾附青雲

披褐談世務挾策上京都累累垂青紫赫赫王侯居

駑馬戀棧豆所嗟無遠圖良驥志千里伯樂今則

捧檄古人緣底
事白雲迴思不
勝情

無人生貴知己慷慨效馳驅感恩既無門長嘯歸
田廬
棲鳥巢千仞經風摧其枝居高不知險奄忽遭危
機名將狡兔憫權相黃犬悲功成戀爵賞招禍復
奚競辟穀留侯去隱蹈海魯連歸鴻飛自冥冥
弋者何所施
薄暮登碣石北望黃金台夕照罨煙樹秋風颯悲
哀昔在戰國時好賢築崔巍一旦得其龍下齊功
偉哉如何反間至長城甘自摧良材蠹不生深交
隙不開昌國非智士燕昭非雄才
李廣

籬菊傲晚節，嶺松耐歲寒。英雄重末路，烈士堅
暮年。畫足蛇豈貴，續尾貂不完。夕照能幾時，倦鳥
飛雲端。礐彼流泉石，水清濁忽改觀。吁嗟渾四皓，
垂老出商山。

飛絮干雲霄，落水化爲萍。蒼蠅趁炎熱，隆冬蟄其
形。升沈頃刻事，冷暖迭相乘。人生亦泡幻，達觀唯莊
生。失馬福或至，得鹿夢非虛。低昂聽造物，胡爲
怨冥冥。

元旦　此作己亥第一首

霄漢弄（澄）晴色，人聲夜已闌。雪銷全（都）向暖，風動不

知寒萬物皆生氣，三春此見端。乘時方布凱，近日是長安。

正月朔　下詔蠲豁錢糧被災地方租賦　三百廿始

晝眠初覺遙聞琴聲

茶半香初午夢殘，滿身花影倚闌干。瑤琴一曲和知處，隨意松風清晝寒。

頗近漁洋

晚晴

晚来天欲暝，雨霽廣庭閑。衆鳥齊〔爭〕投宿，孤雲獨往還。明河落簷際，新月出林間。誰解幽人意，蕭然自閑閑。

頗近王韋

古詩二首

蜉蝣歲朝暮靈龜息春秋物理有定數脩短本
常不侔壽夭況在人彭顔皆純脩唯恃能立命固
一正首邱亦何誶武筆求仙方未休一旦悔輪迴
龍髯不可留神山阻海外安能逍遙遊（人生有真）不如被紈
素（知足乃無）樂天復何憂 結二再酌 性天有真樂知足乃無憂
散步高原上纍纍邱與墳古碑埋荊棘苔蘚蝕
其文借問墓誰氏曷羡不可詢生前既寂寂死後
疇云云余聞三歎息閱世如浮雲君子疾沒世後
生惧無聞三閭惜往日漆園悲陳人立身苦不早
榮名壽千春

以上共詩百八首

題郭爵軍門子美思親釋甲啚

銘罷燕然碣天高南雁飛猶餘慈母綫已換老萊衣十載凌煙畫三春愛日暉平襄無血性枉用乞當歸 蜀志姜維封平襄侯

襄鄂新移鎮 公上表陳情奉旨移鎮襄鄂 汾陽舊戰功精忠賢母訓達孝聖人衷桑梓君無憾瞻依我亦同白雲天半起歸思薊門東

易水懷古

軹里刺韓相屠面血模糊博浪錐秦政大索姓名無神龍不見尾壯士不連株嗟彼燕丹粉未識荆

卿恩輕逼於期死遲待舞陽俱轟和易水歌炫售替亢首生劫既不得自供更無餘只恨智囊何淺劍術疏誰鑄九州錯只爭一著輸從覽龍門傳流觀燕市亂兴有死士高才無酒徒大言少成事蹀進為齟齬堂堂萬乘國烈烈千金軀晶哉後世人憑弔空欷歔

重陽前一日作

木葉蕭蕭裡烏啼驚昨夜早霜人心憐晚節天意遣官游久北地羈思雁重陽南翔有月星多瞻無風夜自涼下帷且對桑落酒醉菊花觴明是重陽

夢蕉仙三十韻

秋宵涼不寐兀坐挑銀釭所思在桂嶺望沮山崆峴恨無黄鵠翼高飛踰雙嶝中情煩以悗斷梗浮奔瀧倦極一伏枕劍佩凌風蹤哭見故人至我心翻增慺路遠風濤險秋汎時淙淙況當夜昏黑魚龍何能降故人笑不答索酒傾罌釭新詩共欣賞珠璣霏吟腔我亦驚定喜絮語紛以噥憶昔在豐市酒樓初相撞共載仰山斗君如襄陽龐一見吐肝膽我亦汲黯戇古道猶在人薄俗千鈞扛從此訂知己文字交矛鏦用詩句醉擊玉

成興齋

唾壺游騁油碧幢古亭題詩壁羅仙同年登陶然亭題詩壁上意興豪甚
方池觀魚石臨別某日羅仙將約余觀金魚也聚首未半載匆匆
纜解橋贈我錦繡段報以珉共珏遺我貂襜
瑜投以明珠瓊海潮時奮迅好穩逢與雙江
水易哀怨莫采蘭與荃隔歲南雁來知君抵粵
邦迢迢七千里望斷洞庭艘何意今夕内得聞足
音題寄樂正未艾一覺旭上窗魂歸向何處遠
聽無吠尨速起裁尺素遙為通誠悃問君今夜
夢曾否過湘江

渝関謁宋祝三宮保

終古渝關地，中（讀平聲）與大將營。人間時雨降，天上壽星明。寰海重譯都包〔一作婦稚〕朝廷眷老成。秦皇無遠略，築土作長城。銷兵氣

渝關懷古

海水東來天地浮，羣山環拱古幽州。雄關大勢盤龍虎，嬴政痴心作馬牛。黃代烽煙仍舊蹟，幾人鼓角動新愁。班生白髮休辭老，聖主恩深萬里侯。

螢 以下庚子

徹雲星月澹，螢火弄輝飛。帶露繞穿竹，隨風

忽上衣書藏如蠹晦夜出亦知幾自愛餘明照

何妨暗處飛

蜨

繁華頃刻事底甚一生忙栩栩驕春日沈沈老醉鄉

趁時雖有色遭撲損因狂幻夢何時覺真詮

欲問莊

蟬

雨霽日亭午良蜩時一鳴悠然流遠韻似与[欲]訴

平生白露自為潔高枝殊不驚伊誰羅薄宦

撫掌故園情[平] 用李義山[詠]蟬云薄宦梗猶泛故園蕪已平

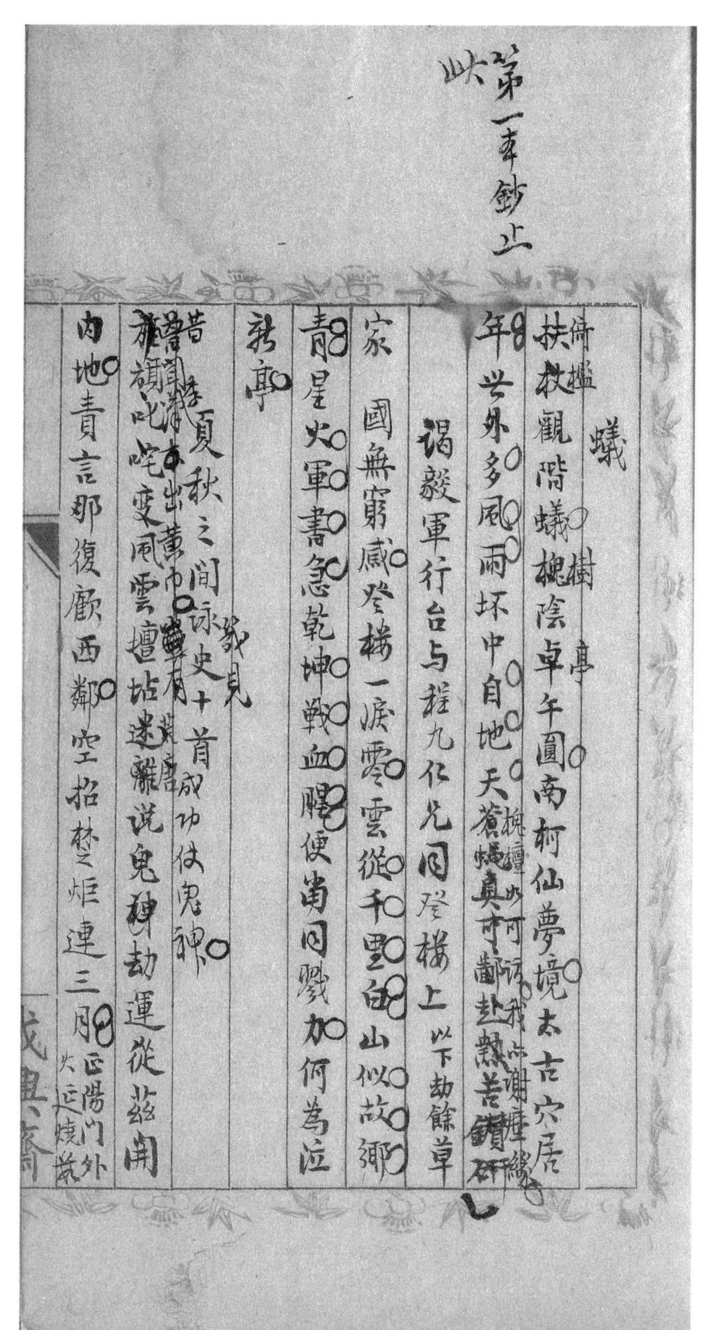

不信黄巾從具賊
耿收赤幟莫為兵
斬亂自古忌從容
勸往於今所兩亂

千家歲未覩見苗頑格七旬自五月念四日在东安民巷使館開仗至解圍之歲七十日痛恨黔
黒作鶉首忍教天子亦蒙塵駕幸太原
陰謀未殺齊三士拳匪皆近畿一帶無業游民乃托宗山东所傳腐局終歸魯
兩生國係之位國係大臣均山东人內也而献相争使英雄無用武中原父老不知昇平日久
兵舉朝罕進安劉策七國紛來誅錯名褻絳和戎
殊急計衡冠乃壞海長城大司農立山等均以議和弃市
九州鑄鑄憶韓城後轍前車鑒自明徒見善維議
北伐更無法正制東征猶因草率功難枕豈是瓜
分勢已成時務報云瓜分之勢已成太息少年多喜事平平御史
笑班生

幾點浮雲蔽日輝，長安近事不勝悲。宗臣招謗楚之囊瓦，賢相蒙殃曹負羈。徐蔭軒孫燮臣二中堂俱為近洋思開戰後被武衛中軍搶掠一空矣

軍政那聞刁斗肅，聞武衛中軍搶掠時有一營官手執大帥令箭收軍而掠如故 敵情未許廟堂知。當時政府於戰了不敢質言貽貽兩宮憂 小民只望王師雨，瞥眼身家靡孑遺。

軍書星火夜馳來，報道長江鎖已開。主將有謀束手盡，疆臣無命裹尸回。七月初旬直督裕祿亡喪歸京師 早知妖彗兆兵氣，今歲春英人善天文者云彗星見主各國刀兵中國尤烈 誰識祥雲結禍胎。七月廿一日城陷後有紅雲起於天半旋變成五色移時始沒 太息投時無樂毅，夕陽慘淡下金台。

愁雲鬱結夏秋中，捷報旌旗望眼空。何進外兵終

第四句注拳匪以刀劍之屬臨敵宜改賊也

召禍時東南諸疆臣聯銜電奏拳匪不可信以戚勿令變生肘腋不聽房君車戰本無功萬家瓦礫餘燐碧一路烽煙戰血紅果是黃楊厄運閏不堪灑淚向西風聞占驗家言閏八月必主刀兵者一國朝以閏二次一為同治紀元南京失而復得一則今歲也火光飛度九門開昨夜寒星落將台七月十九日忽聞李鑒帥兵敗殉難越二日京城陷百萬雄王師方北向時勤王諸軍如劉永福馮子材俱在半道聞城陷而回六千君子已東來鄂軍一路攻取約日本為前敵滅曹空有陳琳檄五月廿四日有上諭討外洋檄文一道文字甚佳攘楚曾無管仲才八里橋邊水嗚咽忠魂流盡尚餘哀鑒帥殉難八里橋幕府王太史廷相亦赴水死蔓草滋生自不除代庖越俎意何為五月間洋人來照會云中国若不自剿拳匪各国必進兵代剿云云三軍齊解投誠甲八旗兵多在城血戰武衛中軍已樹降旗矣萬

姓争傳赦死書城陷民間偏傳皇帝已云措遊之及自盡也無從詳官遂急出榜安民误國不聞

诛宰嚭乞師誰復効包胥乾坤正氣終難滅水火

刀鐶恨有餘謂殉難諸臣

蛟龍失水恨難平一夜宫車出帝城廿一日兩宫由西直門出西幸

豈是遷岐終不返只因幸蜀暫無驚刀兵真换紅羊

劫玉帛難尋白馬盟欲侍乘輿嗟已遠銅駝荊棘

戾縱横

感憤中宵夢不成劍光起舞戾斗參縱横愁看遍地流

離象厭聽他軍奏凱聲聯軍入城每晚必奏凱一曲只有愚忠知

淨臟京師官民俱將門上春聯剎去寓獨不肯亦未嘗以此招禍也幸無苛法遇秦坑銀河

夜亙秋天上千里遥應搗晋城

亂中送人東歸

遭難思家苦乘亂送人悲身雖与人別魂已隨人歸
歸家見父母長跪牽親衣欲泣不成聲欲述不成詞
父母喜兒歸今生猶見伊憶自聞兵警傳信復傳
疑道路梗烽火隔絶鴻雁飛存亡且未卜安危詎能
知此会真天幸如獲再生期但子受國恩菌鞡原有
時同樂不同憂致身亦何為疾風識勁草竹帛名無
虧聞說駕西幸去去勿稽遲昔者晋温嶠絶裾向
路岐忠孝難兩盡願汝勉為之再拜聆嚴訓中心

以亂離兒生鮮兄弟仔肩付阿誰一旦塡溝壑父母
將胡依父母与兒記純孝當無違子亦毋我歡我亦
不汝思再拜還出門淚爲生別滋抑鬱若有亡千里
忙驅馳迴首望白雲遠在天一涯搖搖寸草心戀戀三
春暉魂夢忽已醒涕淚猶沾衣是眞還是幻拭目
看朝曦

秋日漫興四首

秋至幽齋忽送涼當歡對酒恨茫茫更無健翮凌
鷹隼騰有殘魂適帰痕三句用玉溪生詩更無鷹隼与高秋意更園裡黄
花仍晚節禁中紅葉半秋霜禁中兩抬登樓西望

瞑煙色。何處雲山是晉陽。時駕幸太原
太行高聳薊門西。迴首齊煙九點低。千里君親
方寸亂。十年仕宦夢中迷。霜寒霄迴雁南度。月
暗城高烏夜啼。欲讀離騷寄幽怨。殘燈照影不
勝悽。

蒿目烽煙八月秋。陸沈日日坐神州。悲歌久不聞
燕市。對泣徒堪學楚囚。倉粟飄零飢雀噪。用庾子山小園賦聚空倉而雀噪時京倉均為聯軍所據宮槐搖落暑蟬愁。都將家
國無窮恨。付与滹沱水北流。[illegible]

蕭瑟蘭成作賦心。夢迴莊舄夜沈吟。刀兵劫後人

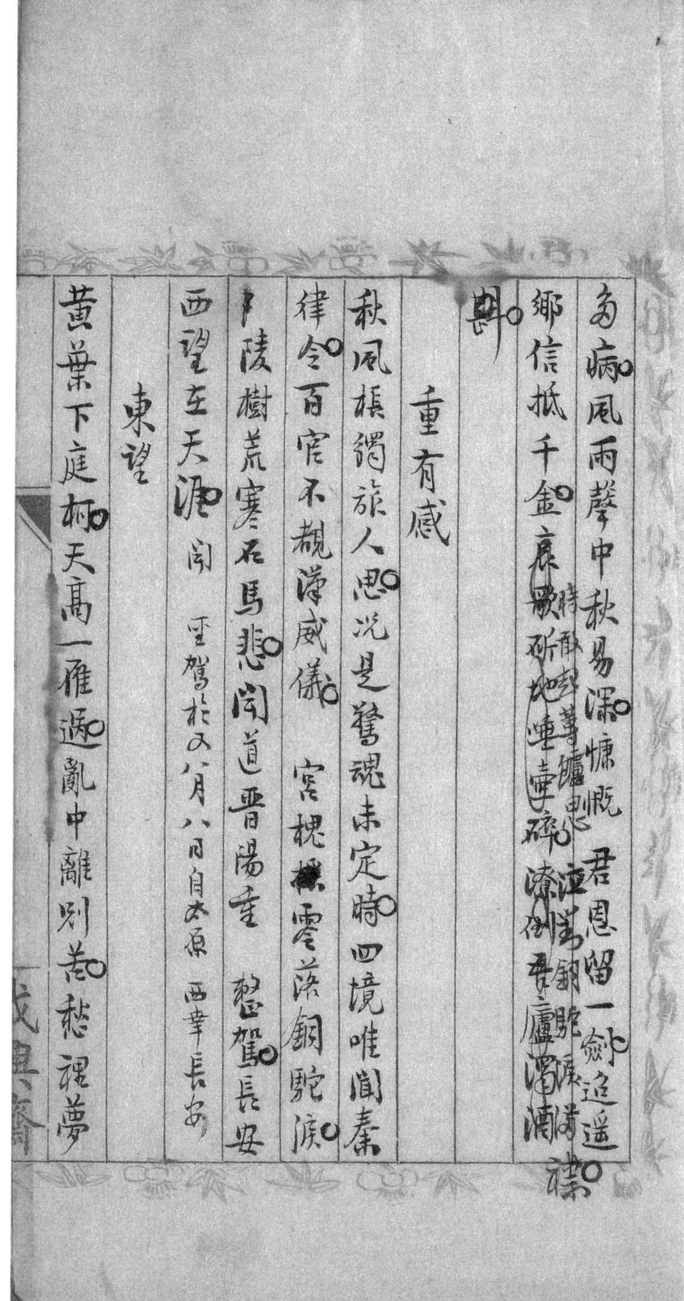

多病。風雨聲中秋易深。慷慨君恩留一劍，迢遥鄉信抵千金。寂歲殘地連壺碎。潦倒黃壚濁酒斟。

（旁改：時聞鼙鼓爐思。泣萬銅駝淚滿襟。）

重有感

秋風棖觸旅人思。況是驚魂未定時。四境唯聞秦律令。百官不覩漢威儀。宮槐[illegible]零落銅駝淚。陵樹荒寒石馬悲。聞道晉陽垂鑾駕。長安西望在天涯。聞聖駕於八月八日自太原西幸長安

東望

黃葉下庭柯。天高一雁過。亂中離別苦。愁裏夢

魂多。溫嶠絕裾處。王尊叱馭歌。白雲起天半。東

望帰山何。秦樓秋色

秋色從西至。登樓悲感多。瑤池何處是。青鳥不

曾過。屈子問天賦。王郎斫地歌。誰將燕市酒。一

酹渭川波。

重陽後二日

棲鴉噪噪點寒煙。未落霜高景黯然。愁裡誰

斟桑落酒。夢中已過菊花天。九秋斷絕親朋字。

萬里虛捐少壯年。最是瀘田無限恨。故鄉迴首

月三圓。

鄉思 一作乱後鄉思

鄉思渺渺白雲間，烽火猶餘夕照殷。骨肉一家悲死別，余今歲二月聞胞姊訃音，九月又遭胞妹之喪。夢魂千里望生還。空中旅雁閒愁語，鏡裡黃花識瘦顔。十二橋邊嗚咽水，東流不盡淚痕班。

述憤 此首宜在謁敘軍行台五律下

浮雲蔽日滿長安，泣對銅駝淚未乾。欲服瑶鄉唯歎趙，孝民在火然唯以刀劍之屬綵獻。不封大將亦登壇。蔣氏到處設壇禮之請神。輸嬴自古忌孤注，勦撫於今成兩難。七國有辭誅鼂

錯六軍無計破樓蘭

改作七絕 望長安詞 以下辛丑

風露不知寒 空庭坐夜闌 從茲休見明月 見月憶

長安 白雲黃鶴幾時還 腸斷樓頭夜倚欄 一曲梅花三弄笛 聲聲只唱望長安

此地無黃鶴 梅花開已闌 何人吹玉笛 一曲望長

宵來對月淚闌干 夜夜清輝只獨看 習慣閨中

安 小兒女 未解憶長安

漏永夜漫漫 重衾鋪不寒 春風如我意 吹夢

到長安 迢迢紫氣 千里金台望 送猶擬為浮

擬為浮雲蔽 金台望遠難 岸頭唯見日 不見

古長安 無鴻滯滯寄書難 夜已闌 寄語春風從我意 好吹殘夢到長安 以上百四十五首

宵來見月淚闌干 習慣 欲向旁人無限情懷不說 閨中索解難 嚬嚬小兒女 隨人也學憶長安

宵來對月淚闌干 說向閨中索解難 夜夜清輝只獨看 惱殺嚬嚬小兒女 隨人也學憶長安

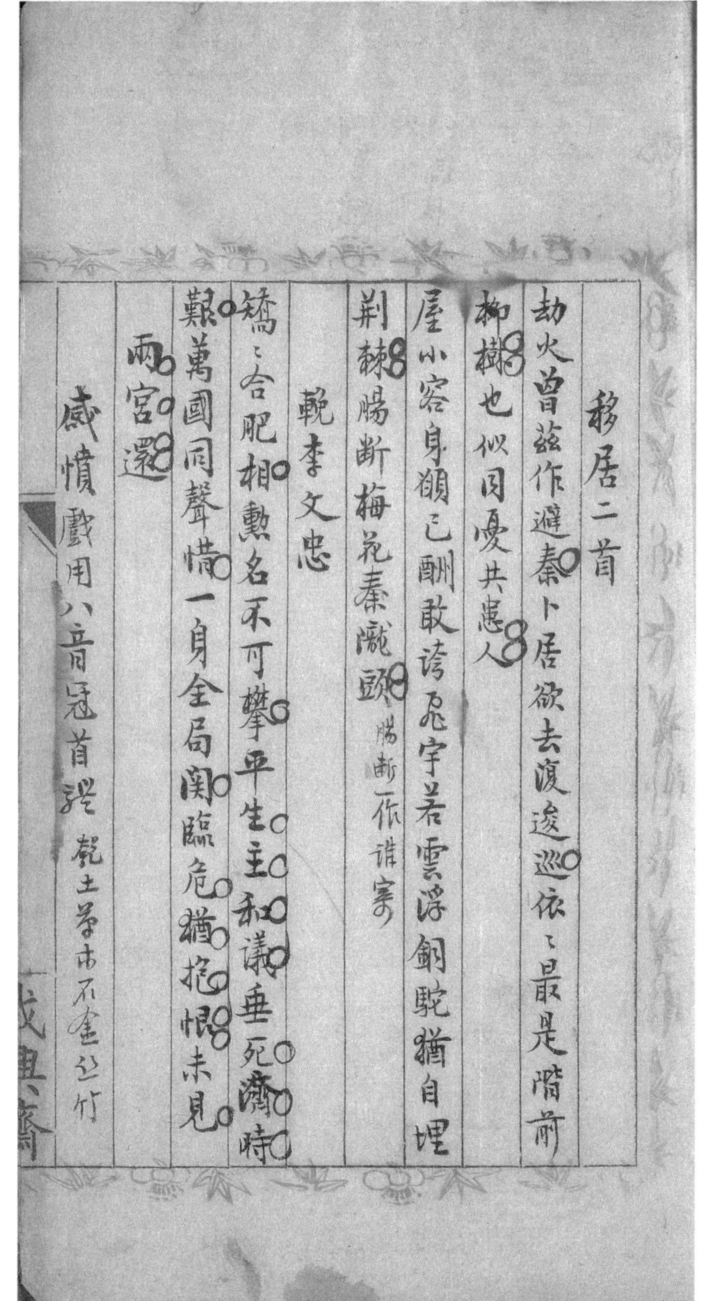

移居二首

劫火曾兹作避秦卜居欲去復逡巡依依最是階前柳樹也似同憂共患人

屋小容身願已酬敢誇屋宇若雲浮銅駝猶自埋荊棘腸斷梅花秦隴頭（腸斷一作誰家）

輓李文忠

矯矯合肥相勳名不可攀平生主和議垂死濟時艱萬國同聲惜一身全局關臨危猶抱恨未見兩宮還

感憤戲用八音冠首體（匏土革木石金絲竹）

乾菜一樽酒土花胥劍鋩華戶徒自詟木偶笑人忙
石馬埋秋草金台牘夕陽絲抽無限意竹笛唱伊涼
聞 兩宮由陝 幸豫恭紀
混
徵茫紫氣古函谷嗚咽水聲秦鐵頭莫問當時
巡幸跡 翠華不日駐中州
聞 兩宮至豫 駐蹕恭紀
聞說迴[illegible]鑾馭東都端氣凝 聖心懷宿將（西宮在
豫於名見時每憶及曾左諸將輒流涕） 天意逼中（借讀平聲）與河洛出圖數嵩
山呼阜陵（皇太后在豫舉行萬壽典禮） 迴瞻西幸路千里白雲澄
回鑾恭紀二首

雲氣擁　鑾輿旌頭指故都萬家同感泣一路
襍歡呼霊武中輿頌塗山王會畱時各國欽使均出迎鑾蹕
聞　崇儉德　下詔減車徒
翔氣迴春暖徽風起瑞氣是日天氣和暖微有風希西柏照竟不泚洋副車樞
密使前導羽林軍天上重瞻　日人間久望雲澤
鴻已安堵猶自繫　宸廑

歲暮三首庚子冬作

凜凜歲云暮烈烈翔風悲出門眺遠道雪落何霏霏
美人隔天末晨夕望容輝相思不可見垂涕沾襟
扉鴻雁東南來翩然西北飛鴻飛有時到嗟余

將安歸

我思在何處乃在秦隴頭水聲何嗚咽道路悵悠悠昨夜寒梅樹綴英亦已稠恨不逢驛使寄君爲褰脩明月光皎皎寒蛩鳴啾啾念彼隴頭歌作詩倪

佛心煩憂

元冥未失權青帝未返旆大地皆苦寒百卉日萎敗問花花不語問柳柳無賴春來抑何遲毋乃時未屆安得青鳥使高飛訴上界調劑忽徃年秋冬迭相代翹首望東歸萬物已久待

元旦 壬寅下同

聲沈金鼓偃旌旗天意中興在此時鳳歷欽遵一作頒
周正朔鴛班欣覩漢官儀 液池雪盡龍蛇動
上苑春歸草木知同樂昇平新氣象秦川迴首隔
天涯

元夜望月

去年今夕月見月憶長安 巡幸已陳迹團圓仍廣
寒雲開 金闕迴星落玉河寬迴首 行宮地淒
風吹夜闌

送逢禧陔觀察赴濟南仰用送蕉仙原韻

濁世佳公子君 尊大人為逢子政前輩現官湖北即補道 風流歷建安如君

才望少使我刈離難燕市一尊酒明湖五月寒
荷花香十里去馬讓（柳外漁舟待）煮看（一作須浪秋柳社待子主睇壇）

送陳默齋大令赴任福建

少年結客遍齊魯十載燕都羈宦游豈敢輕量
天下士但願一識韓荊州方今家國遭多難送
子関山趁暮愁磊落奇才非百里東南半壁固
金甌

壬寅八月朔五日鐙下鈔畢

以上共詩一百六十●首遺漏尚多刪訂未
免者尤復不少統俟另本補遺可也

壬寅秋夜望月有懷洛陽赴試諸友

秋澂涼月色風露坐深宵對此一輪滿思君千里遙棲鴉仍瑟瑟落葉故蕭蕭爲問洛陽客何緣慰寂寥

重陽有約登陶然亭未赴

勝蹟飄零甚斯亭獨巋然重陽空有約一過竟無緣劫火春明地新霜秋暮天諸君登眺處切莫望秦川

碧梧秋館詩稿

沈穆孫撰。一册。

沈穆孫，寶山（今上海寶山）人，字彦和，别號小梅，生卒年不詳，約生活於道光、光緒間。齋名碧梧秋館。另有《碧梧秋館詞鈔》（又名《苕翠詞》）存世。

本書收録詩六十首，最末《子陵墓》有目無詩。書首有藏者之序：「小梅先生，寶邑諸生，平生積學好古，爲滄江七才子之一……好吟詠，尤工詞工字，其詞刊入滄江七子樂府中。蔣子爲序，風行江左。其書法亦名重當時……惜其稿散失已多。兹藏一卷，其親筆録存，别無副本，閲畢採選後，深望擲還爲感。」因其工書法，本書字跡硬朗秀麗，賞心悦目。

詩歌取材廣泛，有寫景、詠物、題贈、唱和、記遊等多種。僅寫柳就有《柳煙》《柳影》《柳眼》《柳眉》等。從藝術特色看，其詩講究辭藻的錘煉，意境的渲染，對仗、設色、擬人、比喻等手法的運用頗顯功力。

書後附草稿二葉，詩散葉二紙。卷端鈐「杏花春雨江南」「沈穆孫印」「小梅」等印。

（彭文芳）

碧梧秋館詩稿
108308

而好義

[illegible]

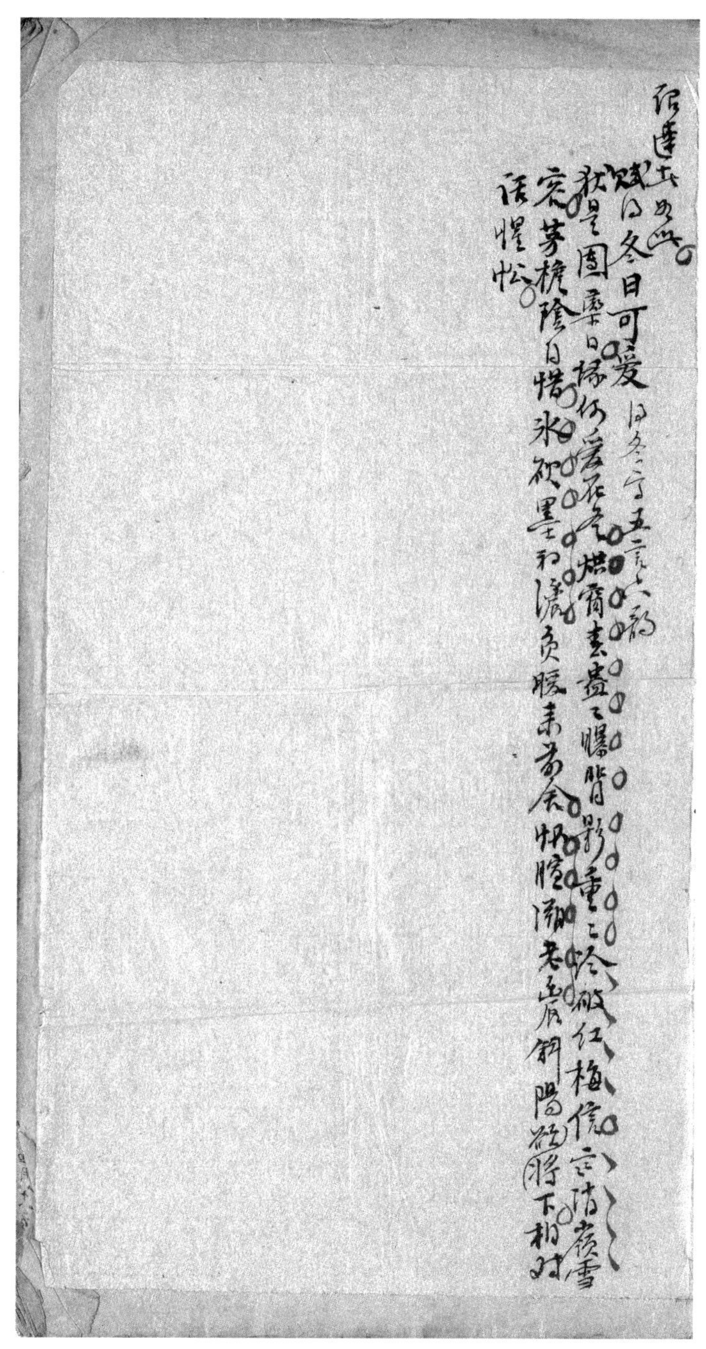

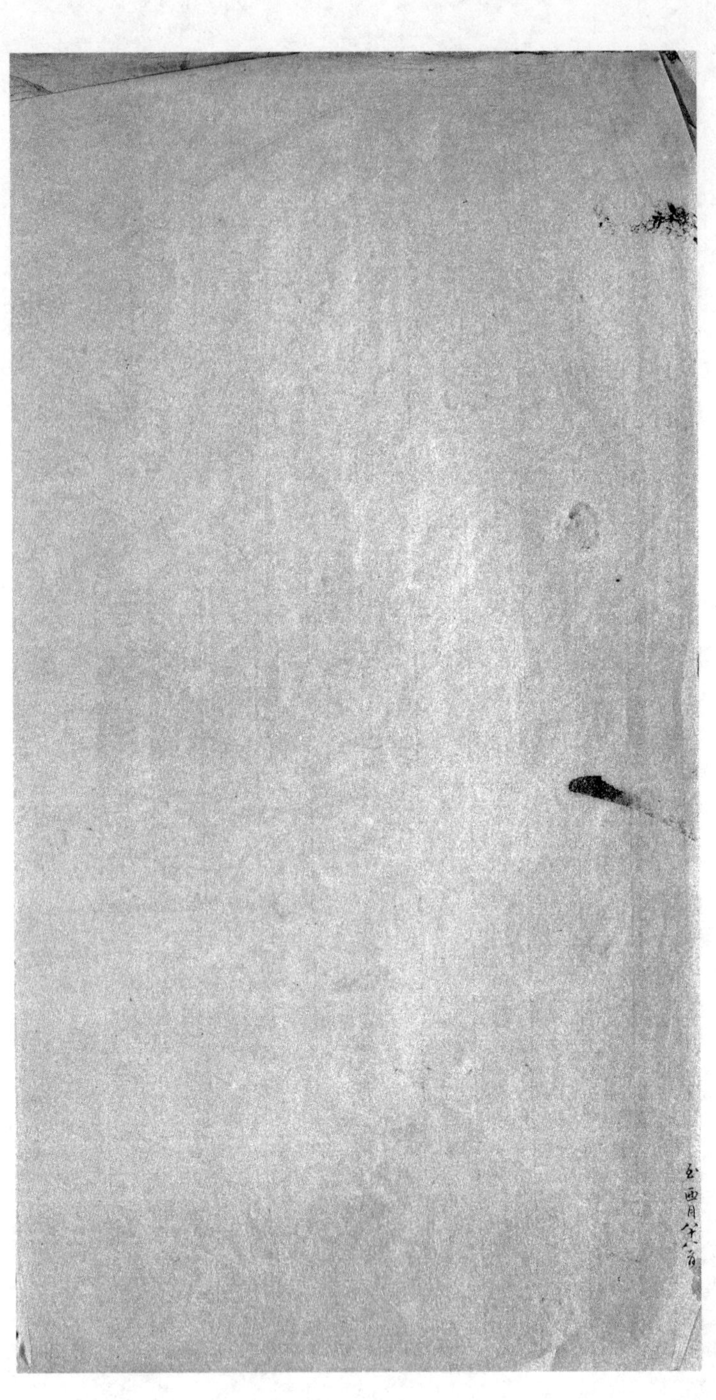

小梅先生寶邑諸生平生積學好古爲滄江上才子之一世居春雨莊君孝廉芋塘先生之猶子也與蔣子劍人爲莫逆交始吟詠尤工詞工字其詞刊入滄江女子樂府中蔣子爲序風行江左其書法亦極名重當時兵燹後雖賸稾無多講書法尚珍視之其爲人敬慎儒雅品端行方性所最喜

者爲善幾耳至今故老猶樂述其德惜其
稿散失已多所藏一卷其親筆錄存副是
副本閱畢採選公深望擲還爲感

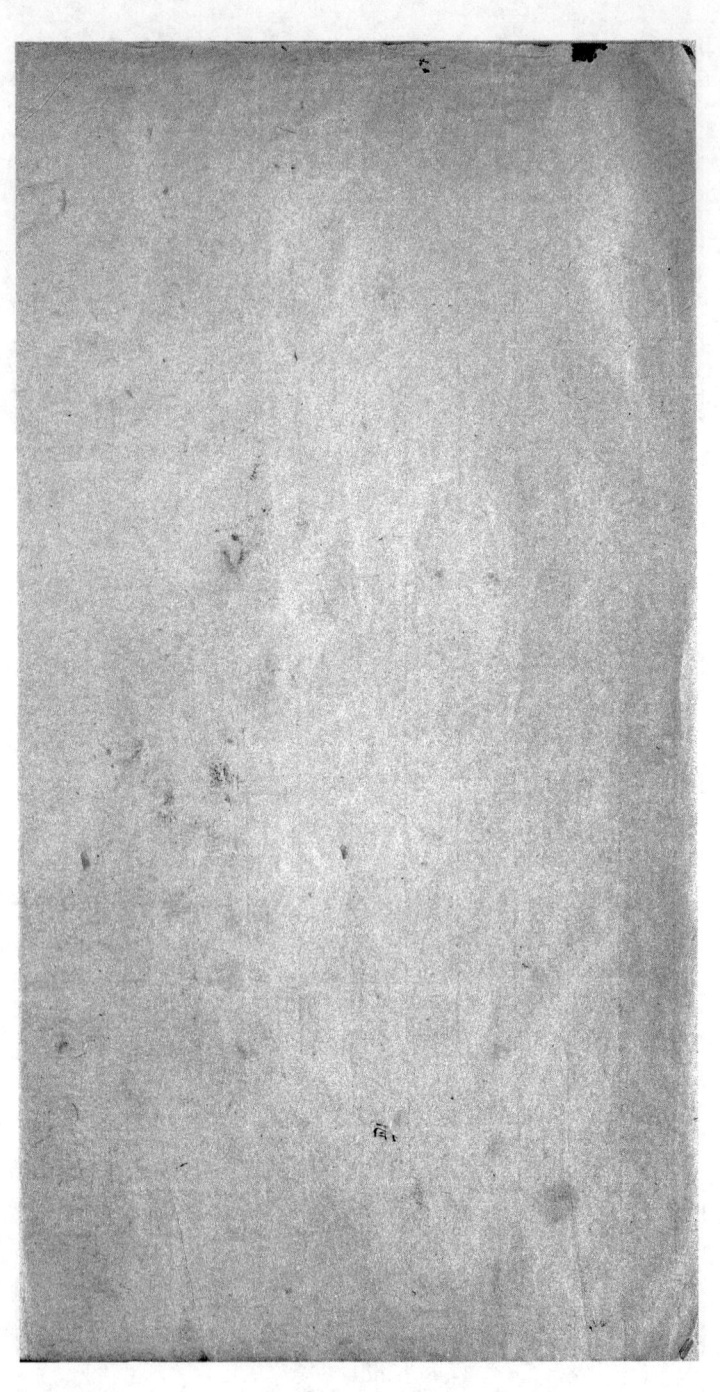

碧梧秋館詩稿

寶山沈穆孫小梅箸

聽彈琴

日暮竹林裏，幽人調素琴。泠泠作清響，渺渺感知音。流水杳然去，斜陽如此深。子期終不見，獨立對青岑。

和忠雅堂集中銷寒十詠即次蒋劍人元韻

一葉扁舟任所之，孤山夜半雪霜時。驚回客夢長鯨吼，打破禪心老鶴知。古寺凍敲雙杵月，白雲冷擱一林詩。

景陽宮闕蒿蓬滿，騷瑟西風捲地吹。寒鐘

朦朧睡態喚難醒，木落三秋暮靄冥。石骨更逾名士瘦，

書無更叙不任微
嫌近似易作不字

首句宜酌

霜鬢羞(休)娟美人青，阮公憑眺煙雲黯，杜老登臨涕淚零。立盡斜陽無一語，西風江上掩柴扃。寒岫

夷歌緩緩負薪同，響答空山猿嘯哀。柯爛石根諳世局，木凋霜後辨良材。雙肩斜日穿林去，一徑西風踏葉來。攜酒定招麋鹿侶，披裘相對醉顏開。寒棋

龍沙萬里慣(遠)乘航，日夜孤城浪打狂。海籟颼風晨出沒，神龍挾雨晝潛藏。千盤雪練驅雲疊，十丈冰濤撲塞林。可憐忠魂沈白馬，秋高貝嶠冷飛霜。寒潮

釣名不爲釣銀鱸，笑脫青蓑酒便沽。湘浦月明漁父遠，嚴臺風閃將星孤。霜(清)舴艋衝波去，秋老鯤鮞合澤逋我

我欲松陵問漁具沙汀一棹入叢蘆 寒罾
慣隨流水轉三湘冷怯蓬窗半夜霜滿地江湖飛短夢
頻年爐月戀危檣騷騷乾雪敲青箬葉葉秋雲滯野航
憐爾阻風兼阻雨不如鼓枻趁殘陽 寒帆
長林走兎識奇材話到黃蒼事可哀深巷影清盤月卧
隔籬鈴響護花來追鷹早慨浮雲幻如豹終須隱霧開
樹暗淮南愁不見聲隨僊侶上瑤臺 寒吠
老圃秋深暮靄沈羊羣踏破夢前林香根領取酸鹹味
古甕能常冰雪心誰使英雄長閉戶每從地主感知音
晨餐好佐雙盂粥白屋清廉動短唫 寒蔬

七律寫意遥深，風韵高渾，駸駸乎駕前後二冊而上之

篆煙低裊畫簾鈎，林外樵青罷煮茶。玉鼎古香燒栢子，紅泥活火煖梨花。殘宵夢戀詩人榻，小雪鐙明女史家。挾炭袱貽東野笑，冶門求熱意終差。　寒爐

酒酣擲筆且高歌，玉浸良田水不波。鍊鑄心腸原冷澀，砥耕歲月任消磨。金壺三斗墨花凍，香雪半池秋露多。學寫換羊書一帖，纖毫冰濕又頻呵。　寒硯

柳煙

冶葉長條綠到門，薄陰低壓水邊村。連朝漢苑春如夢，十里隋隄晝亦昏。濕翠幻成濃淡畫，嫩寒深鎖別離魂。年年攀折河橋路，舊恨模糊莫論更。

柳影

綠絲條弱影參差。金碧樓臺春晝遲。灞岸日斜人知倦。旗亭雲散酒醒時。橫窗婀娜偏宜画。映水軽盈別有姿。一種風情誰領畧。隔江殘月繫相思。

柳眼

不把雙眉鬪翠蛾。纔開青眼濕痕拖。千條愁緒拋紅淚。一縷春情盼綠波。勞戒爾江湖迎送倦。笑他人世別離多。剷憐斜睇東風裏。秋水朦朧翦碧羅。

柳眉

翠掩雙蛾剷可憐。風前低暈惹纏綿。淡描流水斜陽外。

暗鎖深愁淺恨邊黛影綠搖三月雨螺痕清蘸一溪烟

雷塘十里波如鏡照出春山別樣妍

擬顏延年五君詠

阮公志坦蕩今古無其匹寓辭千萬言沈醉十六日白眼睨他人盡是褌中蝨西風一灑涕途窮感蕭瑟 阮步兵

中散本龍鳳超逸非塵姿空山尋藥侶永結煌霞思巢由是其友周孔豈其師一曲廣陵散絕調無人知 嵇中散

伯倫偏耽飲一飲每一斛婦言不足聽徒事鬼神祝萬物如浮萍江海渺一粟猶狂天地間酒頌御堪讀 劉參軍

阮咸性任達果是竹林賢律不溢一黍玉尺周時傳薦

是要呂居

懷而慶上仍復墜深淵心醉太原容相見便欣然阮平始

向秀學淵源讀書愛老莊朗唫秋水篇肺腑生清香灌

囷結安呂善鍛交嵇康入洛鄰笛哀感舊思何長常向侍

文丞相松風琴歌

黑風吹海崖山立側身南望孤臣泣為譜松風一曲琴

聲二二秋雨鵑細瀝憶昔襄樊未下時河山半壁強支持

環娘柳女捧琴至一彈再鼓空凝思皐亭轉瞬烽烟擾

朝臣爭上降原元表萬里疆場痛寂寥天涯流血知音少

青原夜雨何瀟瀟三日空悵錢塘潮琴兮琴兮尚無恙

壯懷不知白雁謡抱琴流落廣南道卅載秀山都草草

朱鳥冬青尚是文山後事

一彈朱鳥飛西臺，魂魄何時歸；再彈冬青落，六陵秋草增蕭索。移宮換羽音更哀，平章山下悲風來。水茫茫兮山蒼蒼，思君王兮天一方。七條絃索飛清霜，五城回首煙塵黄。拒降詩寫零丁洋，安得疊山櫓琴囊，同寫磊落欝塞之忠腸。吁嗟乎！將軍頭，侍中血，睢陽齒，常山舌。撫琴欲奏正氣歌，危絃促柱皆嗚咽。小樓孤坐長嗟洛國亡，不死非男兒，從容就義赴柴市。此心惟有焦桐知，琴材本樹乾淨土。二十八字琴中譜，留伴君家玉帶生，精英一様傳千古。

一氣噴薄，跌宕穠密，與竹垞玉帶生歌並垂千古

落花四首

前字易往字
枉字易空字

不怨飛花怨落紅。曲闌西畔畫簷東。鵑聲啼煞春無色。
蝶夢驚回夜有風。三月新愁都渺渺。一年情事太匆匆。
殘英幾片堆庭角。賸有餘香入幕中。
鏡裏無端感鬢絲。不重堪認舊丰姿。荼蘼架畔斜陽候。
芍藥欄邊暮雨時。話到園林空濺淚。別來門巷怕題詩。
年年多少佳人怨。說與東風總未知。
紅簾翠管日紛紛。金縷重賡不忍聞。可柰多情長別我。
却緣薄命轉憐君。更無燕子尋春社。可有鶯兒戀夕曛。
階下尚留痕跡在。莫呼童僕掃苔紋。
春雲慘淡霧淒迷。蒼莽平原草色齊。前日枉勞鸚鵡喚。

惟字易剩字
終字易殘字
子諒倩筆

終宵惟有子規啼，風絲雨片和愁織。紅入香歸掩淚題，鹽福生前修未到，那禁隨溷又黏泥。

擬杜少陵打魚歌二首

腥風吹過郫江頭，老翁捕魚時乘舟。絕網一舉數百萬，甲鱗堆積如山邱。幸即脫漏亦不逝，焦尾爛額時沈浮。雲光鬖鬖日欲暝，長鯨逃遁風波愁。洛川赤鯉伊川魴，鱸魚肉白如雪霜。攙刀析縷亂蚕豆，華堂歡讌傾壺觴。金虀玉膾味俱極，座中相對更顏色。知否西江水已乾，東海波臣長嘆息。

觀魚再到郫江側，村前漁子皆相識。大攜罾罺小攜罩。

前後追逐無一失鰍鱔投穴可無雲鬣破泥沙不得匿
文鰩觸綸如欲飛仰流噫沫恨無翼吾來東津又見之
陰風瑟瑟常嗟洛神龍垂頭時太息老蛟噴霧橫雲帽
朝游江湖殊足樂夕調鼎鼐殊可悲萬物皆我同胞與
人生慘酷亦何為

未審馬文字

聞雁

來向天涯覓稻粱一聲柔櫓斷衡陽月明桐院秋無影
風急蘆洲有夜霜塞外雲低時嘹嚦樓頭夢醒倍淒涼
吳江楓落潮初上陣陣驚寒過野塘

食蟹

最好移家傍水涯。秋來曲聽唱爬沙。螯肥白砑雙團雪。殼滿紅蒸一背霞。不數金膏兼玉質。祗須綠酒與黄花。讀書未熟曾貽誤。風味蟛蜞莫漫誇。

無題八首用彭甘亭韻

珊珊僊骨馥蘭蘺。瑶圃春深種玉芝。綠蠟淚乾因惜別。青蓮心苦爲相思。淡無香影梅花瘦。濃有芳情荳蔻時。欲托微波通一語。紅冰清淺涷蘭澌。

薛濤花下掩柴關。十幅香箋粉淚斑。頰暈髓痕深淺外。臂鈐砂印有無間。蟾心驚破簾鉤月。螺黛描成鏡檻山。彈罷銀箏倍惆悵。新聲偷學唱刀環。

瓊楼玉宇廠層層青粉層低未可登子夜新腔翻白紵
丁娘妙句索紅綾無聊雨打泥中絮不定風搖水上鐙
如此銷魂如此瘦明珠翡翠恐難勝
月抱煙飄恨未銷帶圍已減舊時胷銅溝波冷流紅怨
玉柱冰清奏綠么祇為將離唫芍藥非關聽雨種芭蕉
庭中誤射屏風雀瞥眼飛雲一箭驍
文窗六扇拓蟬紗欲採夫容隔水涯綠酒紅鐙曾此地
玉簫金管屬誰家輕拋蘭槳迎桃葉笑脫榴裙嫁杏花
此去僊源知不遠桃林無柰日西斜
雙虹橋影卧橫波轉瞬驚鴻一霎過綠玉枝成連理步

紅心草長斷腸多，夢圍粉蝶花爲室，蠶聚春雲繭作窩。枉把三生訂蘭絮，鸞飄鳳泊奈愁何。

漫從天外問歸途，一抹山南長綠蕪。璚島不來尋藥女，玉堂先拜種花姑。藕絲兜肩偏柔輭，薇露黏衣總麗都。一樹櫻桃開已謝，真消贗息到今無。

嫩鶯聲澀未圓勻，纔罷傷春又送春。最是工愁盧少婦，可憐無語息夫人。鈿蟬金雁分明在，鴛牒鸞函記不真。愁上望夫山上望，幾回低首辨蛾顰。

天若有情天亦老，月如無恨月常圓。綺才艷思足以上轢玉臺，玉溪未足多也。

疊前韻八首

珊環蛤帳枕紅蕤，夢到巫山採紫芝。湘竹斑斕妃子淚，玉環宛轉女郎思，風鳴鐵馬丁冬。俟漏轉銅龍午夜時。
欲擣元霜尋藥杵，藍橋寒月映蘭澌。
杏梁紫燕語閒關，春綴園花玳瑁斑。萼綠有情來世上，
蘭香何事謫人間。鶴笙響徹雲闈嶺，翠帳寒深雪滿山。
望斷臺砧愁不見，同心椎碎玉連環。
雪藕酥醾繫絳紗，偶然話別即天涯。藏嬌擬築黃金屋，
學舞曾來碧玉家。能使雙聲迷絳樹，爲參半偈吐蓮花。
頻連鬬草簸錢會，歸趁裙胥一道斜。
凄清院落十三層，燕子樓高悵獨登。闈解小郎施翠幛，
情深刺史寄鴛綾。一鉤香惹鴨頭韈，九串光連鳳腦燈。

風露滿身花影動羽衣寒襲恐難勝

蘭麝濃薰舞袖銷柳枝春困小蠻腰菱花暈碧青鸞瘦

桐乳含珠翠鳳么玉潔冰清仙子草風掃雨打美人蕉

擲釵簾底聲聲急好比連花七十驍

棗花簾子不生波座上飛璃載酒過拍案樗蒲贏總少

射盒蜘蛛中偏多模糊錦字鴛鴦牒鬖髿雲髻翡翠窩

悔未聘錢償十萬青天碧海奈愁何

東風作絮滿征途點點香塵襯軟蕪諱鳳禊宜呼[菊]婢擘

麟未許宴麻姑霓裳星佩迷仙闕風馬雲車盼上都青

鳥不來春寂寂新書封寄蠟丸無

婀婀柔情姍姍仙骨嚼過梅花數斛乃能臻此境也

天涯芳草色初匀腸斷紅樓紫陌春十二碧城如隔世
三千銀界總愁人長庚仙篆留環子靈甲飛符寫玉真
佛國香濃春似海拈花一笑破愁顰

題李楣生母舅邛峽山齋

八方形勝推蠶叢五丁開闢資神工蜀道之難古來有
此境不與人煙通李侯奉檄走西極振衣直上邛峽峰
叟旌搖搖隔雲樹星軺歌舞迎巴童二十四盤最紆曲
一盤一曲如游龍陡然絕頂接梯上手扶銀漢捫蒼穹
下瞰群巒等蟻垤錦屏玉壘殊凡庸猩猩啼烟鬼嘯雨
冰山六月團鑪烘沈黎邊域勘戎士遍收（搜）勝境歸詩筒

寫真更奪大癡筆倏忽伸紙雲濛濛低懸尺絹羅陽壁空中隱現青芙蓉對花樓前居最久翩翩扇屐追陪錫宦游十載歸心劇蓴鱸鄉味思秋風一棹松菊仍依舊故園種秫除蒿蓬焚香煮茗且讀畫螺鬟翠髻皆玲瓏卧游祇在移峽館夢魂尚戀峨嵋東合太白長書爲一手得不徒爲奇作

游坡公艤舟亭并訪洗硯池遺跡

蓬舟過毗陵便懷蘇玉局幽然一小亭鴻爪天涯宿循徑入松陰空翠黏衣綠玲瓏甃石池當年此滌濯黄州聽雪還偶爾留芳躅遠寄調水符合剖僧寮竹茶熟沁心脾詩清都不濁妙句誦鏗鏘瑰琅振林木來地十紀泰

戲作七分讀跌蕩赴銅琶泉源涌萬斛古硯磨未穿秋毫掃欲飛消鑠天石銘眼碧明鸜鵒一洗浪痕圓再洗墨花簇韻事八百年思公時往復命宮磨蝎窮木逢多顛躓豈求合時宜幽蘭自芳馥亭臺未傾圮勝境超塵俗徘徊復徘徊斜陽下山麓

後幅不脫鱗爪一層章法乃完密

過焦山門

焦山形勢何峣峣巨門特闢江潮水激怒激風激號白晝跳擲魚龍驕行人到此皆停橈既無鞭石之術駕長橋又無囊沙之計塞危皋更無吳猛之扇掌中搖可以江上揚輕舠帆檣雲集連千艘前船後船齊鳴鐃嘈

吰鞺鞳心搖搖大索挽舟挽不牢蜂窠石古檎梡篙巨
鼉靈窟誰所標雷雨不歇騰神蛟古鼎蠵紐雙足翹踏
碑瘞鶴孤魂飄猛吹鐵笛興益豪歔振石裂驚靈鼉須
臾負艦出林梢回頭濤莫煙雲消峭壁千仞盤寒鵰日
光陰陰孤兕嘷遠望恍惚不能測其高但見蒼松勁柏
羽幢翠蓋閃鑠雨周遭賦命窮薄輕鴻毛出險入險嗟
吾曹安得夸父攜大瓢十一口吸盡三萬六千頃之波
濤不然且命夸娥二子移天金與焦

劍人屬題梨花滿地不開門畫即次轆轤體原韻

梨花滿地不開門小院沈沈暮靄昏細雨清明蝴蝶夢

東風寒食杜鵑魂銀壺一寸紅冰濕寶瑟雙絛綠玉溫
十斛珠塵千斛霧水晶簾底認無痕
舞罷山香舊恨存梨花滿地不開門描成鬢影兼衫影
蕩破煙痕又月痕流水暗揩明鏡淚輭風低擫玉簫魂
早春已是胭脂瘦辜負東皇一段恩
天涯芳艸贈王孫望斷江南眼轉昏燕子尋春時入幕
梨花滿地不開門撲來瓣袖初無影障住紅紗畧見痕
湖上薄陰剛釀雨珠煙散入碧桃根
銀盌珠奩碾粉痕曉窗無奈綠雲屯錦屏夢醒金鵝冷
畫閣香銷寶鴨溫柳絮漫天迷去路梨花滿地不開門

綠蕪已沒紅心驛香艸何從覓芷蓀
鶯骰知已近南圻草草春情怕更論香雨一簾鋪蝶粉
茶煙半榻篆螺痕相思無計拋紅豆惜别拚教醉綠尊
十二畫闌剛永晝梨花滿地不開門娟秀明麗恐蒙頂茶遜此香味

苔髮

叵耐閒庭綠拗兒鬖髿已是滿蘭墀旋看上砌侵階日
便似梳風沐雨時鶴頂籠來無一把鴉鋤難去又千絲
水僊輪爾雙了碧繞繞香雲覆曲池梅尭臣水苔詩繞繞水仙髮

蓮鬚

掛起蝦簾晝納涼粉苗零亂滿銀塘染來流水絲絲潔

捲入西風縷縷香，密數緗房黏曉露，晴窺菱鏡感秋霜。
數莖撚斷唫情劇，若憶當年白社旁。

花心

芳䰟低亞小紅闌，曉露常凝一點丹。撼到春風應暗怯，
攪殘夜雨總含酸。十分媚思描摹易，半縷香愁解脫難。
寄語蜂兒休更妬，近來情緒已闌珊。

柳眼

一度東風一惘然，天涯歸夢望來穿。晚他白下題詩客，
閱遍紅橋載酒船。密處垂青疎處碧，醒時纔起倦時眠。
離雲離雨渾無着，盼斷旗亭箇裏煙。

四律自然流出，無刻劃之痕，故自是才家語。

題畫

一枝春占百花頭。雪滿空山月色幽。淬羽啁嘈喨不住。更無清夢到羅浮。

題李氏三忠傳後

李氏三忠者，宜興人也。用楫字武舟，崇禎間進士，歷官侍郎，殉難於勞氏園池。來用楫弟，字貽戒，歷官監軍，殉難於德慶州。循用楫族祖父，歷官御史，與十八先生同時被害。康熙間纂修邑志，秉筆者不為立傳，其迹晦而其情彌苦矣。

冤禽填海海益沸怒，螳當車折其臂。有明末造，是曷同

隻手誰與扶神器卓哉陽羨著三忠銅駝荊棘悲秋風
時當陽九六百會一門正氣摩蒼穹方昔吳楚各分黨
假山五虎爭雄長梧州累郎無完堅半壁河山大如掌
中丞出鎮廉瓊州黎蠻百萬前迎騶南都北都盡瓦裂
殊江轉眼風波愁 天兵掃蕩南雄口廣韶惠潮俱失
守旌旗慘澹青頭營匹馬潛向靈山走斯丁永曆卅六
年合墟回步陰風旋一寸丹心照白日勞家池水清且
漣乃弟又是隴西傑矢石交加目皆裂慶州片壤土花
香至今爭説監軍節平原高誼迥絶倫伯仲不異顔家
卿斯時安隆更受制議台西府青陽行與斯謀者李御

史記池衣帶而天耳一網打盡殊可哀十八先生皆義
士大呼列祖齊震聲晴空怒擊雷劍劍灑灑賦詩齒裂
血恨未早續離騷經馬場艸短白楊秃日慘天陰聞鬼
哭大書特書成仁碑從此堂堂峙鼎足三忠之義文天
祥三忠之節張睢陽桂藩措拄小朝局浩浩劫運悲紅
羊黔粵尚乾留淨土祭文誰錄王炎午兩殉外患一內
訌馬阮泉路羞為伍永明延祚喘息存戈擲落日愁雲
昏碧血千秋詎磨滅闡揚潛德資文孫邑史當年未立
傳裂膽劘肝終不變尚冀　賜謚慰幽靈地下一一邀
宸眷

夢遊僊詞十二首

玉京咫尺接僊居十載繁華賦子虛可惜黃粱炊未熟
匆匆一夢醒華胥

芙蓉縹緲署仙城帝子翩翩捧玉笙爭說上方鐘磬好
人間誰識步虛聲

翛然一笑海雲紅萬頃瑤田浪影中誰說蓬萊容易到
鸞帆十丈引回風

錦陌香軿七寶車清都消息盼來賒諸天灑遍曼陀雨
不着園中碧桃花

拍板行街踏踏歌藍衫破碎疊輕羅雲中簫管紛來日

轉眼桑田畫白波

閬風錦苑列丸（千）層百級雲梯未可登翠輦不來金鳳冷

春宵閒煞九華鐙

太史爭傳絳洞仙璚膏一沃灌丹田金甌縱有蒼鸞血

不及靈根種壽泉

寶笈琳函富石渠絳雲朵朵艷芙蕖道人乞得青藤紙

手寫元都（觀）八會書

階下靈（青）芝幻鹿胎琅璈聲震碧雲哀法嬰奏罷元靈曲

不入羣仙會裏來

下山十里月華清已斷塵緣未斷情霞綬雲裾三百輩

坐中譴是許飛瓊

玉兔金烏笑擲丸
茫茫情海劫塵寬
雲容再世殊多事
悔乞天師絳雪丹

婆婆玉樹引新涼
令〔惝恍〕夜如登選佛場
羨煞大羅天上住
月明儷隊奏霓裳

題瘞琴銘後

錦屏忽斷鴛鴦夢
碧煙委地琴絲涑
杜鵑嚎徹泪闌干
一曲瀟湘罷清矣
蘊香瘞玉歷千年
流水飛花總杳然
別有琴心椎不碎
肯隨紫玉化秋煙
桐材更落吳儂手
龍腰鳳嗉苔花厚
細剔貞珉仔細清〔看〕
卿小字仙家耦清

卿家本近蘇臺響屧廊邊拾翠來已是新音諳綠綺香
蘭醉草檀清和畫欄花氣薰亭午文窗窈窕修琴譜瓣
瑲銀箏一例捐螺黛絙柳千回鼓簫史多情引鳳皇天
南靈鵲度銀潢錦奩祇取瑤琴膝樂府從今補洞房洞
房曲折香雲繞戢翼同棲翰林鳥伉儷情濃永結褵彥
先世際方年少妝鏡臺前舞彩鸞釵梁斜掠碧雲寒暗
香曾製梅花引合為玉郎著意彈抱琴特立花深處撫
絃回顧空庭佇銀甲初調三兩聲隔簾細碎金鈴語海
棠梢上月娟娟壁玉良宵照影圓顧曲好憑紅豆紀徽
歌要藉綠陰眠軟紅低襯夫容褥鸚鵡頻喚卿卿續謳

枓終宵弋雁歌翻成中道離鸞曲芝焚蕙嘆總酸辛三
尺琴牀積犢塵可惜蘭香徒心謫那禁節槩不傷神淒
涼早羅梁龕宴十年夢冷銀羅薦琴在人亡事可嗟連
珠雙月空留戀瑤軫飄零殉古邱雞陂夜雨長松楸十
行哀誄鐫黃絹一字珠璣一字愁琴囊花妥婢娟泣 叶
琴臺雲黯秋無色香火因空禮佛緣心經早向碑陰勤
鶴市蘼蕪没舊痕春風翦紙替招魂不一杯芳艸梨黃
土輸與貞娘墓尚存春耕人到補裙蒲尾焦蜕出桃花
塢韻事爭遥傳顯慶年吳趨逸士爭先覩即今水閣雨瀟瀟
誰抱莊琴信手挑落盡臙脂飛盡絮檣聞腕底捲秋濤

題梓香丈對鏡龕

一粟渺滄海逍遙迴率真冰壺曾濯魄明月即前身以
外寰儔侶其中孰主賓巢由不可作形影鎮相親
是鏡實非鏡形偏以鏡傳乾坤原偶爾今古亦悠然萬
態靜中得孤心合此圓蕊蕊作空想揆首問青天

呈李麓源邑令先生四首

香分花縣畫啼鶯，有脚陽春化雨成。吳苑三年標政績，練川百里布循聲。公曾宰吳郡，復攝篆嘉邑一載。龔黃以後無其匹，杜之間着此名。宦橐空虛剩笠繖，錢塘丁葉較還清。

雙鳧飛來鵲華東，吳淞遐迩口碑同。帶牛化浹春屯野，養鶴心閒月滿籠。里巷多情呼佛子，魯齊感德頌文翁。公宰我邑，文教為之一振。門前大好張羅網，草長琴堂綠一叢。

蒲蠃已盡海東頭，怒撼鯨濤赤鬣愁。煙火萬家嗟白屋，倉庾千斛貯青州。是年水患，辛公調濟得宜，活人無算。金穰誰定常平價，玉燭曾移乞糴舟。公時於嘉邑乞米。我邑苦無田續命，李常來後頌聲留。

仰瞻山斗列階墀。鹿洞清規是我師。剪燭好榻懸通徐穉榻。講經猶下董舒帷。公指示後學娓娓不倦旋看一鏡懸堂日。便祝三刀入夢時。珍重書籤新錦段。南豐殊動辨香思。嘗贈書籤餘課一卷

金鵲如夫子屬題秋音閣女史遺稿二首

牙籤玉軸貯紅樓。兩代芳名藻翰留。謂彩林佩聲兩夫人繼起又傳。唫絮。筆珠璣。一一錦囊收。

昭容才調費評量。醉草香蘭獨擅場。可惜。優曇花一現。梧桐秋院月淒涼。

蘭當作蕊

己酉六月上澣學海書院有玉蘭一本作花甚繁不減春時譪如夫子以為瑞兆邀同學諸君讌賞其下因作歌以紀之

玉蘭開向辛夸前嘉名肇錫迎春傳今年六月花再放
雪噴滿院何嫣然霓裳一隊白雲護渾如天姬素服小
謫蓬萊年朅（揭）來廣文署暑氣淩熇宣輪囷古樹覃亭午
玉山朵朵排蒼煙陰陽二氣妙幹（斡）旋氤氳雨露殊恩偏
鏤璚刻玉勤雕鐫亭亭太華搖金蓮唐昌觀裏游摩僊
輕塵擁下青雲巔軒軒鶴翥時騰騫羽衣縞袂揚褊褼
姑射山神妙顏色炎炎不畏羲和鞭始疑花奴羯鼓作

催放白拋雨點聲塡塡又疑隋宮翦綵作花朵伶俜玉
樹翻春妍不然二十四番風信已吹盡何來銀葩雪蕊
掩映紅闌邊而我一見叫奇絕嘆誰芳種移藍田紅塵
十丈飛不到此間別具壺中天水晶簾子一層障露珠
月璧殊(常)娟娟熱鬧場中暫息影冰心豈為(殊)炎涼還遮以
錦繡幔灌以琉璃泉摘一(枝)取拱(供)膽瓶標格常(殊)清(華)鮮先生愛
花兼愛客滿堂珠履邀蹁躚平臺賞花沽美酒傾囊詎
惜蘇司錢香流斤(芹)藻布瑤席盤分苜蓿開華筵城中桃
李盡芬馥一門杞梓皆翩翩嘉兆應娩石榴實科名他
日誰卜金花箋

意興飆舉墨瀋橫飛朗玉孤桐自是天律

竹垞云有石若茲
何以玉爲請以移贈

潘朗孫（歸自粵東）贈（余）端硯一方因作（報以）長句以謝

斧柯山下烟水清斧柯山上雲冥冥紫氣氤氳一千載
化成尺壁何瓏玲安仁歸自端溪側贈余一片琳腴青
琉璃匣啟寶花散精光四映輝金星背腹相懸一寸厚
入手微扣殸硜硜遇方成珪特峭厲面自滑腕角有稜
其文緻密澤而黝其質完樸堅且貞青鸜鵒眼無一點
玉蟾蜍淚滴半升呵之水流若凝汗炎暑不枯寒不盈
魏臺銅瓦盡剝落香姜檐甋都飄零惟有鈍者全其壽
良田一棱差可耕歙郡龍尾蓋牛後雲涵玉海波瀾生
濡以毛錐發新穎腕底百斛文泉傾磨以龍賓更十二

微凹堆積松煙馨香南琴北得位置晨窗學寫黃庭經
摩挲愛玩不釋手草元誰數揚雲亭郎官新樣玉臺格
欲報愧之五侯鯖登堂好學兼顏拜石交願訂同心盟
他日江東隔雲樹夢魂長隔羅浮屏對硯還如對君面
免教終日思陶泓

送潘朗孫之粵東

天涯縹緲悵征鴻腸斷離亭一笛風傳指雲程千里隔
到時可及荔枝紅
折盡河橋禿柳絲那禁後夜不相思他時春信羅浮到
可有梅花寄一枝

春曉曲

濛〻香霧薰羅衣煙絲斜繯雲鬟低錦屏十二隔春信
綠窗窈窕紅鶯啼篝紋顛倒雙鸞鳳枕函析碎遼西夢
日高睡起倚闌看寸陰已沒花飄縫

春夜曲

蘭膏膩滑銀缸紅丁丁漏箭催銅龍杏梁雙燕抱香宿
夢魂翻入梨雲濃罩地湘簾飛不起瑤階露氣清於水
娟娟璧月瀉闌干花影如潮滿窗紙

題牡丹蝴蝶畫幅

沈香亭北雨沙〻錦幡幃雲幡取次遮蝴蝶繞枝飛不去

此身端合伴名花

題荷花鴛鴦畫幅

浪花輕濺木蘭艭，欲採芙蓉涉遠江。三十六陂煙帖帖，鴛鴦飛去總成雙。

小病匝月藹如夫子以書來詢作此奉答

風絲麗㲉雨霏微，殘蝶纔除早掩扉。竹几塵侵留鼠跡，蒲編芸散蛻蟫衣。辨（瓣）香惟有虔心祝，倦羽何由奮翮飛。一朵絳雲剛奉到，開函珍重盥薔薇。

程門立雪已三年，絳帳空懷衣鉢傳。馬足總難開昧徑，牛心枉自啖華筵。十行紅帛仍依舊，一領青衫轉可憐。

輒對東陵呼負負，近来更為病魔纏。

蘇城夜泊

樓臺楊柳碧絲絲，近水何憂得月遲。
今夜珠簾齋掛起，三更尚按綠參差。

月夜泛舟

月光照水水益清，水光接着天光明。
蜻蜓小艇撇波去，劃開一座琉璃屏。
疊鱗何止三十六，青銅鏡子磨難平。
櫓搖欸乃響空濶，一一秋雁衡陽鳴。
須臾轉入柳陰裏，羣飛撲撲（鹿）沙鷗驚。
螢光着水影零亂，和點萬點如流星。
斯時潮頭漲及半，蟹簾波浸光瑩瑩。
忽聞短蓬答遥夜，

隔溪知有漁舟停。西風颼颼起莎（沙）漵。蘆花楓葉鳴寒汀。疑是陽潯送客夜。水上但少琵琶聲。三更月色益皎潔。珠露濺水何泠泠。四野無人剔清曠。畫然長嘯青山青。

大小孤之通作姑相沿已久非杜十姨比

大孤小孤本此孤字。聞于廟中蓋各塑一婦人像蓋誤孤為姑也。戲作一絕

漫把彭郎喚舊磯。小姑有壻費猜疑。古今不少傳訛事。聞塑襄陽杜十姨。

讀子謀近稿偶題

調鉛殺粉寫紅綾。不及淞波唱采菱。嚼過梅花三百斛。詩心清到玉壺冰。

題李湄生母舅移崃山館詩鈔八首

脂車集

天涯泥爪話征鴻草草關津一笛風鳴鶴聲華傾日下
蘭成詞賦重江東南朝金粉題應遍北部臙脂買欲空
（祇）戀戀故鄉諸舊雨香箋絡繹遞詩筒

燕市集

擊筑燕臺思渺然黃金已盡黑貂穿璚林擬作探花使
蓬島曾（仍）回采藥船公屢薦春官總裁已入選因額溢見遺慷慨侯門彈短
鋏清閒冷署守寒氊公就咸安宫教習翩翩杞梓連吟日風雨
長安對榻眠時穎香母舅亦客燕

入蜀集

僊凫縹緲度陳倉來向天西作保障怍舞羣童迎郭伋

淩兢駕馬笑王陽茫茫勝覽窮巴僰歷歷游程記蜀岡

忠信平生能涉險何愁鳥道與羊腸

益都集

勝地從來説劒南一為憑眺一停驂題襟城上（外）迷（紛）絲管

濯筆江中散蔚藍瘦碧雙筇尋玉壘鬧紅一舸覓花潭

薛濤殘紙書應遍館貯奚囊不厭貪

嘉陵集

劒門山色入城青琴鶴翩〻出地經十里春風籌筆驛

一帆寒雨放舟亭，為求丹竈來雲洞，欲醉流霞陟錦屏。公曾（招）諸友于錦屏山小飲，移時院閑龞峯勤課士，論詩八面闘瓏玲。公于龞峯書院課士，有論詩五古一首

嚴道集

椒葉橦葩壓（夾）道遮，漢（隸）嘉（風雅）風景（雨景）最堪誇。宦情清到邛崍（邛）竹，詩味香逾蒙頂茶。樊敏碑摩（殘）頻剔蘚，漢巴郡太守樊敏祠碑在城東二十里，漢隸尚存，公集中曾有樊守碑殘手自摩之句曾涪（翁）公樓厰慣看花。宋黃文節公對花樓在蘆山署東，偏公嘗觴咏其下曾從打箭鑪邊過，大過渡荒涼咽暮笳。公于越嶲之司事曾經此

歸颿集

茫茫宦海賦歸田，十丈蒲帆下蜀川。菊綻西風陶令宅，蓴肥秋水季鷹船。千盤閣道畫中寫，公自繪卯峽山圖三峽江聲筆底傳。種秫莊田量十笏，名山尚富著書年。

浙西集

散花世界禹航傳，去去西泠泛畫船。舍築鴛湖纔半畝，公有鴛鴦湖畔營精舍印章志勝圖成鷲嶺已三年。公自丁未至己酉往返杭州每凡年歷一境繪會圖稻米水秀山明地，悅住璃壺閬苑天。跌蕩騷壇屐甚，六橋風月屬詞仙。八律清麗芊眠，雅人深致，假諸近時作手，於數人祭酒為近。

秋夜

碧天如洗夜雲凉，扇捉蒲葵坐石旁。怕煞兒童移燭去

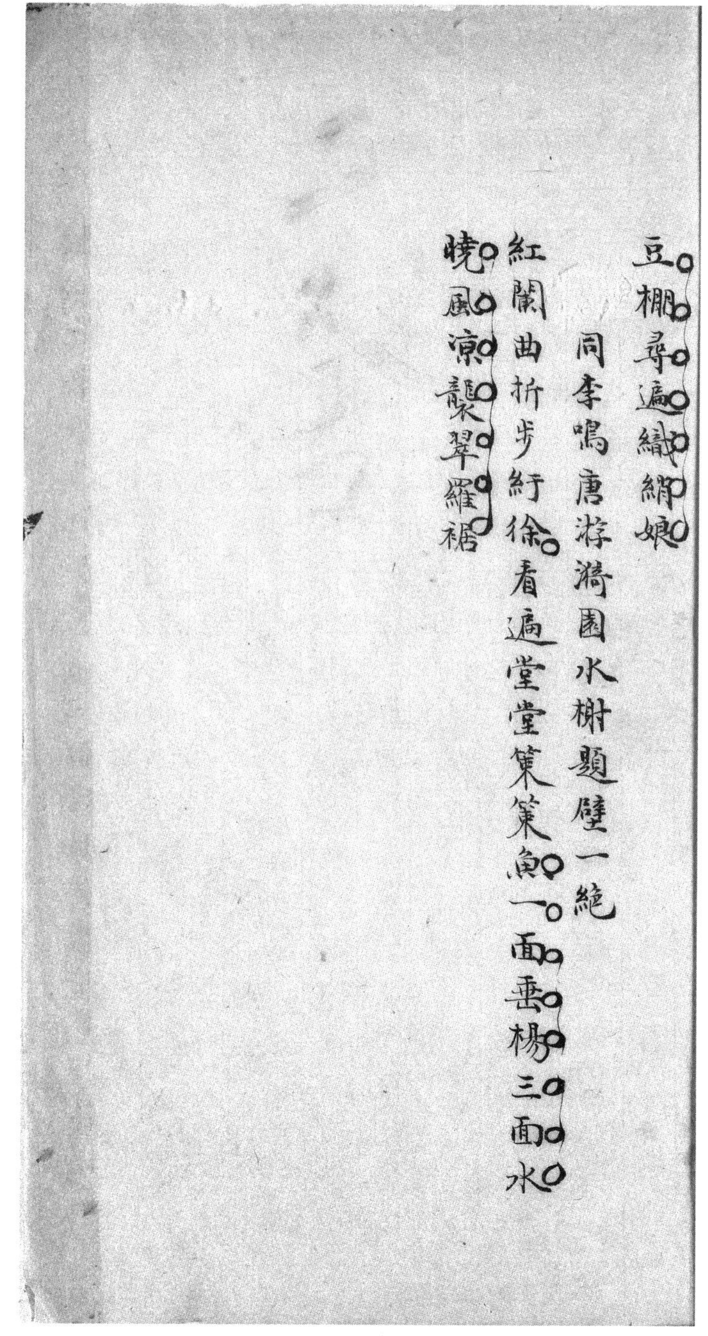
豆棚尋遍織緗娘

同李鳴唐游漪園水榭題壁一絶

紅闌曲折步紆徐，看遍堂堂策策魚。一面垂楊三面水，曉風涼襲翠羅裾。

送金習之北上

風雪填門酷冷天，匆匆催放孝廉船。知君忙到槐花日，正我思求艾葉年。（時余瘧病未愈）聽雨江南春寂寂，看雲冀北路綿綿。途中眠食須珍重，差慰高堂細子憐。

杞梓仙才盡玉堂，李江先去聽霓裳。繞拋白紵登雲路，俟餞紅綾入洞房。（時君尚未合巹）藥榜早書孫夢得，焦桐徒過蔡中郎。（余是科秋試薦而疊仍黜）他時寫遍泥金帖，會見看花上苑忙。

脫口而出，字字渾成，晚唐人得意之作。

燕翦用南華道人海螺賸稾韻

涎涎翠尾剪來忙，巧奪春工妬謝孃。裁出雲羅飛上苑，

劈開香縷到昭陽一綫風加憑伊借三尺淞波任爾量
苦憶當年盡寸婦補衣寒宿費金堂

鶯梭用海螺牘橐均

游絲飛遍洛陽城來往如梭戀早鶯投入花間春有影
懶來柳外畫無聲碧拋雨線千行密紅織烟羅一縷輕
巧剪風姨剛欲試評量錦段可能成 中二聯絕去痕跡是大方家數

贈俞膺文一首

筆牀茶具儘瓏玲食古丝頭戶半扃北海共傾春釀綠
西廂同翦燭花青鳳毛慧利傳聲譜鳥跡模糊訂石經
祗我問奇來載酒隔江擬築子雲亭

贈曉初一首

春春（寒）策策雨沈沈，讀畫窗中笑語深。流水獨尋游子夢，清風來撼故人心。芙蓉妙句和香寫，時以詩稿見示 芍藥新醅對月酬。愧我未能忘結習，新（倚）聲貪學譜瑶琴。

附錄和作

寒鐙一點漏沈沈，淡到無言意轉深。夢艸倦聽前夜雨，看雲易惹故鄉心。花飛入硯香歸字，鳥勸提壺酒淺酌。猶恨子期相見晚，撫弦學撫（譜）伯和琴。

疊前韻戲贈潤甫

銀壺虬箭響沈沈，一夜相思海樣深。蝴蝶有情來入夢，

鴛鴦雖小總同心披雲柳葉條條綰腰玉梨花淺淺酣
最好温柔鄉裏住繞調錦瑟又調琴

西山丈指集諸君於黏雲樓賞牡丹翌日成十絶
句以贈并示曉初潤甫

恬園山莊舊主翁四時花木被春風繞闌種遍天香艷
不數楊家一捻紅

連朝邀我看花來淺紫深紅相間開最愛此花（名香）推第一
勸君須築避風臺

茂鄉和調最風流詩柬招朋集畫樓賞花前三日曉初作五律一章代柬
如此名花如此酒不須絲管也開愁

褸於錦繡爛于霞早把香幡半面遮布策久推諸葛穎
系（算）名（來）（朵）八十總無差閏甫精算學故及之
（平原）清河兩史儘翩翩謂蘭坪賓谷越石風華最少年謂芝侍縱戒三
蕉[illegible]傾不得也判若芋醉花前
紅雲擁住玉階頭魏紫姚黃艷欲流若果嗅來能醒酒
何妨金谷更添籌
聽鸝花外慣提壺老輩風規足範模謂香士牂何日移來（歸）璃
鳥（種）看來兩眼詎模糊
紅（香）雲擁（閨）住（上）玉（帙）階（題）頭（詩）百寶欄邊通玉卮悔不對（淚）頻放棹年
年孤負看花期

讓棗推梨迥絕倫，君家騏驥軼風塵。祇余户小頹然易，隔座斟量一斛春。時曉初令郎在旁，仍代余飲酒，故云

翠箑縱横到日晡，當筵笑語盡胡盧。座中儘有丹青手，合繪紅衫面子圖。時曉初善画梅，齐出素紙索画。一時興到之作，想見酒泮湘中酬諸什

上巳日猶見梅花即次張子緒寫經讀画齋原韻

同曉初作

修褉良辰喜共陪，清癯猶見一枝梅。何曾色相因時改，肯為春風索笑來。冰雪丰姿殊耐久，鶯花世界尚能開。神僊偶擲紅塵腳，寄語東君莫漫猜。五六極佳

題曉初小綠天盦詩稿即次渠見題拙稿原韻

尋詩把臂入深林。時有黃鸝弄好音。牆內芭蕉牆外竹。
清風伴入小窗陰。
清於秋水豔於春。一寸冰心不染塵。花月年年誰管領。
只應付與剡溪人。

黏雲樓主人邀集諸君賞牡丹朱容甫負期不至
後有詩來因同曉初和次韻和之

錦繡叢叢豔似霞。紅衫搖曳劇風華。座中獨少長盧（蘆）客。
共賞人間第一花。
花開幾度待君來。祇恐花殘妙剪裁。花豈負君君自負。
香殘浪費玉溪才。

妙字未醒

賣花歸去餞春紅。十日杯中酒不空。別後綠波殊渺渺，鷓哥簾底響東風。

夏初雨霽同曉初訪朱容甫於甌香吟館即次曉初原韻

滑滑香泥渡板橋。綠楊郎裏任逍遙。路分一水鶯聲接（燕巢隔），屋並（樓）雙（雨）頭燕語嬌。時容甫設帳陸氏 排遣襟懷開酒疊，搜羅風月貯詩瓢。良朋願結廬山社，推騷先從北地邀。時余有詩社之約

鬪酒經詩此樂何極令人且艷且妒

曉初以竹臂閣（松筠竹搭）（并）七絕一章易芝侍子治茗壺芝侍尚有難（色）戲作三絕句以（代）爲介

易宅曾聞以硯山桃花更許換溲鬟古今名士都風雅
敢惜瀟湘翠一彎
湯蘊攜來足甌娛蕭然不礙此君無從令擊節高唫曰
莫當玉敦玉唾壺
摶就紅泥巧製墫安排鏡匣研屏前閒來欲瀹釵頭茗
合汲中泠第一泉
梅花香浸一枝斜壺腹鐫梅花一枝却到山陰處士家從此燃
藜勤讀夜無煩紅火煎蘭芽

附錄原作

梁伯鸞適吳作詩

過季札公延陵難免

亂子不家

辭謿如蝘蜓而謿謔

龍

○季札墓

秋風申浦絕人行。憑弔延陵感慨生。碧血千金孤劍語。

青苔十字斷碑橫。禍藏窟室悲魚炙。樂奏雲廷嘆鳳鳴。

回首神靈頻帳觸。伯鸞此地駐行旌。

○子雲亭

蜀西亭子沒蒿萊。曾記劉棻載酒來。符命當年投閣怨。

文章後世覆瓿評［平］。猜龍蛇默定行藏局。蝘蜓休謿［嘲］箸作

才。一。卷牢愁難卒讀。秋風時為汨羅哀。

○子陵臺

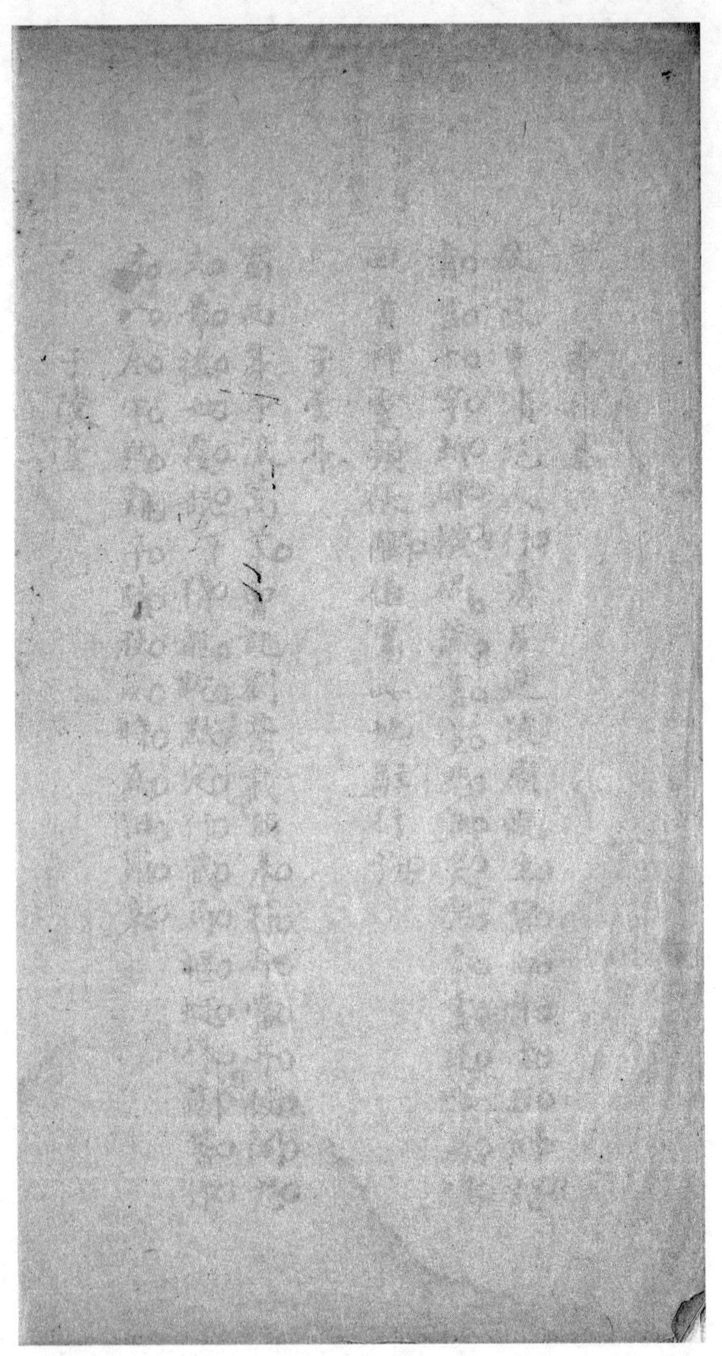

掃葉莊主題烈女靜貽詩

亥者歸之天，此善實所出。烈女知之天知天奪，此[illegible]不能收實，曷烈女之德貞且靜。烈女之性冰雪潔，幽閨針耳常在頸。群花持持注尚曉，不食三日中肺之。強留還作[illegible]

史君為兒來撫育，恩情為而儀之卮。女史讀隊兼作奠，二十八年如一日。紛

不待河實烈女，乾隆三十九年卒。烈女此年二十。

駐行旌 憑弔定鄉蝦

江灣濛濛遍 征遍眺宗郡雅頌紫宸千官孫劍話春芸十字碑銘碑福藏塵雲出魚奚樂壽寰廷堂

風吹細雨日伯宮 書遊訪平原宿草 四首神雲歌振觴石高不易駐行旌

秋風申浦故人說遇帝庭陵感慨生 碧血千官孫劍張青芸十字斷碑橫福延露泣忠魂未望

朝議宗廷嘯風吹雨佳日好奇書 四首神雲挽樓觴伯宮不易駐行旌

故人蕭索閒良社兒女英雄被儺陰萬葉鷗鶴

江左平章事業留儂 ... 風 ... 長夜 ...

以裡崇陰 悼茨含東山薇門鼓而宿 他年非只事撒家 ... 秋深不佳

情無封屏賊侶田請都清風栗里侍

奉書 詩 律嚴詞會三兩斗奏琴心不著十二行香吟蓮

吾集

社詩城佛夢入桃源肯為依傍水閑片紙無鄉舊匹素帳紛菊死天 若在

夏集故人開社復兒英雄兒輩請代吾子芽

掃落葉齋銷夏題 竹篁

滌蓮 雨香竹

除蠅之具 團扇 竹庵 滌鞣 陳松 出嘉定 風爐 藤枕

欲採三千年之桃，恐池渺天風高；欲種八千歲之椿，空山何處求靈根。

仙都隱圃產神州，大於三壽徵奇寶，刀圭盈頤壽延年。請歌

准歌漢商山老，屠竹種銅盤，日來靈苗之植，自天台九莖獻壽

瑤池果熟蓬島花深兩句

[illegible]

平生豪氣橫湖海，倒著接䍦來解鄉。老夫渴疾不可耐，蒲萄春酒瑪瑙觴。江

生好作無妨劍，還呼薛燭搜魚腸。星鐔鏁鋏攢神彩，一條紫電凝寒霜。時時流涎

咽不止，麴車空待逢汝陽。百觚快陸馬門宗，一斗直向河東量。柳天馬之歲長留時，聞

匣底鳴，手將以劍換波，波碎以酒拭劍，劍痕香。誰去廣，廣以落英玉山頹以興樽迹。

平原情勢不足數，慣適賴伯勞獨住。頭頭雜賞英雄桂，康家釀稻堆堂。醉

我未接著糟術，起塞日日且長眉。縱客加之落芸玉山頹以眼糟快，胸中塊壘

不足洗，奮入手醉心高處何空被空峰，香除馬親手也哉。

石洞秋深隱劒氣
空山月黑碎琴心
竹几塵侵留鼠跡
石床苔蝕篆蝸涎

程門立雪已三年　凌兢不知[illegible]　絳帳不錚争[illegible]傳

高雲[illegible]
呼心[illegible]
千行紅[illegible]
一[illegible]

石[illegible]浮雲幽邃[illegible]
心驚[illegible]

空翠撲衣濃似雲[illegible]

寒風[illegible]
[illegible]
[illegible]

藏子不來春寂寂
桃花夜冷雨瀟瀟

程門立雪已三年　絳帳[illegible]

行到幽居最深處
忽驚鸜鵒喚人來

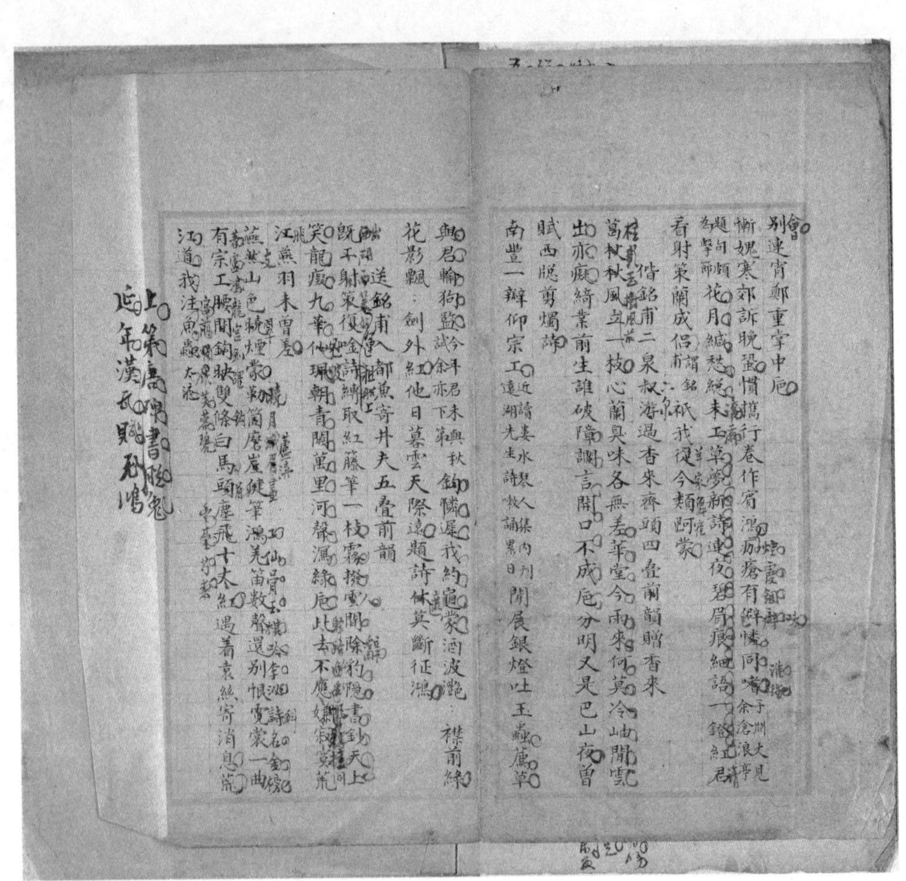

別會連宵鄭重掌中卮

慚媿寒郊訴晚蛩，慣擕行卷作宵鴻。煙霞癖有憐同嗜（余于滄浪亭見大紅君），題句頻為擊節。花月緘愁總未工，草夢新詩連夜碧，局痕細語一鐙紅。看射策蘭成侶（謂銘甫），祇我從今類阿蒙。

偕銘甫二泉叔游過香來齋頭四疊前韻贈香來

萬杖秋風一枝，心蘭臭味各無差。苹堂今雨來何莫，冷岫開雲出亦癡。綺業前生誰破障，讕言開口不成卮。分明又是巴山夜，曾賦西牎剪燭詩。

南豐一瓣仰宗工（近讀妻水琴人集內刊遠湖先生詩，嗽誦累日），閒展銀燈吐玉蟲。薦草

與君輪御監（今秋余與君亦下第），鈎鱗遲我約，蒙酒波灧灧，襟前綠花影飄飄，劍外紅。他日暮雲天際遠，題詩休莫斷征鴻。

送銘甫入都兼寄井夫五疊前韻

既干射策復吟詩，繡取紅藤筆一枝。霧撥雲開除豹隱，書鈔天上笑龍癡。九華仙珮朝青闕，萬里河聲瀉綠卮。此去不應嫌宋玉，[illegible]江燕羽未曾差。

蓮然山色曉煙蒙，勒簡磨崖健筆鴻。羌笛數聲還別恨，覓詩一曲有宗工。腰間鉤映雙條白，馬頭塵飛十丈紅。遇着哀絲寄消息，江道我注魚蟲。

上第……近年漢……鴻

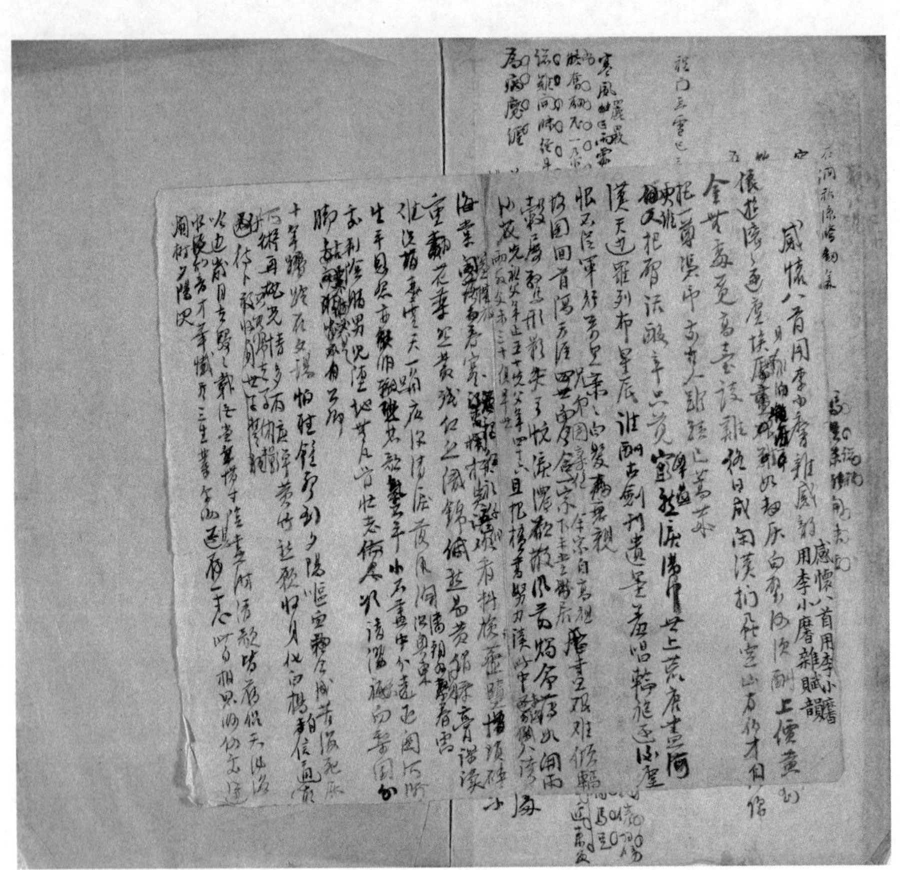

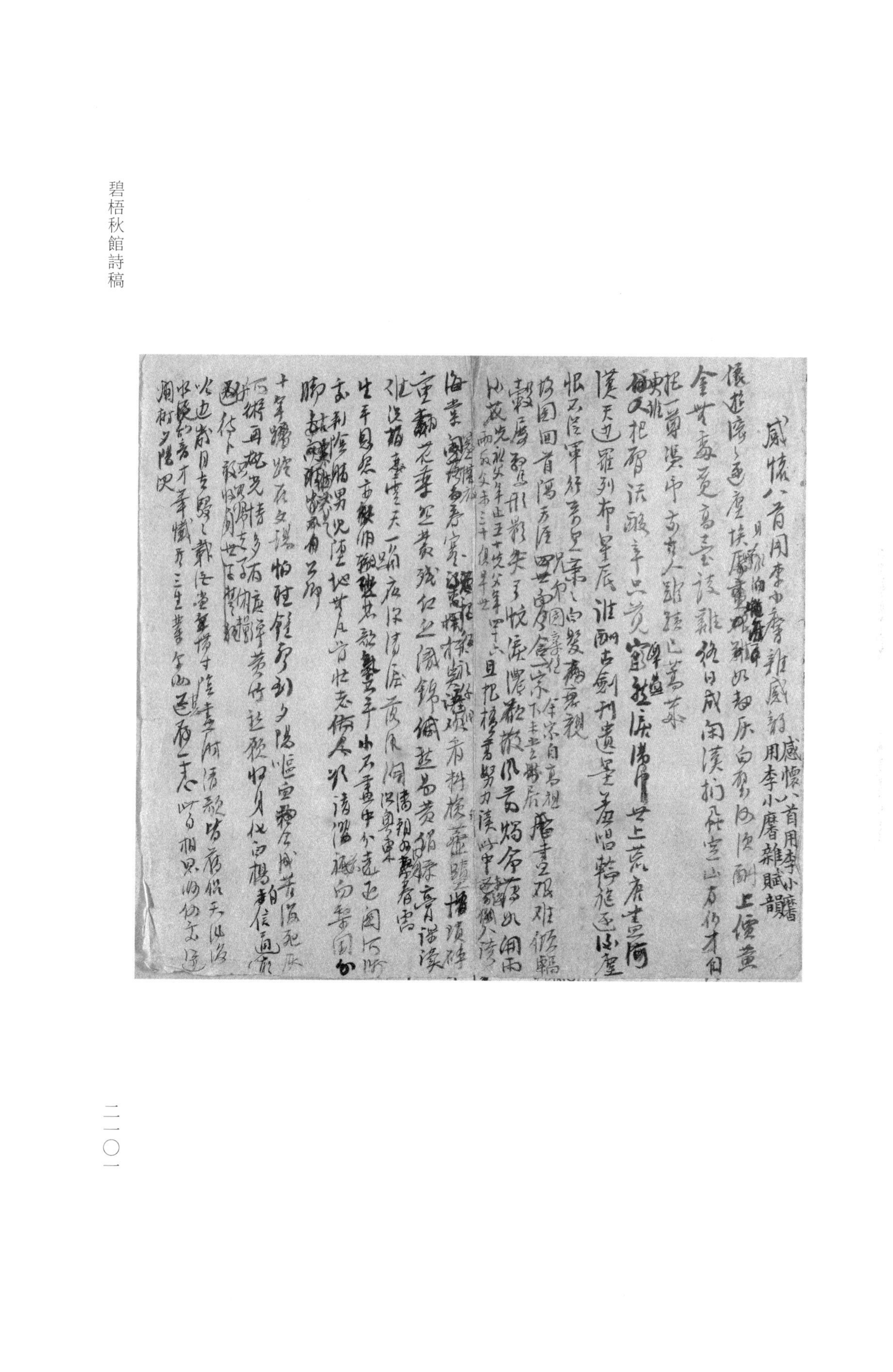

感懷八首用李小𤋮雜賦韻

鳴琴擊劍齋詩草

磨劍生撰。稿本。一册。

磨劍生，原名不詳，生平無載。卷端鈐「獻之」，不知是否其字。自署「皖江磨劍生逸仙氏」，可知乃安徽人氏。磨劍生生平經歷雖典籍無載，但通觀詩稿，仍可知曉一二。據《擬〈紅樓夢〉菊花十二詠》小序與《雜感三十首用上下平韻》小序，磨劍生多半爲科舉無望、沉淪下僚之文人，主要生活年代，據其多次提到「河山之異」「家園淪落」，應在清晚期，或可具體到太平天國時期。磨劍生因戰亂之故，背井離鄉，期間曾旅居竹崎（今福建龍海），暫駐杭州、南京，至於江西，東奔西走二十餘年，自愧毫無建樹。

《鳴琴擊劍齋詩草》稿本，以行楷抄於藍格稿紙，幾無塗改痕跡。然墨筆圈點較多，近一半詩幾乎每字圈點。頁眉偶有批校，字跡與稿本相似，應是作者親手所録，並略作改動。

此本雖曰詩草，但收録文體除詩外，還有詞與小令。作者雖是無名文人，但文學造詣不低，因自身遭遇慘澹，詩詞也多藴哀婉不平之氣，讀之令人傷懷。詩作内容除贈别、寫景之外，多述個人情思，發而成章，尤喜以《紅樓夢》中諸詩題自爲擬作，有濃郁的書齋氣息與强烈的自我感傷意味。如《擬〈紅樓夢〉柳絮詞五闋原韻·南柯子和蕉下客》「婉轉三春景，飄零兩鬢絲。有誰惜别有誰羈。任爾青橋紅橋各分離。寄恨無人訴，含情只自知。殘風曉月斷腸時，説是天南地北計歸期」。磨劍生所作小令，如《臨江仙》《駐馬聽》《醉東江》等，繼承了元代小令的口語化與抒情性，與詩作相比，更加自然親切。如《醉東江》「惹得俺千百疊情絲不斬三萬丈，熱血如傾恨悠悠」。

《鳴琴擊劍齋詩草》並無刻本傳世，作者亦寂寂無聞，但對於研究清末社會大背景下的個體命運，則有一定價值。

（杜萌）

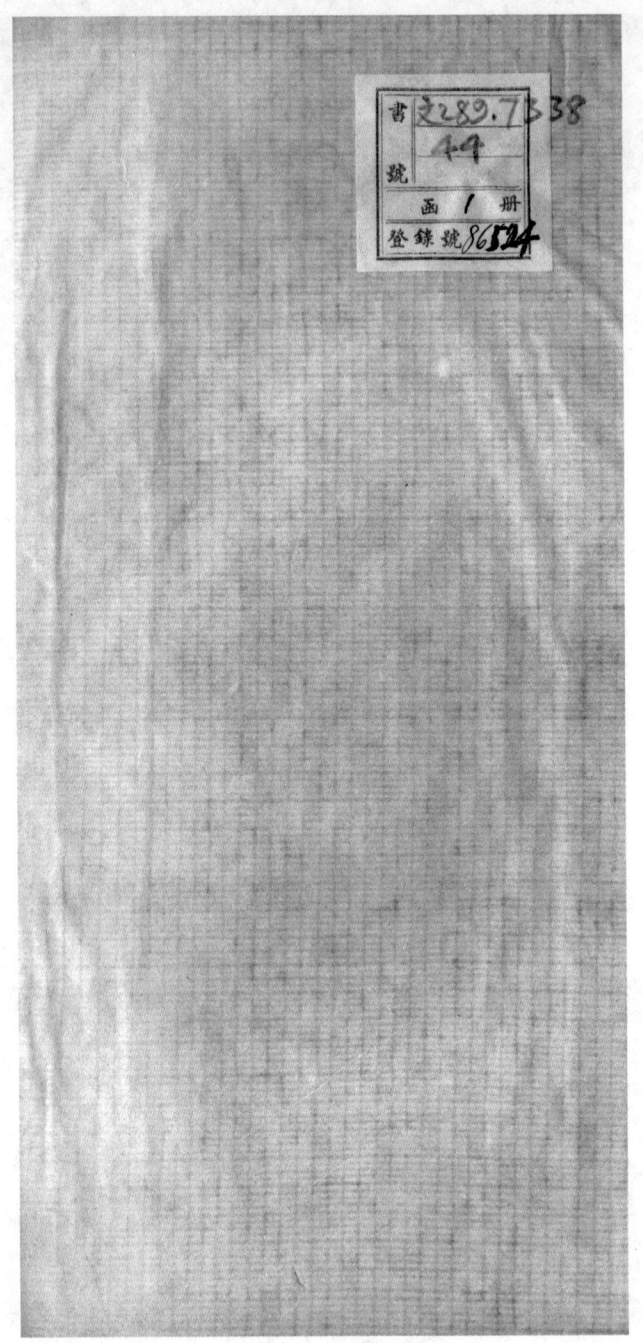
書號 文289.7338
49
函 1 冊
登錄號 86524

鳴琴擊劍齋詩草　　皖江龐劍[illegible]氏手訂

新歲無聊孤坐齋中適得石文先生明養庵來書感賦

昨夜春寒釀不醒小樓聽雨尚排徊天涯風雪青千壓琴海琴樽酒一枕衾殘夢雨聲殘欲起寒雞漏望斷腸相鐘聲敲斷舊夢前夢百誌

愁眠鎖不開

春郊

綠楊花裏計歸程簫市青青雨霽晴流水小橋停畫舫旗亭背轉聽鶯聲

玉關羌笛征人怨灞驛岸高舟送別情最是陽關三疊曲春風無限斷腸聲

送張彭兄至江陰

東風尾尾柳絲絲紅柳青橋送客驂苦笑唱陽關斷腸曲黃花開滿江南

送別懿哥二首

楚水吳山動客思寒風尾尾雨絲絲勸君珍重陽關曲千古傷心是別離

迢迢驛路雁南歸殘雪飄寒未亂飛月斷吳江三百里夢魂夜夜逐征衣

招隱

朝飯飯以水暮飡首陽蕨松露滴羅衣石泉沐鶴髮閑居何能爾心遠地自適

太古居渭濱傅說棲巖窟昔居商周時猶有巢由癖豈今值衰危世豈無山林

客願從赤松子舊振青冥翮富貴必何恃榮華難終久詩書養性情非必花與月

薇蕨御飢寒何必金與帛風俗漸衰薄塵世尚謹貪且守淡泊志切為若帶狼鍾

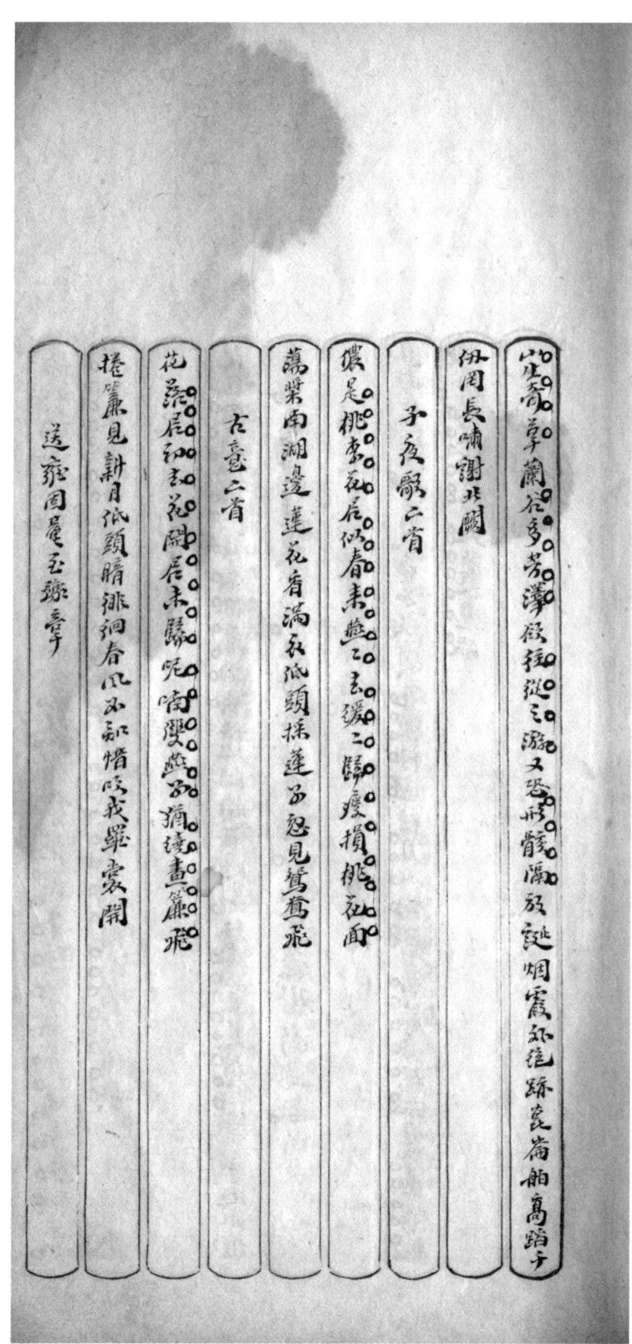

山生寄草蘭花多芳澤飲御從江湖又恐形骸瀟放疏烟霞外迹良嵩舶高蹈乎

伊周長嘯謝北闕

子夜歌二首

儂是桃李花，君似春來燕，燕去燕燕歸，瘦損桃花面。

蕩槳南湖邊，蓮花香滿衣，低頭採蓮子，怒見鴛鴦飛。

古意二首

花落君知否，花開君未歸，呢喃雙燕子，猶繞畫簾飛。

捲簾見新月，低頭暗徘徊，春風不知惜，吹我羅裳開。

送羅周袁玉孫亭

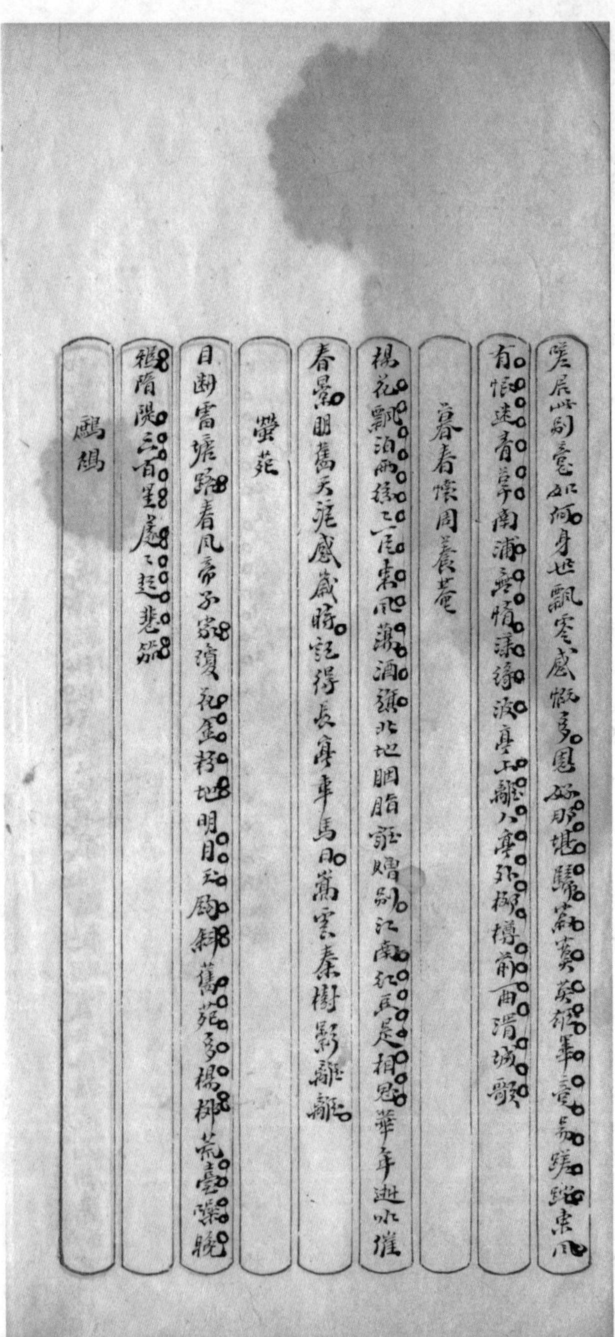
嗟辰此别意如何身世飄零感慨多思好那堪騷寂寞英雄事業易蹉跎東風
有恨迷青草南浦無情漾綠波亭下離人寒折柳樽前西唱渭城歌

暮春懷周養菴

楊花飄泊雨絲絲一夜東風蕩酒旗北地胭脂誰贈别江南紅豆是相思華年逝水催
春景眼舊天涯感歲時記得長安車馬日暮雲秦樹影離離

螢苑

目斷雷塘路春風帝子家瓊花虛移地明月知廊歸舊苑多楊柳荒臺噪晚
鴉隋堤三百里處處起悲笳

鷓鴣

十里春風送馬蹄，黄陵花發落芊萋。匆匆離别是無情事，何必相思樹上啼。

庚子秋感二首

碧雲紅樹滿征途，萬里鑾輿别帝都。烽火燒殘秦塞月，河山還約漢宮圖。曉鐘蒸葉迷金闕，破瓦寒燐亂紫微。獨有黄昏蝸草境，伊誰麥飯獻蕪蘼。

折斷瓜瓤走玉車，如堪回首望宮華。銅駝滴盡長門淚，鐵笛吹殘上苑花。萬里孤書催驛使，幾株楊柳暗藏鴉。傷心最是梨園曲，歌舞無人月已斜。

蠻

紅芍梅館主憶滬上林愛卿校書用原韻

半邊生小逸人寰，歌舞猶誇謝阿蠻。花月六朝香國夢，琴樽千里舊家山。羅襦浪跡淪春淚，紈扇飄零減玉顔。惆悵江南風景地，紛紛楊柳為誰攀。

末路

甜歌戲語暗相嘲，牢鎖春愁芭蕉梢。水國鶯花雨月蹻，錦屏風月舊時巢。
青裙滿袖悲華髮，紅粉飄零感寂寥。最是揚花無限恨，陌頭隨處任風拋。

再叠前韻

瓊苕强蠱謫塵寰，脈脈柔情賽小蠻。寶髻玲瓏橫翠黛，眉痕淺淡戲春山。迷離蝶夢身前約，清瘦菱花鏡裏顏。腸斷春風離別處，章臺楊柳未曾攀。

醉舞輕歌香解嘲，春痕淺淡上眉梢。殘宵靈夢漁春日，小謝情天憶舊巢。一尾新愁難自遣，滿腔幽緒訴知交。蓬萊咫尺堪追憶，好把相思仔細拋。

餘意未盡再賦四律

相思迢遞隔層城月斷蓬萊路幾程青鳥殷勤空有約綠珠憔悴足多情
鬟濃曉夢同心結寶帳緣堅嚙臂盟回首舊時歌舞地那堪重聽懊儂聲
關山一別路迢迢腸斷河梁柳萬條塵海琴樽少知己情場花月總魂銷綺幃
綺思眠香白晝闌春燈話別宵怨只蓬萊天樣遠臨風惆悵玉人簫
娉婷倩影總堪憐萍水相逢露水緣紅粉飄零嗟薄命青衫憔悴感華
年天涯浪跡留鴻爪故國心情託杜鵑最是酒闌腸斷後一番回憶一淒然
鶯花老去雨絲絲腸斷江南杜牧之故國青衫溼別恨天涯紅豆惹人思三春三意
緒繫楊柳盲山城唱竹枝無限飄零無限感莫教重賦定情詩

閨情

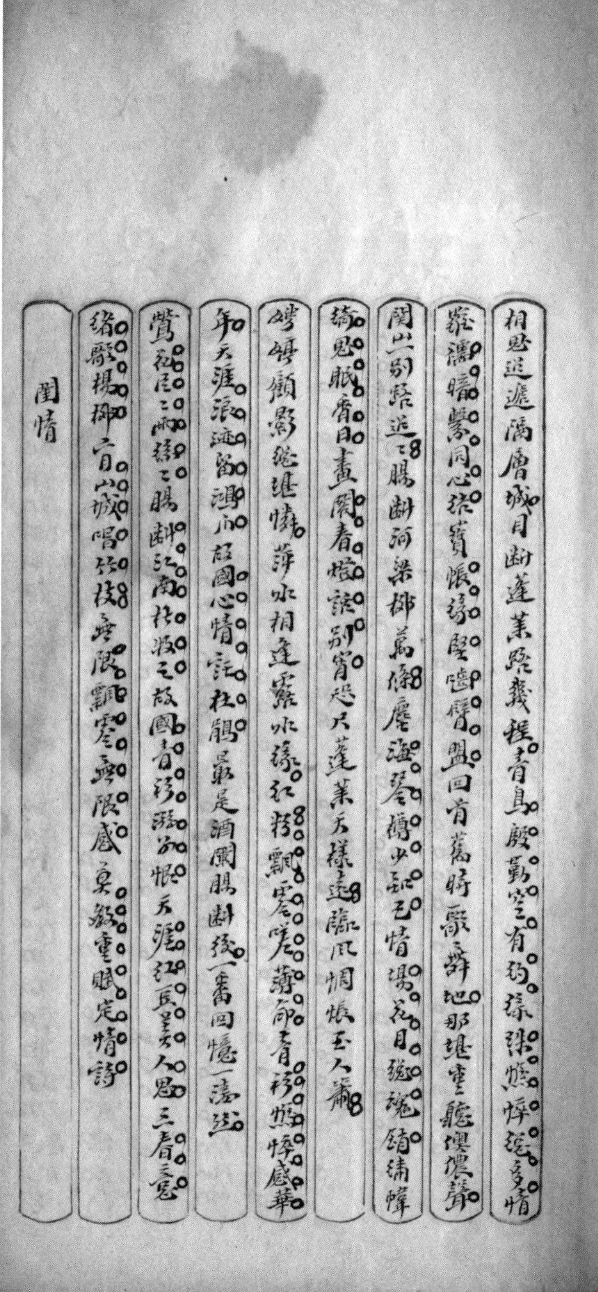

玲瓏寶髻擁珠鈿挑盡殘燈未得眠錦字織成金縷曲淚痕寫滿碧城[illegible]箋

離亭最怕聽楊柳月夜何堪啼杜鵑長憶江南風景好落花腸斷李龜年

海棠亭畔月黃昏一曲銀箏說斷魂香草美人悲帝子桃花流水送王孫歸

青鸞寄與珍珠字翠袖偷添天節痕正是凝眸無限意曉鶯啼斷綠楊村

雨絲風片意重重殘夢驚回野寺鐘花影一簾春寂寂棠梨滿地月溶

瀟魂隨縹渺三千里腸斷巫山十二峰最是曉涼衣露冷不堪憔悴玉芙蓉

銅龍夜夜滴殘更千里雲山短客程好夢誰憐歌白苧月明何處奏銀箏

拼將恨海相思意銷盡情天薄倖君正是妝臺凝盼處落花滿地鷓鴣聲

讀石頭記弔林黛玉

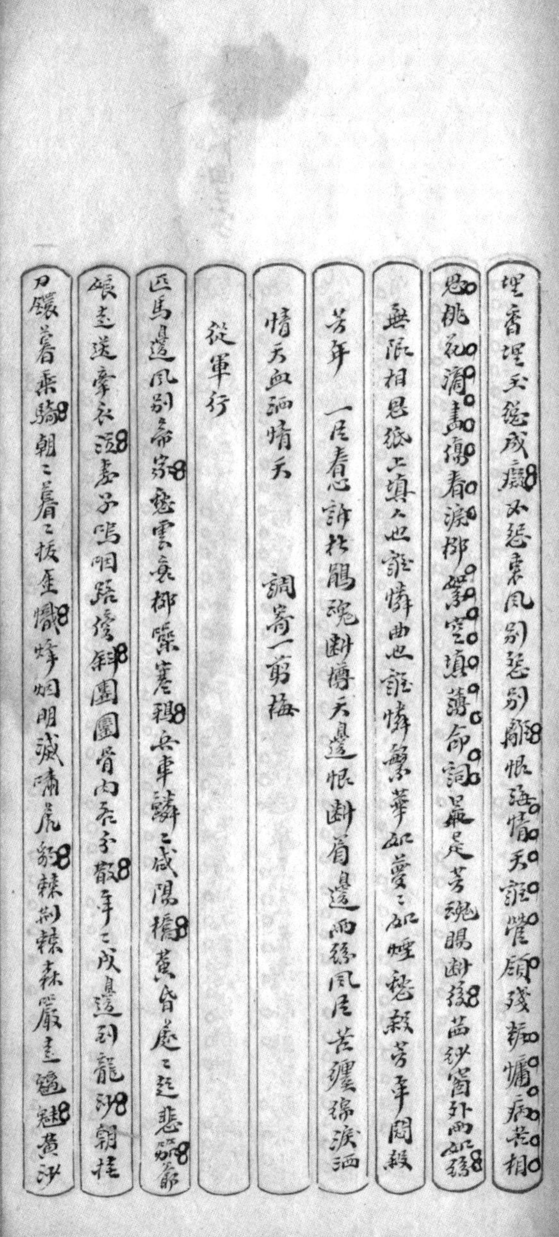

埋香埋玉總成癡。必瑟秦風別瑟別離。恨海情天窮嘗願。殘掬慵病甚相思。桃花潤。盡傷春淚。柳絮空填。薄命詞。最是芳魂腸斷後。茜紗窗外雨如絲。

無限相思紙上填。人也能憐。曲也能憐。繁華如夢夢如煙。總教芳年閱殺芳年。一度春意許於鵑。魂斷傳天邊。恨斷眉邊。雨絲風片苦纏綿。淚洒情天。血洒情天。

調寄一剪梅

從軍行

匹馬邊風別帝京。愁雲衰柳繫寒程。兵車轔轔咸陽橋。黃昏處處起悲笳。娘妻送牽衣泣。妻子嗚咽路傍斜。團團骨肉各分散。年年戍邊到龍沙。朝挂刀環暮乘騎。朝朝暮暮拔旌幟。烽烟明滅嘯虎豹。棘荊棘森嚴盡魑魅。黃沙

漏寫入面二字

淅々撲面飈白骨戰壘使人愁羽書千里風蕭々日暮相逢半妖異更深月落廐

南歸沙場忽迢還鄉思盡角偏吹斷腸聲々滴盡征人淚五月天山雪花起

夢々疑是寒冬至木葉凋零塞草枯橐駝腰瘦馬足皴皮冰凝脂鬢脂膚

裂鬢鳥風流顏醉玉閨迢々千里閨中鄰把寒衣寄征人塞北遙斷腸少婦城南

無限悤偬馬蹄邊塞何若寒苦男兒空抱封侯志敵鳥夜々渡臨洮鐵騎兵出

風雨寫一篇濤戰賀蘭山重々甲帳賢雄殢劍氣來飛騰雲路々兩軍錯雜聲嗷嘈

骨盡磨沙盡鋒何慘戰士血蓬蒿黑洒殺氣不見人愁雲慘淡天昏々鼙

鼓聲泯動地哀袍衣血育悽霜華凍刀手濤寒月色寒斜魂哀啼舊鬼慟白

骨髏々無定河邊知猶是春閨夢噫吁嚱悲哉生女切愁男切莫生女成名異域

死班超投筆緣天郭李廣無功良有以君不見四千年來若戰沒定遠只從邊斛

題桐花箋並序

桐花箋者鑑湖女士爲其意中人薛鳳兒校書作也校書生而有才姿容秀麗任姑蘇與女士訂有三生約天涯飄泊遇同調於紅顏湖海浮沉感多情之青眼女士以爲藏嬌有日拔青蓮於火坑中指顧間矣豈意鴇母不諒方欲倚之爲錢樹子不欲其一旦從良乃擯之他適嗚乎情天不補恨海難填好事多磨彩雲易散人纔無情誰能遣此女士乃追懷往事悲憤交集因題感事詩十數首以自慨名之爲桐花箋一時知名之士題詠殆遍哀感頑豔悱惻動人余讀其事不禁怒焉

以以喜怨焉以悲哀者哀其情之無聊縷綿懇切悲者悲者悲其遇之又如此固放蹉跎也不揣固陋遂亦繼作河山之音本其意用題南曲一套云其詞之工拙則非所計也

臨江仙　七里山塘春遠近傷心美景良辰鶯花寥落續愁雲青衫嗟薄停紅粉恨飄零

油葫蘆　一霎相逢心便傾正是舊精魂奏湘靈瑟同心曲玉簫聲花底喚鶯鶯婉囀復娉娉月下撥檀槽歷歷身前影一箇是青衫多淚因多恨一箇是青衫多淚因多恨一箇是紅顏傾國又傾城這纔教才子佳人絕世情

月上海棠　敘黃鶯花前明月燈前影多情是芙蓉帳暖荳蔻生春最嬌嬈

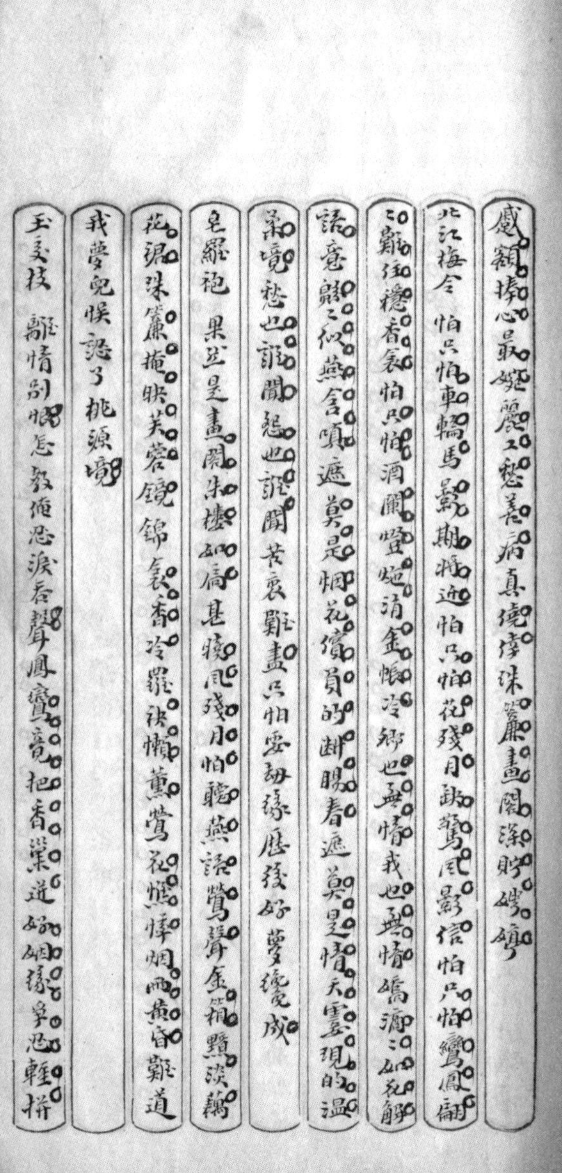

處窺撩心最婉麗又愁善病真憐傍珠簾畫閣深貯娉婷

北江梅令　怕只怕車轎馬驟期將近怕只怕花殘月缺驚風影信怕只怕鸞鳳翩

々鄉征穩香氣怕只怕酒闌燈炧清金帳冷鄉也無情我也無情嬌滴々如花解

語意態々似燕含嗔遮莫是脚花償負的郎賜春遮莫是情天雲現的温

柔境愁也誰聞怨也誰聞若哀難盡只怕要姻緣歷後好夢纔成

皂羅袍　果然是畫閣朱樓如煽甚曉風殘月怕聽燕語鶯聲金箱黯淡藕

花遇珠簾掩映芙蓉鏡錦衾香冷羅袂慵薰鶯花憔悴烟雨黃昏難道

我夢兒候誤了桃源境

玉交枝　離情別恨怎教俺忍淚吞聲鳳鸞竟把香巢逬姻緣爭忍輕拚

偎郎樓臺恨臍生芙蓉城郭花如境寫離愁新盟舊盟訴離情長

亭短亭

駐馬聽　紅袖飄零無限嬌嬈無限恨南藍橋寂靜幾回惆悵幾回顰

天荒地老渺無情山遙水遠錦屬影誰記着妝樓夢冷人如病

醉東江　甚得俺青春情緒不輸三萬丈熱血如傾恨悠悠好夢非痛歷歷

情緣盡臺長逝山殘水賸辜負了如花美眷似水光陰呼一聲我愛卿悲一聲

我愛卿怕不怕變花情種鄉緣長恨只恨知機人遠天涯近從今後兩地是愁

孤恨我紅粉憐卿

沉醉東風　俺記得昔日同醉花陰溫柔共領俺聽得今日同哀王孫詞賦凄

零腸斷了離別聲，目斷了分飛影，望一層花殘粉膩，都付與鵑啼有恨鶯泣
無情燈昏被冷，只這番靈夢幾時再醒

尾聲 紛紛離合無憑準，我無情卻似總多情，且向那玉宇瓊樓把好

夢尋

可亭兄入贊都門，勉賦四律以當賀祝，兼以餞別

湖山千里送斜陽，匹馬輕裘入帝鄉。風月每容名士領，鶯花喜繫少年場。珠
簾錦幛營金屋，紅燭華筵擁玉堂。畢竟掃眉有才子，鴛鴦卅六費平章。
前身可是謫仙生，如此華年負盛名。羅綺自知關福命，紅顏畢竟誤傾城。
芙蓉秋水人千里，楊柳春風笛一聲。最是五陵裘馬日，王孫得意數歸程。

衣香鬢影夕陽天公子風流最少年珠履三千迴畫舫鴛鴦兩岸寫紅箋
錦屏冰肌春如海金屋繁華夢亦仙從此豔懷濃似酒掃眉才調更翩々
姍々手骨是耶非寶馬香車五四圍紫陌花開歌緩々錦屏春暖夢依々畫
眉風調思張敞倚馬才華憶陸機更有柔情添不了鳳鸞指日正雙飛

咏白海棠

丙午秋旅居弢崎雨窗無聊偶閱紅樓一書見其中有咏白海
棠詩清詞麗句不著痕迹嘆精絕者再又揣固陋遂亦繼騷人
律況騷士多愁懷人善感月旁皆然是作雖以白海棠為咏其
注意則借花以寫人寓其飄零身世之感耳

秋容淡淡掩重門自向塵寰種素根日作精神月作魄玉為肌骨雪
為魂風前婀娜留芳影雨後嬌羞帶淚痕雅態最覺輕巧擬珠簾不捲黃昏
玉骨娉婷自大方也宜籬角也宜牆嬌羞欲入嫣紅隊雅淡偏云縞素裳本
色最難逢虢號國手無從層醜何郎多情還看西樓月一樣相憐照勝粧
捲起珠簾認素娥寒烟相伴奈愁何孤芳搖曳籬邊隱倩影娉婷月下多
雅調只宜歌白紵淡粧從不畫青螺前身畢竟神仙侶羞向朱門着綺羅
綵雲夢後漸迷離又見人間縞素姿絕世丰神羞琢玉傾城顏色笑凝脂
只留粉本傳真面好將春情醒畫眉幽獨懷誰是伴一簾秋影月明時
灑落襟懷得白衷不隨桃李鬬春風畫圖幾度疑湘浦環佩原宜入漢宮

細雨裊斜珠宛轉寒煙淡淡玉玲瓏月明錯認縱淡夢無限幽情小院中

支離睡態夢惺忪記得華胥一笑逢瑣骨金非紅豆蔻閒情懶伴眾芙蓉

豈同嫵媚懷春恨和韻嬌羞帶醉容好是夜闌人靜後花陰窈窕淡華濃

丰姿宛約無塵淡淡情懷未肯降自有濃陰卻由蔭從無芳信約春江

素粧最愛銀伴蟾宿影遙連玉女窗若教水雲鄉裏住秋風一夜不蕭颼

策策西風靜掩扉無香因歎世情非但爭結蕊三分豔羞與桃花一樣緋

雅潔也應驕目睇清高竟欲擬妃涼秋已覺幽房冷遍看玲瓏白苧衣

題鈕夫人小影

鈕夫人為周君衡卿繼室工書算善針繡而性又貞靜瀟灑待客

二十八年方于歸周氏，不意結褵月餘竟自長辭人世。同事蔣君倩其至戚撰周君所題小贊傳略見示，讀之字字淒哀可知矣。長恨歌曰：天長地久有時盡，此恨綿綿無絕期。使周君讀之，又不知灑幾許湿君之淚也。同事蔣君亦有題，屬余亦繼題四絕，以誌其事，兼誌悼惜云。

手爰不叔背搓糯，一霎塵寰悵渺茫。腸斷春風明月夜，空留倩影伴劉郎。

無言相對倦魂消，惟有芳圖伴寂寥。粉盒脂香誰檢點，點點紅淚濕鮫綃。

錦衾香冷倩誰溫，一襟羅袖賸淚痕。話歡盃鐙如此夜，那堪月下弔芳魂。

風波忽起愛河中，轉眼繁華夢已空。如此清才如此壽，誤人端底是天公。

前題代許亮宣作

畫圖一紙淚雙行，想見音容竟渺茫。他日招魂追奠處，燈前月下認端詳。

壯志未能衣錦回（時周君試畢而歿於福州府署），那堪玉折又蘭摧（君之原配亦辛亥歿於閩城）。傷心最是娉婷影，頓使周郎萬慮灰。

話到傷心淚似珠，更無好夢到蘼蕪。如何翡翠鴛鴦侶，竟作情天恨海圖。

才華畢竟擅江東（君文筆敏秀，性亦洒脫），字字深情字字工（君題夫人小照哀感頑豔，字字動人，非深於情者不能道也）。若使芳魂歸日下，定教重話斷腸衷。

疊蔣君志伊題鈺卿夫人小照原韻

生離容易死離難，夜夜孤衾弔影單。有轉遲綿千萬恨，夢魂何處話心肝。

半神黯黯玉盈盈，如信姻緣盡此生。寂寞燈殘誰是伴，惱人風雨斷腸更。

無端鸞鳳忽分岐，淚香盡消訣別期。自古芳魂歸去後，畫中倩影夢中思。

青天碧海雲空空，綠鬢容顏如同帳幃，常黯禍淚盡，玉顏憔悴緊東風。

擬紅樓夢菊花十二詠並序

余居京寓，每每五月矣，春光易老，秋景催涼，悵歲月甚蹉跎，感風塵於懷，悼美人遲暮，看誰憐屈子之牢騷，秋士蕭條，無異賈生之不遇。離風景依然，有河山之異，而家園淪落，益多今昔之感矣。因重九無聊，與蔣君游超然亭作登高之舉，偶誦右丞「每逢佳節倍思親」句，不禁愴然，有身世之悲，勞人草草，遂嘆奈何游子

依依漸驚老去歸後即仿紅樓咏菊體得十二律錄為晚芳

寫照亦聊以寫其不平之感慨耳

憶菊

半捲珠簾半掩扉。斷腸時候雁來歸。隔年誰舊懷秋瘦。一樣相思感慨悲。涼月明殘夢醒。疎林霜冷晴香稀。無言自倚東籬畔。惆悵涼風露滿衣。

訪菊

自倚竹杖步秋芳。蓼白葦紅興更長。蠟屐踏殘三徑露。葛巾寒染一林霜。泛吟佳句評秋色。醉酌醇醪摘晚香。畢竟野游饒逸韻。西風容易又重陽。

種菊

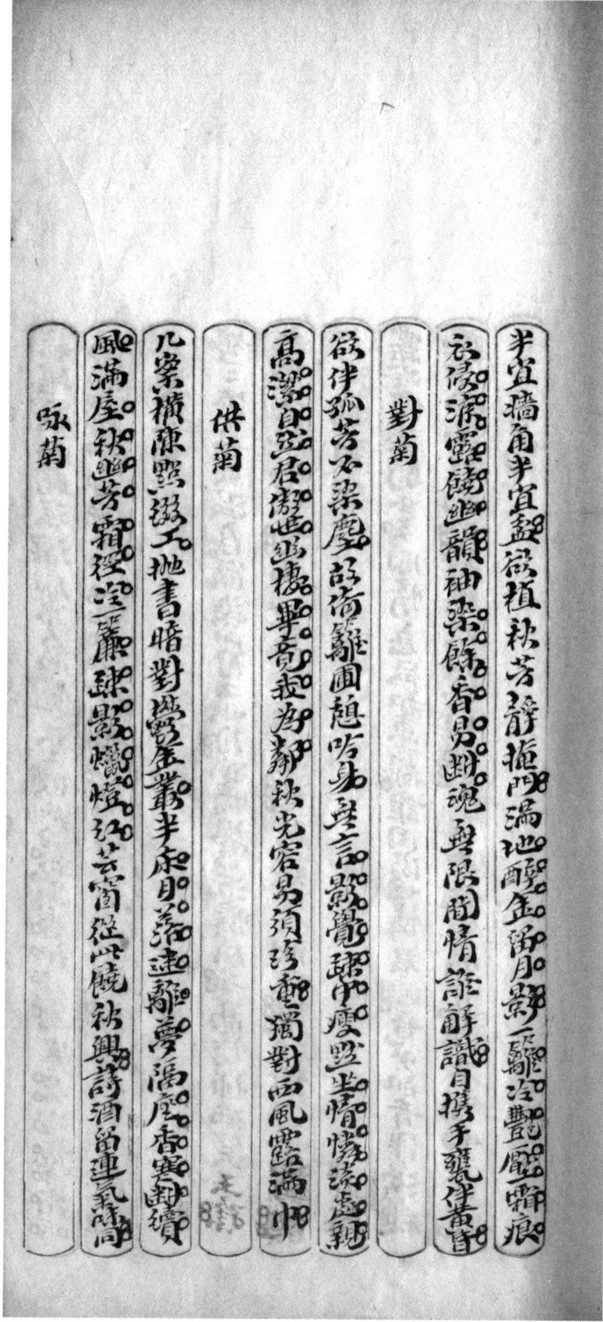

半宜牆角半宜籬。欲植秋芳靜掩門。滿地醉金留月影。一籬冷艷壓霜痕。
衣侵冷露饒幽韻。袖染餘香易斷魂。無限閒情誰解識。自携手甕灌黃昏。

對菊

欲伴孤芳不染塵。敲詩籬圃想吟身。無言默覺鄒巾慶。豎尚情懷遠處親。
高潔自甘君隱逸。幽棲畢竟寂寥鄰。秋光容易須珍重。獨對西風露滿巾。

供菊

几案橫陳點綴工。拋書晴對鬱金叢。半床月落遠籬夢。滿屋香寒幽讀
風。滿屋秋幽芳霜徑冷一簾疎影燭燈紅。芸窗從此饒秋興。詩酒留連氣味同。

咏菊

疎硯敲斷曉凉深。底事詩魔夜夜侵。瘦影幽香和月寫。寒窗淡艷伴霜吟。
一篇綺麗吟孤憤。滿紙寫驪醉盡心。疎朗襟懷誰識得。欲尋彭澤話知音。

畫菊

婷婷位置費溫存。欲染山村又水村。孤憤鬱沉憐屈子。高情揮灑笑王孫。
九秋冷艷臨霜寫。滿紙寒芳帶墨痕。莫謂丹青閒點綴。淡描濃抹総銷魂。

問菊

露冷霜殘弱不支。閑情急欲扣東籬。誰因傲世憐君癖。竟少知音伴汝癡。
底事孤高誇晚節。可堪淡泊戀相思。無言畢竟多情甚。記否喃喃負手時。

簪菊

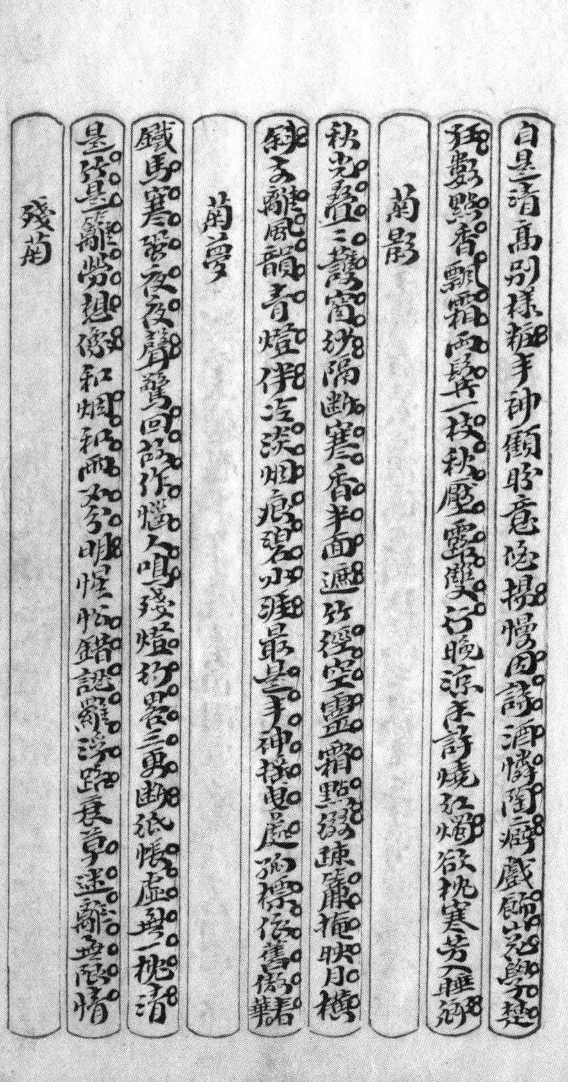

自是清高別樣栽手神顧盼意悠揚慢因詩酒憐閒癖戲館花邊學楚
狂數點香飄霜兩鬢一枝秋壓露雙行晚涼來許燒紅燭欲挽寒芳入睡鄉

菊影

秋光疊疊驚窗紗隔斷寒香半面遮竹徑空靈霜點綴疎簾掩映月橫
斜子離風韻青燈伴泣淡烟痕碧水涯最是手神描畫處孤標依舊傲霜華

菊夢

鐵馬寒聲夜夜聲驚回詩作惱人鳴殘燈斜影三更斷紙帳虛無一枕清
是耶是離勞想像紅烟和雨幻分明惺忪錯認羅浮路衰草迷離無限情

殘菊

老人

採蕊西風聽未成晚香狼藉故園情疎枝難禁霜痕壓空畫空留月影

横隔院寒砧聲斷續滿窗涼露夢淒清捲簾惆悵秋籬畔怕聽南飛塞雁鳴

雜感三十首用上下平韻并序

余自離鄉以來轉眼半年餘矣田園寥落故舊凋零兼以國勢之朝夕變異世情之險詐艱難每酒後耳熱時不禁百感交集而余復天涯海角孤衣依然西走東奔毫無建樹二十載春景蕭條大類杜陵之款款三十首長歌當哭聊效阮籍之咏懷憂國憂家不知其哀思之深也

生平磊落氣如虹短鋏長歌感慨中儘有風霜磨傲骨那堪騎勢

風塵羈絆艱難誰解憐我經濟何堪安能語憂憂鬱鬱自影惆悵
滿海內夜深起舞月朦朧
中原鼙鼓已鼕鼕竟失秦關百二重慶也漸傳知割裂河山盡帶
亂離容北朝蠻大悲胡馬南國風雲亂臥龍國恥未忘仇未雪目擭匡

劍嘯首峯

不向春江採綠蘋含情遙覺影成雙零烟（碎雨）帶入路曉月殘風送客艫
灞岸恐攀臨別柳陽關怕聽斷腸曲孤懷載得愁如許只對寒窗伴晚星
屢驚別苦想思況是生離又死離愛國熱腸同輩少平生且盼幾人知
青衫淚濕啼山鬼碧海招魂賦楚些我志未酬君早逝傷心怕讀杜陵詩

蒼蒼情懷對夕暉舊時風景已全非滿庭春色前年是一樣離窠紫燕
飛豪氣怕隨流水盡夢魂多向故園歸惱人最是章臺柳依舊相憐點綴
極目迢迢望帝畿烟雲冉冉盡模糊舉朝爭奈皆王謝鸞座無知有灌
夫萬里風霜憐病鶴三春事業付蠹蟲年來已有蹉跎感莫向離亭唱鷓鴣
匹馬春風別舊居生平手骨總清癯雲山無處愁中過歲月偏逢客裏
虛意氣穿驕狂玉龍寒喧珍重語今書壯懷莫遂淩雲志贏得秋霜兩鬢
暮雲春樹迢迢遙回首鄉關日夕西好酒偏宜愁裏醉杜鵑況是客啼
斷腸心事成鴻爪過眼鶯花似馬蹄我亦風流狂杜牧亂冬塵海尚羈棲
壯懷零落久離懷豈學塵寰例僧俠骨正宜塵海鍊熱腸未許雪霜埋

亂時天家同哀雁末世功名等蠻蝸誰採芳蘭贈秋士青衫無奈寄天涯

未能走馬向蘭臺爭說新詞賦七哀鄉信但憑春燕遞寒梅嘗自故園開

思親爭贖有和行淚報國羞無手相轉眼華年驚老去遣愁且酌菊花杯

雲風颭雨送征塵客裏華年多亂離燕子惱人驚別夢柳絲無力繫殘

春青衫淚藉思親淚馬海飄零愛國身空有壯懷酬知己又堪重問故園津

意氣由來迥出羣眼中餘子說紛紛憂懷家國空憔悴爛縵河山竟瓜分

絕世才華吳祭酒十年春夢此司勳而今我亦飄零甚賸有閒情伴酒醺

詔書已報降手都難醒同胞愛國魂七月十三日朝廷下預備立憲之詔普天喜躍又慶賀竟均以為我四千年來未有之盛事也竟

有某某二數省演說之舉所動心者而異者有川省某大僚語人曰人以立憲為新政我不知立憲為何事但中國四千年內以醇酒婦人為政治備足矣夫人皆如此國安得不甚危乎不亦誣者信為士言也

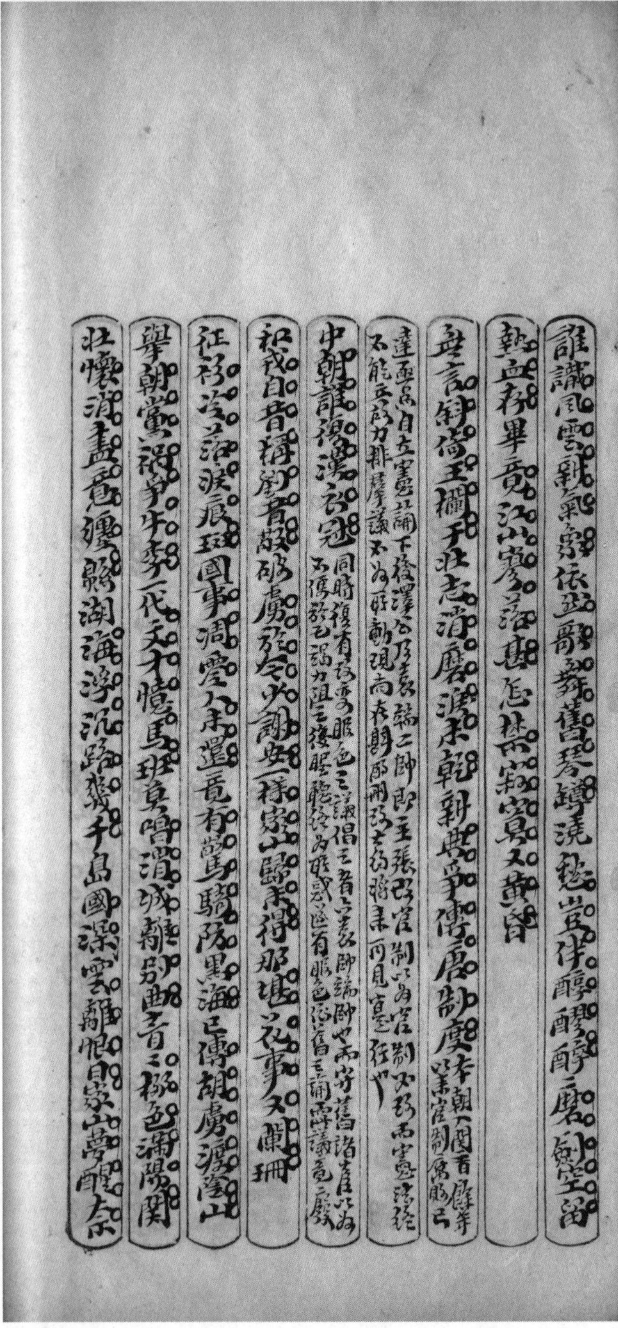

誰識風雲親氣舒，依然歌舞舊琴樽。澆愁豈伴醇醪醉，磨劍空留熱血存。畢竟江山寥落甚，怎禁寂寞又黃昏。

無言錯倚玉欄干，壯志消磨淚未乾。新典爭傳磨劍處，本朝大閱首辟葉宜制虜服云

達至宗自立憲法論，下復譯公乃袁總二帥，即主張改官制，以為官制不改而憲法終不能立，故力排群議，不為所動，現尚存朝廷兩改之後，猶未而見憲法行也

中朝誰復漢衣冠。同時復有改變服色之議，倡之者亦袁帥端帥也，而守舊諸老以為不復改色，陽力沮之，後廷聽從為改，惟改服色仍舊之論，需議竟不復發

和戎自昔稱劉骨，敵破虜猶今此劇安。一樣窮山歸未得，那堪心事又闌珊。

征衫淚落淚痕斑，國事淒涼八年還。竟有驚馬騎殘黑海，已傳胡虜渡陰山。舉朝黨派爭牛李，一代文才愧馬班。莫唱渭城離別曲，青青柳色滿陽關。

壯懷消盡意遷驕，湖海浮沉路幾千。島國深雲離恨日，家山夢醒奈

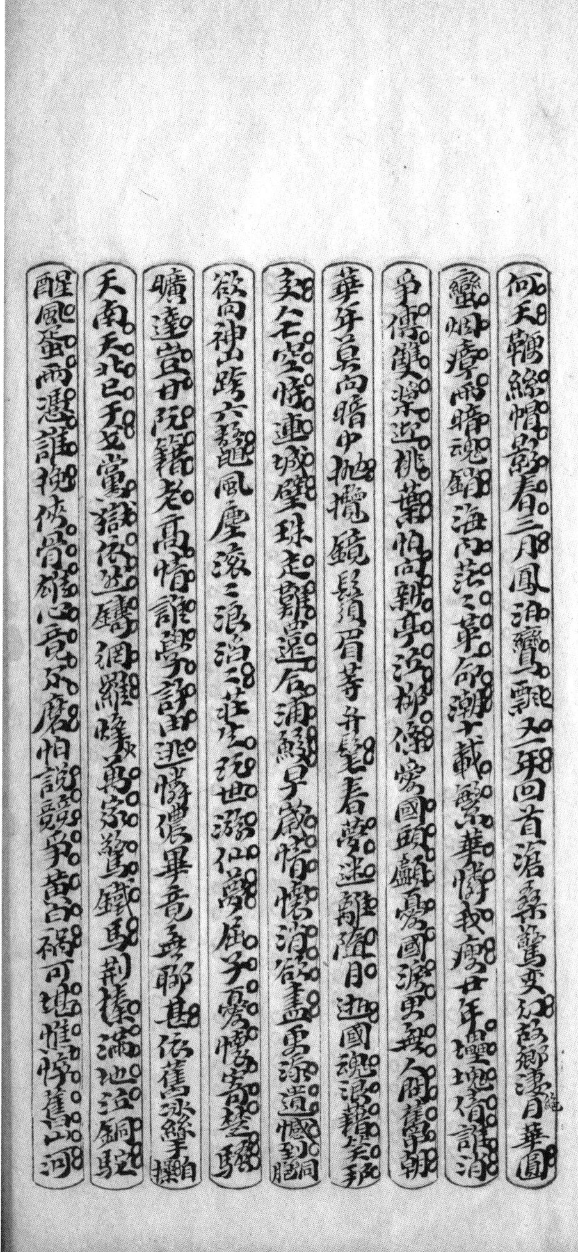

蹉跎塵海怨知渾一樣癡心感物華挼筆爭傳劉越石詰書誰起
賈長沙青年夢醒人何處老國魂歸日又斜西人稱我國爲老大帝國言無用也余最耻其言
然不能不歎我國膏服之亞遂致聽外人嘲笑也哀哉莫笑江山如錦繡舞衫歌扇屬宮玉家
輕身西馬歷風霜怕說人間懊惱場帝國竟成爭鹿界瑤臺當醉瓊
潑六朝金粉悲春夢花繁華又夕陽塵世已多今昔感不堪回望鳳城鄉
贖水殘霞故國情論功爭誰欲請長纓白宮寥落風雲業青海蕭條鼓
角聲持節漫傳營亞相紅戎瑞底悍連城可惜無限傷心事獨倚危樓看月明
寄身海嶠數旬仍舉世沉沉夢未醒彈雨鎗林迷老國殘山賸水泣新亭
玉關蕭瑟悲楊柳金闕繁華憶後庭一樣鬻花春自好宮官南朝遺事足重聽

飄泊難將雲路寬無才我竟愧良朋羈驅海國三千里悵望瓊樓十二層

誰靜風懷終雅淡那堪人世盡猖狂亂離文字憂離淚讀有哀傷付杜陵

目斷燕雲九州中原王氣已全收漫游東海悲秦帝空對南冠泣楚囚

四野蟲沙成浩劫滿庭蕭瑟尚無愁笑儂底事雄心甚依樣浮沉等白鷗

愁腸怕聽月明砧似水年華感易深詩酒自憐空話舊風塵何處覓知音

沉舟擊楫悲時憤鐵馬長戈報國心消盡閒情留畫版晚涼還是羅衾 孤衾

年來憂患已全諳塵海烟雲歷歷參朋舊凋殘從閒處老國民竟自醉酣

漫將浪迹留鴻爪儘有情絲縛繭蠶回首故園風景迥夢魂夜夜到江南

丰神依舊自清嚴壯志憑教歲月淹十里鶯花憐杜牧三秋松菊憶陶

落。國魂已伴花魂瘦，新恨偏隨別恨添。無限熱腸歸冷淡，空留好夢爲誰甜。

生小鬚眉迥不凡，才多畢竟任人讒。喃喃心事憐春燕，漠漠風雲變客帆。

進蒼。功名懷白傅，中年詩酒說青衫。與君一樣關山道，怕讀飄零故舊函。

擬紅樓夢柳絮詞五闋原韻

如夢令　和枕霞舊友

遷遷恨綿將吐，伴雨伴烟和霧。繾綣自風流，憑傍春心嬌嫵。留住，留住，莫教東君攜去。

南柯子　和蕉下客

婉轉三春景，飄零兩鬢絲。有誰憐卵有誰羈，任你青橋江板各

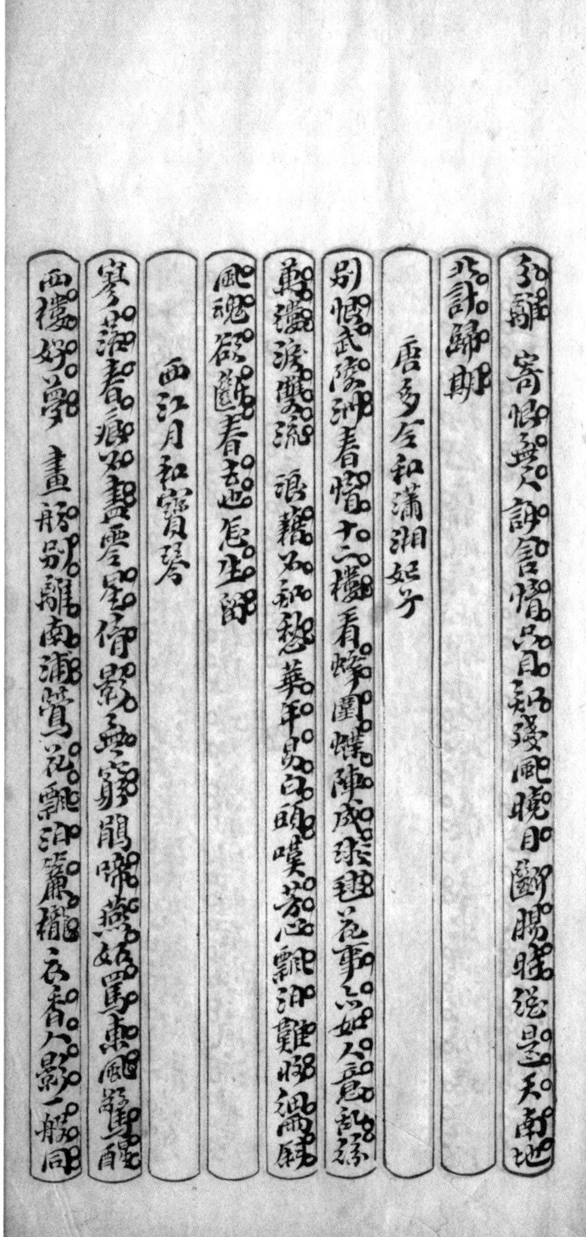

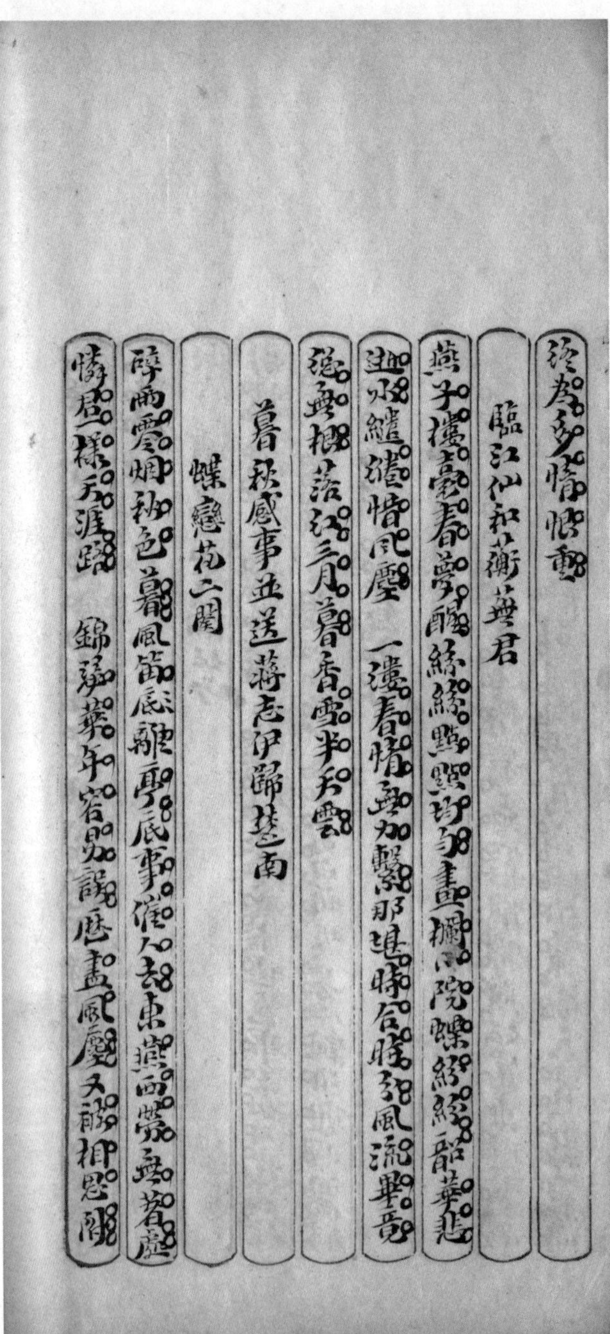

總為多情惱亂

臨江仙　和蘅莊君

燕子樓臺春夢醒絲絲點點均勻畫欄門院蝶紛紛韶華悲
迎水纜繾惜風塵　一邊春情無加緊那堪時合腰弱風流畢竟
總無櫻落紅三月暮香雪半分雲

暮秋感事並送蔣志伊歸楚南

蝶戀花二闋

薄雨雲煙秋色籠風節底離亭底事催人去東燕西鶯無著處
憐君一樣天涯路　錦瑟華年容易誤歷盡風塵又被相思醜

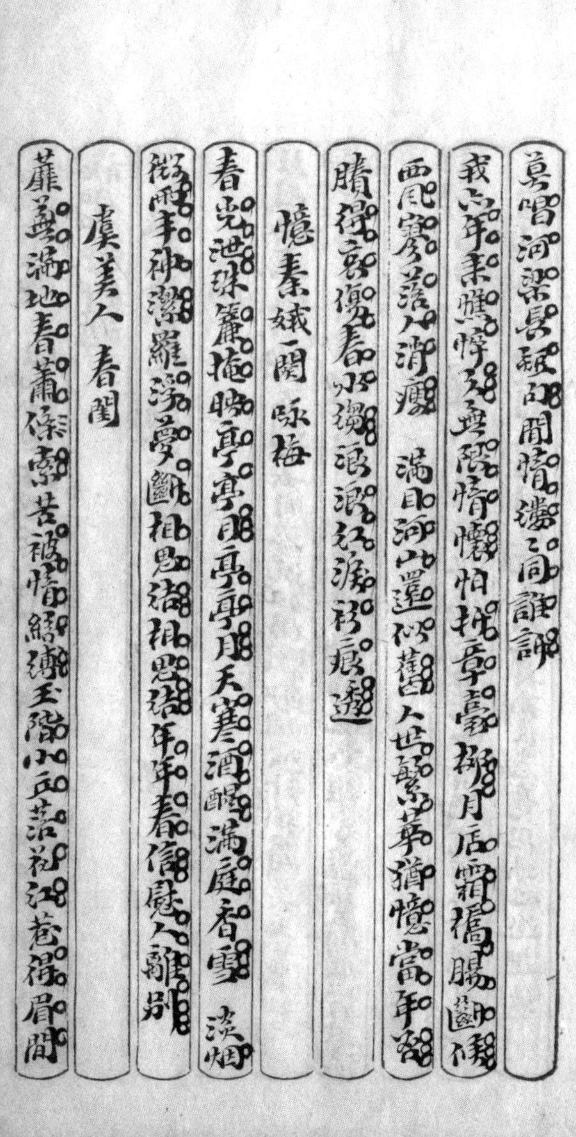

莫唱河梁長短句閒情還向誰訴
我亦年來憔悴盡無限情懷怕挑亭畔柳月底霜橋腸斷處
西風寥落人消瘦　滿目河山還似舊人世繁華猶憶當年否
贏得離愁春不繞恨痕紅漲衫痕遍

憶秦娥一闋　詠梅

春光泄珠簾掩映亭亭月亭亭月天寒酒醒滿庭香雪　淡烟
疏雨丰神潔羅浮夢斷相思絕相思絕年年春信愁人離別

虞美人　春閨

蘼蕪滿地春蕭條寥甚被情纏繞玉階小立落花紅惹得眉間

心上恨重重　離江江畔相思滿中有同心結背人私語不黄昏怎奈燈

前日下邀銷魂

擬吳梅村仕女圖十二詠

一舸

故國淒涼恨不禁五湖一去自浮沉如何飄渺烟波外猶負吳王舊日心

吳宮香草不勝愁雲樹蒼茫一葉舟偏是英雄多豔福五湖烟水有風流

虞兮

月落烏啼夜未央短歌幽怨最淒涼美人自是多情種竟有丹心報楚王

一夜西風盡楚歌英雄末路恨蹉跎美人也具孤臣志竟抱冰心逐逝波

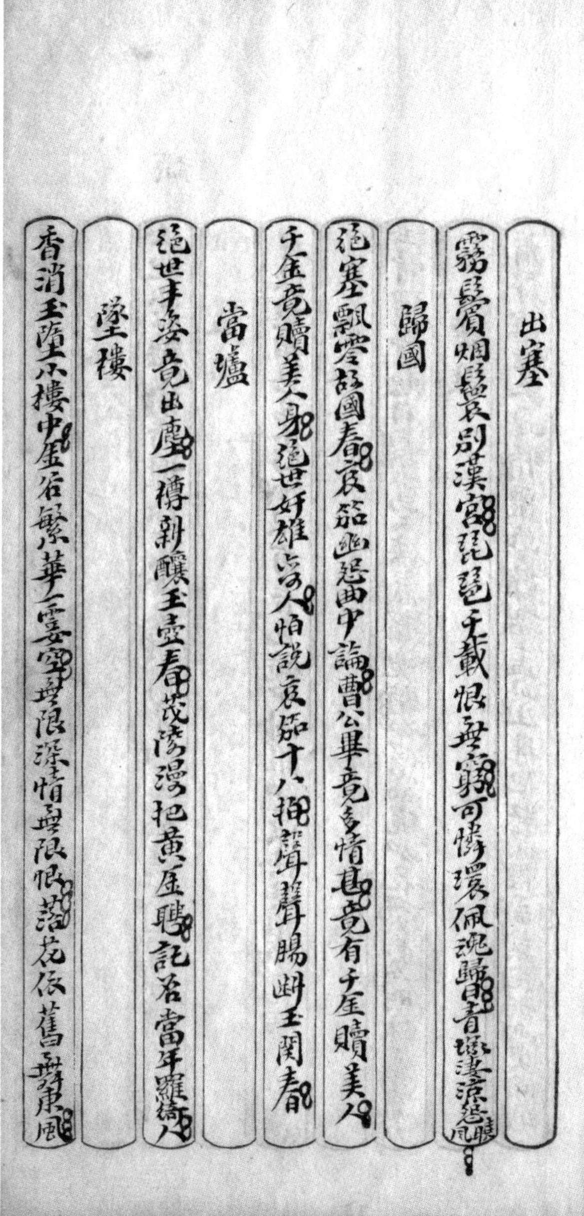

出塞

霧鬢煙鬟別漢宮，琵琶千載恨無窮。
可憐環佩魂歸日，青塚淒涼怨朔風。

歸國

絕塞飄零故國春，哀笳幽怨曲中論。
曹公畢竟多情甚，竟有千金贖美人。
千金竟贖美人身，絕世奸雄亦可人。
怕說哀笳十八拍，聲聲腸斷玉關春。

當壚

絕世丰姿竟出塵，一樽新釀玉壺春。
茂陵漫把黃金聘，記否當年羅綺人。

墜樓

香消玉墮小樓中，金谷繁華一夢空。
無限深情無限恨，落花依舊舞東風。

識

鶯花憔悴雨蕭蕭，錦繡園亭竟寂寥。博得紅顏甘一死，果然石尉重嬌嬈。

奔拂

玉貌冰心態亦高，綺羅隊裏女英雄。憐才偏是嬌娃女，獨擅紅顏國士風。

盜綃

無限想相思吊影孤，眼前春色鏡中圖。誰知豪俠英雄事，竟屬多情磨勒奴。

取盒

玉骨娉婷態自豪，驚人俠氣暗魂銷。如何窈窕如花女，死繫明珠繫寶刀。

夢鞋

蕭郎薄倖太無情，噩夢難諧盡此生。拌把紅顏輕一擲，梨花烟雨哭傾城。

一春愁病苦中嘗，弱質飄零暗自傷。情海生波拚死別，孤墳誰爲築鴛鴦。

驪宮

鍾情深處漸成癡，月下娉婷並影時。畢竟傾城能傾國，傷心南内斷腸詞。

千載徒留誓語深，人間天上總關魂。可憐西郭埋香處，一樹梨花顫墓門。

蒲東

晚粧樓上月朦朧，鬢影衣香小院中。寂寂花陰如此夜，青衫紅袖兩情濃。

再擬前題　前詩既成，而意未盡，復擬五律十二首以廣其意

十載艱難業，紅顏第一功。繁華新越國，寂寞舊吳宮。僊槳煙雲外，扁舟風雨中。五湖飄渺日，兒女亦英雄。

一舸

楚帳淒涼夜哀詞怨斷腸三生聯舊約一死報君王手也恩情絶千秋姓

字香他年彭越醢咸愧美人殤　虞兮

一別漢宮秋琵琶曲最哀畫圖成薄命紅淚濕香腮曉角悲青塚春風

咽紫臺寸傷心玉關月流影共徘徊　出塞

絶世聘婷女淒涼黑塞中亂離思故國哀怨訴寒穹倩影憐殘月清笳咽

曉風千金贖紅粉知己感英雄　歸國

四壁蕭條甚窮途寄恨深飄零名士感憔悴美人心蟻綠金貂换鵝黃玉手

斟茂陵來馬日淒絶白頭吟　當壚

金谷繁華歇穠花委路塵魂銷樓外使腸斷意中人烟雨淒涼甚樓高寂

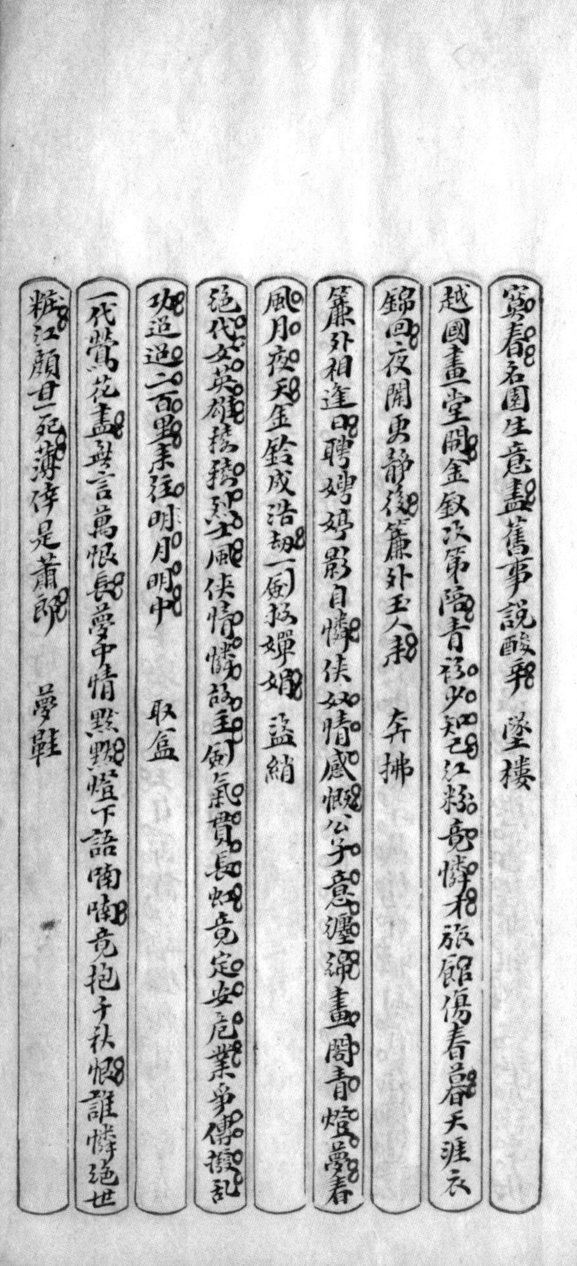

寞春名園生意盡舊事說酸辛 墜樓
越國畫堂開金釵次第陳青衫少知己紅粉竟憐君旅館傷春暮天涯衣
錦回夜闌更靜後簾外玉人來 奔拂
簾外相逢日娉婷影自憐俠奴情感慨公子意纏綿畫閣青燈夢春
風月夜天生鈴成浩劫一劍拔嬋娟 盜綃
絕代女英雄花穠烈士風俠情憐故主劍氣貫長虹竟定安危業爭傳撥亂
功迢迢二百里來往明月明中 取盒
一代鶯花盡無言萬恨長夢中情點點燈下語喃喃竟抱千秋恨誰憐絕世
粧紅顏甘一死薄倖是蕭郎 夢鞋

一代風流至深情感普詞魂歸七夕夜月照兩心癡並影連理雙星恨別

離人間與天上朝暮遙相思　驪宮

小院溶溶服無言倚晚攜手姿迷遲王貞節訣江娘錦帳鴛鴦夢春

風前舒香深情感知己夜夜伴蕭郎　蒲東

題鴛鴦卷二絕

百轉柔情萬縷絲吟成字字總相思三生杜牧揚州夢留得香稀感舊詞

香海迢迢日不斜豔魂消盡美人車紅箋十載鴛鴦恨剩有春情付落花

再題鴛鴦卷　集花月痕句

個裏情懷不自由偶將筆墨寫溫柔新愁舊恨渾難說落落青衫十秋

酒陣歌場吁𡗶蹉跎恨在夕陽邊秦雲塞草燕支月一笑贊花醉夢天

蓮粉搓酥樂唱酬吳箋兩幅遠吟魁筆仙秀色瑩娘癖付與春風筆底收

別燈苦誦定情詩走馬胭脂異時錯盡艷懷留盡恨參横月落最相思

題惜花癡手生湯遊詞

玉顏咫尺竟天涯一別塵寰恨轉加十載風情飄柳絮三春烟雨葬桃花綺

羅夢斷何處環珮魂歸月夜歸淒絕粧樓賸斷日胭脂零落淚痕賒

題潘癡蝶穿花蛺蝶圖

絕世風情絕世詩衆香國裏小遊仙逍遙色界春如海別有贊花醉夢天

翩翩風度說何郎虚籍迷離艷擬慧福幾生修得到一春心事為花忙

羅浮一夢渺難飛野醉崖迷别樣温歷遍三香和香色夢春風化舊綏魂

手神栩栩目風流香海如懸一葉舟萬紫千紅齊傾倒鍾情深處是温柔

消閒詩課

妬婦

情海茫茫石未填風潮湧起女嬋娟美人衣鉢江東志一樣文明是女權

醜婦

妬面濃眉妙入神僞粧造作綺羅身而今多少東村女不解含顰只效顰

征婦

鐵馬金風萬里征夢魂夜夜受降城可憐一樣天邊月偏向愁曉客外明

孀婦

了却塵緣無限情洞粧從此伴餘生青燈孤影淒涼夢祝只有心向月明

消閒社以九秋詩徵題賦五絕以應之酒後耳熱不計其工拙也

秋戍二首

月落平沙雁陣鳴寒衣遠寄感離情玉關遙遞三千里淒絕邊城畫角聲

驚寒雁陣影高低烽火城頭路欲迷庀砧聲敲千里月夢魂夜夜到遼西

秋餞二首

杯酒河梁攜手時淚秋恚斷腸詞短亭風笛長亭柳一樣淒涼送別離

短衣匹馬賦長征秋雨秋風送客程淒絕銷魂橋畔路陽關偏作斷腸聲

秋漁二首

蒹葭露冷楚江秋，曉月殘風物外遊。款乃一聲人不見，碧雲天際隱孤舟。

雨蓑烟笠五湖遊，蘆荻花飛水國秋。最是月斜風定後，兩三星火一孤舟。

秋讀二首

一籬燈火伴寒更，風雨鳴雞鳴逸世情。無限艱難無限志，秋窗隱隱讀書聲。

倚劍長吟氣自豪，生平磊落是清高。秋窗風雨淒涼夜，無限幽懷寄楚騷。

秋樵一首

秋光隱隱野人家，短竹疏籬半面遮。踏雲（月）擔雲人不識，名山終古伴烟霞。

秋獵一首

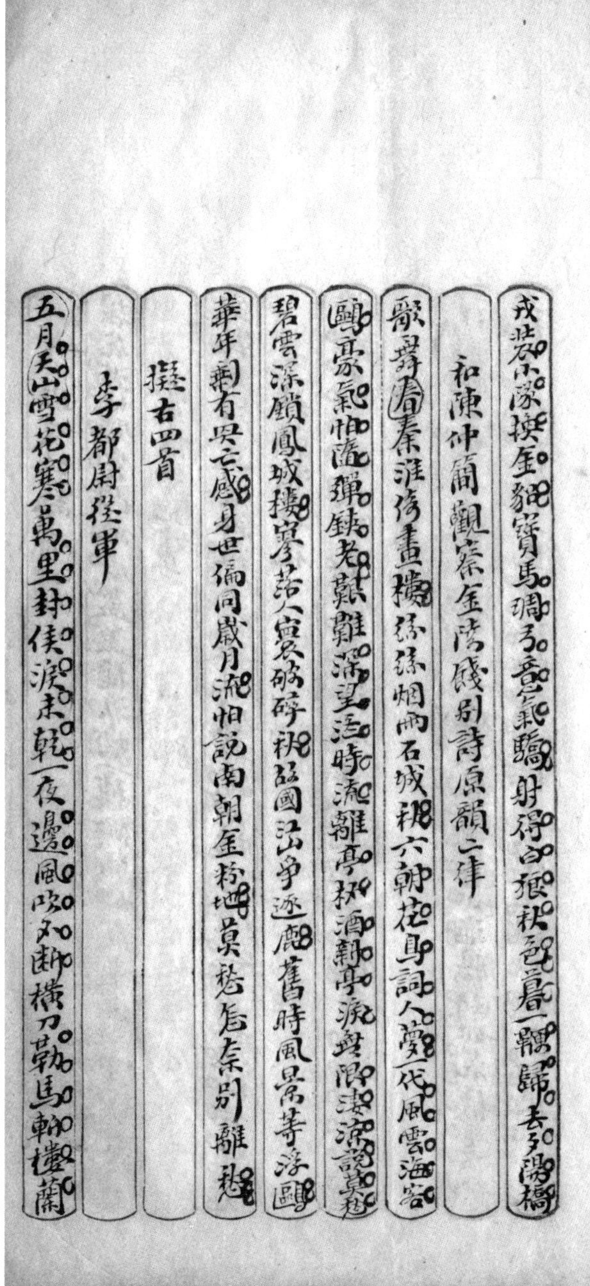

戎裝小隊換金貂，寶馬琱弓意氣驕。射得白狼秋色暮，一鞭歸去夕陽橋。

和陳仲簡觀察金陵餞別詩原韻二律

歌舞春秦淮傍畫樓，絲絲烟雨石城秋。六朝花鳥詞人夢，一代風雲海客鷗。豪氣怕隨彈鋏老，鬢難禁望遠時流。離亭杯酒新亭淚，無限淒涼說莫愁。

碧雲深鎖鳳城樓，寥落人寰破碎秋。故國江山爭逐鹿，舊時風景等浮鷗。華年剩有吳云感，身世偏同歲月流。怕說南朝金粉地，莫愁怎奈別離愁。

擬古四首

李都尉從軍

五月天山雪花寒，萬里封侯淚未乾。一夜邊風吹不斷，橫刀勒馬斬樓蘭。

班婕妤詠扇

秋花滿地覆宮門，紈扇盈盈掩淚痕。一種傾城好顏色，西風零落又黃昏。

賈怡紅姽嫿

銀鞍鐵寶馬負紅粧，玉骨冰肌鐵血腸。不惜容顏甘一死，艷魂終古伴恆王。

林瀟湘葬花

情絲不斷又情根，洒盡情天血淚痕。香塚風流千古恨，落紅如雨葬芳魂。

贈某校書四絕

一樣明珠自愛身，年年憔悴困風塵。漢皋十里春如海，腸斷如花絕美人。

玉樣丰姿水樣柔，十里年深悔誤秦樓。美人本是飄零種，莫向東風訴别愁。

故鄉千里秣陵柳紅板青溪白板橋門莫話風塵飄泊恨五陵車馬總銷魂

飛絮飛花三十年素衣雲落恨還鄉紅燈綠酒銷魂夜別有深情話舊緣

西湖雜詠十二首

寶馬香車綠映紅湖山十里醉春風惱人最是三春景多少鶯花烟雨中

杏花開了柳絲長鬢影衣香兩不分最是春游好時節踏青齊上岳王墳

楊柳絲絲映六橋雲烟碎雨總魂銷嬋娟多少嬌兒女齊向春風鬥舞腰

棲霞嶺畔夕陽紅油壁香車笑語中紫陌踏殘春色暮一鞭歸去五花驄

春郊二月馬蹄香姹紫嫣紅映綠楊千古風流說蘇小梨花孤塚鎖斜陽

湖心亭在水中央畫舫蘭橈納晚涼搖向白荷花裏去戲拋蓮子打鴛鴦

盈盈十五貌如花，娶婢攖頭是妾家。零落舊時歌舞地，春風和淚譜琵琶。

玉為肌骨雪為裳，打槳盈盈水一方。手採白蓮含笑語，湖山怎及美人粧。

柴門冷落白雲關，萬樹梅花月一灣。一夜北風吹不斷，曉來如雪滿孤山。

三潭月映冷泉流，一樣清涼載酒遊。如此江山好風景，登臨須上望湖樓。

西泠湖畔月如鉤，碧水溶溶載客舟。十里芙荷三面柳，金尊檀板識風流。

艷陽天氣最氤氲，多少游人載酒醺。三月春郊何處好，桃花如血女郎墳。

秋草

池塘夢冷雨蕭蕭，紅豆天涯萬里遙。戎馬縱橫關塞外，銅駝湮沒漢宮朝。

曉風殘月悲青塚，流水寒烟鎖畫橋。記否江南好風景，王孫歸去總魂銷。

秋色

華年飄泊感浮鷗，一葉驚寒故國秋。萬里哀鴻殫浦月，幾株殘柳秣稜舟。雲山烟寥落千山瘦，風景凄涼六代愁。剩有閒情兩風懷，登臨直上最高樓。

秋声

鐵馬悲涼夜夜声，殘燈挑盡夢難成。鼓鼙邊戍三更月，砧杵寒閨萬里情。隔院寒蛩驚斷續，滿窗風雨夢淒清。掩簾惆悵秋蕭瑟，怕聽南飛塞雁鳴。

秋砧

滿城秋色幾家砧，一樣相思感易深。絕塞驚回遊子夢，寒閨敲斷美人心。玉關烟柳霜痕老，金井梧桐月影沉。聞說征衣千里寄，年年苦許別離音。

送檀汝昌玉安陸時同客鄂中

西離歌送客舟簡花六月滿汀洲武昌無限新栽柳祇繫相思不繫愁

題長生殿傳奇

三千金粉綺羅香檀板金尊白玉臺月正圓時春正好風流誰識李三郎

古別離

去去復去去行行重行行與君遠別離痛絶我中情絡緯金井啼展轉妾心驚涼秋愁夜長金錢卜君程君遊關山道妾夢受降城苦無一紙書達我春戀誠女子行又歸空房妾怎生化作天邊月夜夜伴君征

香奩體集疑雨集句

滿城簫鼓嫁人天攬鏡心情只自憐一幅畫簾遮不住意中人似玉梅妍

眉彎宜笑更宜顰鬢影斜籠淺露唇最是鏡前歡喜日一回依媚一回嗔

幾層芳樹幾層樓未見思量乍見羞別有閒心人不覺淺嘗滋味遍嘗愁

眠人雙照鏡中羞強作無愁倍是愁解得檀郎生性否一番相見一回眸

羅襟書滿歲寒詞寫得梅花絕代姿每就簡中銜數字是儂蹤跡是郎詩

自抽心繭報心知一炷盟香一首詩想到碧窗攜手地為郎愁絕為郎癡

滿院簾櫳颺曉風一聲輕嗽畫屏東玉郎何處潛來到贏得羞紅似醉紅

月輪斜照合歡裯夜淺香濃掩畫樓更有銷魂人不見睡情纔上灩星眸

花影花香擾睡情脂紅蛾綠越分明遍憐宛頸偎人處帳底朦朧識是遭

風流天付與卿卿，肯向閒叢浪寄情。纔動眼波心便會，笑鄣羅扇覷狂生。

席上贈三寶校書

淡淡春衫楚楚腰，無言相對總魂銷。天孫織就三千錦，好賣新絲繡阿嬌。

鬢花育月帝城春，又見雲英掌上身。我未成名君未嫁，箇中誰是意中人。

眾香國裏說傾城，霧縠冰綃浪得名。最是酒闌燈灺後，楚腰一搦總多情。

向儂生小貌如花，碧海香城合住家。一曲珠喉声嚦嚦，憐卿飄泊在天涯。

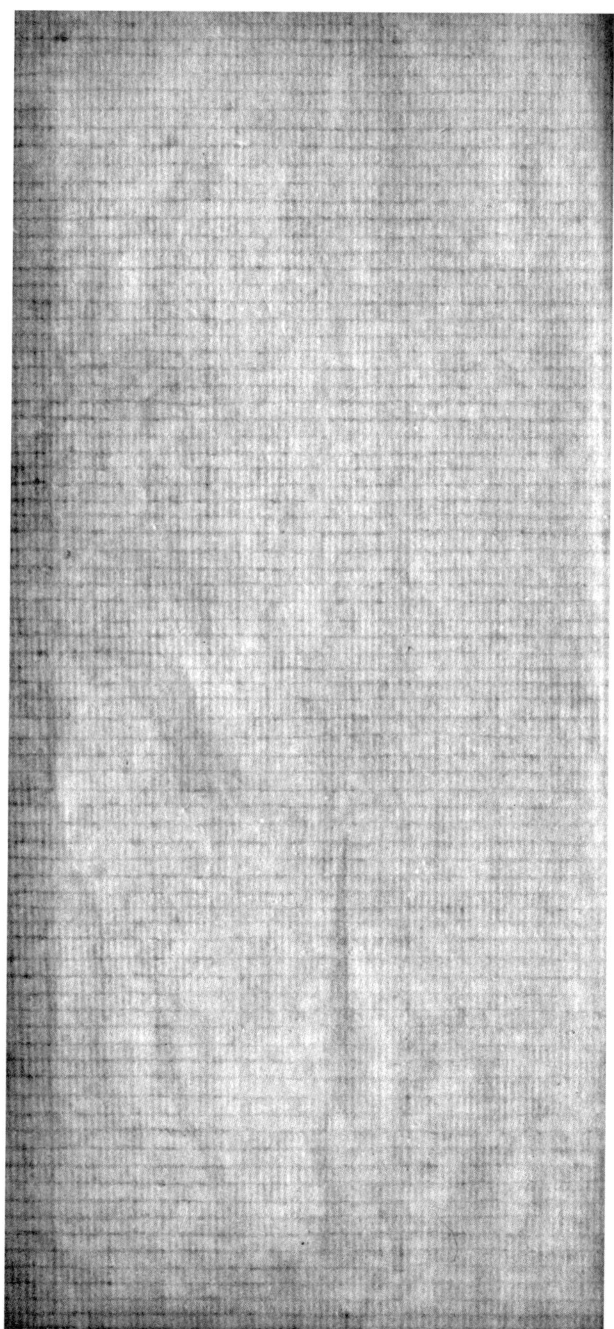

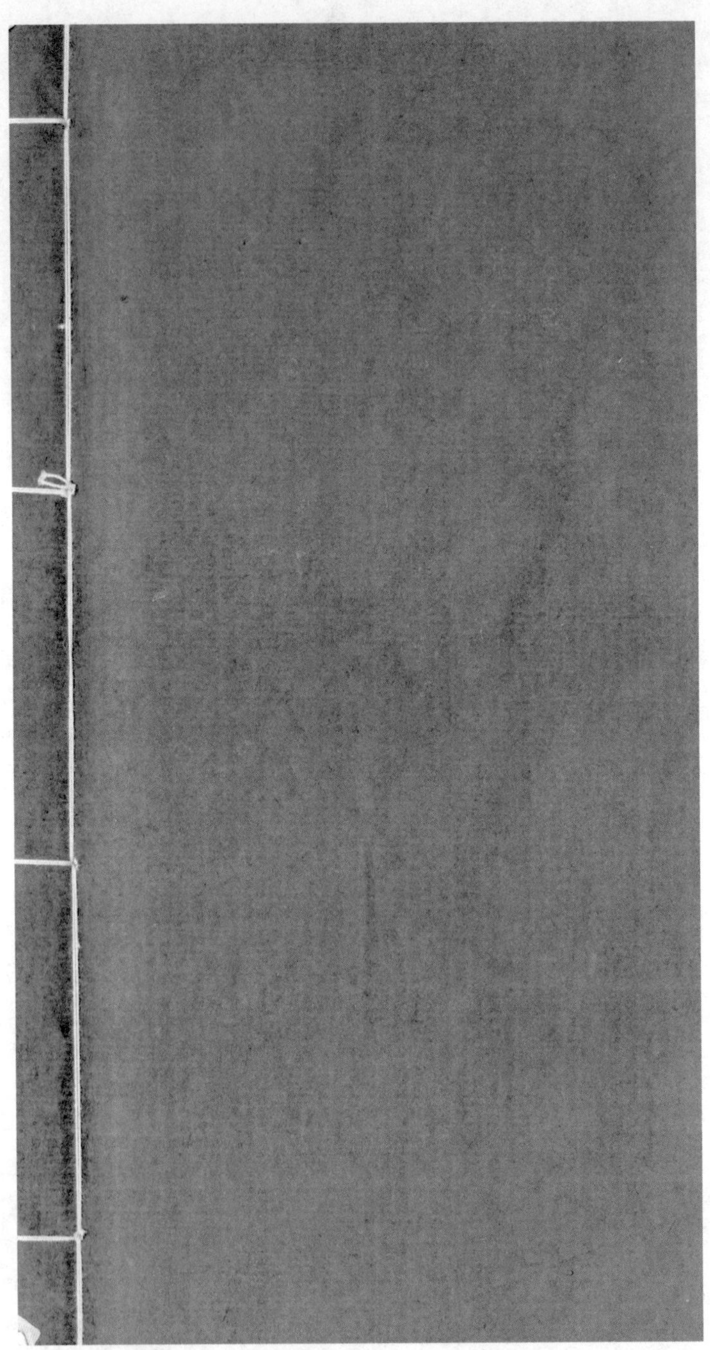

浩然堂文集

張雲驤撰。一册。

張雲驤，一名張毓楨，字南湖，順天文安(今屬河北廊坊)人。生卒年不詳。同治癸酉年(一八七三)拔貢。光緒年間爲額外中書舍人。著有《南湖詩集》《鐵笛樓詩》《冰壺詞》《芙蓉碣传奇》《筤厂筆記》等。与王以慜、蔣師轍、盛昱等人交好，與樊增祥及周鑾詒、周銑詒兄弟等亦有交往。

此稿本共二卷，寫於藍格稿紙上。卷端鈐「内閣中書兼知制誥」印，第二卷卷末鈐「雲驤」印。稿本中有墨筆塗抹修改痕跡多處。據卷二《松説》等文中所涉及之時間推測，成集應不早於光緒丙戌(一八八六)年。

是集以散文爲主，集中多書信及贈序，亦有論、説若干篇，雜記以遊記爲主。從集中之書信、贈序等可以一窺張雲驤與劉溎焴(星岑)、蔣师轍(紹由)、盛昱(伯希)、孫葆田(佩南)等人的交往情況。以張雲驤生平不顯之故，是集可以作爲研究其人時較爲重要的參考資料，便於勾勒其交遊網絡，補充其生平事跡。卷一《直隸濬河私議》一文有大量治河建議。卷二《吏説》兩篇，論及當時之吏治弊端及人才選拔任用體系之種種問題，亦有值得注意之處。

(賈雪迪)

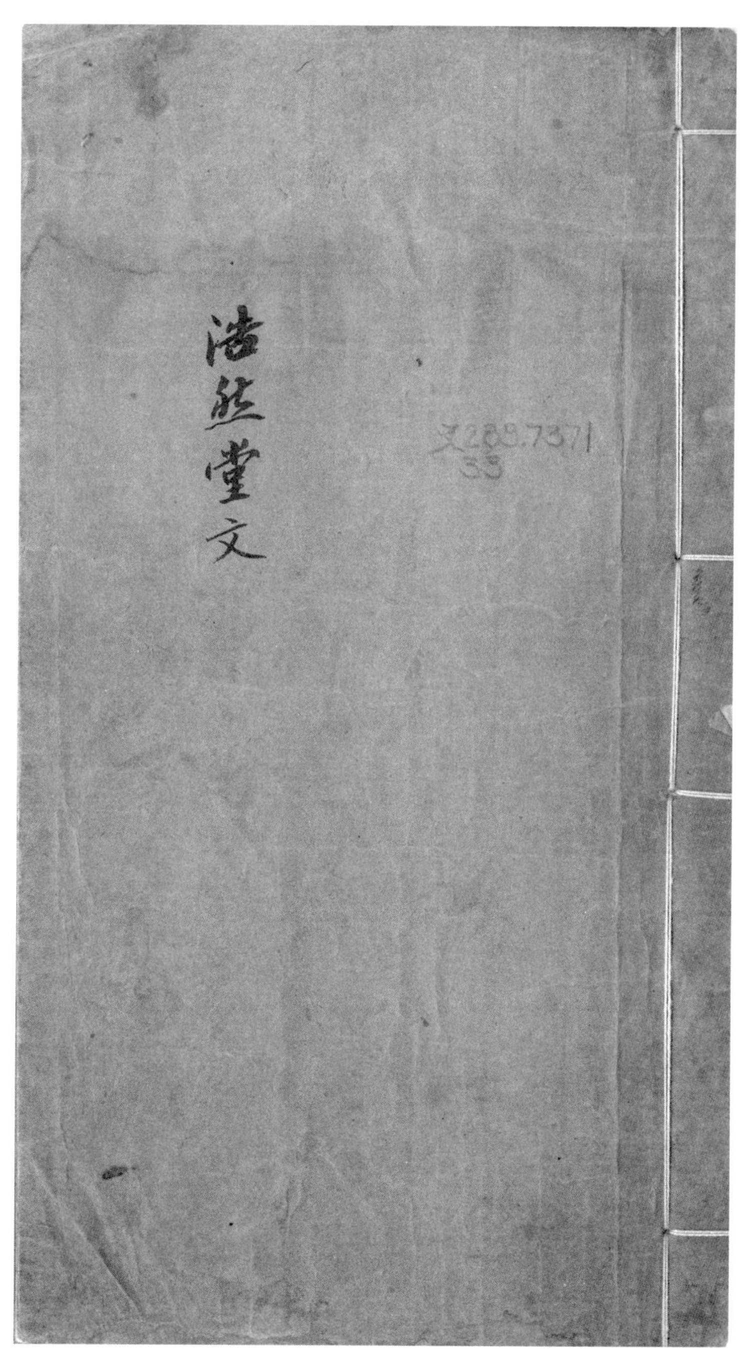
浩然堂文
文289.7371
33

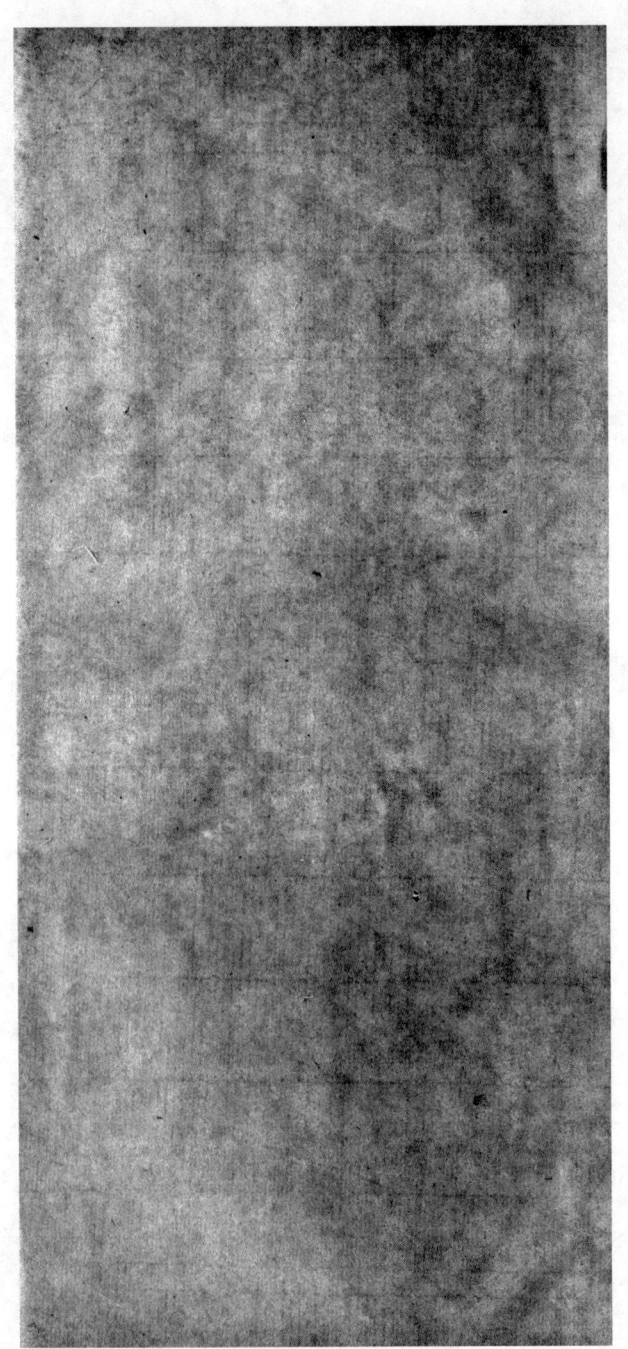

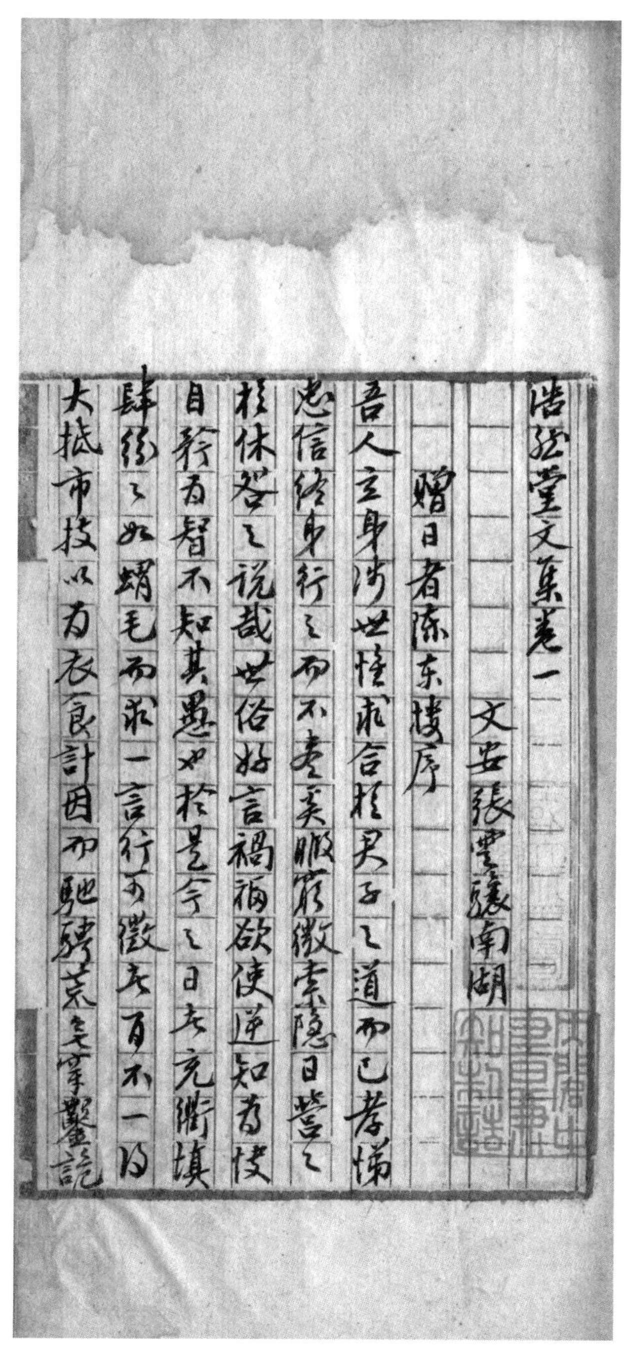

浩然堂文集卷一

文安張雲驤南湖

贈日者陳東樓序

吾人立身涉世惟求合於君子之道而已孝悌忠信修身行之而不盡矣暇復徵索隱日營營於休咎之說哉世俗好言禍福欲使逆知前後自矜有智不知其愚也於是今之日者充衢塡肆紛紛如蝟毛而求一言行可徵者百不一的大抵市技以爲衣食計因而馳騁荒忽之筆鑿說

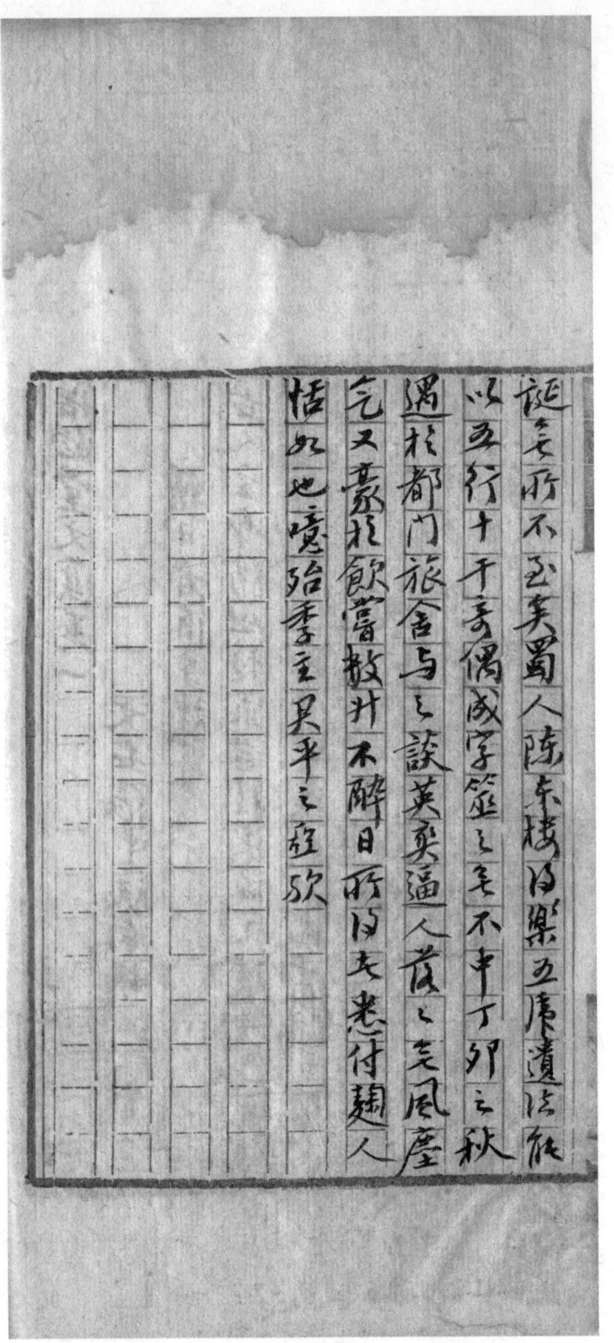

誕之之所不至矣蜀人陳東樓自樂五虎遺法能以五行十干寄偶成字筮之之不中丁卯之秋遇於都門旅舍与之談英爽逼人蔑之之美風塵气又豪於飲嘗數升不醉日所自支悉付麹人恬如也噫殆季主吴平之亞欤

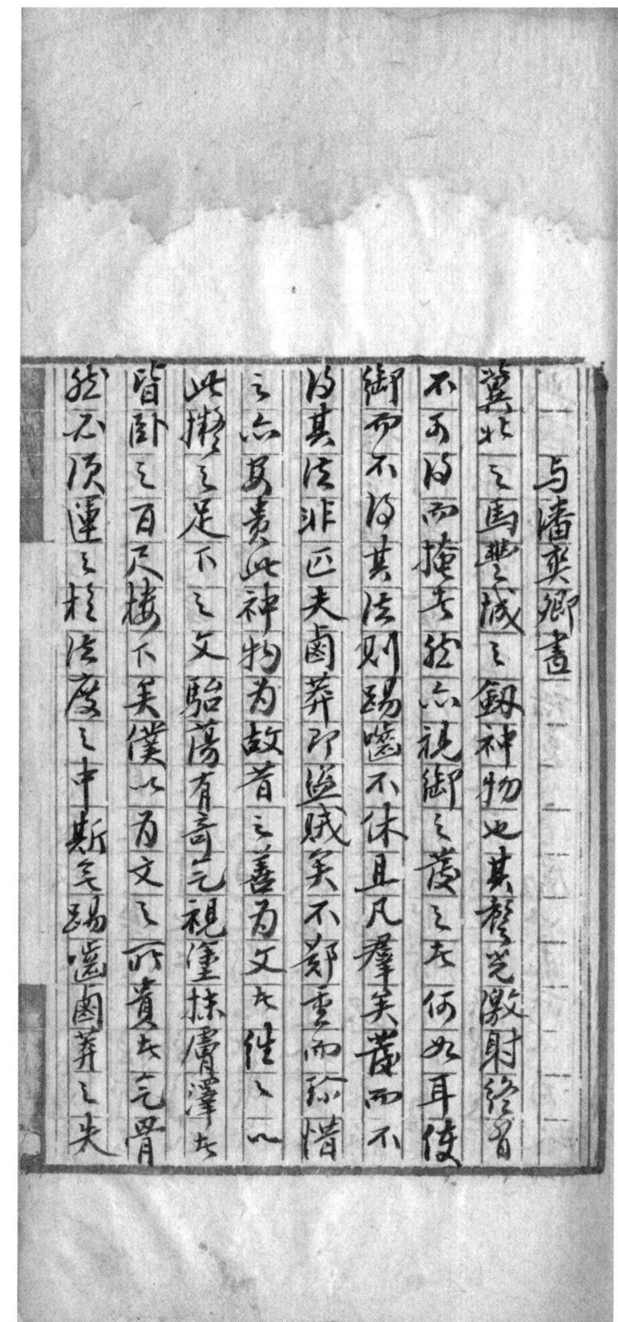

与潘奭卿書

冀北之馬，豐城之劍，神物也，其聲光激射，皆不可得而掩者，於此視御之葆之者何如耳。使御而不得其法，則踶齧不休，且凡羣矣；葆而不得其法，非匠夫鹵莽，即盜賊矣。不鄭重而珍惜之，亦其責也。此神物爲故，昔之善爲文者往往以此擬之。足下之文駘蕩有奇氣，視塗抹膚澤者皆卧之百尺樓下矣。僕以爲文之所貴者氣胃於不須運之於法度之中，斯無踶齧鹵莽之失大抵老傑左國騷史八一家或斂之於骨或渾骨於氣之一非本於法也自來才華之士恒鄙法度之嚴逞詞華之麗譬如縱舟長江大海間風濤蕩然而操柁之主其不漂泊沉溺也幾希抑又有說焉為文如是為人更宜如是入孝出弟謹言慎行人之法度也聲譽富貴飲食衣服人之詞華也舍法度而務詞華聖賢不取焉僕向以家貧作客金臺唯以歐陽文忠所謂憂勞興國逸豫亡身二語刻之自勵以求所以為人

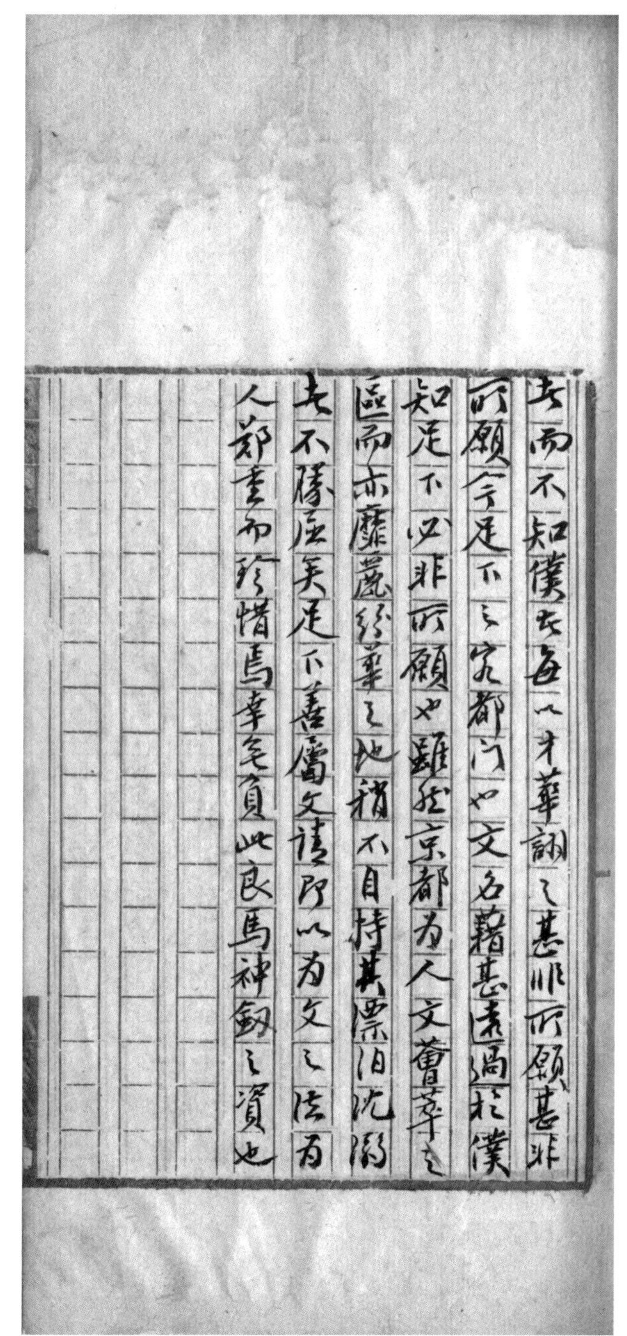

者而不知僕者，每以才華詡之，甚非所願，甚非所願。今足下之客都門也，文名藉甚，遠過於僕，知足下必非所願也。雖然，京都為人文薈萃之區，而亦靡麗紛華之地，稍不自持，其漂泊沉溺者不勝屈矣。足下善屬文，請即以為文之法為人，節嗇而珍惜焉，幸毋負此良馬神劍之資也。

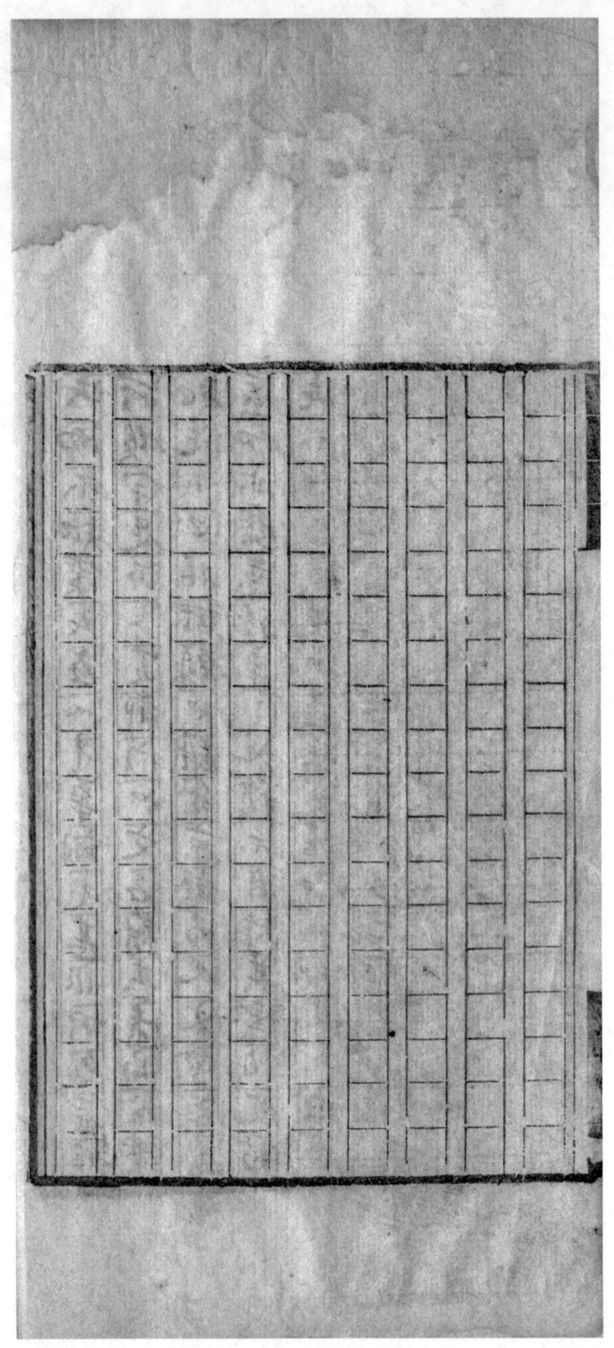

東淀觀荷記

余家淀水之旁曰勝芳即趙之武平亭也秋水一方藕花千頃[illegible]之鄉以余不辰頻年浪走風塵之感彫其清神滄浪之歌付之夢想辛未七月返梓里門諸昆季约为[illegible]之游集采蓮之唱[illegible]

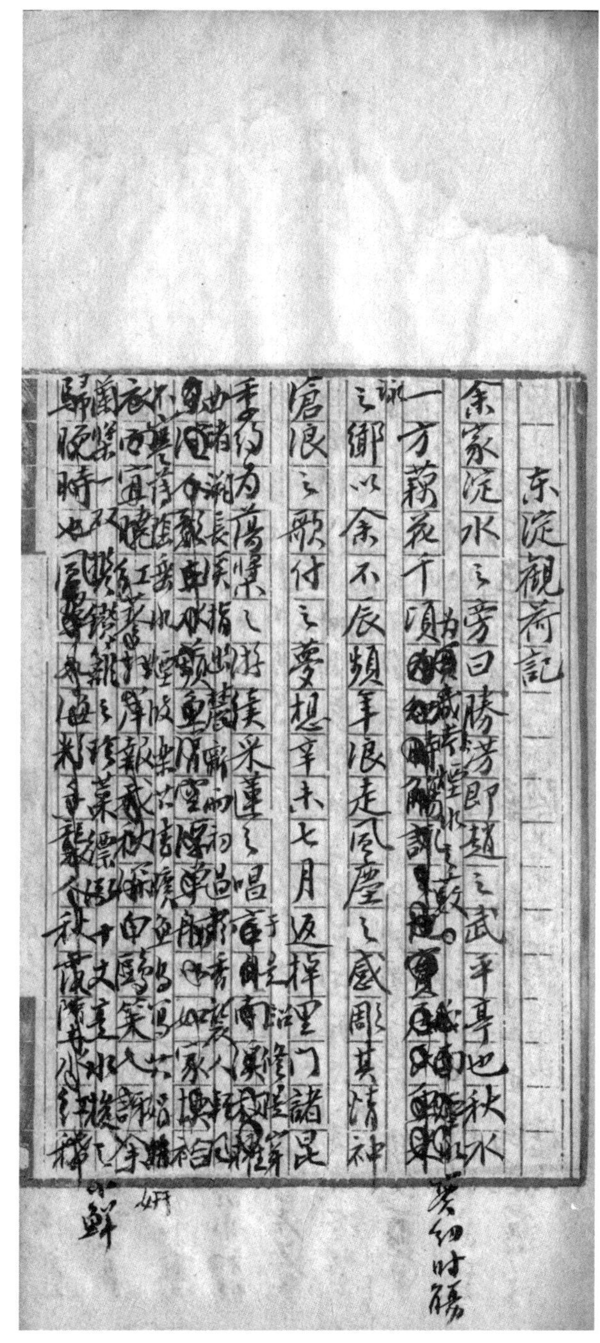

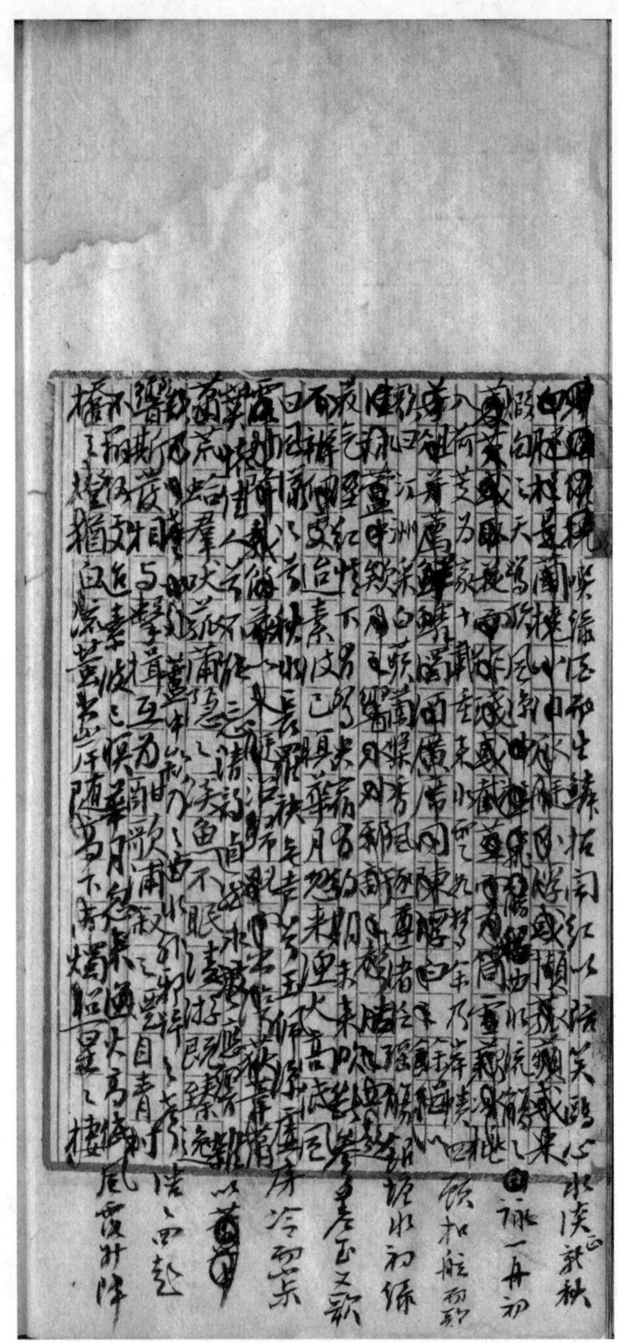

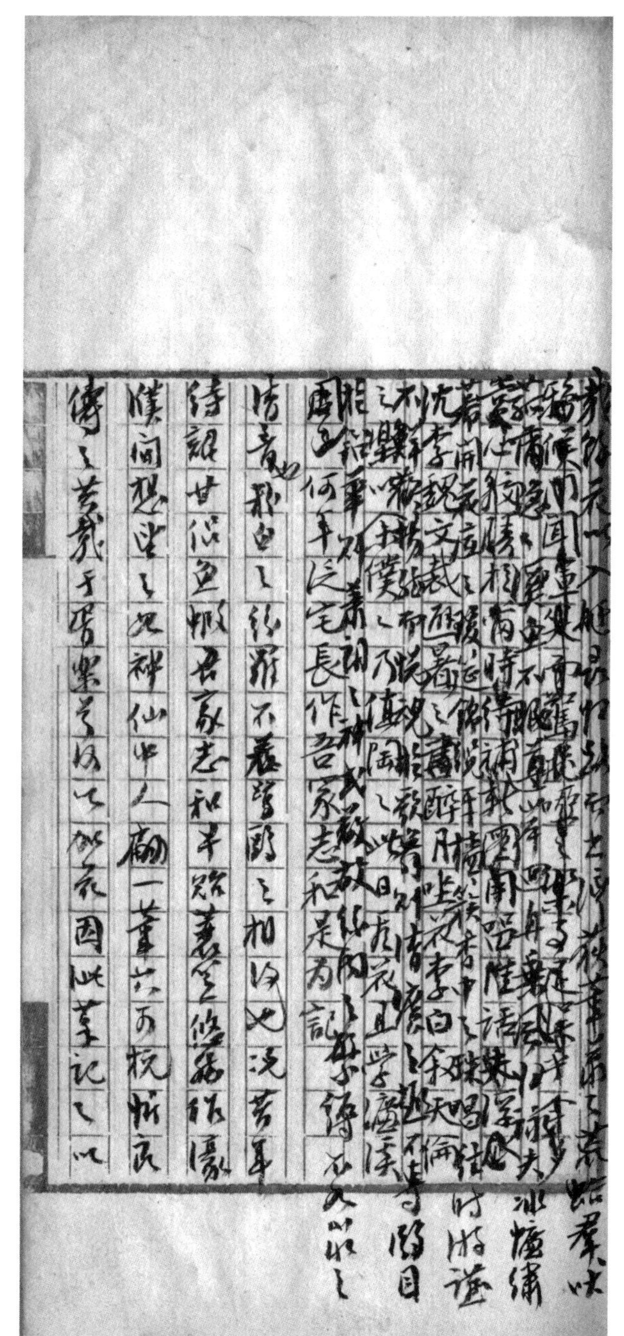

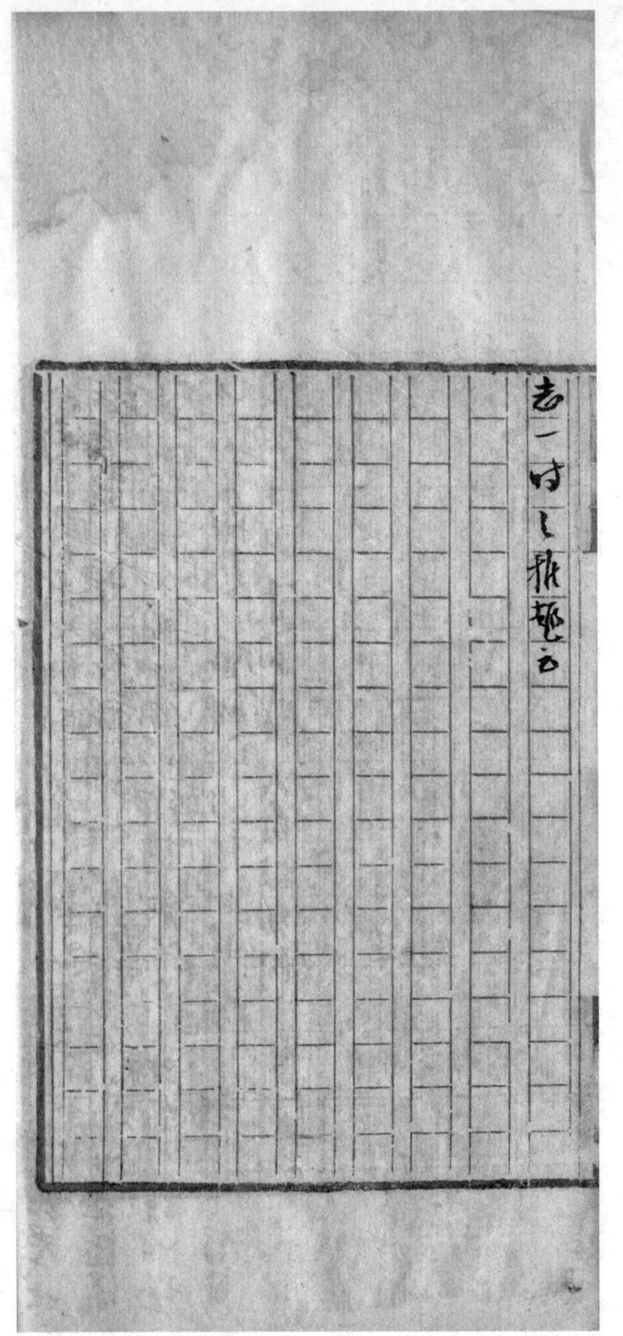
志一時之非趣云

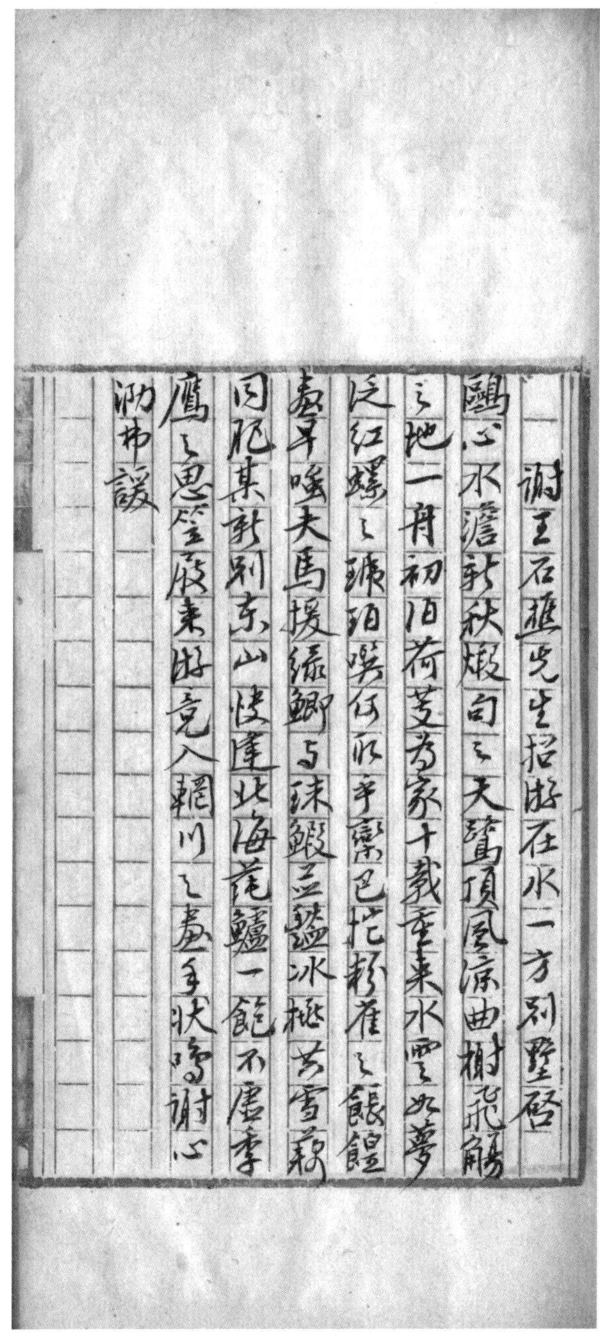

謝王石樵先生招游在水一方别墅啓
鷗心水澹新秋煆向之天鷺頂風涼曲樹飛觴
之地一舟初泊荷芰爲家十載重來水雲如夢
泛紅螺之琥珀嗅何取乎稟包拕彩崔之饑饉
盡乎嗟夫馬援綠鄉与珠鰕玉盞冰樾芬雪蘇
同厄其新别東山陡逢北海莼鱸一飽不慮季
鷹之思笠屐來游竟入輞川之畫手狀鳴謝心
泐弗諼

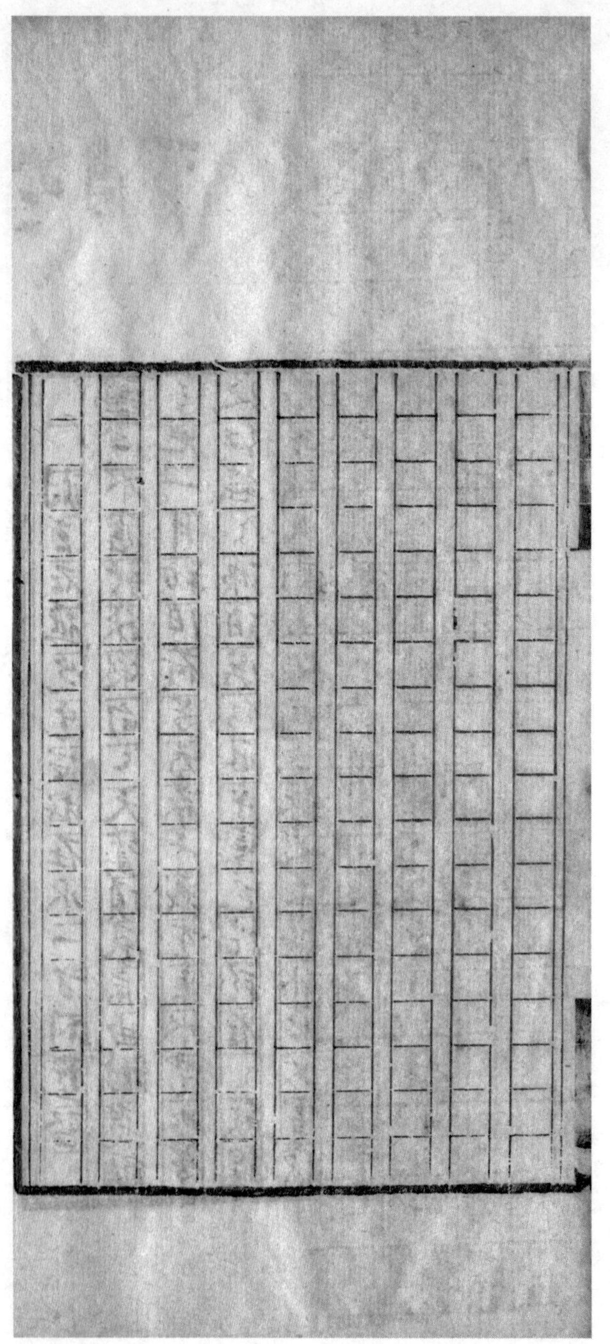

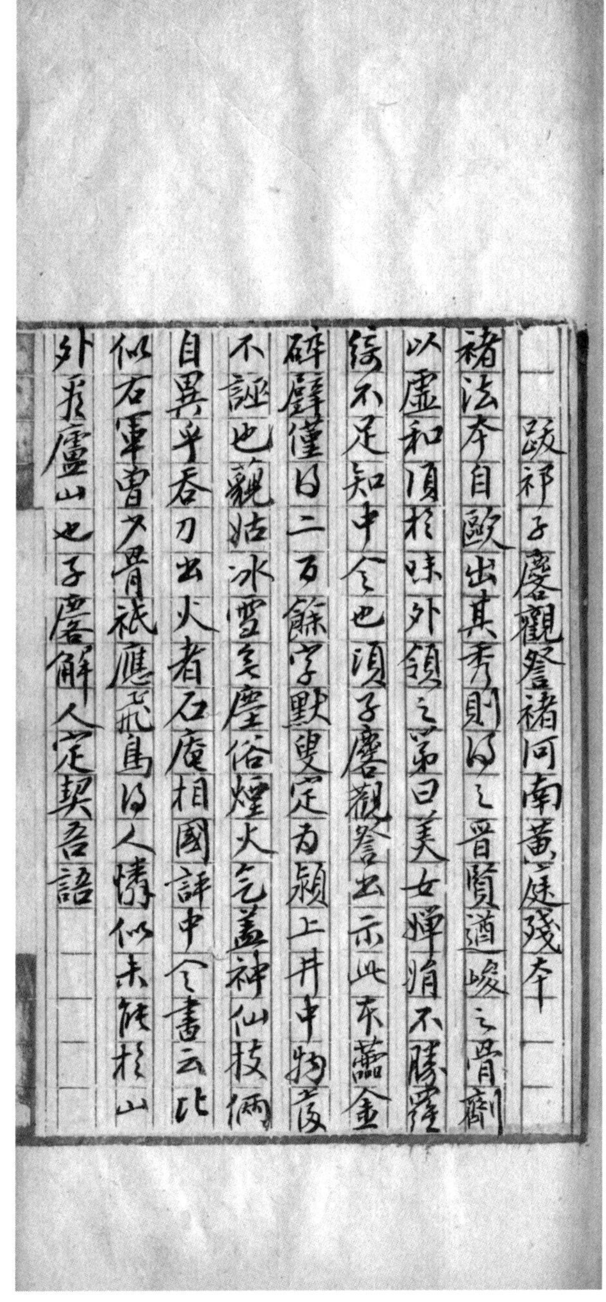

跋祁子麐觀詧褚河南黃庭殘本

褚法本自歐出其秀則以之晉賢遒峻之骨劌以虛和須於味外領之第曰美女嬋娟不勝羅綺不足知中令也須子麐觀詧出示此本藍金碎辟僅得二百餘字默叟定爲穎上井中物良不誣也窺沾冰雪之塵俗煙火之蓋神仙技倆自異乎吞刀出火者石庵相國評中令書云比似石軍曹大胥祇應飛鳥以人情似未能於山外求廬山也子麐解人定契吾語

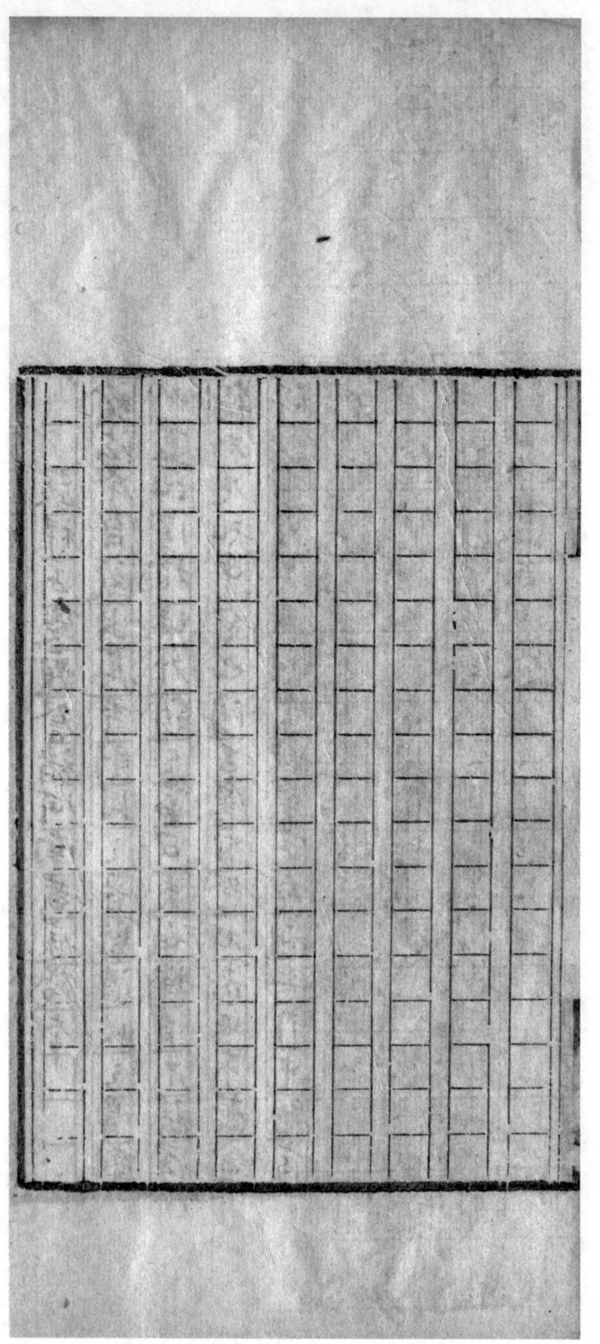

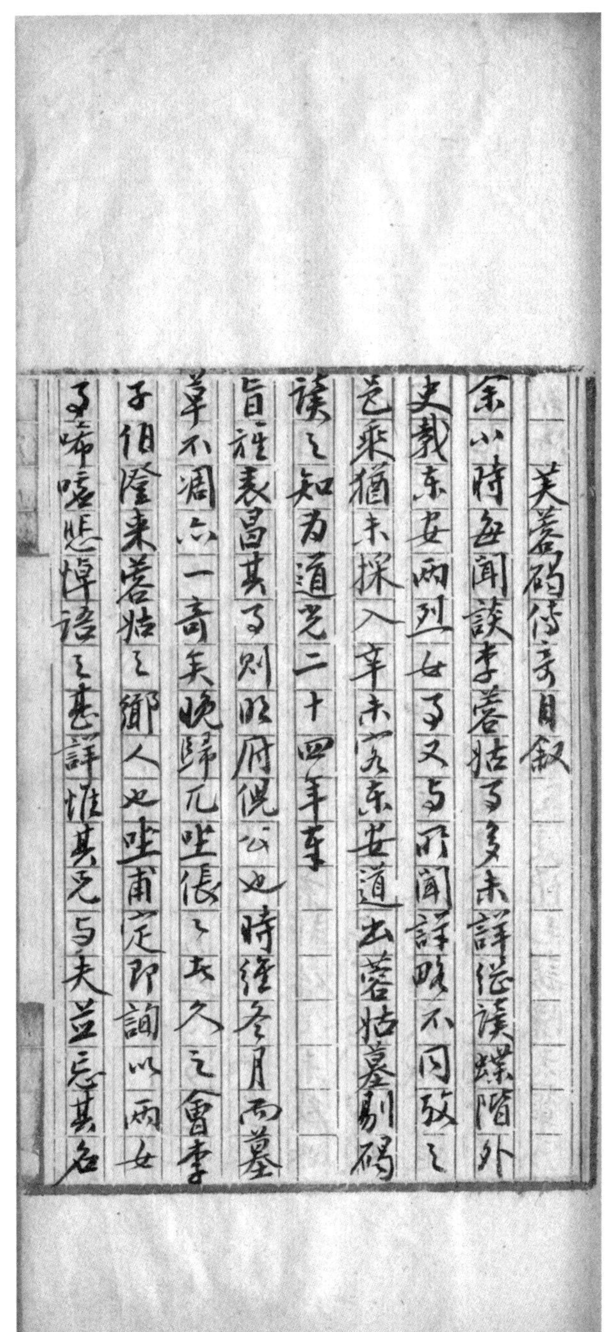

芙蓉碣傳并目叙

余少時每聞談李蓉姑事多未詳從謨蝶階外史載東安兩烈女事又與所聞詳略不同故之邑乘猶未採入辛未宰東安道出蓉姑墓剔碣讀之知為道光二十四年事

旨旌表昌其事則明府倪公也時維冬月而墓草不凋亦一奇矣晚歸兀坐悵悵久之會李子伯澄來蓉姑之鄉人也坐甫定即詢以兩女子事噫悲悼語之甚詳雖其邑與夫並忘其名

既而謂余曰吾女之死僅逾四十年吾君之居不過五千里而猶聞異詞此猶
朝廷旌卹者也況夫天下之大貞烈之多吾地多之而埋沒於蒿萊骼胔中者豈能一一告人耳目間因屬余填詞譜出與京都播之未及此荻東援下湖山風雪中時復多病侘傺無聊默念夙諾忽忽八年而伯隆之墓草宿矣感今追昔花之百端時余銜恤甫十八閱月不獲從其制而奔走千里外橫抱之淚惟毛顯陳元輩可

代灑之因拈是題盡其情之正味之苦有与余近狀異相感者爰舉祥琴之禮擒局爲詞仍不改之絲竹每夕挑燈成一折閱十四日而脫稿題曰芙蓉碣嗚乎李氏以弱女而不失其貞陳氏以婢妾而能成其志時衰勢迫慷慨捐軀烈丈夫子也所有篇中或借神仙以爲呼吸或添腳色以助波瀾諸於筆墨總耳至於刻劃小人語之過激亦皆十餘年目觀身歷種種於胸臆間者不思有以吐之而假技非敢徒以嬉笑

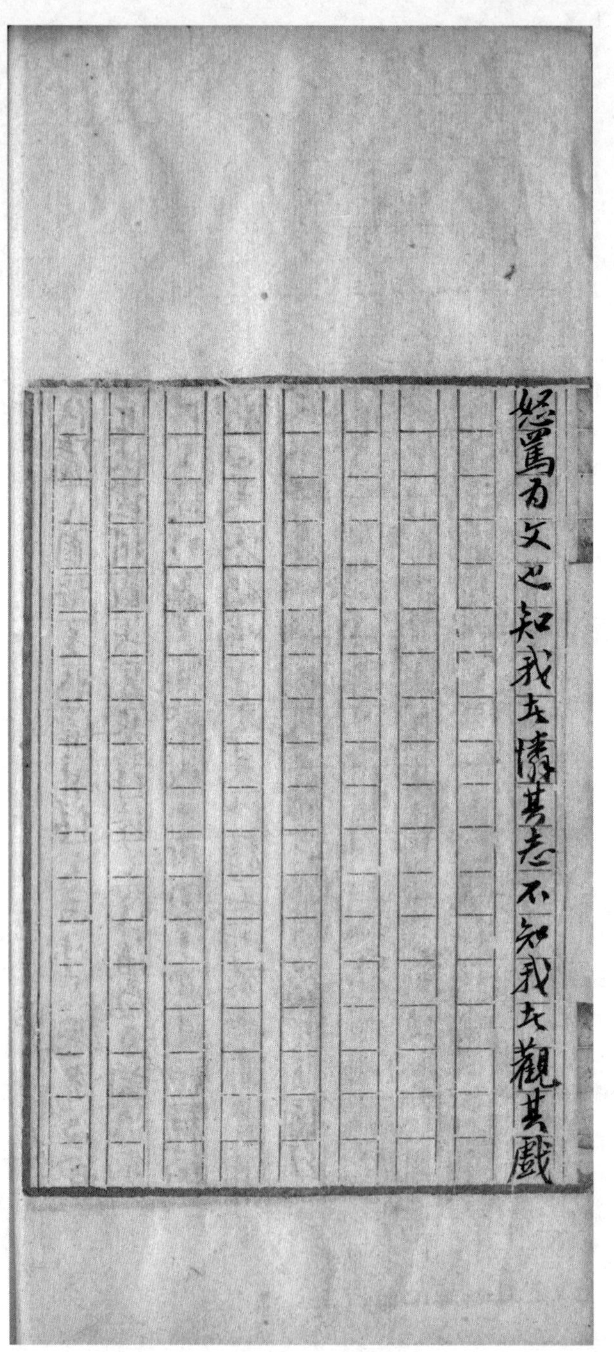

怨罵有文也知我者情其志不知我者觀其戲

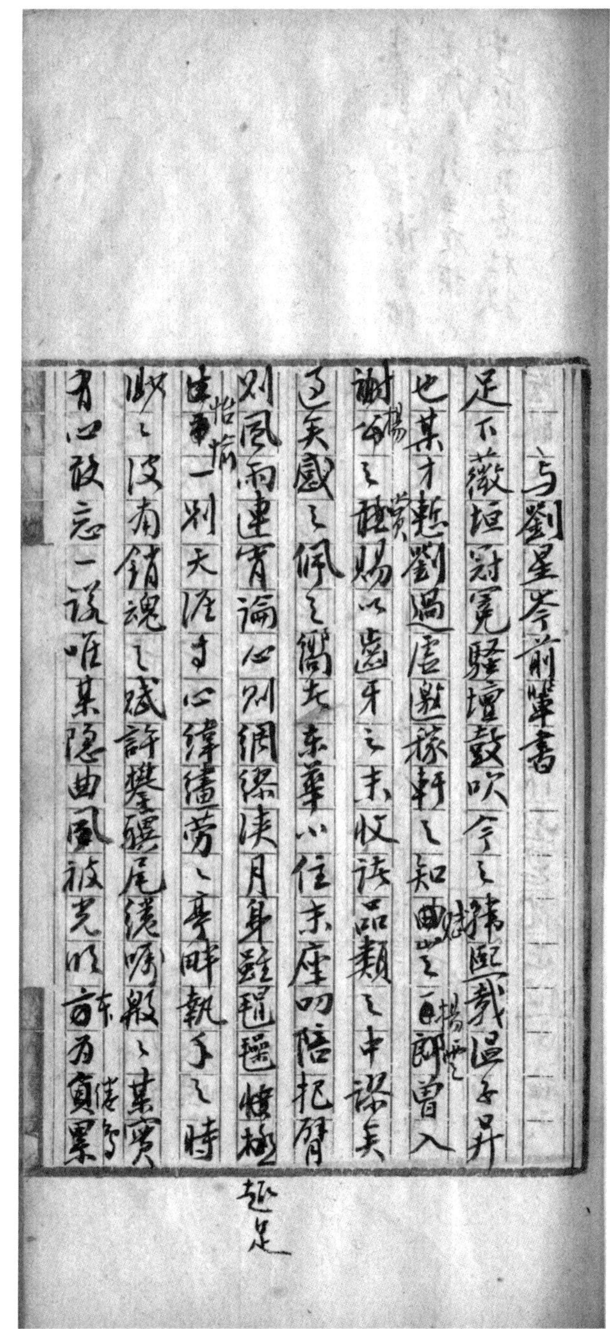

与劉星岑前輩書

足下徽垣對冕騷壇敲吹今之鏘熙戴温子昇也某才慙劉過遭邀稼軒之知曲之西師曾入謝門之賞賜以齒牙之末收諸品類之中深矣近矣感之佩之獨是東華小住未遑叩陪把臂則風雨連宵論心則綢繆淡月身雖遙遙懷極陸一別天涯寸心緯繣勞勞亭畔執手之時歌之後有銷魂之感許攀驥尾幾時殿之業寅有心敢忘一誤唯某隱曲風被光明諒乃負累

趣足

半畝佑讀謝宣城
若被王孫五夜讀兵
牛前應能容杜牧

之章擷又綵畫之陶微風林之悼哀槭珠深（旁注：飛　羅拙雜　悰）
朧岡之阡日月未卜夏憲處集仍復恨將悵其
跟矣能勿悼乎今來歷下湘山千人泠泉咽其
情尊秋墨琢其遠思俯仰流芝輓引孤想琵非
婷蓓身慣縈單猶幸鑿余之桐中郎惜其推悼
獄中之錄壯武勵其聲芝以丞詔袁良龍門之
雲吟嘯入鷹淵之水西堂東南州趙滕聯鑣□（旁注：半藏手辟謝宣城曾知王郎）
播海篇列百州摧軍倚花放逸羞免寶察每青周（旁注：滿）
登眺之餘頗多慷離之作亟思就正道之各天

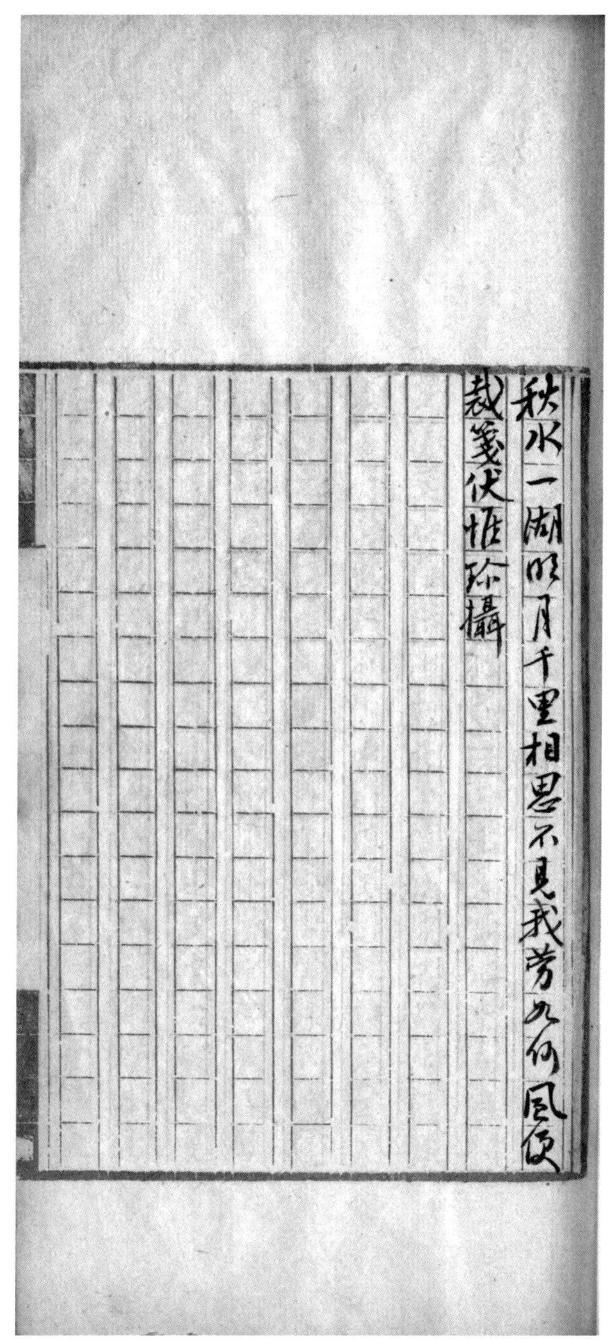

秋水一湖明月千里相思不見我勞如何風便
裁箋伏惟珍攝

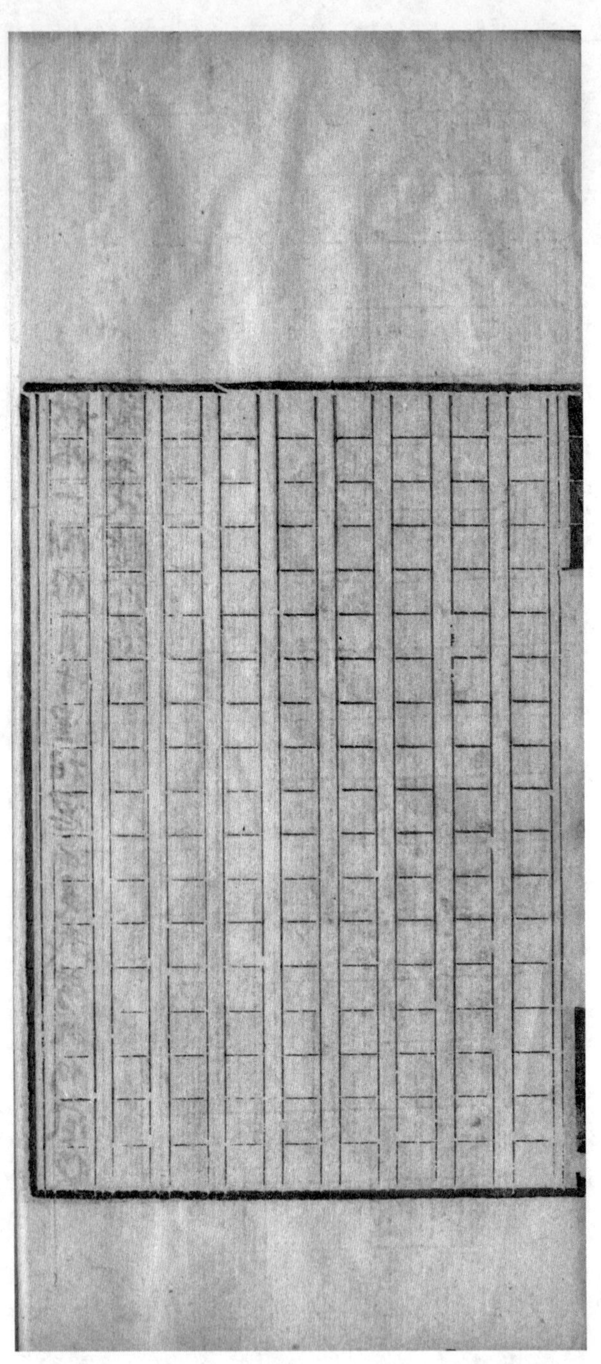

與蔣紹由同年書

歷下一區，從時幸接教，珠玉出手，華弦在身。自别芝儀，莫名蘊結。近維足下道履康吉，興居清娛，藉甚芳華，斐然列之名理，偉其藻績，許元度之清通，允為律度之循。忽作參商之隔，悵惘何極！遣緒珠溪，僕自孟秋之初賃車溧水，七夕之次艤棹丁沽，直過松圃。太守乞假赴蘇，僕亦卸裝里門，自歸季鷹之舟，時詠安仁之賦。故鄉煙水，亦足羨娛，漁歌出雲之隱，夢墜兩昔，年侍詔甘侶漁

蝦音家志和頗貽蓑笠願此天繪輒引遐思以
月憶君而不知白雲怡我而往猶回想此湖聚
首昕夕追陪襟懷以俗外相期道路以狂生見
待風清月朗之慰相思山色湖光亦如觀謝尚
夫趙岐善病平子多愁誰承欲視之般其骨
肉之愛以之紉蘭而佩攀桂而思仁抑尤至
焉能無感夫於斯時也謂茲今者將親之契違
璧無異鄉之懸首道春忘言情深握手之期我行
君住樂之悲來秋風起而識嗣之班馬鳴而聞

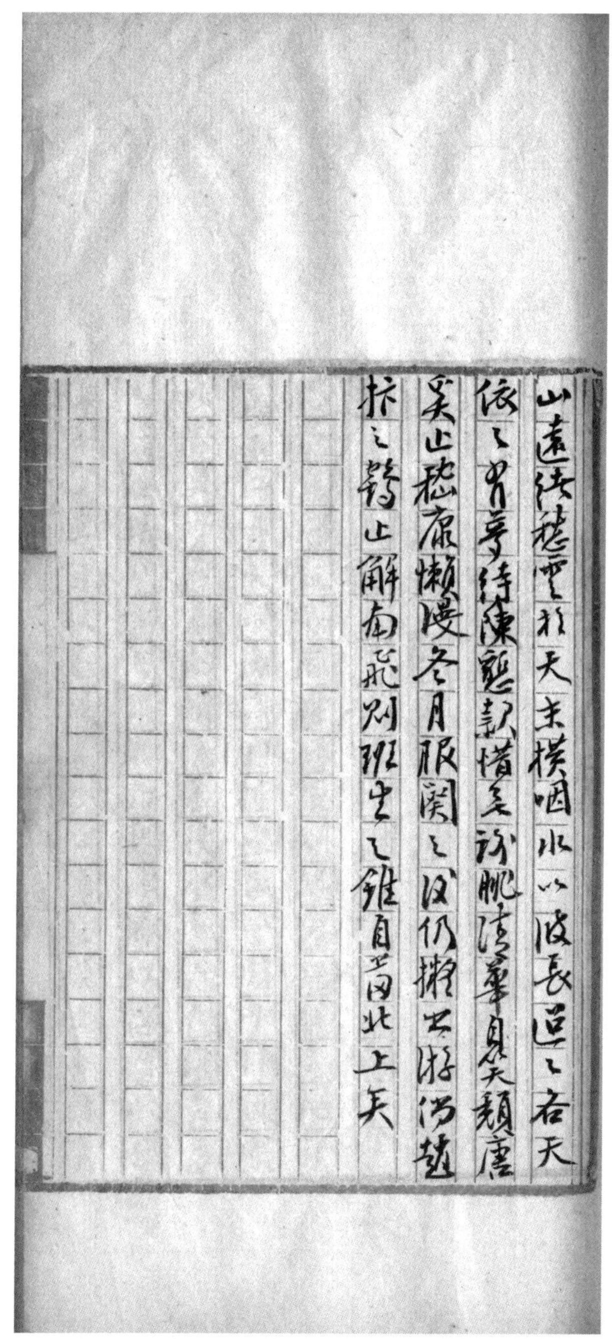

山遠接飛雲於天末橫咽水以波長迢迢吞天
依依胃亭待陳懇款情意詩脁清華自笑類唐
奚止愁康懶漫冬月服闋之後仍擬出游湘楚
於之鶴止解南飛則班生之錐自當囊北上矣

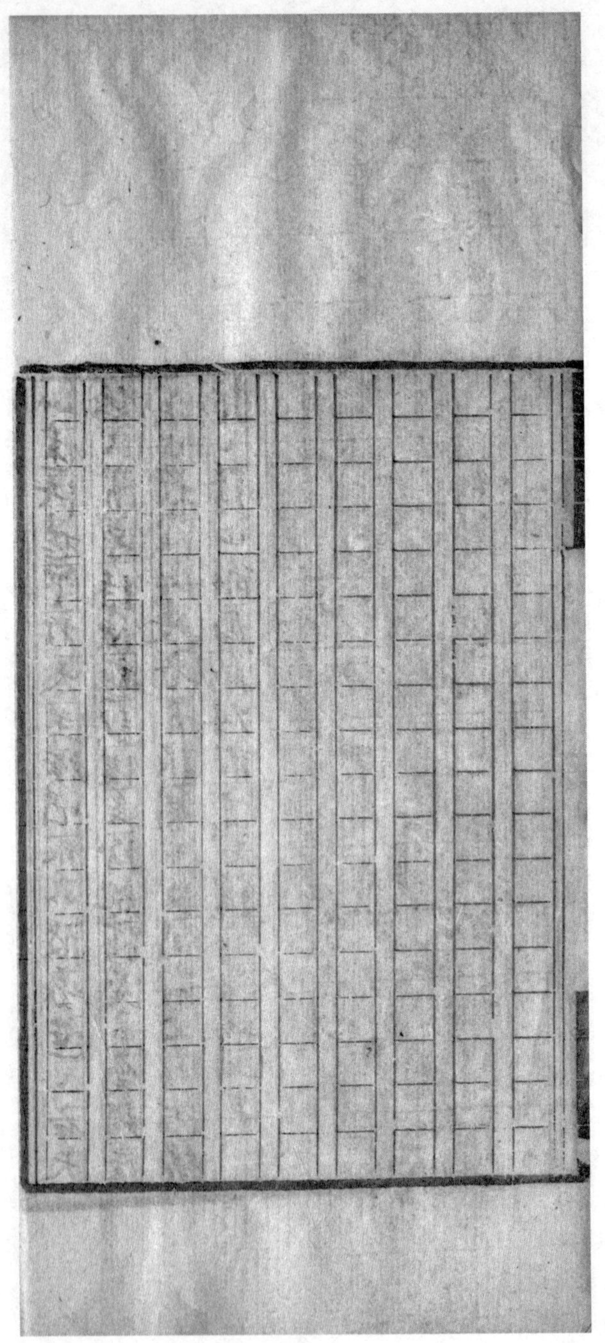

意園記

意園者吾友盛昱伯希讀書處也拓地數畝直徑千迴駐月池甚擬於水精列門雲巖如入山陰主人義薄天雲志孫海嶽好客投轄留賓絕纓讌集列霞萬風襟清談則復思遙想鑿池築室安仁以之閒居蒔竹種魚子山因而作賦余以暇日步屧來遊時經素秋水木空之色殘英苔之滑石攜壓玄之翠屏矼菱蟋蟀虹腰踏水風萍開合魚背馱星泉響入琴清於佳士之話茶

煙出樹樾成倩女之魂及陟巖巔忽臨樹杪人
鳥爭飛松篁墜雲危樓霞起而懸居孤亭翼俯
而駭瞻送頹陽於閣角迓素魄於柳頭書影綫
蟬聲出厚峰人影如鷺飛來悉圖素襟歌聞出
步徐引蘿磴於瓏以夷猶竹西之斐亹以翼櫺亂
若一區山話盡全之譜手纖萃紬如來鄰僕之
居緋細景之觴盛身世杜老茅居雖免秋風之
歌坡公康居空傳塵海之訊盛景之題忽去
出居之逍遥僧補新圖請繫斯記

与宗振裘同年書

來都兩月，始獲一晤，清言未罄，匆匆告歸，重圍間阻，晤言匪易。僕性孤僻，懶於酬對，卜居都下非其所宜，縞紵之道又宜慎之，對盍辭歡酒食而已。學問之契，蔑識為先，拘乎一隅，雖子高論。夫其盤敦鼎鐘，以古而足貴，火齊照乘，以今而不珍，誘於習也。其蔽一焉。後有神志，未聞斧斤是鑿，半卦疑易，竟疑羲軒，偶爾成詩，即嗤鄭衛，拘於偏也。其蔽一焉。至於性情之微，要於至誠

華樸不同喧寂亦異中壘義言難易子雲之沈
思向生好游莫强王邑以疾足猶之鸞鶴翔於
九天足之而不能駛驊騮馳於千里翼之而不
能飛若使合為一塗難免傷之兩敗其敝又一
焉若夫脱略形骸之外契合性靈之真大閑不
踰以前是擯斥言之識金石輸其烈寸心之失
鬼神質其幽以此論交良不多覯今与足下殆
獲同心僕之漂泊今已十年來游泰岱日登曙
雪北經遼陽唯飲碧海今雖犬馬之齒猶恃壯

年而研精蓄神非復曩昔每用自忖總悲以悲傷使任其類唐不致流於枯朽猶幸人海間舍而得拔出之塵京華薄宦乃有來山之暇每思精神之安靜而足性靈以涵養而生於胸五夜心花爲萌靜坐達旦性籟猶響未忍訛其塵蔽仍復發之翰藻昔太沖得句惟變其華劉勰論文不遺精采以之自信乃多綺言蓋如足下所云語不戒其俳辭勿訛其放理則是矣情或未然以僕之心遭僕之遇不表則枯不情則死今

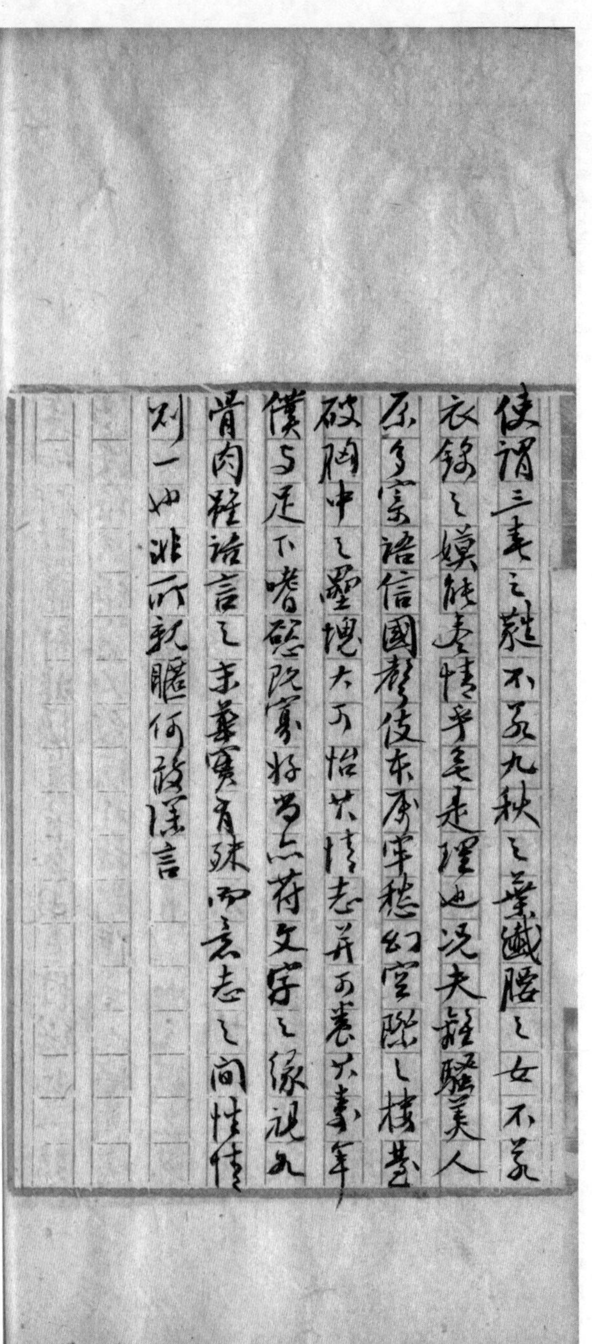

使謂三生之難不免九秋之業織腰之女不免衣錄之嫫能老情乎是理也況夫離騷美人原多寄語信國都傳東鄰學楚幻宮隱之樓臺破陶中之墨塊大不怡其情志并不善其年僕與足下嗜慾既寡將為符文字之緣視九骨肉雖語言之未華實有殊而意志之間性情則一如非所執臆何敢隱言

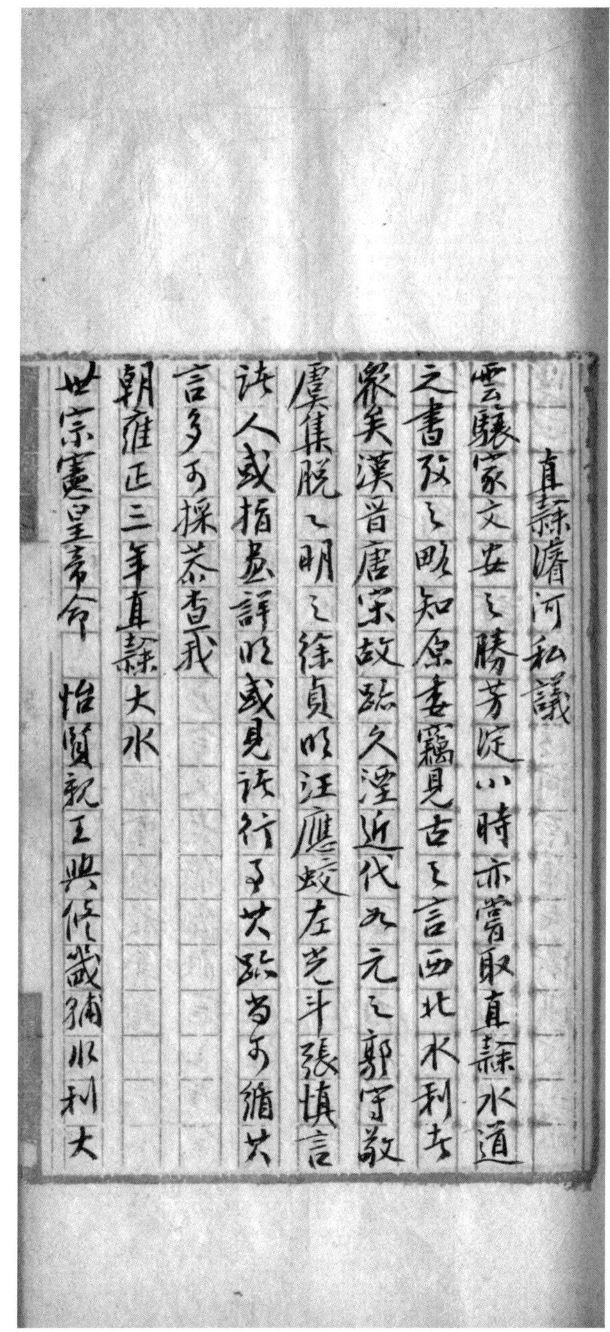

直隸濬河私議

雲驤家文安之勝芳淀，小時亦嘗取直隸水道
之書考之，既知原委，竊見古之言西北水利者
衆矣。漢晉唐宋故跡久湮，近代如元之郭守敬、
虞集，脱脱，明之徐貞明、汪應蛟、左光斗、張慎言
諸人，或指畫詳明，或見諸行事，其跡尚可循，其
言多可採。恭查我
朝雍正三年直隸大水，
世宗憲皇帝命　怡賢親王興修畿輔水利大

學士朱文端輔之籌酌舊制分設四局成水田六千餘頃至乾隆間劉協揆劉於義奉命興修民賴其利至今父老猶有能言之者今雖鉅款一時難集若但修理河道濬治淀泊較雍乾之朝興修水利之款不及十之二三因考舊藏圖說詳攷今昔情形臚列言之為私議一首聊備芻蕘之獻焉

一曰審形勢謹案直隸大河有五曰南運曰北運曰滹沱曰永定曰清河南運衛淇汶三水

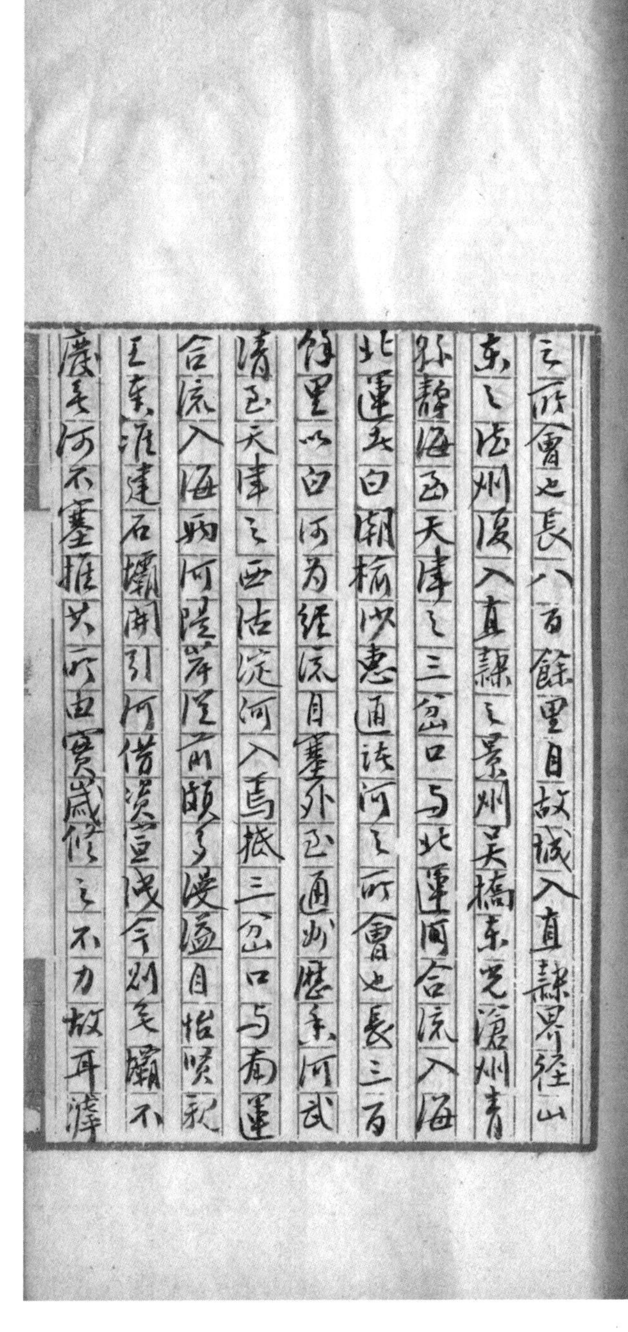

之所會也長八百餘里自故城入直隸界經山東之德州復入直隸之景州吳橋東光滄州青縣靜海至天津之三岔口與北運河合流入海北運者白潮榆沙惠通諸河之所會也長三百餘里以白河為經流自塞外至通州歷香河武清至天津之西沽淀河入焉抵三岔口與南運合流入海兩河隄岸隆而頗多漫溢自怡賢親王東淀建石壩開引河借淀宣洩今則久壩不廢矣河不塞推其所由實歲修之不力故耳濬

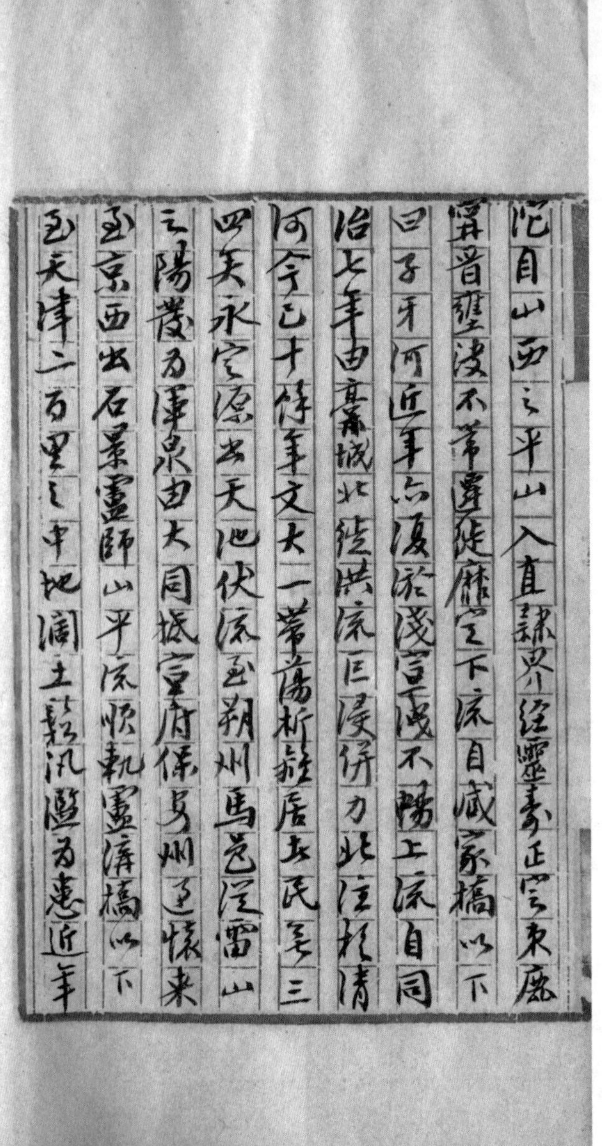
沱自山西之平山入直隸界經靈壽正定束鹿
冀晉壅決不常遷徙靡定下流自臧家橋以下
曰子牙河近年亦復淤淺官議不勝上流自同
治七年由藁城北徙洪流巨浸併力北注於清
河今已十餘年文大一帶蕩析離居去民苦三
四曰永定源出天池伏流至朔州馬邑從雷山
之陽發為渾泉由大同城宣府保安州至懷來
至京西出石景盧師山平流順軌盧溝橋以下
至天津二百里之中地闊土鬆汛溢為患近年

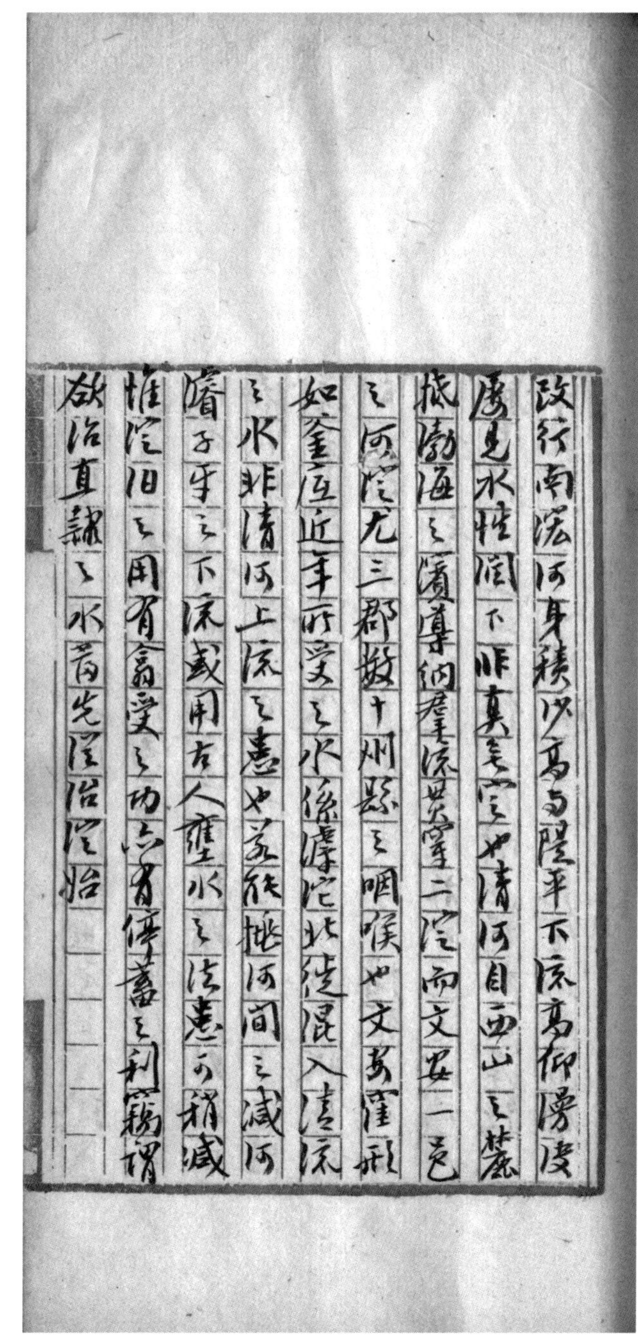

設行南泓河身積沙高與隄平下流高仰壅淺
處是水性潤下非真其下之也清河自西山之麓
抵渤海之濱導納群流與黑龍二淀而文安一邑
之河淀尤三郡數十州縣之咽喉也文安窪形
如釜底近年所受之水係滹沱北徙混入清流
之水非清河上流之患也茲能挑河間之減河
濬子牙之下流裁開古人灌水之法患可稍減
惟淀間之用有翕受之功亦有停蓄之利藪猶
欲治直隸之水當先治淀治

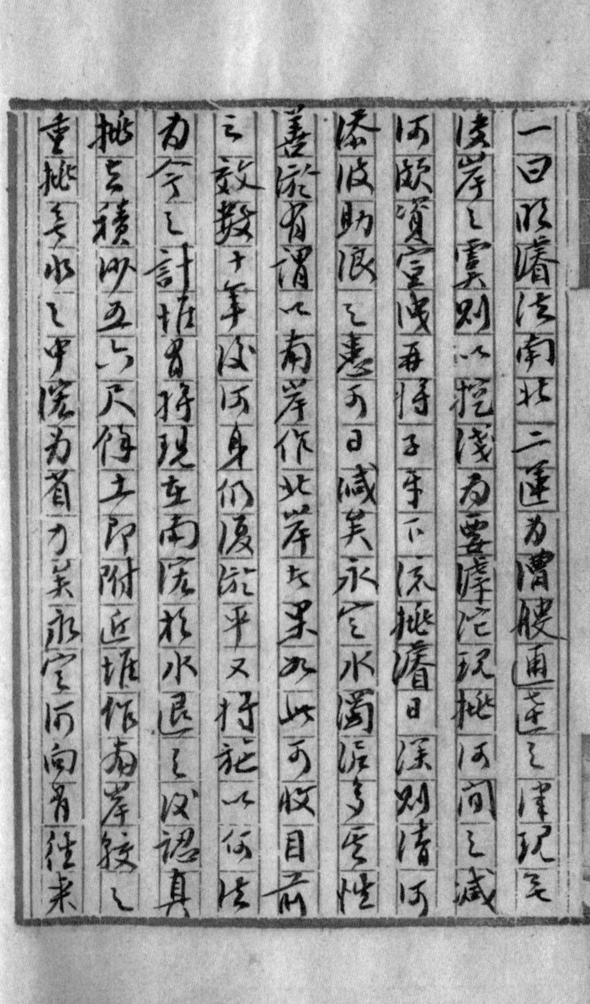
一曰收濬淤南北二運為漕艘通達之津現已
淤岸之處則以挖淺為要淤泥現挑河間之減
河壩資宣洩再將子年下流挑濬日深則清河
添波助浪之患可日減矣永定水濁泥多質性
善淤前謂以南岸作北岸若果如此可收目前
之效數十年後河身仍復淤平又將施以何法
為今之計惟有將現在南堤於水退之後認真
挑去積沙五六尺停土即附近堤作南岸縷之
重挑去水之中流為首力策永定河向有往來

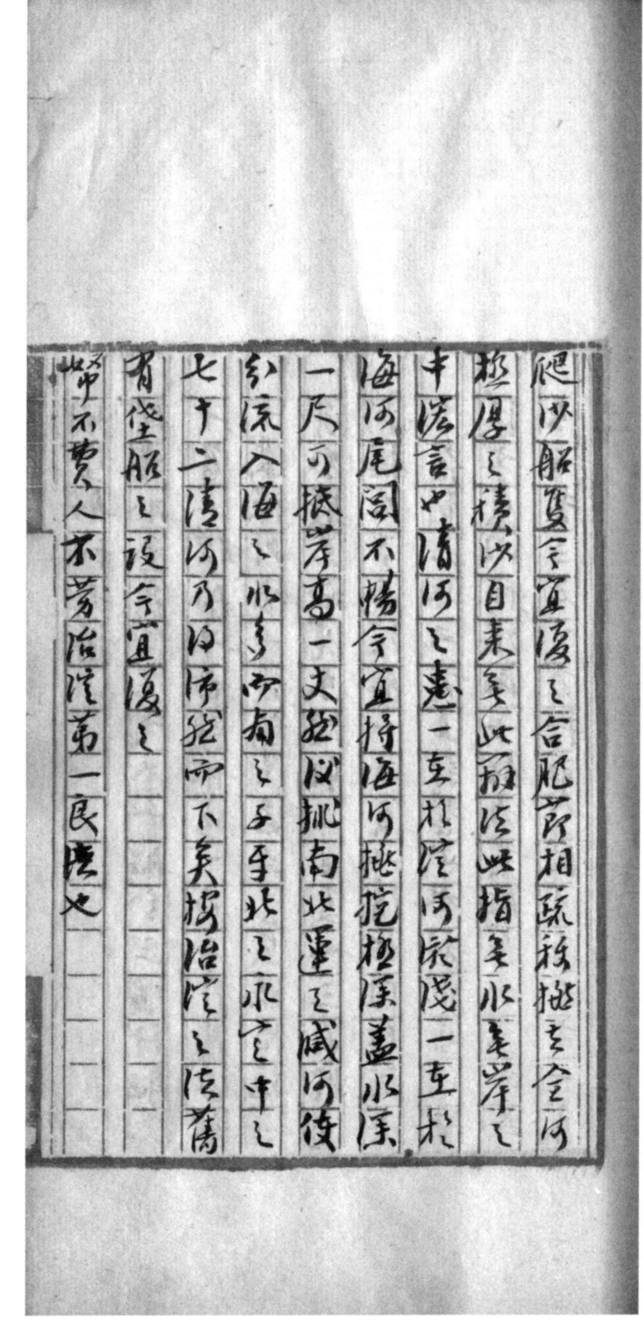
爬沙船隻今宜復之合肥節相疏稱撈去全河
槽厚之積沙自來無此辦法此指無水近岸之
中流言也清河之患一在於淀河底淺一在於
海河尾閭不暢今宜將海河挑挖極深蓋水深
一尺可抵岸高一丈然後抓南北運之減河使
分流入海之水多而南之子牙北之永定中之
七十二清河乃同歸挖而下矣按治淀之法舊
有挖船之設今宜復之
此事不費人不勞治淀第一良法也

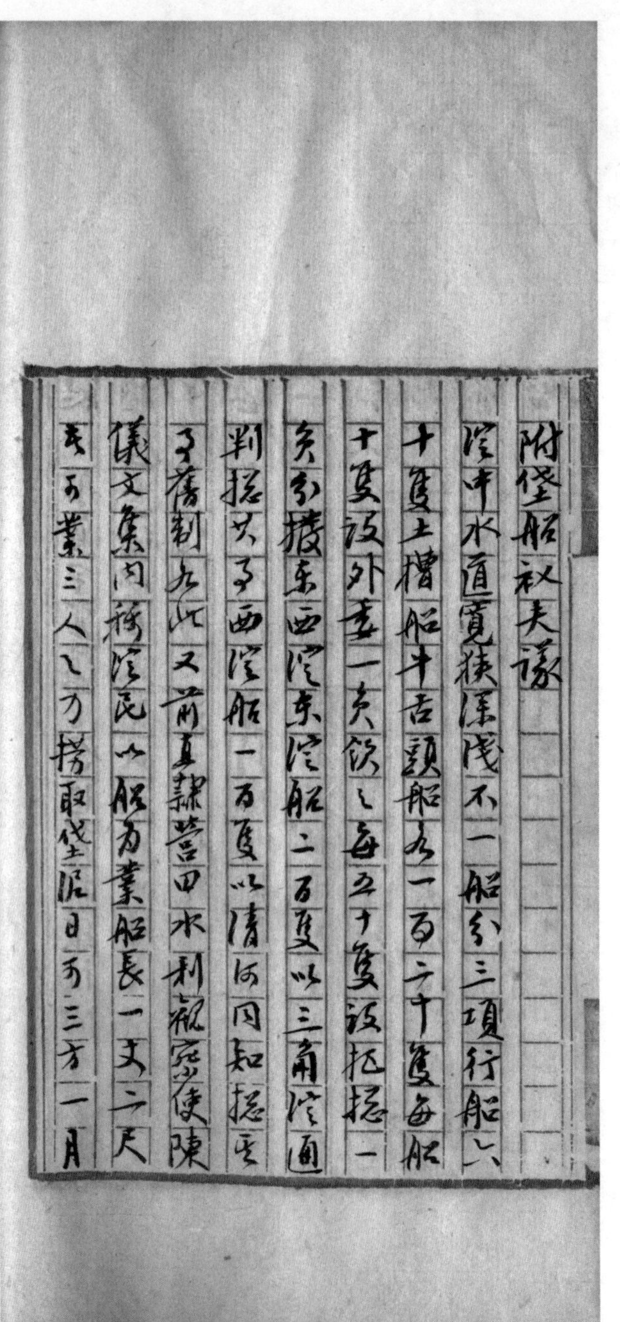

附垡船役夫議

淀中水道寬狹深淺不一船分三項行船六十隻土槽船牛舌頭船各一百二十隻每船十隻設外委一員領之每五十隻設把總一員分撥東西淀東淀船二百隻以三角淀通判把其子西淀船一百隻以清河同知把總子舊制也此又前直隸營田水利觀察使陳儀文集內稱淀民以船為業船長一丈二尺長可業三人之力撈取垡泥日可三方一月

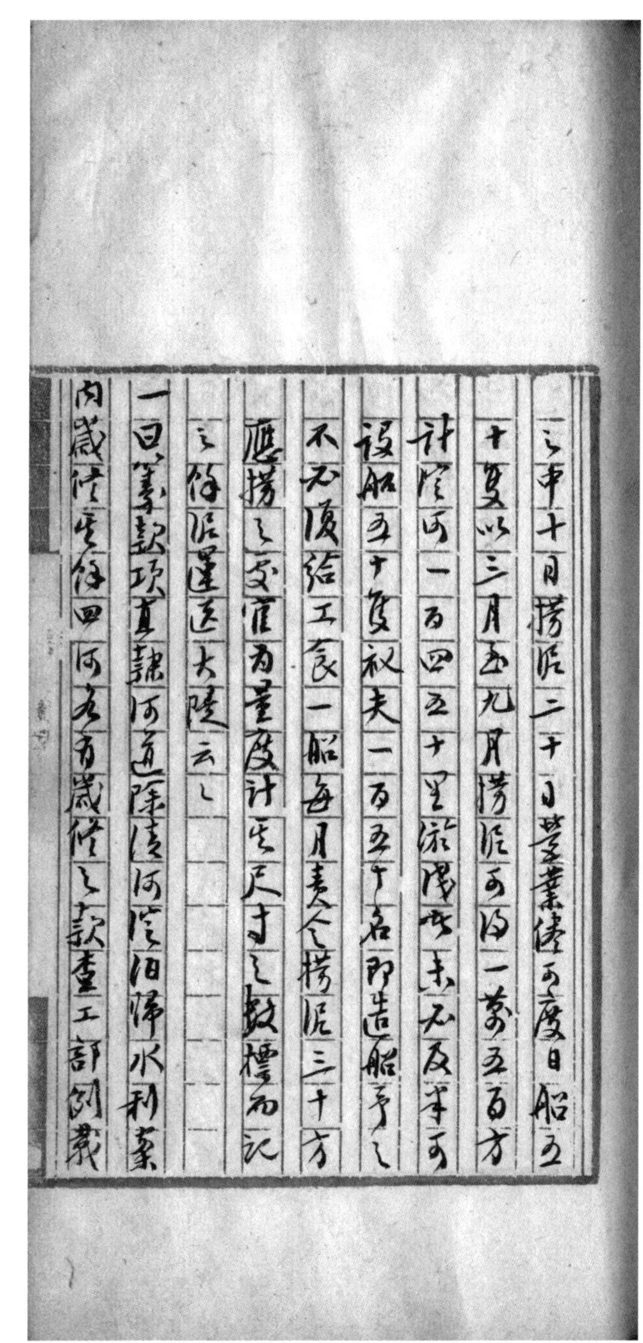

〻〻中十日撈泥二十日營業儘可度日船五十隻以三月至九月撈泥可得一萬五百方計該河一百四五十里深淺亦未不及半可設船五十隻招夫一百五十名即造船等〻不必復給工食一船每月養人撈泥三十方應撈之處宜為量度計其尺寸之數標而記之俾泥置送大陸云〻

一曰籌款項直隸河道除清河隄相歸水利案內歲修其餘四河每歲修之款查工部例載

每歲永定河歲修銀三萬四千兩搶修銀二萬七千兩又備防稭料等項及加運腳銀三萬餘兩南運歲搶修共銀二萬一千兩北運歲搶修共銀二萬六千兩滹沱歲修銀一千八百兩從前筹辦之年不能照數發給近年除搶修南運撥六成北運撥四成支領足修並未折減此外為有指款果能源源因云水患當不致日甚一日如保徑理河道並非興舉大工縱歲款項不足不將攤照地畝捐之於民歲有本省殷實之

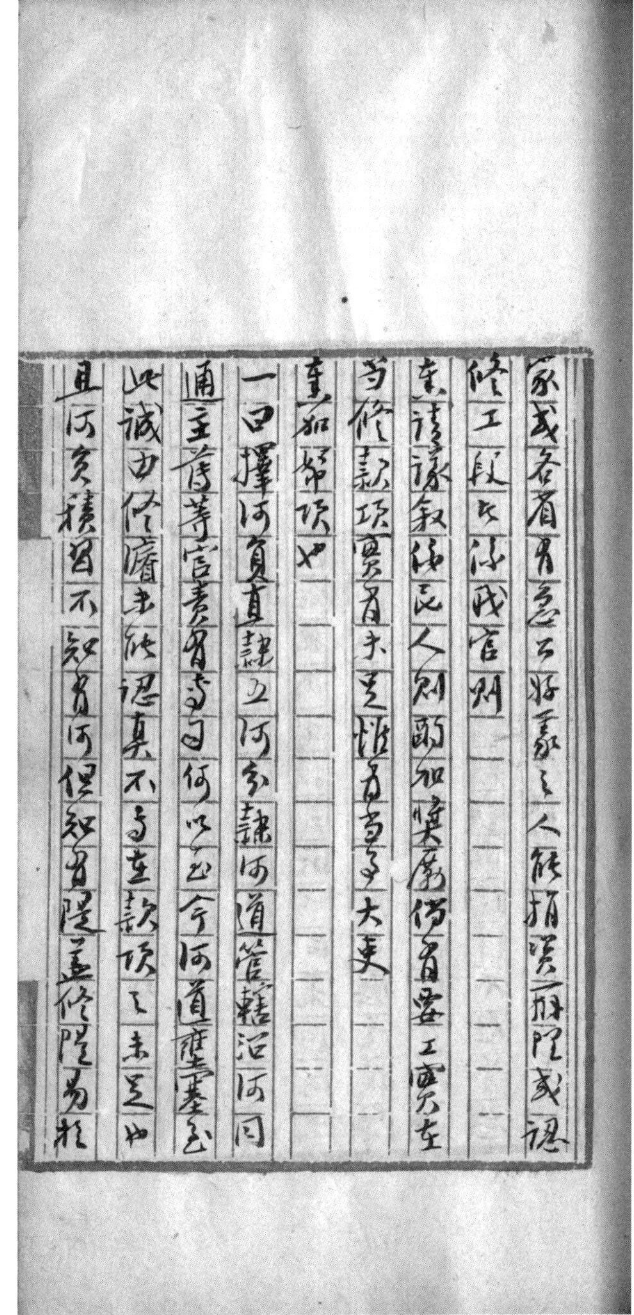

家或各省有急公好義之人能捐資一萬限或認
修工段者小民官則
奏請議叙紳民人則酌加獎勵備有要工需在
當修款項要有未足撥自當之大吏
奏知部頒也
一曰擇河員直隸五河分隸河道管轄沿河同
通主簿等官責有專司何以近今河道壅塞至
此誠由修濬未能認真不專在款項之未足也
且河員積習不知有河但知有隄並修隄易於

見功潰決或以致罪而河身之淺深通塞俟在旋之積淤之中誰復過而問之故防隄不加意於河非計之得也查律載河員修岸處分在保固限內銷四賠六分別著賠議處大率革職留任至水退合龍仍還頂戴所以向來因河決去官者甚少副以為嚴定處分庶可懲其積弊耳至若河員懇留每以決岸為利藪採買物料則因緣侵漁隄工告竣則覬取優保不避勞怨不慕榮利者殊屬寥寥今擬請照乾隆九年新

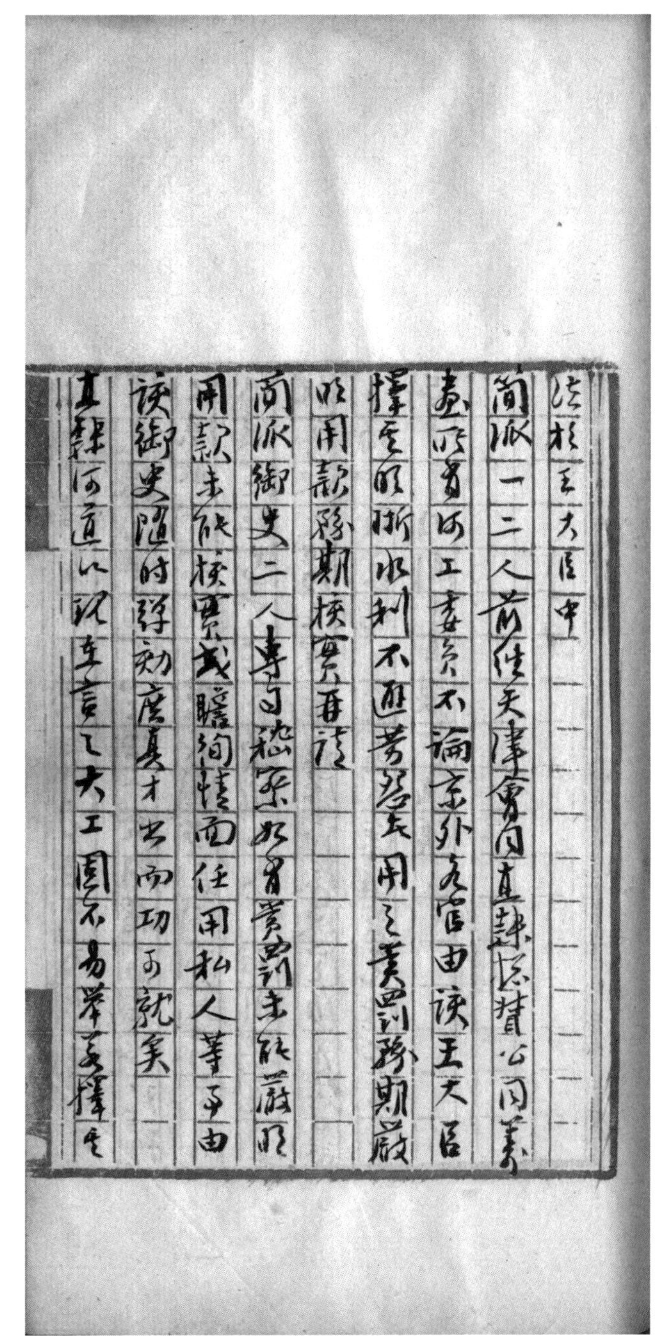

請於王大臣中
簡派一二人前往天津會同直隸總督公同籌
畫所有河工要員不論京外文官由該王大臣
揀選明晰水利不避艱苦者用之賞罰務期嚴
明用款務期核實再請
簡派御史二人專司稽察如有賞罰未能嚴明
用款未能核實或瞻徇情面任用私人並由
該御史隨時糾劾庶真才出而功可就矣
直隸河道以現在言之大工固不易舉若揀選

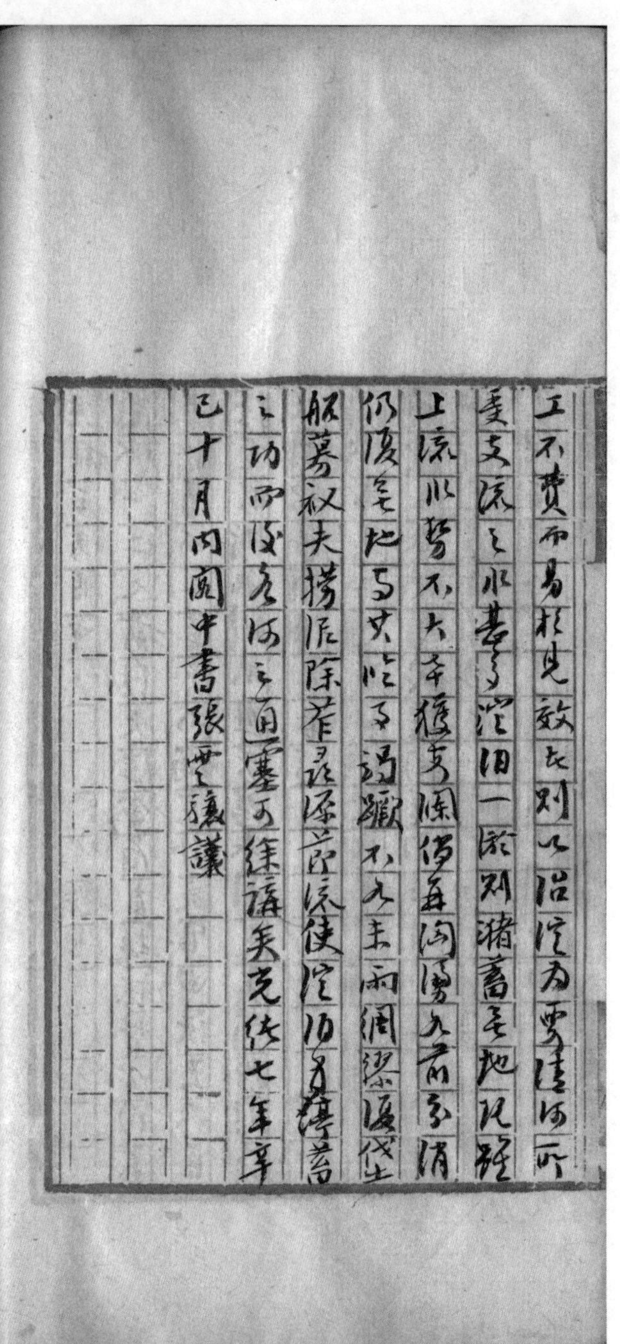

工不費而易於見效長則以治淀為要淀河所受支流之水甚多淀固一淤則潴蓄之地既難上流水勢不大年須歲閲僱舟淘濬以前之清仍復之地可其於可謂瀰觀不久來雨潤澤復從上船募役夫撈泥除草翻深河底使淀仍有停蓄之功而後之河之自通塞可徐議矣光緒七年辛巳十月內閣中書張曾敭議

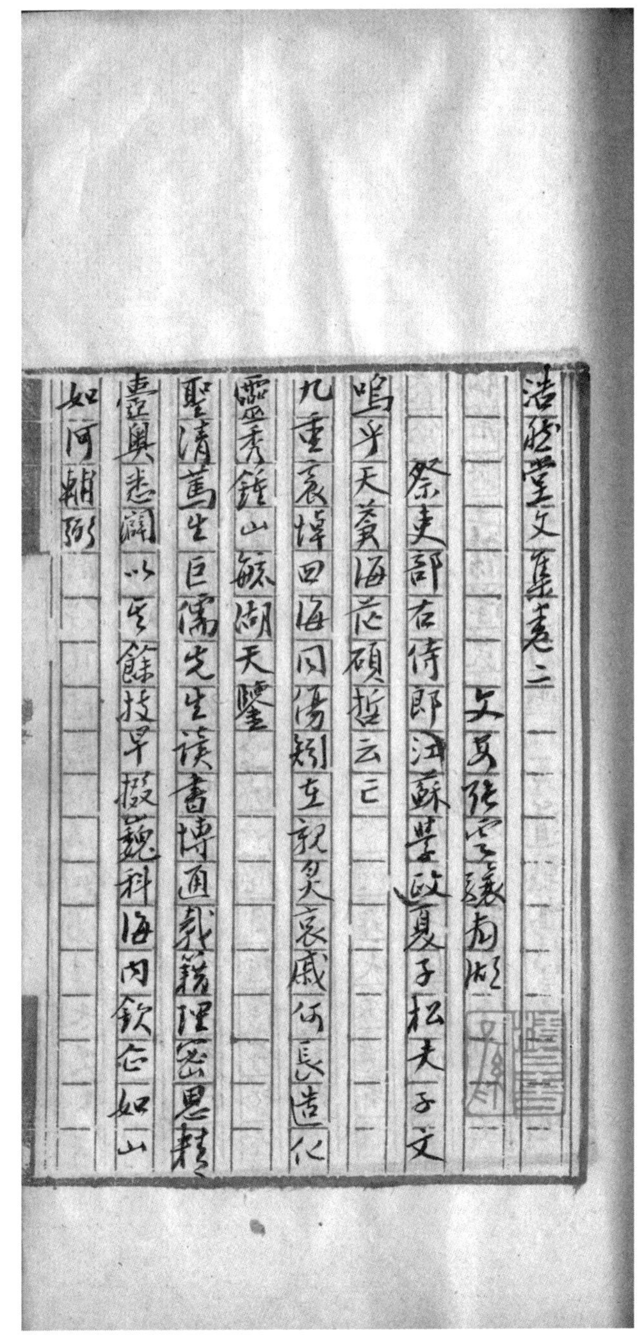

浩然堂文集卷二

文昇張空濂甫撰

祭吏部右侍郎江蘇學政夏子松夫子文

嗚乎天蒼海茫碩哲云亡

九重哀悼四海同傷翔左親吳哀感何長造化

靈秀鍾山蘇湖天鑒

聖清篤生巨儒先生讀書博通義理思精

蘊奧悉闡以至餘技早掇巍科海內欽仰如山

如河輔弼

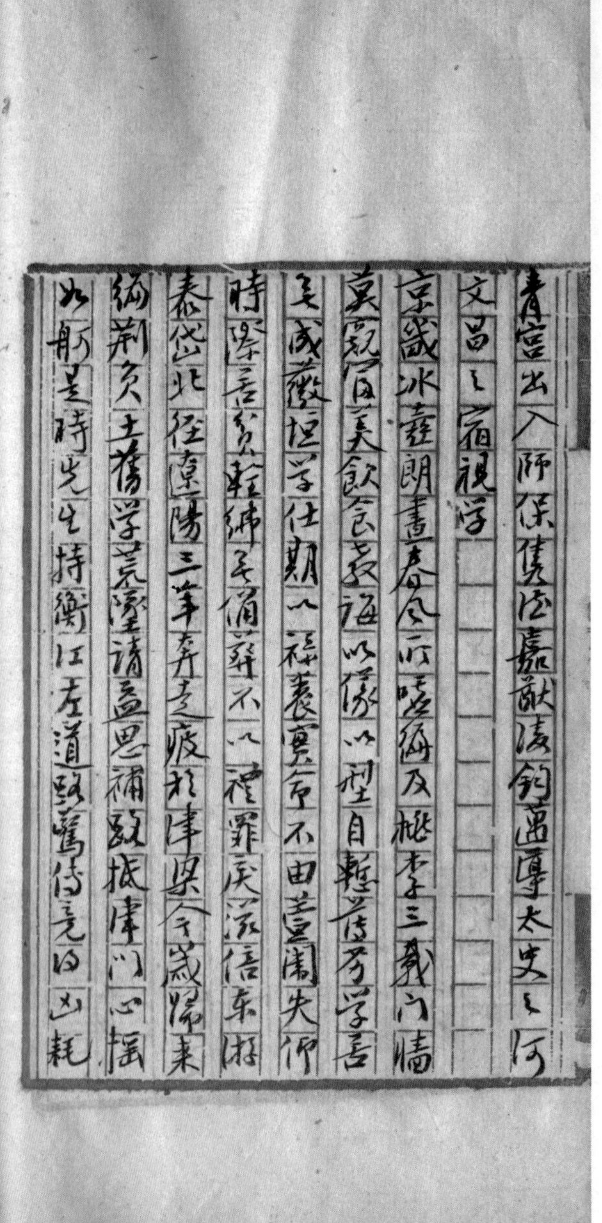

青宮出入師保儁陸嘉猷凌鈞萬導太史之何
文昌之宿視學
京畿冰壺朗晝春風沂咏繡及桃李三載門牆
莫窺宮美飲食教誨以儀以型自慙菅芥學言
是成藏恒學仕期以祿養寘命不由蓋闈失御
時際否艱輕紼系循辭不以禮罪戾深信東游
泰岱北徑遼陽三年奔走疲於津梁今歲歸來
編荊負土舊學荒蕪請益思補致抵肆門心搖
此斯是時先生持衡江左道路驚傳竟因凶耗

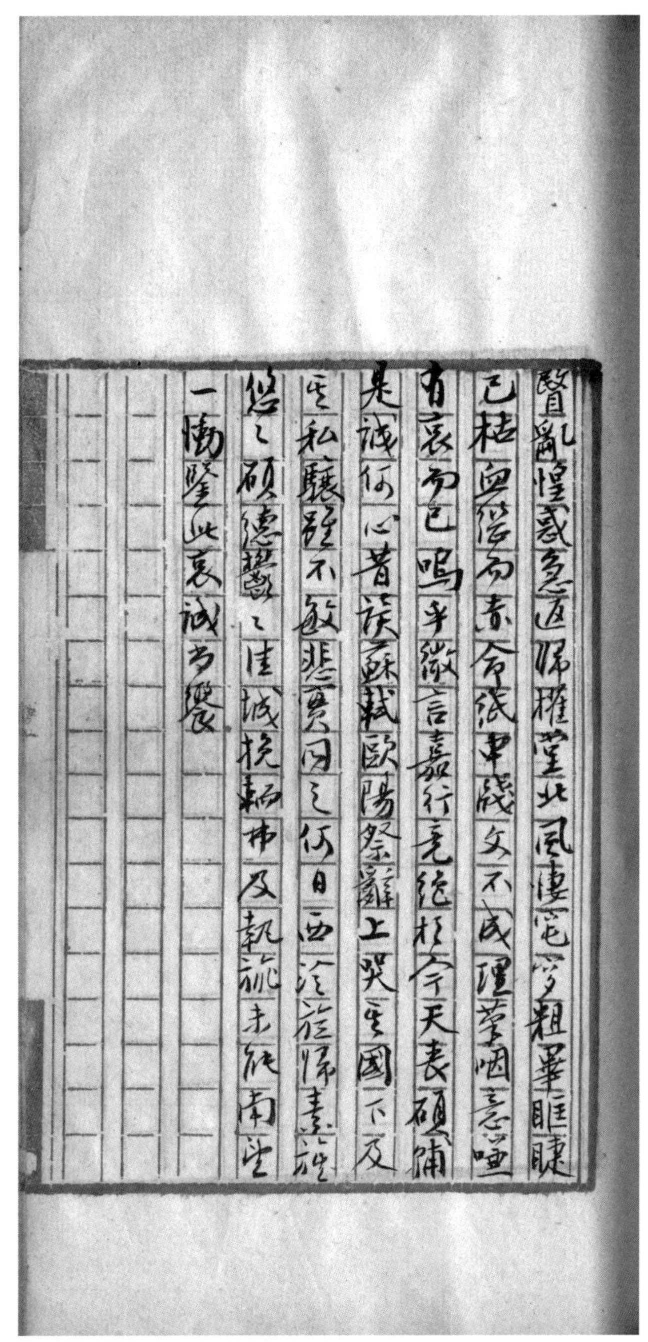

瞖亂惶惑忽返歸櫂望北風凄宅岁粗畢睚睫
已枯血淚而書命紙申哀文不成理夢咽意噎
有哀而已嗚乎微言嘉行竟絶於今天表碩俌
是誠何心昔讀蘇軾歐陽祭辭上哭王國下及
其私躬雖不敏悲慕同之何日西旋旋歸素旐
恐之碩德懿之佳城挽輀弗及執紼未能南望
一慟聊此哀誠尚饗

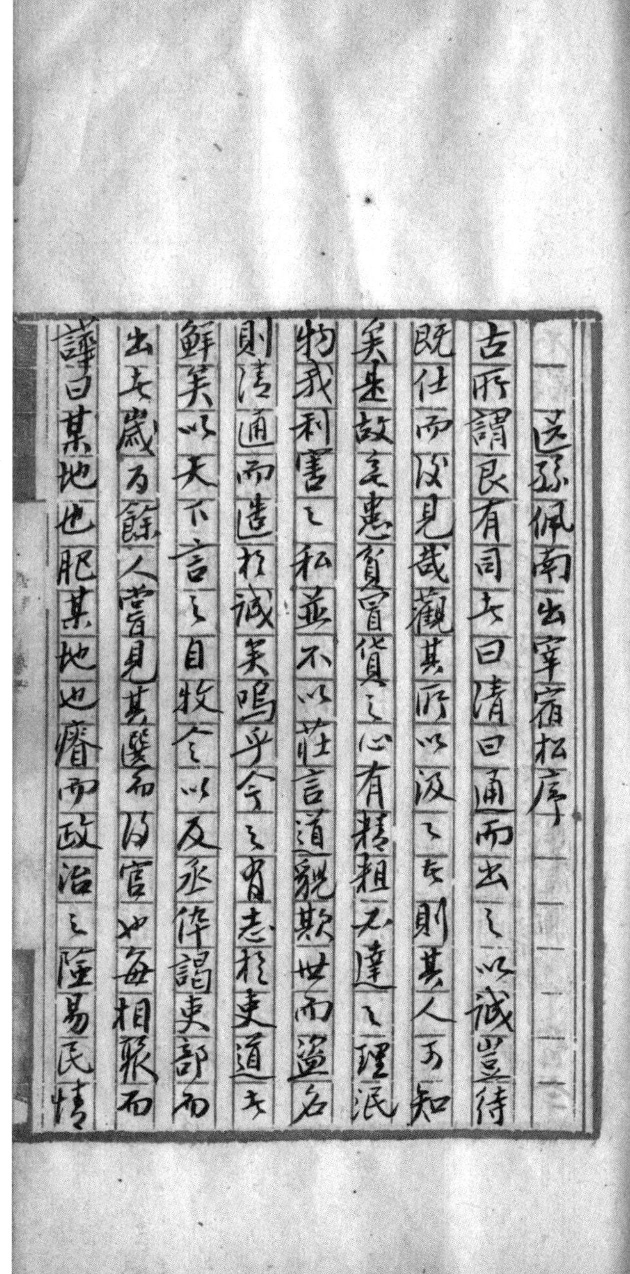

送孫佩南出宰宿松序

古所謂良有司者曰清曰通而出之以誠豈待既仕而後見哉觀其所以設施之者則其人可知矣是故忘患貧冒貨之心有精粗而達之理泯物我利害之私並不以莊言道貌欺世而盜名則清通而造於誠矣嗚呼今之有志於吏道者鮮矣以天下言之自牧令以及丞倅謁吏部而出者歲万餘人嘗見其籤而得官也每相聚而譁曰某地也肥某地也瘠而政治之隆易民情

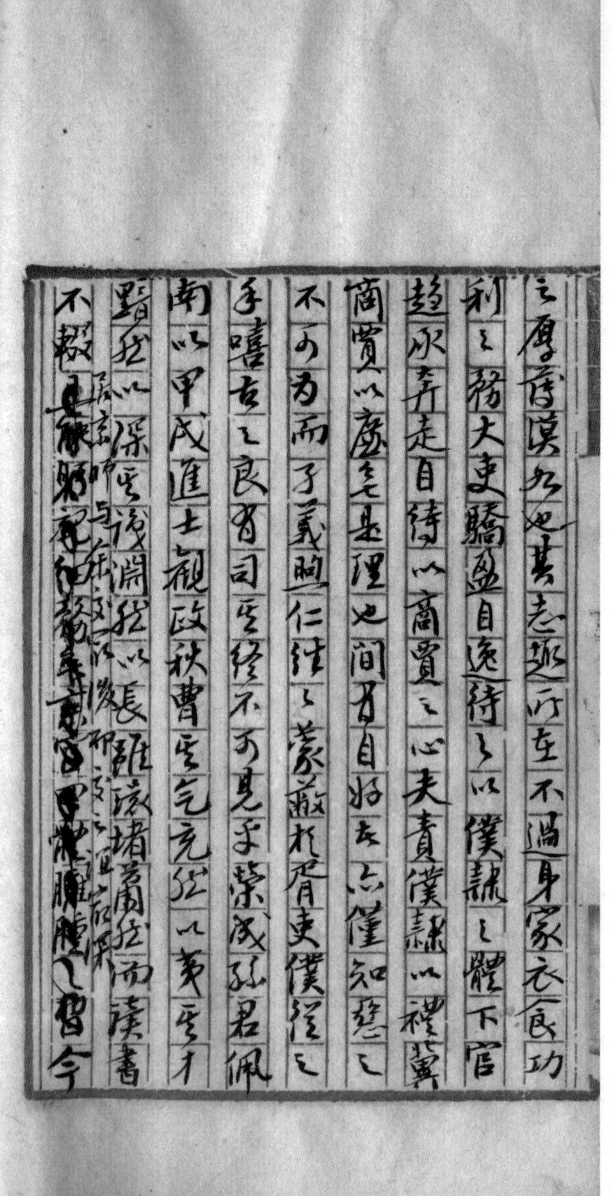

之厚薄奚如也其志趣所在不過身家衣食功
利之務大吏驕盈自逸待之以僕隸之體下官
趨承奔走自待以商賈之心夫責僕隸以禮冀
商賈以廉恥是理也間有自好者亦僅知慈之
不可為而予義胸仁往之蒙蔽於胥吏僕從之
手嘻吉之良有司豈絕不可見乎榮成孫君佩
南以甲戌進士觀政秋曹豈竟竟然以第豈才
野然以深豈識淵然以長雖識堵藹然而讀書
不轂[illegible]聲今

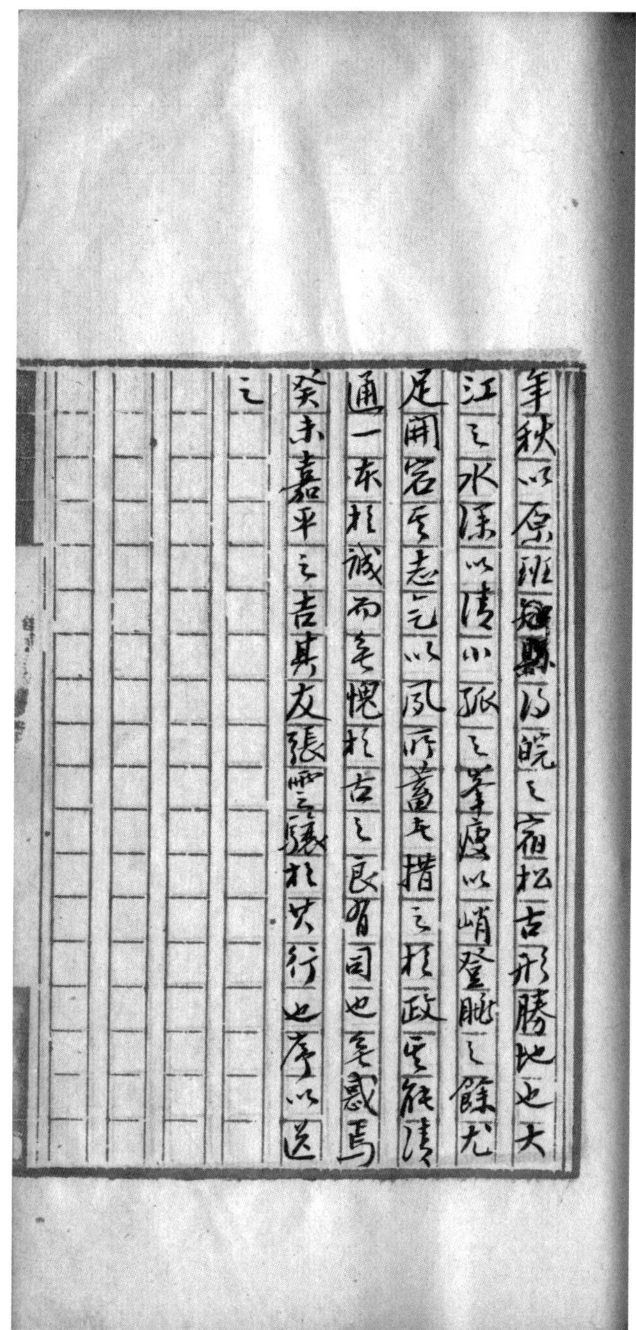

年秋以原班知縣內皖之宿松古形勝地也大江之水深以清小孤之峯瘦以峭登眺之餘尤足開宕吾志也以風節蓄其措之於政吾能清通一束於誠而無愧於古之良有司也吾感焉

癸未嘉平之吉其友張雲之驤於其行也序以送之

寄蔡子蒨前輩書 時任陝西學政

執别京華嗣音久闊屋梁顔色凉月孤雲遠思雲樹關河夢波烟雲此夢悵矣悵矣懷哉懷哉

足下秉玉尺掄髦彥青眼懸衡丹臺耀鏡允宜西京多士盡游畢公之門不以東華故人垂眷文昌之宿蒙夫兩重之眄雙騶之駕玉節尊臨前銀鐺擁柱設此常人重之非足下所以自待也雖然恩寵彌崇任責彌鉅宏獎儒類振揚士流定見執組何緣有潁川之文學中和解褐多

蜀郡之茂才仰止經師燕生多士勿謂李杜應
制辭倚佳手要之劉董霞經可覘風藴惟披沙
琢璞判美惡於一斑研精蓄神競短長於寸晷
馬遷枚捷造詣恒倆秋實春華儲材宜備一入
髙明之鑒春蒙亲是綜之大匠之門自是棄物
騷之不敵弱獻猶殷又貢蕪言為垂清龍負序
之士聲譽是聞既乏汗牛充棟之書復以碩彥
鴻儒之助家之孤詣老於甑瓢往之菩吟鏗出
金玉落与羅毫而珊架玉版而球圖衣齋驅而

并駕艱有難易力判天淵倘獲南金未妨左袒彼闡揚幽隱功德止及九泉甚而振拔寒微感奮易成其後傑一倫之論執之弄嗌三秋之思寄之以此囊矣季家日淺歡娛未伸猶記古剎說雪芳樽藉草側帽之酒人雨苞花之逸客歌來曾幾何時墜歡成夢不堪回首舊雨如萍曦秋蠏螯空爬以舌鈍比牽眷累恆自疏之甚至經年之句讀之未成十日之書讀不及寸陰龜蒙之故遠羞於官閑劉伯龍之營謀輒為鬼

笑泣螢虞蠹殊悵添芝病焉枯魚彌成類情以
視呈下鳳耀霄漢驥驤首途如仰泰山之雲觀
東海之水矣長安日遠悵芳草以魂銷使者星（碧雲長樹之思）
臨臣鄉雲之而驤首春空之猶虞伏望前宣眼眶所
懷幸宏鑒納

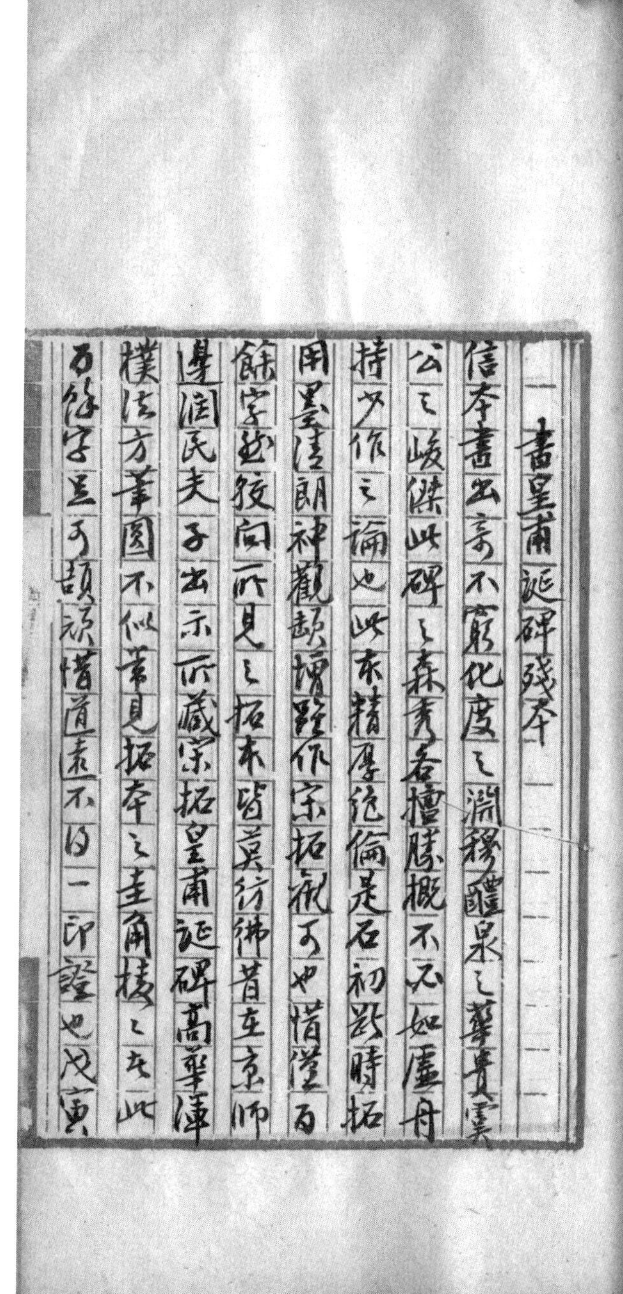

書皇甫誕碑殘本

信本書出奇不窮，化度之淵穆，醴泉之華貴，虞
公之峻傑，此碑之森秀，各擅勝概，不必如虞舟
持以作之論也。此本精厚絕倫，是石初斷時拓，
用墨清朗，神觀頓增，雖作宋拓觀可也。惜僅百
餘字，然較向所見之拓本皆莫彷彿。昔在京師，
邊潤民夫子出示所藏宋拓皇甫誕碑，高華渾
樸，法方筆圓，不似常見拓本之圭角棱棱。在此
百餘字足于頓諒，惜道遠不得一印證也。戊寅

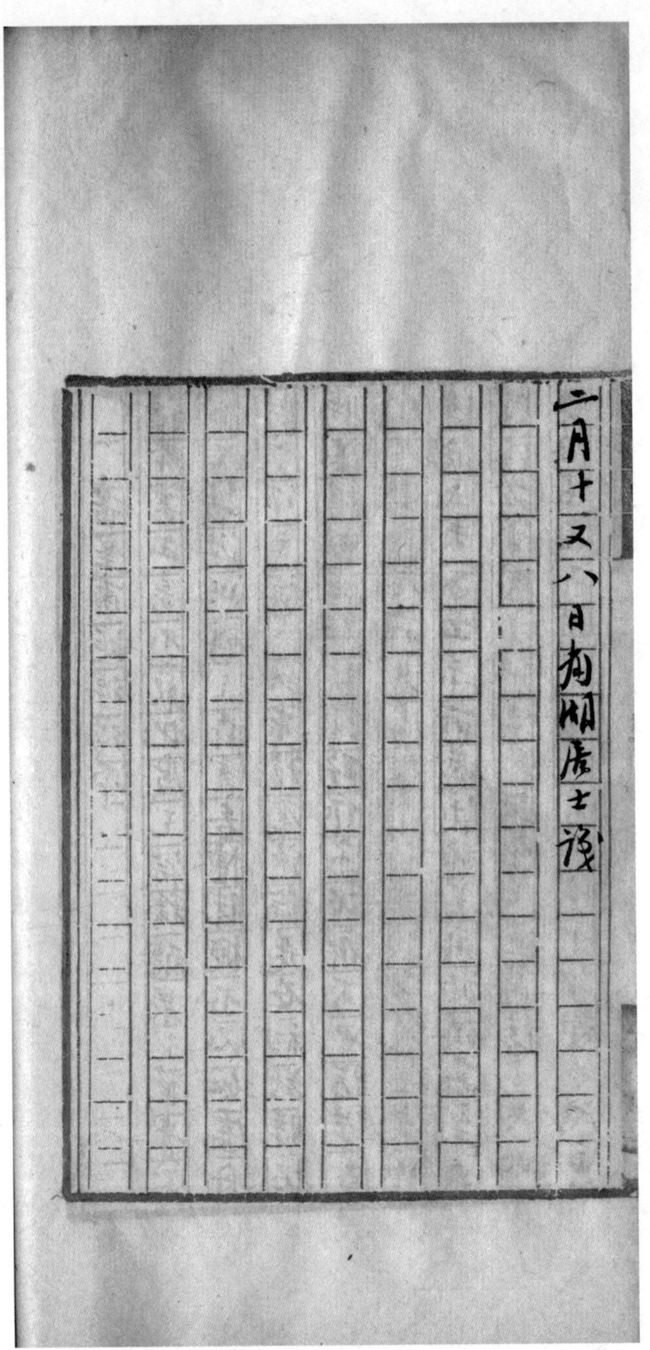
二月十又八日甬明居士識

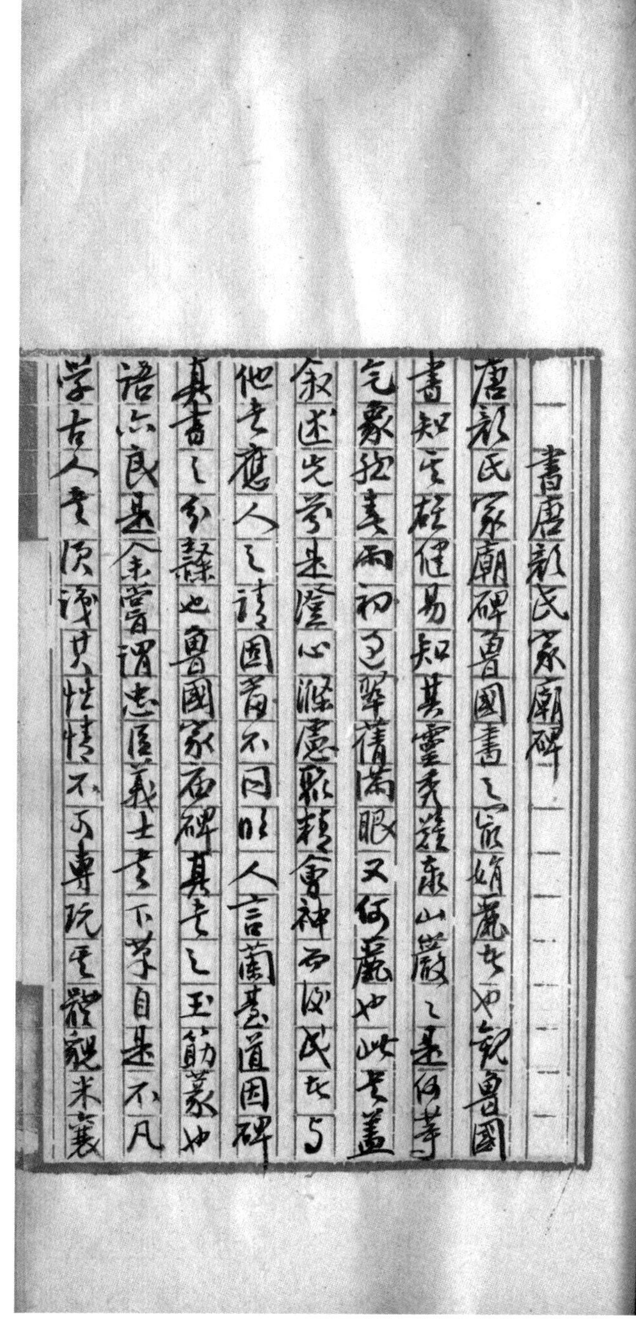

書唐郭氏家廟碑

唐郭氏家廟碑魯國書之最端麗者也觀魯國書知其莊健易知其靈秀難泰山巖巖之是何等氣象然表而初見翠積滿眼又何麗也此其蓋叙述先業遂隱心深處聚精會神而後成者与他書應人之請固有不同以人言蘭亭道因碑其書之分隸也魯國家廟碑其書之玉筋篆也語亦良是余嘗謂忠臣義士書下筆自是不凡學古人書須識其性情不可專玩其體貌米襄

陽為蔡京押字畢生脫不了一個賤字趙松雪亦不免此是碑前額為李少温篆碑匠借紙往往遺丢額然少温篆額實不可少

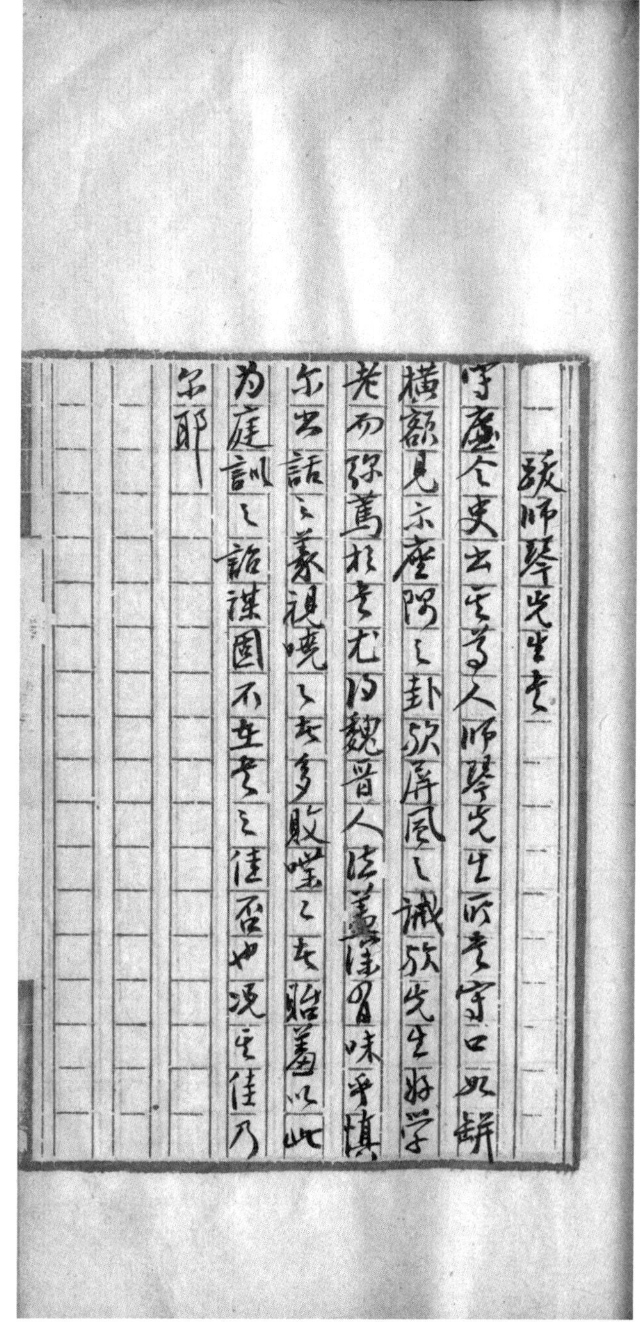

跋師琴先生書

寧廬令史出其尊人師琴先生所書字口如餅
横額見示歷階之卦欽屏風之識欽先生好学
老而彌篤於書尤得魏晉人法蓋佳留味乎慎
尔出話之蒙視曉之甚多敗嘆之甚貽蓄以此
為庭訓之語謀圖不在書之佳否也況其佳乃
尔耶

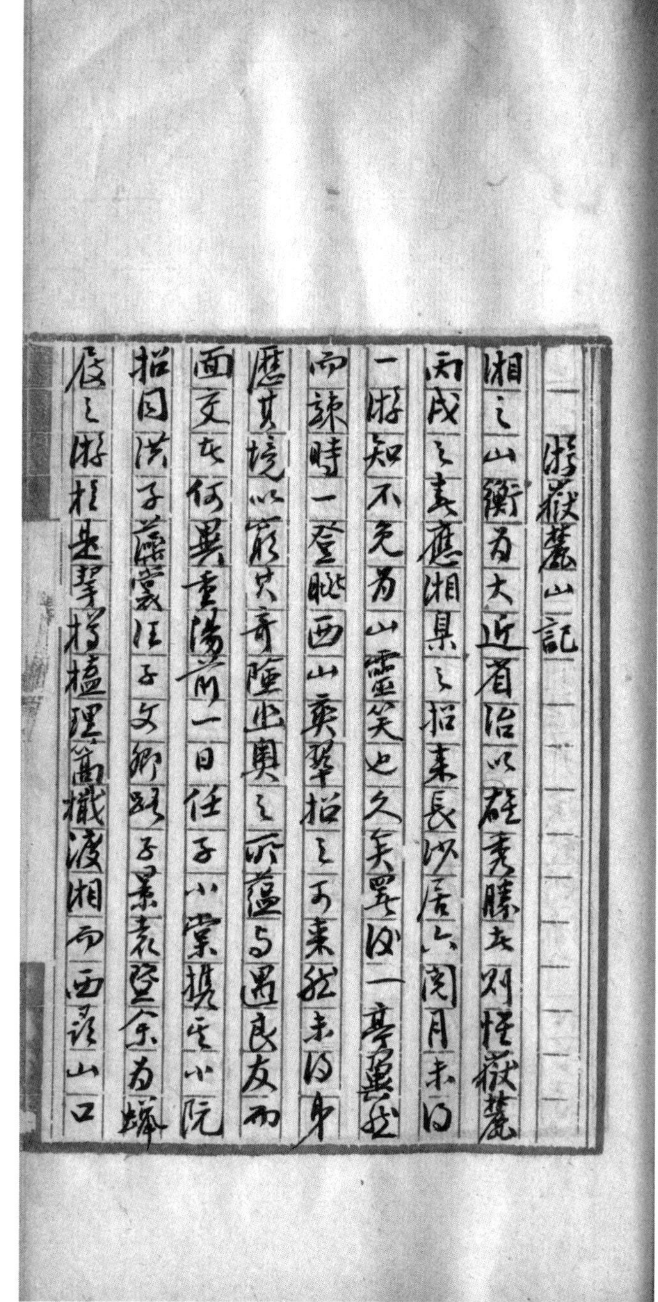

游嶽麓山記

湘之山衡爲大近省治以雄秀勝者則惟嶽麓丙戌之春應湘纂之招來長沙居六閱月未得一游知不免爲山靈笑也久矣冀以一亭[illegible]也而詠時一登眺西山爽翠招之可來然未得身歷其境以窮其奇險造奧之所蘊與遇良友而面交者何異重陽前一日任子小棠携其小阮招同洪子蘭裳任子文卿劉子景袁暨余爲嶽麓之游於是挈[illegible]榼理篙檝渡湘而西登山口

百餘步群峯蒼翠拱揖而來僕從指而告曰水
竹蒲琵頹煙雨落照夫為道林寺今之屈賈祠
也龍林之杪屹然而立者鄧道鄉臺也又里許
為嶽麓書院唐李北海所書碑在焉繞之而行
石磴崚嶒盤紆斷上深松夾道黯其日光忽聞
鐘聲已抵嶽麓寺矣坐庫房禪室試白鶴泉味
甘冽與城南白沙井相埒詢之朝松已為冰雪
所摧破碎亡矣晚宿雲麓山房有瞿鳳函如棠
茵者龍環峯稍知韻語并讀新刻琉門和尚詩

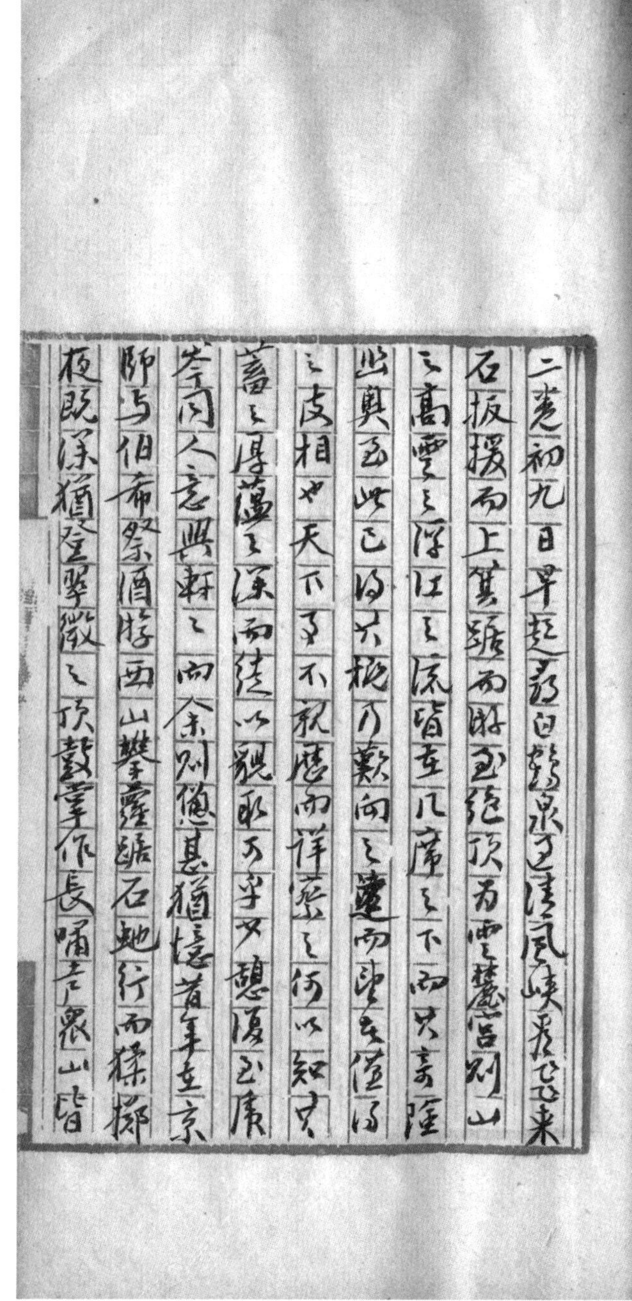

二莬初九日早起訪白鶴泉過清風峽飛飛來石扳援而上冀躋而躋至絕頂爲雲麓宮別山之高雲之浮江之流皆在几席之下而只言陸出輿至此已得大槪乃歎向之遽而涉其徑沿之皮相也天下事不親歷而詳察之何以知其蓄之厚蘊之深而徒以貌取可乎又憩復至廣參同人意興軒軒而余則倦甚猶憶昔年在京師與伯希祭酒游西山攀蘿踞石蛇行而猱擲夜既深猶登峯巔之頂鼓掌作長嘯聲衆山皆

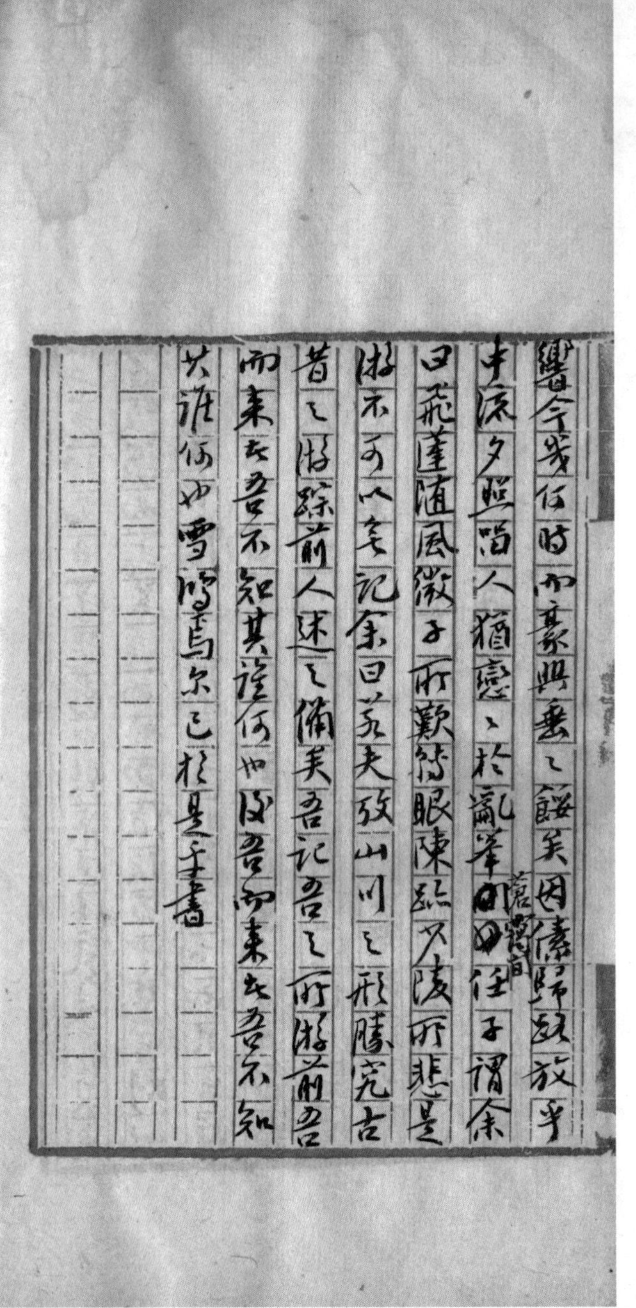

嚮今我何時而豪興要之餒矣因懷歸欲放乎中流夕照留人猶戀戀於亂峯蒼靄間任子謂余曰飛蓬隨風繳子所歎然眼陳跡又復所悲是游不可以無記余曰若夫攷山川之形勝究古昔之游蹤前人述之備矣吾記吾之所游前吾而來去吾不知其誰何也後吾而來去吾不知其誰何也雪鴻爪焉爾已於是乎書

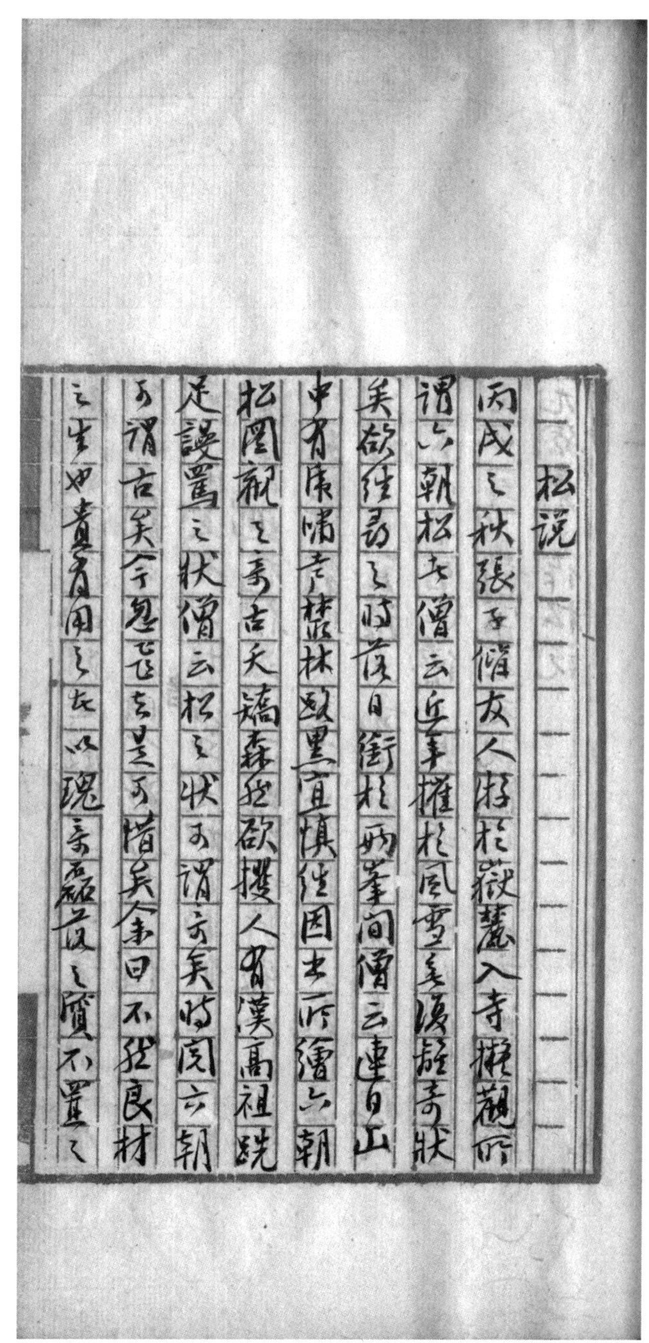

松說

丙戌之秋張子偕友人游於嶽麓入寺攬觀所
謂六朝松者僧云近年摧於風雪矣須擬奇狀
矣欲往訪之時落日銜於兩峯間僧云連山
中有康熙年禁林數里宜慎往因出所繪六朝
松圖觀之奇古夭矯森然欲攫人有漢高祖跣
足謾罵之狀僧云松之狀可謂奇矣時閱六朝
可謂古矣今忽飛去是可惜矣余曰不然良材
之生也貴有用之長以瑰奇磊落之質不置之

於大廷廣廈而列其巖壑更千百年不能一售其技無故棄而之用今雖摧折可惜於古聖賢所以歷久而不朽名者也是松既得修名与其偃蹇空山蛇虺狸鼠之所蟠依毒卉雜木之所糾結轖凌清霜翳美蔭僅以供樵人之玩賞甚何如摧之而宜語未竟聞林壑中飄風忽起隱之有聲山谷皆動僧云康至矣同人屏息注目察之以耳又許宗經夜既深同人各就寢張子猶兀然竟夕作松說

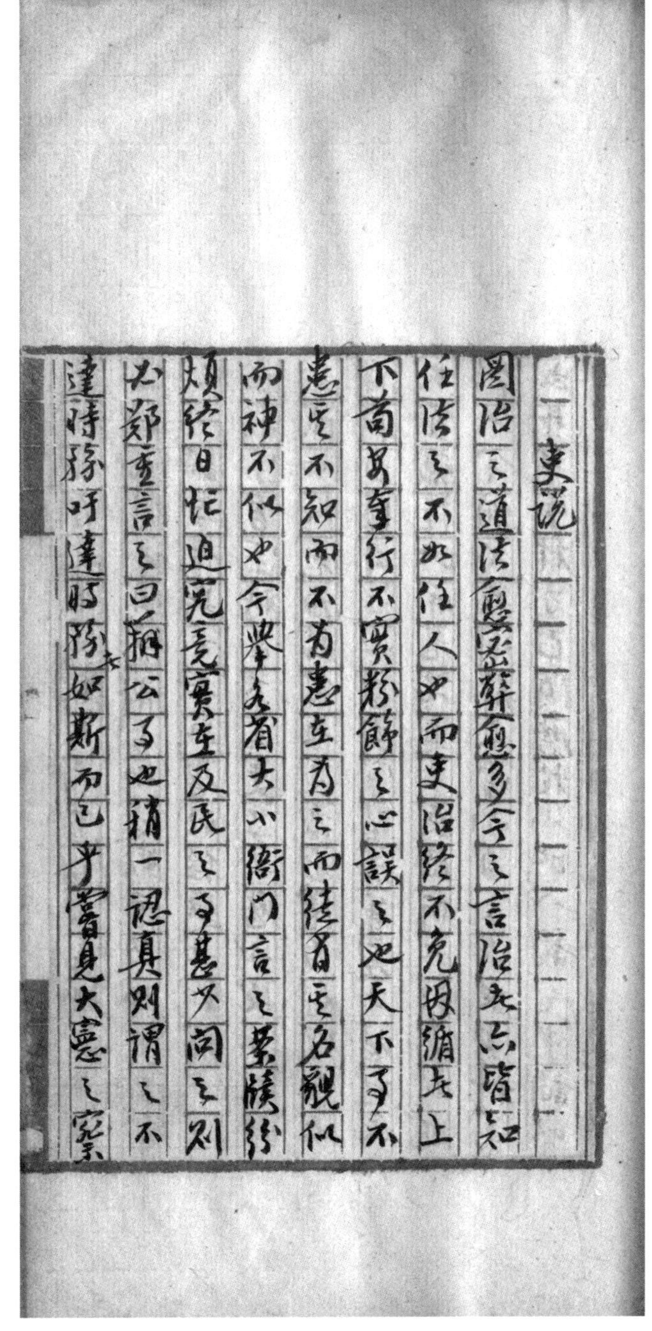

吏說

圖治之道法愈密弊愈多今之言治者亦皆知任法之不如任人也而吏治終不克收循良上下苟且事行不實粉飾之心誤之也天下事不患其不知而不肯患在肯之而徒有其名貌似而神不似也今舉各省大小衙門言之案牘紛煩終日忙迫究竟實在及民之事甚少問之則以鄭重言之曰稱公事也稍一認真則謂之不達時務吁達時務如斯而已乎嘗見大憲之案

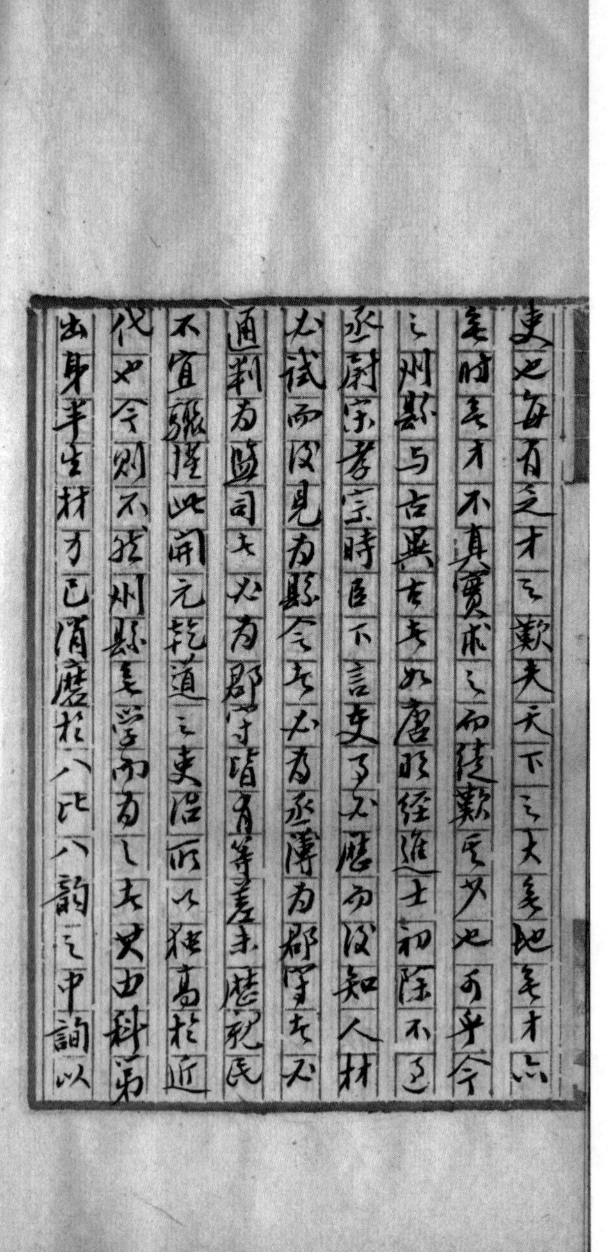
吏也每有乏才之歎夫天下之大豈地乏才亦
是時長才不真實求之而徒歎其乏也可乎今
之州縣與古異古者如唐取經進士初除不過
丞尉宋孝宗時臣下言吏部必歷而後知人材
必試而後見為縣令者必為丞簿為郡守者必
通判為監司者必為郡守皆有等差未歷親民
不宜驟遷此開元乾道之吏治所以獨高於近
代也今則不然州縣長学而有之者其由科第
出身半生材力已消磨於八比八韻之中諭以

吏爲莅者未習吏務，不得不假手於胥吏幕賓。又有捐納一途，捷于人者之資財，而實未學而官矣。此仕途之所以雜也。然亦不得謂此捐途中無才也。要在大吏屏除偏私，裁成而造就之，使人盡其才以歸於治，非別有奇才異能而後可以爲治也。況人之才質不同，志趣亦異，有真心爲民而不能事上者，有工於事上而無心爲民者，有倜儻豪華而慈祥在抱者，有精明强幹而心術不可問者。其大吏之品，賢否皆漫無所見，亦嘗云某也貪某也廉而究竟所謂貪廉者未見其舉之劾之也惟曰取償於文牘循例奉行外無不深飭屬吏所以懲以勸俾能如是可告無罪是矣不知天下事取法乎上僅得乎中今上下但存一苟且粉飾之心又示人以務公事之名而杜其口者哉夫吏治日頹不至於麻木不仁而不止也今欲挽回錮習惟有嚴賞罰以鼓其元隆情而以招屬公儆予權以見屬才破資格以俾其志足用度以養其廉久實任以收其效

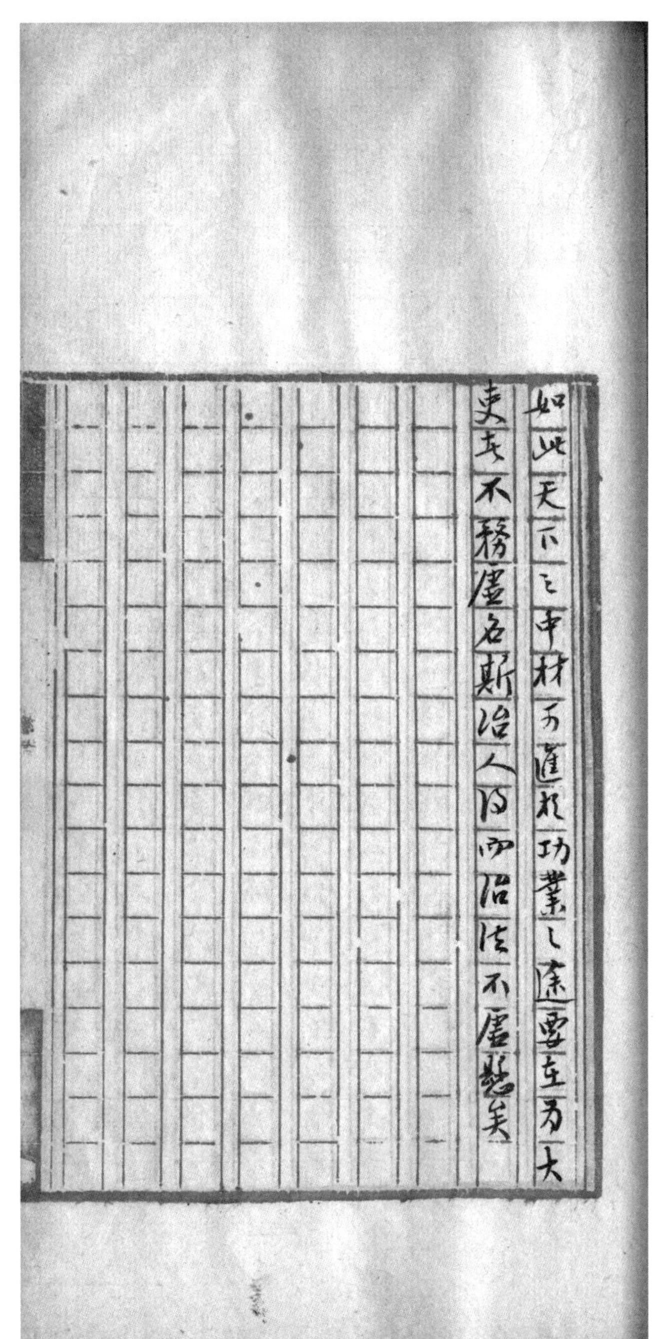

如此天下之中材可進於功業之途要在乎大吏長不務虛名斯治人得而治法不虛懸矣

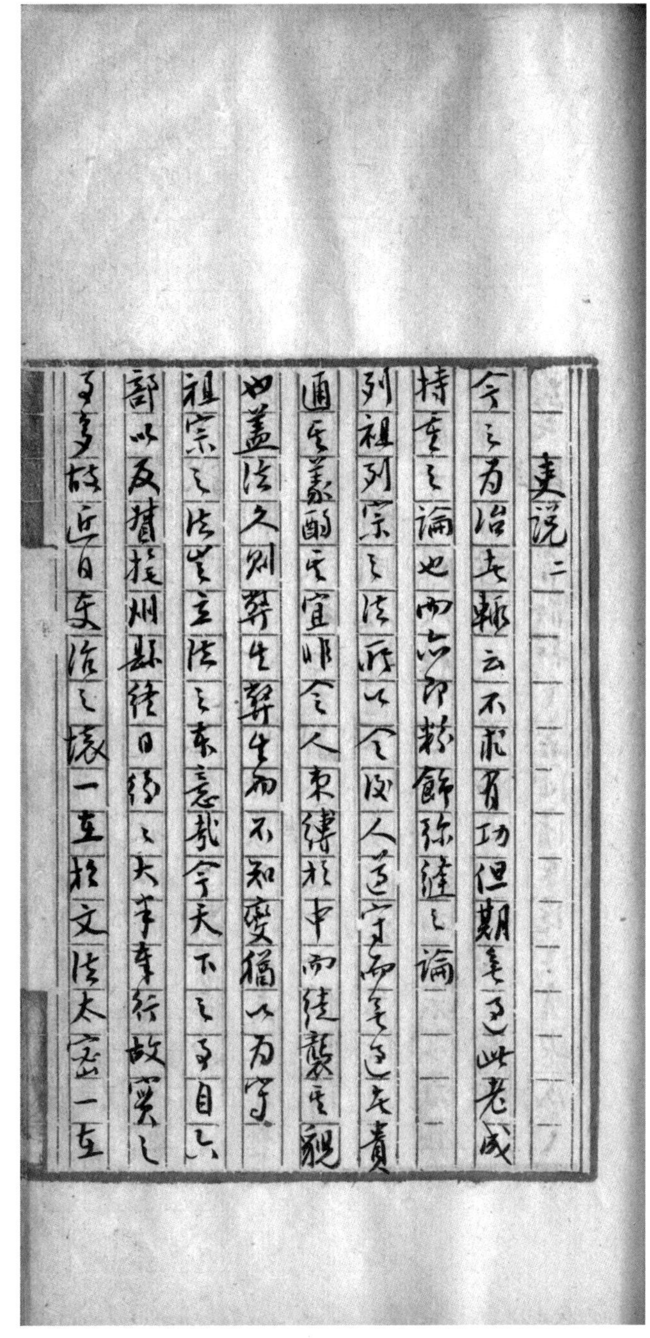

吏說二

今之為治者輒云不求有功但期無過此老成持重之論也而亦即粉飾彌縫之論列祖列宗之法所以令後人遵守而無過者貴通其義酌其宜非令人束縛於中而徒襲其貌也蓋法久則弊生弊生而不知變猶以為守祖宗之法豈立法之本意哉今天下之事自六部以及督撫州縣積日積之大率奉行故實之事多故近日吏治之壞一在於文法太密一在

於觀爲老成今以京衙門言之但用一老吏居
於中終日鈎致密比定矣試問子之肯不合例
者乎試問子之有一毫舛者乎雖有命世之才
悉被鉗制而無所試其能良可惜也夫人自束
髮讀書以來初念大都不謬及一入仕途儀文
奔走應對周旋雖壯者亦多疲憊及其任事又
不能一事軼於格令之外一或不能不以爲好
事何以爲躁進不以爲好名何以爲立異而獲
黠者陞之有能辭之名他清者陞之有老成之

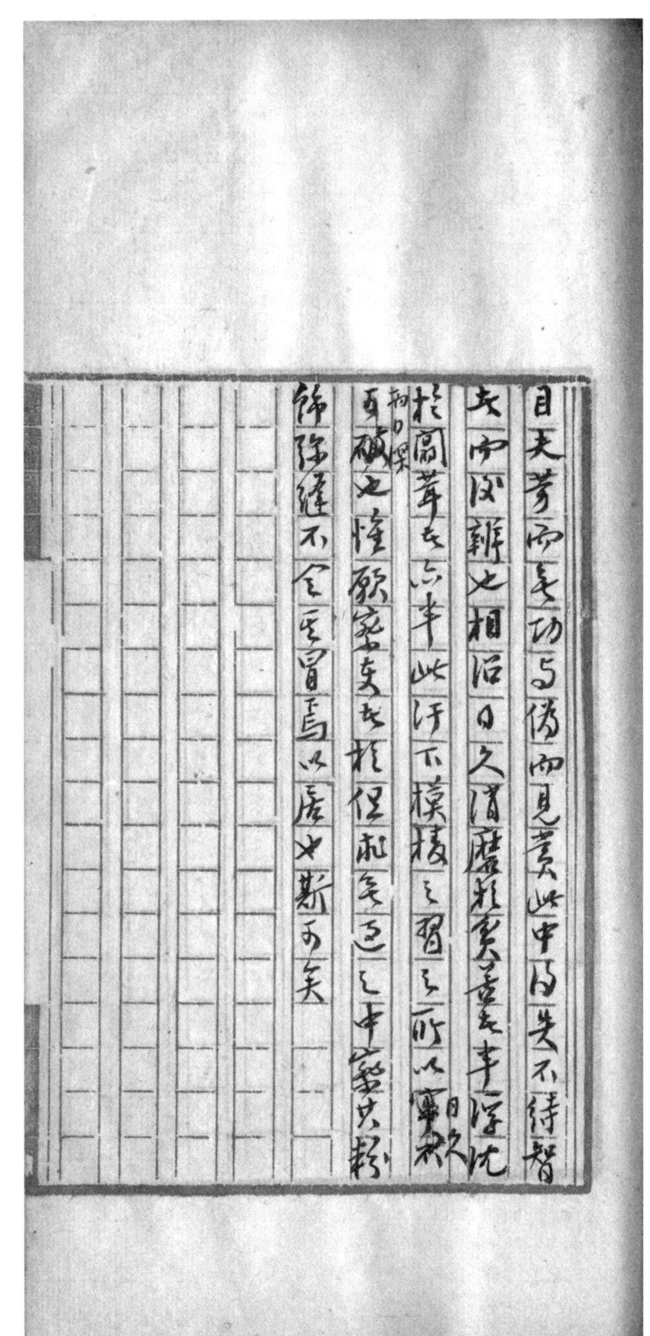

目夫菁而長功與僞而見黄此中乃先不待智者而後辨之相沿日久漬靡於莨蓋者事浮沈於闟葦者亦半此汙下模棱之習之所以靡日久然而日累牙破之煌頽窮支者於促亂兌迎之中竊其精飾陰縫不全匡冒焉以居之斯可矣

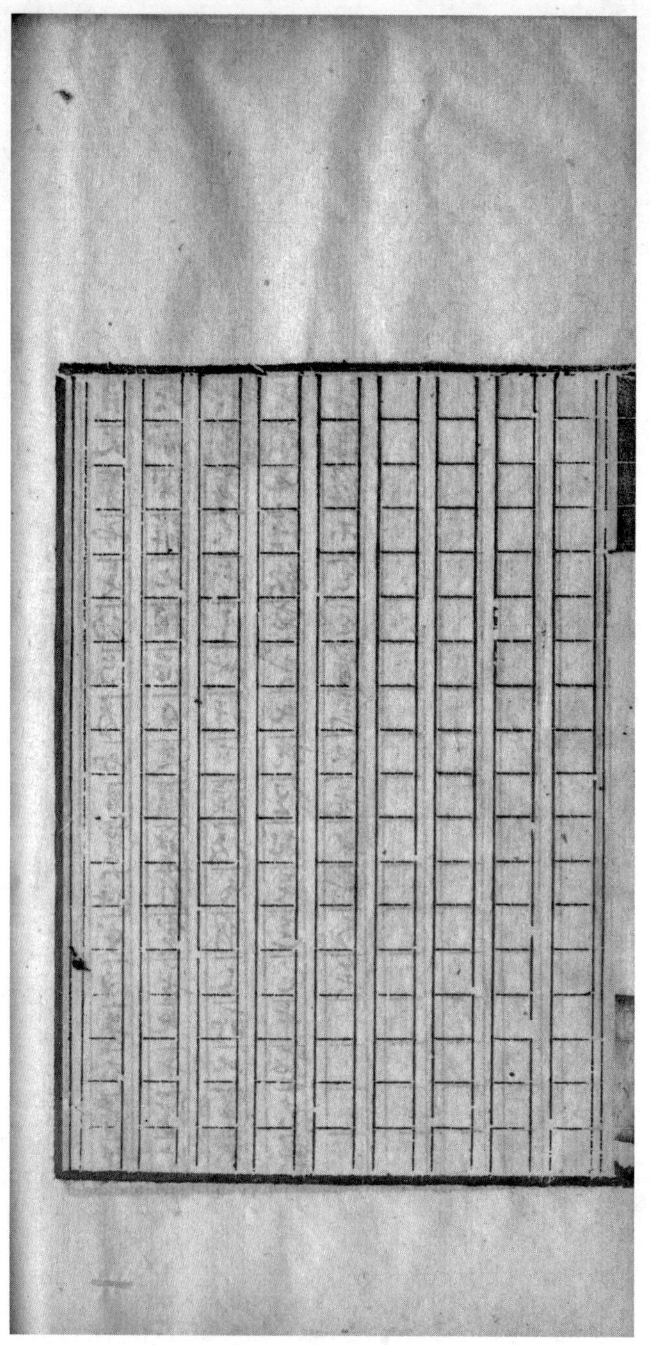

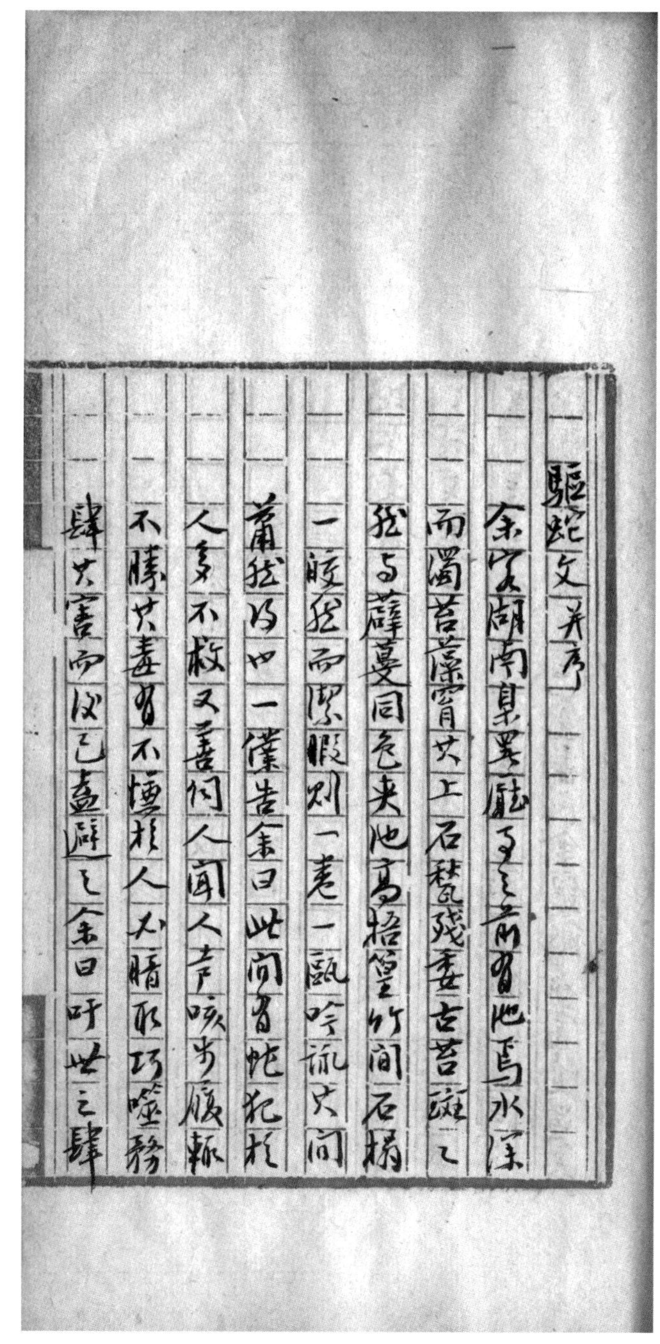

驅蛇文 并序

余寓湖南泉墨莊之前有池焉水深

而濁苔藻冒其上石甃殘毀古苔斑斑

然與薜蔓同色夾池為梧篁竹間石橫

一蛇蜿而潛服則一卷一甌吟詠其間

蕭然以也一僮告余曰此間有蛇托於

人多不敢又善伺人聞人聲咳步履輒

不勝其毒有不慎於人不暗取巧噬務

肆其害而後已盡避之余曰吁世之肆

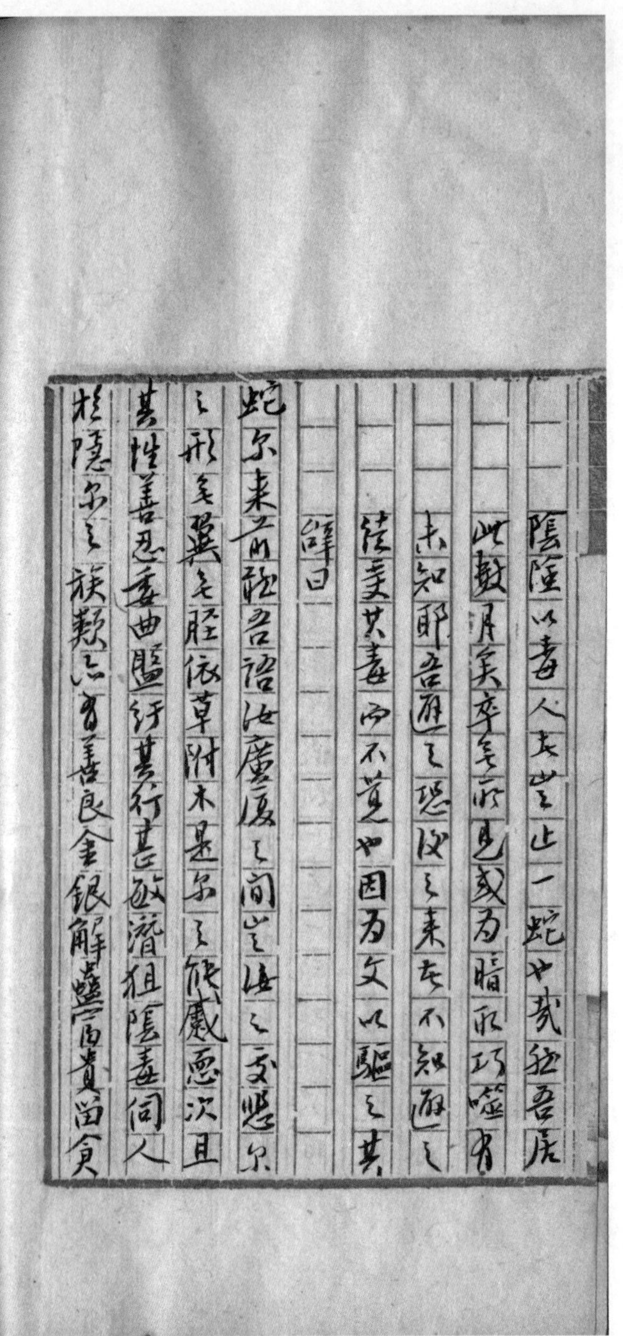

陰隂以毒人夫豈止一蛇也哉独吾居此數月矣卒卒所見或為暗所巧噬者未知耶吾雖遇之恐汝之來去不知避之徒受其毒而不覺也因為文以驅之其

辭曰

蛇爾來前聽吾語汝廣廈之間豈汝之安悠爾之形矣翼矣脛依草附木是爾之能處恩次且其性善忍委曲盤紆其行甚斂潛狙陰毒間人於陰爾之族類亦有善良金銀解蠱而貴留貪

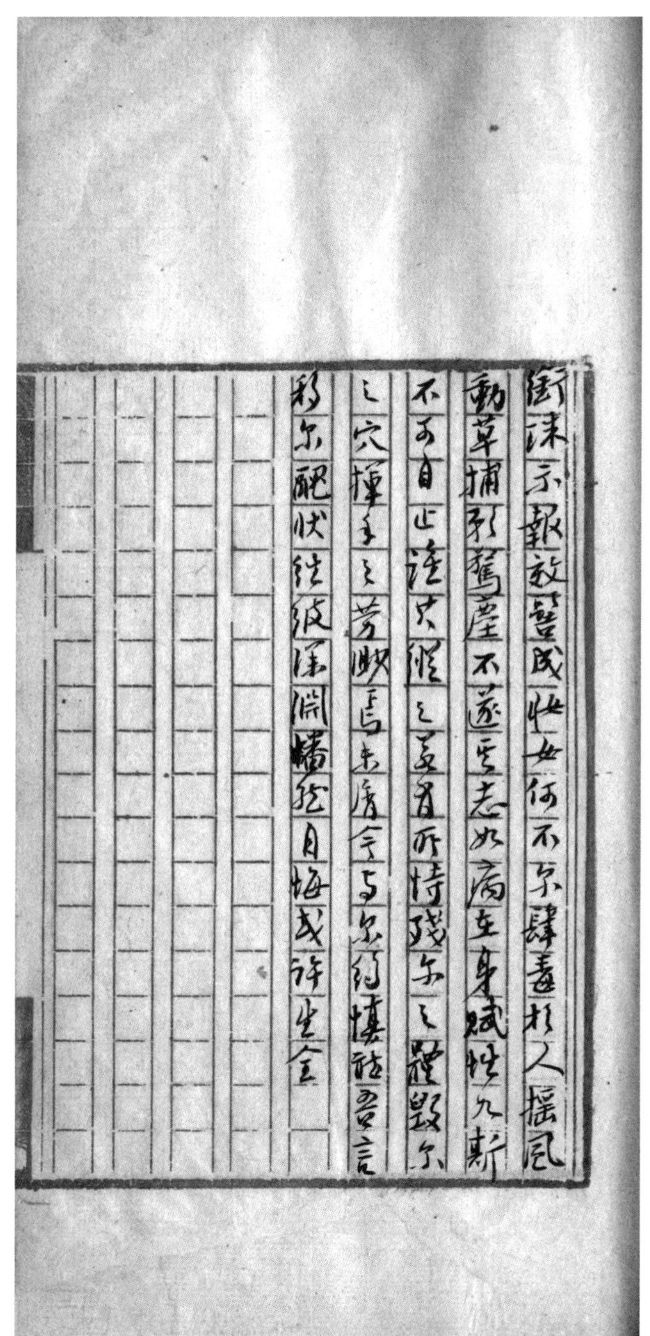

銜冤未報敔督民牧女何不來肆毒於人搖風
動草捕影驚塵不遂惡志如病在身賦性乃斯
不可自止諺曰猩猩之美盡所恃殘爾之體毀爾
之穴揮手之勞斷爾來者今與爾約懷話無言
移爾醜狀往彼深僻潛蹤自悔或許生全

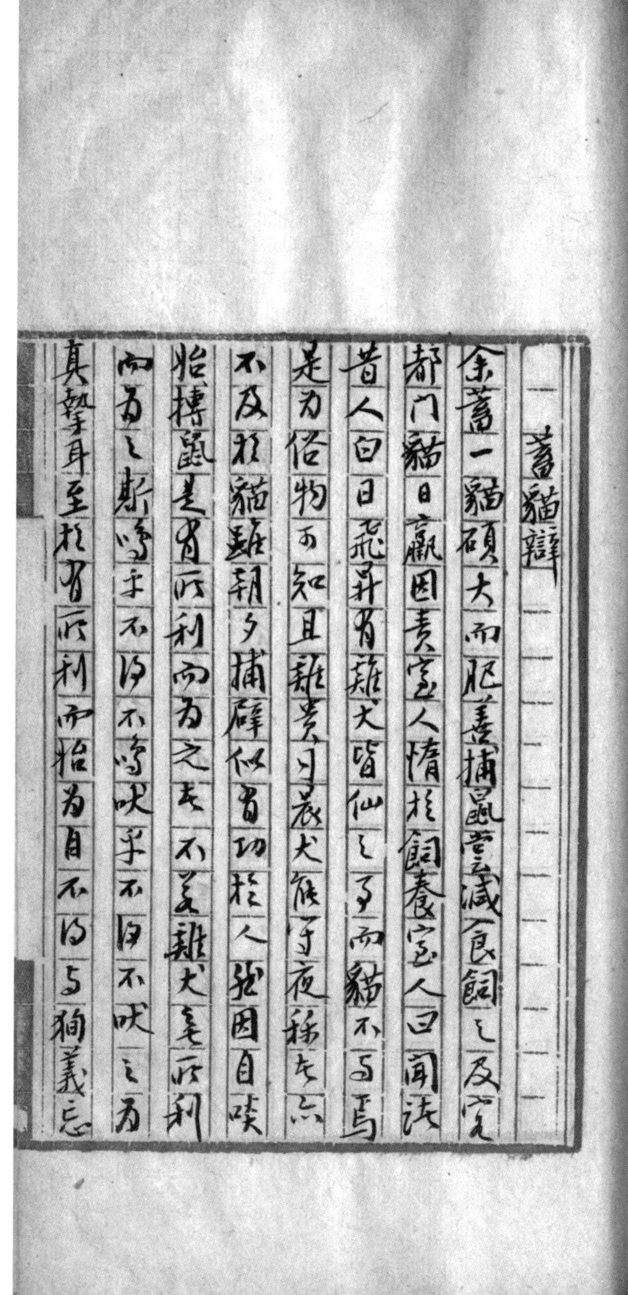

蓄貓辯

余蓄一貓碩大而肥善捕鼠嘗誡食飼之及究都門貓日羸因責家人情於飼養家人曰聞諸昔人曰日飛升有雞犬皆仙之事而貓不與焉是爲俗物不知且雞貴司晨犬能守夜猶未亦不及於貓貓雖朝夕捕辟似有功於人然因自喫貽搏鼠是有所利而爲之者不義雞犬亦所利而爲之耶鳴乎不得不鳴吠乎不得不吠之爲真摯耳至於有所利而貽爲自不得與狥義忘

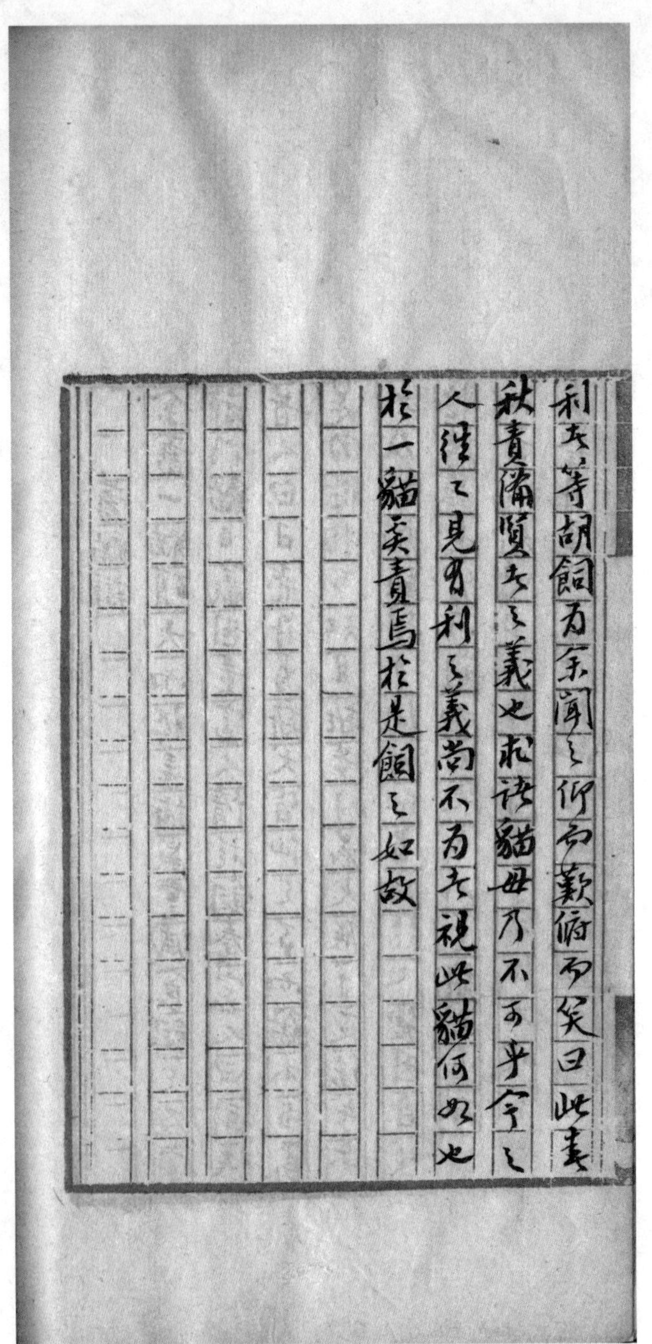
利者等胡飼焉余聞之仰而歎俯而笑曰此春秋責備賢者之義也夫誅貓毋乃不可乎今之人往往見有利之義尚不爲者視此貓何如也於一貓矣責焉於是飼之如故

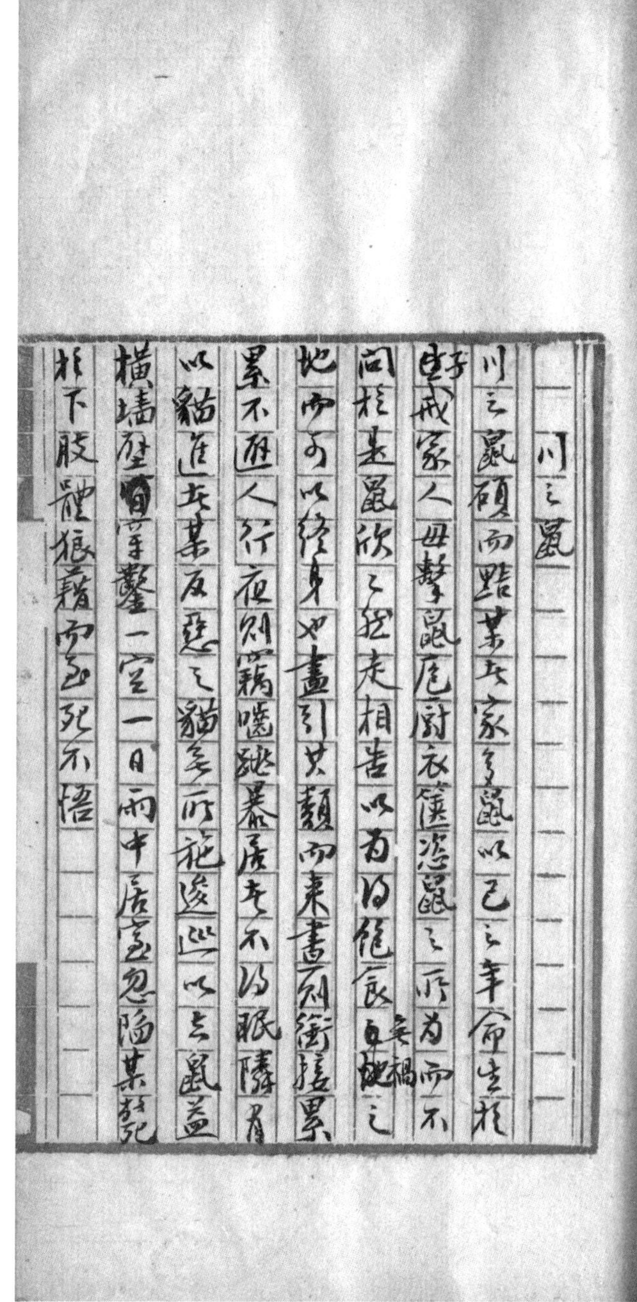

川之鼠

川之鼠頑而黠。某某家多鼠，以己之年命生於子，戒家人毋擊鼠，庖廚衣篋恣鼠之所為而不問。於是鼠欲之猛走相告，以為得飽食安福身之地，而可以終身也。晝引其類而來，晝則銜接累累不避人行，夜則竊嚙跳暴，居者不得眠。隣有以貓進者，某反逐之。貓無所施，逡巡以去。鼠益橫，墻壁百穿，鑿一室。一日雨中，居室忽陷，某某死於下，肢體狼藉而血，死不悟。

上邑侯曹公穀夫子種桑書 舊作

月前趨謁得聆鈞誨並承詢及芻蕘仰見我夫子愷悌慈祥關心民瘼莫名欽佩雲驥生一十九年矣足不出里閭知識譾陋學業所成何足仰承明問然既泰山之高可容土壤滄海之大許納細流謹就所聞聊申管見雲驥世居勝芳淀且就勝芳言之其地瀕清河之濱西通保陽東達津沽南滙諸流爲淀泊北以陸路至京師人煙稠密物產豐腴貧乏之民恃以俯仰有資

者不在陸而在水近年沱河淤淺災浸屢見壅專之利豈復舊觀濬治之工一時難舉若冒事不甚難而獲利甚長者則莫如種桑樹勝芳陳水旱田之外餘地甚多村尾河濱牆邊巷口不能播種五穀蔬菜者未始不可栽植桑樹應責成鄉董廣爲勸諭隨處種植加意栽培若能一年之內種樹最多者據實冊報由官給與獎勵村中設立蠶市一處桑葉蠶種皆官爲定價歸女養蠶亦以多者酌獎並設僱覓機匠設機教

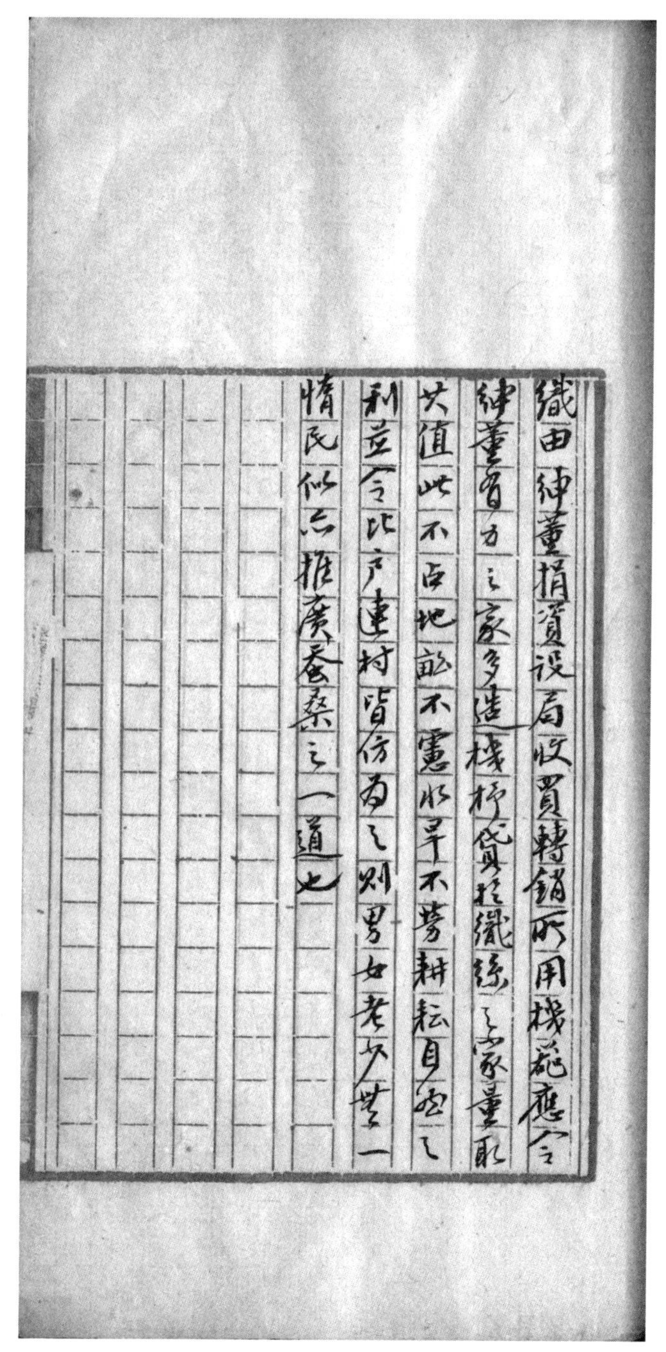
織田紳董捐資設局收買轉銷所用機花應令紳董有力之家多造機杼貸於織綜之家量取其值此不占地畝不慮水旱不勞耕耘自然之利並令比戶連村皆倣為之則男女老少無一惰民似亦推廣蠶桑之一道也

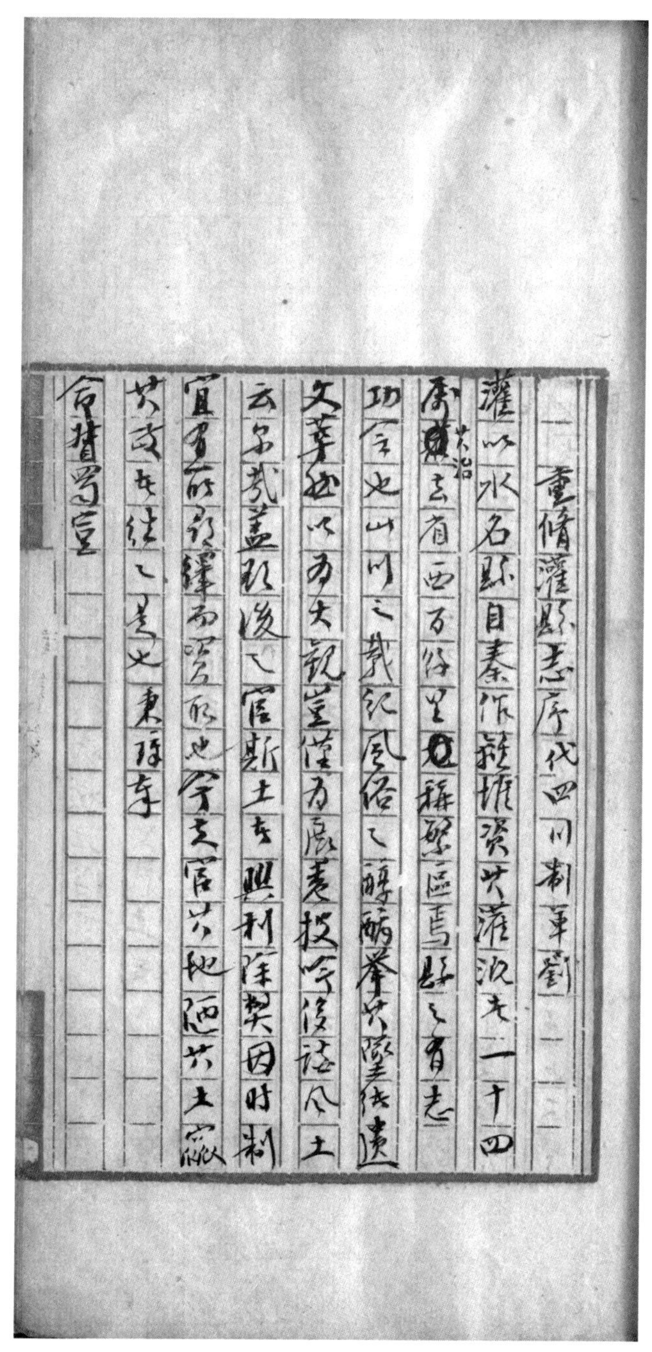

重修灌縣志序代四川制軍劉

灌以水名縣自秦作離堆資其灌溉者二一十四
年舊其治志首西方俗呈九稱郡區焉縣之有志
功令也山川之載紀風俗之醇醨舉其隧塞徒遺
文筆也以為夫觀覽從為處表拔吟後誌風土
云爾哉蓋秉筆後之官斯土者興利除弊因時制
宜者所稽釋而習取也今之官其地述其土窳
其政者繼之是之東隅者
命猶寫室

天子德化於焉畢載峨峩江漢雲蒸而釀歲和
民望素通休和其於前代之載主義之詳時復
諮詢今之長從偕志乘俾實以觀覽則敘圖備
於
國家此於郡之志也不在灌邑之志今本府志詳
加泰政事可經條擇其精華攝其要重拾其遺
逸若夫稂稗民風土俗疾苦之責之省恒焉為
喤引余圖其下之民而樂為弁其首條遞其
地志觀其山川物産之文生色焉斯邑也可望

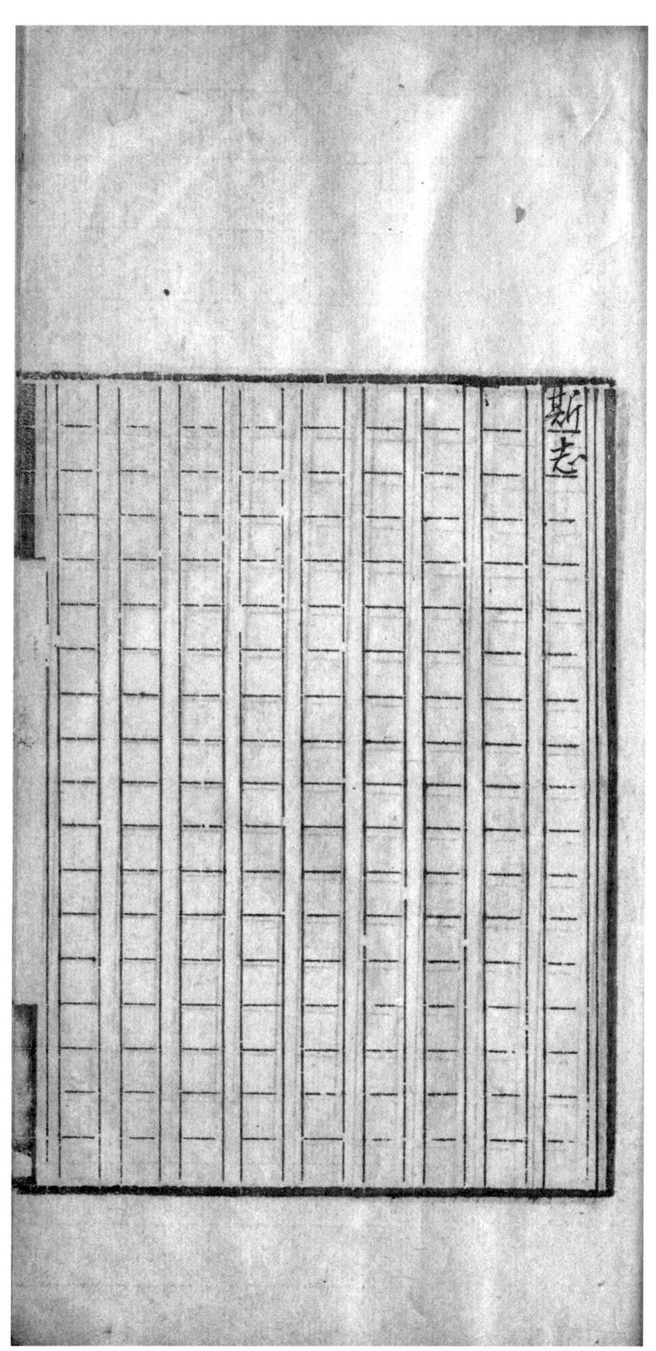
斯志

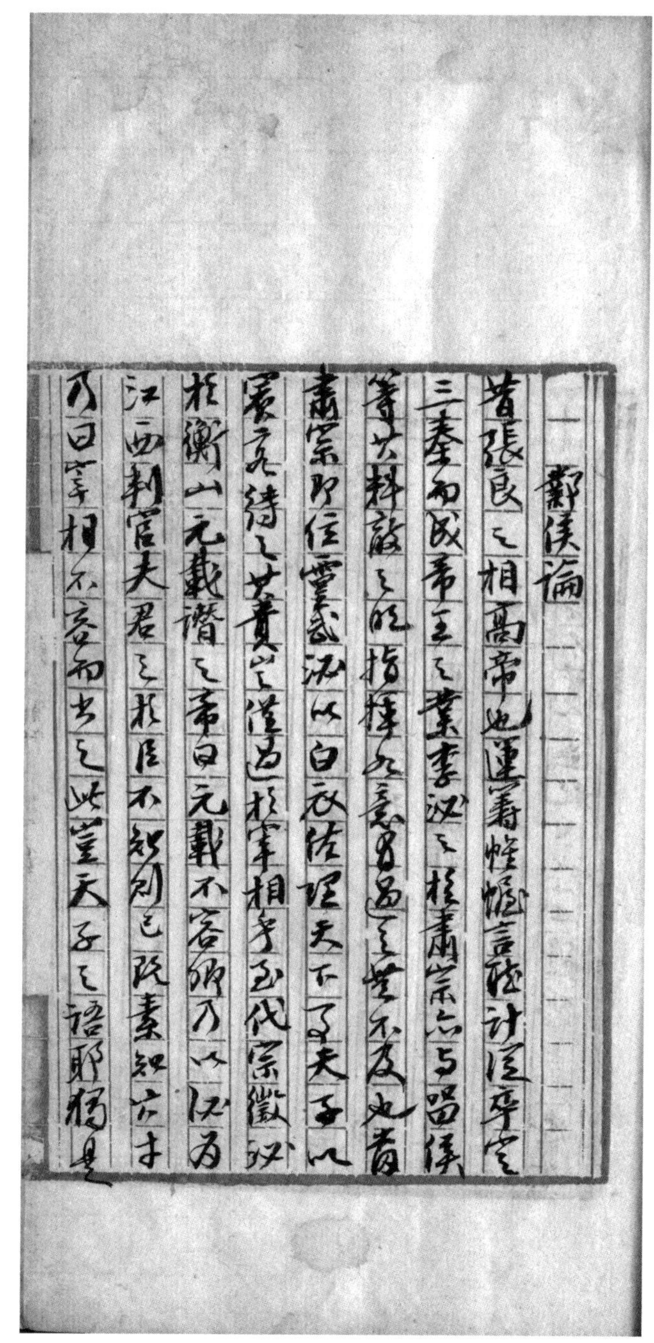

鄴侯論

昔張良之相高帝也，運籌帷幄，言聽計從，卒定三秦而成帝王之業。李泌之於肅宗，亦與留侯等。其料敵之明，指揮之意，易過之，豈不及也？昔肅宗即位靈武，泌以白衣佐理天下，及天子以賓友待之，其貴幾僅過於宰相。及至代宗徵泌於衡山，元載譖之，帝曰：「元載不容卿。」乃以泌為江西判官。夫君之於臣，不能用則已，既素知其才，乃曰宰相不容而出之，此豈天子之語耶？獨是

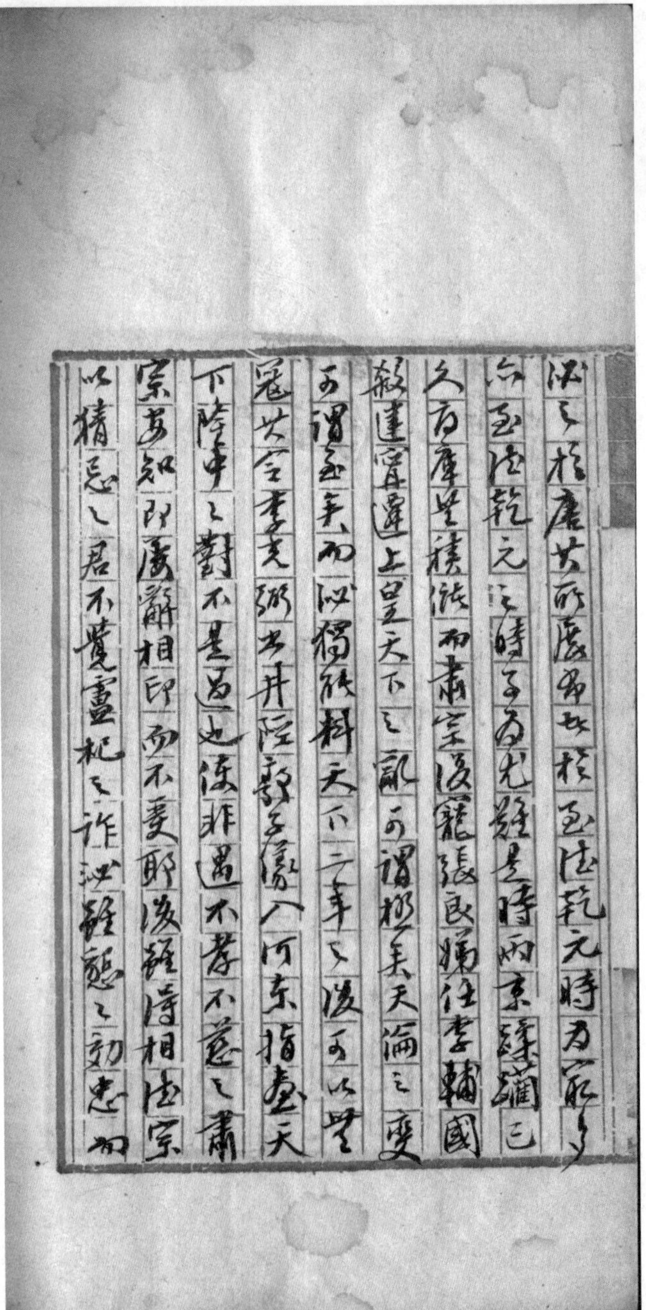

從之於唐其所處常在於至德乾元時為最多
今至德乾元之時子儀光弼雖是時兩京蹂躪已
久而廣望積誠而肅宗復寵張良娣任李輔國
殺建寧遲上皇天下之亂可謂極矣天倫之變
可謂至矣而必獨能料天下二年之後可以坐
寇其全書鄉出井陘郭子儀入河東指奏天
下陛下之對不甚高也請非過不孝不慈之肅
宗豈知所處辭相印而不受耶後雖詩相法宗
以精忠之君不覺盡耗之詐訟雖態之動志而

府兵不能復将邪不能去斯亦汝之不幸也究

之減詠危甚也保全骨肉尤在留侯之上

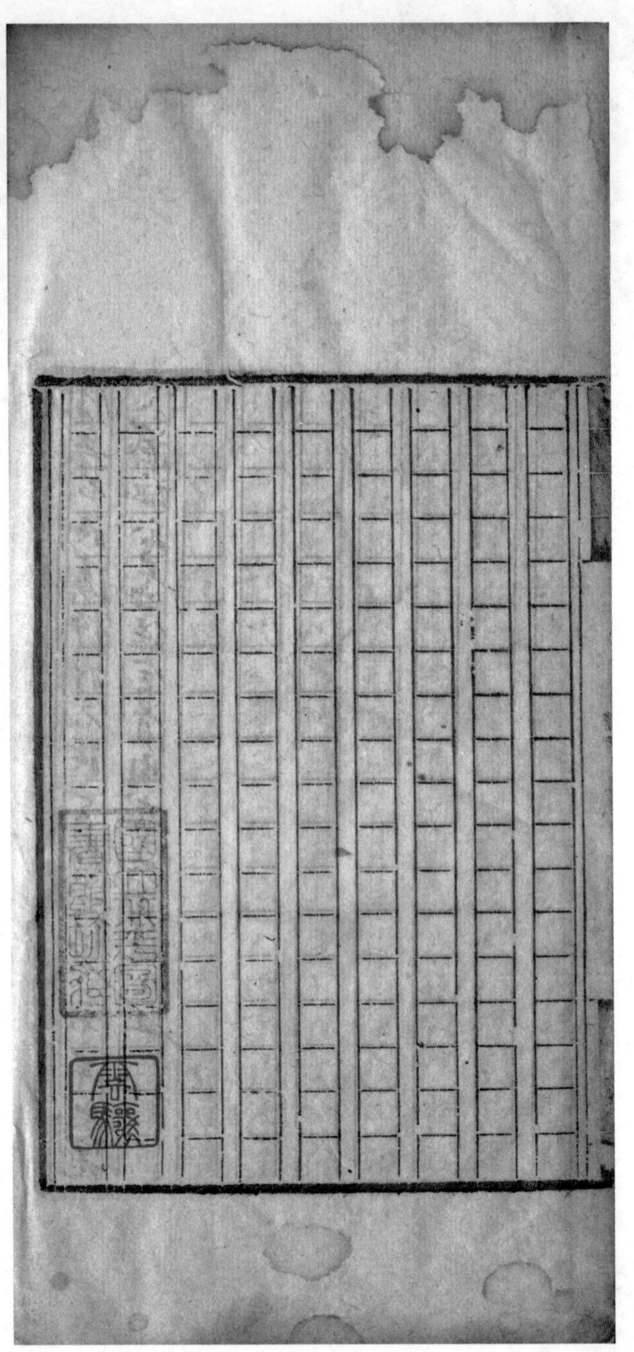

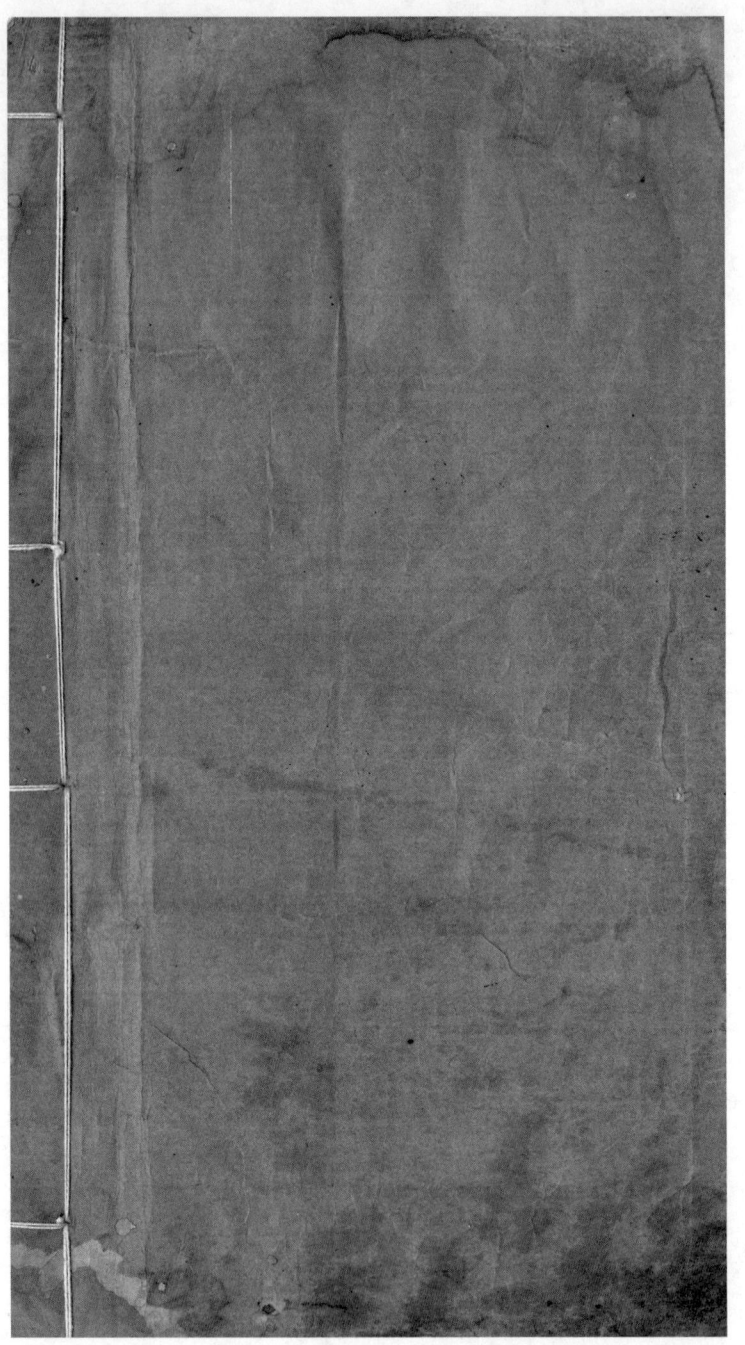

鐵笛樓詩

張雲驤撰。一册。

著者生平見《浩然堂文集》。

此稿本共六卷，寫於黑格稿紙上，後附作者手劄一紙。稿本中有朱筆圈點及墨筆改訂多处。六卷分别爲《滄浪集》《金臺集》《鳳池集》《萍蓏集》《云鳥集》《一官集》，依時間先後爲序。每集前有小序，敘是集所題詠之主要題材、得名原因及寫作時間等。所存詩作自同治三年（一八六四）至光緒六年（一八八〇）止。其詩體裁豐富，尤多古體與歌行，内容多摹北地風物，寫宦游之感，對於濟南一帶的風景名勝如千佛山、鵲華橋、白雪樓、小滄浪等多有描繪，亦有大量酬贈懷人、自傷際遇之作。

卷一《滄浪集》末有《論國朝詩人用元遺山體》二十四首，論及吴偉業、申涵光、施閏章、汪琬、蔣士銓等人，是研究清人論詩時可資參考的材料。

張雲驤与王以慜、蔣師轍、盛昱等人交好，與樊增祥及周鑾詒、周銑詒兄弟等亦有交往。是書可勾勒其交遊網絡。與清末所刻《南湖詩集》相較，是本存張雲驤早年詩作較多，可較爲完整地反映張氏詩集被削删之前的詩歌情況。

（賈雪迪）

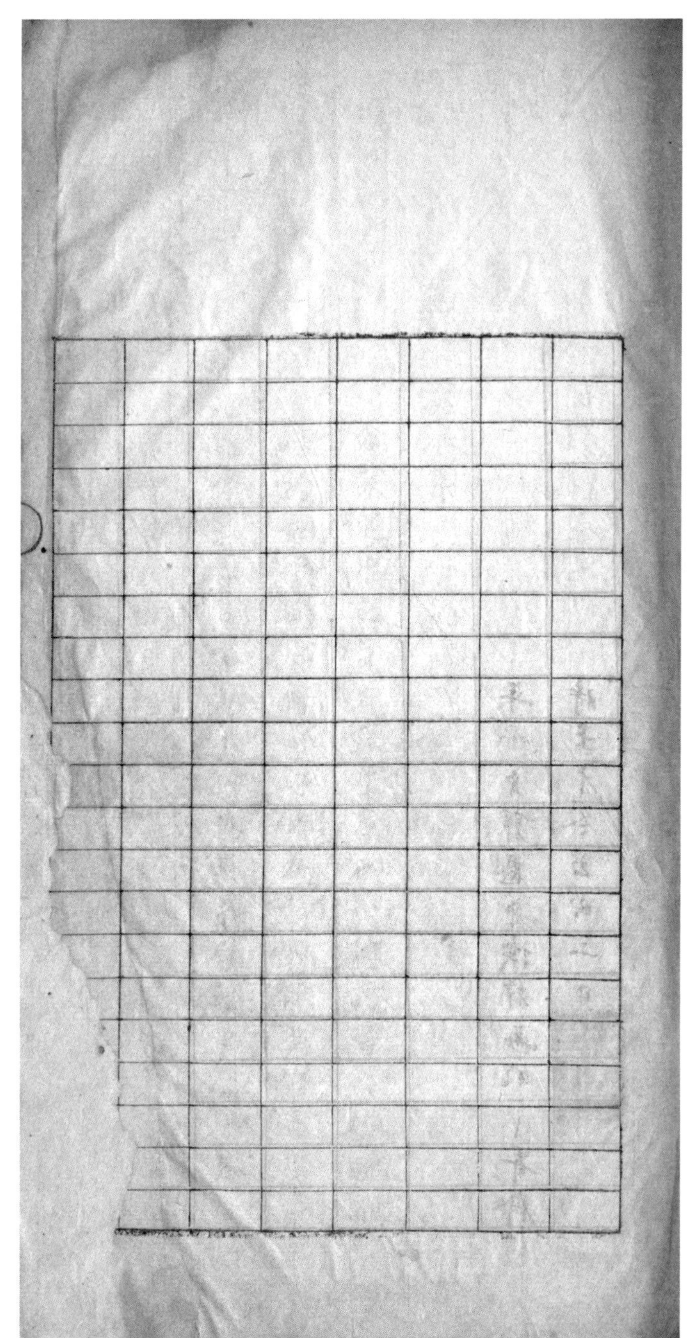

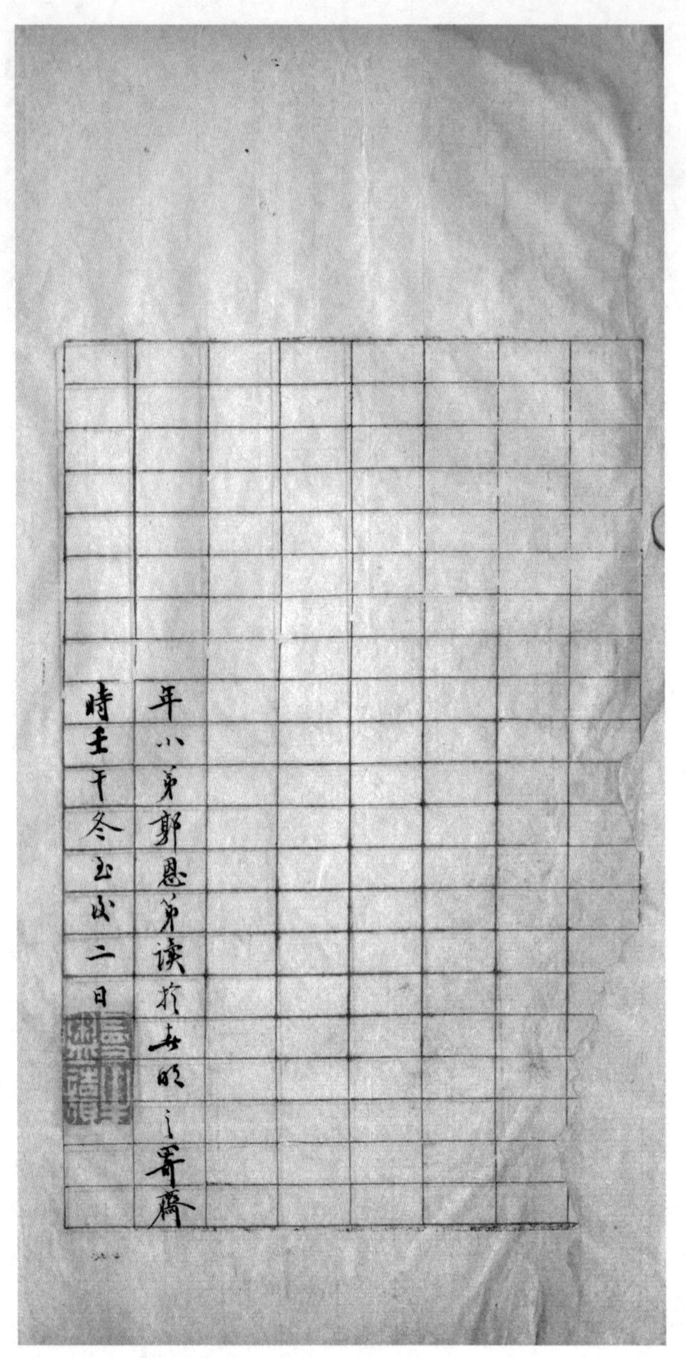

年小弟郭恩第讀於安暇之寄齋

時壬午冬至後二日

鐵笛樓詩卷一

文安 張雲驤 南湖

滄浪集

余家淀水之旁古武平亭也小時讀書之暇輒酣嬉於烟水間性無所好嗜為詩歌以少作半多蕪雜今取甲子至辛未詩汰其半存之曰滄浪集

夢中作

紅日初升碧海東浪花堆裏踏飛虹高令

千疊雲濤萬壑風

偶作

鬱鬱林中木。枝幹非良材。飾之朱與丹。遂爲樓與臺。詎知風雨來。質節先凋摧。丸丸古松柏。儼立寒山隈。

二

登高望天下。四顧皆茫茫。秋霜被萬木。落日照大荒。騏驥有時出。鷙鷹不虛翔。且復飲美酒。長嘯千仞岡。

古劍篇

我有青銅劍歲久土花侵浣以幽潭水礪以揀沙金迸出紫霓光瞻慄毛髮森隙月刮寒露鏘然訢璆琳妖貍避林隧鬼母啼秋陰安得豺豹血飽飲聽龍吟壯武不得遇千載爲傷心

秋閨怨

昨夜西風落井梧畫屏秋冷鏡鸞孤可憐一片中庭月只照饒樓白頂烏

絶句

孤館静寂寞懷人。苔痕上新月。東風不知寒。吹[illegible]才

舟發津门

燈火人聲集。丁沽暮雨收。酒醒楊柳岸。人上木蘭舟。海國增魚賦。烟波浩客愁。歸心只西向。無礙水東流。

觀水

秋盡霜高落木殘。平原風急下飛瀾。魚龍币地黃雲合。波浪兼天白日寒。飄泊無居憂入壑。追呼有課尚輸官。潺湲不盡生民淚。嗚咽臨風上筆端。

讀楊忠愍公集

封章慷慨忤分宜。筆底蛟龍走陸離。百煉肝腸成鐵漢。千秋俎豆賽靈祠。臣心不死頭仍在。奸黨雖誅法已遲。莫謂同朝規避熟。黃門一疏使人思。張莧溪給諫萬紀曾上書救公明史不載

烈婦歌 有序

婦姓蔡氏。余里農家女也。誤適匪人。姑惡。誘其失節。不從。鞭楚日甚。越三載。卒自

吟初兩兄均有詩記其事余續作此[illegible]

海可枯石可爛烈婦之心不可變

憶柳

年、芳草憶王孫春色何曾到玉門樓外橫波風外影
依稀猶記舊眉痕

二

顦顇春心瘦舞腰樓頭吹斷玉人簫無端悵觸空迴首
燕子簾前舊板橋

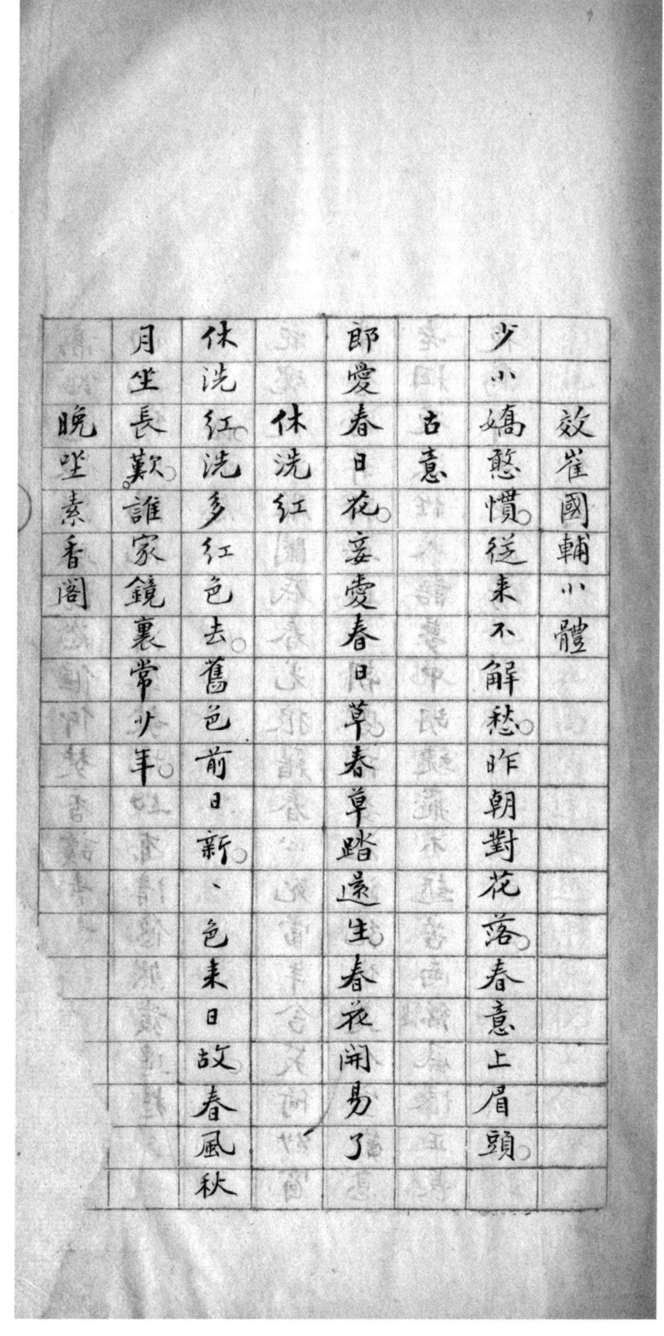

效崔國輔小體

少小嬌憨慣，從來不解愁。昨朝對花落，春意上眉頭。

古意

郎愛春日花，妾愛春日草。春草踏還生，春花開易了。

休洗紅

休洗紅，洗多紅色去。舊色前日新，新色來日故。春風秋月坐長歎，誰家鏡裏常少年。

晚坐素香閣

高館起微涼。疎懷恣偃仰。焚香讀素書。青燈[illegible]
雨洗脩竹。滿院生清響。敧枕如有情。悠然發遐想。

落花怨

花魂夜泣雕闌底。春光狼籍春心死。當年含笑倚紗窗。
朱唇粉鼻矜無匹。一朝零落委泥沙。絕代美人空歎息。
老桐夜深作人語。夢中胡蝶飛不起。苦雨絲悽風恨正長。
夜烏啼上東廂房、

遊仙詩

蒼龍夜弄晶宮水，浪花高駕蓬萊起。乘風曉上金銀臺，
下視塵寰不盈咫。龍吟鶴唳鳳凰鳴，笑共姮娥弄宮徵。
冰桃火棗錯雜陳，更掇丹霞嚼雲蕊。麻姑贈之青玉杯，
酒酣翻入銀河裏。鞭龍跨鳳歸去來，樓閣煙消海山紫。

日昃篇

鬱、浮雲臺，上有絕代顏。蘭心與蕙質，婉、出且閑。輕
裾綴鳴玉，璠佩雜木難。含情坐遙夕，時取鳴琴彈。感極
不成響，咽歌一何酸。灼、水上蕖，藹、池中[illegible]

朝景日長難為妍豈不慕脩好奈此朱陽遷〻
惜對景良可歎

津门春思

賣花聲裏雨星〻斷續茶煙嫋夢醒正是客愁消不得
滿城寒食柳條青

南溪泛舟

空齋踏壁卧忽憶南溪好閑乘鴨嘴船泊入蒹葭道疎
柳引鳴蟬平沙没飛鳥許我逍遥游願向煙波老

望遠

暮天無際碧雲濃。玉笛橫吹唱懊儂。三十六陂秋水闊。美人何處采芙蓉

七夕

花影紅闌月一鉤。晚涼催上曝衣樓美人莫羨天孫巧。嫁得兒郎只牧牛

養蠶詞

妾如箔上蠶。郎如桑上枝。食郎入妾心。化為：

月夕懷 王秀峯

風定竹西廊，月上池東樹。閒軒煙景昏，流螢向人度。橫琴坐石牀，庭陰宿花霧。枕簟生夕涼，餘香謝蘭炷。念我同心人，幽居抱真素。料此風月生，高懷有天趣。詩酒昔歡娛，別離成獨寤。良覿當幾時，中懷待傾吐。惆悵寂無言，空庭下風露。

晚游即目懷吟初伯兄

遠山如暮雲，晴光散雞犬。煙樹帶斜陽，長歌好風晚。不

見苦吟人心隨雁飛遠

東安客舍懷隱盦兄大城吟初兄武清

客思多於水孤村小似萍雨中芳草綠愁外暮山青駝碾平沙路鴉啼古木亭羈懷三處共高詠可能聽

雪後

睡起發幽興小游思浩然柴門棲凍雀古木上寒煙獨往愜孤性長歌當暮天所思何處寄徙倚晚風前

焚香

寐、焚香地微吟如有思每從人靜後坐到雞
盡味逾好不聞情亦怡今宵花外月偏覺上闌遲

途中遇大風雨

猛雨忽傾盆驅車日已昏雲疑從地起人恐被天吞波
浪連平野煙林裏一村幸尋茆店息敧枕定詩魂

秋日泛舟歸自南園追悼家鶴軒兄

蘆荻南村道臨流倚棹頻如何觴詠地無復踏歌人舊
曲飄紅豆西風吹白蘋隔溪漁笛起嗚咽為傷神

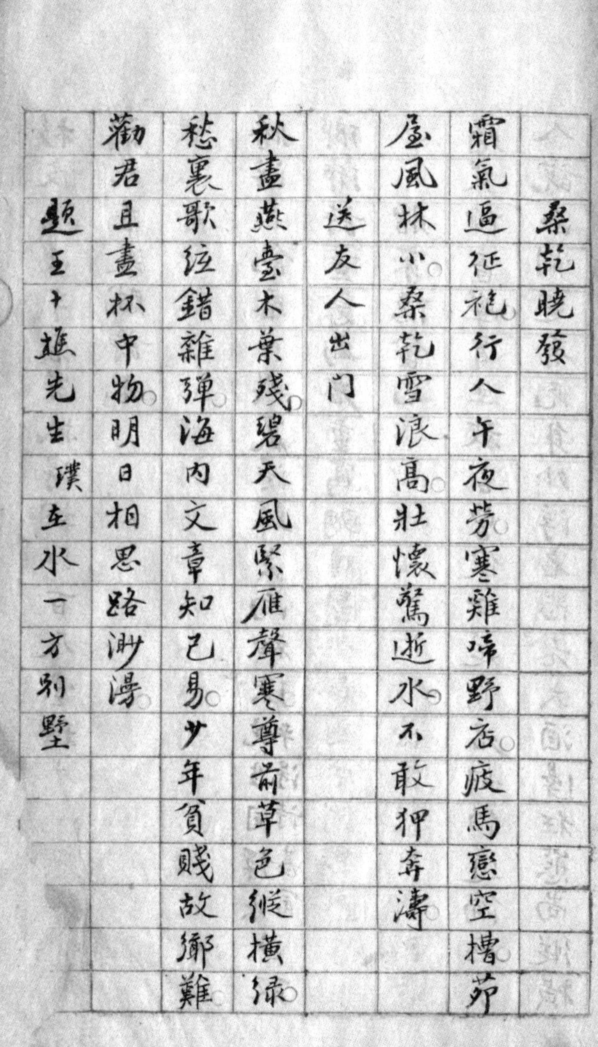

桑乾曉發

霜氣逼征袍行人午夜勞寒雞啼野店疲馬戀空槽節
屆風林小桑乾雪浪高壯懷驚逝水不敢狎奔濤

送友人出門

秋盡燕臺木葉殘碧天風緊雁聲寒尊前草色縱橫綠
愁裏歌弦錯雜彈海内文章知己易少年貧賤故鄉難
勸君且盡杯中物明日相思路渺漫

題王十延先生璞立水一方別墅

杉皮屋子半蓋苫。抵淂桐江百尺臺。秋水如雲人似鶴。藕花香裏賦詩来。

二

勝游已飽看山興。贏淂歸来兩袖珠。（先生司鐸永平，淂詩甚富）畄取瑯琊詩畫意。為君重寫輞川圖。

贈家隱龕兄

痛哭陳書學賈生。放言曾使四筵驚。君如伯道偏無子。人說西洲定有兄。身外浮名悲老大。酒邊狂態尚縱橫

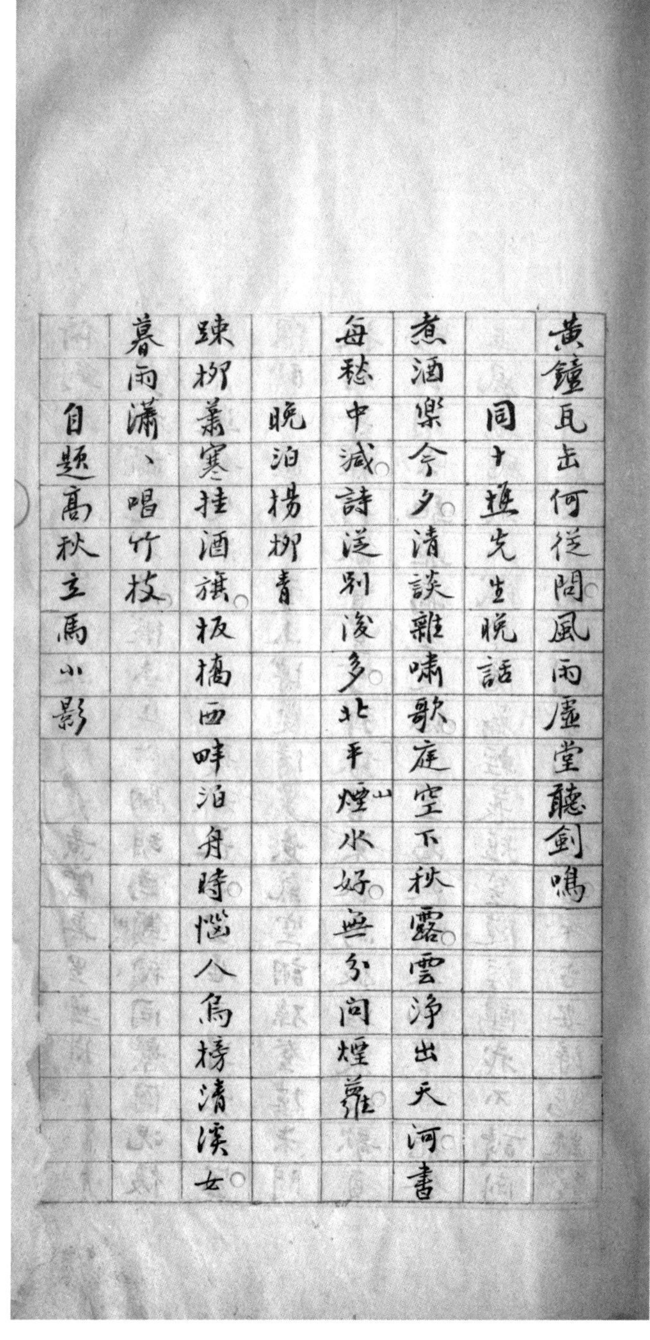

黄鐘瓦缶何從問。風雨虛堂聽劍鳴。

同十進先生晚話

煮酒樂今夕。清談雜嘯歌。庭空下秋露。雲淨出天河。書每愁中減。詩從別後多。北平煙山水好。無分問煙蘿。

晚泊楊柳青

踈柳蕭寒挂酒旗。板橋西畔泊舟時。惱人爲榜清溪女。暮雨滿丶唱竹枝。

自題高秋立馬小影

倚劍看九州○不知何故心煩憂○黃雲萬里無斷續鯤鵬
一鼓神鬣道○我身從來生六翮○胡為顦（樊籠）顇同縶囚○況復
流光迅如電○壯士一夕毛髮秋○長年里居不得意○斗室
偃卧如僵蚓○文章未博曼倩粟○意氣空詡孫登樓○朱門
投刺等雞狗○傲骨豈可彈鋏售○東良馬○拔輕裘○長歌負
劍出門去○馳驅萬里道悠、○登高長嘯天地窄○山飛水
立風颼颼○我不賦招隱篇○輕蓑短笠隨浮鷗○我不讀閑
居賦○醉花坐月同唱酬○男兒倜儻自千古○安得齷齪終

林邱不見淺煙古，圖畫誰哉閭里曾封侯。

書文信國集後

破碎河山不可收，憐才敵國亦旁求。已拚碧血留終古，何用黃冠返故邱。亂世文章餘正氣，廿年聲伎是牢愁。幽羈數載終延宋，三百年來一狀頭。

題梅妃圖

珍珠一曲按紅牙，莫憶園圖舊扇紗。寂寞玉容春殿冷，費他風雨葬楊花。

題情三十韻倣西崑體

犀蒜紋紫藻金荷雪灩華錦屏圍孔雀珊枕睡蝦蟆憶
潯搴珠箔人云小玉家重香熏金足隼牀卧雪毛猧石轉
初醒酒香温號辟邪髮梳孫氏髻臂繫漢宮紗貼飾黃
金屋年分碧玉瓜豔情深婉嫿妍意息矜誇嗔娉黛偏
軸窺人扇卻遮頗聞嬿夢音早合死瑯琊吹笛温櫻顆
挑琴腕笋芽低歌調火鳳小睡韓雲鵝放誕文君惡風
流謝女加霜毫吟曉露花東拂春霞肯許王昌約曾遊

銜玲車酒邊情的、簾底意些些一破陳宮鏡重添杜
牧嗟風盲花葬水山碎璧沈沙粉褪陽臺夢丹留玉女
砂懷香腸細轉尋夢手類又舊誓消鳥鯛新愁驗綠鬢
儲廊風語竹涼月露啼蛩風分前生淺仙山別踪賒黃
陵祠畔鳥神女廟旁蛙情海愁平子離天恨女媧夢雨
紅蜨舞浼繞清蘆斜卷怯雀嶶拂逢應穆漾差年、紅
豆甄出思徧天涯

詠雪八首用袁隨園老人原韻

寒英淅瀝間疎鐘點破紅塵幾萬重高下色分雲外影
參差夜逗鏡中容瑤池光接天疑近琪樹風迴葉未封
山向碧闌干畔立是誰妝就粉芙蓉

二

庭外忽驚新面目山頭掃卻舊眉痕連朝夢醒寒生白
幾度詩成天又昏活火烹來聲玉蕊梅花香處倒金尊

三

何須踏徧雙紅屐鴻爪雪泥總繫認

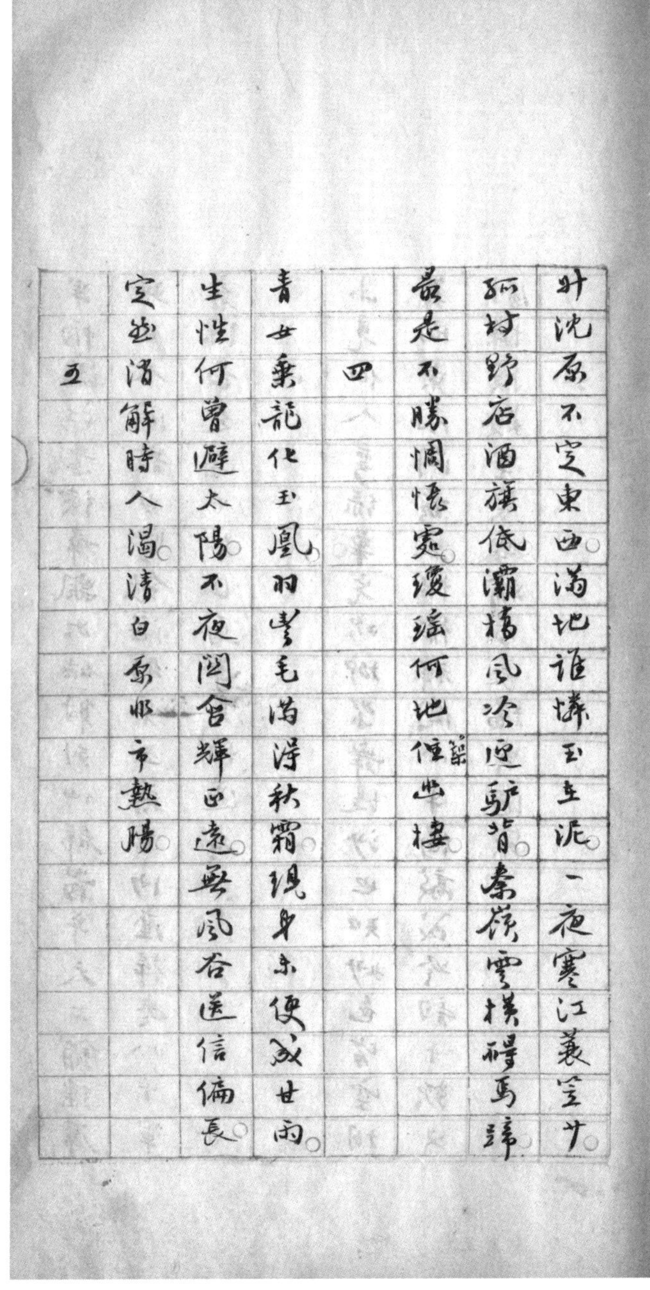

卅沈原不定東西。滿地誰憐玉在泥。一夜寒江蓑笠外。
孤村野店酒旗低。灞橋風冷迎驢背。秦嶺雲橫礙馬蹄。
最是不勝惆悵處。瓊瑤何地任（築）出樓。

四

青女乘龍化玉凰。羽毳毛滿浮秋霜。現身本便成甘雨。
生性何曾避太陽。不夜閃含輝正遠。無風吞送信偏長。
定無消解時人渴。清白原非市熱陽。

五

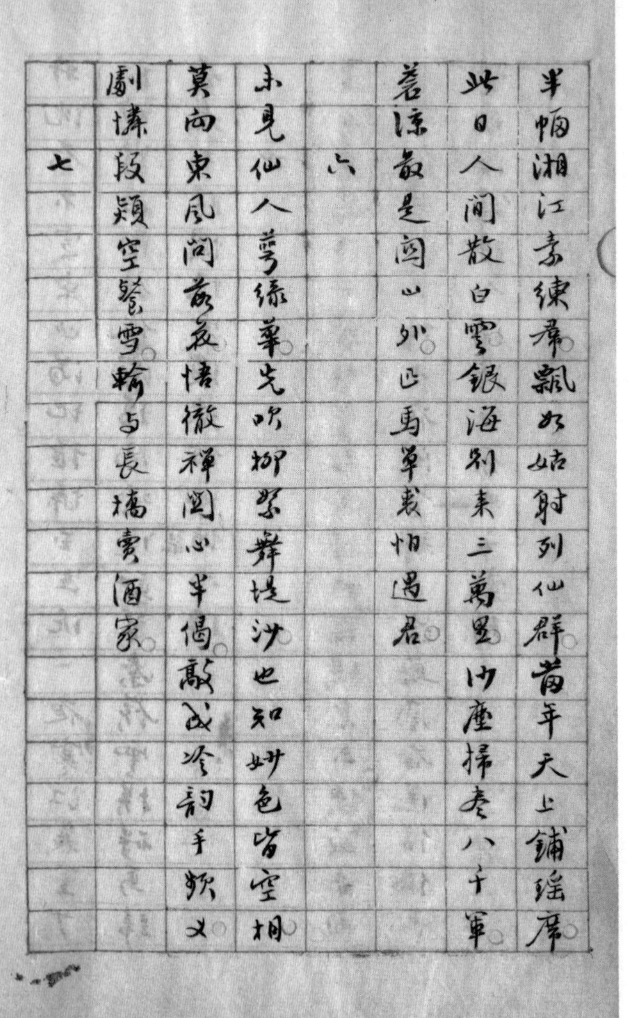

半幅湘江素練帬，飄如姑射列仙群。當年天上鋪瑤席，
此日人間散白雲。銀海别来三萬里，沙塵掃卷八千軍。
蒼涼最是關山外，匹馬單裁怕遇君。

六

未見仙人萼綠華，先吹柳絮舞堤沙。也知妍色皆空相，
莫向東風問落花。悟徹禪關心半偈，敲成冷韵手頻叉。

七

劇憐段類空鬢雪，輸与長橋賣酒家。

翦斷闌珊玉屑霏。園林依舊覺今肥。數聲長笛梅花落。一縷寒煙蝶夢飛。白戰庭前爭潑潑。空花眼底悟非非。禪心欲接神仙侶。涉雪閒披鶴氅衣。

八

滄桑頃刻變銀河。萬地寒光未有波。豈必清塵都不染。光教冷眼看如何。光明照我襟懷啟。醒釀從今雨露多。深閉荆扉無箇事。酣吟白雪郢中歌。

春陰詞

花气釀春、不流春雲漠、連汀洲瓊户深沈綠窗閑
嫣鬟閑掃冰菱愁已見鴛央敷繡幔更看翡翠貼高樓
此日王孫去不歸此時桃李正芳菲紫燕雕梁踏香語
胡蝶南園夢草死荳蔻怨工嚬笑況餘年光悵別離
窈窕屏山金鳥暁愁如春漏覺春淺碧字沈、隔暮寒
梨花白入紗窗眠鏡衰模糊不見愁堆鴉如墨嫣雲懶

春夜曲

花陰釀碧春雲凉新月如眉花外長水晶簾幙微風起

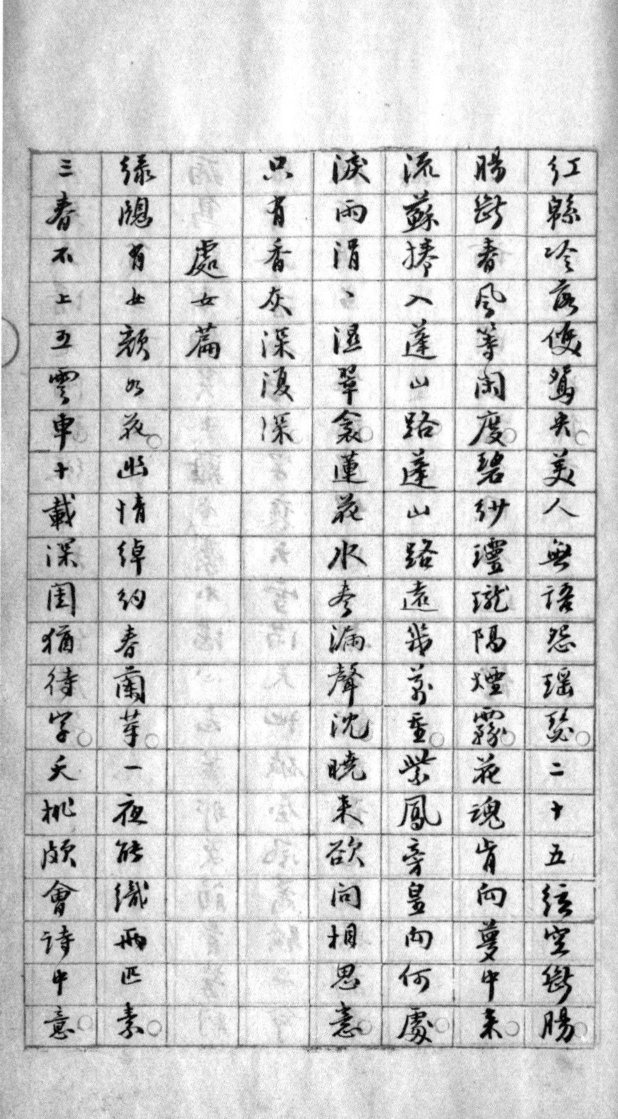

紅絲吟夜傍鴛鴦。美人無語怨瑶瑟。二十五絃空斷腸。
腸斷春風等閒度。碧紗瓏璁陽煙霧。花魂肯向夢中來。
流蘇捧入蓬山路。蓬山路遠翡翠重。紫鳳旁皇向何處。
淚雨涓涓退翠衾。蓮花水冷漏聲沈。曉來欲問相思意。
只有香灰深復深。

處女篇

綠鬢有女顏如花。幽情綽約春蘭芽。一夜能織兩匹素。
三春不上五雲車。十載深閨猶待字。夭桃頗會詩中意。

不知夫壻是阿誰縱有相思何處寄

貧士詠

病馬難爲翔貧士難爲豪不堪心志苦那更筋骨勞胸
有萬卷書名無一字褒大雪滿天地破屋風蕭騷安命
復何道出門任所遭但得一朝不餓死意氣直與嵩華
高

論國朝詩合用元遺山體

吳梅村偉業

長慶風流付詠歌。秣陵秋草沒銅駝。永和一曲滄桑感。
吟向西風涕淚多。

申鳧盟涵光

說泣金門李行閒。夏峯高弟也徵君但論詩筆清超絕
鶴唳秋天無片雲。

慎郡王紫瓊道人

紫瓊風雅邈無儔。吟到花間興未降。淡絕秋煙孤影向
風懷不減賈長江

施尚白閏章

杜老襟期味最腴，獨將大雅集輪扶。溫柔敦厚毘陵格，寫入漁洋摘句圖。

程周量可則

海日堂中曲調孤，聲光騰踔溢江湖。如何嶺嶠稱詩選，遺卻人間徑寸珠。

顧震雉大申

雲間詩派久消沈，獨有司空一席尊。留取騷壇奇氣在

中興猶得總黃門

王西樵士祿

淹雅才華不可攀。海內只有漁洋山。神游野鶴孤雲外。

詩在美人名士間。

王文簡

當年大雅自雍容。領袖詞壇亦正宗。只惜高華空格調。

當時不怪有談龍

汪鈍翁琬

都下稱詩本絕倫，當時風格近唐人。石湖移襯中年調，面目靈山總未真。

丁飛濤澎

扶荔詞華隱九州，新詩擬得紫貂裘。吳中士女傳紅袖，爭寫當時白燕樓。

李屺瞻念祚

激壯秦聲不耐吟，蕭蕭駟驖雜車轔。超然獨立風塵外，秋水蒹葭望美人。

崔不雕華

桃花红似去年時，才是師门得意詞。何事才名盈海内，
只傳楓葉華頭詩。

徐元歎波

寳劍千金白玉驄，以君無得借鐘譚。詩心漸逐禪心寂，
風雨瀟瀟蔽木庵。

吳賓賢嘉紀

風趣安和廿怨悱，孤懷高寄黄音稀。不逢顾曲周公瑾，

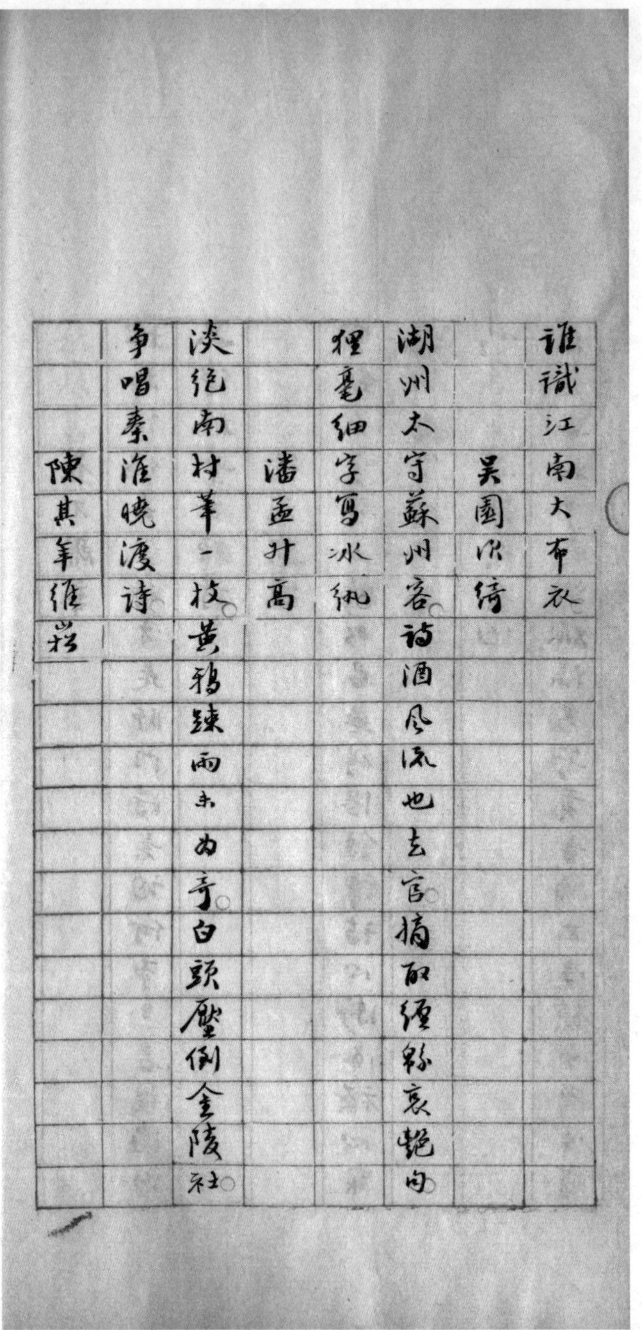

誰識江南大布衣

吳園次綺

湖州太守蘇州客。詩酒風流也去官。猶取纏綿哀艷句。
狸毫細字寫冰紈

潘孟升高

淡絶南村筆一枝。黄鶴鍊雨未爲奇。白頭壓倒金陵社。
爭唱秦淮晚渡詩。

陳其年維崧

磊落東吳少保孫，酒闌歌歇筆通神。高樓湖海多奇氣，
才子英雄屬一人。

朱竹垞彝尊

家軸手箋五夜燈，天然蕃錦寫吳綾。晚年細律推高格，
一瓣心香祝少陵。

潘次耕耒

稼軒健筆邁群雄，浩氣千尋接太空。吟到南溟東海句，
碧天無際起秋風。

吴天章雯

蓮洋才調獨翩翩，秀句吟成欲化煙。目是傾城好顏色，亂頭麤服亦天然。

邵子湘長蘅

前追李杜没蘇黄，筆到青門總擅場。力矯虞山偏駁論，不同宫贊薄漁洋。

沈文慤

北闕当書鬢已皤，筆端莊雅气恬和。別裁本為

深宮見網庄遺珠恐尚多

蔣心餘士銓

隨園情勝言多易甌北才高气太豪最愛人如湯玉茗
更翻絶調譜檀槽

吳信臣鎮

青蓮才气本無儔短笛橫吹隴水頭老去更於詩律細
惜無樂府唱涼州

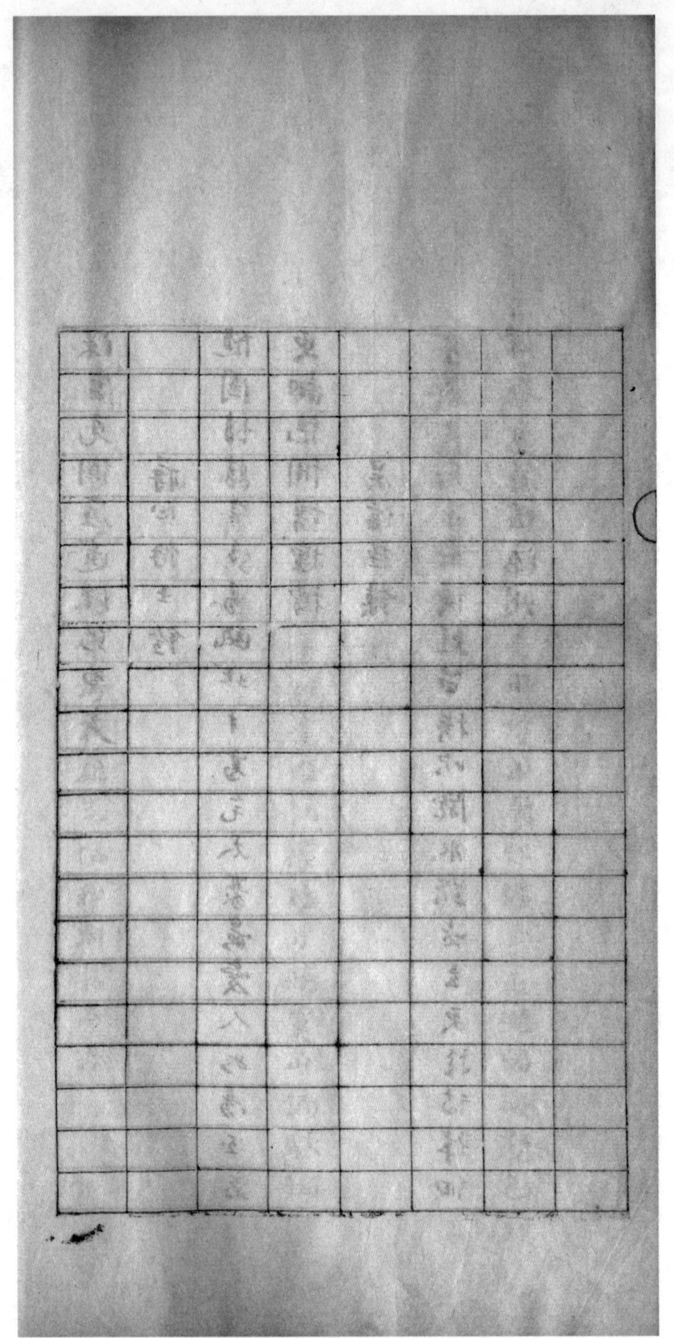

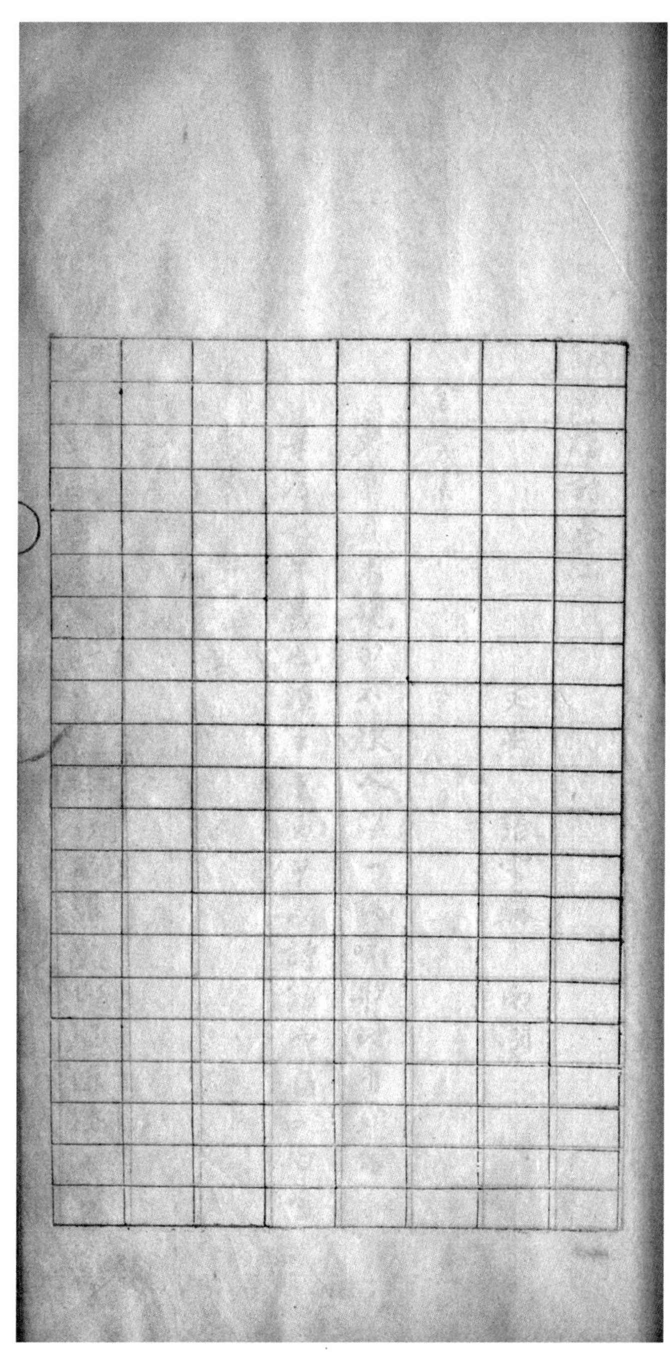

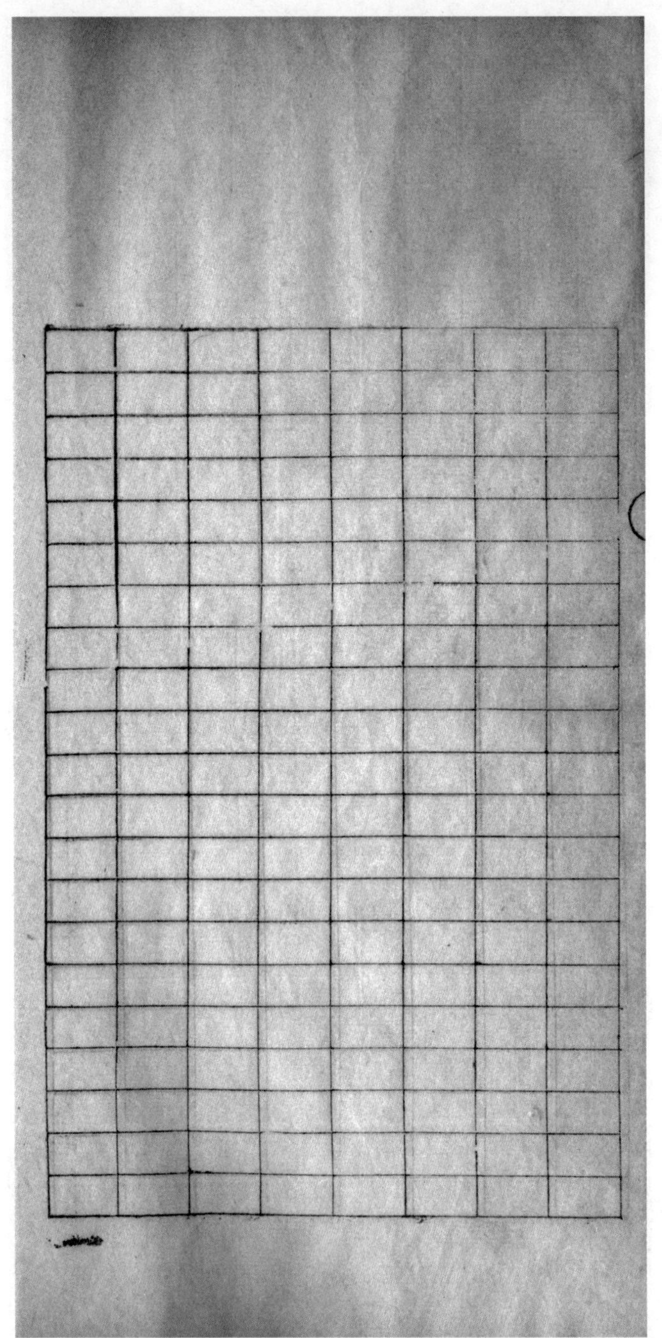

鐵笛樓詩卷二

文安　張雲驤南湖

金臺集

東華負米，硯田不腴，入海一甌，嘯歌時有，始信長安居之不易也。搉壬申至甲戌詩錄而匯之，曰金臺集。

北上

金臺北去雪風寒，匹馬長吟行路難。更向盧溝橋上望

亂鴉雲樹夕陽、

絶句

空齋睡起春衣冷，正是長安欲雨時。獨把一尊廊外去，紫桐花下坐題詩。

送郭潤之別駕为霖之官楚北

不改書生樣，依然作宦游。蠻雲隨地捲，漢水接天流。羨子鞭先著，憐余筆未投。相思惟有夢，飛渡楚江頭。

寄懷十植先生

斜陽芳草滿平皋，分手東風久寂寥。欲折楊條寄相憶，閻河春盡雨瀟瀟。

秀峯招飲陶然亭

城市苦羈鞅，杖藜蘆荻灣。故人載尊酒，招我看青山。飛鳥有時盡，浮雲終日閒。沙弥解人意，留待月中還。

贈景雍齋閏

我騎白鶴乘風來，金城踏踏吹黃埃。孤懷磊落太要偶，鐵笛吹裂空徘徊。雍齋夫子我石友，苦好謳吟不輟手

棱、詩骨蟠老蒼贈我珠璣一萬斗昔年定交未識面
去歲花時一相見匆、又上潞河船如君豈作紅襟燕
燕都三月柳花飛思君待君、未歸兩地相思意渺、
一朝握手情依、為言此游不得意不如舊服披荷芰
我亦無聊似馬周年來寂寞新豐市吾人失計耽雕蟲
文章不值金穴銅駿足失時沒歧路薄羽淂摶摩蒼穹
噫嘻乎相對何須學楚囚為君擊劍歌無愁浮沈萬事
東流水且復飲酒酣高樓長吟伐盡中山兔狂醉騎來

東海虯。不然射虎南山畔。屠狗無妨呼伍伴。乘興還登說法場。飢來乞食歌姬院。丈夫倜儻亦是豪。若者班原若韓范。君不見燕王愛士黄金臺。只今坏土埋蒿萊。眼前富貴若常好。古之富貴安在哉。

即目

春風嫋嫋水生波。水畔游人載酒過。莫唱當年讌游曲。青苔碧瓦夕陽多。

不寐

一枕涼於水，新愁底樣牽。殘燈欺瘦影，夜雨聽旅眠。善病非無鬼，多情或是仙。隔鄰同不寐，偏弄玉箏絃。

詠架鷹

草枯風急碧天高，不向飛鵬借羽毛。一擊定知狐兎盡，可能斷索下平皋。

大風渡桑乾

風捲濤飛高岸崩，狂沙四起晝冥冥。船頭不敢高吟起，恐有蛟龍出浪聽。

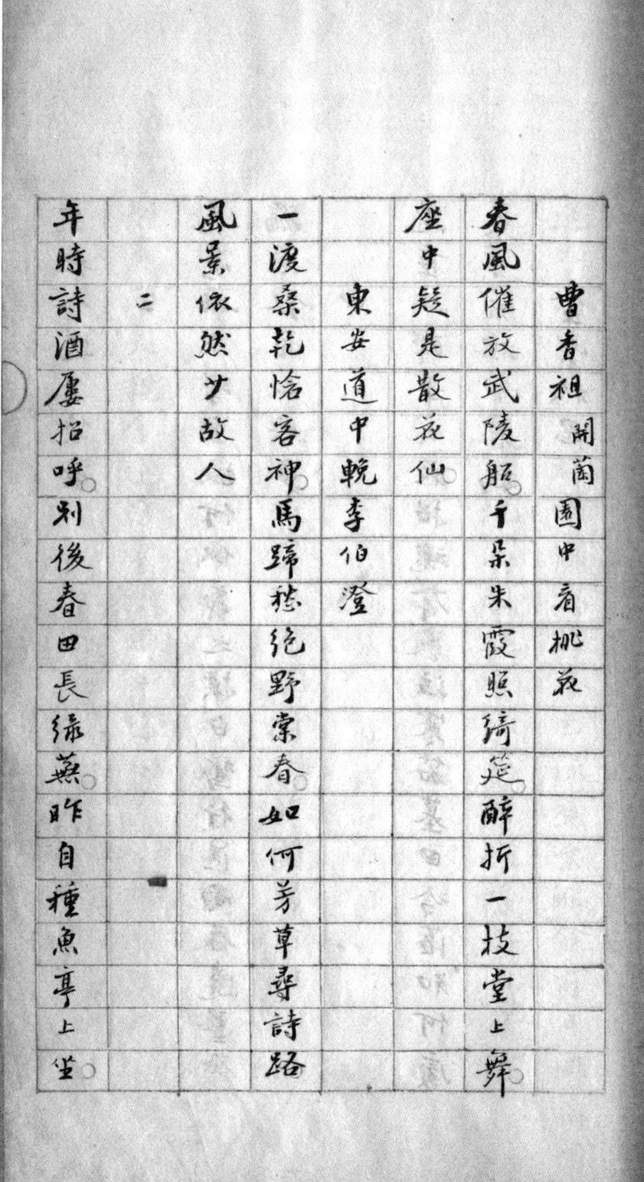

曹香祖閒菌園中看桃花

春風催放武陵船，千朵朱霞照綺筵。醉折一枝堂上舞，座中疑是散花仙。

東安道中輓李伯澄

一渡桑乾愴客神，馬蹄愁絶野棠春。如何芳草尋詩路，風景依然少故人。

二

年時詩酒屢招呼，别後春田長綠蕪。昨自種魚亭上坐，

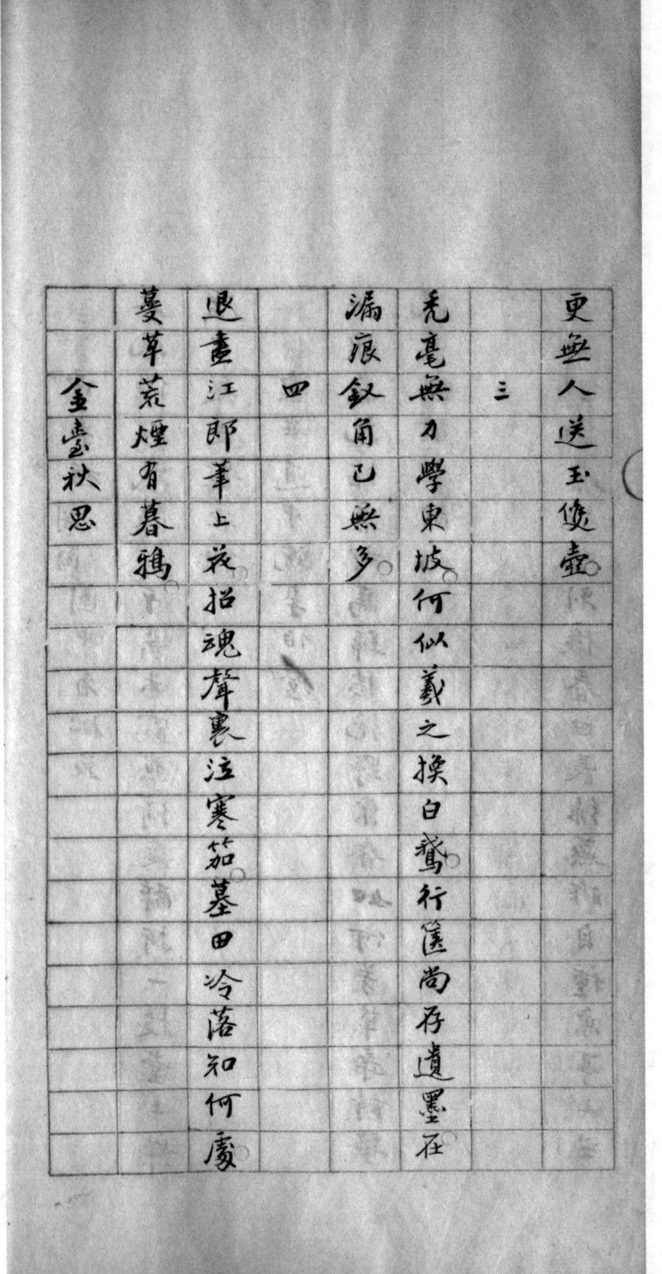

更無人送玉僊壺

三

禿毫無力學東坡何似羲之換白鵞行篋尚存遺墨在
漏痕釵角已無多

四

退盡江郎筆上花招魂聲裏泣寒茄墓田冷落知何處
蔓草荒煙有暮鴉

金壺秋思

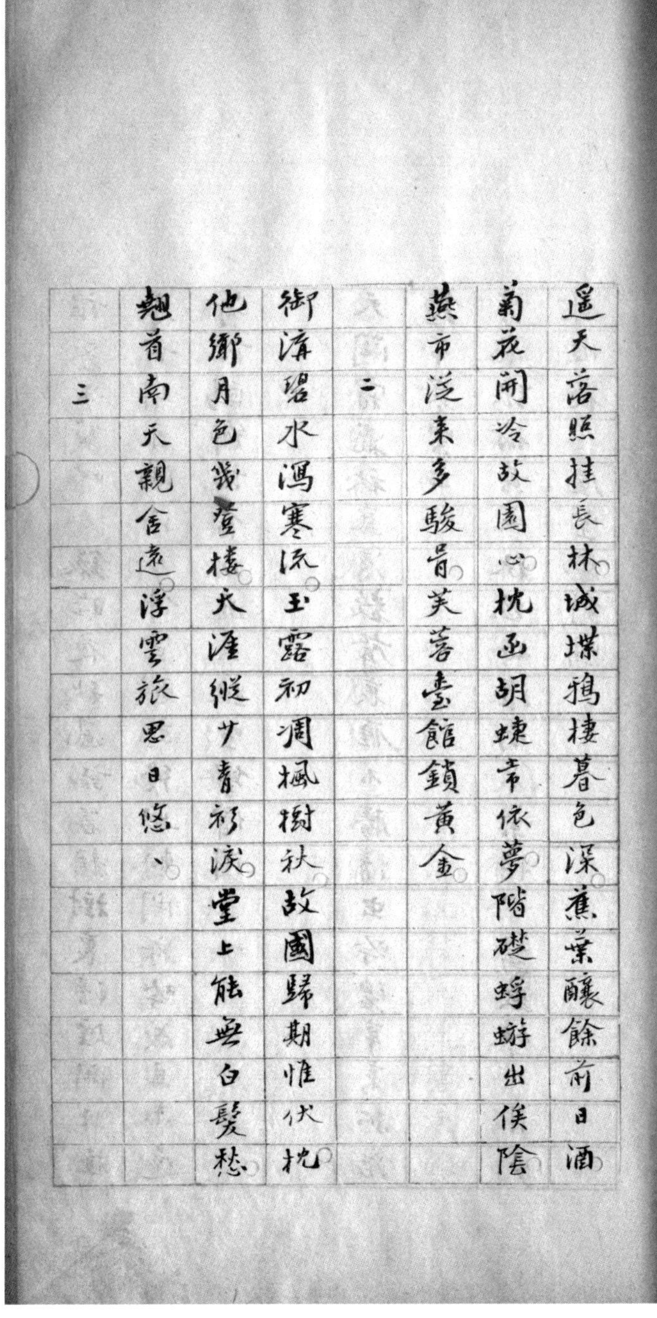

遥天落照挂長林城堞鴉棲暮色深蕉葉釀餘前日酒
菊花開冷故園心枕函胡蝶常依夢階礎蜉蝣出候陰
燕市從来多駿骨芙蓉臺館鎖黄金

二

御溝碧水瀉寒流玉露初凋楓樹秋故國歸期惟伏枕
他鄉月色幾登樓天涯縱少青衫淚堂上能無白髮愁
翹首南天親舍遠浮雲旅思日悠悠

三

誰家玉笛唱刀鐶，昨夜秋風識客顔。樹裏晴煙開北極，
尊前明月滿西山。仲宣賦就終無賴，開府吟成且未還。
寄語鷗鄉諸舊友，近來跌宕學僧閑。

四

天闊霜飛秋氣清，數聲哀雁不勝情。虫吟碧草來孤館，
鐘帶寒雲出
禁城。張翰黄花秋思好，淮南木葉壯心驚。燕郊八月多
風雨，夜夜虚堂聽劍鳴。

贈盛伯希呈

王孫手調本來無，濁世風流美且都。但得天真常瀾漫

不妨小事略糊塗。春吟月煖紅珠落，曉射花隨碧玉弧。

更俟蒸陽當暑扇，君手披拂適時需。

客中小恙

晚涼天氣渺愁余。藥鼎香爐對索居。梧井月明蟲語靜

菊花霜冷雁來初。連宵鄉夢雲山杳，一片秋風木葉疏

自笑心情無賴甚，寂寥孤館卧相如。

靳孝女歌

花落不上枝。水流不復西。一往如斯那可補。人生頗危
厄塞能不壹懷、。靳氏有女字雪篁。冰雪聰明金玉相。
女箴內則幼嫻讀。深閨未識關山長。欃槍不掃兵戈氣。
千騎貔貅趨西渭。不得援戈學木蘭。齊眉舉桉新相慰。
文翁比翼弄嬌音。穠李連枝叢奇奇。此時方是好光陰。
此時未解酸辛味。罡風驀地來無端。紅絲裂斷鴛鴦絃。
殘紅一夜染啼血。破鏡不向天邊圓。偷息人間心倍苦。

獨語搖風淡容與。堯堯幼女啼向窗。一燈寒逗秋宵雨。
柔腸九轉力已殫。枕邊淚盡空長歎。時悲衰親念無子。
堂前婉慰佯任歡。猶喜靈椿為堪侍。報捷雖期書一紙。
捷書不到函耗來。耗來竟報阿爺死。卿壓窮傾歎數奇。
天心何獨不憐伊。夢魂來往洮河北。沙場月冷嘯狐貍。
阿爺有子稚且弱。南北無從問沙漠。設云生女勝生男。
願覓歸魂返鄉郭。每夕焚香默祝天。椎緣願早歸重泉。
不嗟邊土數千里。但少腰纏十萬錢。此志不懈已數載。

青松雪凍心逾堅，切切復切切。中天月皎潔，明月自年年長照人嗚咽。古來意氣重知音，金蘭摧折為傷心。只期得返故人骨，不惜傾橐中金。朝發金臺縱西指，冰骨嘗畏寒霜侵。瀚海飛沙沒秋草，往往戰骨難為尋。難為尋，淚沾臆，風暮歸，鬼夜泣。一朝竟得蕭寺中，不知短碣何人誌。君不見，緹縈救父曾上書，生男生女亦何殊。又不見，河上感舊歌嗚嗚。相憐相救哀情俱，孝義從來動天地，古今至性無時無。秦城日落悲風暮，丹旐飄飄

慘歸路。麥飯頻年哭殯宫，杜鵑啼上冬青樹。

附靳孝女雪篁事狀　三韓王錦雲秀峯

雪篁，三韓靳竹洲先生女，余之女宅相也。幼而端淑，不茍言笑，適長白金芝庭茂才，未三十而賦柏舟，事翁姑，撫幼女，親族賢之。尋二老相繼逝，家徒壁立，賴十指為活。竹洲官陝西，參戎幕垂十一年，回虜東竄，竹洲督兵潼關（隴西），沒於軍。[illegible]女得耗痛絶者屢，三日不食，命垂殆矣。有慰之者

曰弟孤且幼死將誰屬能返骸骨斯為兩全矣曰善於是每夕祝天欲得親扶歸櫬以畢其願孫無實氏卑非男兒之歎而卒艱於棹力悲悼愈深如是者十餘稔而此志無少懈也同治十年今長白青公入都青為竹洲寅好有金蘭之契聞而感焉尤嘉女之志慨贈數百金以助其行女獲金喜曰此天使遂吾志也即日攜其弱弟毅然長往越函逾驪山忘其險也往返數

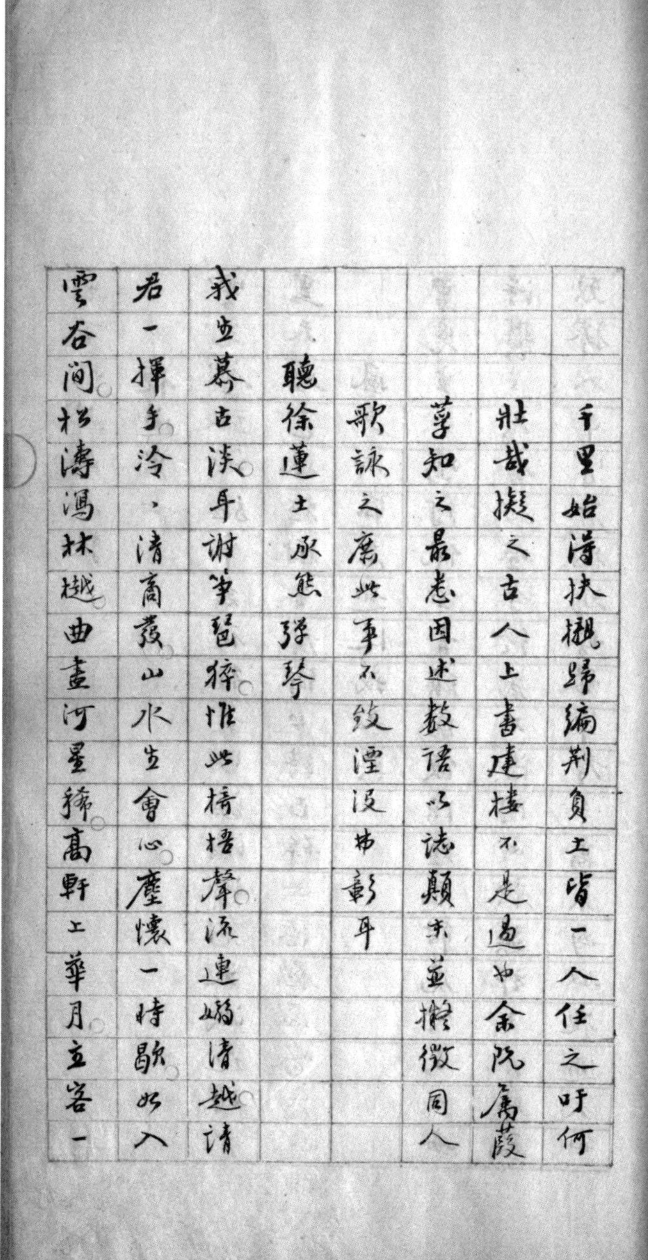

千里始得扶櫬歸編荆負土皆一人任之吁何壯哉擬之古人上書建樓不是過也余既屬葭莩知之最悉因述數語以誌顛末並擬徵同人歌詠之庶此事不致湮沒弗彰耳

聽徐蓮士承態彈琴

我生慕古淡耳謝箏琶猝非此椅梧聲流連嫋清越請君一揮手泠泠清商發山水生會心塵懷一時歇如入雲谷間松濤瀉林樾曲盡河星稀高軒上華月立容一

無言怡然兩心絶

夜過東安

雲氣壓孤城軀車急夜行黄沙遠復晴鬼火滅還明月
黑天無色風狂樹有聲鄉心時已碎又聽雁悲鳴

風夕不寐忽起從戎之興

男兒生不鳴珂佩玉青瑣班便須短衣射虎終南山安
得鬱鬱久居此嗟令終歲不得開心顏燕郊十月悲風
烈捲入中宵庭樹折髣髣髴髴軍聲十萬來匈奴夜遁天山

雪輪臺西望煙塵飛。漢兵夜半催合圍銀鞍玉勒大宛馬。幕中草檄貂裘肥。驊騮長鳴待駕馭會見燕然勒銘處。劍兮劍兮爾勿鳴。明朝携爾萬里去。

寄懷伯兄

金城秋盡草萋萋。宿雨空庭睡起遲。九月歸鴻期問訊。一階寒蛩坐相思。黄花寂寞成新詠。白眼疎狂似舊時。我有離情過平子。貂褕遥寄四愁詩。

醉歌行

我欲手秉便祥麟，清晨濯足銀河濱。淩風拍手一長嘯，狂醉剔碎飛龍鱗。人生落落知音少，青萍苔蝕張華老。安得黃金廣締交，燕臺日暮空秋草。囊琴負劍何處游，崎嶇世路徒悠悠。青蓮有書上不得，眼前誰是韓荊州。

贈王煥亭 錦章

長嘯天地驚，放眼乾坤小。男兒志功名，何事嗟溫飽。都冠蓋地，裘馬競肥好。徵逐結客場，朝歡暮夕不保。君獨異常人，愛我黃金少。杯酒識寸心，空天秋月皎。笑我滯

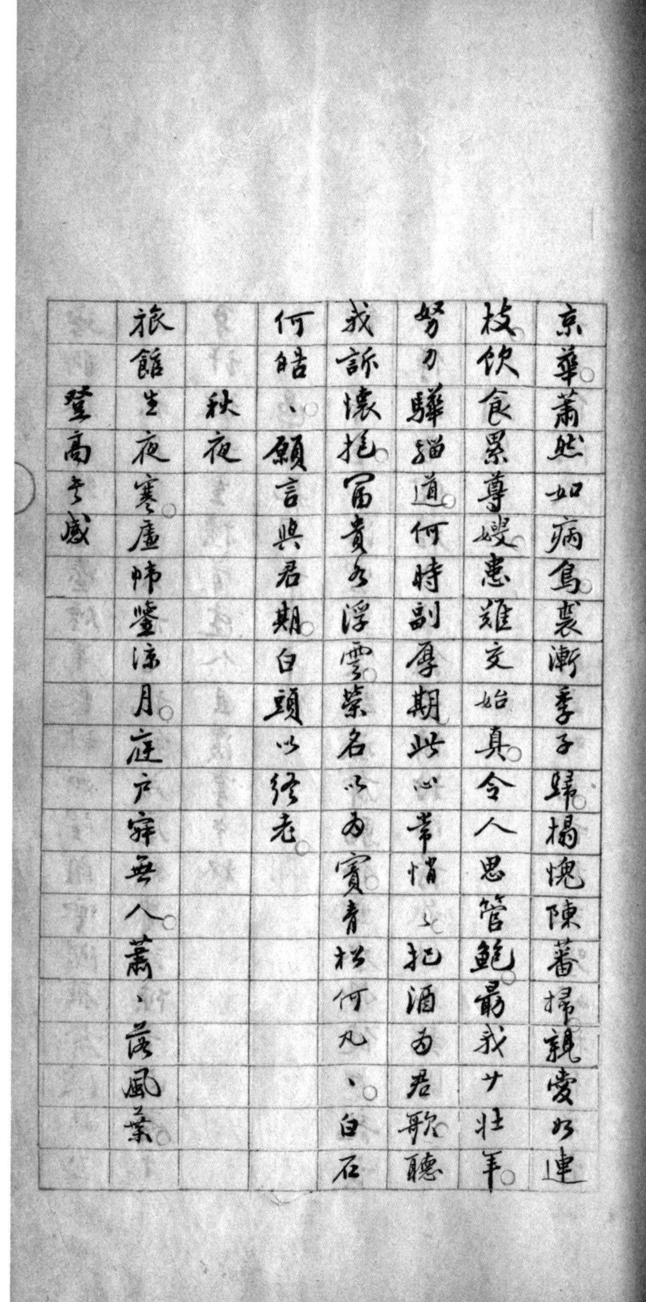
京華。蕭然如病鳥。囊慚季子歸。榻愧陳蕃掃。親愛如連枝。飲食累尊嫂。患難交始真。令人思管鮑。最我廿壯年。努力驊騮道。何時副厚期。此心常悄悄。把酒爲君歌。聽我訴懷抱。富貴如浮雲。榮名不爲寶。青松何丸丸。白石何皓皓。願言與君期。白頭以終老。

秋夜

旅館生夜寒。虛幃鑒涼月。庭户寂無人。蕭蕭落風葉。

登高有感

無聊被酒獨登臺，煙草長林四望開。雲際雁聲從北至，雨中秋色自西來。莊生說劍成虛願，賈誼陳書亦廢才。身計微茫重擡首，達人且覆掌中杯。

過桑乾固安道中作

鄉思莽重重，浮雲無定踪。風聲驕似馬，水勢健如龍。落日傍孤響，空煙失暝鐘。最憐村酒薄，不似客愁濃。

到家

老母倚閭久，今朝果盼歸。呼兒詢旅況，囑婦檢征衣。舊祿。何年陪，衰彩昔日非。低徊愧人子，何以報春暉。

秋日攜諸姪泛舟南溪

蜻蜓艇子小行窩。青笠紅衫載酒過。水國易涼秋去早，稻花香老雁來多。隨身僕婢攜漁具，拍手兒童學棹歌。便好浮家同泛宅。鉤徒自昔住烟波。

夜吟

何事耽難寐，深宵百感新。愁多知道淺，親老覺家貧。好任柳仲郢，休為溫太真。金門慙負米，未敢厭風塵。

答徐九

別來長寂、，高館對雲林。月下愁孤臥，花前只獨吟。春風游子夢，芳草故人心。遠望雍邱路，相思託素琴。

雨興

樓角垂楊噪暮鴉，背人春立莫愁家。畫廊鎮日瀟、雨，欲折湘桃又落花。

題解香巖錫桂蓮語亭小影

畫裏詩人喚欲譍，花光水氣滿吳綾。何當添箇小紅婢斜倚風闌歌采菱。

二

余家舊住水雲鄉，蒻樹蘆汀夕照涼。今日披圖重相憶，冷雲和夢到滄浪。

喜宗振裳晉源同年歸自楚南

年來別夢楚雲長，冷雁哀猿憶岳陽。把酒送君銀燭座，滿身煙水話瀟湘。

（旁注：今日……同是醉）

暮春寄興

王粲去來慣別家。客愁不定柳條斜。金壺別有傷心在，錯向東風恨落花。

賣兒行

長安市頭大腹賈。日惟握算他無覩。積錢百萬高隱人，粥飯粗衣猶自苦。小郎游蕩不敢嗔，破產揮去金與銀。教坊曉飲倡樓宿。出門笑拂紅羅巾。

病馬行

胡天日暮平沙迴。瘦馬崚嶒卧荒隴。臨風搏側嘶向天。

豈仍有意思馳驟。道旁一老情感々。為言此馬久無敵。天兵去歲破樓蘭。騰驤踏碎强胡壁。功成無用剩一身。風霜病骨埋卅塵。飢渴時為牧豎憐。偃仰或被牛羊嗔。誰其食者健芻豆。一石不足難馳驟。難馳驟。食不飽。不知牧養疎。但謂驊騮老。吁嗟乎。漢皇僕馬已無亭。英雄老向鹽車老。

戲賦蠹魚

何事洋々不入淵。亂書堆裏日鑽研。消磨歲月真堪笑。

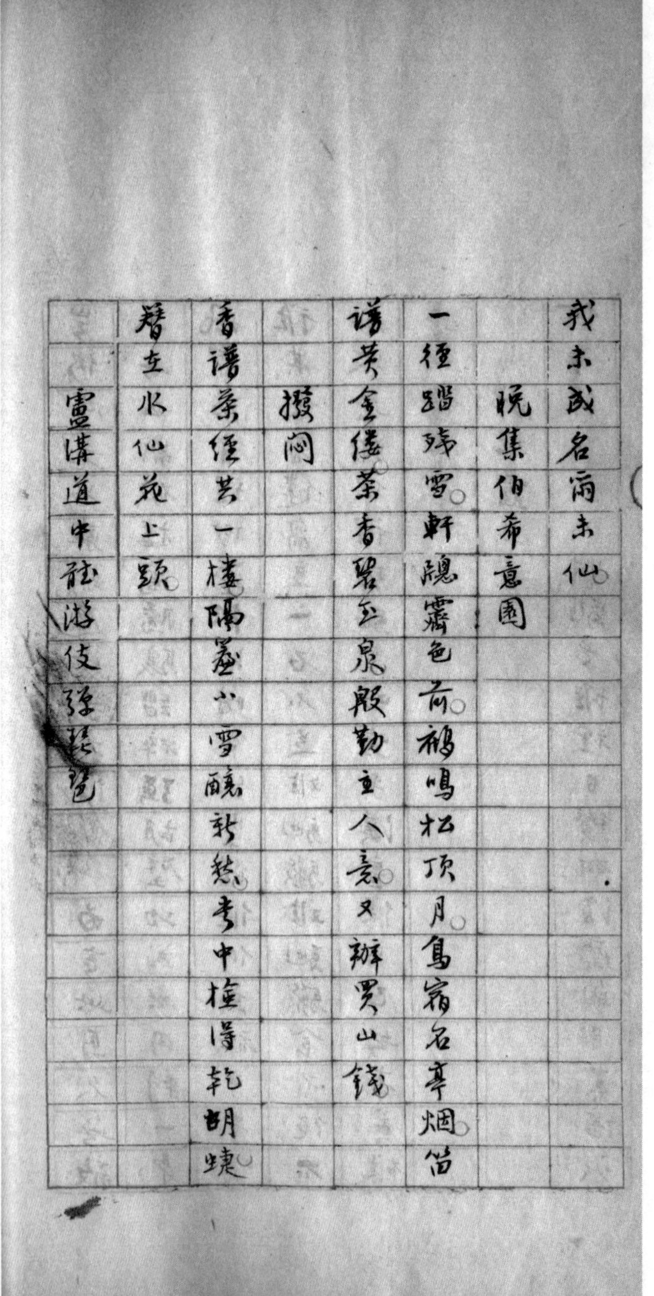

我未成名爾未仙

晚集伯希意園

一徑踏殘雪，軒䆗靄色前。鶴鳴松頂月，鳥宿名亭烟。笛譜黄金縷，茶香碧玉泉。殷勤主人意，又辦買山錢。

擬問

香譜茶經共一樓，陽羨小雪醸新愁。壺中檢得乾胡蝶，簪在水仙花上頭。

盧溝道中訪游侯孫琴笆

客路相逢張乙娘○琵琶一曲斷人腸○我來恰廿纏頭錦○
爲贈青衫淚數行○

誰識

誰識王郎才氣豪○淋漓詞賦瀉江潮○放歌斫地風飄撇○
狂醉呼天月動搖○一寸雄心能不死○百年情恨幾時消○
出門且覓劉伶飲○慷慨茜鑪解錦貂○

送同年陸中甫外翰鍾琦之傳陽

揮手旗亭酒半醺○北風捲地雪紛紛○帆開易水撲如雁○

日落燕山隔暮雲之子定西楊伯起不才猶愧杜司勳
東華塵土熱無賴乘醉高歌一送君

雪中書所見

曉起入縣城風吹雪花大打頭飛輪來云是縣尊過狐
裘兩三重後僕六七箇纔飲貴者堂又赴豪家座重裘
自不寒絕食自不餓行行去如飛雪急風尤作道旁前
日啼飢兒至今凍死猶僵臥

病鶴

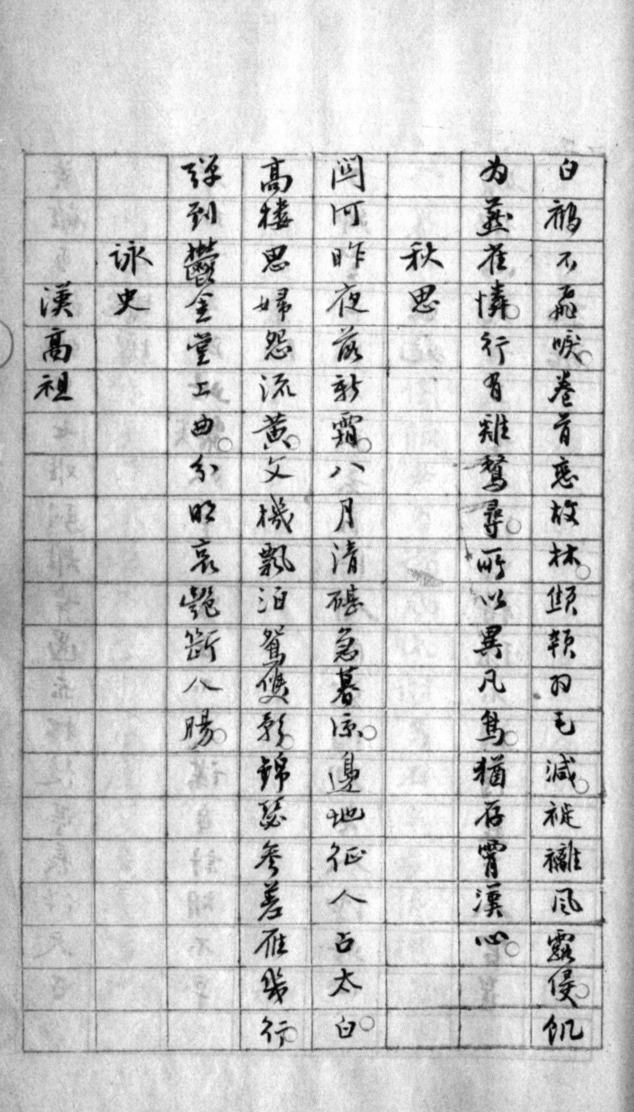

白鶴不飛唳。卷首憩枝林。顦顇羽毛減。褷褵風露侵。飢爲燕雀慊。行有雛鶩尋。所以異凡鳥。猶存霄漢心。

秋思

問何昨夜落新霜。八月清砧急暮涼。邊地征人古太白。高樓思婦怨流黃。文機飄泊鴛鴦影。錦瑟參差雁幾行。譯到豳金堂工曲。分明哀艷斷人腸。

詠史

漢高祖

英雄可斷蛇，兒女難馴雉。幸遇赤松徒，亭長作天子。

范增

舉玦事已成，此策殊草草。豎子不足謀，自計胡不早。

李陵

少卿豈二臣，不死意良深。屬國說門外，今人識此心。

明妃

嬪御亦見女，上書不得歸。摶環不相待，燕子入宮闈。

孔融

北海良愛才，薦鶚足千古。吁嗟大度傾，一木安可補。

謝安

入幕不足數，倒屣安可論。風流謝安石，平步據桓温。

衛玠

一箇美男兒，生推浮靡世。既無桓前行，而有聖賢志。

杜牧

慷慨陳詩策，餘才作俠游。不逢牛節度，空爲夢揚州。

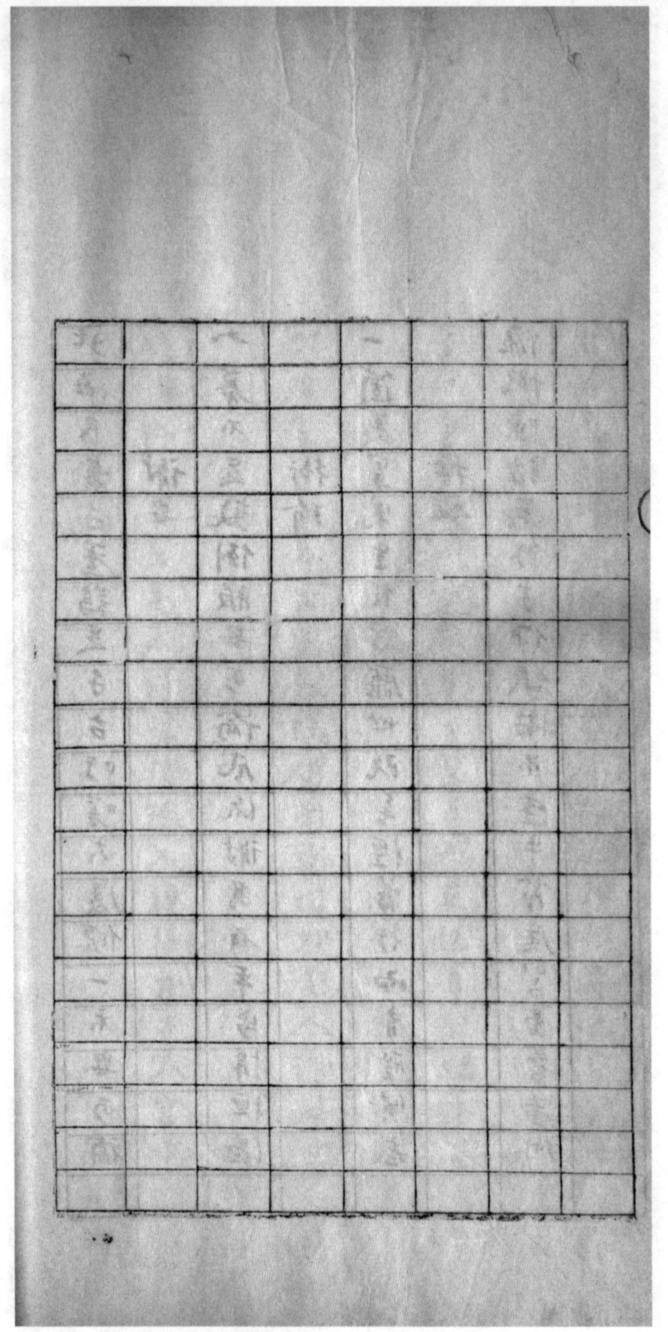

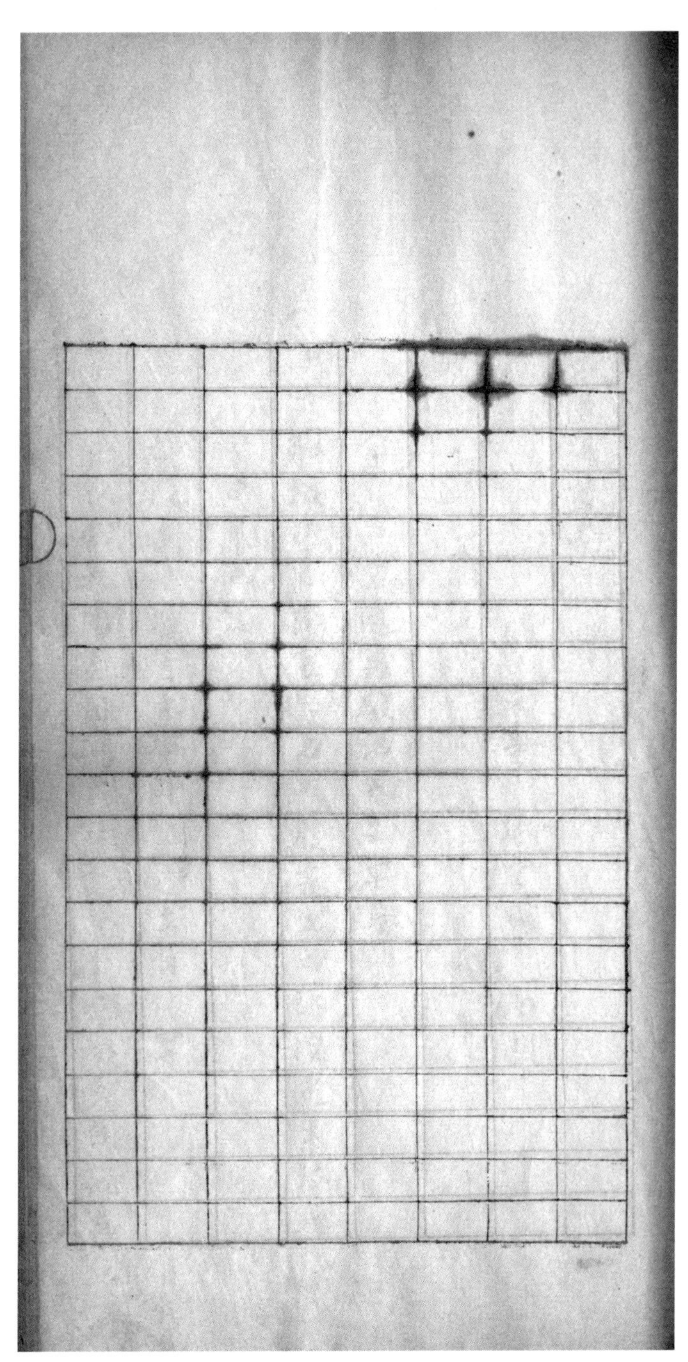

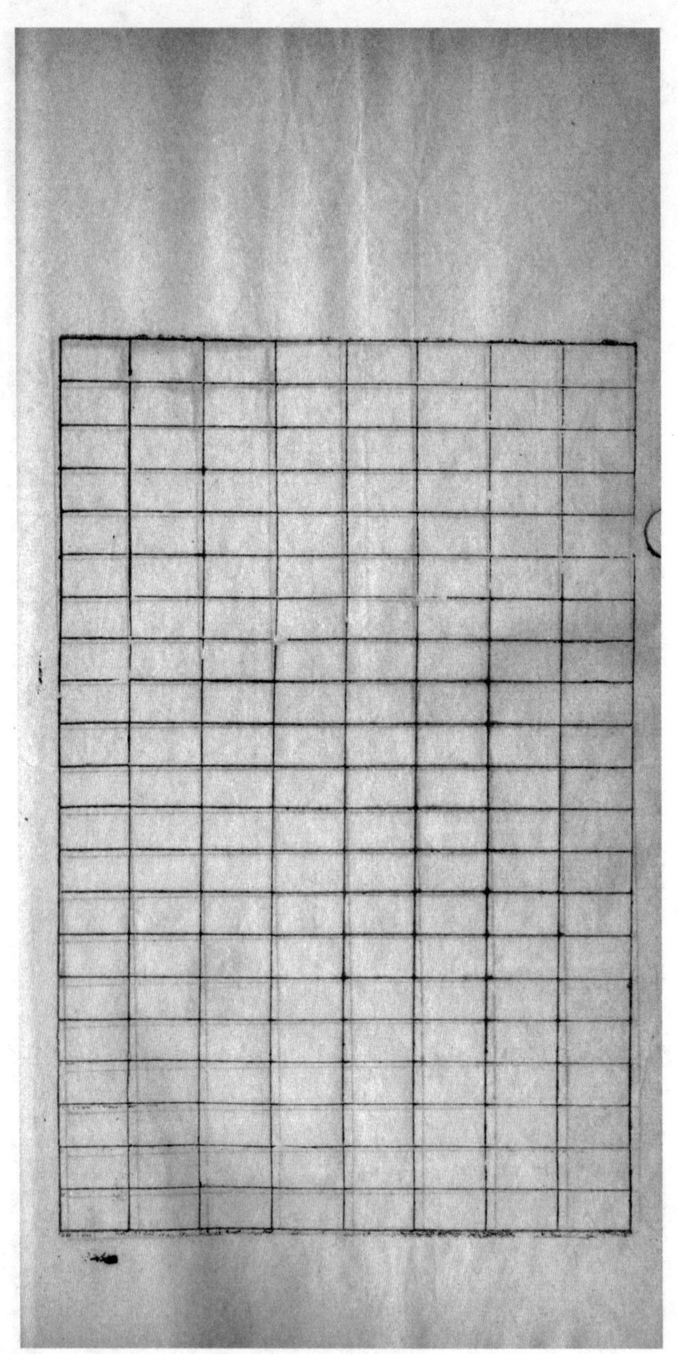

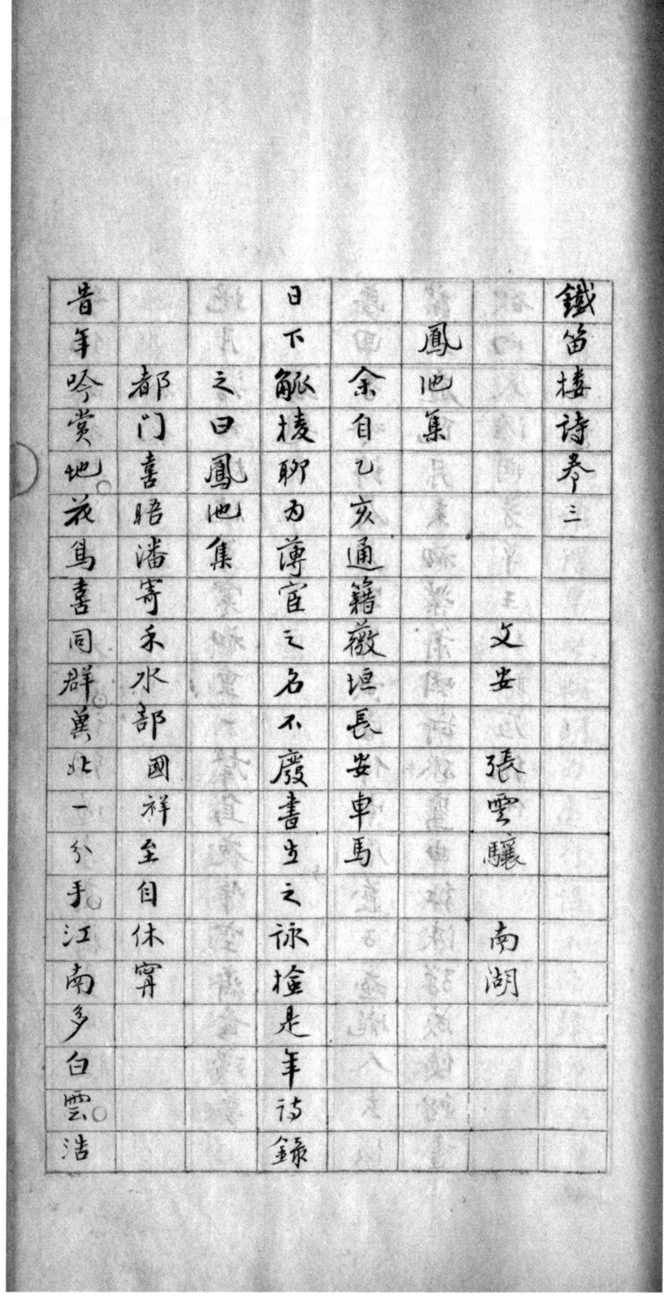

鐵笛樓詩卷三

鳳池集

文安 張雲驤 南湖

余自乙亥通籍薇垣長安車馬日下軟棧聊為薄宦之名不廢書生之詠檢是年詩錄之曰鳳池集

都門喜晤潘寄禾水部國祥至自休寧

昔年吟賞地花鳥喜同群萬北一分手江南多白雲浩

歌仍故我。把酒又逢君。共説經過事。高齋易日曛。

旅夜

曉月澹如燈。枕簟寒初重。一聲烏夜啼。空齋無殘夢

無題

夢回香冷錦屏虛。寂寞黃昏伴索居。燕子簾櫳人去後

棃花庭院月來初。紫簫咽斷孤鸞曲。紅淚彈成雙鯉書。

欲向天涯問芳草。王孫眼底綠何好。

古意

誰謂舟無帆。誰謂車無輪。胡爲遠行侶，不作歸鄉人。

彈琴

新月娟娟紅藥房。火山細爇兜婁香。冰弦着手水雲冷，飛出一雙么鳳凰。

都門買豐臺芍藥

梳翠分紅足自娛。軍持曉滌露華腴。高齋四壁皆春色，也勝千金買曼殊。

芍藥價昂戲占一絶

豐臺小雨夜來收。珍重名花未易求。孤客敢攜春色貴。

不教輕上美人頭。

題韻蒔詞

花衰何人唱竹枝。東風紅豆最相思。浮名過眼不作達。

笑殺城南傅畫旗。

題意園東韻蒔主人

池臺花樹裊。雲蹤入門深。魚鳥有真性。松篁多好音。我

來載首酒。一為滌塵襟。更上漱芳樹。與君彈素琴。

春暮病起

日來憐太瘦強起獨微吟忽見雜花落始知春色深鳥
啼庭院靜蘿掛竹籬陰閑負摺迎讀悠然物外心

燈蕊如校字

喚魚亭畔水如煙草長鶯飛四月天細雨飄來楊柳岸
春風催上木蘭船酒盞紅深愁獨醉被他翠冷怯孤眠
雨雨風風不知處重來卻到飛花路花裏琵琶抹綠腰
嬌癡慣索周郎顧小字紅牋呈蔻詞雲鬟寶髻嬌春暮

酒香船移曉月低。七十二沽陽煙霧。鶯花樓眼半經春

天涯香種相思樹。年來簪筆鳳池頭。紫陌紅塵叱玉騮

妖雲幕雨懶驚夢。脆管繁絃無限愁。曉風十里晶簾捲。

不是珍珠舊日樓。年華數香拋紅豆。一池春水風吹皺。

章臺何處問蕭娘。蕭娘恰在銀燈後。見面仍嗤杜牧狂。

背人暗惜東陽瘦。濃情低詠昔年詞。紅簫月底鴛鴦袖。

偷向東風喚姓名。高樓爲子澤如舊。爲如姓高

懷十橋先生

故人詩區狎煙波往歲曾隨放櫂歌遠夢欲尋吟旁地
白蓮秋水暮雲多

薇垣夜直

蓬萊宮闕接蒼穹刻漏聲傳
紫禁東萬里星河秋色裹
九天閶闔月明中職供文字官如水夢斷風塵跡轉蓬
曙色漸分魚鑰啓
玉樓深處曉雲紅

訪蔚主人招游西山途中口號

烏帽紅塵客，青山綠水緣。故人携芝履，招我向林泉。夕照歸黄葉，嵐光化紫煙。會須吟絕境，跨鶴學飛仙。

靈光寺

翠微何處是，禪舍對秋岑。一徑亂黄葉，數峯生夕陰。雲山原有主，魚鳥豈無心。更酌清泠水，寒流鳴玉琴。

題清泠泉辭

雲飛秋樹巔，人立蒼巖背。冷翠蔽空亭，泉聲響環珮。

初魔崖

亂石虎狼蹲，峻崖劃一門。懸岸飛電影，古佛卧雲根。入語危闌險，風濤大聲吞。更穿真武洞，倚杖看朝暾。

龍泉

法雷怒走蒼巖底，石華濃浸真珠蕊。夜深風雨老龍醒，須臾噴作蓮花水。美哉此水號龍泉，酌而飲之可延年。山僧為我語爾爾，以理度之或有然。不圖此地得奇玩，終日離之百憂散。汲來煮茗烘松花，時見缾中飛紫電。

何年隻手擅風雷倒挽神龍入天漢

寶珠洞

夜宿翠微山朝尋寶珠洞眼底飛鳥低衣上煙嵐重祥光出洞飛化作雲間鳳

翠隱亭

日暮空亭上蒼煙滿客衣鳥翻秋葉下僧踏亂雲歸瞑色連丹峰泉聲落翠微塵緣多可斷長此学忘機

靈光寺僧不通内典而誠樸可喜

不讀蓮花貝葉經，蕭然退院一枯僧。語言文字都無着，方是如來最上乘。

慰同年劉濟臣傳任下第即送其之官大梁

西風吹起別離情，懷抱如君好共傾。未必聰明消福澤，莫將科第作功名。拈毫忽起胸中嶽，把酒慵談紙上兵。各自前途須努力，等閒莫作不平鳴。

閒吟

睡起金猊篆未銷，近來情緒總無聊。客非同志談常倦僕有離因[心]氣斷驕。詰思澹如春月柳。御慈湧似海門潮。

西風無限蓴鱸興。何日煙波撥盡橈。

薇垣夜直懷宗振裘同年

宮樹棲鴉定。挑燈句枕[未]安。月華清入夜。茶味冷於官。嚴敞銀河迴。秋高玉宇寒。遙憐宗楚客。海[沙]向[際]望憑闌。

少年行

金臺風起雪飛花。白馬貂裘向狹斜。昨夜高樓留一醉。寶刀遺在玉人家。

寄内

因何迢遞寄書遲。秋雨秋風遠別離。為我殷勤告慈母。臘梅時節是歸期。

送姚拙盦棠錫歸武清

北風橫捲雪花麤。書劍輕裝伯笨車。從此高齋行樂地。酒旗歌板為君踈。

夢春詞和伯希太史原韻

阮家西畔宋家東。翠幰珠香夢雨中。垂柳傍人遠旁馬。

荷花臨水護晴風。銀蟾媚晚添山翠。寶蛤憎寒換海紅。
真箇蓬山天上有。錦將別恨惱文通。

二

蘊藉潭潭漏沈沈。紫玉如煙入夢溫。珠粉暗黏湘竹淚。
月華深護海棠魂。畫諾鳳卜酬心約。羞說蛇衣褪臂痕。
錦重果逢無一恨。紅雞不負備儂鴛。

三

水意雲情不帶秋。儂花儂寫幾生修。重逢崔護花何笑。

誓嫁韋皋頸繫酬。錦帳偷窺金蛺蜨。湘裙親解鈿箜篌。

此身肯學卿卿死。化作鴛鴦也白頭。

四

碧玉才華擬左芬。嬌憨無賴依倚微醺。枇杷樹底人雙影。

豆蔻梢頭月二分。郎是桐花儂是鳳。心如流水夢如雲。

篆煙不化相思字。鵲腦斟來細細熏。

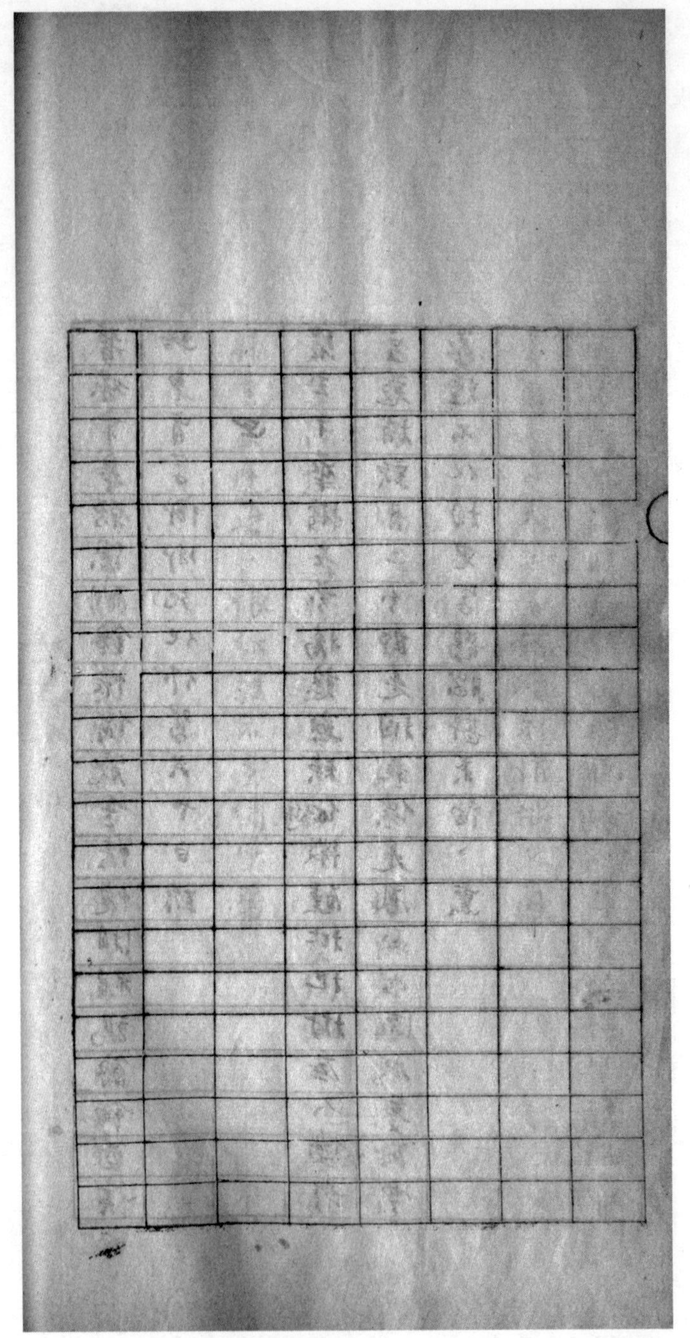

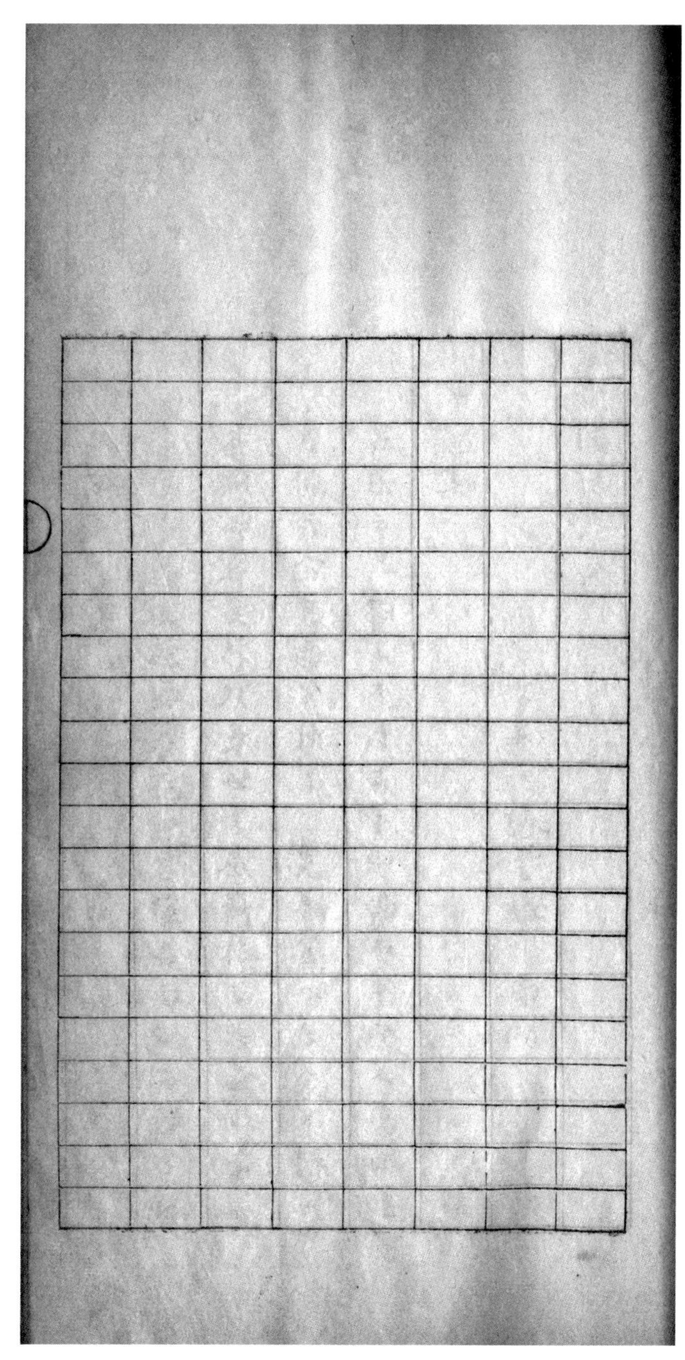

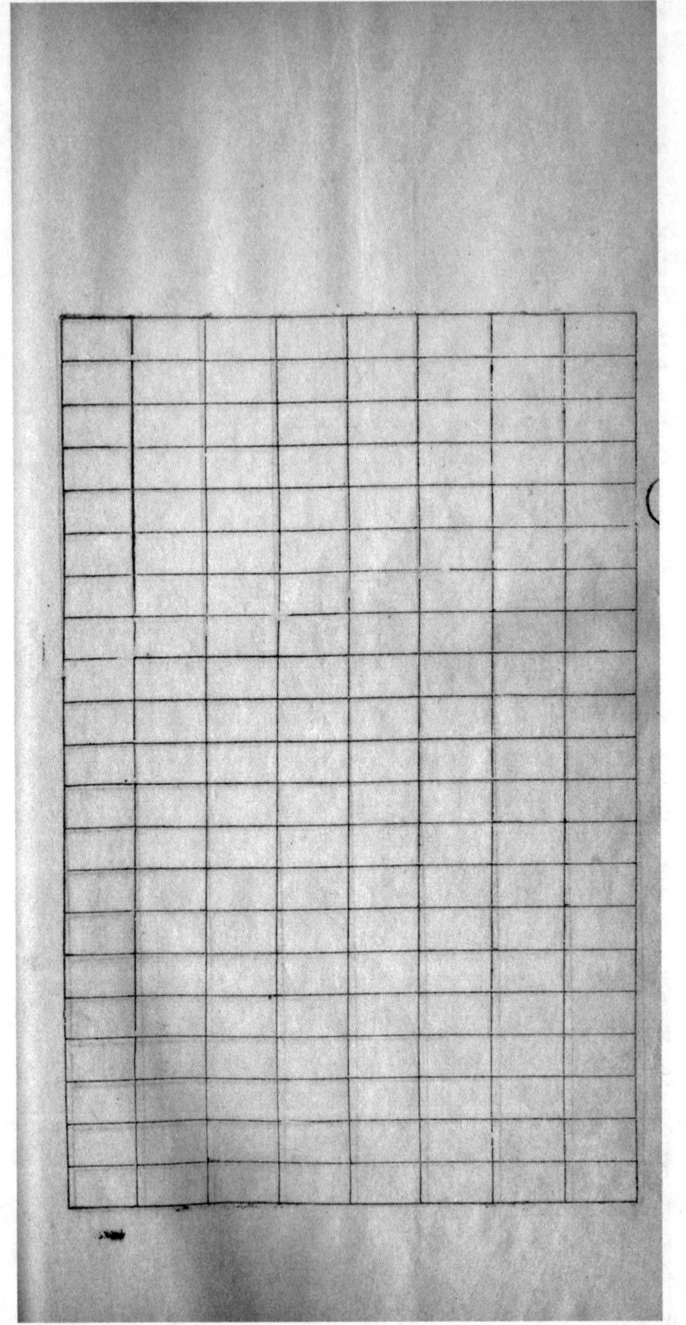

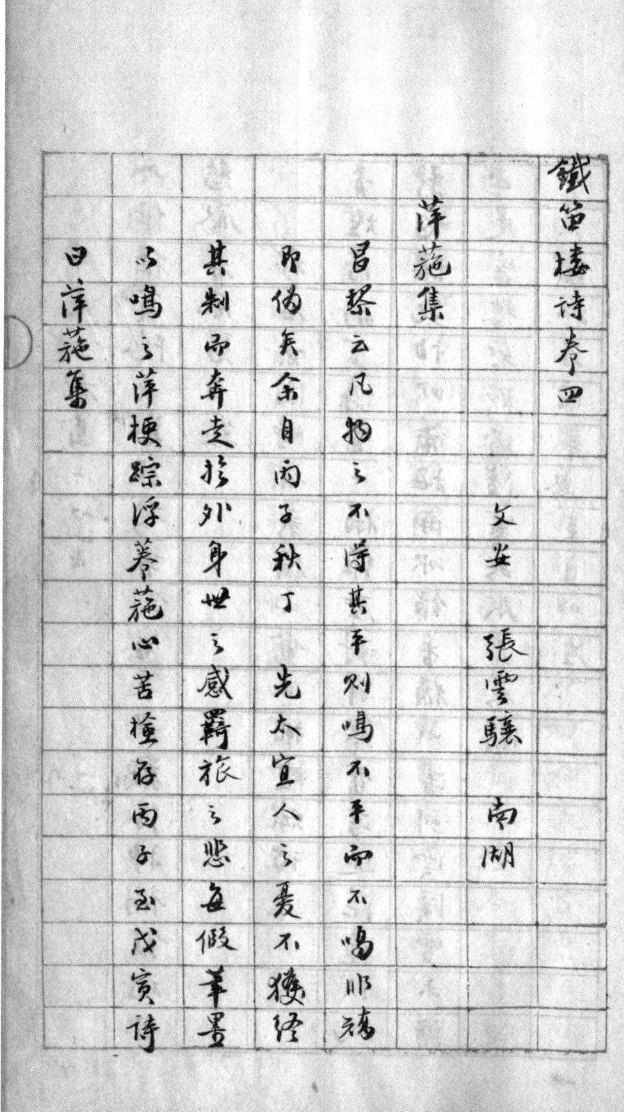

鐵笛樓詩卷四

文安　張雲驤　南湖

萍葹集

昌黎云凡物之不得其平則鳴不平而不鳴非矯
即偽矣余自丙子秋丁先太宜人之憂不獲終
其制而奔走於外身世之感羈旅之悲每假筆墨
以鳴之萍梗踪浮卷葹心苦稿存丙子至戊寅詩
曰萍葹集

早春入都馬上口占

入仕猶貧隱更難，强攜書劍客長安。鞭絲拂徧銷魂句，
愁壓春風踏玉鞍。

移居袁園時採薪猶未愈也挑燈賦詩

青燈薄病可憐宵，一榻維摩對寂寥。舊夢迷茫違伏枕，
新詞悽宛怕吹簫。梅開冰館香猶小，書到雲溪雪未消。
正是客愁無頼處，清寒如水月如潮。

鐵松岩同年齡來自山左

小園燈火紙窗虛。十載相思把臂初。袖裏煙霞東海句。筆端風雨北溟魚。璁霄健翮乘時起。青史精忠累代書。松岩先世多殉單難國史有傳傾談大羅天上曲。杏花消息近何如。

病起

瘦骨扶病起。春色惜蹉跎。怯向西窗坐。梨花暮雨多。

別後聞笛

曉憩月落客分襟。短笛淒涼煙水深。門外千株萬株柳。東風吹入別離心。

途中感舊

春陰漠漠水迢迢。又泊笭箵傍短橋。手折垂楊思往事。十年情恨不曾消。

無題

鬱金堂北弄珠樓。樓上佳人字莫愁。香滿銀屏添綠艾。寒憎步幛換紅榴。門楣舊署長安族。夫婿新封關內侯。寶扇雲車過趙李。不知人世有黔婁。

廢園

一徑無人迹。閑行破蘚痕。寒螿梧子路。秋蝶菊花門。風月無賓主。禽魚有子孫。流螢喜將暮。猶為照黃昏。

秋暮登樓書感

撫劍不稱意。他鄉仍滯畄。西風數行淚。落日獨登樓。性僻難偕侶。身孤易識秋。嗟他天外雁。只為稻粱謀。

病目

豈竟成煩贅。青天礙放眸。泛言期戒酒。真箇為多愁。病久心先怯。醫庸藥懶求。不知書劍側。熱淚為誰流。

大雪歸自東園

瞀亂心情百事違。北堂無復問慈幃。花、淚灑荒村暮。

風雪滿天掃墓歸。

冬日別伯兄

莫漫嗟行役艱辛歷當能。氣因憂患長。愁更別離增。人事或相左。天心終可憑。落花風雪裏。淚雨已成冰。

北行題村舍壁

驅車夜入荒村宿。露晴風高響林木。凌霜瘦馬健芻糧。

曉月啼烏上茆屋。僕僕風塵多苦辛。伊誰能我遊子勞。
明朝早發燕山道。北望浮雲長曉陰。

神駒行

太行之馬金錯刀。騰驤瞰射成人豪。不逢馳騁試身去。
聲光且與風塵韜。羈駘銘身安足惜。一朝運適移年匹。
孫陽逝兮壯武遙。吾安歸兮長太息。

郡內送家端甫兄瀋陽學署省親

西風一夜雨。秋色滿長安。揮手別離易。回心行路難。趨

庭全諸孫獻壽白頭歡此樂吾何有傷心淚暗墮

丁丑之秋年丈豫東屏觀察山招赴濟南留別都

門諸同好

天闊風高旅雁群無端離緒鬱紛紛應官湯詡孫中翰

入幕空慚杜司勳數載教歌兼市酒此行飽看泰山雲

二

春明門外天涯路草色輕依日易曛

猶記十日倒金罍對酒襟懷跌宕開千里雲山勞遠夢

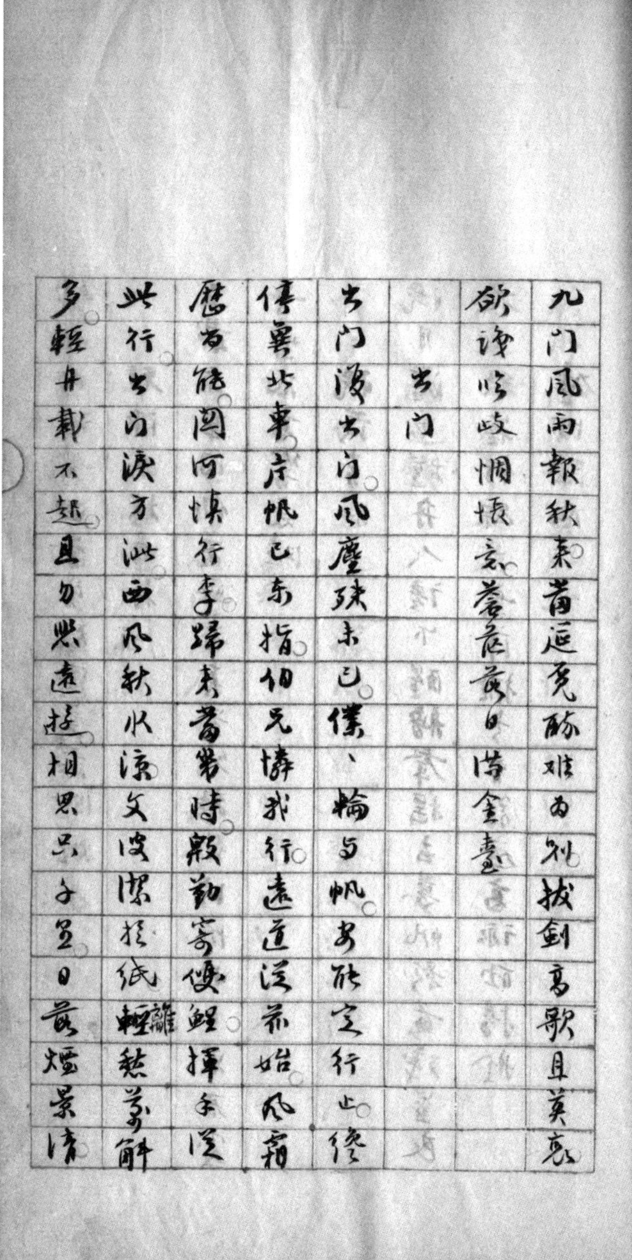

九门风雨报秋来，黄运觅酥难为别，拔剑高歌且莫哀。
欲识吟岐惆怅意，苍茫落日满金台。

出门

出门复出门，风尘殊未已。仆仆轮与帆，安能定行止。缘
传闻北事，片帆已东指。伯兄携我行，远道从兹始。风霜
历有饶，阅河慎行李。归来当几时，殷勤寄双鲤。挥手从
此行，出门泪方洒。西风秋水凉，文波洁拄纸。輕離愁万解，
多经廿载不起，且勿思远游。相思只子笠，日益灯景清。

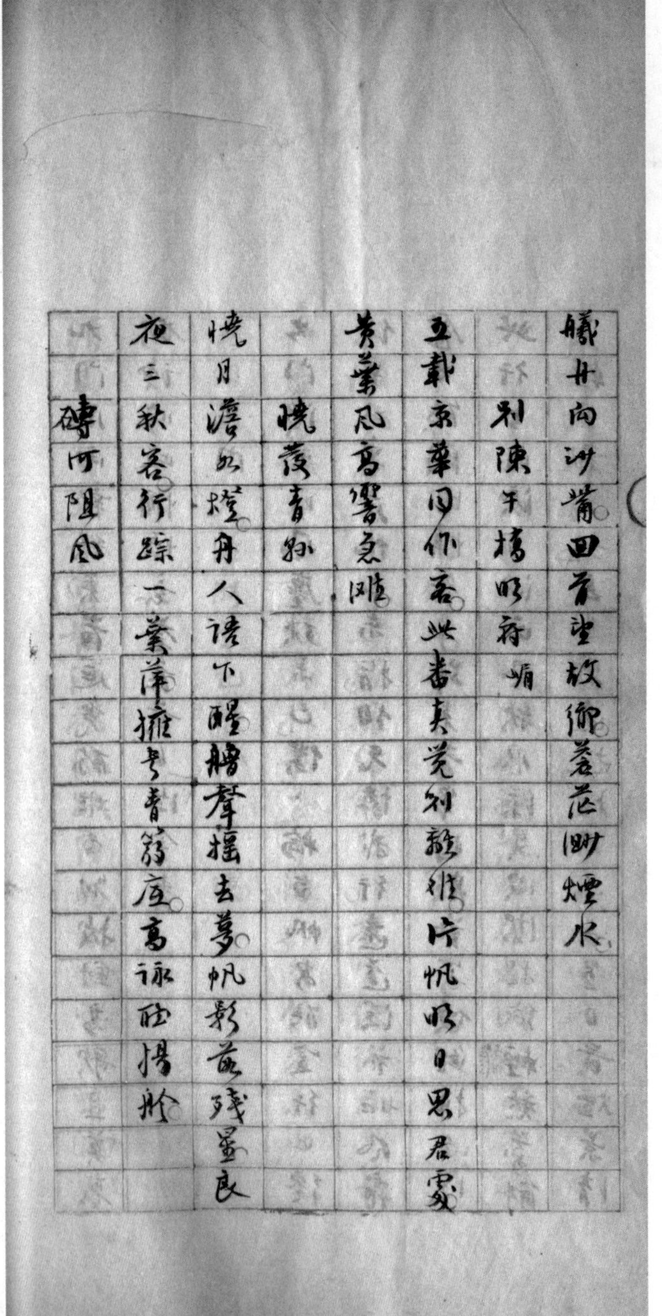

艤舟向沙嘴。回首望故鄉。蒼茫瞰煙水。

別陳午橋明府 娟

五載京華同作客。此番真覺別離難。片帆明日思君處。黃葉風高響急灘。

曉發青谿

曉月澹如燈。舟人語下醒。櫓聲搖去夢。帆影落殘星。良夜三秋客。行蹤一葉萍。擁衾青篛底。高詠醉揭舲。

磚河阻風

秋水蒲帆紫蟹肥。此行惜與故鄉違。客心不似南歸雁。先逐西風一夜飛。

過連鎮

落日輕帆一鳥過。打船風浪白於鷺。人煙無際村廬密。戈馬當年戰骨多。秋草幾番留故壘。長河依舊下奔波。即今寰海澄清久。過客扁舟自棹歌。

舟中風雨過栢園鎮

一入滄州縣。煙濃水漸肥。片帆衝雨過。遠樹帶雲飛。風趁濤聲壯。天寒酒力微。料知今夕夢。不逐雁南歸。

平原道中不得謁彰魯公廟

漁陽鼙鼓徹天鳴。軍士倉皇猨鶴驚。誤國君王多好色

當國太守獨談兵。藏金沒日終遺儀。（魯公遺金事見仙史傳）蜀棧

當年若有先。蔽日平原城外過。多、不曉拜先生。

大明湖

聞說明湖好。今來汗漫游。半成蓮葉水。倦槳木蘭舟。白

鳥浮沙嶼。青山出郡樓。天教雲水窟。一爲洗鄉愁。

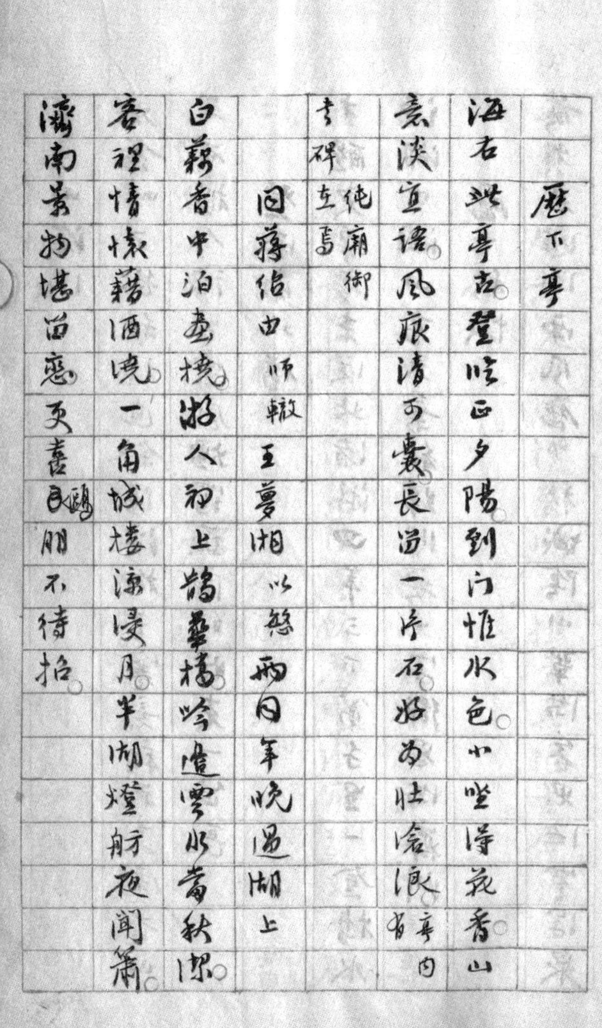

歷下亭

海右此亭古，登臨正夕陽。到門惟水色，小坐得花香。山意淡宜詩，風痕清可囊。長留一片石，好為壯滄浪。（亭內有純廟御書碑在焉）

同蔣伯由（師轍）、王夢湘（以慜）雨日午晚過湖上

白蘋香中泊畫橈，游人初上鵲華橋。吟邊雲水蒼秋際，客裡情懷藉酒澆。一角城樓涼浸月，半湖燈舫夜聞簫。濟南景物堪留戀，更喜良朋不待招。

小洛浪

水翁啼不歇移棹近斜陽溪柳有寒意蘋花多遠香山光石(嵩)欄人語出雲廊煙露菰蒲外時來一笛長

登濟南北樓

才醒東華夢來從北渚游四年三下第千里一登樓水淨湖田濶山高木葉秋歸鴻無一字鄉思滿齊州

歷下秋懷

落木急凋殘雨風歷下秋城陰山翠滿客思海雲浮泉

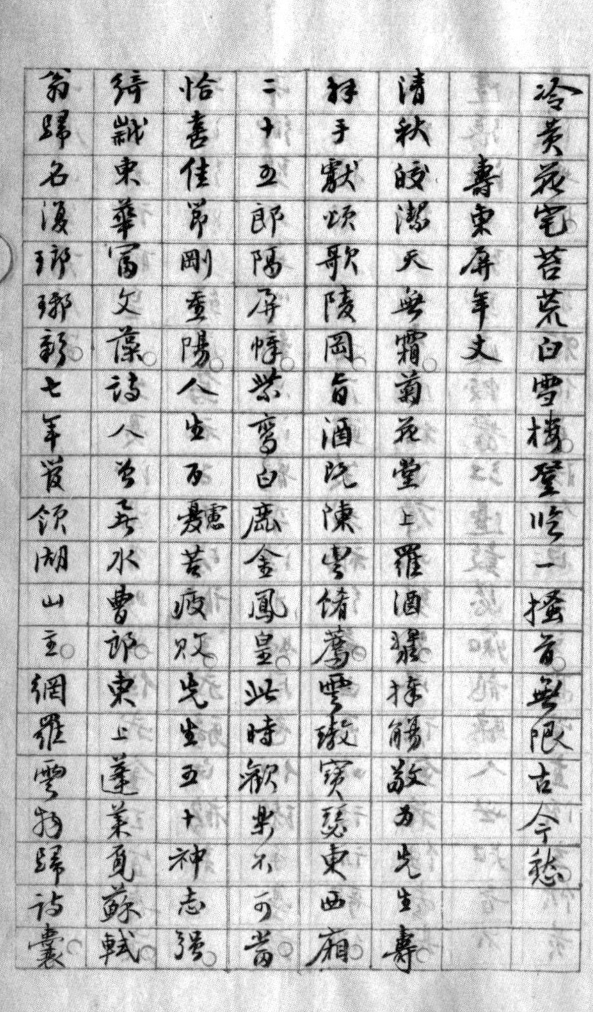

冷黄花宅。菩荒白雪樓。登臨一搔首。無限古今愁。

壽東屏年丈

清秋皎潔天無霜。菊花堂上羅酒漿。揮觴敬爲先生壽

拜手獻頌歌陵岡。旨酒既陳儲薦。雲璈寶瑟東西廂

二十五郎陽屏悴。紫鸞白鹿金鳳凰。此時歡樂不可當

恰喜佳節剛重陽。人生百憂[憲]苦疲[illegible]。先生五十神志强

綺歲東華富文藻。詩人爲[illegible]水曹郎。東上蓬萊覓蘇軾

翁歸名復瑯琊彰。七年嚴領湖山主。綱羅雲物歸詩囊

首膺六察肅風憲
九重天語聆皇〻先憂後樂有如此保我金玉宜壽康
況復繞膝多雛鳳烏衣子弟皆謝王我騎白鶴來
帝鄉碧天無雲秋思涼鶴華淥水好風急仙璈手裏聲
琅〻撓東分曹奉賡鮑笑我穢綫無由長吹詩詠歌作
文賦尺地不怨青蓮狂笛聲吹裂忽思謝劍花蝕春斯
逢張海工彈琴瘦蛟舞江邊鼓瑟痴龍驚人世知音不
易詩無情之物猶低昂曉登白玉之高堂直須立飲黃

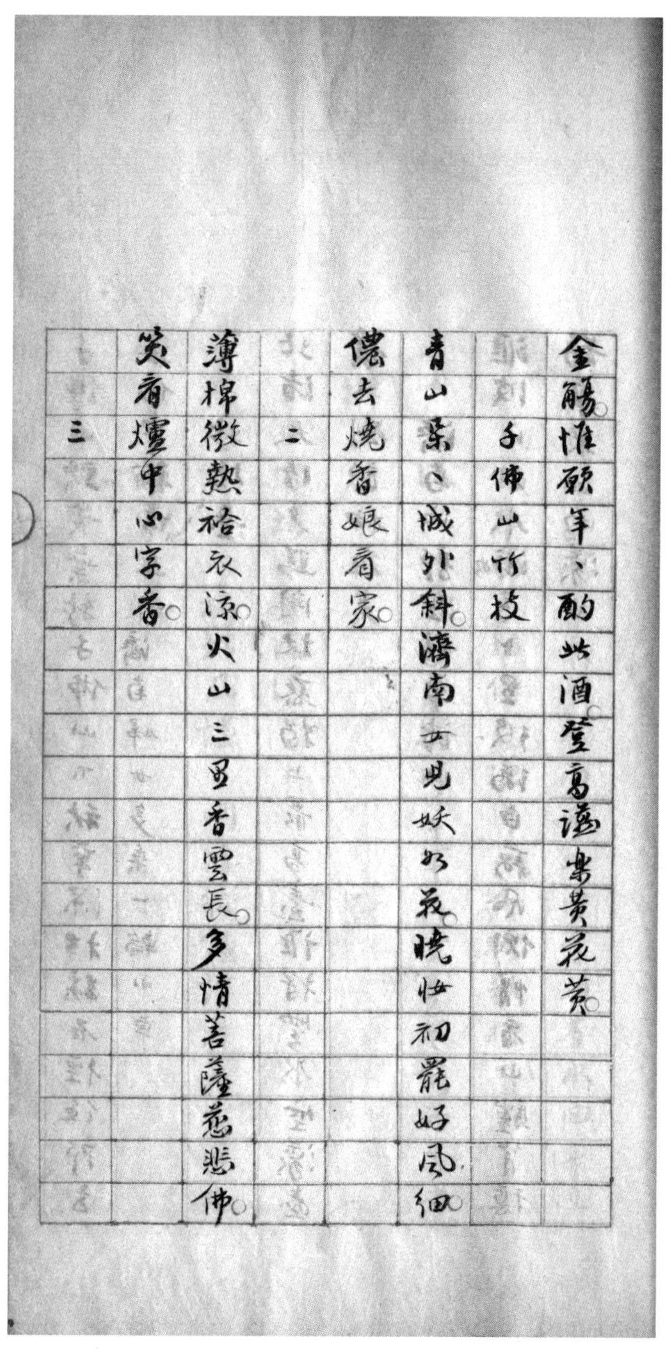
金觴惟願年、酌此酒登高遙望黃花黃。

千佛山竹枝

青山朵、城外斜。濟南女兒妖冶花。曉妝初罷好風細。
儂去燒香娘看家。

二

薄棉微熱袷衣涼。火山三日香雲長。多情菩薩慈悲佛。
笑看爐中心字香。

三

千佛山頭黃葉新，千佛山下秋草深。扶踐石徑俟郎去，妾似車輪常在心。濟南婦女多乘一輪小車

北極臺

北渚天晴夕照開，杖藜獨上最高臺。誰將雲水空濛景，攝入劉郎袖底來。

濟南北郭望鵲華諸山

匯波門外水瀰（如）瀰，十里玻璃白蘋風。側帽看山驢背穩，鵲華東去雨濛濛。

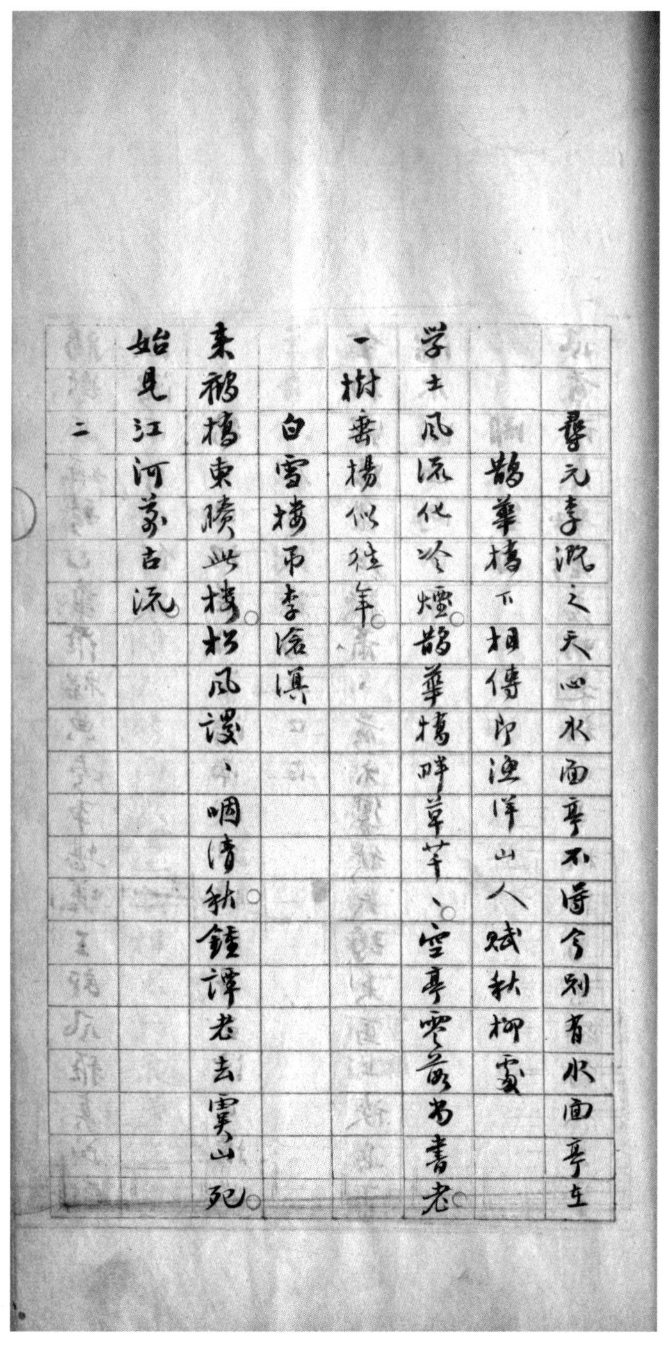

馨元李流之天心水面亭不借今别有水面亭在

鵲華橋下相傳即漁洋山人賦秋柳處

学士風流化冷煙。鵲華橋畔草芊芊。空亭零落為青老。

一樹垂楊似往年。

白雪樓而李滄溟

來鶴橋東勝此樓。杉風謖謖咽清秋。鐘譚老去雲山死。

始見江河萬古流。

二

腸斷文姬鬢已華，羅裙典考事堪嗟。王郎風雅真成癖，演漾西郊賣餅家。

秋日同杉岩同年濟南城外晚眺并至濼口掃繩

扇看火繩馬上口占

金勒霜蹄踏玉鞭，蕭蕭落木響秋天。趨來馬上談兵事，濼水城西兩少年。

湖上寄內

風前誰弄玉參差，吹起秋心上柳絲。萬葉吟條人去早。

芙蕖香老雁來遲。寂寥雲水感新詠，繾綣光陰異昔時。明月樓頭夕懷遠，西風湖上獨題詩。

讀夢湘詞

齊州風月楚江離。不信玉郎愛別離，那得玲瓏（寶華）紅鶻背。尊前低按夢湘詞。

晚過湖上懷劉星岑閎丈 烓焴

不見詩人劉長卿。湖天新雨水連城。相思一夜蘆花白。千里照人惟月明。

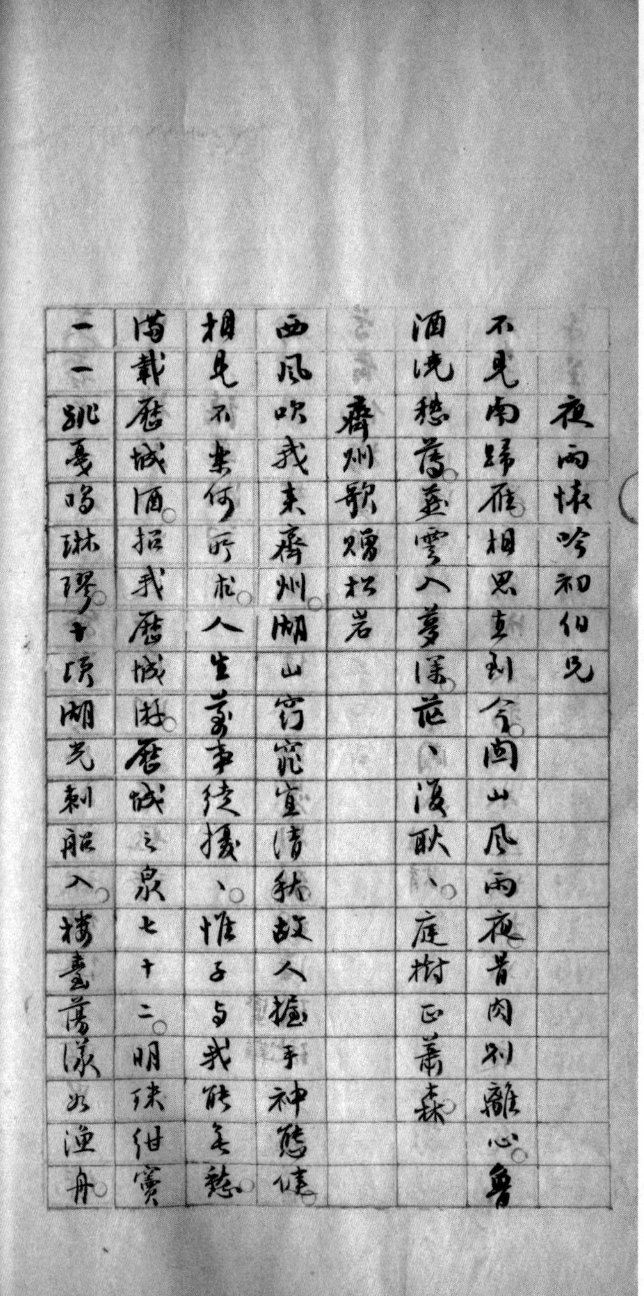

夜雨懷吟初伯兄

不見南歸雁，相思直到今。關山風雨夜，骨肉別離心。魯酒澆愁薄，燕雲入夢深。花花復耿耿，庭樹正蕭森。

齊州歌贈松岩

西風吹我來齊州，湖山窈窕宜清秋。故人攜手神態健，相見不樂何所求。人生多事徒擾擾，惟子與我能無愁。滿載歷城酒，招我歷城游。歷城之泉七十二，明珠紺寶一一跳戛鳴琳璆。十頃湖光刺船入，樓臺萬家如漁舟。

國家圖書館藏清人詩文集稿本叢書（第六輯）三

青山倒吸入杯酒。落波遠近隨去留。有時策騎訪蕭寺。
登高長嘯風颼颼。北有鵲華之蒼翠。東有龍洞之林陬。
匡山峰似華不注。李白讀書今在不。齊煙九點不盈尺。
青餘一髮難兩收。稼軒詞筆足今古。溉之亭館終山邱。
醉插黃花踏秋圃。一問易安故宅便過滄溟白雪之高
樓。酒酣忽憶東華住。意園主人同唱酬。射覆互欲鬬鵲
筆。詩成笑拂珊瑚鈎。固言登第已得讀書福。不才兩我
徒悠悠。徽垣拜筆太無賴。君亦一官如贅疣。松岩以麿補官新分

衆部何如且適眼前衰傳向便付名雅語丈夫磊落自子
古安得軛勒如驅牛。浮雲過眼不作達。未免貽笑黄金
甌。明朝策杖登泰岱。會見神龍夭矯出没東海頭。
秋興柬蔣子紹由王子夢湘曹子雨生錢子松岩
眉子星若趙子小魯
天外西風旅雁聞。客懷鄉夢日紛紛。消磨吟骨閒山月。
跌宕秋心海嶽雲。何處笙歌催縱酒。一時裙屐快論文
諸君各有煙霞癖。早晚相隨問鹿群。時同人約游龍湫未果

送曹芋僧回年作霖歸蓬萊

蓬萊東去海雲高。此日觴君賦大刀。千里盍圖風雪暮。夢中歸思已滔滔。

除夕夢湘索詩走筆應之

堂堂歲月不可留。孤身千里東海頭。客懷拉雜無一可。鄉心歷亂難為休。青天花花亦何有。生無百歲休搔首。王郎王郎歌莫哀。看口且吸杯中酒。湖山大雪風片斜。一夜開徧紅梅花。丈夫三十只如此。明朝航艤仍天涯。

丁丑除夜遥奠　先慈於客舍

以此過一年。心情殊草草。隻影背故鄉。千里因山道。長年羇旅思。今宵尤懆懆。盥手爇心香。　慈親神未渺。幸庇游子身。天涯為强矯。何日歸故鄉。負土樹丹旐。昔年負米艱。已愧反哺鳥。感此為酸心。淚下不須導。幼年　慈母訓。守身如愛寶。懷兒初離家。太歲在丁卯。數載客東華。勵志戒溫飽。辛勤博一官。板輿欣灑掃。天外凶耗來。忽如雷轟腦。潰裂魂魄飛。直視對蒼昊。含殮不得視。

此恨終天抱。歸來惟清風。難樹泥罔表。編荊護殯宮。寐
寘荒園心。酸風吹淚聲。凍雪在林杪。支持羸病軀。家事
況紛擾。掉頭還出門。況味風塵惱。我才非戔吾。敢望人
如鮀。八月秋水涼。扁舟下風夢。迢遞北歸心。爛漫東將
禧年華逼歲除。風雪湖山縞。官閣夜無人。靜掩香煙嫋。
尋常旅客心。此際已如搗。況我生不辰。造物苦顛倒。隻
身東海頭。生者亦云杳。三年築墓廬。此志終須了。憂患
豈累人。我今爲非老。燈花對客紅。爆竹徹天曉。掩淚出

揖人笑說新年好

濟南燈夕

他鄉忽見月團圓如此風光不醉難一片星河杯底蘸
萬家山郭雪中寒海邦舊雨添情話水調新愁勸夜闌
絕懷故園兄弟輩燈花雖好不同看

春日尋濟南城西古蹟不得

稷下花飛二月天閒行時挂杖頭錢紅鷗白鳥鮫人館
老樹清渠秋史泉黃白文歌傳樂府只今春水半湖田

風流頓盡雲山改，城郭垂楊趁暮煙。

同夢湘城外踏青

春雨金臺路，斜陽歷下門。年年芳草色，無處不銷魂。

趵突泉

倒瀉珍珠落，終年對琳宇。呼起老龍眠，好作齊天雨。時方憫旱

牧兒詞

齊州有小兒，牧牛城東陌。清晨歷原隰，辛苦直到夕。

郭草短狂風多。兩牛不能將奈何。立取卿相擎一舌。何不叩角長作歌。牧兒前致詞。客言亦良美。高位世所欽。賤役亦所恥。曾須挾策干齊君。富貴可求人豈鄙。回手牽牛、不起。

寄懷振裘

每憶東華毛鬚蒨。襟懷蕭、古人風。登壇牛耳名誰及。老筆娥眉畫愈工。（振裘料藝尤精）若登花閣成舊夢。益雲齋樹惆鳥鳴。相思隔歲無消息。海月天涯一樣圓。

病中寄伯兄書即題紙尾

游子天涯卧病身，閑心無復白頭人。死生深味惟高枕，花月風光負好春。故里音書同夢杳，中年兄弟倍情親。伯兄前寄余詩云：「急難相親惟有弟，天涯作客竟無家。」讀之淚涔涔也。何時歸向煙波上，君撥輕橈我放綸。

病餘小卧，夢至亂山中，得萬山拱揖一聯，醒足成之

彤霞紺霧盡冥冥，騎鶴身行九疊屏。一塔崚嶒插天白，

蒼山拱揖向人青但逢佳境多妨幻果可長游不願醒
記得髫年春夢熟峯巒面目似曾經

病起寄松岩

滿架楞迦若一甌病餘猶裹木棉裘故人別去飛花老
獨對湖山憶舊游

二

一從折柳聞驪唱無復看花並馬驕惟有鵲華山頂月
清暉夜、照相思

聞笛

暮雲娟娟螺子碧。新月嫋嫋鵝兒黃。高樓莽蕩弄長笛。大有離人思故鄉。

微雨新晴沈疴初起晚涼獨坐口占成詩柬治田

夢湘

雨歇天气涼。花樹澹將夕。倍幽院宇深。莓苔長新碧。小坐情自怡。形情無傾役。長存淡薄心。百年有餘適。爽風走病魔。好月來佳客。茗香詩思清。盞矮爐煙窄。故人吓

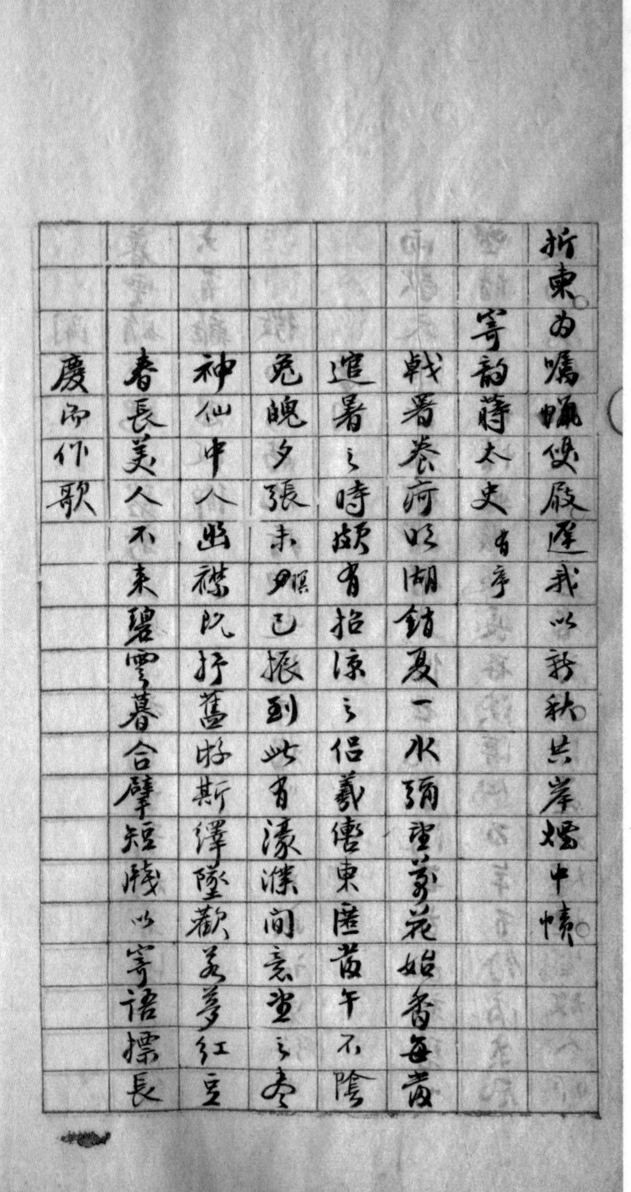

折東爲嗎颯倏殿遲我以新秋共岸燭中情

寄韵薌太史 有序

戢暑養疴於湖舫夏一水頭望荷花始香每當
遣暑之時爛有招涼之侶羲僊東隱當午不陰
兔魄夕張未暝已振到此有濠濮間意螢之來
神仙中人幽襟既抒舊好斯繹墜歡若夢紅豆
春長美人不來碧雲暮合擘短牋以寄語標長
慶而作歌

暮天鶴唳秋雲碧去年别子長安陌書劍棲遲寂寞身
經年拼作齊州客齊州山水鬱清奇風月宜人廿載知
公子春驕歸去早謂松岩農部蓋郎碧草文成綺故人京洛
無消息游子天涯有夢思喜爽軒中爲客日飽香飯裏
治春時連宵宫閣沈沈雨怕讀鸚哥舊日詞舊日東華
悠游詠槽樓酒滴珍珠道青春作伴能歸回别來九載
腸邊硬千里關河語謝書一春風雨傷離病花發花飛
不及看腰圍瘦絶東陽令十頃湖光五月涼湖陰池飯

沸似黄。紅珠宛轉留姜老，碧蘿纏繞駐泰娘。名士軒頭
花奇放。尚書祠畔草初長。日日臨流遣幽賞。攜手何人
王與蔣。謂夢湘、絡由。南城車馬聚如雲，冠蓋迎人太羈鞅。脈
罨方知興會長。新盟鷗鷺真吾黨。煙雨樓臺水半城，荷
花門巷人依舊。清秋約你泰山游，君但能來好結儔。我
有新詩如老杜。待君同看翠山頭。

題邵雪琴女史畫牡丹卷子

絳雲照地春溶溶。雕闌十二圍香風。清平低按玉龍緩。

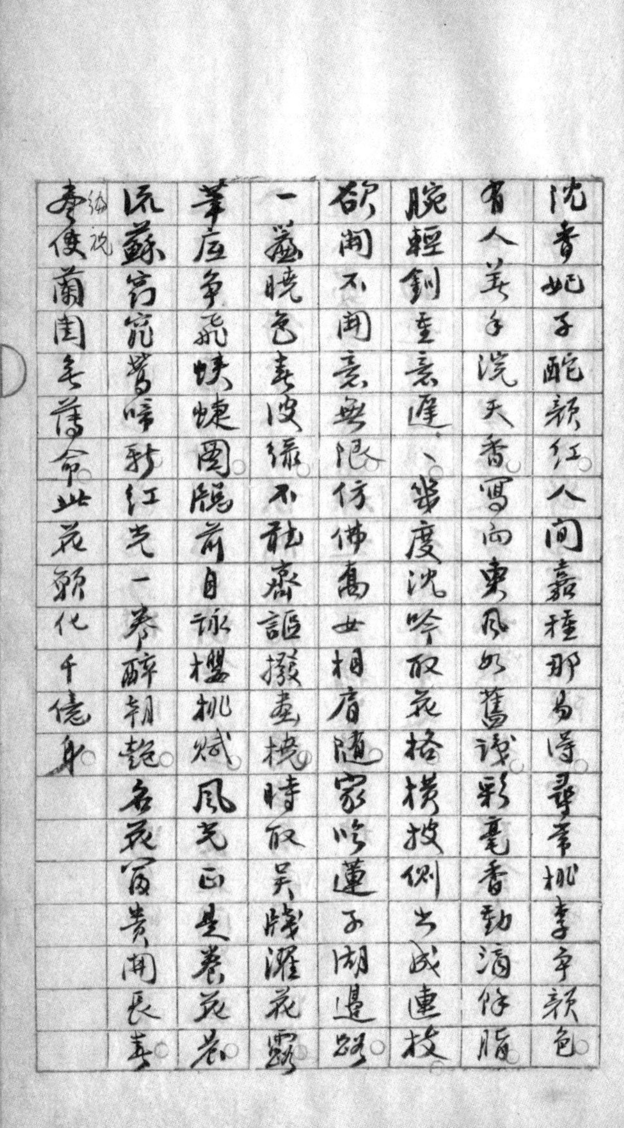

沈香妃子酡新紅，人間嘉種那易得，尋常桃李爭顔色。
有人美手浣天香，寫向東風如舊識，彩毫香動酒餘脂。
腕輕釧墜意遲遲，崔度沈吟取花格，橫披側出成連枝。
欲開不開意無限，彷彿高女相肩隨，家吟蓮子湖邊路。
一萼曉色春波綠，不獨嘉諠攜春棧，時取吳踐濯花露。
華庭爭飛蛺蝶圖，鷁前自詠櫻桃賦，風光正是春花暮。
流蘇宮院鶯啼新，紅光一春醉朝艷，名花富貴閒長春。
[illegible]
春使蘭閨繫落命，此花願化千億身。

湖上

晝臥常自閑，興來適獨步。微雨湖上來，靄然雲水暮。時泛石亭下，垂釣沙洲路。可憐鉤上魚，不羨花間鷺。放之入清流，餌香休自誤。彼岸飛冥冥，澹然無所慕。永懷曠達人，處世有其素。神超自不羈，豈借山林園。

病起歸里門留別東屏年丈

愛士如公世，無慙長者風。執鞭欣御李，彈鋏免歌馮。病骨餘班馬，歸心入斷鴻。龍門天際想，回首白雲中。

留別紹由夢湘山魯諸君子

唱罷驪駒未可留，碧雲天際盡新愁。離亭譜滿玲瓏曲，驛路蟬聲答究秋。未免吟哦傷舊雨，從今省夢落蔣州。諸君莫歎風塵感，蹤跡原同浩蕩鷗。

二

相逢笑拂角巾偏，日話湖陰唱采蓮。一夜西風過歷下，滿城山色落蘆前。離情濃似黃醱酒，客路晴連白雁天。未只故人無那別，七橋風月費留連。

德州郵壁

平津花鳥半荒蕪。煙水迷茫送客途。已是清秋好風色，片帆吹雨下丁沽。

泊馮家口

栖鴉點點柳絲絲，冷落閘河獨泊時。鴻雁驚秋歸夢早，水天無際去帆遲。十年劫墜紅塵海，一夜涼生翠被池。依約曉風殘月岸，無人與唱柳郎詞。

舟中七夕

人間天上可憐宵。獨客扁舟對寂寥。只尺紅墻銀漢近，歸心翻恨水迢迢。

十梅先生招飲雙梧堂先生首唱余和此歌

明月當空碧如斗。雙梧堂中大置酒。先生老健天趣多，酒酣跌宕無不有。醉後題詩韻語新。揮毫直掃千人軍。鉤畫淋漓筆度勁。健如鷹隼摩高旻。是時賓主恣歡樂，飲如漏卮食填壑。長歌忽擊鏽鐵鳴。高談欲挽銀河落。餘子休嗔我輩狂。眼前富貴真粃糠。有酒不飲更誰待。

況須話舊多感傷。憶我少年本疏放。追隨問字春風悵。殷勤屬望期我深。襟懷直薄青雲上。十年驅逐東華塵。一官自笑卑且貧。奔走未成兔三窟。皆使浮世望其。徑須飲酒益食啖。百歲流光急飛電。人生行樂須及時。

墻東又畫梅花序。

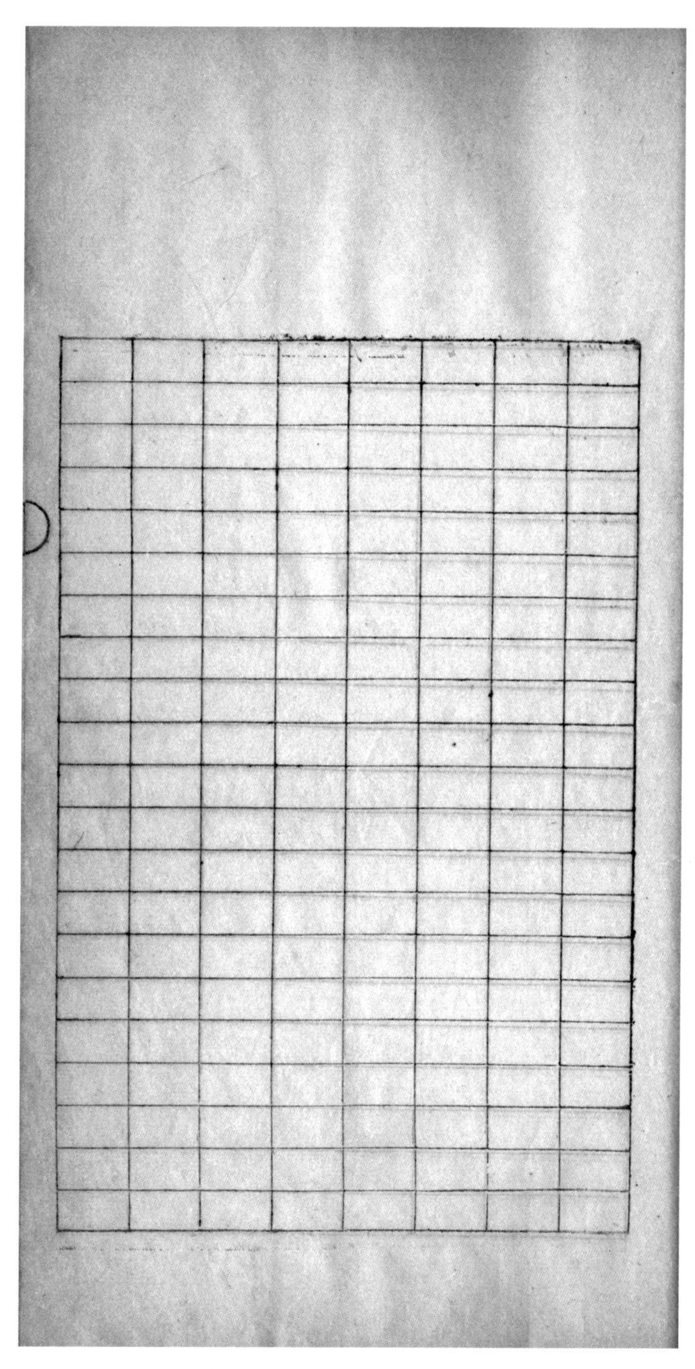

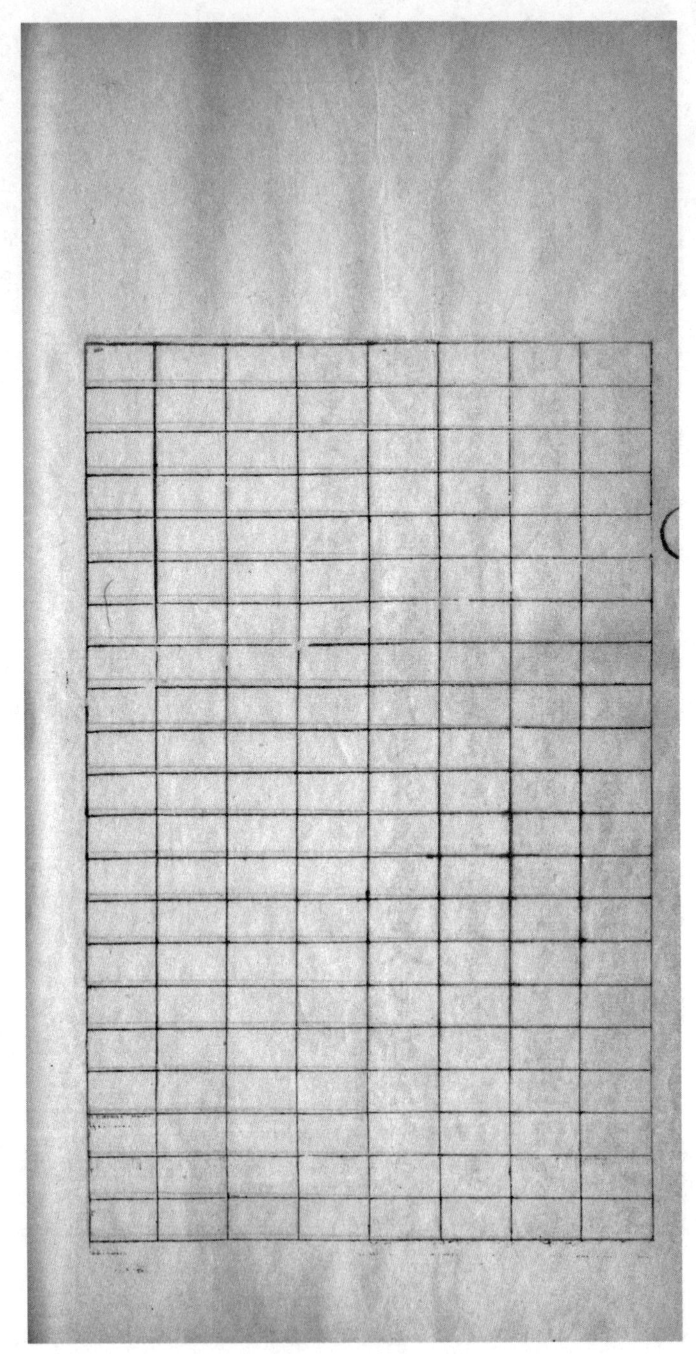

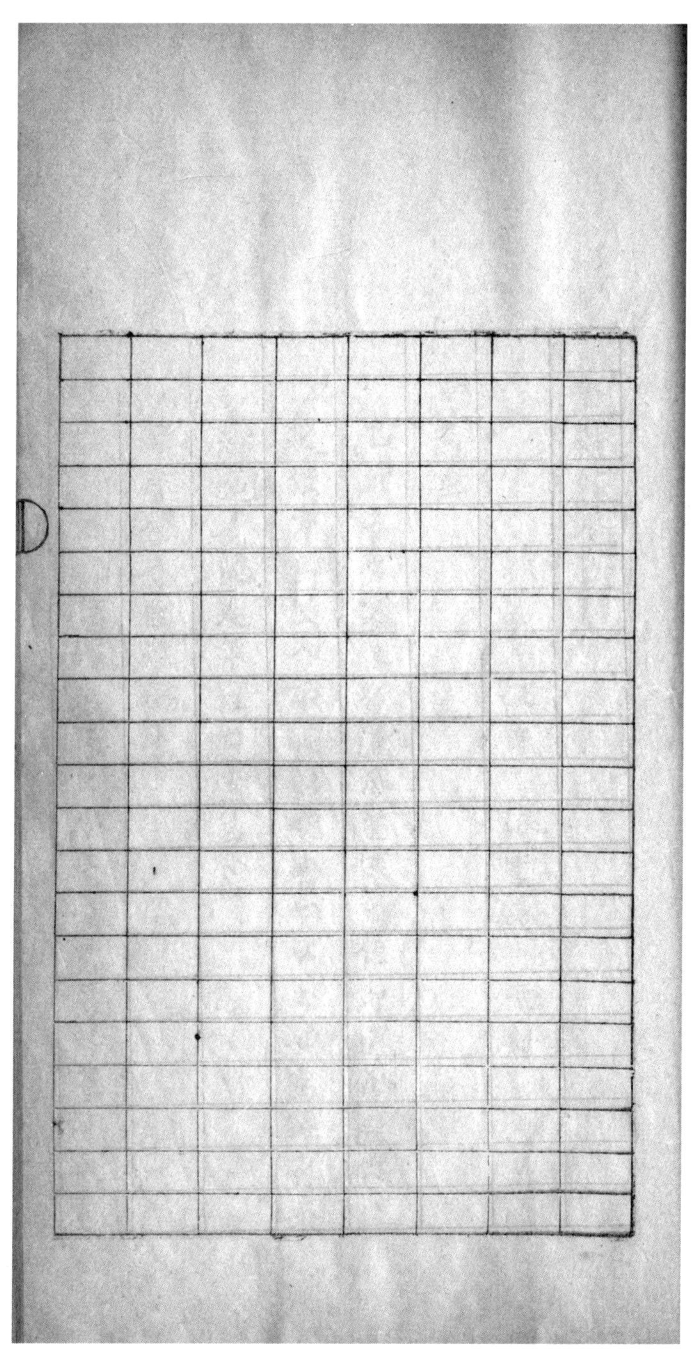

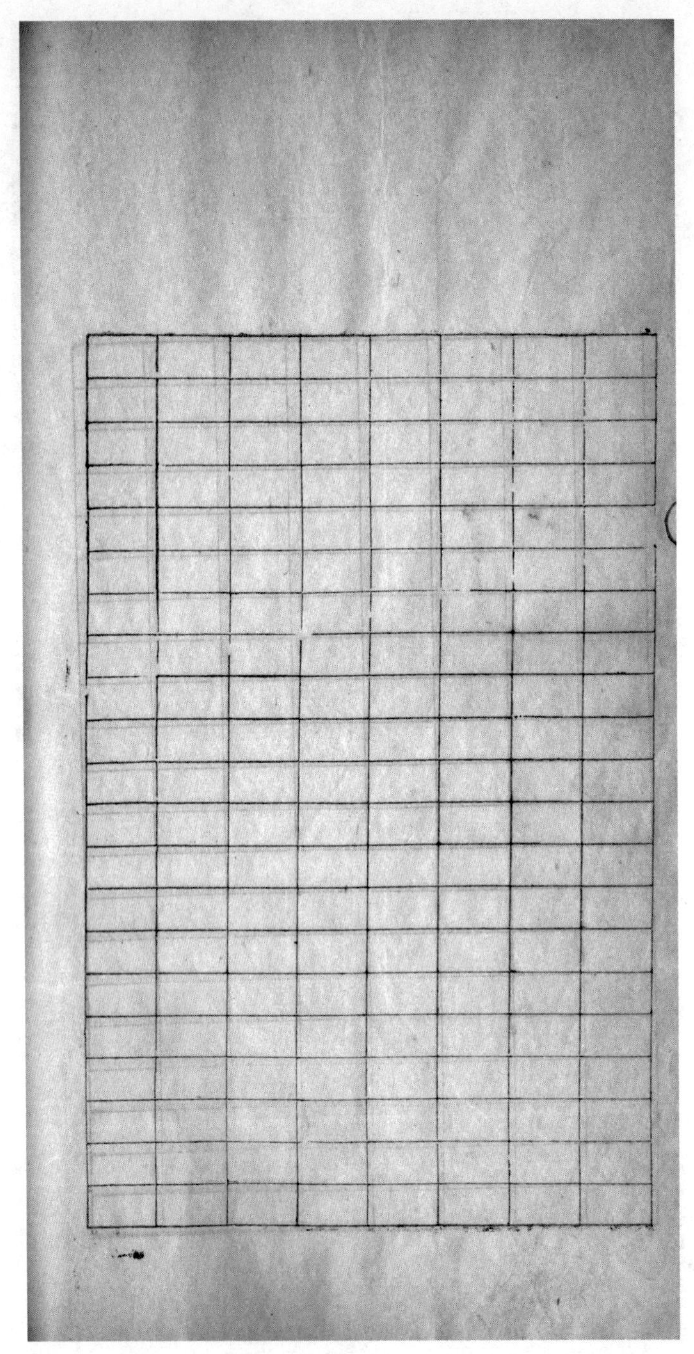

鐵笛樓詩卷五

文安　張雲驤　南湖

雲鳥集

己卯有出塞之行邊風苦寒小住即返風塵僕僕徒使車馬笑人取淵明雲無心以出岫鳥倦飛而知還之意編是年詩曰雲鳥集

早春登意園延矚臺

徑繞松篁石枕苔清晨獨上水邊臺雲溪歸夢三更遠

雪地梅花一夜開笑我官難雞肋棄喜人春逐鳥聲來
门前車馬愁羈鞅林壑幽閒梅不手

送孫佩南比部出都

虛堂風雨驚寒劍忽然鳴世事那堪問君將何處行浮
雲天旦暮春草緜縱横愁殺旗亭留蒼茫送别情

病中懷紹由

去歲於湖住相憐獨有君一官仍抱病千里悵離羣北
地無鴻雁東山足白雲焚琴对流水歍唈不堪聞

春日偕周薈生鑾詒盛伯希昱兩太史極樂寺看花

跌宕猶餘舊酒腸。六年重上國花堂。東風滿眼旗亭路。只少黃河唱女郎。

春思

負夢驚啼鳥。開簾惜落花。春風已一暮。蕩子未遠家。蹤冷倢殊佩。鸞停七寶車。紅冰那忍浣。珍重漢宮紗。

同詠秋聲圖爲伯昱仲魯昆仲賦

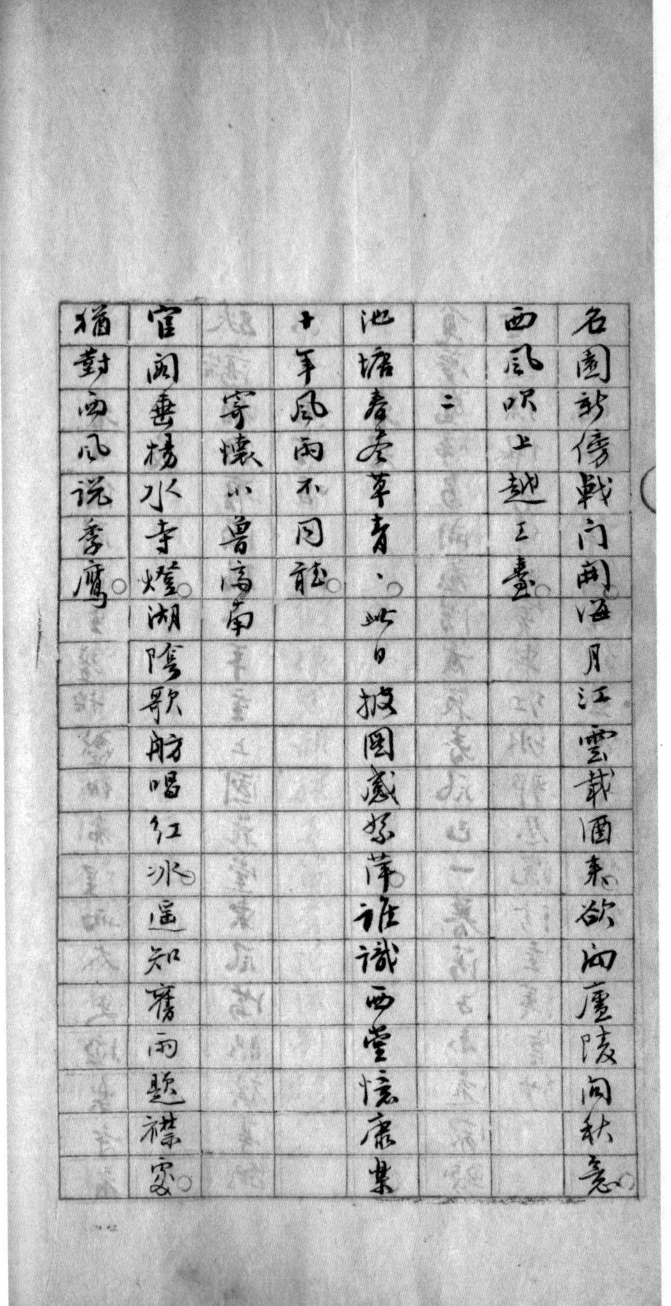

名園新傳戰門開，海月江雲載酒來。欲向廬陵問秋意，西風吹上越王臺。

二

池塘春去草青青，此日披圖感[illegible]萍。誰識西堂懷康樂，十年風雨不同聽。

寄懷小魯濠南

官閣垂楊水寺燈，湖陰歌舫唱紅冰。遥知傍雨題襟處，猶對西風說季鷹。

秋日由里門赴遼東然煒兩姪送至河干依依不忍去詩以志感

水雲漭漭天將曙。行人解纜河橋路。穉子何知離別難。戀戀牽衣不忍去。別家已慣似無情。感此傷心淚如注。西風吹雨波連天。回頭已失御河樹。

渡海

少小慕宗慤。破浪乘長風。嗟哉狂阮籍。涕泣興途窮。丈夫下休即奮呈。安得鬱鬱埋蒿蓬。江湖清淺一杯水。須

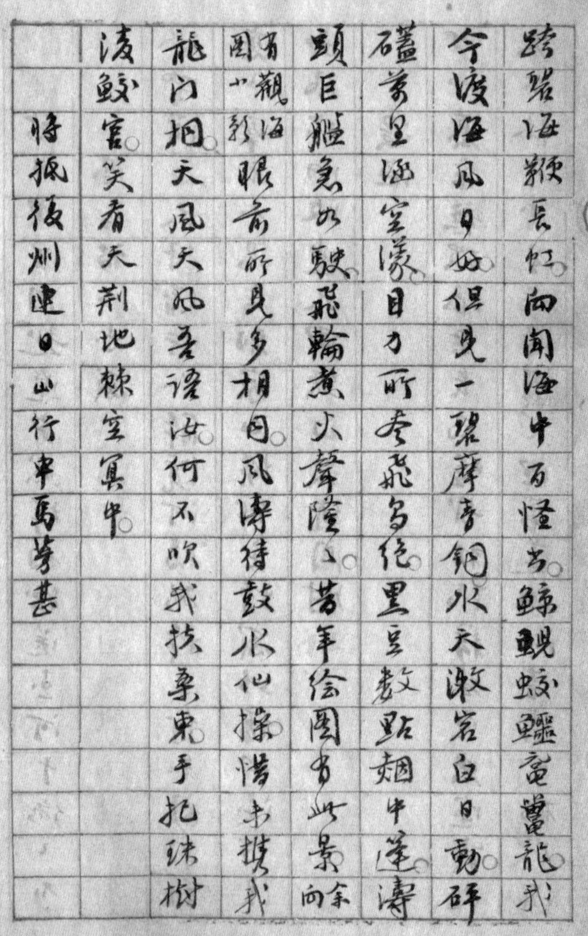

跨鯨海鞭長虹。向閩海中百怪出。鯨鯢蛟鼉竄鼈龍。我
今渡海風日好。但見一碧摩青銅。水天激宕白日動。碎
礚蒼星涵空濛。目力所杳飛鳥絕。黑豆數點烟中蓬。濤
頭巨艦急如駛。飛輪煮火聲隆隆。昔年繪圖有此景。向余
有觀海圖小影。眼前所見多相同。風濤待鼓水仙操。惜未攜我
龍門桐。天風天風吾語汝。何不吹我扶桑東。手把珠樹
凌鮫宮。笑看天荊地棘空冥中。
時抵徐州連日山行車馬勞甚

人行盆盎中，仰視青天小。終日不逢人，群峯倏昏晚。煙鬱忽雲根，前騎已樹杪。倚策海風寒，飄然蕭飛鳥。

復州宦野懷紹由蒿湘小魯滄南

窮荒天涯旅雁悲，故人消息渺難期。即今邊塞驚秋地，不似湖山共醉時。

塞上曲

少年意氣說封侯，匹馬關山萬里遊。射虎歸來山月黑，雪花飛滿紫貂裘。

其七

浸溝登東陳子韶張廣文兩生

尊前高唱大刀頭。昨夜西風滿浸溝。感亂山光圍塞草。（西風烟雨夜，烟雨中華小子幽）

蒼涼海氣上邊樓。詠一卅星月成新詠。燕市風花憶舊好。（聞把要言窺席九譯來賓首錦裘）

且賞香醪謀一醉。夜潮風雨撼濤頭。（日英法理聞弄留西風猶作漢時秋）

書与諸君同破浪。水天涵月話新秋。

登煙台山

無聊被酒一登臺。碧海群山四望開。通雨峰巒隨地出。

蓋天波浪捲秋來。人家不斷魚龍氣。

帝世方需舟楫才。目笑行踪等鷗鷺。乘風遠欲向蓬萊。

登玉皇島之淩虛閣

一笑淩蒼莽，飛閣聳碧崖。海風吹浪闊，山兔薜蘿溪。桂杖吟飛舄，聽松和古琴。狂歌休太放，下有老龍吟。

煙台小蓬萊閣 閣祀呂仙

絕壁飛閣倚蒼崖，海風吹雨不生塵。神仙若許乘黃鶴，我亦狂歌被酒人。

煙台七夕待海舶不至

客路煙台下，羈遲念故鄉。今宵銀漢水，不似海波長。

姜女廟

野火神祠易斷魂，重來石畔又黄昏。海濤嗚咽東流去，猶帶當年痛淚痕。

渡大淩河

秋來霜高木葉凍，長河風起晚蒼蒼。黄沙白草行人少，一道驚濤蕩大荒。

松山道中懷洪文襄

蓬跣趨思舊主恩，九重諭祭豈無因。生憎牘說西河筆

莫把秦宫浮老臣

山海關

大野風寒馬足輕，亂山高下絡秦城。隻身愁思三秋健，萬里歸心一雁征。旅客消殘邊草色，鼓鼙咽欲海濤聲。頗聞夜府揣抗慎，猶有雄關控兩京。

撫寧道中

昨日度榆關，人家列岫環。青帘風貼小，黃葉雨連山。塞外征鴻急，天涯匹馬還。相（影）思（言）訊陸續（讀），無奈笑塵顏。年（時）陸（日）

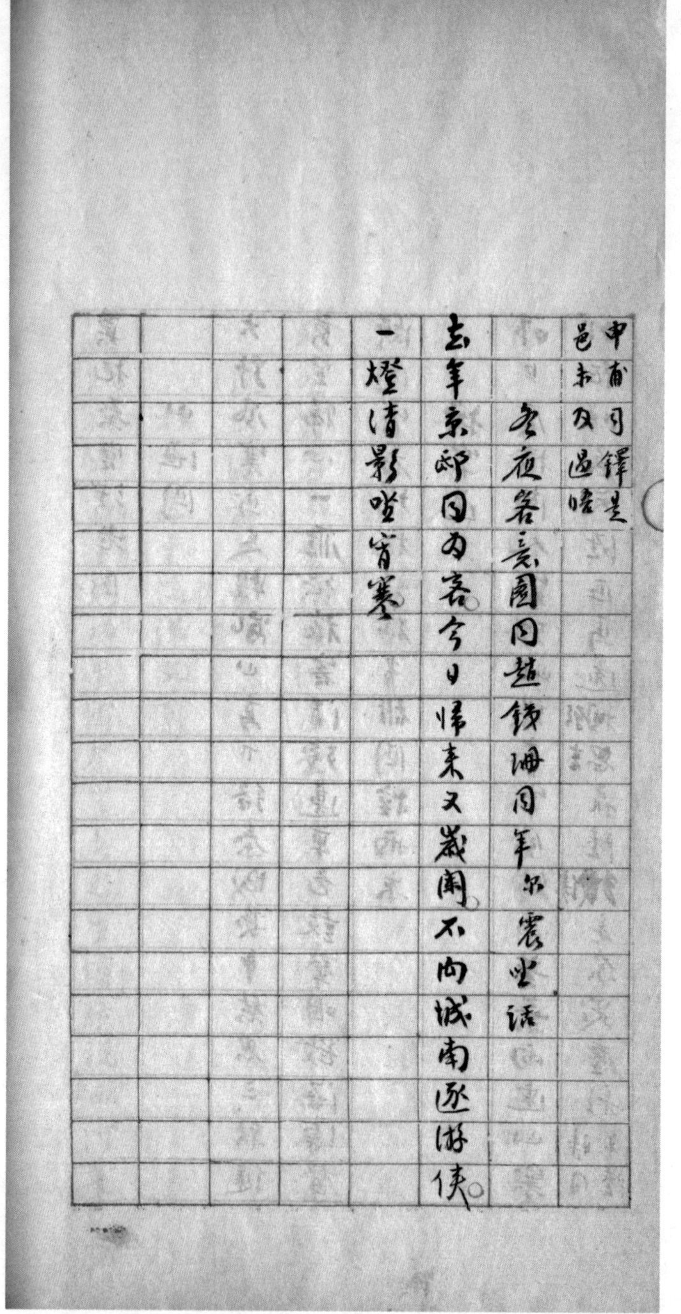
中有司鐸是
邑未及過晤

冬夜答袁園同趙鍾海同年尔震坐話

去年京邸同為客，今日歸來又歲闌。不向城南逐游俠，
一燈清影坐宵寒。

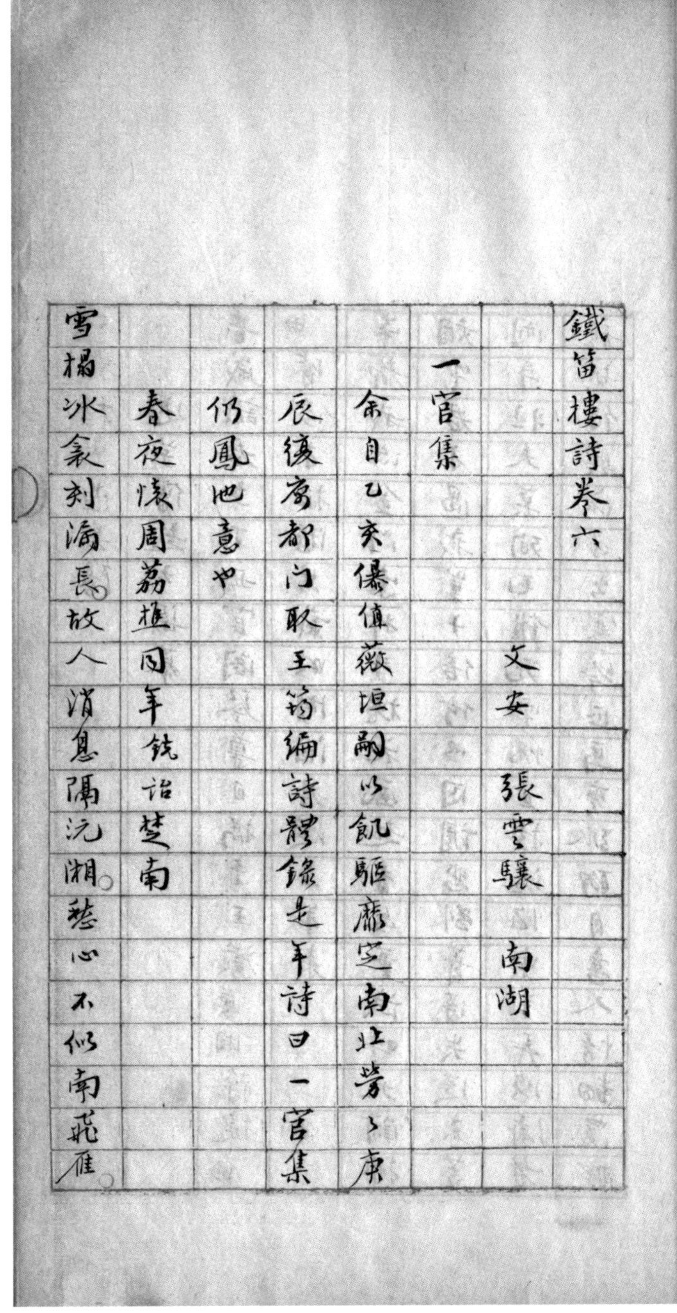

鐵笛樓詩卷六

文安　張雲驤　南湖

一官集

余自乙亥儤值薇垣，嗣以飢驅靡定，南北勞勞。庚辰復客都門，取王筠編詩體，錄是年詩曰一官集，仍鳳池意也。

春夜懷周荔樵同年銑詒楚南

雪擁冰衾刻漏長，故人消息隔沅湘。慈心不似南飛雁

一夜相思過岳陽

送芋儂赴大梁幕

昔歲識君在丁丑官閣琴尊日攜手王濛夢湘蔣捷給
由皆俊才招游共載明湖酒君從去年來
帝都我亦金門索升斗槐花風起香如薰試叫天闕排
煙雲君才過我豈十倍何以因調悲劉蕡得失從來苦
鬧耳壯夫莫殉毛錐死雲帆直掛滄海東手弄波濤蛟
龍起作興遼西出塞吟匹馬彎弧聊自喜人情翻覆那

足論揮手多難返鄉里歸來沈醉常不醒醉忽聞君辭
我行君胡爲者亦浪走無乃道爲驊騮千自言拼起大
畢暮遠游亦慕葛山名鄠陵戈戟久塵土雪苑賓客誰重
經君行好賦紀游草寔有好句此鄭聲遠道漫漫歲不可
住此行不免傷歧路九曲黃河天上來瘦馬單衰雪中
渡閑愁莫減沈郎腰有酒須澆少陵墓雨河近歲哀鴻
枯燄聞道路多艱居
聖主恩深長官好無用萬目悲酸儒閑來訪古且遊讌

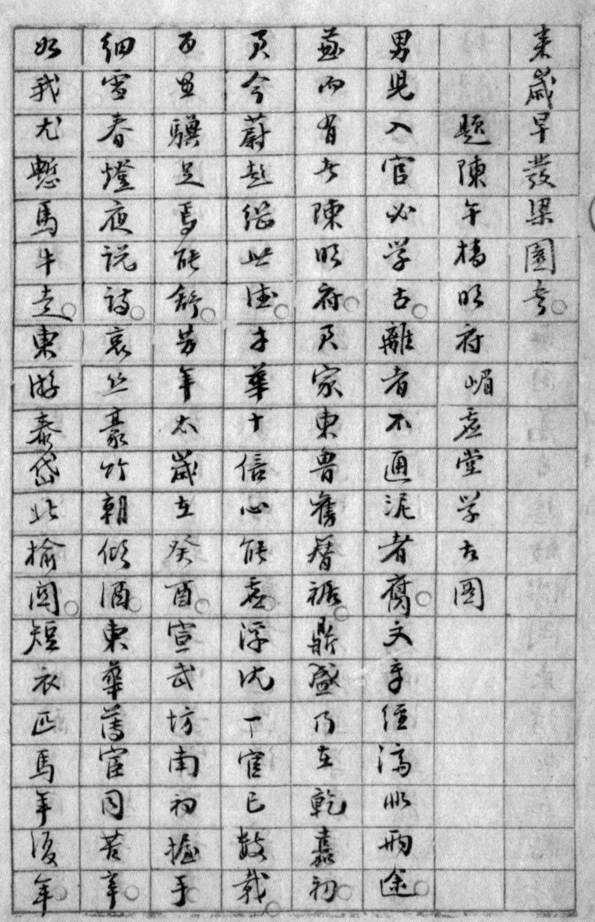
來歲早栽渠園亭。

題陳午橋明府嵋齋堂學古圖

男兒入官必學古。離者不通泥者腐。文章經濟比兩途。兼而有之陳明府。君家東魯舊簪裾。鼎盛乃在乾嘉初。君今蔚起繼世德。才華十倍心能虛。浮沈下僚已數載。萬里驥足焉能舒。芳年太歲在癸酉。宣武坊南初握手。細雪春燈夜説詩。哀絲豪竹朝傾酒。東華舊宦同苦辛。如我尤懸馬牛走。東遊泰岱北榆關。短衣匹馬年復年。

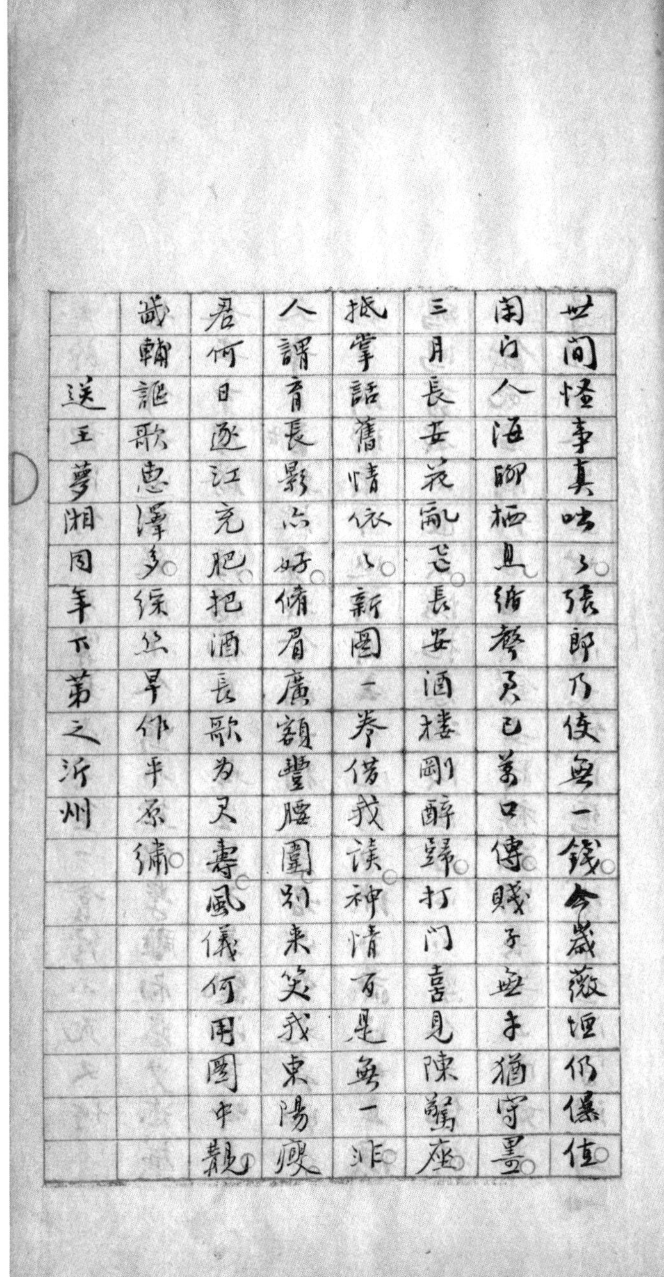

世間怪事真咄咄。張郎乃使無一錢。今歲薇垣仍儤值。
閒向人海聊棲息。緒聲久已萬口傳。賤子無才猶守墨。
三月長安花亂飛。長安酒樓剛醉歸。打門喜見陳驚座。
抵掌話舊情依依。新圖一卷傍我讀。神情有是無一非。
人謂育長影亦好。脩眉廣額豐腴圓。別來笑我東陽瘦。
君何日逐江充肥。把酒長歌為又壽。風儀何用圖中覿。
識韓謳歌惠澤多。綵絲早作平原繡。

送王夢湘同年下第之沂州

王郎。王郎。爾何不學買封子。飛魚一食終不死。又何不
學班仲升。邊隱殺賊千人。驚不然便學雕面惡少恣橫
長安市。終勝一纏獨抱日日無生氣。十年飄泊苦吟身。
文章自害（古）難救貧。我今痛戒猶未得。君亦如是真癡人。
昨自卿卿來。今返卿卿去。不過聊爲珠玉藏。得時且讓
鴟鳴驚我心。近來懷抱惡。況復送君心不樂。人云紈袴
不餓死。吾儕識字由來錯。安得樸被辭長安。五湖煙水
尋漁竿。人生在世貴適意。何須戀戀索米金門官。班馬

蕭蕭停不得。浮雲落日傳行色。世事如斯那可言。只有加餐須努力。明湖歸遇蔣之奇。謂伯由道余日夕長相思。

小魯寄來詞余近狀詩以答之

花影吹簫水閣涼。明湖風月舊吟場。只今瘦馬東華路。博得頭銜署湯郎。

賀丑鐵珊同年納姬 有序

鉄珊水部同年小關蘭房新迎桃葉是第一爲儷之卅品正初三下九之良宵粉塢栖其豔塵

神光溢其烟膩可謂願已偕夫比翼事有甚於
畫眉者矣豈知兩字雙美三年積毀相思寄誰
以紅豆爲偉嘗埒於紫薇數列李氏真珠别尋
佳耦而王家團扇羞見郎君昔唱懊儂今歌歡
子鍼芥水郵倒署詩人那有傾城不歸名士僕
未能懺綺人且謂夫情癡聊助催妝語竟流於
賓戲

寳帳金絲玳瑁鈎。罘罳小鳳紫氣裀。依稀似聽銷魂曲。

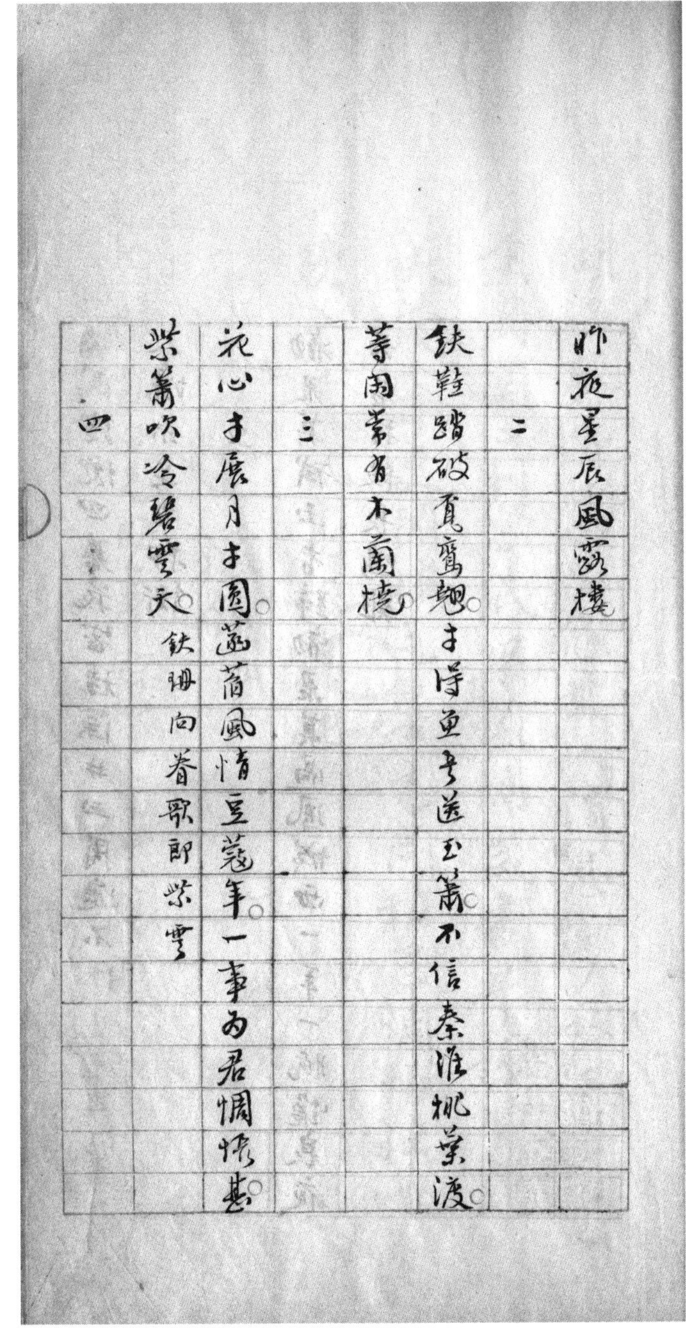

昨夜星辰風露樓

二

鐵鞋踏破覓鴛鴦。手捋魚牙送玉簫。不信秦淮桃葉渡

等閒常有木蘭橈。

三

花心半展月半圓。蕊蒨風情豆蔻年。一事為君惆悵甚

紫簫吹冷碧雲天。鐵珊向眷歌郎紫雲

四

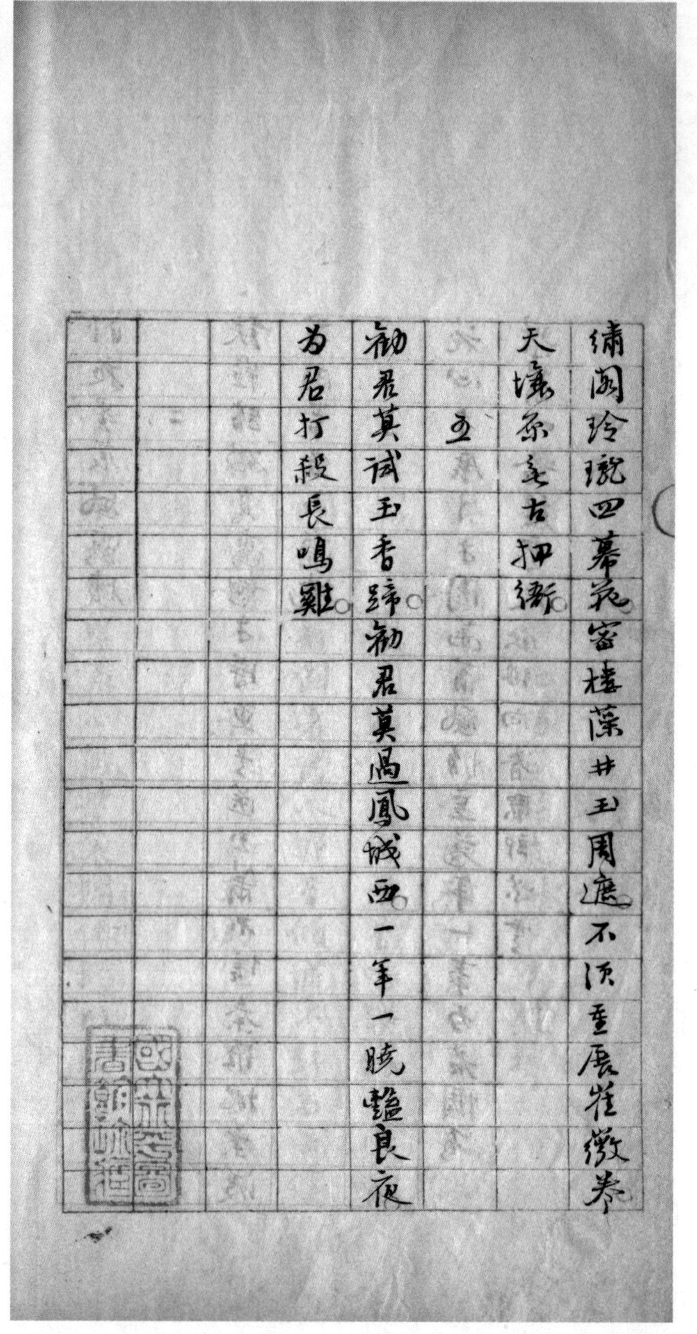
綃閣玲瓏四幕花，窗樓藻井玉周遮。不須重展崔徽卷，天壤添毫古押衙。

其五

勸君莫試玉香蹄，勸君莫過鳳城西。一年一曉盬良夜，為君打殺長鳴雞。

湖海風濤萬里餘，故人消息渺愁予。三年京國聞心別，一紙梁園隔歲書。早識賢勞成茂宰，更聞佳氣藹充閭。相思惆悵江天晚，葉落風高旅鴈疎。

以詩奉懷鏞兄

棣卿四兄同年吟定　弟雲驤拜稿

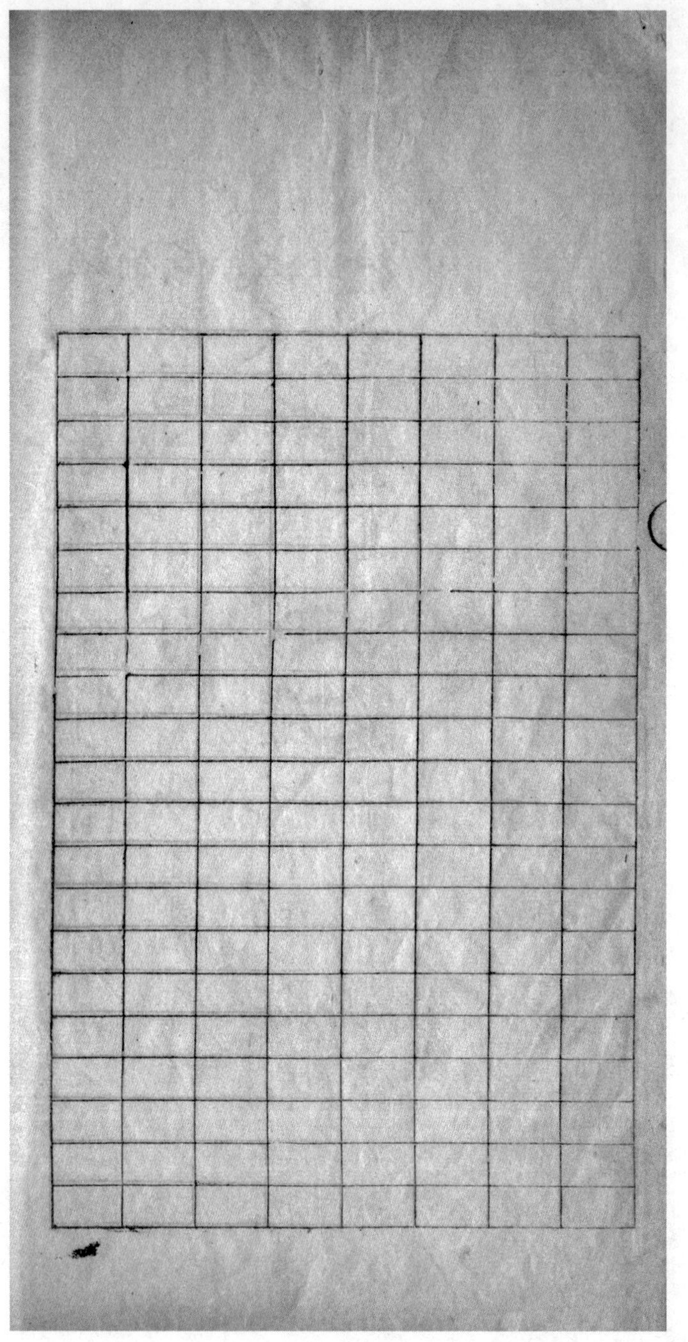

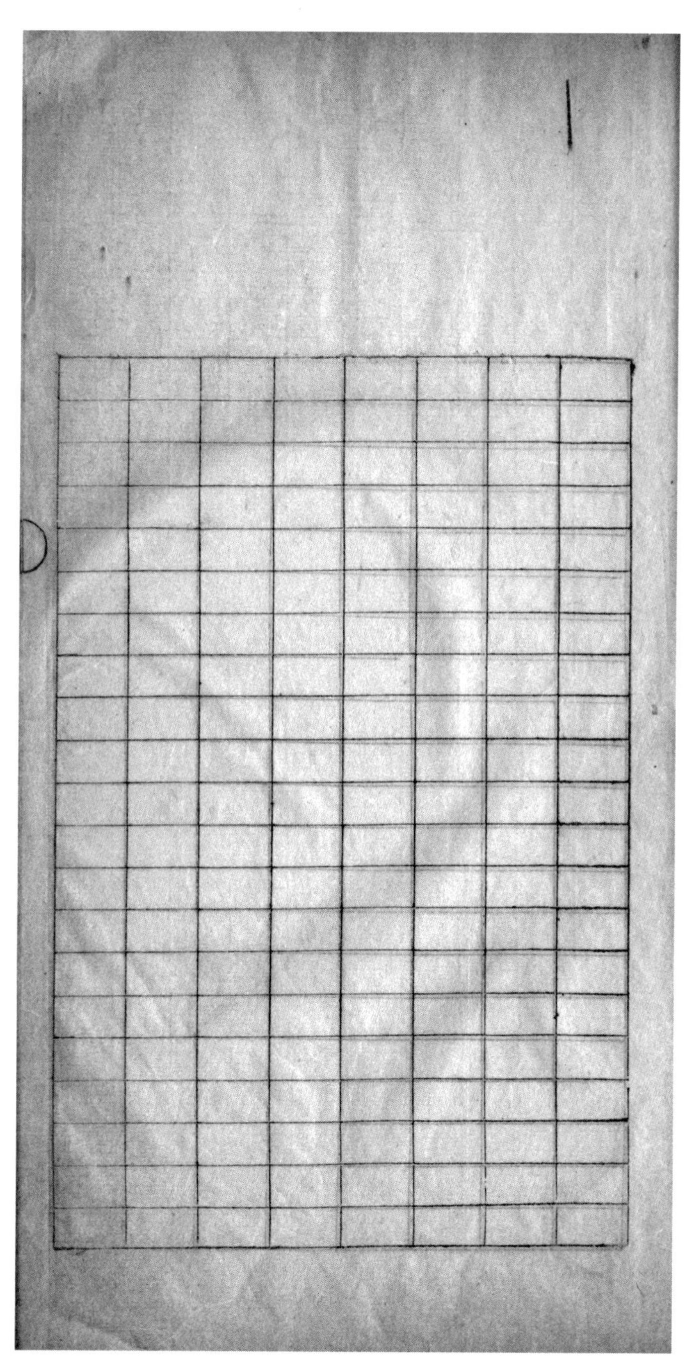

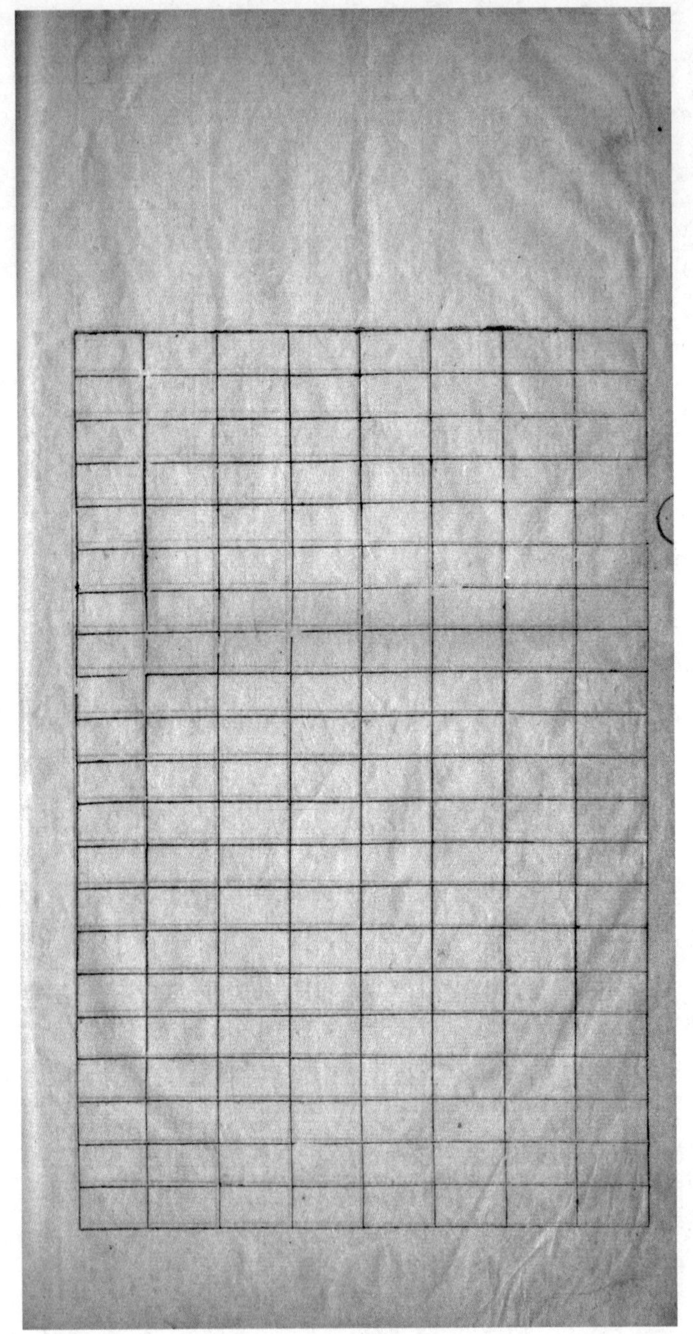

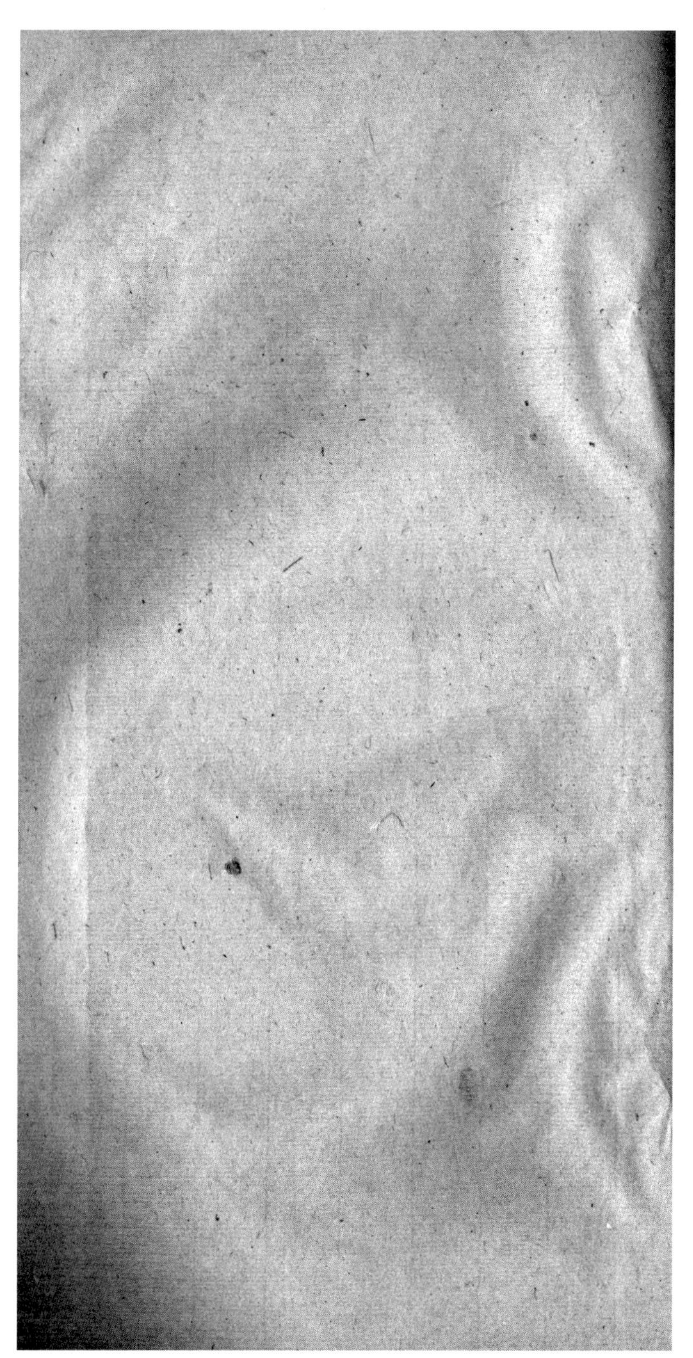

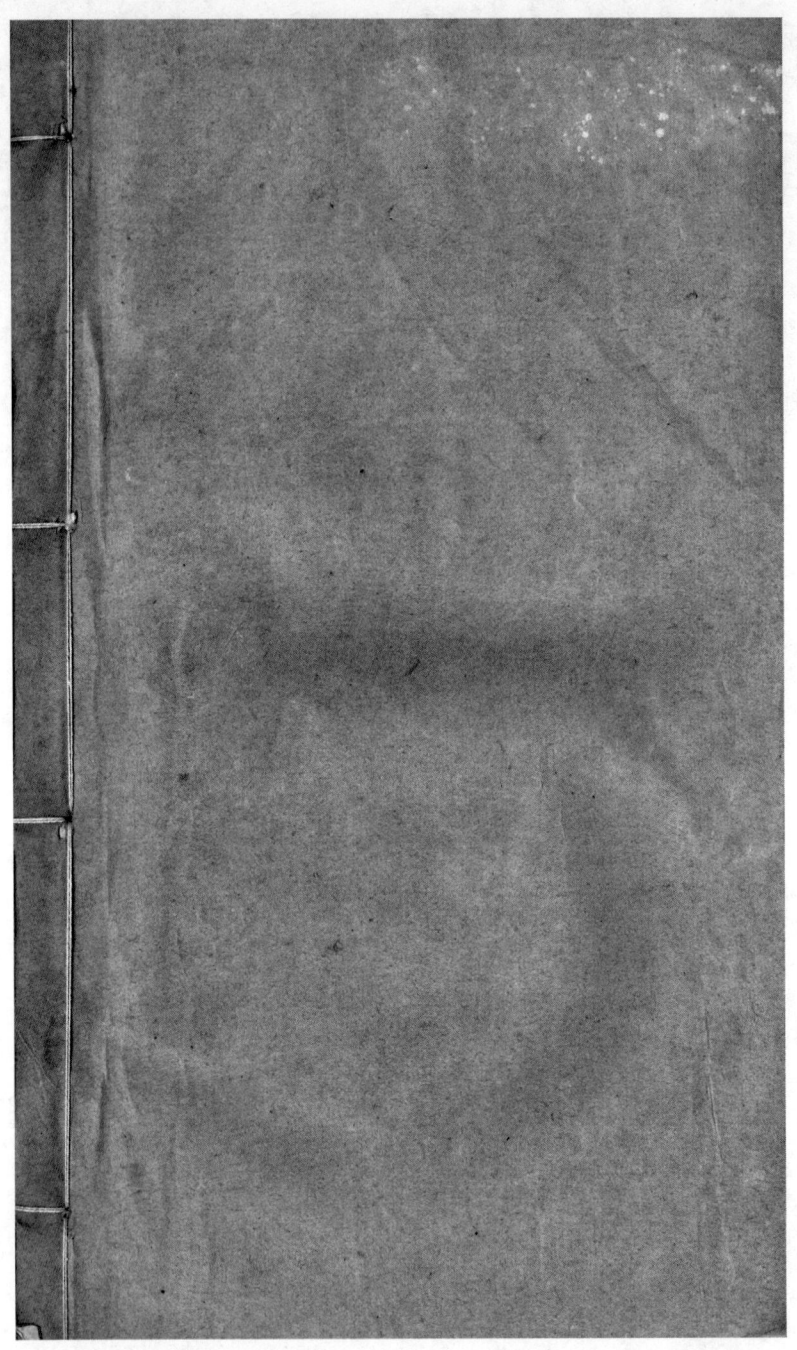

翠雨山房詩草

翠雨山房詩草。一册。

作者無可考。《清人詩文集總目提要》《清人別集總目》無録。且詩稿無序跋，卷端題「翠雨山房詩稿」，卷端下鈐「翠雨山房」一印。

詩題中有《陳杏村落花詩感傷太甚賦此慰之》一詩，可見本詩稿作者與陳杏村有交往。清單雪傳輯《海虞詩話》卷五有：姚文學江，字尚漁……《送陳杏村公車北上》云：「不須行李悵蕭然，好向春風早著鞭。斜日蹇驢芳草路，看花走馬豔陽天。功名每自艱難得，豪傑多因刻苦傳。極目公車争載寶，君囊只辦一青錢。」又卷十四云：陶上舍晉，字逸亭，豪俠好義，常與陳杏村大令士林唱和，有《柳塘詩稿》。查《清人室名別號索引》未見姚江，録有陶晉，常熟籍，號復全，字逸亭。由書名「海虞詩話」及内容可知姚江、陶晉均爲常熟籍，與陳杏村常相唱和交遊。又本詩稿中《余於十月一日自京抵涿，擬於次日赴桐，而桐書適於九月晦日至，因憶去年亦於是月赴桐，僅差數日耳》一詩云：「入門渾自笑，時事巧相違。冬逐家書到，秋先旅客歸。」作者稱桐書爲家書，可知作者應爲桐江縣人。與姚江、陶晉、陳杏村當爲同時期詩人。詩稿又有詩題如「過蘇州」「吴江」等，可知作者曾遊歷江蘇各地，並與當地詩人有交往唱和之活動。

（徐慧）

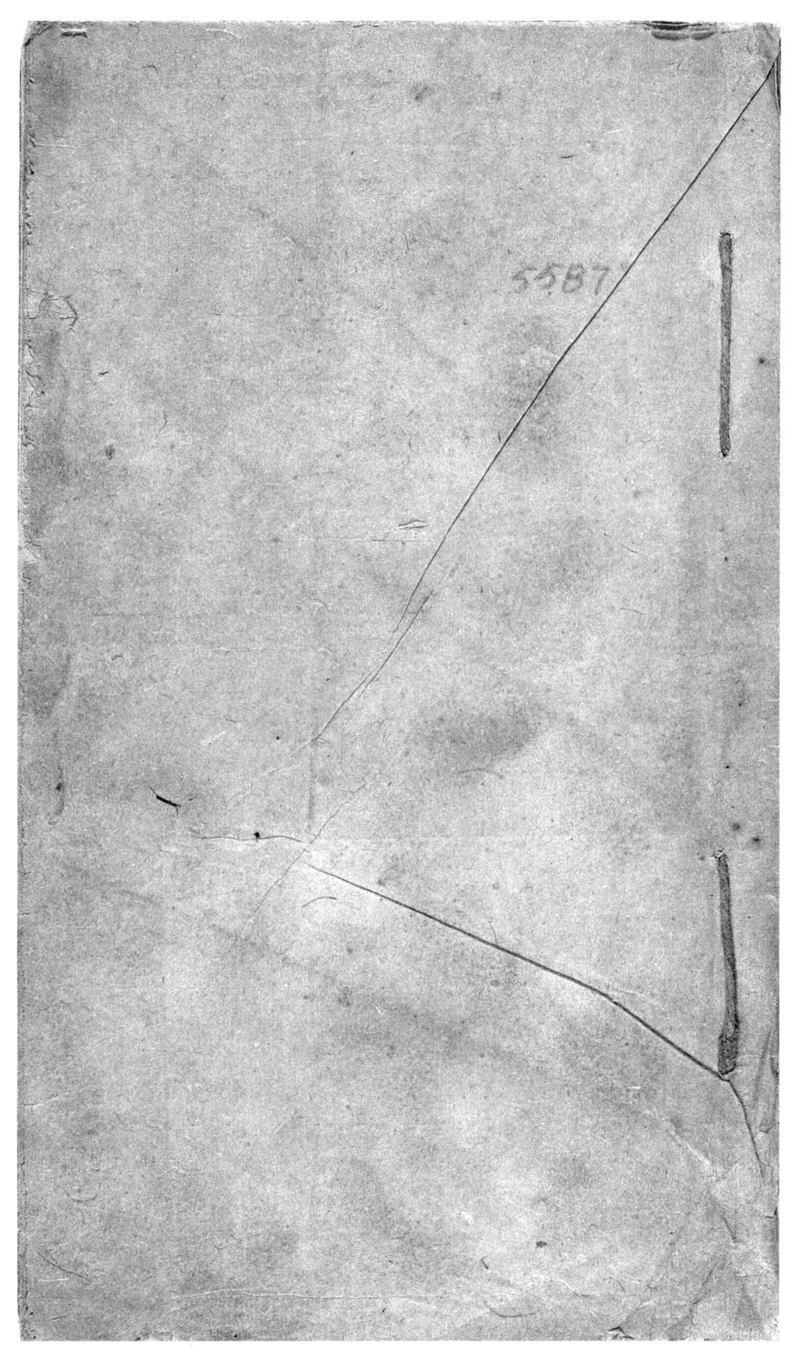
5587

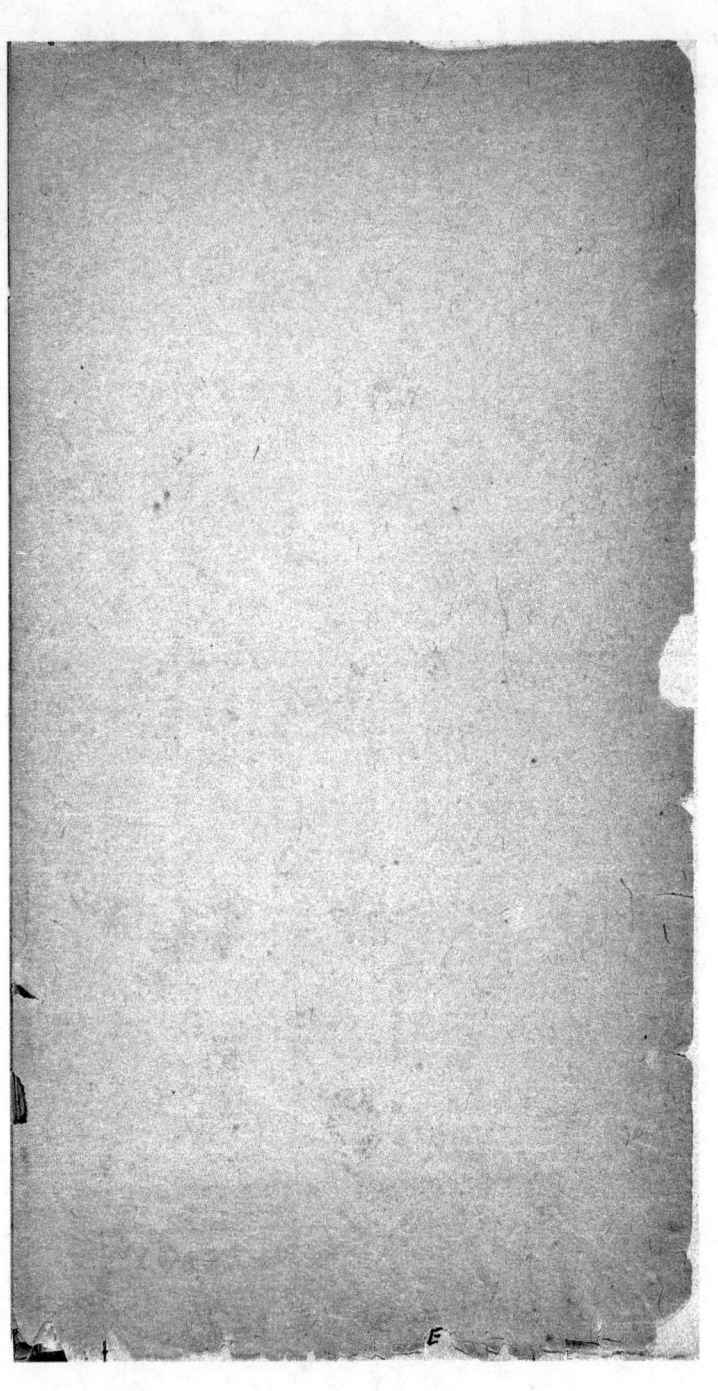

翠雨山房詩草

桐署後山多桃花時璀璨如錦與弟輩時步履其間
偶成三絕久不作此聊博一噱致錦囊（雅句）是所望於諸
弟云

桐江庭共識桃紅非（等）僻源路不通　聖世無人避秦客
來宦署裏笑春風

芳菲開處總無言（攜手）登山日幾番遲速春光花事了未
攜樽酒宴芳園

遙添聯翩定幾篇謄詩誤（作）浣花箋愧余才思輸康樂好句

吟成讓惠連

△署桃廿四株詩以紀之

要把春光鎖一園，居然身在武陵原。尋芳莫問花多少，風信吹來廿四番。

陳杏村落花詩感傷太甚賦此慰之

已成紅雨送春華，數點衣裳故故斜。笑語杏村莫惆悵，飄零（畢竟）願自是桃花。

四時都在畫圖中，轉瞬芳林結子紅。自是桃花性飄蕩，不明昨夜妒東風。

漢水明珠金谷樓，世間尤物本難留。一年春色常如此，安得詩人憶舊遊。

斷腸佳句不須裁，且繞花茵坐綠苔。當識乘除由物理，明年依舊爲君開。（旁改：去後欲收蹤；物理；原有定）

△題訓道包君小照

說經名久擅詞壇，彈指天花落滿前。料得先生饒醉座侶，逃蘇晉醉中禪。

名山只恐是前身，慧業三生證夙因。怪底文章驚海內，知君衣鉢有傳人。

△○沂州道中

屈指前途路正賒，迢〻暝色逼行車。一鈎新月天涯掛，月到圓時我到家。

△○余於十月一日自京挈眷，於次日赴桐，而桐書適於九月晦日至。因憶去年亦於是月赴桐，僅差數日耳。

入門渾自笑，時事巧相逢。冬逐家書到，秋先旅客歸。年光真迅速，行色想依稀。明日旗亭畔，征鞭又一揮。

△過蘇州

依稀猶記去時遊又聽舟人説雨郎家裏無心爲留戀一
帆風已過蘇州

△吳江

水國人家風俗良百年生計爲蠶忙舟行盡日無多景一
帶清流兩岸桑

△九里洲梅花

閱歷冰霜有真貴隨桃李競芳辰萬株還作孤山侶九
里先邀兩浙春論品定超物外樓身甘自託江濱一從和
請評章後惆悵古音未有人

△○即事

料峭輕寒透碧紗開窗一片玉無瑕小窗未注銅瓶水笑
說園梅昨夜花

△雪中寫望

積素芳園路皆漫添素秀色並堪誇踏開一綫盤蛇徑四
面平臨壯大觀

樓臺玉琢樹瓊花擬作琉璃世界誇天意不教冬豔陡十
分梳點鬪春華

還將妙筆乞荊關安得圖成頃刻間人在瓊林深處立紅衫

祇青笠看遥山

△別王菊潭

繫舟暫賦白駒章，迴首匆匆別路長。天為菊潭助詩興，好收風雪入奚囊。

△小閣

深深小閣靜無譁，檢點詩書度歲華。甚事闌珊渾不覺，開窗紅到小桃花。

戲詠畫蘭贈孫杏坡以伊內子歸畫蘭所也

一點芳心無限情，眾香國裏舊知名。只因移作畫中景，好

與詩人仔細評

鑄金為葉玉為盃朝夕酒勤灌溉恩春透飢膚永液寶箇中美景足消寬

又祝　太孺人六十壽

金幟玉佩仰坤儀花甲初周壽曰耆共羨龍章來北闕適逢鶴駕宴西池霞飄仙桂延增色樂奏霓裳暇有詞戲彩承歡真勝事萱庭恭進紫霞卮

又

長春花茂北堂萱壽域延開潔玉樽天錫遐齡償孝德身

膺鸞誥沐君恩年週花甲精神健觴介靈辰跪拜尊著有
綠窗吟草在恐將祝嘏笑陳言

△寫適

半晌科頭坐簾垂日影徐撥鑪閒瀹茗閉户獨鈔書愛筍
編籬護移花帶雨鋤及肩墻易倚薄暮看叉魚

閒吟

卷軸舊生涯門庭靜不譁雨痕漬簾箔桐影綠窗紗北海
樽常淺東山鬢欲華閒吟覺口渴隨意剖枇杷

觀更夫菊花

無賴更夫信手栽，玆將嘉質蔑塵埃。明年擬向黄花約，不是東籬不許開。

小山園雜詠

園築小山頂，幽樓覽物華。窗延三面月，園放（貯）四時花。艷冶嵐光媚，啁啾鳥語譁。俗氛知不染，遣興箇中賒。

蕊蕊春迷地，欣欣木向榮。驚心時序轉，到眼物華更。哀樂中年感，園山舊雨情。何當風月夕，投席話平生。

路滑常經雨，山多易作雲。簷時帶滴珠，窗偶見斜曛。天候陰晴異，時旋冷熱分。泥封壺釀熟，開甕入微醺。

○慮少心常泰時乖願肯違鑄須防後錯事易悔前非展帖
龍蛇動攤書典籍圍鴨爐香漫爇蘭蕙正芳菲
物態欣容與小齋幽興長蝶捎蛛網過花點硯池香遠岫
青排闥叢篁綠覆墻誰顏曰環翠擬以命山房

○撲面柳飛綿點衣榆莢錢春歸鳥聲換日午樹陰圓破夢
慵欹枕偷閒但問禪南風解人意時到北窗前

古似農桑業人家水竹居此鄉風景好觸目畫圖如隴碧
抽新稻畦黃刈晚蔬清和過首夏入饌有鰣魚
及檐墻易倚不覺月跂除

淡泊全真性紛華絕世緣貪因貯書庫慳是愛苔錢詠物

閒抽韻牒詩屢擘箋猶嫌秕粃夜多着養生篇

○一月黄梅雨今朝喜乍晴歸雲擁山亂野水注江平宿草

蛙池積夕陽花徑明偶聽話農事知預卜秋成

斗室難消暑聊尋午夢安綠陰移簟就風枕聚花攢雪藕

堆盤嫩嘗瓜沁齒寒不須葵扇力風透葛衣單

暝色赴山隈披襟坐綠苔明還度螢火響處聚蚊雷待月

添詩興移燈引睡媒怪來風撲鼻帳裏素馨開

○與物本無競優游養性靈採薪任村女辨樹問園丁兩逗

魚吹浪花招蝶上屏靜觀忘智慮懶讀息心銘

○西風收溽暑穿日倶閒行嶺斷雲隨補崖懸樹倒生晚涼
欺病起秋意潑詩情勝負攖心曲墻陰蟋蟀鳴
素具登臨癖桐江溪酉載（今辛未）山川據形勝天地厚栽培石乳
思仙洞雲灘憶釣臺遊觀空有志懷抱幾時開
○時光添浹洽斥雨過郊坰孤鷺煙中白亂山墻角青依窗
橫竹几折桂插銅瓶斑管青花研閒臨道德經
枯腸思酒甚連日酌芳醪帶露嘗蓮藕經霜擘蟹螯但將
澆磈壘何事讀離騷微醉陶然樂喜當酬酢勞
園林蕭瑟裏景色倍新奇山骨倪迂畫秋容謝客詩慣依

紅樹坐間共白雲期晚寺鐘聲動歸僧入定時

○山喜遠峰露徑多黃葉屯行因風側帽坐愛日當軒玩月

平臺靜撐雲怪石蹲迴思納涼夜幾度遶芳樽

鎮日重簾下渾忘短景過鑪溫香漸熱墨漬筆頻呵撩帳

凍蠅少噪林寒雀多晚風天欲雪梅信近如何

名畫解心賞曲肱聊卧遊預防寒具設擬倩夕陽留紙帳閒

閒親火芸窓坐擁裘銀瓶茶味細一盞潤詩喉

放眼羲農上介身夷惠間胷原懷無芥蒂性本愛江山但借

詩言志寧將語作蠻奚囊佳句少擲管不辭刪

幽居

幽居成小隱，終日在園林。慣領煙霞趣，全消鄙吝心。溼雲天外暮，秋色雨中深。誦讀儒生事，挑燈徹夜吟。

東越孟春波以所作詩集見示，酷愛其詠轆轤「春雨足時園叟閒」之句，因即用是句卒成三絕以贈

春雨足時園叟閒，一經拈出渺難攀。不矜才力潛彌永，味在風騷伯仲間。

看之容易得之艱，春雨足時園叟閒。品格未堪輕比似，琴中賀若畫荊關。

雕繪終多損自然千秋定論不容刪等閒々字超今古春
雨足时園安閒

無題四首

當初一見覺神馳惆悵無因得再窺從向東風問消息始
寄書去已多时

也曾飛夢赴高唐雲雨巫山枉斷腸調護自矜身力健那
知善病有徐郎

黃綸槐夜制舉时束裝屢向易行期但期渡口迎桃葉無
意蟾宮折桂枝

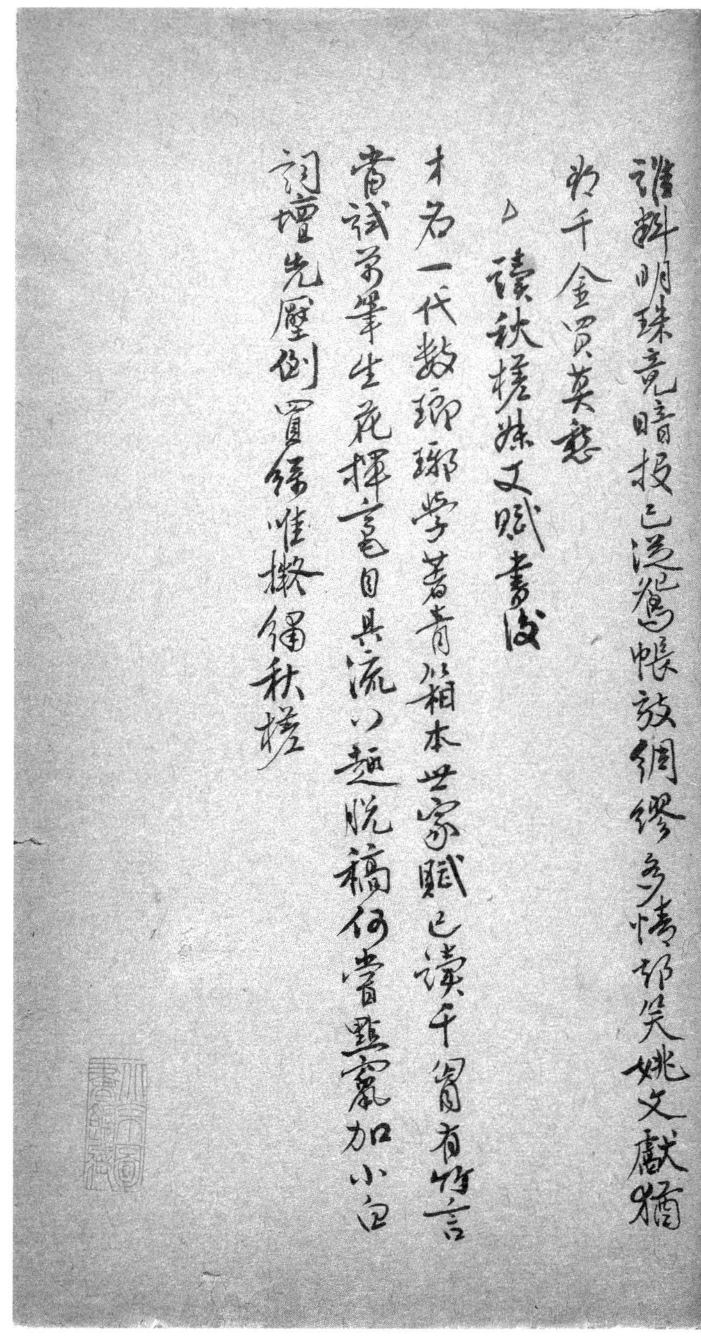

誰料明珠竟暗投，已從鴛帳放綢繆。多情都笑姚文獻，猶將千金買莫愁。

△讀秋槎蘇文賦書後

才名一代數瑯琊，學著青緗本世家。賦已讀千篇有待言，貴試夢筆生花。揮毫自具流心趣，脫稿何嘗點竄加。小白詞壇先壓倒，買絲唯擬繡秋槎。

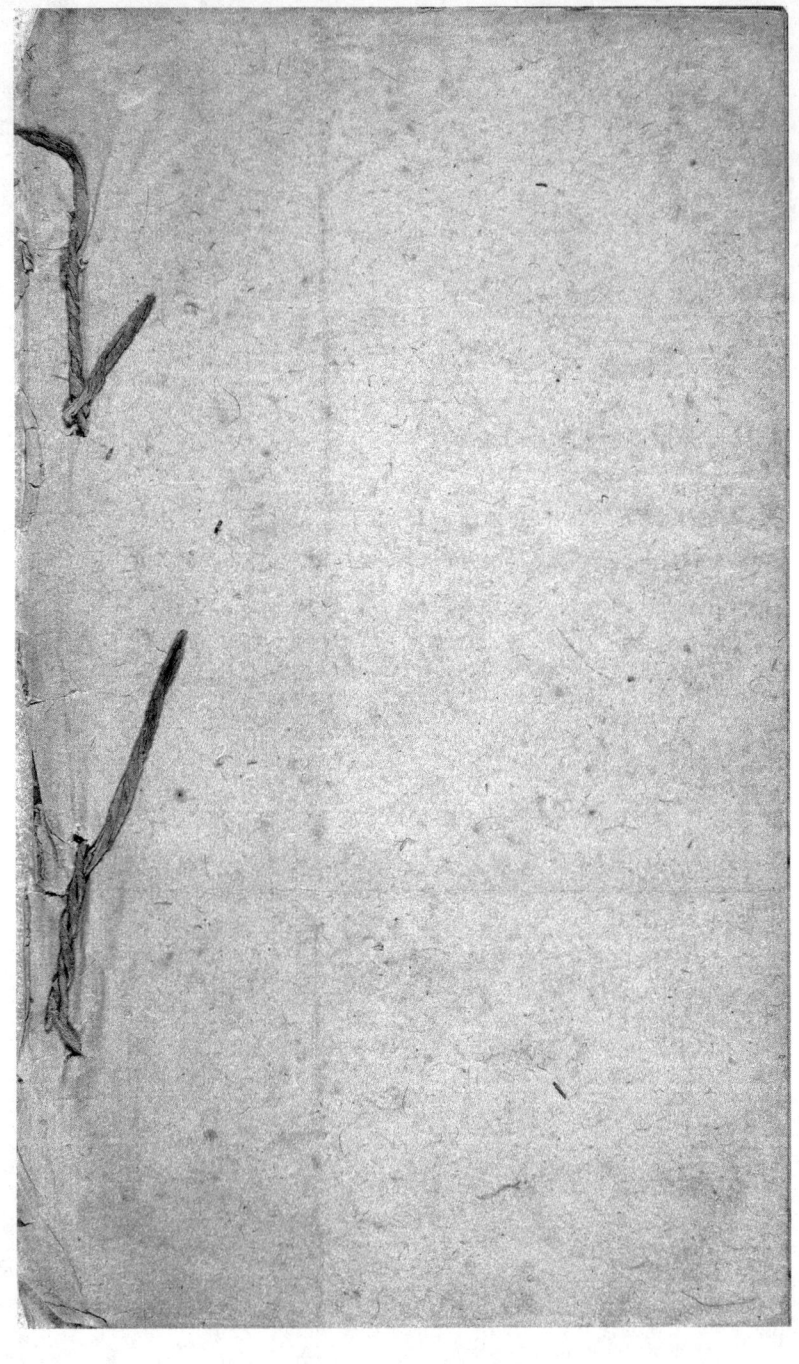

圖書在版編目(CIP)數據

國家圖書館藏清人詩文集稿本叢書. 第六輯/陳紅彥主編.—北京：北京大學出版社，2019.10

ISBN 978-7-301-30816-5

Ⅰ. ①國… Ⅱ. ①陳… Ⅲ. ①中國文學—古典文學—作品綜合集—清代 Ⅳ. ①I214.91

中國版本圖書館CIP數據核字（2019）第215574號

書　　名	國家圖書館藏清人詩文集稿本叢書（第六輯）（全三册） GUOJIA TUSHUGUAN CANG QINGREN SHIWENJI GAOBEN CONGSHU（DILIUJI）（QUANSANCE）
著作責任者	陳紅彦　主編
策劃編輯	馬辛民
責任編輯	吴遠琴
標準書號	ISBN 978-7-301-30816-5
出版發行	北京大學出版社
地　　址	北京市海淀區成府路205號　100871
網　　址	http://www.pup.cn　　新浪微博：@北京大學出版社
電子信箱	dianjiwenhua@163.com
電　　話	郵購部010-62752015　發行部010-62750672　編輯部010-62756694
印 刷 者	北京中科印刷有限公司
經 銷 者	新華書店
	720毫米×1020毫米　16開本　155印張　496千字
	2019年10月第1版　2019年10月第1次印刷
定　　價	990.00圓（全三册）